ALLAN FOLSOM

Übermorgen

Buch

Paris: Paul Osborn, ein amerikanischer Chirurg, ist nach einem Kongreß in Genf auf der Durchreise. Da geschieht das Unvorstellbare, das, worauf er seit beinahe zwanzig Jahren gewartet hat: Er trifft den Mörder seines Vaters! Er lebt inzwischen mit falscher Identität und unter dem Namen Henry Kanarack in Paris. Doch nach so langer Zeit scheint plötzlich Osborn nicht mehr der einzige zu sein, der ein Interesse an Kanaracks Tod hat.

London: Zur gleichen Zeit ermittelt Detective McVey in einer Serie rätselhafter Enthauptungen, die mit chirurgischer Präzision durchgeführt worden sind. Seine Spur führt ihn nach Paris, direkt zu Paul Osborn.

Berlin: Seit fünfzig Jahren arbeitet Dr. Salettl für die Organisation, und nun nimmt sein Projekt Gestalt an. Es heißt »Übermorgen« und ist die größte Verschwörung, die die Welt je gesehen hat.

Paul Osborn ahnt nicht, daß er mit der Entdeckung Henry Kanaracks selbst in eine lebensgefährliche Falle tappt. Eine atemlose Hetzjagd durch ganz Europa beginnt.

»Übermorgen« ist der furiose Erstling eines bis dahin unbekannten Drehbuchautors aus Hollywood, der damit über Nacht zu einem der gefragtesten Autoren der USA avancierte. Allan Folsoms atemlose Mischung aus Polit- und Psychothriller stürmte auf Anhieb die amerikanische Bestsellerliste.

Autor

Allan Folsom arbeitete als Kameramann, Filmredakteur und Drehbuchautor für Natalie Wood und Robert Wagner, bis er mit dem Schreiben von Romanen begann. »Übermorgen« wurde zu einem der teuersten Debütromane in der amerikanischen Verlagsgeschichte. Folsom lebt in Kalifornien.

Außerdem erschienen:

Des Teufels Kardinal. Roman (35379)

ALLAN FOLSOM

Übermorgen

Roman

Aus dem Amerikanischen
von Rainer Schmidt

BLANVALET

Die Originalausgabe erschien 1994 unter dem Titel
»The Day After Tomorrow« bei Little,
Brown and Company, New York.

Umwelthinweis:
Alle bedruckten Materialien dieses Taschenbuches
sind chlorfrei und umweltschonend.

Blanvalet Taschenbücher erscheinen
im Goldmann Verlag, einem Unternehmen
der Verlagsgruppe Random House GmbH.

Einmalige Sonderausgabe Juni 2002

Umschlaggestaltung: Design Team München
Umschlagfoto: Mauritius/Weststock
Druck: Elsnerdruck, Berlin
Verlagsnummer: 35637
LW · Herstellung: wag
Made in Germany
ISBN 3-442-35637-7
www.blanvalet-verlag.de

Für Karen

1

Paris, Montag, 3. Oktober
17 Uhr 40
Brasserie Stella, Rue St.-Antoine

Paul Osborn saß allein im verqualmten Gedränge des Feierabendpublikums und starrte in ein Glas Rotwein. Er war müde und verletzt und verwirrt. Ohne besonderen Grund blickte er auf. Und da verschlug es ihm den Atem. Am anderen Ende des Raumes saß der Mann, der seinen Vater ermordet hatte. Daß er es sein könnte, war unvorstellbar. Aber es gab keinen Zweifel. Keinen. Es war ein Gesicht, das sich für alle Zeit in sein Gedächtnis eingebrannt hatte. Die tiefliegenden Augen, das kantige Kinn, die beinahe rechtwinklig abstehenden Ohren, die schartige Narbe unter dem linken Auge, die sich im scharfen Zickzack über den Wangenknochen bis zur Oberlippe hinunterzog. Die Narbe war nicht mehr so hervorstechend, aber sie war noch da. Ebenso wie Osborn war der Mann allein. Er hatte eine Zigarette in der rechten Hand, und die linke schloß sich um den Rand einer Kaffeetasse. Konzentriert blickte er in die Zeitung, die neben ihm auf dem Tisch lag. Er mußte mindestens fünfzig sein, vielleicht älter.

Von Osborns Platz aus war es schwer, seine Größe zu schätzen. Zwischen einssiebzig und einsfünfundsiebzig vielleicht. Er war stämmig. Wahrscheinlich hundertachtzig Pfund. Sein Hals war dick, und sein Körper wirkte hart. Sein Gesicht war blaß, sein Haar kurz und lockig, schwarz, graumeliert. Der Mann drückte seine Zigarette aus, zündete sich eine neue an, blickte dabei in Osborns Richtung. Dann schüttelte er das Streichholz aus und wandte sich wieder der Zeitung zu.

Osborn spürte, wie sein Herz einmal aussetzte und das Blut durch seine Adern zu rauschen begann. Pötzlich war er wieder in Boston, 1966. Er war gerade zehn, und er und sein Vater gingen die Straße hinunter. Es war nachmittags, Frühlingsanfang, sonnig, aber noch kalt. Sein Vater trug einen Anzug; er hatte frühzeitig Feierabend gemacht, um sich mit seinem Sohn an der U-Bahn-Station Park Street zu treffen. Von dort überquerten sie eine Ecke des Common und gingen dann durch den Einkaufstrubel die Winter Street hinunter. Sie wollten zu einem Ausverkauf bei Grogin's Sporting Goods. Der Junge hatte den ganzen Winter über für einen Baseballhandschuh gespart, einen First-Baseman-Handschuh. Ein *Trapper*-Modell. Sein Vater hatte ihm versprochen, seine Ersparnisse Dollar für Dollar zu verdoppeln. Zusammen hatten sie jetzt zweiunddreißig Dollar. Der Laden war schon in Sicht, und sein Vater lächelte, als der Mann mit der Narbe und dem kantigen Kinn zustach. Er trat aus der Menge hervor und stieß seinem Vater ein Fleischermesser in den Bauch. Dabei schaute er zur Seite und sah den Jungen, der keine Ahnung hatte, was da vor sich ging. In diesem Moment begegneten sich ihre Blicke. Dann ging der Mann weiter, und sein Vater sackte auf dem Gehweg zusammen.

Noch immer spürte er diesen Augenblick. Schrecklich allein stand er auf dem Gehweg. Fremde blieben stehen, um zu gaffen, sein Vater schaute zu ihm auf, hilflos, verständnislos. Das Blut sickerte durch seine Finger, die instinktiv versucht hatten, die Waffe herauszuziehen.

Aber statt dessen war er dort gestorben.

Achtundzwanzig Jahre später und einen Kontinent entfernt erwachte diese Erinnerung donnernd zum Leben. Paul Osborn fühlte, wie die Wut über ihm zusammenschlug. Im nächsten Augenblick war er aufgesprungen und lief durch das Lokal. Einen Sekundenbruchteil später stürzten die beiden Männer, Tisch und Stühle krachend zu Boden. Er fühlte, wie seine Finger sich um eine ledrige Kehle schlossen, wie Bartstoppeln an seiner Handfläche schabten. Gleichzeitig hämmerte seine andere Hand wild herab. Seine Faust war ein außer Kontrolle geratener Kolben, der Fleisch und Knochen zerstampfte, alles Leben hinausprügeln wollte. Die Leute ringsherum schrien, aber das war egal. Er hatte nur noch ein Verlangen, das Ding in seinen Händen ein für allemal zu vernichten.

Plötzlich spürte er Hände unter seinem Kinn und unter den Armen, die ihn hochrissen. Er wurde rückwärts geschleudert. Im nächsten Augenblick krachte er gegen etwas Hartes und fiel zu Boden, verschwommen nahm er wahr, wie Teller ringsum klirrten. Dann hörte er jemanden auf französisch nach der Polizei schreien. Als er hochblickte, sah er drei Kellner in weißen Hemden und schwarzen Westen, die um ihn herumstanden. Hinter ihnen rappelte sich der Mann unsicher auf; er sog die Luft zwischen den Zähnen ein, und Blut strömte ihm aus der Nase. Stehend schien er zu begreifen, was passiert war, und entsetzt schaute er zu seinem Angreifer herüber. Er winkte ab, als man ihm eine Serviette entgegenhielt, und rannte plötzlich durch die Menge und zur Tür hinaus.

Sofort war Osborn auf den Beinen.

Die Kellner erstarrten.

»Aus dem Weg, verdammt!« schrie er.

Sie rührten sich nicht.

In New York oder L. A. hätte er gebrüllt, daß dieser Mann ein Mörder sei, und sie sollten die Polizei rufen. Aber das hier war Paris, und er konnte sich kaum einen Kaffee bestellen. In seiner Stummheit tat er das einzig Mögliche. Er stürmte los. Der erste Kellner wollte ihn packen. Aber Osborn war fünfzehn Zentimeter größer und zwanzig Pfund schwerer und rannte, als halte er einen Football unterm Arm. Er rammte seine gesenkte Schulter hart in den Brustkorb des Mannes, der seitwärts gegen die anderen taumelte, so daß alle in einem dröhnenden, komischen Krachen zu Boden purzelten und in dem kleinen Servicegang auf halbem Wege zwischen Küche und Ausgang hilflos aufeinanderlagen. Dann war Osborn zur Tür hinaus und weg.

Draußen war es dunkel, und es regnete. Der Rush-hour-Betrieb erfüllte die Straßen. Osborn wich den Leuten aus, sein Blick suchte den Gehweg ab, sein Herz hämmerte. Hier war der Mann hergelaufen, wo zum Teufel war er jetzt? Er würde ihn verlieren, das wußte er. Dann sah er ihn, einen halben Block weiter, wie er die Rue de Fourcy in Richtung Seine lief.

Osborn beschleunigte seine Schritte. Sein Blut raste immer noch, aber die heftige Explosion hatte den größten Teil seiner mörderischen Wut verzehrt, und sein Verstand setzte wieder ein. Der Mord an seinem Vater hatte in den Vereinigten Staaten stattgefunden, und dort verjährte ein Mord nicht. Aber galt das auch in Frankreich? Gab es ein Auslieferungsabkommen zwischen den beiden Ländern? Und wenn der Mann Franzose war – würde die französische Regierung einen Bürger ihres eigenen Staates in die USA ausweisen, damit er dort wegen Mordes vor Gericht gestellt werden konnte?

Einen halben Block vor ihm schaute der Mann sich um. Osborn

ließ sich ins Gedränge der Fußgänger zurückfallen. Er sollte nur glauben, daß er davongekommen war, sollte sich ein bißchen beruhigen, unvorsichtiger werden. Er würde ihn allein packen, wenn er nicht mehr damit rechnete.

Eine Ampel wurde rot, der Verkehr kam zum Stehen, die Fußgänger ebenfalls. Osborn verbarg sich hinter einer Frau mit einem Schirm; sein Mann war höchstens fünf Schritte vor ihm. Wieder sah er das Gesicht ganz deutlich. Überhaupt kein Zweifel. Achtundzwanzig Jahre lang hatte er es in seinen Träumen gesehen. Er hätte es im Schlaf zeichnen können. Während er dastand, schwoll seine Wut von neuem an.

Die Ampel wurde grün, und der Mann überquerte die Straße vor der Menge. Am gegenüberliegenden Bordstein schaute er zurück, sah nichts und ging weiter. Inzwischen waren sie am Pont Marie, überquerten die Île St.-Louis. Zur Rechten lag Notre Dame. Noch ein paar Minuten, und sie würden die Seine überquert haben und wären am linken Ufer.

Im Augenblick hatte Osborn die Oberhand. Er spähte voraus und suchte nach einer Seitenstraße oder einer Gasse, wo er den Mann stellen könnte. Es war eine vertrackte Angelegenheit. Wenn er zu schnell lief, riskierte er aufzufallen. Trotzdem mußte er sich beeilen, denn sonst bestand die Gefahr, den Mann endgültig zu verlieren, wenn er plötzlich in eine Straße einbog, die Osborn nicht gesehen hatte, oder wenn er in ein Taxi stieg.

Der Regen wurde heftiger, und im grellen Licht der vorüberziehenden gelben Pariser Scheinwerfer war es schwer, etwas zu sehen. Der Mann vor ihm bog nach rechts auf den Boulevard St.-Germain und überquerte unvermittelt die Straße. Wo zum Teufel wollte er hin? Dann sah Osborn es. Die Métro-Station. Wenn er da hineingelangte, würde er im nächsten Augenblick von der Menge verschluckt. Osborn begann zu rennen und stieß grob die Leute beiseite. Ohne abzuwarten, hetzte er vor den Autos über die Straße. Das Gehupe ließ seinen Mann zurückschauen. Für einen Augenblick blieb er wie angewurzelt stehen, dann rannte er weiter. Osborn wußte, daß er gesehen worden war. Dem Mann war jetzt klar, daß er verfolgt wurde.

Auf der Treppe hinunter zur Métro nahm Osborn mehrere Stufen auf einmal. Unten sah er, wie der Mann ein Ticket aus dem Automaten zog und sich dann durch die Menge zur Sperre drängte.

Der Mann drehte sich um und sah, wie Osborn die Treppe heruntergerannt kam. Er streckte die Hand aus, schob sein Ticket in den Drehkreuzmechanismus. Die Sperre gab nach, er ging hindurch. Dann bog er scharf rechts ab und verschwand um die Ecke.

Keine Zeit für Tickets oder Drehkreuze. Osborn stieß eine junge Frau mit dem Ellbogen zur Seite, schwang sich über die Sperre, umkurvte einen großen Schwarzen und rannte auf den Bahnsteig.

Ein Zug stand schon bereit. Osborn sah den Mann einsteigen. Abrupt schlossen sich die Türen, und der Zug fuhr ab. Osborn rannte noch ein paar Schritte und blieb dann außer Atem stehen. Er sah nur noch blinkende Schienen und einen leeren Tunnel. Der Mann war verschwunden.

2

Michele Kanarack schaute über den Tisch hinweg und streckte die Hand aus. Ihr Blick war erfüllt von Liebe und Zuneigung. Henri Kanarack nahm ihre Hand in seine und sah sie an. Heute war sein zweiundfünfzigster Geburtstag, sie war vierunddreißig. Sie waren seit fast acht Jahren verheiratet, und heute hatte sie ihm gesagt, daß sie mit ihrem ersten Kind schwanger war.

»Dies ist ein ganz besonderer Abend«, sagte sie.

»Ja. Ein ganz besonderer.« Sanft küßte er ihre Hand, ließ sie los und schenkte aus der Flasche roten Bordeaux nach.

»Das ist der letzte«, sagte sie. »Bis das Baby da ist. Kein Alkohol mehr, solange ich schwanger bin.«

»Dann gilt es auch für mich.« Henri lächelte.

Draußen prasselte der Regen in Sturzbächen herab. Der Wind rüttelte am Dach und an den Fenstern. Ihr Appartement lag im obersten Stock eines fünfgeschossigen Hauses in der Avenue Verdier im Pariser Bezirk Montrouge. Henri Kanarack war Bäcker. Er ging jeden Morgen um fünf aus dem Haus und kam erst abends gegen halb sieben zurück. Die Fahrt zur Bäckerei beim Gare du Nord im nördlichen Teil von Paris dauerte etwa eine Stunde. Es war ein langer Tag. Aber er war zufrieden so, und auch mit seiner Frau und der Vorstellung, mit zweiundfünfzig Jahren zum erstenmal Vater zu werden. Er war glücklich, zumindest bis heute abend, als der Fremde ihn in der Brasserie angefallen und ihn dann bis in die Métro gejagt hatte. Er hatte ausgesehen wie ein Amerikaner. Vielleicht fünfunddreißig. Gute Figur, kräftig. Teures Sportsakko und Jeans, wie ein Geschäftsmann auf Urlaub.

Wer zum Teufel war das? Warum hatte er das getan?

»Ist alles in Ordnung?« Michele starrte ihn an. Wie weit war es mit Paris gekommen, wenn ein Bäcker in einer Brasserie von einem Wildfremden angegriffen werden konnte? Sie fand, er sollte die Polizei informieren. Dann sollte er sich einen Anwalt nehmen und den Besitzer der Brasserie verklagen.

»Ja«, sagte er, »alles in Ordnung.« Er wollte weder die Polizei informieren noch die Brasserie verklagen, obwohl sein linkes Auge beinahe zugeschwollen und seine Lippe rot-blau aufgequollen war, wo die Schläge des wilden Mannes einen Schneidezahn hindurchgetrieben hatten.

»Hey, ich werde Vater«, sagte er und versuchte, die Gedanken an den Zwischenfall zu vertreiben. »Lange Gesichter gibt's hier nicht. Nicht heute abend.« Michele stand auf, kam um den Tisch herum und schlang ihm von hinten ihre Arme um den Hals.

»Laß uns zur Feier des Lebens miteinander schlafen. Ein großartiges Leben zwischen der jungen Michele, dem alten Henri und einem neuen Baby.«

Henri drehte sich um und schaute ihr in die Augen. Dann lächelte er. Wie hätte er nicht lächeln können. Er liebte sie.

Später, als er im Dunkeln lag und auf ihren Atem lauschte, bemühte er sich, das Bild des dunkelhaarigen Mannes aus seinen Gedanken zu verbannen. Aber es wollte sich nicht vertreiben lassen. Es belebte eine tiefe, beinahe urzeitliche Angst in ihm von neuem: Egal, was er tun oder wie weit er auch fliehen würde, eines Tages würden sie ihn erwischen.

3

Osborn konnte sehen, wie sie im Korridor miteinander redeten. Vermutlich ging es um ihn. Dann ging der Kleine, und der andere kam durch die Glastür wieder herein, eine Zigarette in der einen Hand, eine braune Mappe in der anderen.

»Möchten Sie einen Kaffee, Dr. Osborn?« Inspecteur Maitrot

sprach sanft und höflich. Er war jung und selbstbewußt und außerdem blond und groß, ungewöhnlich für einen Franzosen.

»Ich wüßte gern, wie lange Sie mich noch festhalten wollen.« Die Police Urbaine hatte Osborn nach seinem Sprung über die Sperre wegen eines Verstoßes gegen städtische Verordnungen festgenommen. Bei der Befragung hatte er gelogen und behauptet, der Mann, hinter dem er her gewesen sei, habe ihn angerempelt und versucht, ihm seine Brieftasche zu stehlen. Es sei völliger Zufall gewesen, daß er ihn kurz darauf in der Brasserie wiedergesehen habe. Da erst hatten sie ihn mit der stadtweiten Fahndung der Pariser Polizei in Verbindung gebracht und zur Vernehmung ins Zentralgefängnis überstellt.

»Sie sind Arzt.« Maitrot las von einem Blatt vor, das an die Innenseite des Aktendeckels geheftet war. »Amerikanischer Orthopädiechirurg, auf Besuch in Paris nach einem medizinischen Kongreß in Genf. Ihr Wohnsitz ist Los Angeles.«

»Ja«, sagte Osborn ausdruckslos. Er hatte diese Geschichte bereits der Polizei in der Métro-Station, einem uniformierten Cop in einem Protokollierkäfig in einem anderen Teil dieses Gebäudes und einem Zivilbeamten erzählt, der ihn begleitet hatte, als ihm Fingerabdrücke genommen und er fotografiert und einer vorläufigen Befragung unterzogen worden war. Nun fing Maitrot hier in dieser winzigen verglasten Zelle von einem Vernehmungsraum die ganze Sache wieder von vorn an. Wort für Wort.

»Sie sehen nicht aus wie ein Arzt.«

»Sie sehen nicht aus wie ein Polizist«, sagte Osborn leichthin und bemühte sich, seinem Ton die Schärfe zu nehmen.

Maitrot reagierte nicht. Vielleicht hatte er es nicht verstanden; Englisch bereitete ihm offensichtlich Mühe – aber er hatte recht: Osborn sah nicht aus wie ein Arzt. Mit seinen einszweiundachtzig, den dunklen Haaren und den braunen Augen und seinen hundertneunzig Pfund hatte er das jungenhafte Aussehen, die Muskulatur und die Figur eines College-Athleten.

»Wie hieß der Kongreß, an dem Sie teilgenommen haben?«

»Ich habe nicht ›teilgenommen‹. Ich habe dort einen Vortrag gehalten. Auf dem ›Weltkongreß für Chirurgie‹.« Gern hätte er hinzugefügt: »Wie oft muß ich euch das noch erzählen? Redet ihr denn nicht miteinander?« Er hätte Angst haben müssen, und vielleicht hatte er auch welche, aber er war immer noch zu aufgedreht, um es zu merken. Der Mann mochte entkommen sein, aber entscheidend war, daß er ihn gefunden hatte! Er war hier, in Paris. Und mit etwas Glück wäre er immer noch hier, zu Hause oder irgendwo in einer Bar, würde seine Wunden lecken und sich fragen, was passiert war.

»Wovon handelte Ihr Vortrag?«

Osborn schloß die Augen und zählte langsam bis fünf. »Das habe ich Ihnen schon gesagt.«

»*Mir* haben Sie es noch nicht gesagt.«

»Mein Vortrag handelte von Verletzungen der *Ligamenta cruciata anteiora*. Es hat mit dem Knie zu tun.« Osborn hatte einen trockenen Mund. Er bat um ein Glas Wasser. Maitrot verstand ihn nicht oder ging einfach darüber hinweg.

»Sie sind wie alt?«

»Das wissen Sie bereits.«

Maitrot blickte auf.

»Achtunddreißig.«

»Verheiratet?«

»Nein.«

»Homosexuell?«

»Inspektor, ich bin geschieden. Sind Sie damit einverstanden?«

»Seit wann sind Sie Chirurg?«

Osborn schwieg. Maitrot wiederholte seine Frage, und der Rauch seiner Zigarette zog hinauf zum Deckenventilator.

»Seit sechs Jahren.«

»Glauben Sie, daß Sie ein besonders guter Chirurg sind?«

»Ich verstehe nicht, weshalb Sie mir diese Fragen stellen. Das alles hat nichts mit dem Grund meiner Verhaftung zu tun. Sie können in meiner Praxis anrufen und alles nachprüfen, was ich gesagt habe.« Osborn war erschöpft und verlor allmählich die Geduld. Zugleich mußte er sich überlegen, was er sagte, wenn er hier wieder herauskommen wollte.

»Hören Sie«, sagte er so ruhig und respektvoll wie möglich. »Ich habe alles getan, was Sie wollten, Fingerabdrücke, Fotos, ich habe Fragen beantwortet, alles. Jetzt möchte ich bitte entweder freigelassen werden oder den amerikanischen Konsul sprechen.«

»Sie haben einen französischen Staatsbürger angegriffen.«

»Woher wissen Sie, daß er französischer Staatsbürger war?« fragte Osborn, ohne nachzudenken.

Maitrot ignorierte seine Gereiztheit. »Warum haben Sie es getan?«

»Warum?« Osborn starrte ihn ungläubig an. Es verging kein Tag, an dem er nicht das Geräusch hörte, mit dem das Fleischermesser sich in den Bauch seines Vaters bohrte. An dem er nicht hörte, wie schrecklich überrascht er nach Luft schnappte, das Entsetzen in seinen Augen, als er aufblickte, als wolle er fragen: Was ist passiert?, obwohl er es doch genau wußte. An dem er nicht sah, wie die Knie einknickten, als der Vater langsam auf dem Gehweg zusammenbrach. An dem er nicht das furchtbare Kreischen einer Fremden hörte. An dem er nicht sah, wie sein Vater auf den Boden rollte und versuchte, die Hand hochzustrecken, während er seinen Sohn wortlos bat, sie zu halten, damit er nicht solche Angst hätte. Während er ihm wortlos sagte, daß er ihn für alle Zeit lieben würde.

»Ja.« Maitrot beugte sich vor und zerdrückte seine Zigarette in einem Aschenbecher auf dem Tisch zwischen ihnen. »Warum haben Sie es getan?«

Osborn richtete sich auf und erzählte seine Lüge noch einmal. »Ich kam aus London am Flughafen Charles de Gaulle an.« Er mußte jetzt aufpassen, damit er nichts anderes erzählte als das, was er seinen vorigen Befragern gesagt hatte. »Der Mann schlug mich auf der Herrentoilette nieder und versuchte, mir meine Brieftasche zu stehlen.«

»Sie sehen fit aus. War der Mann groß?«

»Nicht besonders. Er wollte nur meine Brieftasche.«

»Hat er sie bekommen?«

»Nein. Er rannte weg.«

»Haben Sie die Sache der Flughafenaufsicht gemeldet?«

»Nein.«

»Warum nicht?«

»Er hatte nichts gestohlen, und ich spreche nicht sehr gut Französisch, wie Sie feststellen.«

Maitrot zündete sich eine neue Zigarette an und schnippte das abgebrannte Streichholz in den Aschenbecher. »Und später haben Sie ihn dann, durch reinen Zufall, ausgerechnet in der Brasserie wiedergesehen, in der Sie selbst gesessen haben?«

»Ja.«

»Was hatten Sie vor – ihn festhalten, bis die Polizei kommt?«

»Um die Wahrheit zu sagen, Inspektor, ich habe keine Ahnung, was zum Teufel ich tun wollte. Ich hab's einfach getan. Ich war wütend. Ich habe den Kopf verloren.«

Osborn stand auf und schaute weg, während Maitrot sich in seiner Mappe etwas notierte. Was sollte er ihm erzählen? Daß der Mann, den er gejagt hatte, am Dienstag, dem 12. April 1966, in Boston, Massachusetts, USA, seinen Vater erstochen hatte? Daß er dabeigewesen war, und daß er den Mann bis vor ein paar Stunden nicht wiedergesehen hatte? Daß die Bostoner Polizei sich voller Mitgefühl die Horrorgeschichte eines kleinen Jungen angehört und dann Jahre darauf verwandt hatte, den Mörder zu suchen, bis sie schließlich hatten zugeben müssen, daß sie nichts weiter tun konnten? O ja, man war vorschriftsmäßig verfahren. Tatortsicherung, Spurenanalyse, Autopsie, Zeugenvernehmung. Aber der Junge hatte den Mann vorher noch nie gesehen, und seine Mutter konnte aufgrund seiner Beschreibung niemanden identifizieren, und da auf der Mordwaffe, ein einfaches Supermarktmesser, keine Fingerabdrücke gewesen waren, hatte die Polizei nur einen einzigen anderen Anhaltspunkt gehabt: die Aussage zweier Augenzeugen. Katherine Barnes, eine Verkäuferin mittleren Alters, die bei Jordan Marsh arbeitete, und Leroy Green, ein Bibliothekar in der Boston Public Library. Beide hatten sich während des Überfalls auf dem Gehweg befunden, und beide hatten mit leichten Abweichungen die gleiche Geschichte erzählt wie der Junge. Aber am Ende hatte die Polizei genausoviel in der Hand gehabt wie am Anfang. Nämlich nichts. Schließlich war Kevin O'Neil, der ungeduldige junge Polizist vom Morddezernat, der sich mit Paul angefreundet und den Fall von Anfang an bearbeitet hatte, von einem Verdächtigen, gegen den er ausgesagt hatte, umgebracht worden, und die Akte George Osborn verwandelte sich von einer persönlich betreuten Morduntersuchung schlicht in einen weiteren ungeklärten Mordfall, der zu Hunderten anderer Fälle in die Zentralregistratur gestopft wurde. Und jetzt, drei Jahrzehnte später, war Katherine Barnes über achtzig und senil, lebte in einem Pflegeheim in Maine, und Leroy Green war tot. Damit war Paul Osborn praktisch der einzige lebende Zeuge. Und wenn irgendein Staatsanwalt dreißig Jahre nach der Tat erwartete, daß eine Geschworenenjury einen Mann lediglich aufgrund der Aussage des Sohnes des Opfers, der zum Zeitpunkt der Tat gerade zehn gewesen war und den Täter nur zwei oder drei Sekunden lang gesehen hatte, verurteilen würde, dann wäre er verrückt. Die Wahrheit war, daß der Mörder schlicht und einfach davongekommen war. Und heute abend in einem Pariser Gefängnis war diese Wahrheit immer noch gültig, denn selbst wenn Osborn die Polizei dazu bringen könnte, den Mann aufzuspüren und festzunehmen, würde er niemals vor Gericht kommen. Nicht in Frankreich, nicht in Amerika, nicht in einer Million Jahren. Warum also der Polizei etwas sagen? Es würde nichts nützen und die Sache später womöglich nur komplizieren, wenn es Osborn durch irgendeine glückliche Wendung gelingen sollte, ihn noch einmal zu finden.

»Sie waren heute in London. Heute morgen.« Osborn merkte plötzlich, daß Maitrot immer noch mit ihm redete.

»Ja.«

»Aber Sie sagten, Sie seien aus Genf nach Paris gekommen.«

»Über London.«

»Warum waren Sie dort?«

»Als Tourist. Aber ich bin krank geworden. Eine Art Vierundzwanzig-Stunden-Virus.«

»Wo haben Sie gewohnt?«

Osborn lehnte sich zurück. Was wollten sie von ihm? Sie sollten ihn einsperren oder laufenlassen. Was ging es sie an, was er in London getan hatte?

Osborn war mit einer Frau in London gewesen; sie war ebenfalls Ärztin, Assistenzärztin an einem Pariser Krankenhaus und, wie er später herausgefunden hatte, die Geliebte eines prominenten französischen Politikers. Sie hatte ihm zunächst nur gesagt, es sei wichtig für sie, diskret zu sein, und sie hatte ihn gebeten, nicht nach dem Grund zu fragen. Er hatte das akzeptiert und vorsorglich ein Hotel ausgesucht, das dafür bekannt war, die Privatsphäre seiner Gäste zu wahren, und er hatte beim Einschreiben nur seinen eigenen Namen benutzt.

»Im ›Connaught‹«, sagte Osborn. Hoffentlich würde das Hotel seinem Ruf gerecht.

»Waren Sie allein?«

»Okay, das reicht.« Unvermittelt schob Osborn seinen Stuhl zurück und stand auf. »Ich will den amerikanischen Konsul sprechen.« Hinter der Scheibe sah Osborn, wie ein uniformierter Polizist mit einer Maschinenpistole über der Schulter sich umdrehte und ihn anstarrte.

»Warum entspannen Sie sich nicht, Dr. Osborn … Bitte, setzen Sie sich wieder«, sagte Maitrot ruhig und beugte sich dann vor, um eine Notiz in seine Akte zu machen.

Osborn setzte sich wieder und starrte absichtlich in eine andere Richtung; er hoffte, Maitrot werde über die Sache mit London hinweggehen und woanders weitermachen. Auf einer Uhr an der Wand war es beinahe elf. Also war es drei Uhr nachmittag in L. A. – oder zwei Uhr? In dieser Jahreszeit schienen die Zeitzonen in Europa stündlich zu wechseln, je nachdem, wo man gerade war. Wen zum Teufel kannte er dort, den er in einer solchen Situation anrufen könnte? Er war nur ein einziges Mal im Leben mit der Polizei aneinandergeraten. Das war nach einem besonders zermürbenden Tag gewesen, als er einen nachlässigen und rücksichtslosen Parkplatzwächter vor einem Restaurant in Beverly Hills attackiert hatte, weil der bei dem Versuch, seinen neuen Wagen zu parken, den vorderen Kotflügel verbeult hatte. Osborn war nicht verhaftet, sondern nur festgenommen und dann wieder freigelassen worden. Das war alles, ein einziges Mal im ganzen Leben. Dann fiel ihm ein, daß es doch noch etwas gegeben hatte. Mit fünfzehn, als er noch zur Schule ging, hatte die Polizei ihn einmal festgenommen, weil er am Weihnachtstag Schneebälle in ein Klassenfenster geworfen hatte. Als sie ihn fragten, warum er das getan habe, sagte er ihnen die Wahrheit. Er hätte sonst nichts zu tun gehabt.

Warum? Das war die Frage, die sie immer stellten. Die Leute in der Schule. Die Polizei. Sogar seine Patienten. Warum tat etwas weh? Warum war eine Operation nötig oder nicht nötig? Warum tat etwas immer noch weh, auch wenn sie fanden, daß es nun nicht mehr weh tun dürfte? Warum brauchten sie keine Medikamente, wenn sie doch fanden, daß sie welche brauchten? Und dann warteten sie darauf, daß er es ihnen erklärte. »Warum?« Anscheinend war es ihm bestimmt, diese Frage zu beantworten, und nicht, sie zu stellen. Obwohl er sich erinnern konnte, daß er sie zweimal ausdrücklich gestellt hatte: »Warum?« Seiner ersten Frau und seiner zweiten Frau, nachdem sie gesagt hatten, daß sie ihn verlassen wollten. Aber jetzt, in diesem verglasten Vernehmungsraum bei der Polizei im Zentrum von Paris, wo ein französischer Kriminalpolizist vor ihm Notizen machte und eine Zigarette nach der anderen rauchte, jetzt begriff er plötzlich, daß *warum?* das wichtigste Wort der Welt für ihn war. Und er wollte die Frage nur noch einmal stellen. Dem Mann, den er bis zur Métro gejagt hatte.

»Warum, du Dreckschwein, hast du meinen Vater umgebracht?«

Und im selben Augenblick kam ihm der Gedanke, wenn die Polizei die Kellner in der Brasserie befragt hatte, die den Zwischenfall angezeigt hatten, dann hatte sie vielleicht den Namen des Mannes. Zumal, wenn er ein Stammgast war oder mit Scheck oder Kreditkarte bezahlt hatte. Osborn wartete, bis Maitrot zu Ende geschrieben hatte. Dann fragte er so höflich wie möglich: »Kann ich eine Frage stellen?« Maitrot blickte auf und nickte.

»Dieser französische Staatsbürger, den ich angegriffen haben soll – wissen Sie, wer er war?«

»Nein«, sagte Maitrot.

In diesem Augenblick öffnete sich die Glastür, und der andere Zivilbeamte kam wieder herein und setzte sich Osborn gegenüber. Sein Name war Inspecteur Barras; er warf Maitrot einen Blick zu, und dieser schüttelte unbestimmt den Kopf. Barras war klein, hatte dunkles Haar und schwarze, humorlose Augen. Dunkle Haare bedeckten seinen Handrücken, und seine Fingernägel waren makellos geschnitten.

»Störenfriede sind nicht willkommen in Frankreich. Ärzte bilden da keine Ausnahme. Ausweisung ist eine ganz einfache Sache«, stellte Barras nüchtern fest.

Ausweisung! O Gott, nein! dachte Osborn. Bitte nicht jetzt! Nicht nach so vielen Jahren! Nicht, nachdem ich ihn endlich gesehen habe! Jetzt, wo ich weiß, daß er lebt und wo er ist! »Es tut mir leid«, sagte er und verbarg sein Entsetzen. »Sehr leid ... ich war erregt, das ist alles. Bitte glauben Sie mir, denn es ist die Wahrheit.«

Barras musterte ihn. »Wie lange wollten Sie noch in Frankreich bleiben?«

»Noch fünf Tage«, sagte Osborn. »Um mir Paris anzusehen ...«

Barras zögerte. Dann griff er in die Jackentasche und zog Osborns Paß hervor. »Ihr Paß, Doktor. Wenn Sie abreisen wollen, kommen Sie zu mir, und ich gebe ihn zurück.«

Osborn blickte Barras und dann Maitrot an. Das war ihre Art, damit umzugehen. Keine Ausweisung, keine Verhaftung, aber sie behielten ihn im Auge und sorgten dafür, daß er es wußte.

»Es ist spät«, sagte Maitrot und stand auf. »*Au revoir,* Dr. Osborn.«

Es war fünf vor halb zwölf, als Osborn die Polizeiwache verließ. Es hatte aufgehört zu regnen, und ein strahlend heller Mond hing über der Stadt. Er wollte sich ein Taxi heranwinken, aber dann beschloß er, zu Fuß zu seinem Hotel zurückzugehen. Zu Fuß gehen und überlegen, was er als nächstes unternehmen würde wegen dieses Mannes, der nun keine Kindheitserinnerung mehr war, sondern ein lebendiges Wesen. Mit etwas Geduld war es möglich, diesen Mann zu finden. Und zu befragen. Und schließlich zu vernichten.

4

London

Derselbe helle Mond beleuchtete eine Gasse unweit der Charing Cross Road im Theaterviertel. Der Durchgang war L-förmig und schmal und an beiden Enden durch rot-weißes Polizeiband abgeriegelt. Passanten spähten von beiden Seiten herein und versuchten, an den uniformierten Polizisten vorbeizuschauen und sich ein Bild von dem zu machen, was da vor sich ging.

Aber nicht den Gesichtern in der gaffenden Menge galt McVeys Aufmerksamkeit, sondern einem anderen Gesicht, dem eines Mannes, Anfang bis Mitte zwanzig, dessen Augäpfel grotesk aus den Höhlen quollen. Ein Theaterarbeiter, der nach einer Show Kartons wegwerfen wollte, hatte es in einem Müllcontainer entdeckt. Normalerweise hätte das Morddezernat der Metropolitan Police den Fall übernommen, aber diesmal war es etwas anderes. Superintendent Jaminson rief Commander Ian Noble vom Special Branch zu Hause an, und Noble wiederum hatte in McVeys Hotel angerufen und ihn aus einem unruhigen Schlaf wecken lassen.

Es war nicht nur das Gesicht, es war vor allem der dazugehörige Kopf, der das Interesse der Met-Detectives gefesselt hatte. Zum einen, weil der restliche Körper fehlte. Und zum zweiten, weil der Kopf offenbar auf chirurgische Weise abgetrennt worden war. Wo der »Rest« war, wußte niemand so genau, aber die Bürde des Übriggebliebenen lastete auf McVey.

Als er jetzt dabei zusah, wie die beiden Beamten der Spurensicherung den Kopf behutsam aus dem Müllcontainer hoben, in eine durchsichtige Plastiktüte steckten und dann in eine Transportschachtel legten, war eines nur allzu klar: Superintendent Jamisons Detectives hatten recht gehabt. Der Kopf war von einem Profi abgetrennt worden. Wenn nicht von einem Chirurgen, dann zumindest von jemandem mit einem chirurgisch scharfen Werkzeug und soliden Kenntnissen in *Gray's Anatomy*.

Daß der Kopf vom restlichen Körper abgetrennt worden war, dazu brauchten weder McVey noch Commander Noble die Bestätigung eines Fachmanns. Sie brauchten allerdings jemanden, der ihnen sagte, ob der Kopf vor oder nach dem Tode abgetrennt worden war. Und der im letzteren Falle die Todesursache ermittelte.

Die Laboruntersuchungen würden zwischen vierundzwanzig Stunden und drei oder vier Tagen dauern. Aber McVey, Commander Noble und Dr. Evan Michaels, der junge Pathologe aus dem Innenministerium mit dem Babygesicht, waren einer Meinung. Der Kopf war nach dem Tod vom Körper abgetrennt worden, und die Todesursache war vermutlich eine tödliche Dosis eines Barbiturats, höchstwahrscheinlich Nembutal. Aber es blieb die Frage, was die Augen derart aus den Höhlen hatte hervortreten lassen und was die dünnen Blutrinnsale an beiden Mundwinkeln verursacht hatte. Es waren Symptome, die auf das Einatmen von Blausäuregas hindeuteten, aber es gab dafür keinen eindeutigen Nachweis.

McVey kratzte sich hinterm Ohr und starrte zu Boden.

»Er wird Sie fragen, wann der Tod eingetreten ist«, sagte Ian Noble trocken zu Michaels. Noble war fünfzig und verheiratet, hatte zwei Töchter und vier Enkelkinder. Mit seinem kurzgeschnittenen grauen Haar, dem kantigen Kinn und der schlanken Gestalt sah er aus wie ein Soldat der alten Schule, was bei einem ehemaligen Colonel des militärischen Nachrichtendienstes und Absolventen der Royal Military Academy in Sandhurst, Jahrgang '65, nicht überraschend war.

»Schwer zu sagen«, meinte Michaels.

»Versuchen Sie's.« McVeys graugrüne Augen fixierten Michaels. Er wollte irgendeine Antwort. Eine fundierte Vermutung würde schon genügen.

»Es ist sehr wenig Blut da, fast gar keins. Schwer, die Gerinnungszeit festzustellen, wissen Sie. Ich kann Ihnen sagen, daß er da, wo er gefunden wurde, geraume Zeit gelegen hat, denn seine Temperatur ist beinahe identisch mit der Außentemperatur.«

»Keine Leichenstarre.«

Michaels starrte ihn an. »Nein, Sir. Sieht nicht so aus. Wie Sie wissen, Detective, setzt die Leichenstarre normalerweise nach fünf bis sechs Stunden ein; der obere Teil des Körpers ist zuerst betroffen, innerhalb von zwölf, und der ganze Körper innerhalb von achtzehn Stunden.«

»Wir *haben* nicht den ganzen Körper«, sagte McVey.

»Nein, Sir. Den haben wir nicht.« Mal abgesehen vom Pflichtbewußtsein wünschte Michaels sich allmählich, er wäre heute abend zu Hause geblieben und hätte jemand anderem das Vergnügen überlassen, es mit diesem aufbrausenden amerikanischen Kriminalpolizisten aufzunehmen, der mehr graue als braune Haare hatte und die Antworten auf seine eigenen Fragen immer schon zu kennen schien, bevor er sie stellte.

»McVey«, sagte Noble, ohne eine Miene zu verziehen, »warum warten wir nicht die Laborergebnisse ab und lassen den armen Doktor nach Hause gehen, damit er seine Hochzeitsnacht zu Ende bringen kann?«

»Das ist heute Ihre Hochzeitsnacht?« McVey war verdattert. »Heute?«

»War«, antwortete Michaels kurz.

»Wieso zum Teufel haben Sie dann auf Ihren Piepser reagiert? Wenn man Sie nicht erwischt hätte, hätte man jemand anders geholt.« McVey war nicht bloß aufrichtig, er war fassungslos. »Was zum Teufel hat Ihre Frau gesagt?«

»Ich soll auf den Ruf nicht reagieren.«

»Ich bin froh, daß anscheinend wenigstens einer von Ihnen beiden weiß, wo's langgeht.«

»Sir. Es ist mein Job, wissen Sie.«

Innerlich mußte McVey grinsen. Dieser junge Pathologe würde entweder ein sehr guter Profi oder ein eingeschüchterter Beamter werden. Abwarten.

»Wenn wir fertig sind, was soll ich dann damit machen?« fragte Michaels unvermittelt. »Ich habe noch nie für die Metropolitan Police gearbeitet – übrigens auch nicht für Interpol.«

McVey zuckte die Achseln und sah Noble an. »Ich auch nicht«, sagte er. »Ich habe auch noch nicht für die Metropolitan Police oder für Interpol gearbeitet. Wie und wo werden hier Köpfe einsortiert?«

»Köpfe sortieren wir, McVey, wie wir Leichen sortieren, oder Leichenteile. Etikettiert, nach Möglichkeit in Plastik eingepackt und gekühlt.« Für Noble war es viel zu spät, um humorvoll zu sein.

»Na schön.« McVey zuckte die Achseln. Es war ihm sehr recht, jetzt Feierabend zu machen. Im Morgengrauen würden Polizeibeamte in der Gasse mit der Arbeit anfangen, würden jeden befragen, der in der Zeit vor dem Fund des Kopfs in der Umgebung des Müllcontainers irgendwelche Aktivitäten bemerkt hatte. In einem, höchstens zwei Tagen würden sie die Laborberichte über Gewebeproben und Kopfhaarfollikel haben. Man würde einen Gerichtsanthropologen hinzuziehen, der das Alter des Opfers bestimmen könnte.

Die beiden Polizisten überließen es Dr. Michaels, den Kopf zu etikettieren, in Plastik zu verpacken und in einem separaten Kühlfach zu deponieren, und zwar mit der besonderen Zusatzanweisung, daß dieses Fach nur in Anwesenheit von Commander Noble oder Detective McVey zu öffnen sei. Die beiden machten sich auf den Heimweg, Noble in sein renoviertes vierstöckiges Haus in Chelsea, McVey in sein kleines Zimmer in einem täuschend kleinen Hotel in der Halfmoon Street auf der anderen Seite von Green Park in Chelsea.

5

Getauft war er auf den Namen William Patrick Cavan McVey in der katholischen St.-Mary-Kirche an der damaligen Leheigh Road in Rochester, New York, im Februar 1928. Immer, von der Cardinal-Manning-Pfarrgemeindeschule bis zur Don Bosco High, kannten ihn alle nur als Paddy McVey, Precinct Sergeant Murphy McVeys ersten Sohn. Aber von dem Tag an, als er neunundzwanzig Jahre später die »Foltermorde in den Bergen« in Los Angeles aufklärte, nannte ihn niemand mehr anders als McVey – nicht seine Vorgesetzten, nicht seine Kollegen, nicht die Presse, nicht einmal seine Frau.

Detective beim Morddezernat des Los Angeles Police Department seit 1955; er hatte zwei Ehefrauen beerdigt und drei Kinder durchs College gebracht. An seinem fünfundsechzigsten Geburtstag versuchte er, sich zur Ruhe zu setzen. Es funktionierte nicht. Das Telefon klingelte dauernd. »Rufen Sie McVey an; der kennt alle möglichen Arten, eine Nutte mit dem Messer zuzurichten.« »Holen Sie McVey; der hat nichts zu tun. Vielleicht kommt er mal rüber und sieht sich's an.«

Schließlich war er in eine Fischerhütte gezogen, die er sich in den Bergen am Big Bear Lake gebaut hatte, ohne Telefon. Aber kaum hatte er seinen Kram eingeräumt und das Kabelfernsehen angeschlossen, da fingen seine alten Kumpel von der Polizei an, zum Angeln zu ihm heraufzukommen. Und es dauerte nicht lange, bis sie ihm die gleichen Fragen stellten, die sie ihm sonst am Telefon gestellt hatten. Am Ende gab er auf, hängte ein Vorhängeschloß an die Hütte und ging wieder arbeiten.

Er hatte noch keine zwei Wochen an seinem alten, verschrammten Stahlschreibtisch auf demselben quietschenden Drehstuhl im

Raub- und Morddezernat gesessen, als Bill Woodward, der Chief of Detectives, hereinkam und fragte, ob er Lust auf eine Europareise hätte; alle Spesen würden übernommen. McVey zuckte die Achseln und fragte, wozu und wie lange. Er war nicht scharf aufs Reisen, und wenn er es tat, dann meistens irgendwohin, wo es warm war. Es war Anfang September. In Europa würde es eiskalt werden. Er haßte die Kälte.

»Das ›Wie lange‹ hängt, schätze ich, von Ihnen ab. Das ›Wieso‹ – Interpol hat sieben kopflose Leichen, und sie wissen nicht, was sie damit anfangen sollen.« Woodward schob McVey eine Akte vor die Nase und ging.

McVey sah ihm nach, warf den anderen Detectives im Raum einen Blick zu, griff dann nach einem Becher mit kaltem Kaffee und klappte die Akte auf. Auf der rechten oberen Ecke klemmte ein schwarzer Reiter, der in den Interpol-Akten eine unidentifizierte Leiche kennzeichnete und um jede Art von Hilfe zur Identifizierung bat.

Zwei der sieben Leichen waren in England gefunden worden, zwei in Frankreich, eine in Belgien, eine in der Schweiz, und eine war in der Nähe der westdeutschen Hafenstadt Kiel an den Strand geschwemmt worden. Alle waren männlich und im Alter zwischen zweiundzwanzig und dreiundfünfzig. Alle waren weiß, und alle waren anscheinend mit einem Barbiturat betäubt worden, bevor man ihnen die Köpfe auf chirurgische Weise und immer an der anatomisch gleichen Stelle abgetrennt hatte.

Die Morde waren zwischen Februar und August geschehen und, wie es schien, ohne jede Verbindung. Aber sie waren einander so ähnlich, daß es kein Zufall sein konnte. Weitere Ähnlichkeiten allerdings gab es nicht. Die Toten standen in keiner Beziehung zueinander, und es deutete nichts darauf hin, daß sie einander gekannt hatten. Keiner hatte ein Vorstrafenregister, und keiner hatte ein gewalttätiges Leben geführt. Und alle stammten aus unterschiedlichen wirtschaftlichen Verhältnissen.

Was die Sache noch erschwerte, war die Statistik: In mehr als fünfzig Prozent der Fälle, in denen ein Mordopfer, ob mit oder ohne Kopf, identifiziert wird, findet man auch den Mörder. In diesen sieben Fällen hatte man keinen einzigen plausiblen Verdächtigen ausfindig machen können. Alles in allem tappten Polizeiexperten aus fünf Ländern, darunter eine Mord-Sonderkommission des Scotland Yard und die internationale Polizeiorganisation Interpol, im dunkeln, und die

Boulevardpresse veranstaltete ein Schlachtfest. Und so hatte man das Los Angeles Police Department um einen der Besten in der einzigartigen Welt der Mordaufklärung gebeten.

McVey war zunächst nach Paris gekommen und hatte sich dort mit Inspecteur Lieutenant Alex Lebrun von der ersten Sektion der Pariser Polizeipräfektur getroffen, einem Spaßvogel mit breitem Grinsen und stets gegenwärtiger Zigarette. Lebrun hatte ihn dann mit Commander Noble von Scotland Yard und Capitain Yves Cadoux, Koordinationsleiter für Interpol, bekannt gemacht. Zu viert hatten sie sich die Tatorte in Frankreich angesehen. Der erste befand sich in Lyon, zwei Stunden südlich von Paris mit dem Schnellzug TGV und ironischerweise kaum eine Meile von der Interpol-Zentrale entfernt. Der zweite lag in den Alpen in Chamonix. Später begleiteten Cadoux und Noble McVey zu den Tatorten in Belgien – einer kleinen Fabrik am Stadtrand von Ostende –, in der Schweiz – einem Luxushotel am Genfer See in Lausanne – und in Deutschland – einer steinigen Bucht zwanzig Autominuten nördlich von Kiel. Schließlich fuhren sie nach England. Erst zu einem kleinen Appartement gegenüber der Kathedrale von Salisbury, achtzig Meilen südwestlich von London, und schließlich nach London selbst, in eine Privatwohnung im exklusiven Bezirk Kensington.

Danach verbrache McVey zehn Tage in einem kalten Büro im dritten Stock von Scotland Yard und brütete über den ausführlichen Polizeiberichten der jeweiligen Verbrechen, wobei er es häufig für nötig hielt, sich über das eine oder andere Detail mit Ian Noble zu beraten, der ein viel größeres und wärmeres Büro im ersten Stock hatte. Gnädigerweise erhielt McVey eine Erholungspause, als man ihn nach Los Angeles zurückrief, damit er zwei Tage als Zeuge in dem Prozeß gegen einen vietnamesischen Drogendealer aussagte, den er selbst festgenommen hatte.

Nach dem Prozeß hatte McVey sich zwei Tage für private Angelegenheiten freinehmen und dann nach London zurückkehren sollen. Aber irgendwie war es ihm gelungen, eine auf seinen persönlichen Wunsch vorgenommene zahnchirurgische Behandlung einzuschieben und so aus den zwei Tagen zwei Wochen zu machen, die er zum größten Teil auf einem Golfplatz beim Rose Bowl verbrachte, wo ihm die warme Sonne, die durch den dichten Smog drang, dabei half, zwischen den Schlägen über die Morde nachzusinnen.

Bisher schien es nur eine Gemeinsamkeit zwischen den Opfern zu geben, das chirurgische Abtrennen der Köpfe. Eine Operation, die auf den ersten Blick offenbar entweder von einem Chirurgen oder von jemandem mit chirurgischen Fähigkeiten, der Zugang zu den erforderlichen Instrumenten hatte, vorgenommen worden war.

Darüber hinaus paßte nichts zusammen. Drei der Opfer waren da umgebracht worden, wo man sie gefunden hatte. Die übrigen vier waren woanders gestorben; drei hatte man an den Straßenrand gelegt und das vierte bei Kiel ins Meer geworfen. Trotz all der Jahre beim Morddezernat war das sehr rätselhaft und sonderbarer als alles, was McVey je erlebt hatte.

Er hatte kaum die Golfschläger weggestellt und sich im feuchten London, erschöpft und mit Jetlag nach dem langen Flug, auf dem Ding niedergelassen, das sein Hotel als Kissen bezeichnete, als das Telefon klingelte und Noble ihm mitteilte, daß sie einen passenden Kopf zu den Körpern gefunden hätten.

Jetzt war es Viertel vor vier morgens, nach Londoner Zeit, und McVey saß an dem Schreibtischersatz in seiner Besenkammer. Vor ihm stand ein doppelter *Famous Grouse*-Scotch, und er befand sich in einer Konferenzschaltung mit Noble und Capitain Cadoux in der Interpol-Leitung aus Lyon.

Cadoux, ein ernster, stämmiger Mann mit einem mächtigen Schnurrbart, den er scheinbar unablässig zwischen Daumen und Zeigefinger zwirbelte, hatte das Fax des jungen Gerichtsmediziners Michaels mit dem vorläufigen Autopsiebericht vor sich. Er beschrieb exakt, an welcher Stelle der Kopf vom Körper getrennt worden war. An eben dieser Stelle waren auch die sieben anderen Körper von ihren Köpfen getrennt worden.

»Das wissen wir, Cadoux. Aber das genügt nicht, um mit Sicherheit sagen zu können, daß die Morde miteinander zusammenhängen«, sagte McVey müde.

»Die Altersgruppe ist dieselbe.«

»Reicht immer noch nicht.«

»McVey, ich muß Capitain Cadoux zustimmen«, sagte Noble in einem kultivierten Ton, als plaudere er beim Fünf-Uhr-Tee, was McVey veranlaßte, wieder auf die Uhr zu schauen. Inzwischen wußte er nicht mehr, ob es Tag oder Nacht war.

»Wenn das kein Zusammenhang ist, dann ist es einem verdammt zu ähnlich, als daß man es ignorieren könnte«, schloß Noble.

»Na schön …«, sagte McVey und wiederholte laut, was er die ganze

Zeit dachte. »Man muß sich fragen, wer dieser Irre ist, der da draußen rumläuft.«

»Sie glauben, es ist ein einzelner?« fragten Scotland Yard und Interpol wie aus einem Munde.

»Ich weiß nicht. Yeah …«, sagte McVey. »Yeah. Ich glaube, es ist ein einzelner.«

Mit dem Hinweis auf den Jetlag und der Frage, ob man nicht später weitermachen könne, legte McVey auf. Er hätte sie nach ihrer Meinung fragen können, aber er tat es nicht. Sie hatten ihn schließlich um Hilfe gebeten. Außerdem hätten sie es gesagt, wenn sie meinten, daß er sich irrte. Und es war ja nur ein Gefühl.

Er nahm sein Glas und schaute aus dem Fenster. Auf der anderen Straßenseite lag noch ein Hotel, auch ein kleines. Die meisten Fenster waren dunkel, aber im vierten Stock schimmerte ein mattes Licht. Da las jemand oder war beim Lesen eingeschlafen oder hatte das Licht brennen lassen, als er gegangen war. Oder es lag ein Toter im Zimmer, der darauf wartete, daß er am Morgen entdeckt wurde. Das machte es aus, Kriminalpolizist zu sein: Für fast alles gab es endlos viele Möglichkeiten. Erst mit der Zeit bekam man allmählich ein Gefühl für die Dinge, ein Gespür für das, was in einem Zimmer geschehen war, bevor man hereinkam, und was man finden würde, wenn man hereinkäme, was für ein Mensch dort war oder gewesen war, und welche Absicht er verfolgt hatte.

Aber bei einem abgetrennten Kopf gab es keine Zimmer, aus denen schwaches Licht drang. Mit viel Glück würde es vielleicht später so etwas geben. Das Zimmer, das zu einem anderen Zimmer führte und schließlich zu dem Raum, in dem der Mörder saß. Aber vor all dem mußten sie das Opfer identifizieren.

McVey trank seinen Scotch aus, rieb sich die Augen und warf einen Blick auf die Notiz, die er sich vor einer Weile gemacht und deren Inhalt er schon in Gang gesetzt hatte: KOPF/ZEICHNER/-SKIZZE/ZEITUNG/IDENTIFIZIEREN.

6

Um fünf Uhr morgens waren die Pariser Straßen menschenleer. Die Métro fuhr erst ab halb sechs, und so war Henri Kanarack darauf angewiesen, daß Agnes Demblon, die Hauptbuchhalterin der Bäckerei, in der er arbeitete, ihn in den Betrieb mitnahm. Und pflichtbewußt stand sie jeden Tag um Viertel vor fünf mit ihrem fünf Jahre alten weißen Citroën vor seinem Haus. Und jeden Tag schaute Michele Kanarack aus dem Schlafzimmerfenster und schaute zu, wie ihr Mann unten aus dem Haus auf die Straße trat, in den Citroën stieg und mit Agnes wegfuhr. Dann zog sie den Bademantel fester, legte sich wieder ins Bett, lag wach und dachte an Henri und Agnes. Agnes war eine neunundvierzig Jahre alte Jungfer, eine bebrillte Buchhalterin und nach niemandes Maßstäben attraktiv. Was konnte Henri bei ihr finden, was er bei Michele nicht fand? Michele war viel jünger, sah ein Dutzend mal besser aus, hatte die entsprechende Figur und sorgte dafür, daß Henri soviel Sex bekam, wie er brauchte, was natürlich erklärte, warum sie endlich schwanger geworden war.

Was Michele nicht wissen konnte und nie erfahren würde, war die Tatsache, daß es Agnes gewesen war, die Henri den Job in der Bäckerei verschafft hatte. Sie hatte den Besitzer überredet, ihn einzustellen, obwohl Henri keinerlei Erfahrung als Bäcker hatte. Der Besitzer, ein kleiner, ungeduldiger Mann namens Lebec, hatte überhaupt kein Interesse daran gehabt, einen neuen Mann einzustellen, schon gar nicht, wenn er die Kosten der Ausbildung würde übernehmen müssen. Aber er hatte es sich sofort anders überlegt, als Agnes ihm gedroht hatte zu kündigen, wenn er es nicht täte. Buchhalterinnen wie Agnes waren schwer zu finden, erst recht solche, die die Steuergesetze so gut umgingen wie sie. Also war Henri Kanarack angestellt worden; er hatte sein Handwerk rasch gelernt, war zuverlässig und drängte nicht ständig auf Lohnerhöhungen wie manche anderen. Mit anderen Worten, er war ein idealer Angestellter, und Lebec konnte Agnes insofern keine Vorwürfe machen, ihn angeschleppt zu haben. Die einzige Frage, die Lebec gestellt hatte, lautete, warum Agnes bereit war, für einen derart unauffälligen Mann wie Henri Kanarack ihren Job aufs Spiel zu setzen. Agnes hatte darauf mit einem knappen »Ja oder nein, Monsieur Lebec?« geantwortet. Der Rest war Geschichte.

Agnes bremste vor einer blinkenden Ampel ab und warf einen

Blick zu Kanarack hinüber. Sie hatte die Blutergüsse in seinem Gesicht gesehen, als er eingestiegen war. Jetzt, im Licht des Armaturenbretts, schimmerten sie noch häßlicher.

»Wieder getrunken.« Agnes' Ton war kalt, beinahe grausam.

»Michele ist schwanger«, sagte er und blickte starr geradeaus ins Licht der gelben Scheinwerfer, die das Dunkel zerschnitten.

»Hast du dich betrunken, weil du dich freust oder weil dir elend ist?«

»Ich habe mich nicht betrunken. Ein Mann hat mich verprügelt.«

»Was für ein Mann?« Sie sah ihn an.

»Ich habe ihn noch nie gesehen.«

»Was hast du mit ihm gemacht?«

»Ich bin weggerannt.« Kanarack schaute unverwandt nach vorn auf die Straße.

»Wirst du auf deine alten Tage endlich schlau?«

»Es war etwas anderes ...« Kanarack drehte sich zu ihr um. »Ich saß in der Brasserie Stella. In der Rue St.-Antoine. Las die Zeitung, trank einen Espresso auf dem Nachhauseweg. Ganz ohne Grund stürzte sich ein Mann auf mich, warf mich zu Boden und fing an, auf mich einzuschlagen. Die Kellner rissen ihn zurück, und ich rannte weg.«

»Wieso hat er sich dich ausgesucht?«

»Weiß nicht.« Kanarack schaute wieder auf die Straße. Die Nacht verblaßte allmählich. Automatische Timer schalteten die Straßenlaternen ab. »Dann hat er mich verfolgt. Über die Seine. Hinunter in die Métro. Ich konnte ihn abhängen, auf einen Zug springen, bevor er mich einholte. Ich ...«

Agnes bremste für einen Mann, der seinen Hund ausführte, schaltete herunter; dann beschleunigte sie wieder. »Du ...?«

»Ich schaute aus dem Zugfenster und sah, wie die Métro-Polizei ihn schnappte.«

»Also ein Verrückter. Und die Polizei ist doch zu etwas gut.«

»Vielleicht nicht.«

Agnes schaute zu ihm hinüber. Da war noch etwas, das er ihr nicht erzählt hatte. »Was ist denn noch?«

»Er war Amerikaner.«

Es war zehn vor eins morgens, als Paul Osborn wieder in sein Hotel in der Avenue Kléber kam. Eine Viertelstunde später telefonierte er in seinem Zimmer mit L. A., sein Anwalt verband ihn mit einem anderen Anwalt, der sich umhören und wieder melden wollte. Um zwanzig nach eins klingelte das Telefon. Der Anrufer war in Paris. Er hieß Jean Packard.

Wenig mehr als fünfeinhalb Stunden später setzte Jean Packard sich gegenüber von Paul Osborn an einen Tisch im Hotelrestaurant. Für seine zweiundvierzig Jahre war er überdurchschnittlich fit. Sein Haar war kurz geschnitten, sein Anzug hing lose an seiner drahtigen Gestalt. Er trug keine Krawatte, und sein Hemd stand am Kragen offen, vielleicht um die gezackte, acht Zentimeter lange Narbe zu zeigen, die sich quer über seinen Hals zog. Packard war in der Fremdenlegion gewesen, dann als Söldner in Angola, Thailand und El Salvador. Jetzt war er Angestellter bei Kolb International, der größten Privatdetektei der Welt.

»Wir garantieren nichts, aber wir tun unser Bestes, und für die meisten Klienten genügt das normalerweise«, sagte Packard mit einem überraschenden Grinsen. Ein Kellner brachte dampfenden Kaffee und ein kleines Tablett mit Croissants und verschwand wieder. Jean Packard rührte beides nicht an. Statt dessen schaute er Osborn an.

»Lassen Sie mich erklären«, fuhr er fort. Er sprach Englisch mit starkem Akzent, aber man konnte ihn verstehen. »Alle Detektive bei Kolb International sind gründlich durchleuchtet worden und haben makellose Referenzen. Aber wir operieren nicht wie Angestellte, sondern wie unabhängige Unternehmer. Wir bekommen unsere Aufträge von den Regionalbüros und teilen die Honorare mit ihnen. Davon abgesehen verlangen sie nichts. Wir sind praktisch auf uns selbst gestellt, solange wir nichts anderes beantragen. Vertraulichkeit und Klientenschutz sind fast so etwas wie eine Religion bei uns. Die Angelegenheiten bleiben streng vertraulich zwischen zwei Personen, dem Ermittler und dem Klienten.«

Jean Packard hob die Hand, hielt einen vorbeigehenden Kellner an und bat ihn auf französisch um ein Glas Wasser. Dann wandte er sich wieder Osborn zu und erläuterte die weiteren Abläufe bei Kolb International.

Wenn eine Ermittlung beendet sei, sagte er, würden sämtliche Akten mit schriftlichem, kopiertem oder fotografiertem Material dem Klienten übergeben. Danach reiche der Ermittler beim zuständigen Regionalbüro von Kolb International eine Abrechnung über Zeit-

und Spesenaufwand ein, die wiederum dem Kunden als Rechnung zugestellt würde.

Das Wasser kam. »*Merci*«, sagte Packard. Er trank einen Schluck, stellte das Glas hin und sah Osborn an.

»Sie sehen also, wie sauber, vertraulich und einfach wir operieren.«

Osborn lächelte. Es gefiel ihm nicht nur die Arbeitsweise, sondern auch der Stil und das Benehmen dieses Privatdetektivs. Er brauchte jemanden, dem er vertrauen konnte, und Jean Packard schien genau der Richtige zu sein. Wenn der falsche Mann mit den falschen Methoden an die Sache heranging, konnte er den Gesuchten in die Flucht jagen und alles verderben. Und dann war da noch dieses andere Problem. Osborn hatte noch nicht recht gewußt, wie er es ansprechen sollte. Dann fuhr Jean Packard fort, und Osborns Problem war beseitigt.

»Ich würde Sie jetzt fragen, warum Sie diese Person ausfindig machen wollen, aber ich habe das Gefühl, daß Sie es mir lieber nicht sagen wollen.«

»Er ist eine persönliche Sache«, sagte Osborn leise. Jean Packard nickte und akzeptierte diese Antwort.

In den nächsten vierzig Minuten sprach Osborn in allen Details über das wenige, was er über den gesuchten Mann wußte. Die Brasserie in der Rue St.-Antoine. Die Tageszeit, zu der er ihn dort gesehen hatte. An welchem Tisch er gesessen hatte. Was er getrunken hatte. Daß er geraucht hatte. Welchen Weg der Mann nachher genommen hatte, als er dachte, niemand folge ihm. Die Métro am Boulevard St.-Germain, in die er gerannt war, als er gemerkt hatte, daß er doch verfolgt wurde.

Osborn schloß die Augen und stellte sich Henri Kanarack vor, und er gab eine sorgfältige Beschreibung, wie er ihn vor wenigen Stunden hier in Paris gesehen hatte und wie er ihn von jenem Augenblick vor Jahren in Boston in Erinnerung hatte. Die ganze Zeit über sagte Jean Packard sehr wenig, stellte hier eine Frage, wiederholte dort eine Einzelheit. Er machte sich auch keine Notizen; er hörte einfach nur zu. Zum Schluß gab Osborn ihm eine Zeichnung von Kanarack, die er aus dem Gedächtnis auf einem Hotelbriefbogen angefertigt hatte. Die tiefliegenden Augen, das kantige Kinn, die gezackte Narbe unter dem linken Auge, die sich in scharfer Linie über den Wangenknochen bis zur Oberlippe hinunterzog, die Ohren, die beinahe rechtwinklig abstanden. Es war eine grobe Zeichnung, wie von einem zehnjährigen Jungen.

Jean Packard faltete sie einmal und steckte sie in seine Jackentasche. »In zwei Tagen hören Sie von mir«, sagte er. Dann trank er sein Wasser aus, stand auf und ging.

Paul Osborn starrte eine ganze Weile hinter ihm her. Er wußte nicht, was er fühlen und was er denken sollte. Durch einen einzigen glücklichen Zufall, durch die willkürliche Wahl eines Lokals, in dem er eine Tasse Kaffee trinken wollte, in einer Stadt, die er nicht kannte, hatte sich alles verändert, und ein Tag war gekommen, von dem er sicher geglaubt hatte, daß er niemals kommen würde. Fast drei Jahrzehnte lang war sein Leben eine einsame Qual voll grauenhafter Alpträume gewesen. Ungewollt war ihm das Ereignis immer wieder durch den Kopf gegangen, getrieben von einem nagenden Schuldgefühl: Irgendwie sei er schuldig am Tod seines Vaters, irgendwie hätte er ihn verhindern können, wenn er ein besserer Sohn, wenn er wachsamer gewesen wäre, wenn er das Messer noch rechtzeitig gesehen und eine Warnung ausgestoßen hätte, ja, vielleicht sogar selbst dem Messer entgegengetreten wäre. Aber das war nicht alles. Von der Kindheit bis zum Mannesalter, über eine beliebige Zahl von Beratern und Therapeuten bis in den scheinbar sicheren Hafen des beruflichen Aufstiegs, hatte er erfolglos gegen einen anderen, noch tragischeren Dämon gekämpft: gegen das betäubende entmannende Grauen vor dem Verlassenwerden, das ausgelöst wurde durch die endgültige Demonstration des Mörders, wie schnell eine Liebe beendet werden konnte.

Das hatte sich damals als wahr erwiesen und galt seitdem unverändert. Erst, bedingt durch die Umstände, im Zusammenhang mit seiner Mutter und seiner Tante und später auch bei Geliebten und Freunden. Als Erwachsener lag die Schuld bei ihm selbst. Die Ursache war ihm bekannt, und dennoch war es ihm unmöglich, diese Empfindung zu unterdrücken. Jedesmal, wenn echte Liebe oder Freundschaft greifbar war, erhob sich das nackte Grauen davor, daß sie ihm wieder so brutal entrissen werden könnte. Gleichzeitig erwachten Mißtrauen und Eifersucht, und er war machtlos dagegen. Das schiere Bedürfnis nach Selbstschutz veranlaßte ihn, alles, was an Freude und Liebe und Vertrauen dagewesen war, im Handumdrehen auszuradieren.

Aber jetzt, nach fast dreißig Jahren, hatte er den Erreger seiner

Krankheit isoliert. Er war hier, in Paris. Und wenn er ihn gefunden hätte, würde es keine Anzeige bei der Polizei geben, keinen Auslieferungsantrag, kein Streben nach Gerechtigkeit. Einmal aufgespürt, würde dieser Mann zur Rede gestellt und dann schleunigst ausgemerzt, wie eine Krankheit. Der einzige Unterschied bestünde darin, daß das Opfer diesmal seinen Mörder kennen würde.

7

Einen Tag nach der Beerdigung seines Vaters zog Paul Osborns Mutter mit ihm zu ihrer Schwester in ein kleines, zweigeschossiges Haus auf Cape Cod.

Seine Mutter hatte Becky geheißen. Er nahm an, daß es die Kurzform für Elizabeth oder Rebecca war, aber er hatte sie nie gefragt, und er hatte nie gehört, daß jemand sie anders als Becky genannt hätte. Als sie Pauls Vater geheiratet hatte, war sie erst zwanzig gewesen und noch zur Schwesternschule gegangen.

George David Osborn war ein gutaussehender, aber stiller und introvertierter Mann gewesen. Er war von Chicago nach Boston gekommen, um am M. I. T. zu studieren, und gleich nach dem Examen hatte er bei Raytheon angefangen und später bei Microtab gearbeitet, einer kleinen Technikdesignfirma im High-tech-Zentrum an der Route 128. Paul wußte über das, was sein Vater tat, kaum mehr, als daß er chirurgische Instrumente entwarf. Welche Instrumente es im einzelnen waren, daran konnte er sich nicht erinnern, denn dazu war er zu jung gewesen.

Woran er sich nach der Beerdigung noch verschwommen erinnerte, war das Packen und der Umzug aus dem großen Haus in einem Bostoner Vorort in das sehr viel kleinere Haus auf Cape Cod. Und daran, daß seine Mutter beinahe sofort angefangen hatte zu trinken.

Er erinnerte sich an Abende, an denen sie für sie zwei das Essen gemacht und ihres hatte kalt werden lassen und statt dessen Cocktail um Cocktail trank, bis sie eingeschlafen war. Er erinnerte sich an seine Angst, wenn die Drinks sich häuften und er versuchte, sie zum Essen zu zwingen. Sie wollte nicht, statt dessen wurde sie wütend. Erst über Kleinigkeiten, aber irgendwann richtete sich die Wut immer gegen ihn. Er hatte Schuld, weil er nichts getan hatte – gar nichts –, was seinen Vater vielleicht hätte retten können. Und wenn sein Vater noch lebte, dann würden sie immer noch in dem schönen Haus bei Boston wohnen und nicht in dem winzigen Häuschen auf Cape Cod bei ihrer Schwester.

Und dann richtete sich die Wut jedesmal gegen den Mörder und gegen das Leben, das ihr geblieben war. Und dann gegen die Polizei, die unfähig und inkompetent war, und schließlich gegen sich selbst, die sie am meisten verachtete, weil sie nicht die Mutter war, die sie hätte sein sollen, und weil sie weder bereit noch fähig war, mit den Folgen einer solchen Tragödie fertig zu werden.

Pauls Tante Dorothy war vierzig und damit acht Jahre älter als ihre Schwester. Sie war unverheiratet und übergewichtig, eine einfache, freundliche Frau, die sonntags in die Kirche ging und sich aktiv an Gemeindeprojekten beteiligte. Nachdem sie Paul und Becky bei sich aufgenommen hatte, versuchte sie, Becky zu ermutigen, ihr Leben wieder selbst in die Hand zu nehmen. In die Kirche einzutreten, wieder zur Schwesternschule zu gehen und eines Tages als Krankenschwester zu arbeiten und stolz darauf sein zu können.

»Dorothy ist eine Sachbearbeiterin in der Bezirksverwaltung«, röhrte seine Mutter, wenn sie den dritten *Canadian Club* mit Ginger Ale halb ausgetrunken hatte. »Was weiß sie davon, wie entsetzlich es ist, ein Kind ohne Vater großzuziehen?«

Wer würde ihm bei den Schularbeiten helfen? Ihm sein Abendessen machen? Dafür sorgen, daß er nicht in schlechte Gesellschaft geriet? Dorothy verstand das nicht. Konnte es nicht verstehen. Redete dauernd nur von der Kirche, einem Beruf, einem normalen Leben. Becky schwor, sie sei bereit auszuziehen. Die Lebensversicherung reiche völlig, um sie beide, wenigstens halbwegs, zu ernähren, bis Paul die High School absolviert hätte.

Becky begriff nicht, daß Dorothy nicht von Kirche, Beruf und einem neuen Leben redete. Dorothy wollte, daß Becky aufhörte zu trinken. Aber Becky dachte nicht daran.

Acht Monate und drei Tage später fuhr Becky Osborn in Barnstable Harbor mit ihrem Wagen ins Wasser und blieb sitzen, bis sie ertrunken war. Sie war gerade dreiunddreißig. Die Trauerfeier fand in der Ersten Presbyterianer-Kirche in Yarmouth statt, am 15. Dezember 1966. Es war ein grauer Tag, und es war Schnee angekündigt. Mit Paul und Dorothy nahmen insgesamt achtundzwanzig Leute am Gottesdienst teil. Die meisten waren Freunde von Dorothy.

Am 4. Januar 1967, Paul Osborn war elf geworden, ernannte man Tante Dorothy zu seinem offiziellen Vormund. Am 12. Januar desselben Jahres kam er nach Hartwick, einer öffentlich finanzierten Privatschule für Knaben in Trenton, New Jersey. Dort sollte er für die nächsten sieben Jahre zehn Monate des Jahres verbringen.

8

Die Skizze, die der Polizeizeichner von dem abgetrennten Kopf angefertigt hatte, stand am Dienstag morgen in allen Boulevardzeitungen. Sie wurde als Porträt eines Vermißten präsentiert, und im Bildtext wurde jeder, der etwas dazu wußte, gebeten, sich unverzüglich an die Metropolitan Police zu wenden. Es gab eine Telefonnummer sowie den Hinweis, daß Anrufer auf Wunsch auch anonym bleiben könnten. Der Polizei gehe es lediglich um Informationen zum Verbleib des Vermißten im Interesse einer besorgten Familie. Nirgendwo stand, daß das Gesicht zu einem Kopf gehörte, zu dem es keinen Körper gab.

Bis abends war kein einziger Anruf eingegangen.

In Paris hatte man mit einer anderen Zeichnung ein wenig mehr Glück. Mit einem einfachen Schmiergeld von hundert Franc hatte Jean Packard das Gedächtnis eines der Kellner in Bewegung setzen können, die Paul Osborn von Henri Kanaracks Kehle gezerrt hatten, als die beiden sich auf dem Fußboden der Brasserie Stella gewälzt hatten.

Der Kellner, ein kleiner Mann mit zierlichen, weibischen Händen und einem ebensolchen Verhalten, hatte Kanarack einen Monat zuvor schon einmal gesehen, als er noch in einer anderen Brasserie gearbeitet hatte. Wie in der Brasserie Stella war Kanarack allein hereingekommen, hatte sich einen Espresso bestellt, eine Zeitung aufgeschlagen und eine Zigarette geraucht. Es war etwa um die gleiche Tageszeit gewesen, gegen fünf Uhr nachmittags. Die Brasserie hatte Le Bois geheißen, am Boulevard de Magenta, auf halber Strecke zwischen dem Gare de l'Est und der Place de la Republique. Eine Verbindungslinie zwischen Le Bois und der Brasserie Stella ergab, daß es in dem Gebiet überdurchschnittlich viele Métro-Stationen gab. Da der Fremde nicht ausgesehen hatte wie einer, der mit dem Taxi fuhr, konnte man ziemlich sicher annehmen, daß er in beiden Fällen entweder mit dem Auto oder zu Fuß gekommen war. Daß einer in der abendlichen Rush-hour in der Nähe eines der beiden Cafés ein Auto parkte, um dann allein bei einem Espresso zu verweilen, war auch nicht gerade wahrscheinlich. Schlichte Logik legte also nahe, daß er zu Fuß gekommen war.

Osborn und der Kellner hatten berichtet, der Mann habe einen Stoppelbart oder »Fünf-Uhr-Schatten« gehabt. Dies und die Tatsache, daß er aussah und sich benahm wie ein Angehöriger der Arbeiterklasse, legten die Vermutung nahe, daß sich der Mann auf dem Heimweg von der Arbeit befunden hatte und, da er es mindestens zweimal getan hatte, offenbar die Angewohnheit besaß, unterwegs eine kleine Pause einzulegen.

Jetzt brauchte Packard nur noch die anderen Cafés in dem Gebiet zwischen den beiden Brasserien abzuklappern. Wenn dabei nichts herauskäme, würde er im Umkreis der beiden weitersuchen, bis er ein drittes Café gefunden hätte, wo jemand den Mann von Osborns Zeichnung erkannte. Jedesmal würde er seinen Ausweis vorzeigen und erklären, der Mann sei vermißt, und seine Familie habe ihn engagiert, um ihn zu suchen.

Bei seinem vierten Versuch fand Packard eine Frau, die den Mann nach der groben Zeichnung erkannte. Sie war Kassiererin in einem Bistro an der Rue Lucien, um die Ecke vom Boulevard de Magenta. Der Mann aus der Skizze kam seit zwei oder drei Jahren immer mal wieder vorbei.

»Kennen Sie seinen Namen, Madame?«

Die Frau blickte scharf auf. »Sie sagten, Sie ermittelten im Auftrag der Familie des Mannes, aber Sie kennen seinen Namen nicht?«

»Es kann vorkommen, daß er sich heute ganz anders nennt als morgen.«

»Ist er kriminell?«

»Er ist krank ...«

»Das tut mir leid. Aber nein, ich weiß seinen Namen nicht.«

»Wissen Sie, wo er arbeitet?«

»Nein. Ich kann Ihnen nur sagen, daß er manchmal feinen Staub oder vielleicht Puder auf der Jacke hat. Daran erinnere ich mich, weil er immer versucht, es abzuklopfen. Wie eine nervöse Angewohnheit.«

»Baufirmen fallen aus, weil Bauarbeiter in der Regel keine Sportsakkos tragen, wenn sie von der Arbeit kommen. Und schon gar nicht, während sie arbeiten.« Es war kurz nach sieben abends, als sich Jean Packard mit Paul Osborn in eine dunklere Ecke der Hotelbar setzte. Packard hatte versprochen, sich nach zwei Tagen zu melden. Er lieferte schon früher.

»Unser Mann scheint in einem Bereich zu arbeiten, in dem sich pulvrige Ablagerungen bilden, wo er sein Jackett während der Arbeitszeit aufhängt. Bei der Überprüfung der Betriebe im Umkreis von einer Meile rings um die drei Cafés, was mehr als ein normaler Fußweg nach einem Arbeitstag ist, können wir seinen Beruf vernünftigerweise auf die Bereiche Kosmetika, Trockenchemikalien und Backmaterialien reduzieren.«

Jean Packard sprach leise. Seine Informationen waren knapp und direkt. Aber Osborn hörte ihm zu wie in einem Traum. Noch eine Woche zuvor war er in Genf gewesen und hatte sich voller Nervosität mit dem Vortrag beschäftigt, den er vor dem Weltkongreß für Chirurgie halten würde. Sieben Tage später saß er in einer dunklen Bar in Paris und hörte, wie ein Fremder ihm bestätigte, daß sein Mann am Leben war. Daß er in den Straßen von Paris umherlief. Dort lebte, dort arbeitete, dort atmete. Daß das Gesicht, das er gesehen hatte, Wirklichkeit war. Das Leben, das er unter seinen Fingern gespürt hatte, während er versuchte, es zu strangulieren, war Wirklichkeit.

»Morgen um diese Zeit habe ich einen Namen und eine Adresse für Sie«, schloß Packard.

»Gut«, hörte Osborn sich sagen. »Sehr gut.«

Jean Packard schaute ihn einen Moment lang an, ehe er aufstand. Es ging ihn nichts an, was Osborn mit den Informationen anfangen würde, wenn er sie hatte. Aber den Ausdruck in Osborns Augen hatte er schon bei anderen Männern gesehen. Abwesend, aufgewühlt, entschlossen. Er hatte nicht den geringsten Zweifel daran, daß der Mann, den er diesem Amerikaner bald ausliefern würde, wenig später tot sein würde.

Als Osborn wieder auf seinem Zimmer war, zog er sich aus und duschte zum zweitenmal an diesem Tag. Er bemühte sich, nicht an morgen zu denken. Wenn er den Namen hätte und wüßte, wer er war und wo er wohnte, dann könnte er über das übrige nachdenken. Wie er ihn befragen und wie er ihn dann umbringen sollte. Jetzt darüber nachzudenken, war zu schwierig und zu schmerzhaft. Es ließ alles Dunkle und Schreckliche in seinem Leben wiederauferstehen.

Rasierschaum bedeckte die Hälfte seines Gesichts, und er wischte den beschlagenen Spiegel klar, als das Telefon klingelte.

»Ja«, sagte er unvermittelt; er erwartete Jean Packard mit einem vergessenen Detail. Es war nicht Jean Packard. Vera war unten in der Lobby. Ob es erlaubt sei heraufzukommen? Oder hatte er schon Besuch oder andere Pläne? So war sie. Höflich, rücksichtsvoll, beinahe unschuldig. Als sie das erste Mal miteinander geschlafen hatten, hatte sie sogar um Erlaubnis gefragt, bevor sie seinen Penis berührte. Sie sei gekommen, um Lebewohl zu sagen.

Er war nur mit einem Handtuch bekleidet, als er die Tür aufmachte und sie dort auf dem Gang stehen sah, zitternd und mit Tränen in den Augen. Sie kam herein, und er schloß die Tür, und dann küßte er sie, und sie küßte ihn, und dann lagen sie einander in den Armen. Ihre Kleider waren überall. Seine Lippen waren auf ihren Brüsten, seine Hand in dem Dunkel zwischen ihren Beinen. Und dann spreizte sie die Beine, und er drang in sie ein, und alles war Lachen und Tränen und unvorstellbares Verlangen.

Niemand sagte so Lebewohl. Nie zuvor und auch in Zukunft nicht. Niemand.

9

Sie hieß Vera Monneray. Er hatte sie in Genf kennengelernt; sie war kurz nach seinem Vortrag zu ihm gekommen und hatte sich vorgestellt. Sie war Absolventin der Montpellier Medical School und arbeitete jetzt im ersten Jahr als Assistenzärztin im Centre Hospitalier Ste.-Anne in Paris. Sie war allein und feierte ihren sechsundzwanzigsten Geburtstag. Sie hatte nicht gewußt, weshalb sie so direkt auf ihn zukam – nur, daß er gleich zu Beginn seines Vortrags ihre Aufmerksamkeit erregt hatte. Etwas an ihm erweckte in ihr den Wunsch, ihn kennenzulernen. Herauszufinden, wer er war. Ein wenig mit ihm zusammenzusein. In jenem Moment hatte sie noch nicht gewußt, ob er verheiratet war oder nicht. Es war ihr egal gewesen. Wenn er gesagt hätte, er sei verheiratet und seine Frau sei auch da, oder wenn er einfach nur gesagt hätte, er sei zu beschäftigt, dann hätte sie ihm die

Hand geschüttelt, ihm gesagt, daß sie seinen Vortrag bewundert habe, und wäre gegangen. Und das wäre es gewesen.

Aber all das hatte er nicht gesagt.

Sie waren hinausgetreten und auf der Fußgängerbrücke über die Rhône in die Altstadt gegangen. Vera war gescheit und voller Lebendigkeit. Ihr langes Haar war beinahe rabenschwarz; sie strich es zur Seite und steckte es so hinters Ohr, daß es sich trotz ihrer Lebhaftigkeit nicht lösen konnte. Ihre Augen waren fast so dunkel wie ihr Haar; sie waren jung und begierig auf das lange Leben, das noch vor ihr lag.

Keine zwanzig Minuten nachdem sie sich kennengelernt hatten, gingen sie Hand in Hand. Abends aßen sie zusammen in einem ruhigen italienischen Restaurant am Rande des Rotlichtviertels. Daß Genf einen Bezirk für Prostituierte haben könnte, war eine seltsame Vorstellung. Die Stadt war berühmt für Schokolade und Uhren, und ihre nüchterne Ausstrahlung als internationales Finanzzentrum paßte irgendwie nicht zu den hautengen, geschlitzten Röcken der Straßennutten, trotzdem waren sie da und bevölkerten die paar Straßen, die ihnen zugewiesen waren. Vera beobachtete Osborn aufmerksam, als sie an ihnen vorbeigingen. War er schüchtern, verlegen, begutachtete er sie insgeheim, oder ließ er das Leben Leben sein? Alles, dachte sie. Alles.

Und das Abendessen verlief genauso wie der größte Teil des Nachmittags; es waren behutsame, stille Erkundungen eines Mannes und einer Frau, die sich instinktiv zueinander hingezogen fühlten. Händehalten, Blickwechseln und schließlich der lange, forschende Blick in die Augen des anderen. Mehr als einmal hatte Paul seine Erregtheit gespürt. Zum ersten Mal, als sie in einem großen Kaufhaus durch die Backwarenabteilung stöberten. Die Abteilung war voller Kunden, und er war sicher, daß alle Augen auf seinen Unterleib gerichtet waren. Rasch griff er nach einem großen Brot und hielt es diskret vor sich. Vera sah es und lachte. Es war, als seien sie seit langer Zeit ein Liebespaar und genössen das heimliche Kribbeln dabei, ihr Spiel in aller Öffentlichkeit zu treiben.

Nach dem Essen waren sie die Rue des Alpes hinunterspaziert und hatten zugesehen, wie der Mond über dem Genfer See aufging. Hinter ihnen lag das Beau-Rivage, Pauls Hotel. Seine Absicht war es gewesen, das Essen, den Spaziergang, den Abend hier enden zu lassen, aber jetzt, als der Augenblick gekommen war, fühlte er sich nicht mehr so sicher, wie er gedacht hatte. Er war seit nicht einmal vier Monaten geschieden und hatte kaum genug Zeit gehabt, das Selbstvertrauen als attraktiver Junggeselle – und Arzt außerdem – wiederzufinden. Er versuchte, sich zu erinnern: Wie hatte er eine Frau dazu gebracht, mit hinaufzukommen? Sein Kopf war plötzlich leer, und er konnte sich an nichts erinnern. Aber das brauchte er auch nicht; Vera war ihm meilenweit voraus.

»Paul«, sagte sie lächelnd, und sie schob ihren Arm unter seinen und zog ihn in der kühlen Luft, die vom See heranwehte, dicht an sich, »du darfst nie vergessen, daß du eine Frau nur dann ins Bett bekommst, wenn sie sich dafür entscheidet.«

»Tatsache?« sagte er mit Pokermiene.

»Absolute Wahrheit.«

Er holte einen Schlüssel aus der Tasche und hielt ihn hoch. »Zu meinem Hotelzimmer«, sagte er.

»Mein Zug geht. Um zehn. Der TGV nach Paris«, sagte sie so sachlich, als sei es etwas, das er hätte wissen müssen.

»Ich verstehe nicht.« Seine Hoffnung schwand. Von einem Zug hatte sie nie gesprochen, oder davon, Genf noch an diesem Abend zu verlassen.

»Paul, heute ist Freitag. Ich habe übers Wochenende ein paar Dinge in Paris zu erledigen, und Montag mittag muß ich in Calais sein. Meine Großmutter wird einundachtzig.«

»Was hast du an diesem Wochenende in Paris zu tun, was nicht bis zum nächsten Wochenende warten könnte?«

Vera sah ihn bloß an.

»Na, was?« fragte er.

»Wenn ich dir nun sagen würde, ich hätte einen Freund?«

»Schleichen sich schöne Assistenzärztinnen, die einen Freund haben, aus der Stadt, um sich neue Lover aufzureißen? Sieht so die medizinische Welt von Paris aus?«

»Ich habe dich nicht ›aufgerissen‹!« Vera trat empört einen Schritt zurück. Das Dumme war nur, daß ein kleines Lächeln aus ihrem Mundwinkel hervorblitzte. Er sah es, und sie wußte, daß er es sah.

»Gibt es einen Flughafen in Calais?« fragte er.

»Wieso?« fragte sie zurück.

»Das war eine einfache Frage.« Er grinste. »Ja, es gibt einen Flughafen in Calais. Nein, es gibt keinen Flughafen in Calais.«

Veras Augen schimmerten im Mondlicht.

»Ich bin nicht sicher …«

»Aber in Paris gibt es einen Flughafen.«

»Zwei.«

»Dann kannst du am Montag morgen nach Paris fliegen und mit dem Zug nach Calais fahren.« Wenn sie das wollte, wenn er für sie arbeiten sollte, dann tat er es eben.

»Was sollte ich bis Montag morgen hier machen?« Diesmal war das Lächeln ein bißchen breiter. Sie ließ ihn für sich arbeiten.

»Eine Frau bekommt man nur dann ins Bett, wenn sie sich dafür entscheidet«, sagte er leise, und wieder hielt er seinen Zimmerschlüssel hoch. Vera hob den Blick und schaute ihm in die Augen. Und während sie einander anschauten, hob sie die Hand, und ihre Finger schlossen sich langsam um den Schlüssel.

10

Zwei Tage waren nicht genug, entschied Osborn am nächsten Morgen. Vera war eben aufgestanden, und er hatte zugesehen, wie sie um das Fußende herum ins Bad gegangen war. Die Schultern zurückgeschoben, die kleinen Alabasterbrüste ohne Scham vorgereckt, hatte sie das Zimmer mit der Anmut eines kaum gezähmten Tieres durchquert, dem die eigene Großartigkeit unbewußt war. Absichtlich, dachte er, hatte sie nichts angezogen – nicht sein *L. A. Kings*-T-Shirt, das er ihr zum Schlafen gegeben und das sie nicht übergestreift hatte, und sie benutzte auch keins der verschiedenen Handtücher, die immer noch auf dem Boden lagen, verbrauchte Trophäen dreier ausgedehnter Sex-Episoden unter der Dusche. Es war ihre Art, ihm zu sagen, daß die vergangene Nacht kein Scherz gewesen war, der sie am Morgen verlegen machte.

Irgendwann vor Tagesanbruch, zwischen den Inszenierungen ihrer Liebe, hatten sie beschlossen, sich am nächsten Tag die Schweiz per Eisenbahn anzuschauen. Genf, Lausanne, Zürich, Luzern. Er wäre gern noch zur italienischen Grenze nach Lugano gefahren, aber dazu reichte die Zeit nicht. Heb dir Lugano für die nächste Reise auf, hatte er noch gedacht, bevor er in einen tiefen, lautlosen Schlaf versunken war. Lugano und Italien.

Jetzt, als er sie in die Dusche steigen hörte, fiel es ihm wieder ein. Heute war Samstag, der 1. Oktober. Vera mußte am Montag, dem 3.

in Calais sein. Am selben Tag sollte er von London nach L. A. fliegen. Wenn sie nun heute, statt durch die Schweiz zu fahren, nach England flogen? Dann hätten sie die Nacht und den ganzen Sonntag und den ganzen Sonntag abend in London zur Verfügung – oder wohin Vera sonst in England fahren wollte. Am Montag morgen könnte er sie dann in den Zug nach Dover setzen, und von dort könnte sie mit Fähre oder Hoverspeed direkt nach Calais übersetzen.

Von dieser Logik überwältigt, griff er, ohne weiter nachzudenken, sofort nach dem Telefonhörer. Erst als er mit der Frauenstimme an der Rezeption sprach und sie nach der Nummer von Air Europe fragte, wurde ihm bewußt, daß er noch nackt war. Damit nicht genug, hatte er auch noch eine Erektion, was anscheinend meistens der Fall war, wenn Vera sich in der Nähe befand. Unversehens kam er sich vor wie ein Teenager auf einem unerlaubten Wochenendtrip. Solche Dinge waren anderen passiert, aber nicht ihm. So stark und gutaussehend er auch war – und schon früher gewesen war –, er war doch Jungfrau geblieben, bis er zweiundzwanzigjähriger Medizinstudent war. Der Schurke in diesem Spiel war derselbe wie sonst auch: die unmittelbare und unkontrollierbare Angst, daß Sex zu Zuneigung und Zuneigung zu Liebe führen könnte. Und wenn er sich einmal auf die Liebe eingelassen hatte, war es nur eine Frage der Zeit, bevor er sie zerstörte.

Zuerst sagte Vera nein; England sei zu teuer, der Entschluß zu impulsiv. Aber da hatte er ihre Hand genommen, sie an sich gezogen, sie leidenschaftlich geküßt. Nichts, sagte er, war teurer oder impulsiver als das Leben. Und nichts war ihm wichtiger, als möglichst viele Stunden mit ihr zu verbringen, und das ginge am besten, wenn sie heute noch nach London flögen. Es war ihm ernst. Das sah sie in seinen Augen, und sie fühlte es in seiner Berührung, als er lächelte und mit dem Handrücken sanft über ihre Wange strich.

»Ja.« Sie lächelte. »Ja, laß uns nach England fliegen. Aber danach nichts mehr, okay?« Ihr Lächeln verflog, und zum erstenmal, seit er sie kannte, wurde sie ernst.

»Du hast deinen Beruf, Paul, ich habe meinen, und ich möchte, daß es weitergeht wie bisher.«

»Okay.« Er grinste und beugte sich vor, um sie zu küssen, aber sie wich zurück.

»Nein. Erst mußt du sagen, daß du einverstanden bist. Nach London werden wir uns nicht wiedersehen.«

»Deine Arbeit bedeutet dir so viel?«

»Was ich schon alles getan habe, um durch das Studium zu kommen. Was ich noch alles tun muß. Ja, es bedeutet mir so viel. Und ich werde mich nicht dafür entschuldigen, daß ich es sage oder meine.«

»Dann …« Er schwieg einen Moment. »Dann bin ich einverstanden.«

London war wie ein Nebel gewesen. Vera hatte irgendwo in einem diskreten Hotel wohnen wollen, irgendwo, wo sie keinem früheren Studienkollegen oder Professor – oder »Freund«, hatte Paul sie aufgezogen – über den Weg laufen würde, der sie zum Essen oder zum Tee einladen würde, und sie Ausflüchte würde machen müssen. Osborn führte sie ins Connaught, in eine der großartigsten, kleinsten, bestbewachten und »englischsten« aller Londoner Herbergen.

Die Vorsorge war überflüssig. Am Samstag abend ging es ins Ambassador Theatre zu einer Wiederaufführung von *Les Liaisons Dangereuses,* danach zum Essen ins *Ivy* auf der anderen Straßenseite; es folgte ein Spaziergang Hand in Hand durch das Theaterviertel, unterbrochen von mehreren, von Gekicher erfüllten Champagnerpausen in den Pubs auf ihrem Weg, und schließlich eine lange, umwegige Taxifahrt zurück zum Hotel, bei der sie sich in sinnlichem und verschwörerischem Flüsterton gegenseitig herausforderten, einander zu lieben, ohne daß der Fahrer etwas merkte. Was sie auch taten – oder zu tun glaubten. Die restlichen sechsunddreißig Stunden ihres London-Aufenthalts verbrachten sie im Bett. Und zwar weder mit Sex noch aus freien Stücken. Zuerst bekam Paul und nur wenig später Vera entweder eine Lebensmittelvergiftung oder einen heftigen Grippeanfall. Ihre einzige Hoffnung war, daß es sich um eine Art Vierundzwanzig-Stunden-Virus handelte. Was es dann auch war. Als der Montag morgen kam und sie mit dem Taxi zur Victoria Station fuhren, waren beide zwar noch ein bißchen matt und wacklig auf den Beinen, aber schon wieder fast hundertprozentig genesen.

»Eine bescheuerte Art, das Wochenende in London zu verbringen«, sagte er, als er ihren Arm nahm und sie zum Zug begleitete.

Sie sah ihn an und lächelte. »In guten und in bösen Tagen.«

Nachher fragte sie sich, warum sie das gesagt hatte, denn sie wußte, sie hatte ihren Worten Bedeutung gegeben. Es war einfach so herausgekommen. Es hatte leichtfertig und scherzhaft klingen sollen, aber sie wußte, daß es so nicht geklungen hatte. Ob sie es ernst gemeint hatte oder nicht, wußte sie nicht, und sie wollte nicht darüber nachdenken. Hinterher erinnerte sie sich nur, daß Paul sie in die Arme genommen und geküßt hatte. Es war ein Kuß, an den sie sich ihr Leben lang erinnern würde, schwer und erregend, aber zugleich erfüllt von Kraft und Selbstvertrauen, wie sie es noch bei keinem Mann erlebt hatte.

Sie erinnerte sich, wie sie ihn durch das Abteilfenster angeschaut hatte, als der Zug sich in Bewegung setzte. Da stand er, in dem wuchtigen Bahnhof, umgeben von Zügen und Gleisen und Menschen. Die Arme vor der Brust verschränkt, sah er ihr mit traurigem, ratlosem Lächeln nach, und mit jedem Klicken der Räder wurde er kleiner und kleiner, bis sie schließlich aus dem Bahnhof heraus war und ihn nicht mehr sehen konnte.

Paul Osborn hatte sie am Montag, dem 3. Oktober, um halb acht verlassen. Zweieinhalb Stunden später trieb er sich im Duty Free Shop in Heathrow herum und schlug die Zeit tot, bis zu seinem Zwölf-Stunden-Flug zurück nach Los Angeles.

Er schaute sich gerade T-Shirts und Kaffeebecher und kleine Handtücher mit aufgedrucktem Londoner U-Bahn-Plan an, als er merkte, daß er an Vera dachte. Dann wurde sein Flug aufgerufen, und er drängte sich durch das Gewimmel der Passagiere zu den Flugsteigen. Durch das Fenster sah er seine 747 der British-Airways, die gerade aufgetankt und mit Gepäck beladen wurde.

Er wandte dem Flugzeug den Rücken zu und schaute auf die Uhr. Es war kurz vor elf; Vera wäre jetzt auf dem Hoverspeed und überquerte den Kanal nach Calais. Wenn sie bei ihrer Großmutter ankäme, würden die zwei kaum mehr als anderthalb Stunden Zeit zusammen haben, bevor sie in aller Eile zum Zwei-Uhr-Zug nach Paris müßte.

Er lächelte bei dem Gedanken, wie sie der einundachtzig Jahre alten Dame half, ihre Geburtstagsgeschenke auszupacken, und dann bei Kaffee und Kuchen mit ihr flachste und lachte, und er fragte sich, ob sie ihn wohl zufällig einmal erwähnen würde. Wie wohl die alte Frau reagierte, wenn sie es täte? Und vor seinem geistigen Auge sah er die Abfolge von Umarmungen und Abschiedsgrüßen und tadelnden Worten wegen dieses so kurzen Besuchs, während Vera auf das Taxi wartete, das sie zum Bahnhof bringen sollte. Osborn hatte keine Ahnung, wo Veras Großmutter in Calais wohnte oder wie sie überhaupt mit Nachnamen hieß. War es eigentlich eine Großmutter mütterlicher- oder väterlicherseits?

In diesem Augenblick wurde ihm klar, daß es darauf nicht ankam. Woran er eigentlich dachte, war die Tatsache, daß Vera im Zwei-Uhr-Zug von Calais nach Paris sein würde.

Keine vierzig Minuten später wurde sein Gepäck aus der 747 gezerrt, und er stand in der Schlange am Abfertigungsschalter für den British-Airways-Flug nach Paris.

11

Vera schaute aus dem Fenster ihres Erste-Klasse-Abteils, als der Zug langsamer wurde und in den Bahnhof einfuhr. Sie hatte versucht, sich für die wenigen kurzen Stunden im Zug zu entspannen und zu lesen. Aber ihre Gedanken waren woanders gewesen, und schließlich hatte sie ihre Lektüre beiseite gelegt. Was für ein Impuls hatte sie veranlaßt, sich in Genf mit Paul Osborn bekannt zu machen? Und wieso war sie in Genf mit ihm ins Bett gegangen und dann mit ihm nach London geflogen? Nur deshalb, weil sie rastlos gewesen war und aus einer Laune heraus auf einen attraktiven Mann reagiert hatte? Oder hatte sie etwas anderes in ihm gespürt, einen seltenen, verwandten Geist, der auf vielen Ebenen ein ähnliches Empfinden dafür hatte, was das Leben wirklich ausmachte und was es sein könnte und wo es hinführen würde, wenn sie zusammen wären?

Plötzlich wurde ihr bewußt, daß der Zug bereits stand. Die Leute standen auf, zogen ihr Gepäck von den Ablagen über ihren Köpfen und stiegen aus. Sie war in Paris. Morgen würde sie wieder zur Arbeit gehen, und London und Genf und Paul Osborn wären eine Erinnerung.

Den Koffer in der Hand stieg sie aus dem Zug und ging im Gedränge auf dem Bahnsteig entlang. Die Luft war schwül und erdrückend, so als würde es gleich regnen.

»Vera!«

Sie hob den Kopf.

»Paul?« Sie war verblüfft.

»In guten und in schlechten Tagen.« Lächelnd löste er sich aus der Menge, kam auf sie zu, nahm ihr den Koffer ab und trug ihn für sie.

Er war mit dem Flugzeug aus London und dann mit dem Taxi vom Flughafen zum Gare du Nord gekommen, wo sie sich jetzt befanden. Zwischendurch hatte er einen Flug von Paris nach Los Angeles gebucht. Er würde fünf Tage in Paris bleiben. Fünf Tage lang würden sie einfach nur zusammensein.

Er wollte mit ihr nach Hause fahren, in ihre Wohnung. Er wußte, daß sie arbeiten mußte, aber in all den Stunden bis dahin wollte er mit ihr schlafen. Und nachher, wenn ihr Dienst beendet wäre und sie nach Hause käme, würden sie das gleiche wieder tun. Bei ihr zu sein und mit ihr zu schlafen, das war alles, was zählte.

»Ich kann nicht«, antwortete sie unverblümt; es ärgerte sie, daß er überhaupt gekommen war. Wie konnte er es wagen, so über sie zu verfügen?

Es war nicht ganz die Reaktion, mit der er gerechnet hatte. Die gemeinsame Zeit war von zuviel Nähe erfüllt gewesen, zu vollkommen. Zu liebevoll. Und das war nicht allein von ihm ausgegangen.

»Du warst einverstanden, daß es nach London nichts mehr zwischen uns geben würde.«

Er grinste. »Von ein paar Stunden Theater und Abendessen abgesehen, gab es in London nicht so schrecklich viel, oder? Es sei denn, du zählst das Übergeben, das Fieber und die Schüttelfrostanfälle mit.«

Einen Augenblick lang sagte Vera nichts. Dann kam die Wahrheit heraus. Sie erzählte sie ihm rasch und unumwunden. Es *gab* jemand anderen.

Es wäre unklug, seinen Namen zu nennen, aber er sei ein wichtiger und mächtiger Mann in Frankreich, und er dürfte niemals erfahren, daß sie in Genf oder London zusammen waren. Es würde ihn tief verletzen, und das war etwas, was sie niemals tun würde. Was sie und Paul gehabt, was sie in den letzten paar Tagen miteinander geteilt hatten, war vorüber. Und das wußte er. Denn darauf hatten sie sich geeinigt. So schmerzlich es auch war, sie konnte und sie würde ihn nicht wiedersehen.

Sie hatten die Rolltreppe erreicht und fuhren hinauf zu den Taxen. Es gebe ein Hotel in der Avenue Kléber, sagte er. Dort werde er die nächsten fünf Tage wohnen. Er wolle sie wiedersehen, und sei es nur, um Lebewohl zu sagen.

Vera wandte den Blick ab. Paul Osborn war anders als jeder andere Mann, den sie je kennengelernt hatte. Er war lieb und sanft und verständnisvoll, sogar wenn er verletzt und enttäuscht war. Aber sie durfte ihm nicht nachgeben, selbst wenn sie gewollt hätte. Er konnte unmöglich Teil dessen sein, wo sie im Leben stand.

»Es tut mir leid«, sagte sie und sah ihn an. Dann stieg sie in ein Taxi, die Tür schloß sich, und sie war verschwunden.

»So einfach ist das«, hörte er sich laut sagen.

Knapp eine Stunde später fand er sich in einer Brasserie irgendwo an der Rue St.-Antoine wieder und versuchte, einen Sinn in das Ganze zu bringen. Hätte er sich an seine ursprünglichen Pläne gehalten und nie die Maschine nach Paris genommen, dann würde er jetzt in ein paar Stunden in L. A. landen, mit dem Taxi zu seinem Haus mit Blick auf den Pazifik fahren, den Chesapeake-Retriever aus dem Zwinger holen und nachsehen, ob das Rotwild über seinen Zaun gekommen war und seine Rosen gefressen hatte. Und einen Tag später würde er wieder zur Arbeit gehen. Das wäre der natürliche Lauf der Dinge gewesen, wenn er es getan hätte. Aber er hatte es nicht.

Vera, wer sie war und was sie in ihm auslöste, war alles, was zählte. Nichts anderes. Nicht die Gegenwart, nicht die Vergangenheit oder die Zukunft. Zumindest hatte er das gedacht, bis er aufblickte und den Mann mit der gezackten Narbe sah.

12

Mittwoch, 5. Oktober

Es war kurz nach zehn Uhr morgens, als Henri Kanarack einen kleinen Lebensmittelladen betrat, einen halben Block entfernt von der Bäckerei. Der Zwischenfall mit dem Amerikaner beunruhigte ihn immer noch, aber in den letzten zwei Tagen war nichts weiter passiert, und allmählich kam er zu der gleichen Überzeugung wie seine Frau und Agnes Demblon, daß der Mann sich entweder den Falschen ausgesucht hatte oder verrückt war. Er bückte sich eben nach ein paar Flaschen Mineralwasser, die er mit zur Arbeit nehmen wollte, als der übergewichtige und fast blinde Ladenbesitzer ihn plötzlich beim Ellenbogen nahm und ins Hinterzimmer führte.

»Was ist denn?« fragte Kanarack. »Ich bin mit meiner Rechnung nicht im Rückstand.«

»Darum geht's nicht«, sagte Fodor und spähte hinter dicken Brillengläsern hinaus, um sicherzugehen, daß keine Kunden an der Kasse warteten. Fodor war nicht nur Besitzer, sondern auch Verkäufer, Kassierer, Lagerhalter und Wachmann. »Heute war ein Mann hier. Ein Privatdetektiv mit einer unbeholfenen Zeichnung von Ihnen.«

»Was?« Kanarack spürte, wie sein Herz einen Sprung machte.

»Er hat sie rumgezeigt. Hat die Leute gefragt, ob sie Sie kennen.«

»Aber Sie haben nichts gesagt!«

»Natürlich nicht. Ich wußte gleich, daß er was im Schilde führte. Das Finanzamt?«

»Ich weiß nicht.« Henri Kanarack wandte sich ab. Ein Privatdetektiv, und so weit war er schon gekommen. Wie denn? Er drehte sich wieder um. »Von welcher Firma kam er? Haben Sie seinen Namen?«

Fodor nickte und öffnete die einzige Schublade an dem Küchentisch, der ihm als Schreibtisch diente. Er nahm die Visitenkarte heraus und gab sie Kanarack. »Er sagte, wir sollten ihn anrufen, wenn wir Sie sehen.«

»Wir, wer ist ›wir‹?« wollte Kanarack wissen.

»Die anderen Leute im Laden. Er hat jeden gefragt. Zum Glück waren es lauter Fremde, und keiner hat Sie erkannt. Wohin er von hier aus gegangen ist und mit wem er sonst noch geredet hat, weiß ich nicht. An Ihrer Stelle wäre ich aber vorsichtig, wenn ich wieder zur Arbeit ginge.«

Henri Kanarack ging nicht wieder zur Arbeit. Nicht heute jedenfalls, vielleicht nie wieder. Er warf einen Blick auf die Karte in seiner Hand und wählte die Nummer der Bäckerei. Agnes meldete sich.

»Der Amerikaner«, sagte er. »Er hat einen Privatdetektiv auf mich angesetzt. Falls er aufkreuzt, sorg dafür, daß er mit dir spricht. Sieh zu, daß niemand sonst etwas sagt. Er heißt« – Kanarack schaute auf die Karte – »Jean Packard. Arbeitet für eine Firma namens Kolb International.« Plötzlich wurde er wütend. »Was heißt das, was sollst du ihm sagen? Sag ihm, ich arbeite nicht mehr da, und zwar schon seit einer Weile. Wenn er wissen will, wo ich wohne, weißt du es nicht. Du hast mir ein paar Papiere nachgeschickt, als ich aufgehört habe, und sie sind ohne Nachsendeadresse zurückgekommen.« Er werde sie später wieder anrufen, sagte Kanarack noch und legte abrupt auf.

Knapp eine Stunde später betrat Jean Packard die Bäckerei und sah sich um. Gespräche mit zwei anderen Ladenbesitzern und einem Jungen, der die Zeichnung zufällig gesehen hatte, hatten ihn hinterher in die Bäckerei geführt. Vorn befand sich ein kleiner Laden, und dahinter sah er ein Büro. Noch weiter hinten war eine geschlossene Tür, die vermutlich in die Backstube führte.

Eine ältere Frau bezahlte zwei Brote und wandte sich zum Gehen. Packard lächelte und hielt ihr die Tür auf.

»*Merci beaucoup*«, sagte sie im Vorüberehen.

Jean Packard nickte und wandte sich dann dem Mädchen hinter der Theke zu. Hier arbeitete der Mann. Er würde hier seine Zeichnung niemandem zeigen, denn das würde ihn nur darauf aufmerksam machen, daß jemand hinter ihm her war. Was er brauchte, war eine Liste mit den Namen der Angestellten. Es war offensichtlich ein kleiner Betrieb, in dem nicht mehr als zehn, fünfzehn Leute beschäftigt waren. Alle wahrscheinlich bei der zentralen Steuerbehörde registriert. Ein Computervergleich würde die Namen mit den Adressen verknüpfen. Zehn bis fünfzehn Leute abzuklappern, wäre nicht schwierig. Durch schlichtes Ausschlußprinzip würde er den Gesuchten schon finden.

Das Mädchen hinter der Theke trug einen engen Minirock und hohe Absätze; ihre langen, wohlgeformten Beine steckten in schwarzen Netzstrümpfen. Ihr Haar war oben auf dem Kopf zu einem straffen Knoten zusammengezogen, und sie trug große runde Ohrringe und genug Mascara und Lidschatten für drei. Sie war halb Mädchen, halb Frau, eine von denen, die den größten Teil des Tages damit zubrachten, auf den Abend zu warten. Ein Job hinter einer Bäckereitheke war nicht die Nummer eins auf der Liste ihrer Kicks; er half ihr lediglich, die Rechnungen zu bezahlen, bis sich ein besseres Arrangement finden ließe.

»*Bonjour*«, sagte Packard mit einem Lächeln.

»*Bonjour*«, sagte sie und lächelte ebenfalls. Flirten lag anscheinend in ihrer Natur.

Zehn Minuten später verließ Jean Packard den Laden mit einem Halben Dutzend Croissants und einer Liste der Leute, die dort arbeiteten. Er hatte ihr erzählt, er wolle einen Nachtclub in der Gegend aufmachen und sichergehen, daß die Kaufleute in der Nachbarschaft und ihre Angestellten zum Eröffnungsabend eingeladen würden. Das sei gute PR.

13

Fröstelnd schüttete McVey heißes Wasser in einen großen, mit britischer Flagge bedruckten Keramikbecher. Draußen fiel ein kalter Regen, und leichter Nebel stieg von der Themse herauf. Frachtkähne fuhren flußauf- und -abwärts, und auf der Uferstraße herrschte dichter Verkehr.

Er schaute sich um und fand einen kleinen Plastiklöffel, der auf einem fleckigen Küchenpapier lag; er gab zwei Löffel koffeinfreien *Taster's Choice* und einen Löffel Zucker in das dampfende Wasser. Den *Taster's Choice* hatte er in einem kleinen Lebensmittelladen bei Scotland Yard um die Ecke aufgetrieben. Er wärmte sich die Hände am Becher, nahm einen Schluck Koffeinfreien und schaute wieder in die Akte, die offen vor ihm lag – ein Interpol-Ausdruck der Dossiers bekannter oder mutmaßlicher Serienmörder auf dem europäischen Kontinent, in Großbritannien und Nordirland. Alles in allem waren es wahrscheinlich zweihundert. Manche hatten wegen geringfügigerer Straftaten gesessen und waren wieder auf freiem Fuß, andere saßen noch im Gefängnis, und eine Handvoll war noch nicht gefaßt. Jeder würde überprüft werden. Nicht von McVey, sondern von den zuständigen Morddezernaten in den jeweiligen Ländern. Kopien ihrer Berichte würden unverzüglich an ihn gefaxt werden, sobald sie vorlägen.

Unvermittelt schob McVey die Liste beiseite, stand auf und durchquerte das Zimmer; er ballte die linke Hand zu einer lockeren Faust und fing an, geistesabwesend seinen Daumen mit dem kleinen Finger zu zwicken. Was ihn störte, war, was ihn von Anfang an gestört hatte: das unbestimmte Gefühl, daß einer, der chirurgisch Köpfe von Körpern abtrennte, niemand mit einem Vorstrafenregister war. McVey hielt plötzlich inne. Wieso mußte es ein Mann sein? Wieso konne es nicht ebensogut eine Frau sein? Heutzutage hatten Frauen den gleichen Zugang zu einer medizinischen Ausbildung wie Männer. In manchen Fällen sogar einen besseren. Und bei der Bedeutung, die Fitneß heute hatte, waren viele Frauen in exzellenter körperlicher Verfassung.

McVeys anfängliches Gefühl hatte ihm gesagt, daß es eine einzelne Person war, die diese Verbrechen beging. Wenn er recht hatte, verengte sich das Feld von möglicherweise maximal acht Mördern auf einen einzigen. Aber seine zweite Spekulation – daß der Mörder ein gewisses Maß an medizinischer Ausbildung besaß und Zugang zu chirurgischen Instrumenten hatte und ebenso männlichen wie weiblichen Geschlechts sein konnte und vielleicht kein Vorstrafenregister aufwies – bedeutete eine höllische Vervielfachung der Unwägbarkeiten.

Er hatte keine Statistiken zur Hand, aber wenn man alle zusammenzählte, Ärzte, Schwestern, Sanitäter, Medizinstudenten, ehemalige Medizinstudenten, Leichenbeschauer, Labortechniker und Universitätsprofessoren mit einem gewissen Maß an chirurgischen Kenntnissen, ganz zu schweigen von denjenigen, die beim Militär irgendeine medizinische Ausbildung erhielten, und selbst wenn man sich nur auf Großbritannien und den Kontinent beschränkte, dann mußten die Zahlen schwindelerregend sein. Das war kein Heuhaufen, in dem sie herumstocherten. Es war ein Meer von durcheinanderwirbelndem Getreide, und Interpol besaß keine Armee von Mähdreschern, die die Spreu vom Weizen trennen konnten, bis sie schließlich den Mörder entdeckt hätten.

Die Möglichkeiten mußten eingeschränkt werden, und es war McVeys Sache, sie einzuschränken, bevor er irgend jemandem irgend etwas sagte. Sein erster Gedanke war, daß er vielleicht irgendwo ein Bindeglied zwischen dem ersten und dem letzten Mord übersehen hatte. Wenn ja, gab es nur eine Möglichkeit, es herauszufinden: Er mußte zum Anfang zurück und mit den grundlegendsten Fakten beginnen, die ihm zur Verfügung standen: mit den Autopsieberichten.

Er griff nach dem Telefon, um sie anzufordern, als es klingelte.

»McVey«, sagte er automatisch, als er abgenommen hatte.

»*Oui*, McVey! Lebrun, zu Ihren Diensten!« Es war Inspektor Lieutenant Lebrun von der Ersten Sektion der Pariser Polizeipräfektur, der winzige, zigarettenrauchende Kriminalpolizist, der ihn mit Umarmung und Kuß begrüßt hatte, als er seine Budapester, Größe 48, das erstemal auf französischen Boden gesetzt hatte.

»Ich weiß nicht, was es bedeutet, falls es überhaupt etwas bedeutet«, sagte er auf englisch. »Aber bei der Durchsicht der Tagesberichte meiner Beamten bin ich auf eine Anzeige wegen leichter Körperverletzung gestoßen. Heftig und ziemlich bösartig, aber trotzdem noch leichte Körperverletzung, da keine Waffe verwendet wurde. Aber darum geht es nicht. Was meine Aufmerksamkeit erregt hat, ist der Umstand, daß es sich bei dem Täter um einen Orthopädiechirurgen handelt, einen Amerikaner, der zufällig an dem Tag in London war, an dem unser Mann in der Gasse den Kopf verlor. Ich weiß, daß er in England war, weil ich seinen Paß in der Hand halte. Er kam Samstag nachmittag, am 29., um 15 Uhr 25 in Gatwick an. Wie es aussieht, ist Ihr Mann doch am 30. spätabends oder am Ersten in aller Frühe ermordet worden. Richtig?«

»Richtig«, sagte McVey. »Aber woher sollen wir wissen, daß er die nächsten zwei Tage noch in England war? Ich kann mich nicht erinnern, daß die französischen Einreisebehörden meinen Paß abgestempelt hätten, als ich in Paris gelandet bin. Der Mann könnte England noch am selben Tag verlassen haben und nach Frankreich gekommen sein.«

»McVey, würde ich einen so prominenten Polizisten stören, ohne vorher ein paar weitere Nachforschungen anzustellen?«

McVey hörte die Spitze und gab sie zurück. »Ich weiß nicht. Würden Sie?« Er grinste.

»McVey, ich versuche, Ihnen behilflich zu sein. Wollen Sie jetzt ernst werden, oder soll ich auflegen?«

»Hey, Lebrun, legen Sie nicht auf. Ich brauche alle Hilfe, die ich kriegen kann.« McVey holte tief Luft. »Entschuldigen Sie.« Er hörte, wie Lebrun am anderen Ende auf französisch nach einer Akte verlangte.

»Sein Name ist Dr. Paul Osborn«, sagte Lebrun einen Augenblick später. »Als Heimatadresse gibt er Pacific Palisades, Kalifornien, an. Wissen Sie, wo das ist?«

»Yeah. Ich kann's mir nicht leisten. Weiter?«

»Dem Festnahmeformular beigefügt ist eine Liste seiner persönlichen Gegenstände, die er bei sich hatte, als er in Gewahrsam genommen wurde. Da ist einmal eine Kreditkartenquittung vom Connaught Hotel in Mayfair vom ersten Oktober, dem Morgen, als er abgereist ist. Dann –«

»Moment ...« McVey beugte sich zu einem Stapel brauner Mappen auf seinem Schreibtisch vor und zog eine heraus. »Weiter.«

»Ein Boarding-Paß für einen British-Airways-Flug London–Paris am selben Tag.«

Während Lebrun redete, stemmte McVey einen dicken Stapel Computerausdrucke mit Fahrzielaufzeichnungen der achtundvierzig Stunden vor dem Auffinden des Kopfes, die die Metropolitan Police vor den Londoner Taxiunternehmen beschafft hatte. Die Aufzeichnungen mit den Namen und Lizenznummern der Taxifahrer enthielten Fahrten zum und vom Theaterbezirk, wann und wo Fahrgäste aufgenommen und wann und wo sie abgesetzt worden waren.

»Macht ihn kaum zum Verbrecher.« McVey blätterte eine Seite um, dann noch eine, bis er die Spalte für das Connaught Hotel gefunden hatte, dann fuhr er mit dem Finger langsam daran herunter. Er suchte nach einem bestimmten Eintrag.

»Nein, aber er war ausweichend. Wollte nicht sagen, was er in London zu tun hatte. Behauptete, er sei krank geworden und auf seinem Zimmer geblieben.«

McVey hörte sich stöhnen. Bei Mord war nichts einfach. »Von wann bis wann?« fragte er so enthusiastisch, wie er konnte, und legte die Füße auf den Schreibtisch.

»Vom späten Samstag abend bis Montag morgen, als er abreiste.«

»Hat ihn da jemand gesehen?« McVey betrachtete seine Schuhe und entschied, daß sie neue Absätze nötig hatten.

»Niemand jedenfalls, den er nennen möchte.«

»Haben Sie ihn unter Druck gesetzt?«

»Zu der Zeit gab es keinen Grund; außerdem fing er an, nach einem Anwalt zu schreien.« Lebrun machte eine Pause; McVey hörte, wie er eine Zigarette anzündete und dann ausatmete. »Wollen Sie, daß wir ihn noch mal ausführlicher vernehmen?«

Plötzlich fand McVey, wonach er gesucht hatte: *Samstag, 29. September, 23 Uhr 11, zwei Fahrgäste vom Leicester Square zum Connaught Hotel 23 Uhr 33.* Der Fahrer hieß Mike Fisher. Leicester Square lag im Herzen des Theaterviertels und keine zwei Straßen weit von der Gasse entfernt, wo der Kopf gefunden worden war.

»Sie wollen mir sagen, er ist frei?« McVey nahm die Füße vom Schreibtisch. War es möglich, daß Lebrun durch einen glücklichen Zufall über den Kopfabschneider gestolpert war und ihn wieder hatte laufenlassen?

»McVey, ich versuche, nett zu Ihnen zu sein. Legen Sie also nicht diesen Unterton in Ihre Stimme. Wir hatten keinen Grund, ihn festzuhalten, und bis jetzt hat sein Opfer noch keinen Gerichtstermin gefordert. Wir haben aber seinen Paß und wissen, wo er in Paris wohnt. Er wird bis Ende der Woche hier sein; dann will er zurück nach Los Angeles.«

Lebrun war ein netter Kerl, der seine Arbeit tat. Wahrscheinlich genoß er es nicht gerade, der Verbindungsmann der Pariser Polizeipräfektur zu Interpol zu sein oder unter der kalten Effizienz des Koordinationsleiters, Capitain Cadoux, zu arbeiten, und wahrscheinlich war er auch nicht gerade verrückt danach, sich mit einem Hollywood-Cop aus Amiland herumzuschlagen oder auch nur Englisch reden zu müssen; aber das waren Dinge, die man als Beamter eben zu tun hatte, und McVey wußte darüber nur allzu gut Bescheid.

»Lebrun«, sagte er maßvoll, »faxen Sie mir die Festnahmefotos, und dann halten Sie sich bereit. Bitte ...«

Eine Stunde und zehn Minuten später hatte die Met Police Mike Fisher gefunden und den verwirrten Taxifahrer zu McVey gebracht. Woraufhin McVey ihn bat zu bestätigen, daß er am späten Samstag abend eine Fuhre am Leicester Square aufgenommen und dann besagte Fuhre am Connaught Hotel abgeliefert habe.

»Richtig, Sir. Ein Mann und eine Frau. Und was für Turteltauben – dachten, ich merke nicht, was sie da hinten treiben. Hab' ich aber.« Fisher grinste.

»Ist das der Mann?« McVey zeigte ihm die Fotos, die die französische Polizei nach der Festnahme von Osborn gemacht hatte.

»Richtig, Sir. Das ist er, gar kein Zweifel.«

Drei Minuten später klingelte in Lebruns Büro das Telefon.

»Sollen wir ihn herbringen?« fragte Lebrun.

»Nein, tun Sie gar nichts, ich komme rüber«, sagte McVey.

14

Als sein Fokker-Jetliner drei Stunden später auf dem Flughafen Charles de Gaulle landete, wußte McVey, wo Paul Osborn wohnte, wo er arbeitete, was für berufliche Zulassungen er besaß, wie sein Verkehrssündenregister aussah und daß er im Staat Kalifornien zweimal geschieden worden war. Er wußte außerdem, daß die Polizei von Beverly Hills ihn »in Gewahrsam genommen« und später wieder auf freien Fuß gesetzt hatte, weil er einen Parkplatzbediensteten angegriffen hatte, der auf einem Restaurantparkplatz den rechten vorderen Kotflügel an Osborns neuem BMW beschädigt hatte. Paul Osborn war offensichtlich jähzornig. Ebenso offensichtlich war, daß der Mann oder die Frau, die McVey suchte, nicht aus Leidenschaft Köpfe abschnitt. Aber ein Hitzkopf war ja auch nicht vierundzwanzig Stunden am Tag leidenschaftlich. Zwischen seinen Wutanfällen hatte er hinreichend Zeit, einen Mann umzubringen, seinen Kopf vom Körper abzutrennen und den Rest am Straßenrand zu hinterlassen, in einem Hausdurchgang, im Meer treibend oder sorgsam zugedeckt auf einer Couch in einer kalten Einzimmerwohnung. Und Paul Osborn *war* ein gelernter Chirurg und durchaus in der Lage, einen Kopf von einem Körper zu trennen.

Die Kehrseite der Situation war, daß Paul Osborn den Einreisestempeln in seinem Paß zufolge weder in Großbritannien noch auf dem Kontinent gewesen war, als die anderen Morde geschehen waren. Das konnte alles mögliche bedeuten: daß er unschuldig war, daß er nicht der war, für den er sich ausgab, daß er mehr als einen Paß hatte – sogar, daß er für den Kopf in der Gasse zuständig war, aber nicht für die anderen, was bedeuten würde, daß McVey mit seiner Einzeltätertheorie falsch lag.

Zum jetzigen Zeitpunkt war er also kaum mehr als ein Strichmännchen, das nur durch das Zusammentreffen von Zeit, Ort und Beruf als Verdächtiger mit dem letzten Verbrechen in Verbindung gebracht wurde.

Aber das war immer noch mehr, als sie bis jetzt gehabt hatten. Denn bis jetzt hatten sie gar nichts gehabt.

Einen Moment lang starrte Paul Osborn ins Leere; dann richtete sich sein Blick blitzartig wieder auf Jean Packard. Sie saßen vorn im Terrassenraum des *La Coupole*, eines von lebhaftem Schwatzen erfüllten Treffpunkts am Boulevard du Montparnasse am linken Seine-Ufer. Hemingway hatte hier immer getrunken, und eine ganze Reihe anderer Literaten ebenfalls. Ein Kellner kam vorbei; Osborn bestellte zwei Gläser weißen Bordeaux. Jean Packard schüttelte den Kopf und rief den Kellner zurück. Jean Packard rührte keinen Alkohol an. Er verlangte statt dessen einen Tomatensaft.

Osborn sah dem Mann nach und schaute dann wieder auf die Cocktailserviette, die Jean Packard bekritzelt und ihm herübergereicht hatte. Darauf stand ein Name und eine Adresse: M. Henri Kanarack, 175 Avenue Verdier, Appartement 6, Montrouge.

Der Kellner brachte die Getränke und ging wieder. Osborn betrachtete noch einmal die Serviette; dann faltete er sie sorgfältig zusammen und steckte sie in die Jackentasche.

»Sie sind sicher«, sagte er und sah den Franzosen an.

»Ja«, antwortete Jean Packard. Er lehnte sich zurück, schlug die

Beine übereinander und starrte Paul Osborn an. Packard war tough und sehr gründlich und sehr erfahren, und Osborn fragte sich, was er sagen würde, wenn er ihn fragte. Er selbst war nur ein Arzt, und sein erster Versuch, Kanarack umzubringen – mochte er auch spontan und in der Hitze der Wut stattgefunden haben –, war gescheitert. Aber Jean Packard war ein Profi. Das hatte er bei ihrem ersten Zusammentreffen gesagt. Unterschied sich einer, der berufsmäßig tötete, ein Söldner, der in einem Land der Dritten Welt gegen politische oder militärische Gegner kämpfte, irgendwie von einem Berufskiller in einer großen Weltstadt? Was den Glamour betraf, vielleicht – aber ansonsten hatte er seine Zweifel. Die Tat war immer die gleiche, oder nicht? Und die Bezahlung auch. Man tötete; man kassierte. Wo also sollte da ein echter Unterschied liegen?

»Ich frage mich«, sagte Osborn vorsichtig, »ob Sie wohl manchmal für sich arbeiten.«

»Wie meinen Sie das?«

»Ich *meine,* arbeiten Sie manchmal auf eigene Rechnung? Nehmen Sie Aufträge außerhalb Ihrer Firma an?«

»Das käme auf den Auftrag an.«

»Aber in Betracht ziehen würden Sie es.«

»Wieso fragen Sie mich?«

»Sie wissen also, worum es geht ...« Osborn spürte, daß seine Handflächen feucht waren. Behutsam stellte er das Glas zur Seite, nahm die Serviette, auf der es gestanden hatte, und rieb sie zwischen den Händen.

»Ich denke, Dr. Osborn, ich habe geliefert, was ich Ihnen zugesagt habe. Die Rechnung erhalten Sie durch die Firma. Es war ein Vergnügen, Sie kennenzulernen, und ich wünsche Ihnen alles Gute und viel Glück.«

Jean Packard legte einen Zwanzig-Franc-Schein für die Drinks auf den Tisch und stand auf. *»Au revoir«,* sagte er, wich einem jungen Mann am Nachbartisch aus und ging.

Paul Osborn sah ihm nach, wie er vor den großen Fenstern zum Gehweg vorbeiging und im Gedränge des frühen Abends verschwand. Geistesabwesend fuhr er sich mit der Hand durchs Haar. Soeben hatte er einen Mann gebeten, einen anderen zu ermorden, und war abgewiesen worden. Was tat er hier – was hatte er getan? Einen Augenblick lang wünschte er sich, er wäre nie nach Paris gekommen, hätte den Mann, den er jetzt als Henri Kanarack kannte, nie gesehen.

Er schloß die Augen und versuchte, an etwas anderes zu denken, um das alles auszulöschen. Aber was er sah, war das Grab seines Vaters neben dem seiner Mutter. Und in derselben Vision sah er sich im Büro des Schulleiters in Hartwick am Fenster stehen und hinausschauen zu seiner Tante Dorothy, wie sie in ihrem alten Waschbärmantel in ein Taxi stieg und durch einen undurchdringlichen Schneesturm davonfuhr. Dieses furchtbare Alleinsein war unerträglich. War *immer noch* unerträglich. Der Schmerz war jetzt genauso brutal wie damals.

Er riß sich davon los und blickte auf. Ringsherum saßen Leute, die lachten und tranken, sich nach der Arbeit oder vor dem Abendessen entspannten. Ihm gegenüber hatte eine hübsche Frau in einem kastanienbraunen Kostüm einem Herrn die Hand aufs Knie gelegt und schaute ihm in die Augen, während sie redete.

Als er zehn war, hatte ihm ein Mann das Herz herausgeschnitten. Jetzt wußte er, wer dieser Mann war und wo er wohnte. Es gab keinen Weg zurück. Jetzt nicht, nie.

Es war für seinen Vater, für seine Mutter, für ihn selbst.

15

Succinylcholin: ein ultraschnell wirkendes depolarisierendes Muskelrelaxans. Die neuromuskulare Impulsübermittlung wird blockiert, solange sich auf der Rezeptorseite eine hinreichende Konzentration von Succinylcholin befindet. Die Lähmung nach einer intramuskulären Injektion kann zwischen fünfundsiebzig Sekunden und drei Minuten dauern, wobei es innerhalb von einer Minute zu einer generellen Entspannung kommt.

Succinylcholin ist eine Art synthetisches Kurare und hat keinerlei Wirkung auf das Bewußtsein oder das Schmerzempfinden. Es wirkt als einfaches Muskelrelaxans, zunächst bei den Levatoren der Augenlider und den Kiefermuskeln, dann auf Arm- und Beinmuskulatur, Bauch- und Zwerchfellmuskeln, andere Skelettmuskeln und die Muskeln, die die Lungentätigkeit steuern.

Man verwendet es bei Operationen, um die Skelettmuskulatur zu entspannen und dann sensitivere Anästhetika in leichterer Dosierung verabreichen zu können.

Eine gleichmäßige IV-Infusion von Succinylcholin sorgt dafür, daß der Paralysegrad während einer Operation stets gleich bleibt. Unmittelbar danach zerfällt das Präparat im Körper, ohne Schäden zu hinterlassen oder pathologisch nachweisbar zu sein, da die Zerfallsprodukte des Succinylcholin – Succinylsäure und Cholin – sich auch normalerweise im Körper befinden.

Somit kann eine sorgfältig bemessene und injizierte Dosis von Succinylcholin eine vorübergehende Lähmung verursachen – lange genug zum Beispiel, um die Person ertrinken zu lassen – und sich dann unbemerkt im Körpersystem auflösen.

Wenn ein Leichenbeschauer nicht den gesamten Leichnam mit der Lupe absucht, um die winzige, von einer Injektionsspritze verursachte Stichwunde zu entdecken, wird ihm nichts anderes übrigbleiben, als auf Unfalltod durch Ertrinken zu befinden.

Von Anfang an, seit seinem ersten Jahr als Assistenzarzt, als er gesehen hatte, wie das Medikament eingesetzt wurde und wie es im Operationssaal wirkte, waren Osborns Fantasien von dem, was er tun würde, wenn je der Mörder plötzlich auf wunderbare Weise vor ihm erschien, immer weiter gewuchert. Er hatte mit Injektionen an Labormäusen experimentiert, und später auch an sich selbst. Als er seine eigene Praxis eröffnete, kannte er die genaue Dosis Succinylcholin, die man jemandem injizieren mußte, um ihn für sechs bis sieben Minuten bewegungsunfähig zu machen. Und bei einer Lähmung der Skelett- und Atemmuskulatur wären sechs bis sieben Minuten in hinreichend tiefem Wasser mehr als genug, um diese Person ertrinken zu lassen.

Sein Überfall auf Henri Kanarack war töricht gewesen, die Beweggründe rein emotional. Jahrelang aufgestaute Wut hatte den Schock des Wiedererkennens verstärkt. Damit hatte er sich Kanarack und der Polizei offenbart. Aber jetzt war es wieder ruhig geworden. Er mußte nur aufpassen, daß die Emotionen nicht noch einmal überschäumten, so wie eben, als er dummerweise versucht hatte, Jean Packard anzuwerben. Er hatte keine Ahnung, warum er das getan hatte – außer vielleicht, weil er Angst hatte. Ein Mord war kein Kinderspiel, aber das hier war kein Mord, sagte er sich, ebensowenig wie es Mord gewesen wäre, wenn ein Gericht Kanarack zum Tod in der Gaskammer verurteilt hätte. Was es ganz sicher getan hätte, wenn die Sache anders gelaufen wäre. Aber es war nicht geschehen, und wenn er das akzeptierte, wie Osborn es jetzt ruhig und zuversichtlich tat, dann war ihm auch klar, daß es jetzt eine ganze private Angelegenheit zwischen ihm und diesem Henri Kanarack geworden war und daß die Verantwortung immer nur bei ihm liegen konnte, bei ihm ganz allein.

Er wußte, wie er Kanarack finden konnte. Und selbst wenn Kanarack den Verdacht hatte, daß er immer noch verfolgt wurde, konnte er nicht wissen, daß er schon gefunden war. Es käme darauf an, ihn zu überraschen, ihn in eine Einfahrt oder in eine abgeschiedene Ecke zu drängen, ihm dann das Succinylcholin zu injizieren und ihn in das bereitstehende Auto zu schaffen. Kanarack würde sich natürlich wehren, und das mußte Osborn berücksichtigen. Die Injektion war der Schlüssel. Wenn die geschafft wäre, müßte er noch ungefähr sechzig Sekunden auf der Hut sein, und dann würde Kanarack entspannter. Keine drei Minuten danach wäre er völlig gelähmt und körperlich hilflos.

Wenn es richtig geplant und am Abend passierte, könnte Osborn diese ersten Minuten dazu nutzen, Kanarack in den Wagen zu schaffen und vom Ort der Entführung zu einer entlegenen Stelle fahren, zu einem See oder, besser noch, zu einem Fluß mit starker Strömung. Dort würde er Kanarack, schlaff, aber lebendig, aus dem Wagen ziehen und einfach ins Wasser gleiten lassen. Wenn er Zeit hätte, würde er ihm sogar noch ein bißchen Whiskey in den Hals schütten. Wenn die Leiche dann irgendwann aus dem Wasser gezogen würde, müßten Polizei und Gerichtsmedizin den Eindruck gewinnen, daß der Mann Alkohol getrunken hatte und irgendwie ins Wasser gestolpert und ertrunken war.

Und zu diesem Zeitpunkt wäre Dr. Paul Osborn entweder schon zu Hause in Los Angeles oder im Flugzeug unterwegs dorthin. Und wenn die Polizei das Puzzle je zusammensetzen und den weiten Weg machen würde, um ihn zu befragen – was könnten sie ihm unterstellen? Daß es mehr als ein Zufall gewesen sei, wenn der Mann, den er in der Pariser Brasserie angegriffen hatten, derselbe war, der ein paar Tage später auf irgendeine Weise ertrunken war?

Kaum.

Osborn wußte nicht, wie weit er gegangen war – vom Boulevard du Montparnasse zum Eiffelturm, am Pont d'Iéna über die Seine, vorbei am Palais de Chaillot und weiter zu seinem Hotel auf der Avenue

Kléber –, oder auch nur, wie spät es war oder wie lange er schon an der Mahagonibar im Erdgeschoß seines Hotels saß und den Cognac anstarrte, der unberührt vor ihm stand. Ein Blick auf die Uhr verriet ihm, daß es kurz nach elf war. Plötzlich fühlte er sich erschöpft. Er konnte sich nicht erinnern, wann er das letztemal so müde gewesen war. Im Stehen zeichnete er die Barrechnung ab und wollte gerade hinausgehen, als ihm einfiel, daß er vergessen hatte, dem Barkeeper ein Trinkgeld zu geben. Er drehte sich noch einmal um und legte einen Zwanzig-Franc-Schein auf die Theke.

»*Merci beaucoup*«, sagte der Barkeeper.

»*Bonsoir.*« Osborn nickte, lächelte matt und ging.

Daraufhin lenkte ein anderer Gast mit erhobenem Finger die Aufmerksamkeit des Barkeepers auf sich, und dieser ging die drei, vier Schritte hinter der Bar zu ihm hinüber. Der Mann hatte ruhig dagesessen und mit halbem Blick in sein fast leeres Glas gestarrt, sein drittes in den anderthalb Stunden, seit er da war. Er war ein Mann mit ergrauendem Haar, unauffällig und einsam, von der Sorte, die überall auf der Welt unbemerkt in den Hotelbars sitzt und auf ein bißchen Action hofft, die fast nie kommt.

»*Oui, Monsieur?*«

»Noch einen«, sagte McVey.

16

»Sag du mir, warum!« Henri Kanarack war betrunken. Er war betrunken, weil er betrunken sein mußte; er konnte sonst nirgendwohin.

Es war eine halbe Stunde vor Mitternacht; er war in Agnes Demblons kleiner Wohnung an der Porte d'Orleans, kaum zehn Autominuten von seiner eigenen Wohnung in Montrouge entfernt, und er ging abwechselnd auf und ab und setzte sich wieder hin. Am Abend hatte er Michele angerufen und ihr gesagt, Monsieur Lebec, der Bäckereibesitzer, habe ihn gebeten, mit ihm nach Rouen zu fahren, um sich dort ein Gebäude anzuschauen, in dem er eventuell eine zweite Bäckerei eröffnen wollte. Michele war begeistert gewesen. Bedeutete das etwa eine Beförderung für Henri? Daß Henri vielleicht Geschäftsführer werden würde, wenn Monsieur Lebec in Rouen einen zweiten Betrieb aufmachte? Würden sie dann dort hinziehen? Es wäre wunderbar, das Kind abseits des hektischen Wahnsinns von Paris aufzuziehen.

»Ich weiß es nicht«, hatte er schroff gesagt. Er sei gebeten worden mitzukommen, und mehr wisse er auch nicht. Damit hatte er aufgelegt. Und jetzt starrte er Agnes Demblon an und wartete darauf, daß sie etwas sagte.

»Was willst du von mir hören?« fragte sie. »Jawohl, vielleicht hat der Amerikaner dich erkannt und einen Privatdetektiv beauftragt, dich zu suchen? Und jetzt, nachdem er im Laden war und dieses blöde Mädchen ihm die Namen der Mitarbeiter gegeben hat, hat er dich vermutlich gefunden oder wird dich demnächst finden? Und ohne Zweifel hat er dem Amerikaner bereits Bericht erstattet? Also schön, nehmen wir das alles an. Und?«

Henri Kanaracks Augen glitzerten, und er schüttelte den Kopf, als er quer durch das Zimmer ging, um sich neuen Wein zu holen. »Was ich nicht begreife, ist, wie der Amerikaner mich erkennen konnte. Er muß ein Dutzend Jahre jünger sein als ich. Ich bin seit fünfundzwanzig Jahren nicht mehr in den Staaten. Fünfzehn in Kanada, zehn hier.«

»Henri. Vielleicht ist es ein Irrtum. Vielleicht hält er dich für jemand anderen.«

»Es ist kein Irrtum.«

»Woher weißt du das?«

Kanarack nahm einen Schluck und starrte ins Leere.

»Henri, du bist französischer Staatsbürger. Du hast hier nichts verbrochen. Zum erstenmal im Leben ist das Gesetz auf deiner Seite.«

»Das Gesetz ist ohne Bedeutung, wenn sie mich gefunden haben. Wenn sie es sind, bin ich tot; das weißt du.«

»Das ist unmöglich. Albert Merriman ist tot. Nicht du. Wie könnte irgend jemand nach so vielen Jahren eine Verbindung herstellen? Zumal jemand, der nicht älter als zehn oder zwölf gewesen sein kann, als du Amerika verlassen hast?«

»Wieso zum Teufel ist er dann hinter mir her, he?« Kanaracks Blick ging durch sie hindurch. Es war schwer zu sagen, ob er Angst hatte oder wütend war oder beides.

»Sie haben Bilder, die zeigen, wie ich damals aussah. Die Polizei hat sie, und sie haben sie auch. Und so sehr habe ich mich nicht verändert. Beide Seiten könnten den Kerl beauftragt haben, mich zu suchen.«

»Henri …«, sagte Agnes leise. Er mußte jetzt nachdenken und vernünftig überlegen, und das tat er nicht. »Warum sollten sie nach einem Mann suchen, der tot ist? Und selbst wenn sie es täten, warum sollten sie es hier tun? Glaubst du, die schicken diesen Mann in jede Stadt der Welt – auf die vage Möglichkeit hin, daß du ihm auf der Straße über den Weg läufst?« Agnes lächelte. »Du machst aus einer Mücke einen Elefanten. Komm her, setz dich zu mir.« Sie lächelte sanft und klopfte mit der flachen Hand neben sich auf das verschlissene Sofa.

Die Art, wie sie ihn ansah, und der Klang ihrer Stimme erinnerten ihn an die alten Zeiten, als sie nicht so unattraktiv gewesen war wie heute. An die Zeit, bevor sie sich absichtlich hatte gehen lassen, aus eben diesem Grund: damit er sich nicht mehr zu ihr hingezogen fühlte. An die Zeit, bevor sie ihm ihr Bett verboten hatte, damit er sie nach einer Weile nicht mehr würde haben wollen. Es war wichtig gewesen, daß er ganz und gar verschwand, daß er die französische Kultur aufnahm und Franzose wurde. Dazu mußte er mit einer Französin verheiratet sein. Damit das aber möglich wurde, war es nötig, daß Agnes Demblom nicht länger ein Teil seines Lebens war. Sie war erst wieder in sein Leben getreten, als er keine Arbeit hatte finden können und sie Lebec davon überzeugt hatte, daß er noch eine Kraft in der Bäckerei brauchte. Danach war ihre Beziehung völlig platonisch gewesen, wie sie es auch jetzt war, zumindest in seinen Augen.

Aber für Agnes verging kein Tag, an dem ihr sein Anblick nicht das Herz brach, keine Stunde, kein Augenblick, da sie ihn nicht in die Arme nehmen, in ihr Bett ziehen wollte. Von Anfang an hatte sie alles getan. Ihm geholfen, seinen eigenen Tod vorzutäuschen. Beim Grenzübertritt nach Kanada seine Ehefrau gespielt. Ihm einen falschen Paß besorgt und ihn schließlich überredet, Montreal zu verlassen und nach Frankreich zu gehen, wo sie Verwandte hatte und wo er für immer verschwinden könnte. Das alles hatte sie getan, und sie war sogar so weit gegangen, daß sie ihn einer anderen Frau überlassen hatte. Und das alles nur, weil sie ihn so sehr liebte.

»Agnes. Hör mir zu.« Er setzte sich nicht neben sie, sondern blieb mitten im Zimmer stehen und starrte sie an. Er hatte das Glas nicht mehr in der Hand. Es war absolut still im Zimmer. Man hörte keine Verkehrsgeräusche draußen, keine Menschen, die in der unteren Wohnung miteinander stritten.

»Agnes«, sagte er noch einmal. Diesmal war seine Stimme kaum mehr als ein Flüstern. »Was wir nicht wissen, müssen wir herausfinden. Verstehst du?«

Lange Zeit betrachtete sie ihre Fingernägel. Dann hob sie schließlich den Kopf. Seine Angst, sein Zorn und seine Wut waren verflogen, wie sie es vorher gewußt hatte. Was sie statt dessen sah, war Eis.

»Wir müssen es herausfinden.«

»*Je comprends*«, murmelte sie und schaute wieder auf ihre Fingernägel. »*Je comprends.*« Ich verstehe.

17

8 Uhr

Heute war Donnerstag, der 6. Oktober. Der Morgenhimmel war der Vorhersage entsprechend bedeckt, und ein leichter, kalter Regen fiel. Osborn bestellte sich an der Theke eine Tasse Kaffee und ging damit zu einem kleinen Tisch, wo er sich hinsetzte. Das Café war voll von Leuten, die auf dem Weg zur Arbeit noch ein paar Augenblicke herausschinden wollten, bevor die tägliche Tretmühle begann. Sie tranken Kaffee, spielten mit einem Croissant, rauchten eine Zigarette, überflogen die Morgenzeitung.

Osborn hatte eine Reservierung für den Air-France-Flug 003, der am Samstag, dem 8. Oktober, um siebzehn Uhr vom Flughafen Charles de Gaulle abflog und nach einem Nonstop-Flug am selben Tag um neunzehn Uhr dreißig Ortszeit in Los Angeles landete. Vorschriftsmäßig und abgestimmt auf den Gesamtplan wäre es, wenn er sich jetzt bei Inspecteur Barras im Polizeipräsidium meldete, ihn von der Reservierung und der Abflugzeit in Kenntnis setzte und höflich nachfragte, wann er seinen Paß abholen könnte. Wenn er das erledigt hätte, könnte er sich dem Rest zuwenden.

Es kam darauf an, Kanarack irgendwann Freitag nacht umzubringen. Er brauchte den Schutz der Dunkelheit, nicht nur für die Tat, sondern auch, um zu verhindern, daß Kanaracks Leiche zu früh und zu nah bei Paris entdeckt wurde. Nach einer kurzen und einfachen Recherche hatte er sich für die Seine entschieden, wie es schon sein erster Gedanke gewesen war. Sie floß durch Paris und schlängelte sich dann in nordwestlicher Richtung etwa hundertzwanzig Meilen weit durch die französische Landschaft, bevor sie in der Seine-Bucht bei Le Havre in den Kanal mündete. Sofern keine unvorhergesehenen Komplikationen eintraten, würde man die Leiche frühestens am Samstag morgen entdecken, wenn er Kanarack am Freitag abend nach Einbruch der Dunkelheit irgendwo westlich der Stadt in die Seine werfen könnte. Bei guter Strömung müßte er bis dahin dreißig, vierzig Meilen weit stromabwärts getrieben sein, mit etwas Glück auch mehr, aufgequollen und ohne Ausweis, so daß die Behörden Tage brauchen würden, um festzustellen, wer er war.

Um sich abzusichern, würde Osborn ein Alibi brauchen, einen Nachweis dafür, daß er zum Zeitpunkt des Mordes anderswo gewesen war. Ein Kino, dachte er, wäre das einfachste. Er könnte sich eine Karte kaufen und auf irgendeine auffällige Weise bei der Kartenkontrolle am Eingang Aufsehen erregen, gerade so viel, daß die Person sich später, sollte die Frage aufkommen, daran erinnern würde, daß er im Kino gewesen war. Sein Beweis wäre der Kartenabschnitt mit Datum und Uhrzeit der Vorführung. Wenn er im dunklen Zuschauerraum Platz genommen hätte, würde er warten, bis der Film angefangen hätte, und durch den Seitenausgang hinausschlüpfen.

Das Timing des Ganzen wäre von Kanaracks Alltagsroutine abhängig. Ein Anruf in der Bäckerei hatte ergeben, daß sie von morgens sieben bis abends sieben geöffnet hatte und daß die letzte frischgebackene Ware gegen vier Uhr nachmittags erhältlich war. Er hatte Kanarack gegen sechs in der Brasserie in der Rue St.-Antoine gesehen. Von der Bäckerei zur Brasserie brauchte man zu Fuß mindestens zwanzig Minuten, und da Kanarack die Brasserie nach Osborns Angriff zu Fuß verlassen hatte, konnte man, wie auch Jean Packard es schon getan hatte, mit Sicherheit annehmen, daß er entweder kein Auto besaß oder damit nicht zur Arbeit fuhr. Wenn die letzten frischen Backwaren um sechzehn Uhr erhältlich waren, und wenn Kanarack um achtzehn Uhr in der Brasserie gewesen war, konnte man folglich annehmen, daß er irgendwann zwischen sechzehn Uhr dreißig und siebzehn Uhr dreißig Feierabend machte. Es war zwar erst Anfang Oktober, aber die Tage wurden schon kürzer. Ein Blick auf den Wetterbericht in der Zeitung ergab, daß der Regen in den nächsten Tagen anhalten würde. Das bedeutete, daß es noch früher dunkel werden könnte. Sicher schon gegen siebzehn Uhr dreißig.

Der nächste Punkt auf Osborns Tagesordnung bestand darin, ein Auto zu mieten und westlich von Paris eine abgelegene Stelle am

Seine-Ufer zu suchen, wo er Kanarack unbeobachtet ins Wasser werfen könnte. Danach würde er zur Bäckerei und zurück fahren, um sicherzustellen, daß er den Weg kannte.

Schließlich würde er dann zur Bäckerei fahren und auf der anderen Straßenseite parken; keinesfalls dürfte er später als sechzehn Uhr dreißig dort ankommen. Er würde warten, bis Kanarack herauskäme, und sehen, in welche Richtung er ginge, die Straße hinauf oder hinunter.

Als er ihn das erstemal gesehen hatte, war Kanarack allein gewesen; er hatte also offensichtlich nicht die Angewohnheit, die Firma zusammen mit seinen Kollegen zu verlassen. Wenn er es am Freitag abend aus irgendeinem Grund doch täte, sah Osborns Alternativplan vor, daß er ihm mit dem Auto folgte, bis er sich von seinen Begleitern trennte, und ihn danach an einem geeigneten Ort überfiel. Sollte Kanarack mit jemandem bis zur Métro gehen, würde Osborn einfach zu seinem Haus fahren und ihn dort erwarten. Das wollte er nur tun, wenn es absolut nötig wäre, denn die Gefahr war zu groß, daß Kanarack auf dem Heimweg Leuten begegnete, die er zu grüßen pflegte. Aber wenn es die einzige Möglichkeit wäre, würde Osborn sie ergreifen. Mehr als alles andere wünschte er sich, er hätte nicht nur eine Nacht zur Verfügung, aber er hatte nur diese eine, und so mußte er das Beste daraus machen, was immer passieren mochte.

»Hallo.«

Osborn blickte erschrocken auf. Er war so tief in Gedanken, daß er nicht gesehen hatte, wie Vera hereinkam. Hastig stand er auf und zog einen Stuhl für sie heran, und sie setzte sich ihm gegenüber. Als er zu seinem eigenen Stuhl zurückkehrte, fiel sein Blick auf eine Uhr hinter der Theke. Es war acht Uhr fünfundzwanzig. Er schaute sich um und merkte, daß das Café sich fast vollständig geleert hatte, seit er hier war.

»Kann ich dir etwas holen?«

»Espresso, *oui.*« Sie lächelte.

Er stand auf, ging zur Theke, bestellte einen Espresso und blieb stehen, während der Mann hinter dem Tresen sich abwendete, um ihn zu machen. Er warf einen Blick zurück zu Vera, schaute an ihr vorbei und drehte sich wieder um; er konzentrierte sich auf den Grund, weshalb er hier war, weshalb er sie gebeten hatte, sich nach dem Dienst im Krankenhaus mit ihm zu treffen.

Das Succinylcholin.

Zweimal hatte er am Morgen schon versucht, auf sein eigenes Rezept hin welches in Apotheken in der Stadt zu bekommen, aber beide Male hatte man ihm gesagt, das Mittel sei nur in Krankenhausapotheken vorrätig, und beide Male hatte man ihn gewarnt, er werde eine Ermächtigung von einem einheimischen Arzt benötigen, um es zu bekommen. Ein Anruf in der nächsten Klinikapotheke hatte dies bestätigt. Ja, sie hatten Succinylcholin. Jawohl, er brauchte eine Vollmacht von einem Pariser Arzt.

Osborns erster Gedanke war, den Hotelarzt anzurufen, aber die Bitte um Succinylcholin war etwas anderes als eine gewöhnliche Bitte um ein Rezept. Man würde Fragen stellen; die Sache konnte heikel werden. Ein nervöser Arzt würde möglicherweise sogar die Polizei verständigen. Vielleicht gab es noch andere Wege, aber sie zu finden, erforderte Zeit, und die Zeit war jetzt sein Gegner. Widerwillig richteten seine Gedanken sich auf Vera.

Sofort rief er die Apotheke im Centre Hospitalier Ste.-Anne an, wo sie als Assistenzärztin arbeitete. Ja, Succinylcholin war erhältlich, aber wiederum: nur gegen Vollmacht. Wenn er es richtig anstellte, dachte er, würde Veras mündliches Okay der Apotheke vielleicht genügen. Er wollte keinen Arzt mit hineinziehen, den sie kannte, denn der würde wissen wollen, warum. Für Vera hatte er eine Geschichte, aber jemand anderen dazu zu bringen, daß er sie ihm abkaufte, wäre kompliziert und riskant.

Er hatte gezögert und sich alles noch einmal überlegt, und dann hatte er sie um halb sieben in der Frühe in der Klinik angerufen und sie gefragt, ob sie sich nach Feierabend in einem Café in der Nähe mit ihm treffen wollte. Sie hatte eine Weile geschwiegen, und er hatte schon befürchtet, sie werde Ausflüchte machen und ihm sagen, sie könne sich nicht mit ihm treffen, aber dann hatte sie eingewilligt. Ihr Dienst war um sieben zu Ende, aber sie hatte noch eine Besprechung, die bis kurz nach acht dauern würde. Danach würde sie kommen.

Osborn beobachtete sie, als er mit dem Espresso zum Tisch zurückging. Nach einer Sechsunddreißig-Stunden-Schicht ohne Schlaf und einer anschließenden stundenlangen Besprechung sah sie immer noch frisch und strahlend, ja, schön aus. Unwillkürlich starrte er sie an, als er sich setzte, und als sie ihn dabei ertappte, lächelte sie ihn liebevoll an. Sie hatte etwas an sich, das ihn woandershin versetzte, ganz gleich, woran er gerade dachte oder womit er sonst noch gerade beschäftigt war. Er wollte mit ihr zusammensein, sie verzehren und sich von ihr verzehren lassen. Nichts, was einer von ihnen beiden tun könnte, sollte je wichtiger sein als das. Das Problem war nur, daß er sich erst noch um Henri Kanarack kümmern mußte.

Er beugte sich vor und griff über den Tisch nach ihrer Hand. Beinahe sofort zog sie sie weg und ließ sie in den Schoß fallen.

»Nicht«, sagte sie, und ihr Blick huschte im Lokal umher.

»Wovor hast du Angst? Daß uns jemand sehen könnte?«

»Ja.«

Vera wandte den Blick ab, griff nach ihrer Tasse und nippte an dem Espresso.

»Du bist zu mir gekommen, erinnerst du dich? Um Lebewohl zu sagen ...«, sagte Osborn. »Weiß er davon?«

Abrupt stellte Vera die Tasse hin, stand auf und wandte sich zum Gehen.

»Hör zu, es tut mir leid«, sagte er. »Es war nicht richtig, das zu sagen. Laß uns von hier verschwinden und ein paar Schritte gehen.«

Sie zögerte.

»Vera, du unterhältst dich mit einem Arzt, den du in Genf kennengelernt hast und der dich gebeten hat, hier eine Tasse Kaffee mit ihm zu trinken. Dann bist du mit ihm die Straße hinunterspaziert. Er ist in die USA zurückgeflogen, und das war's. Fachsimpelei zwischen zwei Ärzten. Gute Geschichte. Guter Schluß. Stimmt's?«

Osborn hatte den Kopf schräggelegt, und die Adern an seinem Hals waren hervorgetreten. Sie hatte ihn noch nie zuvor zornig gesehen. Auf eine Art, die sie nicht erklären konnte, gefiel ihr das, und sie mußte lächeln. »Stimmt«, sagte sie, fast wie ein kleines Mädchen.

Draußen spannte Osborn einen Schirm auf, denn es nieselte leicht. Sie wichen einem roten Peugeot aus, überquerten die Straße und gingen die Rue de la Santé in Richtung Krankenhaus hinauf.

Dabei kamen sie an einem weißen Ford vorbei, der am Straßenrand parkte. Inspecteur Lebrun saß am Steuer, McVey neben ihm auf dem Beifahrersitz.

»Ich vermute, Sie kennen das Mädchen nicht«, sagte McVey, als er beobachtete, wie Osborn und Vera vorbeigingen. Lebrun drehte den Zündschlüssel um und lenkte den Wagen in dieselbe Richtung.

»Sie wollen nicht wissen, ob ich sie kenne, sondern ob ich weiß, wer sie ist – korrekt? Französische und englische Ausdrücke bedeuten nicht immer dasselbe.«

McVey konnte nicht fassen, daß ein Mann, dem dauernd eine Zigarette im Mundwinkel hing, sprechen konnte. Er hatte einmal geraucht, in den ersten zwei Monaten nach dem Tod seiner ersten Frau. Damals hatte er angefangen zu rauchen, um nicht zu trinken. Besonders gutgetan hatte es nicht, aber es hatte geholfen. Als es aufhörte zu helfen, hatte er es aufgegeben.

»Ihr Englisch ist besser als mein Französisch. Ja, ich frage Sie, ob Sie wissen, wer sie ist.«

Lebrun grinste und griff nach dem Mikrofon. »Die Antwort, mein Freund, lautet: Noch nicht.«

18

Die Bäume am Boulevard St.-Jacques färbten sich langsam gelb. Ein paar Blätter waren schon gefallen, und der Regen machte den Boden glitschig. Als sie die Straße überquerten, nahm Osborn Veras Arm, um sie zu stützen. Sie lächelte über diese Geste, aber als sie auf der anderen Seite waren, bat sie ihn sofort, sie wieder loszulassen.

Osborn sah sich um. »Hast du Angst wegen der Frau mit dem Kinderwagen? Oder ist es der alte Mann mit dem Hund?«

»Beide. Jeder. Keiner«, sagte sie schlicht und tat absichtlich unbeteiligt, aber sie war sich nicht ganz sicher, warum. Vielleicht hatte sie Angst, gesehen zu werden. Vielleicht wollte sie auch gar nicht mit ihm zusammensein, oder vielleicht wollte sie auch ganz und gar mit ihm zusammensein, wollte aber, daß er diese Entscheidung für sie traf.

Plötzlich blieb er stehen. »Du machst es nicht leicht.«

Vera merkte, wie ihr Herz einmal aussetzte. Als sie sich ihm zuwandte und ihn anschaute, trafen sich ihre Blicke, und sie schauten einander in die Augen wie an jenem ersten Abend in Genf, und wie in London, als er sie in den Zug gesetzt hatte. Wie in seinem Hotelzimmer in der Avenue Kléber, als er ihr die Tür aufgemacht und vor ihr gestanden hatte, nur mit einem Handtuch bekleidet. »Was mache ich nicht leicht?«

Dann überraschte er sie.

»Ich brauche deine Hilfe, und ich schätze, ich habe große Mühe, mir auszudenken, wie ich dich darum bitten soll.«

Sie wußte nicht, was er meinte, und sagte es ihm.

»Es ist eigentlich blöd. Und ich weiß nicht mal, ob es illegal ist. Alle tun jedenfalls so.«

»Was denn?« Wovon redete er überhaupt? Er brachte sie aus dem Konzept. Was hatte das mit ihnen zu tun?

»Ich habe ein Rezept für ein Medikament ausgestellt, und jetzt sagt man mir, das gebe es nur in Klinikapotheken und ich brauche eine Vollmacht von einem Pariser Arzt. Ich kenne hier aber keine Ärzte, und ...«

»Was für ein Medikament?« Besorgnis stand ihr ins Gesicht geschrieben. »Bist du krank?«

»Nein.« Osborn lächelte.

»Was dann?«

»Ich ... ich sagte doch, es ist blöd«, setzte er unsicher an, als sei er verlegen. »Ich habe einen Vortrag zu halten, wenn ich nach Hause komme. *Sobald* ich nach Hause komme. Aus einem Grund namens Vera habe ich mir eine Woche freigenommen, als ich zu Hause bei der Arbeit hätte sein sollen ...«

»Sag mir, was du meinst, ja?« Vera grinste und entspannte sich. Alles, was sie zusammen getan hatten, war romantisch und zutiefst persönlich gewesen, selbst als sie einander über die intimen Peinlichkeiten der Körperfunktionen hinweggeholfen hatten, während sie in London mit dem Vierundzwanzig-Stunden-Virus kämpften. Abgesehen von ihren ersten, tastenden Gesprächen in Genf war wenig oder gar nicht über ihr Berufsleben geredet worden, und jetzt kam er mit einer alltäglichen Frage ausgerechnet dazu.

»Ich halte den Vortrag vor einer Gruppe von Anästhesiologen, einen Tag nach meiner Ankunft in L. A. Ursprünglich sollte ich ihn am dritten Tag halten, aber sie haben es geändert, und jetzt bin ich der erste. In dem Vortrag geht es um präoperative Anästhesievorbereitung im Zusammenhang mit Dosierung und Wirkung von Succinylcholin in praktischen Notfallsituationen. Die meisten meiner Experimente wurden im Labor vorgenommen. Wenn ich zurückkomme, habe ich keine Zeit mehr, aber hier bleiben mir noch zwei Tage. Und wenn ich in Paris an Succinylcholin kommen will, brauche ich anscheinend das Okay eines französischen Arztes, bevor mir irgend jemand welches gibt. Und wie ich sagte, ich kenne hier sonst keine Ärzte.«

»Du willst Selbstversuche machen?« Vera war erstaunt. Sie hatte gehört, daß andere Ärzte das von Zeit zu Zeit taten, und als Medizinstudentin hatte sie es fast einmal selbst probiert, aber dann hatte sie in letzter Minute gekniffen und eine bereits veröffentlichte Studie abgeschrieben.

»Ich habe seit dem Studium schon diverse Experimente gemacht.« Ein breites Grinsen ging über Osborns Gesicht. »Deshalb bin ich ein bißchen sonderbar.« Unvermittelt streckt er die Zunge heraus, riß die Augen auf und klappte mit dem Daumen sein Ohr nach vorn.

Vera lachte. Diese Seite hatte sie an ihm noch nicht gesehen; sie hatte nicht gewußt, daß es diese Albernheit auch an ihm gab.

Ebenso unvermittelt ließ er sein Ohr wieder los, und die Verrücktheit verschwand. »Vera, ich brauche das Succinylcholin, und ich weiß nicht, wie ich herankommen soll. Kannst du mir helfen?«

Er war jetzt vollkommen ernst. Hier ging es um etwas, das mit seinem Leben zu tun hatte, mit dem, was er war. Plötzlich erkannte Vera, wie wenig sie über ihn wußte und wieviel mehr sie gern wissen wollte. Was er glaubte, woran er glaubte. Was für Geheimnisse er hatte, die er weder ihr noch sonst jemandem je anvertraut hatte. Was es gewesen war, das ihn zwei Ehen gekostet hatte.

Hatte es an Paul gelegen, oder waren die Frauen schuld gewesen? Oder hatte er bloß eine schlechte Wahl getroffen? Oder – war da noch etwas anderes, etwas in ihm, das an einer Beziehung nagte, bis sie ruiniert war? Von Anfang an hatte sie gespürt, daß ihn etwas belastete, aber was es war, wußte sie nicht. Es war nichts, worauf sie hätte deuten, was sie hätte verstehen können. Es lag tiefer, und meistens versteckte er es. Aber da war es trotzdem. Und als er jetzt unter ihrem Schirm im Regen stand und sie bat, ihm zu helfen, sah sie, wie es an ihm zehrte, stärker als irgendwann, seit sie ihn kannte. Und sofort war sie überwältigt von dem Verlangen, es zu wissen, ihn zu trösten, ihn zu verstehen. Es war mehr ein Gefühl als ein bewußter Gedanke, und es war überdies gefährlich, das wußte sie, denn es zog sie an einen Ort, dessen war sie sicher, an den noch kein Mensch je eingeladen worden war.

»Vera?« Plötzlich merkte sie, daß sie immer noch an der Straßenecke standen und daß er mit ihr sprach. »Ich habe dich gefragt, ob du mir helfen kannst.«

Sie sah ihn an und lächelte. »Ja«, sagte sie. »Ich will es versuchen.«

19

Osborn stand an der vorderen Theke der Klinikapotheke und versuchte, die Karten mit den französischen Genesungswünschen zu lesen, während Vera mit seinem Rezept nach hinten zu dem Apotheker ging. Einmal blickte er auf und sah, wie der Apotheker redete und mit beiden Händen gestikulierte; Vera stand da, eine Hand in die Hüfte gestemmt, und wartete, bis er fertig war. Osborn wandte sich ab. Vielleicht war es ein Fehler gewesen, sie hineinzuziehen. Wenn er erwischt würde und die Wahrheit ans Licht käme, könnte man sie wegen Beihilfe belangen. Er sollte ihr lieber sagen, sie solle die Sache vergessen, und dann sollte er sich eine andere Möglichkeit ausdenken, mit Henri Kanarack abzurechnen. Er fummelte die Karte, die er sich angesehen hatte, wieder in den Halter und wollte eben zu ihr gehen, als sie auf ihn zukam.

»Leichter als Kondome kaufen, und nicht so peinlich.« Sie zwinkerte und ging an ihm vorbei.

Zwei Minuten später waren sie draußen und gingen den Boulevard St.-Jacques hinunter; in der Tasche seines Sportsakkos hatte Osborn das Succinylcholin und eine Packung Injektionsspritzen.

»Danke«, sagte er leise. Er spannte den Schirm auf und hielt ihn so, daß sie beide darunter gehen konnten. Dann wurde der Regen stärker, und Osborn schlug vor, sich nach einem Taxi umzusehen.

»Wäre es dir recht, wenn wir einfach ein Stück gehen?« fragte Vera.

»Wenn du nichts dagegen hast, habe ich auch nichts dagegen.«

Er nahm ihren Arm, und sie überquerten die Straße bei einer roten Ampel. Auf der anderen Seite ließ Osborn sie demonstrativ los. Vera grinste breit, und während der nächsten Viertelstunde gingen sie einfach schweigend nebeneinander her.

Osborns Gedanken wandten sich nach innen. In gewisser Weise war er erleichtert. Das Succinylcholin zu beschaffen, war leichter gewesen, als er gedacht hatte. Was ihm nicht gefiel, war die Tatsache, daß er Vera angelogen und sie benutzt hatte, und das störte ihn sehr viel mehr, als er erwartet hatte. Von allen Menschen, die er je gekannt hatte, war Vera die letzte, die er freiwillig benutzen oder der er nicht die absolute Wahrheit sagen wollte. Aber Tatsache war, dachte er, daß er kaum eine andere Wahl gehabt hatte.

Heute war nicht wie jeder andere Tag, und was er tat, war nicht der

Stoff, aus dem das Alltagsleben bestand. Hier waren alte und dunkle Vorgänge am Werk. Tragische Dinge, die nur er und Kanarack kannten. Und die nur er und Kanarack erledigen konnten. Wieder dachte er besorgt daran, daß man Vera wegen Beihilfe zur Rechenschaft ziehen könnte, wenn irgend etwas schiefginge. Höchstwahrscheinlich würde sie nicht ins Gefängnis kommen, aber ihre Karriere und alles, wofür sie gearbeitet hatte, wäre ruiniert. Daran hätte er früher denken sollen, bevor er überhaupt mit ihr gesprochen hatte. Er hätte, aber er hatte nicht, und jetzt war es geschehen. Jetzt mußte er über den Rest nachdenken. Dafür sorgen, daß nichts schiefging und daß er und Vera geschützt waren.

Plötzlich griff sie nach seiner Hand und drehte ihn zu sich herum. Ihm wurde klar, daß sie nicht mehr auf dem Boulevard St.-Jacques waren, sondern den Jardin des Plantes durchquerten, die Gartenanlage des Nationalen Naturgeschichtemuseums, und fast an der Seine angekommen waren.

»Was ist denn?« fragte er verwundert.

Vera sah, wie seine Augen ihre fanden, und sie wußte, daß sie ihn aus einer Träumerei gerissen hatte.

»Ich möchte, daß du mit mir nach Hause kommst«, sagte sie.

»Du möchtest was?« Er war sichtlich verblüfft. Fußgänger hasteten rechts und links an ihm vorbei, und trotz des Regens waren Gärtner dabei, sich auf ihre Tagesarbeit vorzubereiten.

»Ich habe gesagt, ich möchte, daß du mit in meine Wohnung kommst.«

»Warum?«

»Ich möchte dich baden.«

»Baden?«

»Ja.«

Ein jungenhaftes Grinsen schlich sich über sein Gesicht.

»Erst wolltest du nicht mit mir gesehen werden, und jetzt willst du mich mit nach Hause nehmen?«

»Was ist daran auszusetzen?«

Osborn sah, daß sie rot wurde. »Weißt du auch, was du tust?«

»Ja. Ich stelle mir vor, daß ich dich baden möchte, und in dem Ding, das sie in deinem Hotel als Badewanne bezeichnen, könnte man kaum einen kleinen Hund baden.«

»Was ist denn mit ›Frenchy‹?«

»Nenne ihn nicht so.«

»Sag mir seinen Namen, und ich tu's nicht mehr.«

Einen Moment lang schwieg Vera. Dann sagte sie: »Er ist mir egal.«

»Ja?« Osborn glaubte, sie mache Spaß.

»Ja.«

Osborn schaute sie prüfend an. »Du meinst es ernst.«

Sie nickte entschlossen.

»Seit wann?«

»Seit ... ich weiß nicht. Seit ich es entschieden habe, das ist alles.« Sie wollte diese Entscheidung nicht genauer untersuchen und sprach nicht weiter.

Osborn wußte nicht, was er denken oder auch fühlen sollte. Am Montag hatte sie gesagt, sie wolle ihn nie wiedersehen; sie habe einen Liebhaber, der in Frankreich ein bedeutender Mann sei. Heute war Donnerstag. Heute war er *in* und der Lover war *out*. Lag ihr wirklich so viel an ihm? Oder war die Geschichte von diesem Liebhaber anfangs nur eine Story gewesen, um ihn loszuwerden, eine praktische Methode, um eine kurze Affäre zu beenden?

Der Wind vom Fluß griff ihr ins Haar. Ja, sie wußte, was für ein Risiko sie einging, aber es war ihr egal. Sie wußte nur, daß sie in diesem Augenblick mit Paul Osborn schlafen wollte, in ihrer eigenen Wohnung, in ihrem eigenen Bett. Sie wollte ganz mit ihm zusammensein, solange sie konnten. Sie hatte achtundvierzig Stunden Zeit, bevor ihr nächster Dienst begann. François, den Osborn »Franzi« nannte, war in New York und hatte seit ein paar Tagen nichts von sich hören lassen. Was sie anging, konnte sie tun, was sie wollte, wann sie wollte und wo sie wollte.

»Ich bin müde. Kommst du mit? Ja oder nein?«

»Bist du sicher?«

»Ich bin sicher«, sagte sie. Es war fünf vor zehn am Morgen.

20

Das Klingeln des Telefons weckte sie. Einen Moment lang wußte sie nicht, wo sie war. Ein hartes Licht fiel durch die halb offenen Terrassentüren. Dahinter, über der Seine, hatte die Nachmittagssonne es aufgegeben, sich durch die hartnäckige Bewölkung zu kämpfen, und war darin verschwunden. Immer noch im Halbschlaf stemmte Vera sich auf dem Ellbogen hoch und schaute sich um. Bettzeug lag überall verstreut. Ihre Strümpfe und Unterwäsche langen halb unter dem Bett auf dem Boden. Dann wurde ihr Kopf klar, und sie begriff, daß sie in ihrem Schlafzimmer war und daß das Telefon klingelte. Sie bedeckte sich mit einem Stück Bettlaken, als ob der Anrufer sie sehen könnte, und griff nach dem Hörer.

»*Oui?*«

»Vera Monneray?«

Es war eine Männerstimme. Eine, die sie noch nie gehört hatte. »Oui ...«, sagte sie verwirrt. Es klickte unüberhörbar am anderen Ende, und die Leitung war tot.

Sie legte auf und sah sich um. »Paul?« rief sie. »Paul?«

Jetzt klang ihre Stimme besorgt. Er antwortete immer noch nicht, und sie begriff, daß er fort war. Sie stand auf und sah ihr nacktes Spiegelbild in dem antiken Spiegel über der Kommode. Rechts war die offene Badezimmertür. Benutzte Handtücher lagen im Waschbecken und auf dem Boden neben dem Bidet. Der Duschvorhang war heruntergekommen und bedeckte die Badewanne halb. Dahinter stand einer ihrer Schuhe feierlich auf dem Deckel der Toilette. Wer jetzt hereinkäme, könnte keinerlei Zweifel daran haben, daß in diesen beiden Räumen, und Gott weiß, wo sonst noch überall in der Wohnung, ausgedehnte und heftige Liebesspiele stattgefunden hatten. Im ganzen Leben hatte sie so etwas wie die letzten paar Stunden noch nicht erlebt. Ihr ganzer Körper tat weh, und was nicht weh tat, war wund gerieben.

Als sie sich abwandte, sah sie sich wieder im Spiegel und ging näher heran. Sie war nicht sicher, was sie da genau sah – nur, daß es irgendwie anders war. Etwas hatte sie verlassen, und statt dessen war etwas anderes gekommen.

Plötzlich klingelte das Telefon. Sie schaute hinüber, verärgert über die aufdringliche Störung. Es klingelte immer weiter, und schließlich nahm sie den Hörer ab.

»*Oui ...*«, sagte sie distanziert.

»Einen Moment bitte«, sagte eine Stimme.

Er rief an.

»Vera! *Bonjour!*« François' Stimme hallte durch die Leitung. Er war wach, frisch, fordernd.

Es dauerte einen Moment, bevor sie antwortete. Und in diesem

Moment erkannte sie, daß es das Kind in ihr war, was sie verlassen hatte, daß sie eine Grenze überschritten hatte, an der es kein Zurück gab. Wer immer sie gewesen war, sie war es jetzt nicht mehr. Und ihr Leben hatte sich, zum Guten oder zum Schlechten, verändert und würde nie wieder so sein wie bisher.

»*Bonjour*«, sagte sie schließlich. »*Bonjour,* François.«

Paul Osborn verließ Veras Wohnung kurz nach Mittag und fuhr mit der Métro zurück zu seinem Hotel. Um zwei saß er, mit Sweatshirt, Jeans und Turnschuhen bekleidet, in einem gemieteten dunkelblauen Peugeot und fuhr die Avenue de Clichy hinunter. Sorgfältig folgte er der Straßenkarte von der Autovermietung und bog von der Rue Martre nach rechts auf die Schnellstraße, die in nordöstlicher Richtung an der Seine entlangführte. In den nächsten zwanzig Minuten hielt er dreimal an Ausfahrten und Seitenstraßen. Keine der Stellen sah vielversprechend aus.

Gegen fünf nach halb drei kam er dann an einer Waldstraße vorbei, die anscheinend zum Fluß führte. Er wendete und bog dort ein. Nach ungefähr einer Viertelmeile kam er zu einem abgeschiedenen Park auf einer Anhöhe unmittelbar oberhalb des östlichen Flußufers. Soweit er sehen konnte, war der Park selbst kaum mehr als ein großes, von Bäumen umgebenes Feld, um dem ein Lehmweg herumführte. Er fuhr auf diesem Weg entlang bis zu der Stelle, wo er zur Straße zurückführte. Und jetzt sah er, was er gesucht hatte: ein lehmiges, kiesbestreutes schräges Wegstück, das zum Wasser hinunterging. Er hielt an, stieg aus und sah sich um. Die Hauptstraße lag eine gute halbe Meile weit hinter ihm und war von Bäumen und dichtem Unterholz verdeckt.

Im Sommer herrschte in diesem Park mit seinem Zugang zum Fluß wahrscheinlich reges Treiben, aber jetzt, um kurz vor drei an einem verregneten Donnerstagnachmittag im Oktober, war die Gegend völlig menschenleer.

Osborn ließ den Peugeot stehen und ging die Wegmündung hinunter. Unten zwischen den Bäumen konnte er den Fluß gerade noch erkennen. Der dunkle Himmel und der Nieselregen umschlossen alles. Der Weg war abschüssig und von Fahrzeugen ausgefahren, die ihn offensichtlich als Zufahrt zu einem Landungssteg benutzt hatten; zweifellos diente er dazu, kleine Boote zu Wasser zu lassen.

Vier, fünf Schritt weit vor dem Wasser endete der Kies, und es folgte grauer Sand, der sich in rötlichen Schlamm verwandelte, wo er ins Wasser überging. Osborn wagte sich weiter vor und prüfte die Festigkeit des Bodens. Der Sand hielt, aber kaum hatte er den Schlamm erreicht, sanken seine Schuhe ein. Er trat zurück, schüttelte, so gut es ging, den Schlick von den Schuhen und schaute wieder auf das Wasser hinaus. Direkt vor ihm floß träge die Seine vorbei, plätscherte in winzigen Wellen sanft ans Ufer. Dann, weniger als dreißig Meter weiter stromabwärts, ragte ein baumbestandener Felsvorsprung scharf ins Wasser hinaus, der das fließende Wasser unvermittelt aufhielt und in die Hauptströmung zurücklenkte.

Osborn betrachtete die Stelle lange, und ihm war nur allzu bewußt, was er da tat. Dann wandte er sich zielstrebig um und ging über den Landungssteg zu einer Baumgruppe am Fuße der Anhöhe. Als er einen großen Ast gefunden hatte, hob er ihn auf, kam zurück und warf ihn ins Wasser. Eine Zeitlang passierte gar nichts. Dann aber schob die Strömung ihn langsam voran, und nach wenigen kurzen Sekunden war er zu den Bäumen hinunter und hinaus in die Hauptströmung getrieben worden. Osborn sah auf die Uhr; es hatte zehn Sekunden gedauert, bis der Ast abgetrieben und von der Mittelströmung erfaßt worden war. Noch weitere zwanzig Sekunden, und er war hinter dem baumbewachsenen Felsvorsprung verschwunden. Alles in allem also vom Hineinwerfen an ungefähr dreißig Sekunden, bis er den Ast aus den Augen verloren hatte.

Er drehte sich um und ging noch einmal über den Landungssteg zu den Bäumen auf der anderen Seite. Er brauchte etwas Schwereres, etwas, das eher dem Gewicht eines Menschen entsprach. Ein paar Augenblicke später hatte er den entwurzelten Stamm eines abgestorbenen Baumes gefunden. Mühsam bekam er ihn zu fassen, stemmte ihn hoch und schleppte ihn ans Wasser. Einen Moment lang schwamm er bewegungslos wie zuvor der Ast, bis ihn die Strömung erfaßte und er am Ufer entlangtrieb. Als er die Biegung am Felsvorsprung erreicht hatte, glitt er schnell und gleichmäßig hinaus in die Hauptströmung. Wieder schaute er auf die Uhr. Zweiunddreißig Sekunden, bis der Stamm in der Strommitte angekommen und außer Sicht geraten war. Er mußte ungefähr fünfzig Pfund schwer gewesen sein. Kanarack, schätzte Osborn, wog etwa hundertachtzig. Der Gewichtsunterschied zwischen Ast und Baumstamm war viel größer gewesen als der zwischen dem Stamm und dem, was Kanarack vermutlich wog, aber beide waren ungefähr gleich schnell hinausgetrieben und von der Strömung erfaßt worden.

Osborn merkte, daß sein Puls schneller schlug und seine Achselhöhlen feucht wurden, als ihm die Wahrhaftigkeit des Ganzen bewußt wurde. Es würde funktionieren, da war er sicher! Osborn tat ein paar Schritte seitwärts, wandte sich dann um und fing an zu rennen, am Flußufer entlang und an den Bäumen vorbei bis dahin, wo das Ufer am weitesten in die Flußmitte hinausragte. Dort war das Wasser tief und frei von Hindernissen. Nichts würde Kanarack aufhalten; bewegungsunfähig unter dem Einfluß des Succinylcholin, würde er davontreiben wie der Baumstamm und zur Strömungsmitte hin immer schneller werden. Weniger als sechzig Sekunden nachdem er von der Landungsstelle ins Wasser geschoben worden wäre, würde er die Flußmitte erreichen und von der Hauptströmung der Seine erfaßt werden.

Jetzt mußte er ganz sichergehen. Er stapfte durch ein Stück hohes Gras und folgte dann über eine halbe Meile weit dem Flußufer durch Gebüsch und Dickicht. Je weiter er kam, desto steiler wurde die Uferböschung, und desto schneller floß die Strömung zwischen den beiden Ufern. Auf dem Gipfel einer Anhöhe angekommen, blieb er stehen. Die Seine floß ungehindert dahin, so weit das Auge reichte; es gab keine Inselchen, keine Sandbänke, keine weit ausgreifenden, alles behindernden toten Bäume. Nichts als schnell fließendes, offenes Gewässer, das durch die pure Abgeschiedenheit strömte. Man sah keine Städte, Fabriken, Häuser oder Brücken. Es gab, so weit er sehen konnte, überhaupt nichts, von wo jemand einen Gegenstand hätte bemerken können, der rasch mit der Strömung dahintrieb.

Schon gar nicht, wenn es bei Regen und Dunkelheit geschah.

21

Lebrun und McVey waren Osborn und Vera bis zu den Gärten am Nationalen Naturgeschichtemuseum gefolgt. Dort hatte sie ein anderer ziviler Polizeiwagen abgelöst und die beiden bis zu Veras Appartement auf der Île St.-Louis beschattet.

Sie hatten das Haus kaum betreten, als Lebrun über Funk die Adresse bekam. Vierzig Sekunden später hatte er einen Ausdruck mit einer Liste der Hausbewohner, dank einer Computernachfrage beim Postdienst.

Lebrun überflog die Liste und gab sie dann McVey, der seine Brille aufsetzen mußte, um sie zu lesen. Die Liste bestätigte, daß alle sechs Appartements im Haus Nr. 18, Quai de Bethune, bewohnt waren. In zwei Fällen waren die Vornamen abgekürzt, was darauf hindeutete, daß es sich bei den Bewohnern wahrscheinlich um alleinstehende Frauen handelte. Die eine war M. Seyrig, die andere V. Monneray. Ein Blick in die französischen *permis de conduire,* die Führerschein-Register, ergab, daß es sich bei M. Seyrig um die sechzigjährige Monique Seyrig handelte, und daß V. Monneray mit vollem Namen Vera Monneray hieß und sechsundzwanzig Jahre alt war. Knapp eine Minute später kam eine Kopie von Vera Monnerays Führerschein aus dem Faxgerät in Lebruns zivilem Ford. Das Foto bestätigte, daß sie Paul Osborns Begleiterin gewesen war.

In diesem Augenblick blies die Zentrale die Beschattung unversehens ab. Dr. Paul Osborn, gab man Lebrun zu verstehen, stehe im Scheinwerferlicht der Interpol, nicht der Pariser Polizeipräfektur. Wenn Interpol wollte, daß jemand auf der anderen Straßenseite aufpaßte, während Osborn sich mit einer Lady vergnügte, dann sollte Interpol auch dafür bezahlen; die Polizei am Ort konnte sich so etwas nicht leisten. McVey kannte sich nur allzu gut aus mit städtischen Etats, wo die Verwaltung ständig Einsparungen vornahm und wo sich die Politik mit Blick auf die Wahlen um jeden verfügbaren Franc balgte. Als Lebrun ihn also unter Entschuldigungen eine halbe Stunde später am Präsidium absetzte, konnte er sich nur achselzuckend zu dem beigefarbenen zweitürigen Opel begeben, den Interpol ihm zur Verfügung gestellt hatte. Jetzt würde er die Beinarbeit selbst übernehmen müssen.

McVey fuhr gut vierzig Minuten im Kreis herum, bis er die Île St.-Louis wiedergefunden hatte; dann hielt er endlich auf einem Parkplatz an der Rückseite des Appartementhauses, in dem Vera Monneray wohnte. Das Stein- und Stuckgebäude, das den Block in ganzer Länge ausfüllte, war gepflegt und frisch gestrichen. In bequemen Abständen befanden sich Dienstboteneingänge, die mit schweren, fensterlosen Türen gesichert waren, so daß das Erdgeschoß der Rückfront aussah wie eine abgeriegelte Militärgarnison.

McVey öffnete die Wagentür, stieg aus und ging auf dem Kopfsteinpflaster den halben Block hinunter bis zur nächsten Querstraße am Ende des Hauses. Daß es regnete und kalt war, erleichterte ihm die Sache nicht, und auch nicht der Umstand, daß das Kopfsteinpflaster unter seinen Budapester Schuhen höllisch schlüpfrig war. Er zog ein Taschentuch aus der Gesäßtasche, putzte sich die Nase, faltete es dann sorgfältig entlang der alten Falten zusammen und steckte es wieder ein. Es half ihm auch nicht, daß er anfing, an einen warmen, versmogten Tag auf dem Rancho-Park-Golfplatz am Pico, gegenüber dem Twentieth-Century-Fox-Gelände, zu denken. Abschlag gegen acht, wenn die Sonne gerade erst anfing, alles zu wärmen, und dann ein paar Stunden lang Entspannung mit dem Rest seines Kleeblatts, Detectives von der Mordkommission im Sheriff's Department, die an ihrem freien Tag die Hausarbeit schwänzten.

An der Querstraße bog McVey nach rechts und ging zur Vorderseite des Hauses. Zu seiner Überraschung befand er sich buchstäblich über der Seine. Wenn er die Hand ausstreckte, konnte er die vorüberziehenden Frachtkähne fast berühren. Auf der anderen Seite lag das ganze linke Ufer unter einer Wolkendecke, die sich nach links und nach rechts erstreckte, so weit das Auge reichte. Als er den Kopf in den Nacken legte und hinaufschaute, erkannte er, daß beinahe jede Wohnung in dem Haus den gleichen bemerkenswerten Blick haben mußte.

»Was zum Teufel kann die Miete hier kosten?« fragte er sich und grinste dann. Genau das hätte er jetzt zu seiner zweiten Frau gesagt, Judy, die eigentlich die einzige echte Kameradin gewesen war, die er je gehabt hatte. Valerie, seine erste Frau, hatte er von der High School weg geheiratet. Sie waren beide zu jung gewesen. McVey war in seinem dritten Dienstjahr beim Los Angeles Police Department, als sie schwanger wurde. Vier Monate später, als er wegen eines Autodiebstahls unterwegs war, hatte sie im Hause ihrer Mutter eine Fehlgeburt und verblutete auf dem Weg ins Krankenhaus.

Wieso zum Teufel dachte er jetzt daran?

Er hob den Kopf und starrte durch das Filigran des schmiedeeisernen Sicherheitstors am Haupteingang zu Vera Monnerays Appartementhaus. Von drinnen schaute ein uniformierter Pförtner zu ihm heraus, und er wußte, hier würde er nur mit einem Durchsuchungsbeschluß hineinkommen. Und selbst wenn er damit hineinkäme, was erwartete er zu finden? Osborn und Ms. Monneray beim Liebesakt? Und wieso glaubte er, daß die beiden noch da waren? Es war fast zwei Stunden her, daß Lebrun und sein Team von der Überwachung abgezogen worden waren.

McVey wandte sich ab und ging zu seinem Wagen zurück. Fünf

Minuten später saß er am Steuer seines Opel und versuchte herauszufinden, wie er von der Île St.-Louis zu seinem Hotel zurückkam. An einem Stoppschild hatte er die qualvolle, aber endgültige Entscheidung getroffen, nunmehr links statt rechts abzubiegen, als er an der nächsten Straßenecke eine Telefonzelle sah. Die Idee schoß ihm sofort durch den Kopf. Er schnitt ein Taxi, als er an den Straßenrand fuhr und anhielt. Er betrat die Telefonzelle, schlug das Buch auf, suchte V. Monneray und wählte ihre Nummer. Das Telefon klingelte lange, und McVey wollte schon aufgeben. Da meldete sich eine Frau.

»Vera Monneray?« fragte er.

Es folgte eine Pause, und dann –

»*Oui*«, sagte sie.

Er hängte ein. Zumindest die eine der beiden war noch da.

»Vera Monneray, 18 Quai de Bethune? Ein Name und eine Adresse?« McVey klappte den Ordner zu und starrte Lebrun an. »Das ist die ganze Akte?«

Lebrun drückte seine Zigarette aus und nickte. Es war kurz nach achtzehn Uhr, und sie saßen in Lebruns winzigem Büro im vierten Stock des Polizeipräsidiums.

»Ein Zehnjähriger, der eine Fernsehserie schreibt, könnte mehr liefern als so was hier«, sagte McVey mit ungewohnter Schärfe. Er hatte illegalerweise einen großen Teil des Nachmittags in Paul Osborns Hotelzimmer verbracht und dessen Sachen durchwühlt, aber er hatte nichts gefunden außer einer Ansammlung von schmutziger Wäsche, Vitaminen, Antihistaminen und Kondomen.

Die einzigen Gegenstände von wenigstens flüchtigem Interesse, die er zwischen Osborns Sachen gefunden hatte, waren Restaurantquittungen in der Innentasche seines Tagesmerkkalenders. Sie stammten vom Freitag, dem 30. September, und vom Samstag, dem 1. Oktober. Freitag war Genf, Samstag London. Die Quittungen waren für zwei Personen. Aber das war alles. Osborn hatte also in beiden Städten jemanden zum Essen eingeladen. Das hatten hunderttausend andere Leute auch getan. Der Pariser Kriminalpolizei hatte er gesagt, er sei in London allein in seinem Hotel gewesen. Nach Restaurants hatten sie ihn vermutlich gar nicht gefragt. Hauptsächlich, weil sie keinen Grund dazu gehabt hatten. Ebenso wie McVey keinen Grund hatte, ihn mit den Enthauptungsmorden in Zusammenhang zu bringen.

Lebrun lächelte, als er McVeys schmerzliche Bestürzung sah. »Mein Freund, Sie vergessen, daß Sie in Paris sind.«

»Was soll das heißen?«

»Das soll heißen, *mon ami*, daß ein Zehnjähriger, der eine Fernsehserie schreibt ...«, Lebrun machte eine kurze, wirkungsvolle Pause, »höchstwahrscheinlich nicht mit dem Ministerpräsidenten schläft.«

McVeys Kiefer klappte herunter. »Das soll wohl ein Witz sein.«

»Kein Witz.« Lebrun zündete sich wieder eine Zigarette an.

»Weiß Osborn das?«

Lebrun zuckte die Achseln.

McVey starrte ihn finster an. »Das heißt also, sie ist sozusagen tabu, richtig?«

»*Oui.*« Lebrun lächelte ein wenig. Veteranen des Morddezernats sollten klug genug sein, angesichts von *»l'amour«* keine Überraschung mehr zu zeigen, selbst *wenn* sie Amerikaner waren. Oder angesichts der unzähligen Möglichkeiten, wie hoffnungslos kompliziert so eine Sache werden konnte.

McVey stand auf. »Wenn Sie mich entschuldigen wollen – ich fahre in mein Hotel und dann zurück nach London. Und wenn Sie noch mehr so tolle Verdächtige finden, überprüfen Sie sie erst mal selbst, okay?«

»Ich meine mich zu erinnern, daß ich es Ihnen schon diesmal angeboten habe«, sagte Lebrun grinsend. »Vielleicht erinnern Sie sich, daß die Idee, nach Paris zu kommen, von Ihnen stammte.«

»Beim nächsten Mal reden Sie's mir aus.« McVey ging zur Tür.

»McVey.« Lebrun streckte die Hand aus und zerdrückte seine Zigarette. »Ich konnte Sie heute nachmittag nicht erreichen.«

McVey schwieg. Seine Ermittlungsmethoden waren seine eigenen; sie waren nicht immer völlig legal, und sie bezogen nicht immer die Kollegen mit ein – die Pariser Polizei, Interpol, die London Metropolitan Police und das Los Angeles Police Department eingeschlossen.

»Ich wünschte, ich hätte es gekonnt«, sagte Lebrun.

»Wieso?« fragte McVey unbeeindruckt; er fragte sich, ob Lebrun Bescheid wußte und ihn testen wollte.

Lebrun zog seine oberste Schreibtischschublade auf und nahm eine braune Mappe heraus. »Wir waren hier mitten drin«, sagte er und reicht McVey die Akte. »Wir hätten Ihre Expertenmeinung gebrauchen können.«

McVey musterte ihn einen Moment lang und klappte dann die Akte auf. Was er sah, waren Tatortfotografien von einem besonders brutalen Mord. Ein Mann war offenbar in einer Wohnung umgebracht worden. Auf separaten Fotos waren Nahaufnahmen seiner Knie. Beide waren jeweils durch einen einzigen, aber sehr durchschlagsstarken Schuß zerschmettert worden.

»Mit einer in den USA hergestellten .38er Colt Automatic mit Schalldämpfer. Haben wir neben ihm gefunden. Der Griff mit Klebestreifen umwickelt. Keine Fingerabdrücke. Keine Registriernummer«, sagte Lebrun ruhig.

McVey betrachtete die beiden nächsten Fotos. Das eine zeigte das Gesicht des Mannes. Es war auf das Dreifache der normalen Größe aufgedunsen. Die Augen quollen entsetzt aus dem Schädel. Eine Drahtgarotte war straff um den Hals gedreht; sie sah aus, als sei sie ein Kleiderbügel gewesen. Auf dem zweiten Foto sah man den Unterleib des Mannes. Man hatte ihm die Genitalien abgeschossen.

»Jesus«, murmelte McVey.

»Mit derselben Waffe«, sagte Lebrun.

McVey blickte auf. »Da hat jemand versucht, ihn zum Reden zu bringen.«

»Ich an seiner Stelle hätte ihnen alles gesagt, was sie wissen wollten«, meinte Lebrun. »Nur in der Hoffnung, daß sie mich dann umbringen.«

»Warum zeigen Sie mir das?« fragte McVey. Die Erste Präfektur der Pariser Polizei hatte eine blitzblanke Erfolgsquote, was die Aufklärung innerstädtischer Mordfälle anging. Einen Rat von McVey hatten sie bestimmt nicht nötig.

Lebrun lächelte. »Weil ich nicht möchte, daß Sie so rasch wieder nach London zurücksausen.«

»Verstehe ich nicht.« McVey schaute wieder in die offene Akte.

»Sein Name ist Jean Packard. Er war Privatdetektiv bei der Pariser Niederlassung von Kolb International. Am Dienstag hat Dr. Paul Osborn ihn beauftragt, jemanden ausfindig zu machen.«

»Osborn?«

Lebrun zündete sich eine neue Zigarette an, blies das Streichholz aus und nickte.

»Aber das hier war ein Profi, nicht Osborn«, sagte McVey.

»Ich weiß. Die Spurensicherung hat einen verwischten Fingerabdruck an einer Glasscherbe gefunden. Er stammt nicht von Osborn, und wir hatten auch nichts Passendes im Computer. Also haben wir ihn an die Interpol-Zentrale nach Lyon geschickt.«

»Und?«

»McVey, wir haben ihn erst heute morgen gefunden.«

»Aber Osborn war es nicht«, sagte McVey überzeugt.

»Nein, er war es nicht«, stimmte Lebrun zu. »Und es könnte überhaupt Zufall sein und gar nichts mit ihm zu tun haben.«

McVey setzte sich wieder.

Lebrun nahm die Akte und legte sie zurück in seine Schreibtischschublade. »Jetzt denken Sie, die Sache ist schon kompliziert genug, und diese Jean-Packard-Geschichte hat nichts zu tun mit unseren kopflosen Leichen und dem leichenlosen Kopf. Aber Sie denken auch, Sie sind wegen Paul Osborn nach Paris gekommen, weil der Hauch einer Chance bestand, daß er etwas damit zu tun haben könnte. Und jetzt passiert so etwas. Da fragen Sie sich doch, ob wir auch weit genug und lange genug suchen. Vielleicht gibt es am Ende doch einen Zusammenhang ... Habe ich recht, McVey?«

McVey blickte auf. *»Oui«*, sagte er.

22

Die dunkle Limousine wartete draußen.

Vera hatte sie vom Schlafzimmerfenster aus herankommen sehen. Wie oft hatte sie schon an diesem Fenster gestanden und darauf gewartet, daß dieser Wagen um die Ecke bog? Wie oft hatte ihr Herz bei seinem Anblick einen Satz gemacht? Und jetzt wünschte sie, er hätte nichts mit ihr zu tun, sie beobachtete ihn aus einer anderen Wohnung, und das Entzücken herrschte anderswo.

Sie trug ein schwarzes Kleid mit schwarzen Strümpfen, Perlenohrringe und eine schlichte Perlenkette. Über die Schultern hatte sie eine kurze Silbernerzjacke gelegt.

Der Chauffeur hielt die hintere Tür auf, und sie stieg ein. Einen Augenblick später saß er wieder am Steuer und fuhr ab.

Um sechzehn Uhr fünfundfünfzig wusch Henri Kanarack sich die Hände am Personalwaschbecken der Bäckerei, schob seine Karte in die Stechuhr an der Wand und machte Feierabend. Als er in den Korridor trat, wo seine Jacke hing, wartete Agnes Demblon auf ihn.

»Soll ich dich mitnehmen?« fragte sie.

»Warum? Nimmst du mich sonst nach Feierabend mit? Nein, du tust es nicht. Du bleibst immer noch da, bis die Tagesbelege da sind.«

»Ja, aber heute abend dachte ich …«

»Erst recht heute abend«, sagte Kanarack. »Heute. Heute abend. Nichs ist anders als sonst. Verstehst du?«

Ohne sie anzusehen, zog er sein Jackett an, öffnete die Tür und trat hinaus in den Regen. Vom Angestellteneingang an der Seite des Hauses war es nicht weit bis nach vorn zur Straße. Als er dort um die Ecke bog, schlug er sich zum Schutz vor dem Regen den Jackenkragen hoch und ging davon. Es war genau zwei Minuten nach fünf.

Auf der anderen Straßenseite, zwei Häuser weiter, parkte ein gemieteter dunkelblauer Peugeot; der Regen rollte in kleinen Perlen über das frisch gewachste Blech. Drinnen, im Dunkel hinter dem Steuer, daß Paul Osborn.

An der Ecke bog Kanarack nach links in den Boulevard de Magenta. Im selben Augenblick drehte Osborn den Schlüssel im Zündschloß, löste sich vom Straßenrand und folgte ihm. An der Straßenecke bog er nach links in die Richtung, die Kanarack eingeschlagen hatte. Er sah auf die Uhr. Sieben nach fünf, und wegen des Regens schon dunkel. Als Osborn sich umschaute, entdeckte er nur Fremde, und einen Moment lang dachte er, er habe Kanarack verloren, aber dann erblickte er ihn auf dem gegenüberliegenden Gehweg; er ging zielstrebig, aber anscheinend ohne Eile. Sein gelassenes Verhalten ließ Osborn vermuten, er nehme nicht mehr an, daß er verfolgt wurde, und halte den Überfall und die Jagd zu Fuß an jenem Abend neulich für einen obskuren Zwischenfall mit einem Verrückten.

Kanarack blieb vor ihm an einer Verkehrsampel stehen. Osborn ebenfalls. Und dabei merkte er, wie seine Empfindungen von neuem aufwallten. »Warum' tu ich's nicht jetzt gleich?« sagte eine innere Stimme. Warte, bis er vom Gehweg herunter auf die Straße tritt. Gib Gas, fahr ihn platt und verschwinde! Niemand wird dich sehen. Und was macht es schon, wenn doch? Wenn die Polizei dich erwischt, sagst du, du wolltest sie gerade holen, weil du glaubtest, du hättest in der Dunkelheit und bei dem Regen möglicherweise gerade jemanden überfahren. Du seist nicht sicher. Du hättest nachgeschaut, aber niemanden gesehen. Was können sie da sagen? Woher sollen sie wissen, daß es derselbe Mann war? Sie hatten doch keine Ahnung, wer es war.

Nein! Nicht einmal daran denken. Beim ersten Mal hättest du mit deiner Unbeherrschtheit beinahe alles verdorben. Außerdem, wenn du ihn auf diese Weise umbringst, bekommst du nie die Antwort auf deine Frage, und diese Antwort ist ganz genauso wichtig wie sein Tod. Also behalte die Ruhe und bleib bei deinem Plan, und alles wird gutgehen.

Die erste Succinylcholin-Injektion wird eine besondere Wirkung haben; seine Lunge wird vom Sauerstoffmangel brennen wie Feuer, weil seine Atmungsmuskulatur ihm nicht mehr gehorcht. Er wird das Gefühl haben zu ersticken, er wird hilflos sein und mehr Angst haben als je zuvor in seinem Leben. Er würde dir alles erzählen, wenn er nur könnte, aber er wird es nicht können.

Und dann, nach und nach, wird die Wirkung vergehen, und er wird wieder anfangen zu atmen. Er wird dankbar lächeln und glauben, er hätte es geschafft. Und dann plötzlich wird er merken, daß du ihm eine zweite Spritze geben willst. Sie wird sehr viel stärker sein als die erste, wirst du ihm sagen. Und er wird an nichts anderes mehr denken als an diese zweite Spritze und an die Wiederholung des Grauens, das er soeben erlebt hat, nur diesmal mit der Gewißheit, daß es noch schlimmer, viel schlimmer werden wird, falls das überhaupt möglich ist. Dann wird er dir deine Frage beantworten, Paul. Dann wird er dir alles sagen, was du wissen willst.

Osborns Blick fiel auf seine Hände, und er sah, daß seine Knöchel weiß waren, weil er das Lenkrad so fest umspannte. Wenn er noch stärker quetschte, würde ihm das Lenkrad wahrscheinlich in den Händen zerbrechen. Er holte tief Luft und entspannte sich, und der Drang zu handeln verging.

Die Ampel vor ihm sprang um, und Kanarack überquerte die Straße. Er mußte annehmen, daß er verfolgt wurde, entweder von dem Amerikaner oder, mittlerweile, was er jedoch bezweifelte, von der Poizei. So oder so, er durfte nicht zulassen, daß irgend etwas anders erschien als bisher, fünf Tage in der Woche, fünfzig Wochen im Jahr während der letzten zehn Jahre. Um fünf Uhr die Bäckerei verlassen, irgendwo unterwegs eine kurze Erfrischung und dann mit der Métro nach Hause fahren.

Auf halbem Wege zur nächsten Straßenecke lag die Brasserie Le

Bois. Er bemühte sich, gleichmäßig und ohne Hast zu gehen; für alle Welt war er ein einfacher Mann, der von der Arbeit kam, erschöpft nach einem langen Tag. Er wich einer jungen Frau mit einem Hund aus und hatte Le Bois erreicht; er zog die schwere Glastür auf und trat ein.

In dem zur Straße gelegenen Terrassenraum herrschte der Lärm und Qualm der Leute, die nach der Arbeit ausspannten. Kanarack sah sich um und suchte nach einem Tisch am Fenster, wo man ihn von der Straße aus sehen könnte, fand aber keinen. Widerwillig setzte er sich an die Bar. Er bestellte einen Espresso mit Pernod und schaute zur Tür. Sollte ein Polizist in Zivil hereinkommen, würde er ihn an Haltung und Körpersprache sofort erkennen, wenn er sich umschaute. Zivil hin oder her, hoher oder niedriger Dienstgrad, alle Bullen der Welt trugen weiße Socken und schwarze Schuhe.

Der Amerikaner war eine andere Sache. Sein erster Angriff war so plötzlich gekommen, daß Kanarack kaum sein Gesicht gesehen hatte. Und als der Amerikaner ihn in die Métro verfolgt hatte, war Kanarack selbst aufgeregt gewesen, und es hatte vor Pendlern nur so gewimmelt. Das bißchen, an das er sich noch erinnerte, war, daß der Mann an die einsachtzig groß, schwarzhaarig und sehr kräftig gewesen war.

Kanaracks Bestellung kam, und eine Weile ließ er sie vor sich auf dem Tresen stehen. Dann hob er die Tasse zum Mund, nahm einen kleinen Schluck und fühlte die Wärme der Mischung aus Kaffee und Alkohol, als sie ihm durch die Kehle rann. Noch immer spürte er Osborns Hände an seiner Kehle, die Finger, die sich wütend in seine Luftröhre krallten und ihn erwürgen wollten. Und das war es, was er nicht begriff. Wenn Osborn da war, um ihn umzubringen, warum hatte er es so angefangen? Eine Pistole, ein Messer – okay. Aber mit bloßen Händen in einem vollen Lokal? Das ergab keinen Sinn.

Jean Packard hatte es ihm auch nicht erklären können.

Es war nicht schwer gewesen herauszufinden, wo der Detektiv wohnte, auch wenn seine Telefonnummer und seine Adresse nicht im Telefonbuch standen. Auf englisch und mit sicherem amerikanischen Akzent hatte Kanarack in emotionsgeladenem Ton die Zentrale von Kolb International in New York angerufen. Er sei in der Nähe von Fort Wayne, Indiana, und rufe über sein Autotelefon an; er versuche verzweifelt, seinen Halbbruder Jean Packard zu erreichen, einen Angestellten von Kolb International, den er aus den Augen verloren habe, nachdem Packard nach Paris gezogen sei. Packards achtzigjährige Mutter liege schwerkrank in einem Krankenhaus in Fort Wayne, und es sei nicht damit zu rechnen, daß sie die Nacht überlebe. Gab es irgendeine Möglichkeit, seinen Halbbruder zu Hause zu erreichen?

New York lag um diese Jahreszeit fünf Stunden hinter Paris zurück. Wenn es in New York sechs Uhr war, war es elf in Paris, und die Kolb-Filiale dort war geschlossen. Der diensthabende New Yorker Telefonist erkundigte sich bei seinem Vorgesetzten. Es handelte sich um einen legitimen Notfall in der Familie. Paris war geschlossen. Was sollte er machen? Es war kurz vor Feierabend, und der Vorgesetzte hatte es wie jeder andere eilig, aus dem Büro zu kommen. Er zögerte nur kurz, entschlüsselte dann den internationalen Computercode und gab die Weitergabe von Jean Packards privater Telefonnummer in Paris an dessen Halbbruder in Indiana frei.

Agnes Demblon hatte einen Vetter, der in der Einsatzleitung der Pariser Zentralfeuerwehr, Bezirk eins, arbeitete. Aus einer Telefonnummer wurde eine Adresse. So einfach war das.

Zwei Stunden später, am Donnerstag morgen um Viertel nach eins, stand Henri Kanarack vor Jean Packards Haus im Bezirk Porte de la Chapelle, nördlich der City. Blutige zwanzig Minuten später ging Kanarack über die Hintertreppe hinaus, und das, was von Jean Packard übrig war, lag ausgestreckt auf dem Boden im Wohnzimmer.

Am Ende hatte er Kanarack gesagt, wie Paul Osborn hieß und in welchem Hotel er in Paris wohnte. Aber das war alles. Die übrigen Fragen – warum Osborn Kanarack in der Brasserie überfallen hatte, warum er Kolb International beauftragt hatte, ihn zu finden, ob Osborn jemand anderen repräsentierte oder für jemand anderen arbeitete – hatte Packard ihm nicht beantwortet. Und Kanarack war sicher, daß er ihm die Wahrheit gesagt hatte. Jean Packard war tough gewesen, aber so tough nun auch wieder nicht. Kanarack hatte sein Handwerk zu Beginn der sechziger Jahre gründlich gelernt; stolz und genußvoll hatten die Special Forces der US-Army es ihm beigebracht. Als Führer einer Langstrecken-Aufklärungseinheit in den ersten Tagen von Vietnam war er gründlich in den Methoden geschult worden, mit denen man noch dem dickschädeligsten Feind die heikelsten Informationen entlocken konnte.

Das Problem war, daß er von Jean Packard am Ende nichts weiter bekommen hatte als einen Namen und eine Adresse. Exakt die gleichen Informationen hatte Osborn von Packard über ihn erhalten. Seiner Auffassung nach konnte Osborn daher nur eines sein: ein Vertreter der Organisation, der gekommen war, um ihn zu liquidieren. Auch wenn der erste Versuch tölpelhaft gewesen war, konnte es keinen anderen Grund geben. Niemand sonst würde ihn erkennen oder einen Grund haben.

Das Unangenehme daran war: Wenn er Osborn umbrächte, würden sie jemand anderen schicken. Das heißt, wenn sie von ihm wußten. Seine einzige Hoffnung bestand darin, daß Osborn ein freier Mitarbeiter war, irgendein Kopfgeldjäger mit einer Liste von Namen und Gesichtern, dem sie ein Vermögen versprochen hatten, wenn er einen davon ablieferte. Wenn Osborn zufällig über ihn gestolpert war und Jean Packard auf eigene Faust engagiert hatte, dann war die Sache vielleicht immer noch in Ordnung zu bringen.

Plötzlich spürte er einen Luftzug von draußen und blickte auf. Die Vordertür des Le Bois hatte sich geöffnet, und ein Mann im Regenmantel stand da. Er war groß und trug einen Hut; er sah sich um. Erst wanderte sein Blick kurz durch den vollbesetzten Terrassenraum und ging dann weiter zur Bar. Er sah, daß Henri Kanarack ihn anstarrte, und schaute ebenso schnell wieder weg. Im nächsten Moment drängte er sich durch die Tür und war verschwunden. Kanarack entspannte sich. Der große Mann war kein Bulle und auch nicht Osborn. Er war niemand.

Auf der anderen Straßenseite saß Osborn am Steuer seines Peugeot und beobachtete denselben Mann, wie er herauskam, noch einmal einen Blick zurück durch die Tür warf und dann davonging. Osborn zuckte die Achseln. Wer immer das gewesen sein mochte, Kanarack war es nicht.

Der Bäcker war um Viertel nach fünf ins Le Bois gegangen. Es war jetzt gleich Viertel vor sechs. Die Fahrt vom Park am Fluß zurück hatte im Berufsverkehr knapp fünfundzwanzig Minuten gedauert; kurz nach vier hatte er gegenüber der Bäckerei geparkt. So hatte er noch Zeit gehabt, die Umgebung zu erkunden und wieder im Wagen zu sitzen, bevor Kanarack herauskam.

Osborn war in jeder Richtung ein halbes Dutzend Häuserblocks weit gegangen; er hatte drei Seitendurchgänge und zwei Lieferanteneinfahrten zu geschlossenen Lagerhäusern gefunden. Alle fünf waren brauchbar. Und wenn Kanarack morgen abend denselben Weg nähme, den er heute genommen hatte, käme er an der besten Stelle vorbei, einem schmalen Durchgang zwischen zwei Häusern, ohne Türen rechts und links und ohne Straßenbeleuchtung, nicht einmal einen halben Häuserblock von der Bäckerei entfernt.

Er würde Jeans und Laufschuhe tragen wie jetzt, würde sich eine Wollmütze tief ins Gesicht ziehen und im Dunkeln warten, bis Kanarack vorbeikäme. Dann würde er Kanarack mit einer vollen Spritze Succinylcholin in der Hand und einer zweiten zur Sicherheit in der Tasche von hinten angreifen. Er würde ihm den linken Arm um den Hals schlingen und Kanarack rückwärts in den Durchgang reißen und würde ihm gleichzeitig die Nadel mit aller Kraft durch die Kleidung in die rechte Hinterbacke stoßen. Kanarack würde heftig reagieren, aber Osborn benötigte nur vier Sekunden für die Injektion. Danach brauchte er nur loszulassen und zurückzutreten; Kanarack könnte tun, was er wollte, ihn angreifen oder weglaufen, es kam nicht darauf an: Nach weniger als zwanzig Sekunden würde er das Gefühl in den Beinen verlieren. Noch einmal zwanzig, und er würde nicht mehr stehen können. Wenn er zusammengebrochen wäre, würde Osborn eingreifen. Vorüberkommenden Passanten würde er auf englisch erklären, sein Freund sei Amerikaner und krank; er wolle ihn in den Peugeot dort schaffen, um ihn zu einer Klinik zu fahren. Und Kanarack, am Rande einer Skelettmuskellähmung, würde nicht protestieren können. Sein ganzes Dasein würde sich auf eine einzige Sache konzentrieren: auf das Atmen.

Während sie dann durch Paris zur Uferstraße und zu dem abgelegenen Park fuhren, würde die Wirkung des Succinylcholin allmählich nachlassen, und Kanarack würde langsam wieder anfangen zu atmen. Und wenn es ihm gerade wieder besserginge, würde Osborn die zweite Spritze hochhalten und seinem Gefangenen sagen, wer er war. Er würde ihn mit einer stärkeren, sehr viel wirkungsvolleren und absolut unvergeßlichen Injektion bedrohen. Dann, erst dann könnte er sich zurücklehnen und fragen, warum Kanarack seinen Vater ermordet hatte. Und er hatte nicht den geringsten Zweifel, daß Kanarack es ihm sagen würde.

23

Um fünf Minuten nach sechs trat Henri Kanarack aus der Brasserie Le Bois und ging gleichmütig die zwei Blocks zur Métro-Station gegenüber dem Gare de l'Est.

Osborn sah ihm nach und knipste dann die Deckenbeleuchtung ein, um einen Blick auf die Karte zu werfen, die neben ihm lag. Zehneinhalb Meilen weiter und fast fünfunddreißig Minuten später fuhr er an Kanaracks Haus in Montrouge vorbei. Er ließ den Wagen in einer Seitenstraße stehen, ging die anderthalb Blocks zurück und bezog Position im Schatten auf der anderen Straßenseite, Kanaracks Haus gegenüber. Fünfzehn Minuten später kam Kanarack auf dem Gehweg heran und ging ins Haus. Von Anfang an bis jetzt, von der Bäckerei bis zu seinem Haus, hatte er nicht erkennen lassen, daß er vermutete, verfolgt zu werden oder in Gefahr zu sein. Osborn lächelte. Alles lief wie geplant.

Um zwanzig vor acht stoppte er den Peugeot vor seinem Hotel, gab einem Portier den Schlüssel und ging hinein. Er durchquerte die Lobby und fragte an der Rezeption, ob Nachrichten für ihn da seien.

»*Non,* Monsieur, bedaure.« Die zierliche Brünette hinter der Theke lächelte ihn an.

Osborn dankte ihr und wandte sich ab. Irgendwie hatte er gehofft, Vera hätte angerufen, aber er war genauso froh, daß sie es nicht getan hatte. Er wollte sich jetzt nicht ablenken lassen. Alles hing davon ab, daß es keine Komplikationen gab, und er mußte sich auf das konzentrieren, was er tat. Er fragte sich, warum er Inspecteur Barras gesagt hatte, er werde Paris in fünf Tagen verlassen. Genausogut hätte er sagen können, in einer Woche oder in zehn Tagen, ja, auch in zwei Wochen.

Die fünf Tage hatten alles so sehr komprimiert, daß er Gefahr lief, die Kontrolle zu verlieren. Es ging zu schnell. Das Timing war zu kritisch. Es gab keinen Spielraum für Irrtümer oder Unvorhergesehenes. Was war, wenn Kanarack heute nacht krank wurde und beschloß, morgen nicht zur Arbeit zu gehen? Was dann? Zu seiner Wohnung gehen, gewaltsam eindringen und es dort erledigen? Was war mit anderen Leuten? Kanaracks Frau, Familie, Nachbarn? Es gab keinen Spielraum für so etwas, weil er sich keinen Spielraum gelassen hatte. Was blieb ihm anderes übrig, als seinem Plan zu folgen und das Beste zu hoffen?

Er schob den Gedanken daran beiseite, wandte den Aufzügen den Rücken zu und ging in den Geschenkladen, um eine englischsprachige Zeitung zu kaufen. Er nahm eine vom Ständer, ging zur Kasse und wartete, bis er an der Reihe war. Einen Augenblick lang ging ihm durch den Kopf, was wohl geschehen wäre, wenn Jean Packard Kanarack nicht so schnell gefunden hätte. Und wenn es dem Detektiv überhaupt nicht gelungen wäre, Kanarack ausfindig zu machen? Was hätte er dann getan? Aber zum Glück war das nicht passiert. Jean Packard hatte seine Arbeit gut gemacht, und jetzt lag es an ihm, den Rest zu erledigen. Entspanne dich, sagte er sich; er trat an die Kasse und warf dabei geistesabwesend einen Blick auf seine Zeitung.

Was er sah, lag außerhalb aller Vernunft. Nichts hätte ihn darauf vorbereiten können, daß Jean Packards Gesicht ihn von der Titelseite anstarrte, und zwar unter der fetten Schlagzeile: PRIVATDETEKTIV BRUTAL ERMORDET!

Die Schlagzeile darunter lautete: »Ehemaliger Söldner vor dem Tod grausam gefoltert.«

Langsam fing das Geschäft an, sich zu drehen. Langsam erst, aber dann immer schneller, bis Osborn schließlich nach der Süßwarentheke greifen mußte, um sich festzuhalten. Sein Herz hämmerte, und er hörte das Geräusch seines eigenen tiefen Atems. Er nahm sich zusammen und schaute wieder auf die Zeitung. Das Gesicht war noch da, die fette und die kleinere Überschrift ebenfalls.

Irgendwo in weiter Ferne hörte er die Kassiererin fragen, ob alles in Ordnung sei. Er nickte unbestimmt und holte Kleingeld aus der Tasche. Er bezahlte die Zeitung, und es gelang ihm, sich durch den Laden zum Ausgang zu navigieren und durch die Lobby zu den Aufzügen zu finden. Er war sicher, daß Henri Kanarack gemerkt hatte, wie Jean Packard ihm folgte, daß er dann den Spieß umgedreht und ihn ermordet hatte. Rasch überflog er den Artikel und suchte nach Kanaracks Namen. Er kam nicht vor. Da stand nur, daß der Privatdetektiv am späten Abend des vergangenen Tages in seiner Wohnung ermordet worden war und daß die Polizei es abgelehnt hatte, sich über Verdächtige oder mutmaßliche Motive zu äußern.

Vor den Aufzügen wartete Osborn mit einer Gruppe anderer Leute, die er kaum zur Kenntnis nahm. Drei mochten japanische Touristen sein, der vierte war ein unauffällig aussehender Mann in einem zerknautschten grauen Anzug. Osborn schaute weg und versuchte nachzudenken. Dann öffnete sich die Aufzugtür, und zwei

Geschäftsleute kamen heraus. Die andern drängten sich hinein, und Osborn ging mit. Einer der Japaner drückte auf den Knopf zum fünften Stock. Der Mann im grauen Anzug drückte die Neun, Osborn die Sieben.

Die Tür schloß sich, der Aufzug setzte sich in Bewegung.

Was jetzt? Osborns erster Gedanke galt Jean Packards Unterlagen. Sie würden die Polizei geradewegs zu ihm und dann zu Kanarack führen. Dann fiel ihm ein, was Jean Packard ihm über die Arbeitsweise bei Kolb International erzählt hatte. Wieviel Kolb sich auf den Klientenschutz zugute hielt. Daß die Ermittler absolut vertraulich mit ihren Klienten zusammenarbeiteten. Daß der Klient am Ende einer Ermittlung sämtliche Unterlagen ausgehändigt bekam und daß keine Kopien gemacht wurden. Daß Kolb kaum mehr war als die Garantie für professionelle Arbeit und darüber hinaus nur als Abrechnungsagentur fungierte. Aber Packard hatte Osborn seine Akte nicht übergeben. Wo war sie?

Plötzlich erinnerte Osborn sich, wie erstaunt er gewesen war, daß der Detektiv sich nie irgendwelche Notizen gemacht hatte. Vielleicht gab es überhaupt keine Akte. Vielleicht mußte ein Privatdetektiv heutzutage so vorgehen. Sämtliche Informationen in der Hand behalten, keine abgeben. Kanaracks Namen und Adresse hatte er erst im letzten Moment bekommen, handschriftlich auf einer Cocktailserviette. Auf einer Serviette, die noch in der Tasche des Jacketts steckte, das er trug. Vielleicht war das alles, vielleicht war das die ganze Akte.

Der Aufzug stoppte im fünften Stock, und die Japaner stiegen aus. Die Tür schloß sich, und der Aufzug fuhr weiter. Osborn warf einen Blick auf den Mann im grauen Anzug. Er kam ihm irgendwie bekannt vor, aber Osborn wußte nicht, woher. Einen Augenblick später waren sie im siebten Stock angekommen. Die Tür ging auf, und Osborn trat hinaus. Der Mann im grauen Anzug ebenfalls. Osborn ging in die eine Richtung, der Mann in die andere.

Osborn ging den Gang hinunter zu seinem Zimmer; er atmete jetzt ein bißchen ruhiger. Der erste Schock über Jean Packards Tod war verflogen. Jetzt brauchte er Zeit, um sich zu überlegen, was er als nächstes tun sollte. Angenommen, Packard hatte Kanarack von ihm erzählt. Hatte ihm gesagt, wie er hieß und wo er wohnte. Kanarack hatte den Detektiv ermordet. Warum sollte er nicht versuchen, auch ihn zu ermorden?

Plötzlich merkte Osborn, daß jemand hinter ihm den Gang herunterkam. Er schaute sich um und sah, daß es der Mann im grauen Anzug war. Im selben Moment fiel ihm ein, daß der Mann auf den Knopf zur neunten Etage gedrückt hatte, nicht auf den zur siebten. Vor ihm öffnete ein Mann eine Tür und stellte ein Roomservice-Tablett mit schmutzigen Tellern heraus. Als er aufblickte, sah er Osborn; er schloß die Tür wieder, und Osborn hörte, wie drinnen die Kette eingehakt wurde.

Jetzt waren er und der Mann allein auf dem Gang. Ein Warnsignal in seinem Kopf läutete. Abrupt blieb er stehen und drehte sich um.

»Was wollen Sie?« fragte er.

»Ein paar Minuten von Ihrer Zeit«, sagte McVey ruhig und ohne drohenden Unterton. »Mein Name ist McVey; ich bin aus Los Angeles, genau wie Sie.«

Osborn musterte ihn gründlich. Der Mann war irgendwo Mitte sechzig, etwa einsfünfundsiebzig groß und vielleicht hundertneunzig Pfund schwer. Seine grünen Augen blickten überraschend sanft, und sein braunes Haar wurde grau und oben ein wenig schütter. Er trug einen alltäglichen Anzug, wahrscheinlich vom Broadway oder von Silverwoods. Sein hellblaues Hemd war aus glänzendem Polyacryl, und seine Krawatte paßte zu beidem nicht. Er sah eher aus wie irgend jemandes Großvater, oder wie Osborns Vater vielleicht hätte aussehen können, wenn er noch gelebt hätte. Osborn entspannte sich ein bißchen. »Kenne ich Sie?«

»Ich bin ein Polizist«, sagte McVey und zeigte ihm seine LAPD-Marke.

Osborn schlug plötzlich das Herz bis zum Halse. Zum zweitenmal innerhalb kürzester Zeit war ihm, als müsse er in Ohnmacht fallen. Schließlich hörte er sich sagen: »Ich verstehe nicht ... stimmt irgendwas nicht?«

»Warum unterhalten wir uns nicht drinnen?« McVey deutete mit dem Kopf auf Osborns Zimmertür. »Oder, wenn Ihnen das lieber ist, unten in der Bar.« McVey benahm sich zurückhaltend und gelassen. Die Bar wäre genauso gut wie das Zimmer, wenn Osborn sich dort wohler fühlte. Der Doktor würde nicht zu fliehen versuchen, nicht im Augenblick jedenfalls. Im übrigen hatte McVey schon alles gesehen, was es in Osborns Zimmer zu sehen gab.

Osborn war jetzt sehr beunruhigt, und er hatte alle Mühe, es nicht zu zeigen. Schließlich hatte er nichts getan – noch nicht jedenfalls.

Selbst daß er Vera benutzt hatte, um sich das Succinylcholin zu beschaffen, war im Grunde nicht illegal gewesen. Er hatte das Gesetz ein bißchen weit ausgelegt, aber nicht wirklich kriminell. Außerdem kam dieser McVey vom Los Angeles Police Department – was für Kompetenzen konnte er hier schon haben? Cool bleiben, dachte er. Höflich sein und sehen, was er will. Vielleicht geht's ja um nichts Wichtiges.

»Hier ist mir recht«, sagt er, schloß die Tür auf und bat McVey herein.

»Bitte nehmen Sie Platz.« Osborn schloß die Tür hinter ihnen und legte Schlüssel und Zeitung auf einen Beistelltisch. »Wenn Sie nichts dagegen haben, wasche ich mir den Stadtschmutz von den Händen.«

»Ich habe nichts dagegen.« McVey setzte sich auf die Bettkante und sah sich um, während Osborn ins Bad ging. Das Zimmer war noch genauso, wie er es am Nachmittag verlassen hatte, nachdem er einem Zimmermädchen seine goldene Marke gezeigt und ihr zweihundert Franc gegeben hatte, damit sie ihn hineinließ.

»Möchten Sie was zu trinken?« fragte Osborn und trocknete sich die Hände ab.

»Wenn Sie auch was trinken.«

»Ich habe aber nur Scotch.«

»Ist mir recht.«

Osborn kam mit einer halbleeren Flasche Johnny Walker Black zurück. Er nahm zwei eingeschweißte Gläser von dem Emailletablett auf dem nachgemachten französischen Schreibtisch, riß die Plastikhülle herunter und schenkte beiden etwas ein.

»Eis ist leider auch nicht da«, sagte er.

»Ich bin nicht pingelig.« McVeys Blick fiel auf Osborns Turnschuhe. An ihnen klebte getrockneter Schlamm.

»Waren Sie joggen?«

»Wieso?« Osborn reichte McVey ein Glas.

McVey deutete mit dem Kopf auf seine Füße. »Matsch an den Schuhen.«

»Ich ...«, Osborn zögerte und überspielte es rasch mit einem Grinsen. »Nein, ich war spazieren. Sie bepflanzen die Anlagen vor dem Eiffelturm neu. Bei diesem Regen kann man da nirgends gehen, ohne in den Matsch zu treten.«

McVey nahm einen Schluck von seinem Drink. Das gab Osborn einen Augenblick Zeit, um sich zu fragen, ob er die Lüge geschluckt hatte. Eigentlich war es keine Lüge gewesen. Die Parkanlagen am Eiffelturm wurden umgegraben; er erinnerte sich, daß er es zwei Tage zuvor gesehen hatte. Am besten brachte er ihn jetzt schnell davon ab.

»Also?« fragte er.

»Also ...«, McVey zögerte. »Ich war in der Lobby, als Sie in den Geschenkladen gingen. Ich habe gesehen, wie Sie auf die Zeitung reagierten.« Mit einem Kopfnicken deutete er auf die Zeitung, die Osborn auf den Tisch gelegt hatte.

Osborn nahm einen Schluck Scotch. Er trank selten. Nur an jenem ersten Abend, als er Kanarack gesehen und verfolgt hatte und dann von der Pariser Polizei festgenommen worden war, hatte er hinterher den Zimmerservice angerufen und die Flasche Scotch kommen lassen. Jetzt, als er fühlte, wie er ihm durch die Kehle floß, war er froh, daß er es getan hatte.

»Deshalb sind Sie also hier ...« Osborn schaute McVey in die Augen. Okay, sie wissen es also. Zeig dich geradlinig, unbeteiligt. Stelle fest, was sie sonst noch wissen.

»Wie Sie wissen, hat Mr. Packard für ein internationales Unternehmen gearbeitet. Ich war in Paris und arbeitete in einer anderen Sache mit der Pariser Polizei zusammen, als das hier hereinkam. Da Sie einer von Mr. Packards letzten Klienten waren ...« McVey lächelte und nahm noch einen Schluck Scotch. »Jedenfalls hat die Pariser Polizei mich gebeten, vorbeizukommen und mit Ihnen darüber zu reden. Von Amerikaner zu Amerikaner. Mal hören, ob Sie eine Ahnung haben, wer es gewesen sein könnte. Sie wissen, daß ich hier keine Befugnisse habe. Ich helfe nur.«

»Ich verstehe. Aber ich glaube nicht, daß ich Ihnen helfen kann.«

»War Mr. Packard wegen irgend etwas beunruhigt?«

»Wenn, dann hat er nichts davon gesagt.«

»Darf ich fragen, warum Sie ihn engagiert haben?«

»Ich habe ihn nicht engagiert. Ich habe Kolb International engagiert. Ihn haben sie geschickt.«

»Das war nicht meine Frage.«

»Es ist eine persönliche Sache, wenn Sie gestatten.«

»Dr. Osborn, wir reden hier über jemanden, der ermordet worden ist.« McVey klang, als spräche er mit Geschworenen.

Osborn stellte sein Glas hin. Er hatte nichts getan und fühlte sich angeklagt. Das gefiel ihm nicht. »Hören Sie, Detective McVey. Jean Packard hat für mich gearbeitet. Er ist tot, und das tut mir leid, aber ich habe nicht die leiseste Ahnung, wer es getan haben könnte oder warum es passiert ist. Und wenn das der Grund ist, weshalb Sie hier sind, dann haben Sie den Falschen!« Erbost rammte Osborn die Hände in die Taschen seiner Jacke. Dabei berührte er das Päckchen mit dem Succinylcholin und den Spritzen, das Vera ihm gegeben hatte. Er hatte vorgehabt, es herauszunehmen, als er hergekommen war, um sich vor der Fahrt zum Fluß umzuziehen, aber er hatte es vergessen. Mit dieser Entdeckung veränderte sich sein Verhalten.

»Hören Sie … es tut mir leid, ich wollte Sie nicht anblaffen. Ich glaube, der Schock zu erfahren, daß er auf diese Weise umgebracht worden ist … ich bin ein bißchen nervös.«

»Erlauben Sie mir nur zu fragen, ob Mr. Packard Ihren Auftrag zu Ende gebracht hat.«

Osborn war unsicher. Worauf zum Teufel will er hinaus? Wissen sie von Kanarack oder nicht? Wenn du jetzt ja sagst, was dann? Und wenn du nein sagst?

»Hat er, Dr. Osborn?«

»Ja«, sagte Osborn schließlich.

McVey betrachtete ihn kurz; dann hob er das Glas und trank es aus. Einen Augenblick lang hielt er das leere Glas in der Hand, als wisse er nicht recht, was er damit anfangen sollte. Dann richtete sein Blick sich wieder auf Osborn.

»Kennen Sie jemanden namens Peter Hoßbach?«

»Nein.«

»John Cordell?«

»Nein.« Osborn war völlig verwirrt. Er hatte keine Ahnung, wovon McVey da redete.

»Friedrich Rustow?« McVey schlug die Beine übereinander. Weiße, unbehaarte Waden schimmerten zwischen Socke und Hosenbein.

»Nein«, sagte Osborn. »Sind das Verdächtige?«

»Sie werden vermißt, Dr. Osborn.«

»Ich habe von keinem je gehört«, sagte Osborn.

»Von keinem?«

»Nein.«

Hoßbach war Deutscher, Cordell Engländer und Rustow Belgier. Es waren drei der enthaupteten Leichen. McVey speicherte irgendwo in seinem mentalen Computer, daß Osborn bei keinem der Namen gezuckt oder gezögert hatte. Erkennungsfaktor gleich null. Natürlich konnte es sein, daß er ein guter Schauspieler war und ihn anlog. Das taten Ärzte immer, wenn sie das Gefühl hatten, es sei im Interesse des Patienten, wenn er etwas nicht wußte.

»Na ja, die Welt ist groß, und es läuft einem vieles darin über den Weg«, sagte McVey. »Mein Job ist es, den Faden zu finden, bei dem alles zusammenläuft, und ihn zu entwirren.«

Er lehnte sich zu dem Beistelltisch hinüber und stellte sein Glas neben Osborns Schlüssel. Dann stand er auf. Da lagen zwei Schlüsselbunde. Der eine gehörte zu Osborns Hotelzimmer, der andere war ein Bund Autoschlüssel mit einem Medaillon mit dem Bild eines mittelalterlichen Löwen. Die Schlüssel zu einem Peugeot.

»Ich danke Ihnen für Ihre Zeit, Doktor. Entschuldigen Sie die Störung.«

»Schon gut«, sagte Osborn und gab sich große Mühe, nicht erleichtert auszusehen. Es war also nichts als eine Routinebefragung durch die Polizei gewesen. McVey war den französischen Cops behilflich, und das war's.

McVey stand schon an der Tür und hatte die Hand auf dem Türknopf, als er sich noch einmal umdrehte. »Sie waren in London am dritten Oktober, stimmt's?«

»Was?« Osborn reagierte überrascht.

»Das war ...« McVey zog eine kleine Plastikkarte aus seiner Brieftasche und betrachtete sie. »Letzten Montag.«

»Ich weiß nicht, was Sie meinen.«

»Sie waren in London?«

»Ja ...«

»Warum?«

»Ich – ich war auf dem Heimweg von einem Medizinerkongreß in Genf.« Osborn merkte, daß er unversehens ins Stammeln geraten war. Woher wußte McVey das? Und was hatte es mit Jean Packard und diesen Vermißten zu tun?

»Wie lange waren Sie da?«

Osborn zögerte. Wo zum Teufel soll das hinführen? Was will er? »Ich begreife nicht, was das mit all dem hier zu tun hat«, sagte er und bemühte sich, nicht abwehrend zu klingen.

»Es war nur eine Frage, Doktor. Das ist mein Beruf. Fragen.« McVey würde nicht lockerlassen, bis er eine Antwort hätte.

Schließlich gab Osborn nach. »Anderthalb Tage etwa ...«

»Sie haben im Connaught Hotel gewohnt.«

»Ja.«

Osborn spürte, wie Schweiß an seiner rechten Achsel herunterrann. Plötzlich sah McVey überhaupt nicht mehr aus wie ein Großvater.

»Was haben Sie getan, als Sie da waren?«

Osborn merkte, daß er rot vor Wut wurde. Er wurde hier in eine Ecke gedrängt, die er nicht übersehen konnte und die ihm nicht gefiel. Vielleicht wissen sie doch von Kanarack, dachte er. Vielleicht war das irgendeine Falle, um ihn zum Reden zu bringen. Aber das würde er nicht tun. Wenn McVey von Kanarack wußte, würde er es zur Sprache bringen müssen, nicht Osborn.

»Detective, was ich in London getan habe, ist meine Privatsache. Wir wollen es dabei belassen.«

»Hören Sie, Paul«, sagte McVey ruhig, »Ich will nicht in Ihren Privatangelegenheiten herumschnüffeln. Ich habe es mit mehreren Vermißten zu tun. Sie sind nicht der einzige, mit dem ich rede. Ich möchte lediglich, daß Sie mir sagen, wie Sie ihre Zeit verbracht haben, während Sie in London waren.«

»Vielleicht sollte ich einen Rechtsanwalt anrufen.«

»Wenn Sie glauben, daß Sie einen brauchen, unbedingt. Da ist ein Telefon.«

Osborn schaute weg. »Ich bin am Samstag nachmittag angekommen und am Abend ins Theater gegangen«, sagte er ausdruckslos. »Dann fühlte ich mich krank. Ich bin ins Hotel gegangen und bis Montag morgen auf meinem Zimmer geblieben.«

»Samstag nacht und den ganzen Sonntag.«

»Richtig.«

»Sie haben Ihr Zimmer nicht einmal verlassen.«

»Nein.«

»Zimmerservice?«

»Hatten Sie schon mal einen Vierundzwanzig-Stunden-Virus? Ich hatte Schüttelfrost und Fieber und abwechselnd Durchfall und Emesis. Das ist der Fachausdruck für Kotzen. Wer will da was essen?«

»Sie waren allein?«

»Ja.« Osborns Antwort kam schnell und entschlossen.

»Und niemand hat Sie gesehen?«

»Nicht, daß ich wüßte.«

McVey wartete einen Moment und fragte dann sanft: »Dr. Osborn, warum belügen Sie mich?«

Heute war Donnerstag abend. Bevor er am Mittwoch nachmittag von London nach Paris geflogen war, hatte McVey Commander Noble gebeten, Osborns Aufenthalt im Connaught Hotel zu überprüfen. Am Donnerstag morgen um kurz nach sieben hatte Noble angerufen. Osborn hatte sich am Samstag nachmittag im Connaught eingecheckt und war am Montag morgen abgereist. Er hatte sich als Dr. Paul Osborn aus Los Angeles eingetragen und war allein auf sein Zimmer gegangen. Kurze Zeit später war eine Frau zu ihm gekommen.

»Wie bitte?« Osborn versuchte, seine Bestürzung mit Zorn zu tarnen.

»Sie waren nicht allein.« McVey gab ihm keine Gelegenheit, noch einmal zu leugnen. »Eine junge Frau. Dunkelhaarig. Fünfundzwanzig, sechsundzwanzig. Ihr Name ist Vera Monneray. Sie haben im Taxi mit ihr geschlafen, auf der Fahrt vom Leicester Square zum Connaught Hotel, am vergangenen Samstag abend.«

»Mein Gott.« Osborn war wie betäubt. Wie die Polizei arbeitete, was sie wußte und woher sie es wußte, war ihm unerklärlich. Schließlich nickte er.

»Sind Sie ihretwegen nach Paris gekommen?«

»Ja.«

»Ich nehme an, sie war genauso lange krank wie Sie.«

»Ja, war sie ...«

»Kennen Sie sie schon lange?«

»Ich habe sie in Genf kennengelernt, Ende letzter Woche. Sie kam mit mir nach London. Fuhr dann nach Paris. Sie ist Assistentin hier.«

»Assistentin?«

»Im Krankenhaus. Sie wird Ärztin.«

Ärztin? McVey starrte Osborn an. Erstaunlich, was man so alles findet, wenn man ein bißchen herumstochert. Soviel zu Lebrun und seinem »tabu«.

»Warum haben Sie sie nicht erwähnt?«

»Ich habe Ihnen gesagt, es ist meine Privatangelegenheit ...«

»Doktor, sie ist Ihr Alibi. Sie kann bestätigen, wie Sie Ihre Zeit in London verbracht haben.«

»Ich will aber nicht, daß sie da hineingezogen wird.«

»Warum nicht?«

Osborn merkte, wie das Blut ihm schon wieder in den Kopf stieg. McVey wurde allmählich persönlich in seinen Anschuldigungen, und

Osborn gefiel es offengestanden nicht, wie er in sein Privatleben eindrang. »Hören Sie, Sie haben gesagt, Sie haben hier keinerlei Befugnisse. Ich brauche überhaupt nicht mit Ihnen zu reden.«

»Nein, das brauchen Sie nicht. Aber ich könnte mir denken, Sie wollen es vielleicht«, sagte McVey sanft. »Die Pariser Polizei hat Ihren Paß. Sie kann Sie wegen Körperverletzung vor Gericht bringen. Ich tue den Leuten einen Gefallen. Wenn sie das Gefühl haben, daß Sie mir aus irgendeinem Grund Schwierigkeiten machen, könnte es sein, daß sie es sich noch mal überlegen, ob sie Sie laufenlassen. Zumal jetzt, nachdem Ihr Name im Zusammenhang mit einem Mord aufgetaucht ist.«

»Ich habe Ihnen gesagt, daß ich damit nichts zu tun habe!«

»Vielleicht nicht«, sagte McVey. »Aber Sie könnten lange Zeit in einem französischen Gefängnis herumsitzen, bevor sie mit Ihnen einer Meinung sind.«

Osborn kam sich plötzlich vor, als sei er soeben aus einer Waschmaschine gezogen worden und werde jetzt in den Trockner gestopft. Er konnte sich nur noch geschlagen geben. »Wenn Sie mir sagen würden, worauf Sie wirklich hinauswollen, dann könte ich Ihnen vielleicht helfen«, sagte er.

»An dem Wochenende, als Sie in London waren, wurde dort ein Mann ermordet. Sie müssen irgendwie belegen, was Sie wann getan haben. Und Ms. Monneray scheint die einzige zu sein, die Ihnen da helfen kann. Aber offenbar widerstrebt es Ihnen sehr, sie da hineinzuziehen – und gerade dadurch *ziehen* Sie sie hinein. Wenn es Ihnen lieber ist, kann ich die Pariser Polizei veranlassen, sie abzuholen, und dann können wir uns alle miteinander im Präsidium unterhalten.«

Bis zu diesem Augenblick hatte Osborn getan, was er konnte, um Vera herauszuhalten. Aber wenn McVey diese Drohung wahrmachte, dann würde die Presse es erfahren. Und in dem Fall würde die ganze Sache Unterhaltungsstoff für die Titelseiten werden. Politiker konnten mit Starlets und Flittchen anfangen, was sie wollten – das Schlimmste, was passieren konnte, wäre, daß eine Wahl oder eine Ernennung zum Teufel gehen würde, während ihre Gespielinnen auf den Titelblättern der Boulevardpresse in den Supermärkten der ganzen Welt zur Schau gestellt wurden, vorzugsweise im Bikini. Aber eine Frau, die im Begriff stand, Ärztin zu werden, war eine ganz andere Sache. Der Öffentlichkeit gefiel die Vorstellung nicht, derart menschliche Ärzte zu haben; wenn McVey es also darauf ankommen ließ, bestand die Gefahr, daß für Vera nicht nur die Assitenzarztstelle verlorenging, sondern ihre ganze Karriere. Erpressung oder nicht, bis jetzt hatte McVey alles, was er wußte, für sich behalten, und jetzt bot er Osborn an, es auch dabei zu lassen.

»Es ist ...«, begann Osborn und räusperte sich. »Es ist ...« Plötzlich erkannte er, daß McVey ihm unabsichtlich eine Tür geöffnet hatte. Nicht nur für die Sache mit Jean Packard, sondern auch, um herauszufinden, wieviel die Polizei wußte.

»Es ist was?«

»Der Grund, weshalb ich einen Privatdetektiv engagiert habe«, sagte Osborn. Es war eine glatte Lüge, aber er mußte die Gelegenheit nutzen. Die Polizei dürfte jedes Stück Papier untersucht haben, das Jean Packard zu Hause oder im Büro gehabt hatte, aber er wußte, daß Jean Packard fast nichts aufgeschrieben hatte. Also mußten sie mit allen Mitteln, die ihnen zur Verfügung standen, nach Hinweisen suchen, und es war ihnen gleichgültig, wie diese Mittel aussahen; sie schickten sogar einen amerikanischen Cop, um ihn mürbe zu machen.

»Sie hat einen Liebhaber. Sie wollte nicht, daß ich es weiß. Und ich hätte es auch nicht erfahren, wenn ich ihr nicht nach Paris gefolgt wäre. Als sie es mir sagte, wurde ich wütend. Ich fragte sie, wer es ist, aber sie wollte es nicht sagen. Also beschloß ich, es selbst herauszufinden.« Wenn McVey ihm diese Story abkaufte, clever und abgebrüht, wie er war, dann bedeutete es, daß die Polizei von Kanarack nichts wußte. Und wenn sie von ihm nichts wußte, gab es keinen Grund für Osborn, seinen Plan nicht weiter zu verfolgen.

»Und Packard hat es für Sie herausgefunden.«

»Ja.«

»Wollen Sie es mir sagen?«

Osborn wartete gerade lange genug, um McVey das Gefühl zu geben, es sei ihm peinlich, darüber zu reden. Dann sagte er leise: »Sie bumst den französischen Ministerpräsidenten.«

McVey sah Osborn an. Es war die richtige Antwort gewesen, die Antwort, auf die er gewartet hatte. Wenn Osborn ihm etwas verheimlichte, dann wußte McVey nicht, was es war.

»Ich werde darüber wegkommen. Eines Tages werde ich bestimmt sogar darüber lachen. Aber jetzt noch nicht.« Osborns Antwort war einleuchtend, ja, sentimental. »Ist Ihnen das privat genug?«

24

McVey verließ das Hotel und ging über die Straße zu seinem Auto. Sein Instinkt sagte ihm zweierlei über Osborn: Erstens, er hatte mit dem Mord in London nichts zu tun, und zweitens, ihm lag wirklich etwas an Vera Monneray, ganz egal, mit wem sie schlafen mochte.

McVey schloß die Tür des Opel, legte den Sicherheitsgurt an und startete den Motor. Bei dem anscheinend endlosen Regen mußte er die Scheibenwischer einschalten; dann wendete er und fuhr zurück in Richtung seines eigenen Hotels. Osborn hatte nicht anders reagiert als die meisten Leute, wenn sie von der Polizei befragt werden, vor allem, wenn sie unschuldig sind.

Osborn war nicht sein Mann. Vera Monneray könnte er sich als entlegene Möglichkeit vormerken; sie besaß eine medizinische Ausbildung und in dem Zusammenhang vermutlich auch chirurgische Erfahrungen. In dieser Hinsicht paßte sie in das Profil, und sie war auch in London gewesen, als der letzte Mord geschehen war, aber sie und Osborn lieferten sich gegenseitig ein Alibi für das, was sie dort getan hatten. Vielleicht waren sie krank gewesen, wie Osborn gesagt hatte, oder sie hatten die ganze Zeit miteinander gevögelt; wenn sie für eine oder zwei Stunden ausgegangen war, so hatte niemand im Hotel sie gesehen, und weil Osborn sie zu lieben glaubte, würde er sie decken, selbst wenn sie weggewesen war. Außerdem war er sicher, wenn er sie in den Computer eingäbe, würde sich herausstellen, daß sie nirgends polizeilich aktenkundig war. Wenn er hier weiterbohrte, würde er lediglich Lebrun in ein schlechtes Licht setzen, und am Ende könnte die Sache nicht nur für die Polizei, sondern für ganz Frankreich peinlich werden.

Der Regen prasselte jetzt noch heftiger herunter, und McVey dachte besorgt, daß er über die kopflosen Leichen immer noch genauso wenig wußte wie vor drei Wochen, als er angefangen hatte. Aber wenn einem der Durchbruch nicht sofort gelang, war es meistens so. Das hatten Mordfälle so an sich. Endlose Details, Hunderte von falschen Spuren, die man untersuchen, zurückverfolgen und noch einmal untersuchen mußte. Berichte, Papierkram, zahllose Vernehmungen, mit denen man in das Leben fremder Menschen eindrang. Manchmal hatte man Glück, meistens nicht. Die Leute wurden wütend, und man konnte es ihnen nicht verdenken. Aber Mord war eine Sache, mit der niemand davonkommen durfte. Erst recht nicht, wenn man so empfand und die nötige Erfahrung und Autorität besaß, um etwas dagegen zu unternehmen.

Nach einer weiten Linkskurve befand McVey sich unversehens auf einer Brücke über die Seine. Das hatte er nicht vorgehabt. Jetzt fuhr er in eine völlig andere Richtung und hatte keine Ahnung mehr, wo er war. Ehe er sich versah, fuhr er am Eiffelturm vorbei. In diesem Augenblick begann eine jener Kleinigkeiten, die ihn nach einem Gespräch oder einem Verhör immer noch plagten, winzige Nädelchen in einen bestimmten Winkel seines Bewußtseins zu stechen. Genau das gleiche Gefühl hatte ihn veranlaßt, am Nachmittag in Vera Monnerays Wohnung anzurufen, um zu hören, wer sich meldete.

Er wechselte auf die linke Spur, hielt Ausschau nach der nächsten Seitenstraße, bog hinein und fuhr zurück. Er kam am hinteren Ende eines Parks vorbei; hinter Bäumen sah er von fern die beleuchteten Eisenträgermassen, die den Fuß des Eiffelturms bildeten. Vor ihm löste sich ein Wagen vom Straßenrand und fuhr davon. Langsam rollte er an dem freien Platz vorbei, setzte zurück und parkte ein. Er stieg aus, schlug im Regen den Kragen hoch und rieb sich die Hände, um sie zu wärmen. Wenig später ging er einen Weg hinunter, der am Rande des Parc du Champ de Mars entlangführte.

Das Parkgelände war dunkel, und man konnte kaum etwas sehen. Überhängende Bäume, die den Weg säumten, boten ein bißchen Schutz vor dem Regen. Er sah seinen Atem in der rauhen Nachtluft und blies sich auf die Hände, um sie zu wärmen, und schließlich bohrte er sie in die Taschen seines Regenmantels.

Behende umrundete er irgendwelche Gehwegarbeiten und ging noch einmal ungefähr fünfzig Schritt weit auf den beleuchteten Bereich zu, wo er deutlich den Turm sah, der dort in den Nachthimmel aufragte. Plötzlich glitten ihm die Füße weg, und er wäre fast gestürzt. Er fand sein Gleichgewicht wieder und ging ein Stück weiter, bis zu einer Straßenlaterne, die eine Parkbank beschien. Das Licht vom Turm flutete über die Grasfläche, von der er kam. Sie war zu einem großen Teil umgegraben und wurde zur Zeit neu bepflanzt. Er hielt sich mit einer Hand an der Bank fest, hob einen Fuß und betrachtete seinen Schuh. Er war naß und schlammverschmiert. Zufrieden drehte er sich um und ging zurück zum Wagen. Aus diesem Grund war er hergekommen. Die einfache Überprüfung einer einfachen Antwort auf eine einfache Frage.

Osborn hatte über den Schlamm die Wahrheit gesagt.

25

Michele Kanarack hatte ihren Mann noch nie so distanziert und kalt erlebt.

Er saß in Unterwäsche da, in einem verschlissenen T-Shirt und amerikanischen Boxer-Shorts, und schaute aus dem Küchenfenster. Es war zehn nach neun am Abend. Um sieben war er von der Arbeit gekommen, hatte seine Sachen ausgezogen und sofort in die Waschmaschine gestopft. Danach hatte er als erstes nach dem Wein gegriffen, aber nach nur einem halben Glas hatte er abrupt mit dem Trinken aufgehört. Er hatte sein Abendbrot verlangt, stumm gegessen und auch seitdem nicht wieder gesprochen.

Michele schaute ihn an; sie wußte nicht, was sie sagen sollte. Er hatte seinen Job verloren, dessen war sie sicher. Wie oder weshalb, das wußte sie nicht. Das letzte, was er ihr erzählt hatte, war, daß er mit Monsieur Lebec nach Rouen fahren müsse, um sich ein potentielles Gebäude für eine neue Bäckerei anzuschauen. Jetzt, kaum mehr als vierundzwanzig Stunden später, saß er da in der Unterwäsche und starrte in die Nacht hinaus. Wenn es schlechte Neuigkeiten gab, gab es schlechte Neuigkeiten. Sie liebten einander, sie waren verheiratet, sie erwarteten ein Kind. Die Dunkelheit draußen machte es nur schmerzhafter, seine Distanz zu verstehen.

Auf der anderen Seite des Zimmers schaltete die Waschmaschine sich ab; das Programm war durchgelaufen. Sofort stand Henri auf, öffnete die Waschmaschinenklappe und zog seine Arbeitskleidung heraus. Er betrachtete sie, fluchte laut und ging zum Wandschrank. Wütend riß er die Tür auf und stopfte die noch nasse Wäsche in einen Plastikmüllsack, den er mit Klebestreifen verschloß.

»Was machst du da?« fragte Michele.

Abrupt blickte er auf. »Ich möchte, daß du wegfährst«, sagte er. »Zu deiner Schwester nach Marseille. Nimm deinen Mädchennamen wieder an, sag allen Leuten, ich habe dich verlassen, ich bin eine Laus, und du hast keine Ahnung, wo ich bin.«

»Was redest du da?« Michele war verdattert.

»Tu, was ich sage. Ich möchte, daß du sofort abreist. Noch heute abend.«

»Henri, sag mir, was los ist. Bitte.«

Statt einer Antwort warf Kanarack den Müllsack auf den Boden und ging ins Schlafzimmer.

»Henri, bitte ... laß mich dir helfen ...« Plötzlich begriff sie, daß er es ernst meinte. Sie kam ihm nach, halb tot vor Angst, und blieb in der Tür stehen, als er zwei verschrammte Koffer unter dem Bett hervorzerrte. Er schob sie ihr entgegen.

»Nimm die«, sagte er. »Da paßt genug rein.«

»Nein! Ich bin deine Frau. Was zum Teufel ist denn los? Wie kannst du so etwas zu mir sagen, ohne jede Erklärung?«

Kanarack schaute sie lange an. Er wollte etwas sagen, aber er wußte nicht, wie. Da hupte draußen ein Auto, einmal, dann noch einmal. Micheles Augen wurden schmal. Sie drängte sich an ihm vorbei zum Fenster. Unten auf der Straße sah sie Agnes Demblons weißen Citroën, der mit laufendem Motor dastand. Der Auspuffqualm zog in die Nachtluft herauf.

Henri sah sie an. »Ich liebe dich«, sagte er. »Jetzt fahr nach Marseille. Ich schicke dir Geld.«

Michele stieß ihn zurück. »Du warst gar nicht in Rouen. Du warst bei ihr!«

Kanarack schwieg.

»Mach, daß du rauskommst, du Schwein. Geh zu deiner verdammten Agnes Demblon.«

»Du bist es, die gehen muß«, sagte er.

»Wieso? Zieht sie hier ein?«

»Wenn es das ist, was du hören willst – also gut, ja, sie zieht hier ein.«

»Dann geh zum Teufel, für immer. Geh zum Teufel, du gottverdammter Dreckskerl!«

26

»Ich verstehe«, sagte François Christian ruhig und emotionslos. Er hatte einen Cognac in der Hand; er ließ ihn leicht im Glas kreisen und schaute dabei ins Feuer.

Vera sagte nichts. Ihn zu verlassen war schwer genug; sie verdankte ihm viel, und sie wollte ihn und sie beide nicht beleidigen, indem sie einfach aufstand und hinausging, als wäre sie eine Hure.

Es war kurz vor zehn. Sie hatten eben zu Abend gegessen und saßen im großen Wohnzimmer einer prächtigen Wohnung in der Rue

Paul Valéry, zwischen der Avenue Foch und der Avenue Victor Hugo. Sie wußte, daß François noch ein Haus auf dem Lande hatte, wo seine Frau mit den Kindern wohnte, und sie hatte außerdem den Verdacht, daß er mehr als eine Wohnung in der Stadt besaß, aber gefragt hatte sie ihn nie. Ebenso wie sie ihn nie gefragt hatte, ob sie seine einzige Geliebte sei, auch wenn sie den Verdacht hatte, daß sie es nicht war.

Sie nahm einen Schluck Kaffee und schaute zu ihm auf. Er hatte sich noch immer nicht gerührt. Er hatte dunkles, sauber geschnittenes Haar mit einem Hauch von Grau an den Schläfen. In seinem dunklen Nadelstreifenanzug mit den gestärkten weißen Manschetten, die in geschneiderter Präzision aus den Ärmeln des zweireihigen Jacketts hervorragten, sah er aus wie der Aristokrat, der er war. Der Trauring an seiner linken Hand blinkte im Schein des Feuers, als er geistesabwesend an seinem Glas nippte, ohne den Blick von den Flammen abzuwenden.

Ihr Vater, Alexandre Baptiste Monneray, war ein hochrangiger Berufsoffizier bei der Marine gewesen. Als Kind war sie mit ihrer Mutter und ihrem jüngeren Bruder in der ganzen Welt herumgereist, seinen diversen Kommandos und Marinestationierungen hinterher. Als sie sechzehn wurde, hatte ihr Vater den Dienst quittiert und war unabhängiger Wehrberater geworden, und sie hatten für die Dauer ein großes Haus in Südfrankreich bezogen.

Dort war François Christian, damals Unterstaatssekretär im Verteidigungsministerium, neben anderen Leuten häufig zu Gast gewesen. Und hier hatte ihre Beziehung begonnen. François war es, der sich lange mit ihr unterhalten hatte, über die Kunst, das Leben und die Liebe. Und eines ganz besonderen Nachmittags über die Richtung, die ihr Studium nahm. Als sie ihm sagte, daß sie Medizin studierte, war er erstaunt.

Aber es sei wahr, hatte sie erklärt. Sie *wünschte* sich nicht nur, Ärztin zu werden, sie sei sogar entschlossen dazu.

Mit zwanzig machte sie ihr Examen an der Universität von Paris und wurde unverzüglich zum Medizinstudium in Montpellier angenommen, und ihr Vater ließ sich erweichen und gab ihr seinen Segen dazu. Ein Jahr später, nachdem sie die Weihnachtsferien bei ihrer Großmutter in Calais verbracht hatte, machte Vera in Paris Station, um Freunde zu besuchen. Ohne besonderen Grund kam ihr plötzlich in den Sinn, François Christian zu besuchen, den sie seit fast drei Jahren nicht gesehen hatte.

Es war natürlich nur ein Spaß und hatte keinen anderen Zweck, als hallo zu sagen. Aber François war inzwischen der Vorsitzende der Französischen Demokratischen Partei und eine bedeutende politische Persönlichkeit, und sie hatte keine Ahnung, wie sie ihn durch die Batterie von Untergebenen erreichen sollte, außer indem sie in sein Büro ging und darum bat, empfangen zu werden. Zu ihrer Überraschung wurde sie beinahe auf der Stelle zu ihm hineingeführt.

Als sie das Zimmer betrat und er sich hinter seinem Schreibtisch erhob, um sie zu begrüßen, spürte sie, daß etwas Außergewöhnliches im Gange war. Er ließ Tee bringen, und sie setzten sich auf eine Fensterbank mit Blick auf den Garten vor seinem Büro. Er hatte sie kennengelernt, als sie sechzehn war; jetzt war sie fast zweiundzwanzig. In weniger als sechs Jahren war aus einem kessen Teenager eine hinreißend schöne, überaus intelligente und bezaubernde junge Frau geworden. Noch am selben Abend hatte er sie hierher in diese Wohnung mitgenommen. Sie hatten zusammen gegessen, und dann hatte er sie ausgezogen, hier auf der Couch vor dem Kamin, wo er jetzt saß. Mit ihm zu schlafen, war die natürlichste Sache der Welt gewesen. Und das blieb so, auch als er Ministerpräsident wurde, die nächsten vier Jahre hindurch. Dann war Paul Osborn in ihr Leben getreten, und scheinbar innerhalb von wenigen Augenblicken hatte sich alles verändert.

»Also gut«, sagte er leise; er drehte sich um, und als er sie ansah, lag nichts als große Liebe und Achtung für sie in seinem Blick. »Ich verstehe.« Damit stellte er sein Glas hin und stand auf. Er sah sich noch einmal nach ihr um, als wollte er sich ihr Bild für alle Zeit ins Gedächtnis einprägen. Lange stand er so da. Dann wandte er sich schließlich ab und ging hinaus.

27

Osborn saß auf der Bettkante und hörte zu, wie Jake Berger sich über seine tränenden Augen und die triefende Nase und die zweiunddreißig Grad Hitze beschwerte, die Los Angeles bei Smogalarmstufe eins unter Dampfdruck garkochte. Berger plapperte in sein Autotelefon, irgendwo zwischen Beverly Hills und seinem großzügigen Büro in Century City; es kümmerte ihn anscheinend nicht, daß Osborn sechstausend Meilen weit weg in Paris war und möglicherweise eigene Probleme hatte. Er klang eher wie ein verwöhntes Kind als wie einer der führenden Prozeßanwälte von Los Angeles. Er hatte Osborn an Kolb International und Jean Packard verwiesen.

»Jake, hör mir bitte zu –«, unterbach Osborn schließlich, und dann erzählte er ihm, was soeben passiert war: der Mord an Jean Packard, McVeys plötzlicher Besuch, seine Zusammenarbeit mit Interpol, die persönlichen Fragen. Seine Lüge ließ er weg – daß er Jean Packard engagiert habe, um Veras Freund zu identifizieren –, so wie er bei seinem ersten Gespräch mit Berger den Grund, weshalb er einen Privatdetektiv brauchte, verheimlicht hatte.

»Bist du sicher, daß es McVey war?« fragte Berger.

»Kennst du ihn?«

»Ob ich McVey kenne? Welcher Rechtsanwalt, der je in Los Angeles einen Mordverdächtigen verteidigt hat, kennt ihn denn nicht? Er ist tough und gründlich, und er ist hartnäckig wie ein Pitbull. Wenn er sich in etwas verbissen hat, läßt er erst los, wenn er damit fertig ist. Daß er in Paris ist, überrascht mich nicht – McVeys fachmännischer Rat wird seit Jahren von hilflosen Mordkommissionen auf der ganzen Welt in Anspruch genommen. Die Frage ist: Warum interessiert er sich für Paul Osborn?«

»Ich weiß es nicht. Er ist einfach aufgekreuzt und hat angefangen, Fragen zu stellen.«

»Paul«, sagte Berger unvermittelt. »McVey. Interpol. Der befragt dich nicht bloß zum Spaß. Ich brauche eine ehrliche Antwort. Was ist da los?«

»Ich weiß es nicht«, sagte Osborn. Es lag kein Zögern in seinem Ton. Berger schwieg einen Augenblick lang; dann schärfte er Osborn ein, mit niemandem darüber zu reden, und wenn McVey wiederkäme, sollte er Berger in Los Angeles anrufen. Inzwischen würde er versuchen, in Paris jemanden aufzutreiben, der eine Möglichkeit wüßte, Osborns Paß zurückzukommen, damit er von dort verschwinden könnte.

»Nein«, sagte Osborn schroff. »Unternimm nichts. Ich wollte mich nur nach McVey erkundigen, weiter nichts. Danke, daß du Zeit hattest.«

Succinylcholin – Osborn studierte die Flasche im Licht der Badezimmerbeleuchtung. Dann steckte er sie rasch in seine Rasierzeugtasche zu der versiegelten Packung Injektionsspritzen, machte die Tasche zu und stopfte sie unter ein paar Oberhemden in seinem Koffer, die er nicht ausgepackt hatte.

Er putzte sich die Zähne, nahm zwei Schlaftabletten, drehte den Zimmerschlüssel zweimal im Schloß, und dann ging er zum Bett und schlug die Decke zurück. Als er sich setzte, merkte er, wie müde er war. Jeder Muskel seines Körpers schmerzte vor Anspannung.

Es gab keinen Zweifel, McVey hatte ihn entnervt, und sein Anruf bei Berger war ein Hilfeschrei gewesen. Aber als er die ganze Geschichte hervorgesprudelt hatte, war ihm plötzlich klargeworden, daß er den Falschen angerufen hatte; mit dem falschen Beruf, denn er war eminent qualifiziert als Berater in Fragen des Rechts, nicht der Seele.

In Wirklichkeit aber war es gleichgültig, wem er sich anvertraute, denn letzten Endes lag die Entscheidung nur bei ihm, und das würde sich nicht ändern. Entweder ließ er Kanarack in Ruhe, oder er brachte ihn um.

McVeys Auftauchen hatte den Druck verstärkt. Geschickt und erfahren, wie er war, hatte er Kanarack kein einziges Mal erwähnt, aber wie konnte Osborn sicher sein, daß er ihn nicht trotzdem kannte? Wie konnte er sicher sein, daß die Polizei ihn nicht beobachtete, wenn er seinen Plan weiterverfolgte?

Osborn langte zum Nachttisch, knipste die Lampe aus und ließ sich im Dunkeln zurücksinken. Draußen trommelte der Regen leise ans Fenster. Die Lichter von der Avenue Kléber dort unten beleuchteten die Tröpfchen, die an der Scheibe herunterrannen, und warfen sie vergrößert an die Zimmerdecke. Er schloß die Augen und ließ seine Gedanken zu Vera wandern.

Die Wahrheit war, daß er sie liebte und sie ihm am Herzen lag, wie er es noch nie erlebt hatte. Und er wußte, daß Vera genauso empfand. Sie hatte es heute bewiesen, als sie ihn mit in ihre Wohnung genommen hatte. Und das an sich hatte das nächste geklärt: Wenn er und Vera weiterkommen sollten, dann durfte er dem Dämon in ihm nicht erlauben, zu tun, was er bei jeder anderen liebevollen Beziehung getan hatte, die er seit seiner Kindheit erlebt hatte: sie zerstören. Diesmal war es der Dämon, der zerstört werden mußte. Unerbittlich und für alle Zeit. Wie schwierig das auch sein mochte, wie gefährlich und mit welchem Risiko.

Schließlich, als die Tabletten ihr Spiel endlich spielten und der Schlaf ihn zu überwältigen begann, nahm Paul Osborns Dämon vor ihm Gestalt an. Der Kopf war zur Seite gewandt, und er konnte das Gesicht nicht deutlich sehen, aber Paul wußte dennoch instinktiv, daß er ein kantiges Kinn hatte und daß eine Narbe über den Wangenknochen zur Unterlippe hinunterlief.

Und es gab keinen Zweifel. Überhaupt keinen.

Es war Henri Kanarack.

28

Klick.

Ohne hinzusehen, wußte McVey, daß es drei Uhr siebzehn war, denn beim letzten Mal, als er auf die Uhr geschaut hatte, war es drei Uhr elf gewesen. Und McVey hatte hingehört und die Klicks gezählt, während er nachdachte.

Nach seinem Besuch bei Osborn und seinem Ausflug in den Regen am Eiffelturm war er um zehn vor elf in sein Hotel gekommen. Das winzige Restaurant des Hotels war geschlossen gewesen, und der Zimmerservice hatte nichts mehr gebracht, weil es keinen Zimmerservice gab. Es war eine Spesenreise, wie Interpol sie zu bezahlen pflegte. Ein kaum bewohnbares Hotel mit verschossenen Teppichen und einem durchhängenden Bett, und zu essen bekam man, wenn man es schaffte, da zu sein, zwischen sechs und neun Uhr morgens und zwischen sechs und neun Uhr abends.

Ihm blieb nichts anderes übrig, als entweder noch einmal hinaus in den Regen zu gehen und sich ein Restaurant zu suchen, das noch offen war, oder sich an der »Hausbar« zu bedienen, jenem winzigen Kühlschränkchen zwischen dem, was hier als Schrank diente, und dem Badezimmer, das jedesmal unter Wasser stand, wenn er duschte.

In den Regen wollte McVey nicht noch einmal hinaus, und so hieß es: Hausbar oder nichts. Er öffnete sie mit dem winzigen Schlüssel, der mit seinem Zimmerschlüssel zusammen am selben Ring hing, und fand etwas Käse, Cracker und ein dreieckiges Stück Schweizer Schokolade. Als er ein wenig herumsuchte, entdeckte er außerdem eine halbe Flasche Weißwein, der sich als ein sehr ordentlicher Sancerre erwies.

Um halb zwölf war seine Wut verdampft; er hatte sich ausgezogen und wollte unter die Dusche gehen, als das Telefon klingelte. Commander Noble von Scotland Yard rief aus seinem Haus in Chelsea an.

»Bleiben Sie mal dran, McVey«, sagte Noble. »Ich habe Michaels, den Pathologen vom Innenministerium, in der anderen Leitung, und ich muß jetzt herausfinden, wie ich hier eine Konferenzschaltung zustande bringe, ohne Sie alle abzuhängen.«

McVey wickelte sich in ein Handtuch und setzte sich seinem Bett gegenüber auf den kunststoffbeschichteten Schreibtisch.

»McVey, sind Sie noch da?«

»Ja.«

»Dr. Michaels?«

McVey hörte die Stimme des jungen Gerichtsmediziners. »Hier«, sagte er.

»Also gut. Dr. Michaels, erzählen Sie unserem Freund McVey, was Sie mir gerade erzählt haben.«

»Es geht um den abgetrennten Kopf.«

»Wissen Sie, wer es ist?« McVeys Miene hellte sich auf.

»Noch nicht«, sagte Noble. »Vielleicht wird das, was Dr. Michaels zu sagen hat, erklären, weshalb die Identifizierung so mühselig ist. Fahren Sie bitte fort, Dr. Michaels.«

»Ja, selbstverständlich.« Michaels räusperte sich. »Wie Sie sich erinnern werden, Detective McVey, befand sich sehr wenig Blut in dem abgetrennten Kopf, als er gefunden wurde. Genau gesagt, praktisch keines mehr. Insofern war es sehr schwierig, die Gerinnungszeit zu ermitteln und damit auf den Zeitpunkt des Todes zu schließen. Aber ich dachte mir, mit etwas mehr Informationen sollte ich in der Lage sein, einen halbwegs brauchbaren Zeitrahmen zu liefern, innerhalb dessen der Bursche umgebracht wurde. Nun, wie sich herausstellte, war es mir nicht möglich.«

»Verstehe ich nicht«, sagte McVey.

»Als Sie gegangen waren, habe ich die Temperatur des Kopfes gemessen und ein paar Gewebeproben genommen, um sie zur Analyse ins Labor zu schicken.«

»Und?« McVey gähnte. Es wurde spät, und er dachte allmählich mehr an Schlaf als an Mord.

»Der Kopf war eingefroren. Eingefroren und wieder aufgetaut, bevor er in dem Container abgelegt wurde.«

»Sind Sie sicher?«

»Ja, Sir.«

»Ich kann nicht behaupten, daß ich so was nicht schon erlebt hätte«, sagte McVey. »Aber meistens kann man es sofort erkennen, weil das innere Hirngewebe lange braucht, um wieder aufzutauen. Das Innere des Kopfes ist kälter als die äußeren Gewebsschichten, auf die man stößt, wenn man nach außen zum Schädelknochen hin arbeitet.«

»Aber das war nicht der Fall. Der Kopf war vollständig aufgetaut.«

»Kommen Sie zum Ende, Dr. Michaels«, drängte Noble.

»Als die Laboruntersuchung der Gewebeproben ergab, daß der Kopf eingefroren war, störte mich immer noch die Tatsache, daß sich die Gesichtshaut unter meinem Fingerdruck immer noch bewegen ließ, wie sie es unter normalen Umständen getan hätte, wenn der Kopf nicht gefroren gewesen wäre.«

»Worauf wollen Sie hinaus?«

»Ich habe den ganzen Kopf an einen Dr. Stephen Richards geschickt, einen Experten für Mikropathologie am Royal College of Pathology, um zu hören, was er mir über das Einfrieren sagen konnte. Er rief mich an, sobald ihm klar war, was geschehen war.«

»Was *ist* denn geschehen?« McVey wurde ungeduldig.

»Unser Freund hat eine Metallplatte im Schädel. Zweifellos infolge eines gehirnchirurgischen Eingriffs, der vor Jahren vorgenommen wurde. Das Gehirngewebe hätte nichts ergeben, wohl aber das Metall. Der Kopf war nicht nur hartgefroren, sondern bei einer Temperatur nahe dem absoluten Nullpunkt.«

»Ich bin ein bißchen langsam zu so später Stunde, Doktor. Das ist mir zu hoch.«

»Der absolute Nullpunkt ist ein Kältegrad, den wissenschaftliche Gefriertechnik nicht erreichen kann. Im Grunde handelt es sich um eine hypothetische Temperatur, die durch die absolute Abwesenheit von Wärme charakterisiert ist. Um sich ihr auch nur anzunähern, braucht man extrem hoch entwickelte Labortechnik, die entweder mit Flüssighelium oder mit magnetischer Kühlung arbeitet.«

»Wie kalt ist dieser absolute Nullpunkt?« McVey hatte noch nie davon gehört.

»Technisch ausgedrückt?«

»Technisch oder sonst wie.«

»Minus zweihundertdreiundsiebzig Komma eins fünf Grad Celsius, oder minus vierhundertneunundfünfzig Komma sechs sieben Grad Fahrenheit.«

»Mein Gott – zweihundertdreiundsiebzig Grad unter Null!«

»Ja, ungefähr.«

»Was passiert dann – angenommen, man erreicht den absoluten Nullpunkt?«

»Ich habe es gerade nachgeschlagen, McVey«, warf Noble ein. »Es ist ein Punkt, an dem die gemeinsamen Linearbewegungen sämtlicher Moleküle einer Substanz aufhören.«

»Jedes Atom seiner Struktur wäre absolut bewegungslos«, fügte Michaels hinzu.

Klick.

Diesmal schaute McVey doch auf die Uhr. Es war drei Uhr achtzehn. Freitag, der 7. Oktober.

Weder Commander Noble noch Dr. Michaels hatten sich vorstellen können, weshalb jemand einen Kopf bei einer solchen Temperatur einfrieren und dann wegwerfen sollte. McVey auch nicht. Es bestand die Möglichkeit, daß er von einer dieser Tiefkühlorganisationen kam, die die Leichen kürzlich Verstorbener übernehmen und sie einfrieren – in der Hoffnung, daß man sie irgendwann in der Zukunft, wenn es für die Krankheit, an der sie gestorben sind, eine Heilung gibt, auftauen, behandeln und wieder zum Leben erwecken kann. Für jeden Naturwissenschaftler der Welt war das eine Träumerei, aber die Leute kauften sich dort ein, und eingetragene Unternehmen lieferten den Service.

Es gab zwei solcher Unternehmen in Großbritannien, eine in London, die andere in Edinburgh, und Scotland Yard würde sie sich gleich morgen früh anschauen. Vielleicht war der Mann gar nicht ermordet worden; vielleicht hatte man einem Verstorbenen den Kopf abgetrennt und auf legale Weise für eine unbestimmte Zukunft eingelagert. Vielleicht hatte er selbst dafür bezahlt. Vielleicht hatte er seine Lebensersparnisse in die Tiefkühlung seines Kopfes investiert. Die Leute hatten schon verrücktere Sachen gemacht.

Zum Schluß des Telefonats hatte McVey erklärt, er werde am nächsten Tag nach London zurückkommen, und er hatte darum gebeten, die sieben enthaupteten Leichen zu röntgen, um festzustellen, ob bei einer von ihnen auf chirurgischem Wege Metall ins Skelett implantiert worden war. Künstliche Hüftgelenke, Schrauben, die gebrochene Knochen fixierten – Metall, das man analysieren könnte wie die

Stahlplatte im Londoner Schädel. Und sollte eine von ihnen Metall enthalten, sollte sie unverzüglich an Dr. Richards am Royal College weitergeleitet werden, damit der feststellen könnte, ob sie tiefgefroren gewesen waren.

Vielleicht war das der Durchbruch, nach dem sie suchten, einer von den unwahrscheinlichen Zufällen, die zumeist vor der Nase der Ermittler lagen, aber auf den ersten, zweiten, dritten, ja zehnten Blick völlig übersehen wurden, einer von den Zufällen, die bei schwierigen Mordfällen fast immer das Blatt wendeten – das heißt, wenn der Cop, der die Ermittlungen führte, hartnäckig genug war.

Klick.

Drei Uhr neunzehn.

McVey erhob sich aus seinem Sessel, schlug die Bettdecke zurück und ließ sich auf die Bettkante fallen. Der nächste Tag hatte schon begonnen. An den Donnerstag konnte er sich schon kaum noch erinnern. Man bezahlte ihm nicht genug für diese Art von Überstunden.

Vielleicht würde der eingefrorene Kopf sie weiterbringen. Wahrscheinlich aber nicht, ebensowenig wie die Sache mit Osborn sie weitergebracht hatte. Osborn war ein netter Kerl, problembeladen und verliebt. Was für eine Geschichte aber auch: Man macht eine Dienstreise und verliebt sich in die Freundin des Ministerpräsidenten.

McVey wollte das Licht ausschalten und unter die Decke kriechen, als sein Blick auf die schlammverschmierten Schuhe fiel, die zum Trocknen unter dem Tisch standen. Seufzend stand er noch einmal auf, nahm die Schuhe und ging vorsichtig damit ins Bad, wo er sie auf den Boden stellte.

Klick.

Drei Uhr vierundzwanzig.

McVey kroch unter die Decke, drehte sich um und schaltete das Licht aus. Dann ließ er sich auf das Kissen sinken.

Wenn Judy noch gelebt hätte, wäre sie mitgekommen auf diese Reise. Einen Europaurlaub hatten sie sich nie leisten können. Na, jetzt hätten sie es gekonnt. Es war zwar nicht die Erste Klasse, aber wen kümmerte das? Interpol hätte alles bezahlt.

Klick.

Drei Uhr sechsundzwanzig.

»Matsch!«, sagte McVey plötzlich laut und setzte sich auf. Er knipste die Lampe wieder an, warf die Decke zurück und ging ins Bad. Er bückte sich, hob einen seiner Schuhe auf und betrachtete ihn. Dann nahm er den andern und betrachtete ihn ebenfalls. Die Schlammkruste daran war grau, beinahe schwarz.

Der Matsch an Osborns Laufschuhen war rot gewesen.

29

Michele Kanarack schaute zur Uhr hinauf, als der Zug nach Marseille den Gare de Lyon verließ. Es war sechs Uhr vierundfünfzig in der Frühe. Sie hatte kein Gepäck mitgenommen, nur eine Handtasche. Eine Viertelstunde nachdem sie Agnes Demblons Citroën draußen gesehen hatte, war sie mit einem Taxi losgefahren. Im Bahnhof hatte sie eine Fahrkarte Zweiter Klasse nach Marseille gekauft. Dann hatte sie sich eine Bank gesucht und sich hingesetzt. Sie würde fast neun Stunden warten müssen, aber das war ihr egal.

Sie wollte nichts mehr von Henri, nicht einmal das Kind, das keine acht Wochen zuvor in Liebe gezeugt worden war. Die Plötzlichkeit dessen, was da geschehen war, überwältigte sie. Um so mehr, als es aus dem Nichts gekommen zu sein schien.

Als der Zug den Bahnhof verlassen hatte, wurde er rasch schneller, und Paris verschwamm. Vierundzwanzig Stunden zuvor war ihre Welt warm und lebendig gewesen. Jeden Tag erfüllte ihre Schwangerschaft sie mit mehr Freude, und dann hatte Henri angerufen und gesagt, er fahre mit Monsieur Lebec nach Rouen, um dort vielleicht eine neue Bäckerei zu eröffnen und vielleicht, hatte sie gedacht, sogar dort Geschäftsführer zu werden. Und dann war im Handumdrehen alles dahin. Alles. Sie war betrogen und belogen worden. Und nicht nur das – sie war auch dumm gewesen. Sie hätte wissen sollen, welche Macht dieses Biest Agnes Demblon über ihren Mann hatte. Vielleicht hatte sie es auch die ganze Zeit gewußt und sich nur geweigert, es zu akzeptieren.

Vor dem Fenster wich die Stadt zurück, und das Land begann. Ein anderer Zug donnerte in Richtung Paris vorbei. Michele Kanarack würde nie wieder nach Paris fahren. Henri und alles, was mit ihm zu tun hatte, war erledigt. Aus. Das würde ihre Schwester verstehen müssen; sie brauchte gar nicht zu versuchen, sie zur Umkehr zu überreden.

Was hatte er gesagt? »Nimm deinen Mädchennamen wieder an.«

Das würde sie auch tun. Sobald sie Arbeit hatte und sich einen Anwalt leisten konnte. Sie lehnte sich zurück, schloß die Augen und lauschte dem Geräusch der Räder, als der Zug immer schneller auf den Gleisen in Richtung Südfrankreich fuhr. Heute war der 7. Oktober. In genau einem Monat und zwei Tagen wären sie und Henri acht Jahre verheiratet gewesen. In Paris lag Henri Kanarack wie ein Fötus zusammengerollt in einem Sessel in Agnes Demblons Wohnzimmer und schlief. Um Viertel vor fünf hatte er Agnes zur Arbeit gebracht und war dann mit dem Citroën zurück zu ihrer Wohnung gefahren. Seine eigene Wohnung in der Nummer 175 Avenue Verdier war leer. Wer dort hinginge, würde niemanden mehr finden, und auch keinen Hinweis darauf, wohin er verschwunden war. Der grüne Müllsack mit Arbeitskleidung, Schuhen und Socken war in die Heizung im Keller geflogen und innerhalb von Sekunden verglüht.

Zehn Meilen weit entfernt, jenseits der Seine, saß Agnes Demblon an ihrem Schreibtisch im ersten Stock der Bäckerei und schrieb die Rechnungen, die jeweils am fünften jedes Monats ausgestellt wurden. Sie hatte Monsieur Lebec und seinen Mitarbeitern bereits gesagt, daß Henri Kanarack in einer Familienangelegenheit abberufen worden war und wahrscheinlich mindestens eine Woche nicht zur Arbeit erscheinen würde. Um halb sieben hatte sie über dem Telefon an der kleinen Vermittlungsstelle und an der Ladentheke handschriftliche Merkzettel mit der Anweisung befestigt, Erkundigungen nach M. Kanarack unverzüglich an sie weiterzuleiten.

Etwa zur selben Zeit spazierte McVey vorsichtig durch den Parc du Champ de Mars vor dem Eiffelturm. Nieselfeuchtes Morgenlicht erhellte die rechteckige, aufgewühlte Parkanlage, in der er in der Nacht zuvor gewesen war. Weiter unten waren, wie er sah, noch mehr Wege zur Neugestaltung umgegraben. Dahinter erstreckten sich weitere, noch nicht umgegrabene Wege, die parallel zueinander verliefen und in Abständen von etwa fünfzig Metern andere Wege kreuzten. Er durchschritt den Park auf der einen Seite in voller Länge, ging dann quer hindurch und kam auf der anderen Seite zurück. Dabei betrachtete er den Boden. Nirgends fand er etwas anderes als den grauschwarzen Lehm, der auch jetzt wieder an seinen Schuhen klebte.

Er blieb stehen und drehte sich um; vielleicht hatte er etwas übersehen. Er sah einen Parkwärter, der auf ihn zukam. Der Mann sprach sicher kein Englisch, und McVeys Französisch war unverzeihlich. Trotzdem versuchte er es.

»Rote Erde. Verstehen Sie? Rote Erde? Wo hier?« McVey deutete auf den Boden.

»Roterdee?« antwortete der Mann.

»Nein. Rot! Die Farbe Rot. R–O–T«, buchstabierte McVey.

»R–O–T«, wiederholte der Mann und schaute ihn an, als sei er nicht ganz gescheit.

Es war noch zu früh am Morgen für so etwas. Er würde Lebrun holen und mit ihm herkommen, um Fragen zu stellen. *»Pardon«*, sagte er mit der besten Aussprache, die er zustande brachte, und wollte sich zum Gehen wenden, als er ein rotes Taschentuch sah, das dem Mann hinten aus der Hosentasche hing. Er zeigte darauf und sagte: »Rot.«

Der Mann begriff, riß das Taschentuch heraus und reichte es McVey.

»Nein. Nein.« McVey winkte ab. »Die Farbe. *Couleur.*«

»Ah!« Der Mann strahlte. *»La couleur!«*

»La coleur!« wiederholte McVey triumphierend.

»Rouge«, sagte der Mann.

»Rouge«, wiederholte McVey und versuchte, sich das Wort über die Zunge rollen zu lassen, wie der Pariser es tat. Dann bückte er sich und schaufelte eine Handvoll von der schwarzgrauen Erde auf. *»Rouge?«* fragte er.

»La terrain?«

McVey nickte. *»Rouge terrain?«* Er deutete mit einer ausgreifenden Handbewegung über die Parkanlage.

Der Mann starrte ihn an und machte dann die gleiche schwungvolle Handbewegung. *»Rouge terrain«*, sagte er.

»Oui!« McVey strahlte.

»Non«, antwortete der Mann.

»Nein?«

»Nein!«

Als McVey wieder im Hotel war, rief er Lebrun an und teilte ihm mit, er packe jetzt und fahre nach London zurück, und er habe das zunehmend unbehagliche Gefühl, daß Osborn nicht so koscher sei, wie er zunächst gedacht habe; es könne sich lohnen, ihn im Auge zu behalten, bis er am folgenden Tag seinen Paß abholen und nach Los Angeles zurückfliegen sollte. »Ach ja. Er hat einen Peugeot-Schlüssel.«

Dreißig Minuten später, um fünf nach acht, hielt ein ungekennzeichneter Polizeiwagen auf der anderen Straßenseite vor Paul Osborns Hotel in der Avenue Kléber und parkte. Ein Polizist in Zivil löste seinen Sicherheitsgurt und lehnte sich zurück, um das Hotel zu beobachten. Sollte Osborn herauskommen – und entweder zu Fuß weggehen oder darauf warten, daß ihm sein Wagen gebracht wurde –, würde der Polizist ihn sehen. Mit einem Anruf und einer Entschuldigung wegen einer falsch gewählten Nummer hatte man sichergestellt, daß Osborn noch auf seinem Zimmer war. Die Überprüfung der Mietwagenfirmen hatte Baujahr, Farbe und Kennzeichen des gemieteten Peugeots ergeben.

Um acht Uhr zehn holte ein anderer ziviler Polizeiwagen McVey vor seinem Hotel ab, um ihn zum Flughafen zu bringen – mit freundlichen Empfehlungen von Inspecteur Lebrun und der Ersten Pariser Polizeipräfektur.

Fünfzehn Minuten später steckten sie noch immer im Verkehr. Inzwischen kannte McVey Paris gut genug, um zu merken, daß sein Fahrer nicht die Schnellstrecke zum Flughafen genommen hatte. Er hatte recht. Weitere fünf Minuten später fuhren sie in die Garage des Polizeipräsidiums.

Um Viertel vor neun saß McVey – immer noch in seinem zerknautschten grauen Anzug, der leider allmählich zu seinem Markenzeichen zu werden drohte – vor Lebruns Schreibtisch und studierte das Foto eines Fingerabdrucks im Format 20 x 25. Der Abdruck stammte von einem ganzen Finger, ein klar herausgefiltertes Bild aus der verschmierten Spur an der Glasscherbe, die die Spurensicherung in Jean Packards Wohnung gefunden hatte. Das Glasstück hatte man zu Interpol ins Fingerabdrucklabor nach Lyon geschickt, wo ein Computerexperte den verschmierten Abdruck immer weiter aufbereitet hatte, bis daraus ein identifizierbarer Abdruck geworden war. Dieser Abdruck war gescannt, vergrößert, fotografiert und an Lebrun nach Paris zurückgeschickt worden.

»Sie kennen Dr. Hugo Klass?« fragte Lebrun; er zündete sich eine Zigarette an und betrachtete seinen leeren Computermonitor.

»Ein deutscher Fingerabdruckexperte«, sagte McVey. Er schob das Foto in eine Akte zurück und klappte sie zu. »Wieso?«

»Sie wollten doch fragen, wie zuverlässig die Ausarbeitung ist, oder?«

McVey nickte.

»Klass arbeitet jetzt in der Interpol-Zentrale. Er hat den Originalabdruck mit dem Computergrafiker zusammen bearbeitet, bis sie ein erkennbares Muster hatten. Danach hat Rudolf Halder von Interpol Wien zur Bestätigung einen Test mit dem neuen Modell eines forensischen optischen Komparators vorgenommen, den er und Klass zusammen entwickelt haben. Ein Marschflugkörper könnte nicht präziser arbeiten.«

Lebrun schaute wieder auf seinen Monitor. Er wartete auf die Beantwortung seines Identifizierungsersuchens an die Datenzentrale bei Interpol in Lyon, Abteilung Zentralarchiv/Vorstrafenregister. Die Antwort auf seine erste Anfrage hatte gelautet: »Keine Daten«, Europa. Auf die zweite hieß es: »Keine Daten«, Nordamerika. Die dritte Anfrage lautete auf »automatische Suche« und ließ den Computer »frühere Daten« durchforsten.

McVey beugte sich vor und griff nach einer Tasse schwarzem Kaffee. Sosehr er sich auch bemühte, ein moderner Cop zu sein und die Highspeed-Hightech-Verfahren zu nutzen, die ihm zur Verfügung standen, die alte Schule war ihm doch einfach zu sehr in Fleisch und Blut übergegangen. Für ihn hieß das, man lief sich die Füße platt, bis man seinen Mann hatte und das nötige Beweismaterial dazu. Und dann nahm man ihn sich *mano a mano* vor, bis er nachgab. Trotzdem wußte er, daß er sich früher oder später dazu würde bequemen müssen, sich das Leben ein bißchen leichter zu machen. Er stand auf, trat hinter Lebrun und schaute auf den Bildschirm.

In diesem Augenblick kam eine Datei von Interpol Washington. Sieben Sekunden später rollte ein Name über den Bildschirm: MERRIMAN, ALBERT JOHN, gesucht wegen Mordes, versuchten Mordes, bewaffneten Raubüberfalls und Erpressung in Florida, New Jersey, Rhode Island, Massachusetts.

»Netter Kerl«, sagte McVey. Dann wurde der Bildschirm schwarz, und es folgte eine einzelne Zeile: VERSTORBEN NEW YORK CITY, 22. DEZEMBER 1967.

»Verstorben?« sagte Lebrun.

»Ihr sagenhafter Computer hat einen Toten gefunden, der in Paris Leute umbringt. Wie wollen Sie das der Presse erklären?« McVey verzog keine Miene.

Lebrun war beleidigt. »Offensichtlich hat Merriman seinen Tod inszeniert und sich eine neue Identität verschafft.«

McVey grinste wieder. »Entweder das, oder Klass und Halder sind nicht solche Kanonen, wie man immer behauptet.«

»Haben Sie etwas gegen Europäer, McVey?« Lebrun war ernst.

»Nur, wenn sie in Sprachen reden, die ich nicht verstehe.« McVey ging durch das Zimmer und schaute zur Decke. Dann drehte er sich um und kam zurück. »Angenommen, Sie und Klass und Halder haben recht, und es handelt sich um Merriman. Warum sollte er nach all den Jahren aus seinem Versteck kommen und einen Privatdetektiv umlegen?«

»Irgend etwas hat ihn herausgetrieben. Wahrscheinlich eine Sache, an der dieser Jean Packard arbeitete.«

Auf dem Bildschirm erschien die Aufforderung PERSONENBESCHREIBUNG – FOTO – FINGERABDRÜCKE J/N?

Lebrun drückte die J-Taste auf seiner Tastatur.

Der Bildschirm wurde dunkel, und dann kam eine zweite Aufforderung NUR FAX – J/N?

Wieder drückte Lebrun sein J. Zwei Minuten später kamen ein Karteifoto, die Personenbeschreibung und die Fingerabdrücke von Albert Merriman aus dem Drucker. Das Karteifoto zeigte einen fast dreißig Jahre jüngeren Henri Kanarack.

Lebrun studierte den Ausdruck und reichte ihn dann McVey.

»Niemand, den ich kenne«, sagte McVey.

Lebrun schnippte Zigarettenasche von seinem Ärmel, griff zum Telefonhörer und befahl der Person am anderen Ende der Leitung, Jean Packards Wohnung und sein Büro bei Kolb International noch einmal durchzukämmen, und zwar mit einem feineren Kamm als beim erstenmal.

»Ich würde außerdem vorschlagen, Sie lassen einen Polizeizeichner versuchen, eine Skizze zu machen, auf der man sieht, wie Albert Merriman heute aussehen könnte.« McVey griff nach einer verschlissenen braunen Ledertasche, die ihm als Reisegepäck und als tragbare Mordfall-Ermittlungsausrüstung diente; er dankte Lebrun für den Kaffee und sagte: »Sie wissen, wo Sie mich in London erreichen können, wenn unser Freund Osborn vor seiner Abreise nach L. A. irgend etwas tut, was er nicht tun sollte.« Damit ging er zur Tür.

»McVey«, sagte Lebrun, als er dort angekommen war. »Albert Merriman verstarb in – New York.«

McVey blieb stehen, zählte leise bis zehn und blickte gerade noch rechtzeitig zurück, um das Grinsen zu sehen, das über Lebruns Gesicht huschte.

»Für die Bruderschaft, McVey. Rufen Sie an, *s'il vous plaît?*«

»Für die Bruderschaft.«

»*Oui.*«

30

Kaum mehr als einen Steinwurf weit von dem Gebäude in der Rue de la Cité entfernt, wo McVey an Lebruns Telefon saß und versuchte, wegen des verstorbenen Albert Merriman zur New Yorker Polizei durchzukommen, ging Vera Monneray die Porte de la Tournelle entlang und beobachtete geistesabwesend den Verkehr auf der Seine.

Es war richtig gewesen, daß sie ihre Beziehung zu François Christian beendet hatte. Sie wußte, daß dieses Ende ihn geschmerzt hatte, aber sie hatte es so sanft und respektvoll getan, wie sie nur konnte. Es war nicht so, sagte sie sich, daß sie eines der geachtetsten Mitglieder der französischen Regierung wegen eines Orthopädiechirurgen aus Los Angeles verlassen hatte. Die eigentliche Wahrheit war, daß weder sie noch François so hätten weitermachen und zugleich hätten weiter wachsen können. Und Leben ohne Wachstum bedeutete Welken und schließlich Sterben.

Oben an einer langen Treppe angekommen, drehte sie sich um und betrachtete Paris. Sie sah den Lauf der Seine und die großartigen Bögen von Notre Dame, als sähe sie das alles zum erstenmal. Bäume, Dächer, der Verkehr auf den Boulevards, das war völlig neu für sie, genau wie das romantische Geplauder der Passanten. François Christian war ein guter Mann, und sie war dankbar dafür, daß sie ihn in ihrem Leben gehabt hatte. Und jetzt war sie genauso dankbar dafür, daß es vorüber war. Vielleicht, weil sie sich zum erstenmal, solange sie sich erinnern konnte, unbelastet und absolut frei fühlte.

Sie wandte sich nach links und ging über die Brücke auf ihr Appartement zu. Mit Absicht bemühte sie sich, nicht an Paul Osborn zu denken, aber es klappte nicht. Ihre Gedanken kehrten immer wieder zu ihm zurück. Sie wollte gern glauben, daß er ihr geholfen habe, sich zu befreien. Indem er ihr seine Aufmerksamkeit, ja, seine Verehrung schenkte, hatte er ihren Glauben an sich selbst als unabhängige, intelligente und sexuell attraktive Frau erneuert, die durchaus imstande war, ihr Leben selbst zu gestalten. Und das war es, was ihr das Selbstvertrauen und den Mut gegeben hatte, sich von François zu trennen.

Aber das war es nur zum Teil, und das nicht zuzugeben hieße, sich selbst zu belügen. Dr. Paul Osborn litt, und es machte ihr Sorgen, daß er litt. Auf einer Ebene wollte sie gern glauben, daß das Gewähren von Fürsorge und Beistand Teil eines instinktiven weiblichen Hegetriebs war. Aber so einfach war es nicht, und das wußte sie auch. Sie wollte ihn lieben, bis er aufhörte zu leiden, und dann wollte sie ihn weiterlieben.

»*Bonjour, mademoiselle*«, sagte der rundgesichtige uniformierte Portier und hielt ihr die filigrane Eisengittertür am Hauseingang auf.

»*Bonjour, Philippe.*« Sie lächelte und ging an ihm vorbei in den Hausflur und dann rasch die blanke Marmortreppe hinauf zu ihrer Wohnung im ersten Stock.

Drinnen schloß sie die Tür hinter sich.

Eine Aura von Einsamkeit, trist wie der Himmel, der Paris verhüllte, überkam sie, und ohne nachzudenken, wünschte sie sich Paul herbei.

Sie wollte es seinetwegen ebensosehr wie für sich selbst. Er mußte begreifen, daß sie von der Dunkelheit wußte. Und daß er ihr ruhig vertrauen konnte, auch wenn sie nicht wußte, was es war, auch wenn er es ihr nicht erzählen konnte. Denn wenn die Zeit dazu gekommen wäre, würde er es ihr schon erzählen, und zusammen würden sie etwas dagegen tun. Aber einstweilen mußte ihm mehr als alles andere klar sein, daß sie für ihn da sein würde, wann immer und solange er sie brauchte.

31

West Side Story mit Natalie Wood von 1961 lief in der englischsprachigen Originalversion in einem kleinen Kino am Boulevard des Italiens. Der Film dauerte hunderteinundfünfzig Minuten, und die zweite Vorstellung, die um vier Uhr anfing, war die, die Paul Osborn besuchen würde. Auf dem College hatte er zwei aufeinanderfolgende Kurse in Filmgeschichte belegt und eine längere Seminararbeit über die Leinwandadaption von Bühnenmusicals geschrieben. *West Side Story* hatte im Mittelpunkt seiner Argumentation gestanden, und er erinnerte sich immer noch gut genug daran, um jeden davon zu überzeugen, daß er den Film gerade erst gesehen hatte.

Das Kino am Boulevard des Italiens lag auf halbem Wege zwischen seinem Hotel und der Bäckerei, in der Kanarack arbeitete, und in drei verschiedenen Richtungen erreichte man innerhalb von fünf Minuten eine Métro-Station.

Osborn malte einen Kreis um den Namen des Kinos, faltete die Zeitung zusammen und erhob sich von dem kleinen Tisch, an dem er gesessen hatte. Er durchquerte den Speiseraum des Hotels, um seine Frühstücksrechnung zu bezahlen, und warf einen Blick nach draußen. Es regnete immer noch.

Er trat hinaus in die Lobby und sah sich um. Drei Hotelangestellte standen hinter der Rezeption, und draußen drängten sich zwei Leute unter das Vordach am Eingang, während ein Page ein Taxi rief. Das war alles; sonst war niemand da.

Er ging zum Aufzug, drückte auf den Knopf, und die Tür glitt sofort beiseite. Er trat ein und fuhr allein hinauf. Sorgfältig überdachte er die Situation im Hinblick auf McVey. Er war sicher, daß es Kanarack gewesen war, der Packard ermordet hatte. Die Frage war, wußte die Polizei es? Oder, noch pointierter gefragt, wußten sie, daß er den Privatdetektiv engagiert hatte, um Kanarack zu finden? Was die Polizei wußte und woher sie es wußte, entzog sich dem Begriffsvermögen normaler Menschen, ihn selbst eingeschlossen.

Im schlimmsten Falle – die Polizei wußte nichts von Kanarack, hatte aber Osborn im Verdacht, mehr über den Tod des Privatdetektivs zu wissen, als er zugab – würde McVey oder sonst jemand das Hotel beobachten und ihm sofort folgen, wenn er wegginge. Das war ein ärgerliches Problem, und er mußte einen Weg finden, es zu umgehen.

Der Aufzug hielt an, und Osborn trat hinaus in den Korridor. Ein paar Augenblicke später stand er in seinem Zimmer und schloß die Tür hinter sich. Es war später Vormittag, elf Uhr fünfundzwanzig. In vier Stunden würde er sich auf den Weg zum Kino machen.

Er warf die Zeitung auf das Bett, ging ins Bad und putzte sich die Zähne; dann ging er unter die Dusche. Während er sich rasierte, kam er zu dem Schluß, daß er sein Problem am besten löste, indem er die Rolle spielte, die die Polizei von ihm erwartete: den betrübten Liebhaber, der seinen letzten Tag in Paris allein verbringen mußte. Und je eher er anfing, desto größer war die Chance, einen möglichen Verfolger abzuschütteln. Konnte es für den Beginn seiner einsamen Wanderung einen günstigeren Ort geben als den Louvre mit seinen Touristenscharen und zahlreichen Ausgängen?

Osborn zog seinen Regenmantel an, knipste das Licht aus und wandte sich zur Tür. Dabei sah er sein dunkles Abbild im Spiegel, und einen winzigen Augenblick lang krümmte sich alles nach innen. Daß die Polizei ihn möglicherweise beobachtete, machte das, was er tat, nur schwieriger. Wäre Kanarack innerhalb eines halbwegs vernünftigen Zeitraums gefaßt und vor Gericht gebracht worden, wäre alles anders gelaufen. Aber das war nicht geschehen. Kein Gesetz konnte oder würde ihm jetzt Strafe oder Gerechtigkeit zukommen lassen. In Abwesenheit eines Gesetzes aber blieb einem nichts anderes übrig, als selbst, so gut es ging, für Recht zu sorgen. Und Osborn hoffte, daß Gott, wenn es ihn gab, das verstehen würde.

Er überlegte sich, daß die Zahl der Möglichkeiten größer wäre, wenn er zu Fuß ginge, und so ließ er den gemieteten Peugeot in der Hotelgarage stehen und bat den Portier, ihm ein Taxi zu rufen. Fünf Minuten später fuhr er die Champs Elysées hinunter zum Louv. Ihm war, als habe er ein dunkles Auto gesehen, das vom Straßenrand losgefahren und ihnen gefolgt war, als das Taxi aus der Hotelzufahrt gebogen war, aber als er sich umsah, konnte er es nicht mit Sicherheit sagen.

Augenblicke später hielt das Taxi vor dem Louvre. Osborn bezahlte und stieg aus. Draußen wehte ein leichter Nebel. Als das Taxi wegfuhr, verspürte er den unmittelbaren Impuls, sich nach dem dunklen Wagen umzusehen. Aber falls die Polizei ihn beobachtete, wagte er nicht zu zeigen, daß er es wußte. Geistesabwesend schob er die Hände in die Tasche und wartete auf eine Lücke im Verkehr, und dann überquerte er die Rue de Rivoli und ging ins Museum.

Als er drinnen war, nahm er sich volle zwanzig Minuten Zeit, um die Werke Giottos, Raphaels, Tizians und Fra Angelicos zu betrachten, bevor er die Galerie verließ und sich auf die Suche nach einer Herrentoilette machte. Fünf Minuten später stand er mitten in einem Schwarm amerikanischer Touristen, die mit dem Bus nach Versailles fahren wollten, und ging mit ihnen zum Haupteingang hinaus. Auf dem Gehweg löste er sich von ihnen, ging einen halben Häuserblock weiter und verschwand dann in der Métro.

Eine knappe Stunde später war er wieder in seinem Hotel und wartete darauf, daß man ihm den Peugeot aus der Garage heraufbrachte. Wenn die Polizei ihm gefolgt war, woher sollten sie wissen, daß er nicht immer noch im Museum war? Trotzdem schaute er beim Wegfahren aufmerksam in den Rückspiegel. Um ganz sicher zu gehen, bog er einmal und zwei Straßen weiter noch einmal um die Ecke. Soweit er erkennen konnte, war er allein.

Zwanzig Minuten später parkte er den Peugeot in einer Seitenstraße, anderthalb Häuserblocks weit vom Kino entfernt. Er schloß den Wagen ab und ging davon. Er fuhr mit der Métro zurück zum Hotel, wartete, bis der Hoteldiener, der ihm seinen Wagen aus der Garage geholt hatte, sich vom Eingang entfernte, um einen anderen Wagen zu holen, und dann huschte er hinein und ging hinauf in sein Zimmer.

Als er hereinkam, warf er einen Blick auf die Uhr, die auf dem Nachttisch stand. Es war genau dreizehn Uhr fünfzehn. Er zog den Regenmantel aus und schlüpfte in eine unauffällige, ausgewaschene Jeans und zog einen alten Pullover über das karierte *L. L. Bean*-Flanellhemd. Und während er sorgfältig seine Turnschuhe zuband und die dunkelblaue Strickmütze, die er am Morgen in einem Armeebekleidungsladen gekauft hatte, in die Jackentasche steckte, und als er sich schließlich seinen Werkzeugen zuwandte und sie für den Tag bereitmachte, indem er drei Injektionsspritzen mit Succinylcholin füllte – während er all das tat, und während die Uhr den Augenblick heranticken ließ, wo er sich auf den Weg zum Kino am Boulevard des Italiens machen würde, da parkte Henri Kanarack bereits Agnes Demblons weißen Citroën knapp einen halben Block weit vor dem Hotel.

32

Henri Kanarack war gekämmt und sauber rasiert und trug den hellblauen Overall eines Klimaanlagentechnikers. Es war kein Problem, durch den Serviceeingang ins Hotel zu gelangen und mit dem Wartungsaufzug in den Betriebsraum hinaufzufahren. Jean Packard hatte ihm Paul Osborns Namen genannt und ihm gesagt, in welchem Hotel er wohnte. Osborns Zimmernummer hatte er nicht gekannt, denn sonst hätte er sie ihm ganz sicher auch verraten. Hotels gaben die

Zimmernummern ihrer Gäste nicht bekannt, schon gar nicht Fünf-Sterne-Hotels wie das in der Avenue Kléber, in dem Osborn wohnte und deren reiche, internationale Klientel sorgfältig vor Fremden geschützt wurde, die ein politisches oder privates Hühnchen mit ihnen zu rupfen hatten.

Kanarack holte einen Werkzeugkasten aus dem technischen Betriebsraum, gelangte durch einen Servicekorridor zur Feuertreppe und ging hinunter in die Lobby. Er stieß die Tür auf, blieb stehen und sah sich um. Die kleine Lobby war mit dunklem Holz und Messing ausgekleidet und überwiegend mit Antiquitäten dekoriert. Zur Linken befand sich der Eingang zur Bar, rechts waren die Aufzüge. Ihnen gegenüber an der Rezeption redete ein Hotelangestellter im dunklen Anzug mit einem außergewöhnlich hochgewachsenen, schwarzen afrikanischen Geschäftsmann, der anscheinend eben eincheckte. Um an Osborns Zimmernummer zu kommen, mußte Kanarack hinter die Rezeption. Zielstrebig durchquerte er die Lobby und ging auf den Mann hinter der Rezeption zu; als dieser aufblickte, ergriff Kanarack sofort die Initiative.

»Klimaanlagenreparatur. Irgendein Problem im elektrischen System. Wir versuchen, die Stelle zu finden«, sagte er auf französisch.

»Davon weiß ich nichts.« Der Portier war empört. Diese hochfahrende, überhebliche Haltung war etwas, das Kanarack an den Parisern vom ersten Tag an mißfallen hatte.

»Wenn ich wieder gehen soll, okay. Ist nicht mein Problem«, sagte Kanarack mit lebhaftem Achselzucken.

Statt zu debattieren, tat der Rezeptionist ihn mit einem lauen »Machen Sie sich an die Arbeit« ab und wandte sich wieder dem Afrikaner zu.

»Danke«, sagte Kanarack, und er kam hinter die Theke und stellte sich so neben den Hotelangestellten, daß er eine Reihe elektrischer Schalter über dem Hauptgästebuch inspizieren konnte. Als er sich vorbeugte, um sie zu betrachten, spürte er den Druck der 45er Automatic in seinem Hosenbund unter dem unförmigen Overall. Der kurze Schalldämpfer, der auf der Mündung saß, drückte gegen seinen Oberschenkel. Ein volles Magazin steckte im Griff, ein zweites in seiner Hosentasche.

»Pardon«, sagte er, nahm das ganze Gästebuch und legte es beiseite. Im selben Moment klingelte das Telefon, und der Portier nahm den Hörer ab. Rasch überflog Kanarack das Register. Unter O fand er, was er suchte. Osborn hatte Zimmer 714. Er legte das Buch wieder an seinen Platz, nahm seinen Werkzeugkoffer und ging um die Theke herum nach vorn.

»Danke«, sagte er noch einmal.

McVey schaute aus dem Fenster in den Nebel hinaus, müde und verdrossen. Der Flughafen Charles de Gaulle war eingeschlossen, alle Flüge waren abgesagt. Wenn er wenigstens erkennen könnte, ob es draußen dunkler oder heller wurde. Sollte der Nebel den ganzen Tag anhalten, würde er sich in der Nähe ein Hotelzimmer nehmen und ins Bett gehen. Wenn nicht, und wenn die Chance bestand, noch wegzukommen, würde er tun, was seit zwei Stunden alle taten: warten.

Bevor er Lebruns Büro verlassen hatte, hatte er Benny Grossman im New York Police Department in Manhatten angerufen. Benny war erst fünfunddreißig, aber er war der beste Kriminalpolizist, mit dem McVey je zusammengearbeitet hatte. Zweimal hatten sie einen Fall gemeinsam bearbeitet.

Benny war gerade erst gekommen, als McVey anrief, und hatte sich gleich auf das Telefon gestürzt.

»Oy, McVey!« sagte er, wie er es immer tat, wenn McVey anrief, und nach kurzem Small talk fragte er dann so etwas wie »So, Bubele, was kann ich für dich tun?« McVey hatte keine Ahnung, ob er versuchte, wie ein alter Hollywood-Agent zu klingen, oder ob er mit allen so redete, wenn er zur Sache kam.

»Benny, Sweethart«, hatte McVey zurückgegeben – wenn Benny der frustrierte Agent war, warum sollte er dann nicht mitspielen – und ihm erklärt, daß er nicht in Manhattan oder in L. A. sei, sondern im Pariser Polizeipräsidium sitze.

»Paris, Frankreich, oder Paris, Texas?« fragte Benny.

»Frankreich«, antwortete McVey und nahm den Telefonhörer vom Ohr, als Benny einen ausgedehnten Pfiff ausstieß. Dann ging er ins Detail. Er mußte wissen, was Benny über einen gewissen Albert Merriman herausfinden konnte, der angeblich 1967 in New York bei einer Bandenschießerei das Zeitliche gesegnet hatte. Da Benny 1967 acht Jahre alt war, hatte er noch nie von Albert Merriman gehört, aber er wollte nachforschen und McVey dann zurückrufen.

»Laß mich anrufen«, sagte McVey; er wußte nicht, wo er sein würde, wenn Benny die Informationen bekommen hätte.

Vier Stunden später rief er noch einmal an.

Nach ihrem Telefongespräch war Benny ins Akten- und Datenarchiv des NYPD gegangen und hatte eine Handvoll solider Informationen über Albert Merriman aufgetrieben. Merriman war 1963 aus der US-Army entlassen worden und hatte sich sehr kurz danach mit einem alten Freund zusammengetan, einem Bankräuber namens Willie Leonard, der kurz vorher seine Haftstrafe in Atlanta abgesessen hatte. Merriman und Leonard gingen auf einen ausgedehnten Beutezug und wurden in einem halben Dutzend Staaten wegen Bankraubs, Mordes, versuchten Mordes und Erpressung gesucht. Außerdem munkelte man, sie hätten für Familien des organisierten Verbrechens in New Jersey und New England mehrere Auftragsmorde ausgeführt.

Am 22. Dezember 1967 wurde in einem ausgebrannten Auto in der Bronx eine Person aufgefunden, die später als Albert Merriman identifiziert wurde – erschossen und bis zur Unkenntlichkeit verkohlt.

»Syndikatsarbeit, wie es aussieht«, meinte Benny.

»Was ist aus Willie Leonard geworden?« fragte McVey.

»Wird immer noch gesucht«, sagte Benny Grossman.

»Wie wurde der Tote als Merriman identifiziert?«

»Das steht da nicht. Vielleicht weißt du es nicht, Bubele, aber wir führen keine ausführlichen Dossiers über Tote. Den Speicherplatz können wir uns nicht leisten.«

»Irgendeine Ahnung, wer Anspruch auf den Leichnam erhoben hat?«

»Das kann ich dir sagen. Moment.« McVey hörte Papier rascheln, als Grossman seine Notizen durchsah. »Hier ist es. Wie es aussieht, hatte Merriman keine Familie. Der Leichnam wurde von einer Frau übernommen, die in der Akte als Freundin von der High School erscheint. Agnes Demblon.«

»Adresse?«

»Fehlanzeige.«

McVey notierte sich den Namen Agnes Demblon auf der Umschlagrückseite seines Bordpasses und schob ihn in die Jackentasche.

»Weiß man, wo Merriman begraben ist?«

»Ebenfalls Fehlanzeige.«

»Na, ich wette zehn Dollar gegen eine Diät-Cola: Wenn ihr die Kiste ausfindig macht, werdet ihr feststellen, daß Willie Leonard drinliegt.«

In der Ferne hörte McVey, wie sein Flug aufgerufen wurde. Erstaunt dankte er Benny und wollte einhängen.

»McVey!«

»Ja?«

»Die Akte Merriman ist seit sechsundzwanzig Jahren nicht mehr angerührt worden.«

»Und?«

»Jetzt bin ich der zweite, der sie innerhalb von vierundzwanzig Stunden herausgeholt hat.«

»Was?«

»Gestern morgen kam eine Anfrage von Interpol Washington. Ein uniformierter Sergeant aus dem Archiv hat die Akte herausgezogen und ihnen eine Kopie gefaxt.«

McVey erzählte Grossman, daß Interpol auf der Pariser Seite beteiligt war; vermutlich war das der Grund. In diesem Augenblick kam der letzten Aufruf für seinen Flug. Er sagte Grossman, er müsse jetzt loslaufen, und hängte ein.

Ein paar Minuten später schloß McVey seinen Sicherheitsgurt, und der Air-Europe-Jet löste sich vom Gate. Er warf noch einmal einen Blick auf den Namen Agnes Demblon auf der Umschlagrückseite seines Bordpasses und lehnte sich dann mit einem Seufzer zurück.

Eine Stewardeß bot ihm eine Zeitung an; er nahm sie, schlug sie aber nicht auf. Was ihm ins Auge fiel, war das Datum: Freitag, der 7. Oktober. Lebrun war erst heute morgen von Interpol Lyon darüber informiert worden, daß der Fingerabdruck lesbar gemacht worden war. Und McVey hatte danebengestanden, wie Lebrun ermittelte, daß er von Merriman stammte. Und doch hatte Interpol Washington schon am Donnerstag bei der New Yorker Polizei die Akte Merriman angefordert. Das bedeutete, daß Interpol Lyon einen ganzen Tag vorher den Abdruck ausgewertet, Merriman identifiziert und das Dossier über ihn bestellt hatte. Möglicherweise verfuhr Interpol immer so, aber es erschien doch ein bißchen merkwürdig, daß Lyon eine komplette Akte haben sollte, lange bevor der ermittelnde Beamte überhaupt irgendwelche Informationen bekam. Aber wieso zerbrach er sich darüber eigentlich den Kopf? Die internen Dienstwege bei Interpol gingen ihn nichts an. Trotzdem – er mußte Licht in diese Sache bringen, und sei es nur, um das ungute Gefühl loszuwerden. Aber ehe er sie dem Interpol-Koordinationsleiter Cadoux in Lyon vortrug oder Lebrun einen Hinweis gab, mußte er die Fakten klären. Am einfachsten, entschied er, ginge das, indem er den Vorgang von dem Zeitpunkt an, da Interpol Washington am Donnerstag ihre Anfrage an die New Yorker Polizei gerichtet hatte, zurückverfolgte. Dazu mußte er Benny Grossman noch einmal anrufen, sobald er in London war.

Abrupt strahlte ihm die Sonne hell ins Gesicht, und er sah, daß sie die Wolkendecke durchstoßen hatten und über den Kanal hinausflogen. Es war seit fast einer Woche das erstemal, daß er die Sonne sah. Er schaute auf die Uhr.

Es war vierzehn Uhr vierzig.

33

Fünfzehn Minuten später schaltete Paul Osborn in Paris den Fernseher in seinem Hotelzimmer ab und steckte die drei Succinylcholinspritzen in die rechte Jackentasche. Er hatte die Jacke gerade übergezogen und wandte sich zur Tür, als das Telefon klingelte. Er schrak zusammen, und sein Herzschlag raste plötzlich. An dieser Reaktion erkannte er, daß er noch angespannter war, als er dachte, und das gefiel ihm nicht.

Das Telefon klingelte weiter. Er sah auf die Uhr. Es war vierzehn Uhr siebenundfünfzig. Wer wollte ihn da erreichen? Die Polizei? Nein. Er hatte bereits Barras angerufen, und Barras hatte ihm versichert, sein Paß erwarte ihn am Air-France-Schalter, wenn er morgen nachmittag zum Heimflug eincheckte. Barras war freundlich gewesen und hatte sogar einen Scherz über das miserable Wetter gemacht; es war also nicht die Polizei – es sei denn, sie trieben ein Spielchen mit ihm, oder McVey hatte noch eine Frage. Und im Moment war er nicht daran interessiert, mit McVey oder mit sonst jemandem zu reden.

Dann brach das Klingeln ab. Wer immer es gewesen war, er hatte aufgelegt. Vielleicht falsch verbunden. Oder Vera. Ja, Vera. Er hatte vorgehabt, sie nachher anzurufen, wenn alles vorbei wäre, aber nicht vorher, wenn sie seiner Stimme vielleicht etwas anmerken oder aus einem anderen Grund darauf bestehen würde herzukommen.

Er schaute wieder auf die Uhr. Es war beinahe fünf nach drei. *West Side Story* fing um vier an; er mußte also spätestens um Viertel vor vier da sein, um dafür zu sorgen, daß die Kassiererin sich an ihn erinnerte. Und er würde zu Fuß gehen und das Hotel durch den Seiteneingang verlassen für den Fall, daß jemand ihn beschattete. Außerdem würde ein kleiner Spaziergang ihm helfen, einen klaren Kopf zu bekommen und seine Nerven zu beruhigen.

Er knipste das Licht aus und klopfte auf seine Jackentasche, um sich noch einmal zu vergewissern, daß er die Spritzen eingesteckt hatte. Dann drehte er den Türknopf und wollte die Tür öffnen. Im selben Augenblick flog sie ihm mit solcher Wucht entgegen, daß er in die Ecke zwischen Bad und Zimmer geschleudert wurde. Bevor er sich aufrappeln konnte, war ein Mann in hellblauem Overall vom Gang hereingekommen und hatte die Tür hinter sich geschlossen. Es war Henri Kanarack. Er hielt eine Pistole in der Hand.

»Ein Wort, und ich erschieße Sie sofort«, sagte er auf englisch.

Osborn war völlig überrascht. Aus der Nähe wirkte Kanarack größer und stämmiger, als er ihn in Erinnerung hatte. Sein Blick war wild, und die Pistole sah aus wie eine Verlängerung seines Arms. Er zielte genau zwischen Osborns Augen, und Osborn zweifelte nicht daran, daß er seine Drohung wahrmachen würde.

Kanarack verriegelte die Tür hinter sich und kam dann näher. »Wer schickt Sie?« fragte er.

Osborn hatte einen trockenen Hals; er versuchte zu schlucken. »Niemand«, sagte er.

Dann geschah alles so schnell, daß Osborn sich nachher kaum daran erinnern konnte. Gerade stand er noch da, und im nächsten Augenblick lag er auf dem Boden; sein Kopf wurde hart an die Wand gepreßt, und der Lauf von Kanaracks Pistole saß unter seiner Nase.

»Für wen arbeiten Sie?« fragte Kanarack leise.

»Ich bin Arzt. Ich arbeite für niemanden.« Osborns Herz donnerte so heftig, daß er wirklich befürchtete, einen Herzanfall zu bekommen.

»Arzt?« Kanarack machte ein überraschtes Gesicht.

»Ja«, sagte Osborn.

»Was wollen Sie dann von mir?«

Ein Schweißrinnsal rieselte seitlich über Osborns Gesicht. Alles war verschwommen, und er hatte Mühe, die Realität zu erfassen. Und dann hörte er sich sagen, was er niemals hätte sagen sollen. »Ich weiß, wer Sie sind.«

Als er es aussprach, schienen Kanaracks Augen in den Kopf zurückzuweichen. Die Wildheit in seinem Blick verwandelte sich in Eis, und sein Finger spannte sich um den Abzug.

»Sie wissen, was mit dem Detektiv passiert ist«, flüsterte er und ließ die Mündung der Pistole abwärts gleiten, bis sie auf Osborns Unterlippe ruhte. »Es kam im Fernsehen und in allen Zeitungen.«

Osborn zitterte unkontrolliert. Das Denken fiel ihm schon schwer genug, und Worte zu finden und zu formen, war fast unmöglich. »Ja, ich weiß«, brachte er schließlich hervor.

»Dann ist Ihnen klar, daß ich nicht nur gut bin in dem, was ich tue – wenn ich einmal angefangen habe, macht es mir sogar Spaß.« Kanaracks Augen waren schwarze Punkte, und jetzt schienen sie zu lächeln.

Osborn versuchte zurückzuweichen; sein Blick irrte im Zimmer umher und suchte nach einem Ausweg. Das Fenster war eine Sache. Der siebte Stock. Dann drückte der Pistolenlauf gegen seine Wange, und Kanarack zwang ihn, ihn anzuschauen.

»Sie wollen nicht aus dem Fenster springen«, sagte er. »Zu unsauber und viel zu schnell. Das hier wird ein Weilchen dauern. Es sei denn, Sie möchten mir sofort sagen, für wen Sie arbeiten und wo sie sind. Dann kann es sehr schnell vorbei sein.«

»Ich arbeite für nie–«

Plötzlich klingelte das Telefon. Kanarack fuhr zusammen, und Osborn war sicher, daß er abdrücken würde.

Es klingelte noch dreimal und hörte dann auf. Kanarack drehte sich wieder zu Osborn um. Es war zu gefährlich hier. Jeden Augenblick konnte der Mann an der Rezeption jemanden fragen, was mit der Klimaanlage los sei, und erfahren, daß es da kein Problem gebe und daß niemand einen Techniker gerufen habe. Sie würden sich wundern und dann nachschauen. Vielleicht sogar das Sicherheitspersonal oder die Polizei alarmieren.

»Hören Sie gut zu«, sagte er. »Wir verschwinden von hier. Je mehr Schwierigkeiten Sie machen, desto härter wird es für Sie.« Kanarack wich zurück und richtete sich auf, und dann winkte er Osborn mit der Pistole, ebenfalls aufzustehen.

Osborn wußte kaum, was in den unmittelbar darauffolgenden Augenblicken geschah. Er erinnerte sich verschwommen, wie er das Hotelzimmer verließ und dicht neben Kanarack zu einer Feuertreppe ging und wie ihre Schritte im Treppenhaus klangen. Irgendwo führte eine Tür in einen Korridor, der an Klimaanlage, Heizung und Stromverteilern vorbeiführte. Kurz darauf öffnete Kanarack eine Stahltür, und sie waren draußen. Sie stiegen eine Betontreppe hinauf, es regnete, und die Luft war kühl und frisch. Oben an der Treppe blieben sie stehen.

Nach und nach kehrten Osborns Sinne zurück, und ihm wurde bewußt, daß sie sich in einem kleinen Hof hinter dem Hotel befanden. Kanarack stand links neben ihm und drängte sich dicht an Osborn. Kanarack schob ihn voran, am Hotel entlang durch die Gasse, und Osborn spürte den harten Pistolenlauf an seinen Rippen. Im Gehen versuchte Osborn, sich zu sammeln und sich zu überlegen, was er tun sollte. Er hatte im ganzen Leben noch nie solche Angst gehabt.

34

Ein weißer Citroën parkte da, wo der Gang auf die Straße mündete, und Osborn hörte Kanarack sagen, daß sie dort hingehen würden. Plötzlich bog ein großer Lieferwagen von der Straße her in die Einfahrt und kam auf sie zu. Wenn sie nebeneinander blieben, würde der Wagen nicht an ihnen vorbeikommen, ohne sie anzufahren. Sie hatten zwei Möglichkeiten: sich zu trennen oder sich rückwärts an die Wand zu drücken und den Laster vorbeizulassen. Der Laster wurde langsamer, und der Fahrer drückte auf die Hupe.

»Ganz ruhig«, sagte Kanarack und zog Osborn rückwärts gegen die Hotelwand. Der Fahrer schaltete, und der Laster setzte sich in Bewegung.

Als sie sich an die Mauer drückten, fühlte Osborn, wie sich die Pistole in seine linke Seite bohrte. Das bedeutete, daß Kanarack die Automatic in der Rechten hielt und Osborns Arm mit der Linken, für den Fahrer unsichtbar, festhielt. Osborn rechnete sich aus, da der Laster sechs bis acht Sekunden brauchen würde, um an ihnen vorbeizukommen. Die gleiche Klarheit des Denkens eröffnete ihm den Blick auf eine Gelegenheit. Die Injektionsspritzen waren in der rechten Jackentasche. Wenn er eine in die rechte Hand bekommen könnte, solange Kanarack durch den vorüberfahrenden Laster abgelenkt war, dann hätte er eine Waffe, von der Kanarack nichts wüßte.

Vorsichtig drehte er den Kopf, um Kanarack anzusehen. Die ganze Aufmerksamkeit des Killers richtete sich auf den Lastwagen, der sie fast erreicht hatte. Osborn wartete auf den richtigen Augenblick für seine Bewegung. Als der Laster mit ihnen auf einer Höhe war, verlagerte er sein Gewicht gegen die Pistole, als wolle er noch weiter an die Wand zurückweichen. Dabei schob er die rechte Hand in die Jackentasche und wühlte nach einer Spritze. Als der Laster vorbei war, hatte er sie zu fassen bekommen.

»Okay«, sagte Kanarack, und sie gingen weiter auf die Einmündung zu, wo der Citroën parkte. Im Gehen ließ Osborn die Hand mit der Spritze aus der Tasche gleiten und hielt sie fest an seiner Seite.

Jetzt lagen vielleicht noch zwanzig Schritte zwischen den beiden Männern und dem Auto. Osborn hatte eine schützende Kunststoffhülle über jede Injektionsnadel geschoben. Seine Finger arbeiteten jetzt fieberhaft daran, die Hülle herunterzuschieben, ohne das ganze Ding fallen zu lassen.

Plötzlich waren sie an der Straßenecke angekommen, und bis zum Citroën waren es nur noch drei oder vier Schritte. Noch immer war die Kunststoffhülse nicht abgegangen, und Osborn war sicher, daß Kanarack gleich sehen würde, was er da tat.

»Wohin bringen Sie mich?« fragte er zur Ablenkung.

»Schnauze«, zischte Kanarack.

Jetzt waren sie beim Wagen. Kanarack spähte die Straße hinauf und hinunter, schob Osborn dann zur Fahrerseite und öffnete die Tür. In diesem Augenblick löste sich die Kusntstoffhülse und fiel zu Boden. Kanarack sah, wie sie davonkullerte, und schaute ihr verwundert nach. Osborn wich ruckartig nach rechts aus, riß seinen linken Arm los und rammte die Injektionsnadel durch den Overallstoff tief ins Fleisch von Kanaracks rechter Hinterbacke. Er benötigte vier volle Sekunden, um das ganze Succinylcholin zu injizieren. Kanarack ließ ihm drei, bevor er sich losriß und versuchte, die Pistole in Anschlag zu bringen. Aber inzwischen war Osborn geistesgegenwärtig genug, ihm die offene Autotür mit aller Kraft entgegenzuschlagen. Kanarack taumelte rückwärts, fiel auf den Asphalt und verlor die Pistole.

Im nächsten Augenblick war er wieder auf den Beinen, aber es war schon zu spät; Osborn hatte die Pistole in der Hand, und Kanarack blieb starr stehen, wo er war. Ein Taxi kam auf kreischenden Reifen um die Ecke, schwenkte hupend um sie herum und raste davon. Danach war es still. Die beiden Männer standen einander auf der Straße gegenüber.

Kanaracks Augen waren weit aufgerissen, aber in seinem Blick lag nicht Angst, sondern Entschlossenheit. All die Jahre, in denen er sich gefragt hatte, ob sie ihn je erwischen würden, waren vorüber. Er hatte immer gehofft, er sei davongekommen, aber irgendwo im Hinterkopf hatte er gewußt, daß es nicht so war. Sie waren zu gut, zu effizient, ihr Netz war zu weitläufig.

Tag für Tag zu leben, ohne verrückt zu werden, wenn ein Fremder ihn anschaute, wenn er hinter sich Schritte hörte, wenn es an der Tür klopfte, das war schwerer gewesen, als er sich hatte vorstellen können. Und auch die Qualen dessen, was er Michele hatte verheimlichen müssen, hatten ihn fast um den Verstand gebracht. Das Gefühl für den Job hatte er noch nicht verloren, wie er bei Jean Packard bewiesen hatte. Aber dies war das Ende, und er wußte es. Michele war dahin, und sein Leben ebenfalls. Das Sterben würde leicht sein.

»Machen Sie schon«, flüsterte er. »Machen Sie's gleich!«

»Das brauche ich nicht.« Osborn ließ die Pistole sinken und steckte sie in die Tasche. Inzwischen war fast eine Minute vergangen, seit er das Succinylcholin gespritzt hatte. Kanarack hatte keine volle Dosis abbekommen, aber es reichte, und Osborn sah ihm an, daß er sich bereits fragte, was da nicht stimmte. Wieso war es so mühsam, zu atmen oder auch nur das Gleichgewicht zu halten?

»Was ist los mit mir?« Ein ratloser Ausdruck überzog sein Gesicht.

»Das werden Sie schon noch sehen«, sagte Osborn.

35

Die Pariser Polizei hatte Osborn im Louvre verloren.

Lebrun hatte sich ohnehin schon weit aus dem Fenster gelehnt, und bis zwei mußte er sich entweder eine Geschichte ausdenken, die eine neue Überwachung rechtfertigte, oder seine Leute abziehen. So gern er McVey behilflich sein wollte – lehmverschmierte Schuhe allein machten noch keinen Verbrecher, erst recht nicht, wenn es sich um einen amerikanischen Arzt handelte, der Paris am Nachmittag des nächsten Tages verlassen würde und der einen seiner Mitarbeiter höflich und aufrichtig um Rückgabe seines Passes gebeten hatte, damit er das auch tun konnte.

Da er den Kostenaufwand für eine weitere Beschattung Osborns bei seinen Vorgesetzten nicht rechtfertigen konnte, setzte Lebrun seine Leute auf ein paar andere Dinge an, von denen McVey gesprochen hatte, beispielsweise ließ er Jean Packards persönliche Vergangenheit noch einmal von Anfang an erforschen. Einstweilen hatte eine Polizeizeichnerin mit dem Albumfoto von Albert Merriman gearbeitet, das sie von Interpol Washington bekommen hatten, und jetzt stand sie hinter ihm am Schreibtisch und schaute ihm über die Schulter, als er ihr Werk betrachtete.

»So also stellen Sie sich vor, würde er sechsundzwanzig Jahre später aussehen«, sagte Lebrun auf französisch – eine rhetorische Bemerkung. Dann blickte er zu ihr auf. Sie war fünfundzwanzig und hatte ein pausbäckiges, augenzwinkerndes Lächeln.

»Ja.«

»Danke«, sagte Lebrun. Die Zeichnerin nickte und ging. Lebrun wandte sich wieder der Zeichnung zu. Er dachte einen Moment lang nach, griff dann zum Telefon und rief die Pressestelle der Polizei an. Wenn sie ein besseres Porträt des Merriman von heute nicht bekommen würden, konnte man diese Zeichnung auch gleich in die erste Ausgabe der Morgenzeitungen setzen, genauso wie McVey das Konterfei des abgetrennten Kopfes in die britischen Zeitungen gesetzt hatte. Es gab fast neun Millionen Menschen in Paris, und nur einer brauchte Merriman zu erkennen und die Polizei anzurufen.

In diesem Augenblick lag Albert Merriman mit dem Gesicht nach oben auf dem Rücksitz von Agnes Demblons Citroën und rang mit aller Kraft nach Atem.

Paul Osborn saß am Steuer. Er schaltete herunter, bremste heftig und überholte einen silbernen Range Rover; dann verließ er den Kreisverkehr am Arc de Triomphe und bog in die Avenue de Wagram ein. Kurz darauf fuhr er nach rechts auf den Boulevard de Courcelles und nahm Kurs auf die Avenue de Clichy und die Uferstraße, die sie zu dem abgelegenen Parkgelände an der Seine bringen würde.

Er hatte fast drei Minuten gebraucht, um den einknickenden, verängstigten Kanarack auf den Rücksitz des Citroën zu hieven, die Autoschlüssel zu finden und den Wagen in Gang zu bringen. Drei Minuten waren zuviel. Osborn wußte, er würde gerade erst unterwegs sein, wenn die Wirkung des Succinylcholin nachließe. Dann würde er sich mit einem hellwachen Kanarack abgeben müssen, der noch dazu den Vorteil hätte, auf dem Rücksitz hinter ihm zu sitzen. Er hatte sich nur zu helfen gewußt, indem er dem Franzosen eine zweite Injektion verabreichte, und zwei solche Spritzen so kurz hintereinander hatten

Kanarack endgültig flachgelegt. Eine Zeitlang befürchtete Osborn, daß es zuviel gewesen sein könnte; Kanaracks Lunge würde nicht mehr funktionieren, und er würde ersticken. Aber dann hörte er ein rauhes Husten, gefolgt von mühsamen, schweren Atemzügen, und er wußte, daß es gutgegangen war.

Das Problem war, daß er jetzt nur noch eine Spritze übrig hatte. Wenn irgend etwas mit dem Auto schiefginge, oder wenn sie im Verkehr steckenblieben, dann wäre diese Spritze sein letztes Verteidigungsmittel. Danach wäre er auf sich gestellt.

Inzwischen war es fast Viertel nach vier, und es regnete wieder heftiger. An einem solchen Tag konnte er sicher sein, daß niemand im Park sein würde. Zumindest für das Wetter konnte er also dankbar sein.

Er warf einen Blick über die Schulter zu Kanarack auf dem Rücksitz. Jedes Dehnen und Zusammenziehen des Brustkorbs bedeutete eine übermenschliche Anstrengung für ihn. Und am Ausdruck seiner Augen sah Osborn das Grauen, das ihn erfüllte, wenn er sich mit jedem Atemzug fragte, ob er noch die Kraft für den nächsten haben würde.

Vor ihnen sprang eine Ampel von Gelb auf Rot, und Osborn hielt hinter einem schwarzen Ferrari. Wieder sah er sich nach Kanarack um. In diesem Moment wußte er nicht, was er eigentlich empfand. Was ein monumentales Triumphgefühl hätte sein müssen, war unfaßlicherweise keines mehr. Statt dessen sah er ein hilfloses menschliches Wesen, erfüllt von unermeßlicher Angst und ohne die geringste Ahnung, was hier mit ihm vorging, und es kämpfte mit letzten Kräften um die Luft zum Leben. Daß diese Kreatur durch und durch böse war, den Tod von zwei Menschen verursacht und Paul Osborns eigenes Leben von Kindheit an auf entsetzliche und unerbittliche Weise verkrüppelt hatte, schien in diesem Augenblick kaum noch von Bedeutung zu sein. Es genügte, daß es die Bestie so weit gebracht hatte. Wenn Osborn auch den Rest noch vollbrächte, wäre er wie Kanarack, und so war er nicht. Und wenn weiter nichts gewesen wäre, hätte er an dieser Stelle aussteigen und einfach davongehen können, und er hätte Kanarack sein Leben zurückgegeben. Aber es war nicht alles. Es gab etwas, um das er sich noch kümmern mußte.

Das WARUM. *Warum* hatte Kanarack seinen Vater ermordet?

Die Ampel vor ihm wurde grün, und der Verkehr setzte sich in Bewegung. Es wurde mit jeder Minute dunkler, und die Autofahrer schalteten ihre gelben Scheinwerfer ein. Unmittelbar vor ihnen lag die Avenue de Clichy. Osborn bog dort links ein und fuhr auf die Uferstraße zu.

Weniger als eine halbe Meile hinter ihm fädelte ein neuer dunkelgrüner Ford sich in den fließenden Verkehr ein und kam schnell heran. Nach dem Abbiegen in die Avenue de Clichy wechselte er sofort auf die rechte Spur, verlangsamte seine Fahrt und hielt sich drei Autos hinter Osborns Citroën. Der Fahrer war ein großer Mann mit blauen Augen und heller Haut. Die hellblonden Augenbrauen paßten zu seinem Haar und zu den Härchen auf seinem Handrücken. Er trug einen braunen Regenmantel über einem dunkel karierten Sportsakko, dazu eine dunkelgraue Hose und einen grauen Rollkragenpullover. Neben ihm auf dem Beifahrersitz lag ein schmalkrempiger Hut, ein Hartschalen-Aktenkoffer und ein aufgefalteter Stadtplan von Paris. Sein Name war Bernhard Oven, und heute war sein zweiundvierzigster Geburtstag.

36

»Können Sie mich hören?« fragte Osborn, als er den Citroën in nordöstlicher Richtung auf die Uferstraße lenkte. Es regnete immer heftiger, und die Scheibenwischer schlugen in gleichmäßigem Takt auf der Frontscheibe hin und her. Auf der linken Seite schimmerte die Seine kaum sichtbar durch die dunklen Bäume am Straßenrand. Bis zur Einfahrt in den Park war es noch etwas mehr als eine Meile.

»Können Sie mich hören?« wiederholte Osborn. Er schaute erst in den Rückspiegel, wandte dann aber den Kopf, um auf den Rücksitz zu schauen.

Kanarack lag da und starrte unters Dach. Sein Atem ging allmählich regelmäßiger.

»Mm-hm«, grunzte er.

Osborn wandte sich wieder der Straße zu. »Sie haben mich gefragt, ob ich wüßte, was mit Jean Packard passiert ist. Ich habe ja gesagt. Vielleicht möchten Sie auch gern wissen, was mit Ihnen passiert ist. Sie haben ein Mittel namens Succinylcholin injiziert bekommen. Es paralysiert die Skelettmuskulatur. Ich habe Ihnen gerade genug gegeben, um Ihnen begreiflich zu machen, was es im menschlichen Körper bewirkt. Ich habe noch eine Spritze mit einer sehr viel höheren Dosis. Ob ich sie Ihnen gebe oder nicht, liegt bei Ihnen.«

Kanaracks Blick konzentrierte sich auf einen Knopf in der Deckenpolsterung des Citroën. Der dazu nötige Kraftaufwand lenkte ihn von dem Gedanken an die Möglichkeit ab, noch einmal ertragen zu müssen, was er soeben durchgemacht hatte. Noch einmal, das wäre ganz unmöglich.

»Mein Name ist Paul Osborn. Am Dienstag, dem 12. April 1966, ging ich mit meinem Vater, George Osborn, über eine Straße in Boston, Massachusetts. Ich war zehn Jahre alt. Wir wollten einen neuen Baseballhandschuh für mich kaufen, als ein Mann mit einem Messer aus der Menge trat und es meinem Vater in den Bauch stieß. Der Mann rannte weg. Aber mein Vater brach auf dem Gehweg zusammen und starb. Ich möchte, daß Sie mir sagen, warum der Mann das getan hat.«

»O Gott!« dachte Kanarack. »Das war es also. Sie sind es gar nicht! Es wäre so verdammt leicht gewesen, das zu erledigen. Es könnte längst vorbei sein.«

»Ich warte«, sagte die Stimme vom Vordersitz. Plötzlich merkte Kanarack, daß der Wagen langsamer wurde. Er sah ein paar Bäume draußen; der Wagen bog um eine Ecke, und es ruckte, als er durch ein Schlagloch fuhr. Dann ging es wieder schneller, und noch mehr Bäume huschten vorbei. Gleich darauf kamen sie holpernd zum Stehen, und er hörte Osborn schalten. Sofort setzte der Citroën zurück, geriet dann jäh in Schräglage und fuhr bergab. Nach ein paar Sekunden kam er wieder in die Waagerechte und hielt an.

Auf den Stopp folgte das metallische Geräusch der Handbremse. Die Fahrertür öffnete und schloß sich wieder. Abrupt wurde die Tür bei Kanaracks Kopf aufgerissen, und Osborn stand da mit einer Injektionsspritze in der Hand.

»Ich habe Sie etwas gefragt, aber ich habe keine Antwort bekommen«, sagte er.

Kanaracks Lunge brannte immer noch. Der leichteste Atemzug war eine Qual.

»Ich will Ihnen helfen zu begreifen.« Osborn trat zur Seite. Kanarack rührte sich nicht.

»Schauen Sie *da* hinüber!« Osborn packte Kanarack plötzlich bei den Haaren und riß seinen Kopf hart nach links, so daß er über seine Schulter sehen konnte. Osborn bemühte sich, seine Wut im Zaum zu halten, aber es gelang ihm nicht besonders gut. Langsam bewegte Kanarack die Augen und versuchte angestrengt, in der zunehmenden Dunkelheit an Osborn vorbeizuspähen. Dann erfaßte sein Blick den Fluß, der keine zehn Schritt weit vor ihm vorüberfloß.

»Wenn Sie glauben, daß Sie gerade durch die Hölle gegangen sind«, sagte Osborn leise, »dann stellen Sie sich vor, wie es da draußen sein wird, mit gelähmten Armen und Beinen. Wie lange werden Sie schwimmen – zehn, fünfzehn Sekunden vielleicht? Ihre Lunge arbeitet sowieso kaum. Was glauben Sie, was passiert, wenn Sie untergehen?«

Kanarack mußte plötzlich an Jean Packard denken. Der Privatdetektiv hatte Informationen besessen, die er hatte haben wollen, und er hatte getan, was nötig war, um sie zu bekommen. Jetzt versuchte jemand mit gleicher Leidenschaft, Informationen von ihm zu bekommen. Und wie Jean Packard blieb ihm nichts anderes übrig, als sie ihm zu geben.

»Ich – hatte – einen – Auftrag.« Kanaracks Stimme war kaum mehr als ein rauhes Wispern.

Einen Augenblick lang war Osborn nicht sicher, daß er richtig gehört hatte. Entweder das, oder Kanarack wollte ihn für dumm verkaufen. Er packte Kanaracks Haar fester und riß seinen Kopf heftig nach hinten. Kanarack schrie auf. Diese Anstrengung zwang ihn, Luft in die Lunge zu saugen. Ein schrecklicher Schmerz durchfuhr ihn, und er schrie ein zweites Mal.

»Versuchen wir es noch einmal.« Osborns Gesicht war ganz dicht vor ihm.

»Ich wurde dafür bezahlt ... Geld!« Kanarack hustete, und die ausgestoßene Luft fuhr wie eine sengende Flamme durch seine trockene Kehle.

»Bezahlt?« Osborn war entsetzt. Das hatte er nicht erwartet, so etwas nicht! Für ihn war der Tod seines Vaters immer die beliebige Tat eines Wahnsinnigen gewesen. Und da kein anderes Motiv vorhanden war, hatte die Polizei es ebenso gesehen. Es war die Tat eines Mannes, sagten sie, der seinen eigenen Vater haßte, oder seine Mutter oder seine Geschwister. Sie war Ausdruck eines unerträglichen Zorns, einer lange aufgestauten Wut gewesen, hatte er immer geglaubt, willkürlich und sinnlos entfesselt. Sein Vater war nur zum falschen Zeitpunkt am falschen Ort gewesen.

Aber nein – Kanarack erzählte ihm da etwas völlig anderes. Etwas, das keinen Sinn ergab. Sein Vater war Werkzeugdesigner gewesen. Ein einfacher, ruhiger Mann, der niemandem einen Penny schuldete und der nie im Leben seine Stimme im Zorn erhoben hatte. Wohl kaum ein Mann, den jemand für Geld ermorden lassen würde. Plötzlich begriff er, daß Kanarack log.

»Sag mir die Wahrheit! Du verlogener Schweinehund!« In dröhnender Wut schleifte er Kanarack an den Haaren aus dem Wagen. Kanarack kreischte vor Schmerzen, und das Geräusch zerriß ihm die Kehle und fuhr ihm in die Lunge. Im nächsten Augenblick waren sie in knietiefem Wasser. Osborn hob die Hand mit der Spritze, und dann drückte er Kanarack plötzlich unter Wasser. Er hielt ihn fest, zählte bis zehn und zog ihn wieder hoch.

»Sag mir die Wahrheit, verflucht!«

Kanarack hustete und würgte. Er war fassungslos. Wieso glaubte der Kerl ihm nicht? Ihn umbringen, ja, um Gottes willen, aber doch nicht so!

»Das tu ich –« keuchte er. »Ihren Vater – noch drei andere – in Wyoming – New Jersey – einen in Kalifornien. Alle für dieselben Leute. Und danach – haben sie versucht – mich – auch umzubringen.«

»Was für Leute? Wovon zum Teufel reden Sie?«

»Sie werden mir nicht glauben –« Kanarack würgte und versuchte, Flußwasser auszuspucken.

Die Strömung wirbelte um sie herum, und der Regen rauschte in Böen herab; es wurde allmählich so dunkel, daß man kaum noch etwas sehen konnte. Osborn packte Kanaracks Kragen fester und hielt ihm die Spritze vor die Augen. »Lassen Sie's drauf ankommen«, sagte er.

Kanarack schüttelte den Kopf.

»Sagen Sie's mir!« schrie Osborn und tauchte Kanarack wieder unter. Er zog ihn wieder hoch, riß Kanarack den Overall auf und drückte ihm die Nadel an den Bizeps.

»Noch mal«, wisperte Osborn. »Die Wahrheit.«

»Gott! Nicht!« flehte Kanarack. »Bitte …«

Unvermittelt ließ Osborn los. Was immer er da in Kanaracks Augen sah, es verriet ihm, daß der Mann die Wahrheit sagte, daß kein Mensch in dieser Lage noch lügen würde.

»Sagen Sie mir einen Namen«, flüsterte Osborn. »Jemanden, der den Vertrag mit Ihnen gemacht hat. Der Ihnen die Aufträge gegeben hat.«

»Scholl – Erwin Scholl. Erwin mit E.« Kanarack sah Scholls Gesicht vor sich. Ein großer, athletischer Mann in Tenniskleidung. 1966 war Kanarack auf ein Anwesen in Long Island geschickt worden; ein pensionierter Colonel der US-Army hatte ihn für den Job empfohlen. Der Deal war per Handschlag besiegelt worden. Pro Mann sollte er fünfundzwanzigtausend Dollar in bar bekommen, fünfzig Prozent im voraus und den Rest bei Scholl abholen, wenn er fertig wäre. Nachdem er die Leute umgebracht hatte, war er zurückgekommen, um sein Geld zu kassieren, und Scholl hatte ihm alles bezahlt, hatte sich freundlich bedankt und ihn hinausgeführt. Nur ein paar Minuten später, auf dem Rückweg in die Stadt, war Kanaracks Wagen von einer Limousine von der Straße gedrängt worden. Zwei Mann mit Maschinenpistolen waren ausgestiegen. Als sie herankamen, hatte Kanarack alle beide mit seiner Pistole erschossen und war geflohen. Danach hatten sie noch dreimal kurz hintereinander versucht, ihn zu erledigen. Jedesmal hatte er davonkommen können, aber immer schienen sie zu wissen, wo er war oder wo er sein würde, und das bedeutete, daß es nur eine Frage der Zeit war, wann sie ihn kriegen würden. Und so hatte er mit Agnes Demblons Hilfe die Sache selbst in die Hand genommen. Er hatte seinen Partner umgebracht und die Leiche in seinem eigenen Wagen vergraben, damit es aussah wie eine Hinrichtung in Bandenkreisen. Und dann war er verschwunden.

»Erwin Scholl – von *wo?*« Osborn hielt Kanarack nur eine Handbreit über dem rauschenden Wasser und verlangte eine Bestätigung für das, was er da gesagt hatte.

»Long Island – großes Anwesen in Westhampton Beach«, sagte Kanarack.

»O Gott, du Schweinehund!« Osborn hatte Tränen in den Augen. Er war völlig aus dem Gleichgewicht gebracht. Kanarack war kein wilder Geisteskranker, der seinen Vater aus schierer Bosheit umgebracht hatte. Er war ein professioneller Killer, der einen Job erledigt hatte. Plötzlich war sein Mord nichts Persönliches mehr. Menschliche Emotionen hatten nichts damit zu tun gehabt. Es war nichts weiter als eine geschäftliche Transaktion gewesen.

Und ganz plötzlich war es wieder da. Das monströse WARUM? Dann ging ihm ein Licht auf. Es war ein Irrtum gewesen. Das war es. Es mußte ein Irrtum gewesen sein. Osborn straffte seinen Griff. »Sie wollen sagen, daß Sie den Falschen erwischt haben, ja? Sie haben meinen Vater mit jemandem verwechselt –«

Kanarack schüttelte den Kopf. »Nein, er war der Richtige. Die anderen auch.«

Osborn starrte ihn an. Das war verrückt! Unmöglich! »Herrgott!« schrie er. »*WARUM?*«

Kanarack blickte aus dem rauschenden Wasser zu ihm auf. Das Atmen ging leichter, und er hatte nach und nach wieder Gefühl in Armen und Beinen. Osborn hielt die Spritze noch in der Hand. Vielleicht hatte er noch eine Chance. Da schaute Osborn plötzlich weg, als habe ihn etwas aufgeschreckt. Kanarack folgte seinem Blick. Ein großer Mann in Regenmantel und Hut kam den Weg herunter auf sie zu. Er hatte etwas in der Hand. Er hob es.

Einen Sekundenbruchteil später ertönte ein Lärm wie von einem Dutzend Spechten. Plötzlich kochte das Wasser rings um sie herum. Osborn fühlte einen klatschenden Schlag an seinem Schenkel und flog rückwärts. Das Wasser brodelte immer noch. Er versuchte, sich aufzurichten und sah, daß der Mann mit dem Hut ins Wasser gewatet kam. Das Ding in seiner Hand knatterte immer noch.

Osborn fuhr herum, tauchte ab und schwamm davon. Ein leises Prasseln wie von Kieselsteinen klatschte über ihm auf das Wasser. Unter Wasser war das letzte Tageslicht bereits verschwunden, und Osborn hatte keine Ahnung, in welche Richtung er sich bewegte. Etwas stieß gegen ihn und schien an ihm hängenzubleiben. Dann erfaßte ihn und was immer an ihm festhing die Strömung und trug sie davon. Osborns Lunge drohte zu bersten, aber die Kraft der Strömung zog ihn abwärts zum Grund des Flusses. Wieder fühlte er, wie das Ding gegen ihn stieß, und er merkte, daß er darin verheddert war. Er streckte die Hände aus und versuchte, sich zu befreien. Es war klobig wie ein grasbewachsener Holzklotz und schien an ihm zu kleben. Er hatte jetzt das Gefühl, als wolle seine Lunge zusammenfallen. Wo immer er sich da hineinverheddert hatte, er mußte es ignorieren und sich zur Oberfläche hinaufkämpfen. Er strampelte mit aller Kraft, schwang die Arme zurück und schwamm aufwärts.

Im nächsten Moment durchbrach er die Oberfläche. Er keuchte, sog verzweifelt frische Luft in die Lunge. Fast gleichzeitig erkannte er, daß er sich ziemlich schnell von der Stelle bewegte. Als er sich umschaute, erkannte er mit Mühe die Uferböschung auf der anderen Seite. Er drehte sich und sah die Scheinwerfer der Autos auf der Uferstraße hinter sich, und er begriff, daß er mitten auf dem Fluß war und von der starken Strömung der Seine davongetragen wurde.

Was da an ihm gehangen hatte, war abgerissen, als er an die Oberfläche gekommen war; das nahm er zumindest an, denn spüren konnte er es nicht mehr. Er trieb frei in der Strömung, als das Ding plötzlich wieder gegen ihn prallte. Er drehte sich um und sah einen dunklen Klotz mit einem Grasbüschel an einem Ende. Er wollte es wegstoßen, aber da kam eine menschliche Hand aus dem Wasser und krallte sich in seinen Arm. Entsetzt schrie er auf und versuchte sich loszuwinden. Aber die Hand hielt ihn fest. Und dann sah er: Was er für Gras gehalten hatte, war überhaupt kein Gras, sondern menschliches Haar. In der Ferne hörte er Donnergrollen. Der Regen kam plötzlich in Sturzbächen herunter. In wilder Hast griff er nach den Fingern an seinem Arm und versuchte, sie aufzubiegen, und das ganze Ding dümpelte herauf und rollte seitwärts gegen ihn. Schreiend versuchte er, es von sich zu stoßen. Aber es ging nicht. Dann strahlte ein Blitz auf, und unversehens starrte er in eine blutige Augenhöhle, grausig gespickt mit Splittern von zerschmetterten Zähnen. Auf der anderen Seite war überhaupt kein Auge, sondern nur ein fleischiger Brei; das halbe Gesicht war weggeschossen. Gleich darauf wogte das Ding aufwärts und stöhnte laut. Dann ließ die Hand seinen Arm ganz sanft los, und was von Henri Kanarack übrig war, trieb in der Strömung davon.

Als Henri Kanarack – oder Albert Merriman, wie er in Wirklichkeit hieß – an Paul Osborns Schulter vorbeischaute und den großen Mann in Hut und Mantel sah, der da den Weg herunterkam, da kam dieser Mann ihm irgendwie bekannt vor, als habe er ihn schon einmal irgendwo gesehen. Und dann fiel es ihm ein: Es war der Mann, der an dem Abend, nachdem er Jean Packard umgebracht hatte, in die Brasserie Le Bois gekommen war. Er erinnerte sich, daß er im Eingang stehengeblieben war und sich umgeschaut hatte. Sein Blick war durch den Terrassenraum gewandert. Und er erinnerte sich, wie er dann zur Bar hineingeschaut hatte, wo Kanarack gesessen hatte, und wie sie Blickkontakt gehabt hatten. Er erinnerte sich an seine Erleichtertung, daß es nicht Osborn oder die Polizei gewesen war. Er erinnerte sich, daß er gedacht hatte, der Mann sei niemand gewesen, überhaupt niemand.

Er hatte sich geirrt.

37

Freitag, 7. Oktober
New Mexico

Um dreizehn Uhr fünfundfünfzig – zwanzig Uhr fünfundfünfzig nach Pariser Zeit – saß Egon Leyberger unter einer Wolldecke in einem Liegestuhl und sah zu, wie die Schatten der turmhohen Sangre-de-Cristo-Berge von New Mexico nach und nach durch das Tal krochen, das dreihundert Meter tief unter ihm lag. Er trug Bass Wejuns, eine braune Hose und einen königsblauen Pullover. Ein kleiner gelber Kopfhörer war mit einem Sony-Walkman auf seinem Schoß verbunden. Er war sechsundfünfzig Jahre alt und lauschte den gesammelten Reden von Ronald Reagan.

Egon Leyberger war am 3. Mai aus San Francisco in das exklusive Pflegeheim »Rancho de Piñon« gekommen, sieben Monate nach einem schweren Schlaganfall, den er auf einer Geschäftsreise von der heimischen Schweiz in die Vereinigten Staaten erlitten hatte. Nach dem Schlaganfall war er teilweise gelähmt und sprachunfähig gewesen. Jetzt, fast ein Jahr später, konnte er mit einem Stock wieder gehen und deutlich, wenn auch langsam, sprechen.

Sechs Meilen weit entfernt bog ein silberfarbener Volvo aus dem strahlenden Licht der hoch am Himmel stehenden Wüstensonne in den tiefen Schatten der nadelbaumgesäumten Paseo del Norte Road, die aus dem Tal zum Rancho de Piñon hinaufführte. Am Steuer saß Joanna Marsh, eine unauffällige, etwas übergewichtige Krankengymnastin von zweiunddreißig Jahren, die während der letzten fünf Jahre fünfmal pro Woche die zweistündige Hin- und Rückfahrt von Taos, wo sie wohnte, hierher gemacht hatte. Dies würde ihr letzter Besuch bei Egon Leyberger sein. Heute würden sie nach Santa Fé fahren, wo sie ein gecharterter Hubschrauber erwartete, um sie nach Albuquerque zu bringen. Von dort würden sie nach Chicago und mit *American Airlines* Flug Nr. 38 weiter nach Zürich fliegen. Heute abend flog Egon Leyberger, begleitet von der staatlich geprüften Physiotherapeutin Joanna Marsh, nach Hause.

Man verabschiedete sich, schlug die Wagentür zu, und Joanna winkte dem Wachmann an der Einfahrt zu und manövrierte den Volvo durch die Tore des Rancho de Piñon hinaus auf die Paseo del Norte Road.

Sie blickte zur Seite und sah, daß Leyberger lächelnd in die vorüberziehende Landschaft hinausschaute. Solange sie ihn kannte, hatte sie ihn noch nie lächeln sehen.

»Wissen Sie, wo wir hinfahren, Mr. Leyberger?« fragte sie. Leyberger nickte.

»Wohin denn?« fragte sie scherzhaft.

Leyberger antwortete nicht; er blickte starr in die Landschaft hinaus, während sie die steile, gewundene Straße hinunterfuhren, die sich wie ein Messer durch den sattgrünen Nadelwald schnitt.

»Kommen Sie, Mr. Leyberger. Wo fahren wir hin?« Joanna war nicht sicher, ob er sie beim ersten Mal gehört hatte, oder ob er sie gehört, aber nicht verstanden hatte.

So gut er sich von dem Schlaganfall auch erholt hatte, es kam doch vor, daß er zu dem, was man sagte, keine Verbindung zu bekommen schien.

Leyberger verlagerte sein Gewicht ein wenig; er beugte sich vor und streckte die Hand gegen das Armaturenbrett aus, um sich abzustützen, als der Volvo sich mehrmals hintereinander in die Kurve neigte. Aber er antwortete immer noch nicht.

Unten im Canyon bog Joanna in den New Mexico Highway 3 in Richtung Taos ein. Sie stellte den Temporegler auf fünfundsechzig und winkte einer Gruppe buntgekleideter Motorradrennfahrer zu.

»Freunde von mir aus Taos«, sagte sie lächelnd und warf dann wieder einen Blick zu Leyberger hinüber; vielleicht war sein Schweigen ja auf die Aufregung über die plötzliche Freiheit zurückzuführen.

Er saß vorgebeugt da; sein Gewicht straffte den Sicherheitsgurt, und er starrte sie an, als sei er plötzlich völlig verwirrt aus einem langen Schlaf erwacht.

»Ist alles in Ordnung?« fragte sie. Der schreckliche Gedanke durchfuhr sie, er erleide soeben einen neuen Schlaganfall, und sie müsse unverzüglich wenden und zum Pflegeheim zurückfahren.

»Ja«, antwortete er ruhig.

Joanna betrachtete ihn einen Augenblick lang forschend, dann entspannte sie sich und lächelte. »Warum lehnen Sie sich nicht zurück und ruhen sich aus, Mr. Leyberger? Wir haben einen langen Nachmittag und die ganze Nacht vor uns.«

Statt einer Antwort ließ Leyberger sich zurücksinken, aber dann drehte er sich um und sah sie wieder an. Sein verwirrter Ausdruck war nicht verflogen.

»Stimmt irgend etwas nicht, Mr. Leyberger?«
»Wo ist meine Familie?« fragte er.

»Wo ist meine Familie?« fragte Leyberger noch einmal.
»Ich bin sicher, sie werden Sie abholen.« Joanna ließ den Kopf gegen das Kissen im Erste-Klasse-Abteil zurücksinken und schloß die Augen. Sie waren seit nicht einmal drei Stunden in der Luft, und nach ihrer Zählung hatte Leyberger dieselbe Frage nun elfmal gestellt. Sie war nicht sicher, ob es die nachklingende Wirkung des Schlaganfalls war, was ihn veranlaßte, sie wieder und wieder zu stellen, oder ob er sich plötzlich desorientiert fühlte, weil er nicht mehr im Rancho de Piñon war, und ob er mit »Familie« das Personal meinte, mit dem er soviel Zeit verbracht hatte. Oder war er ehrlich besorgt, daß ihn vielleicht niemand in Zürich erwarten würde, um ihn abzuholen, wenn er ankäme. Die Wahrheit war: Während der ganzen Zeit, in der sie ihn behandelt hatte, war, soviel sie wußte, nicht ein einziges Mal Besuch zu ihm gekommen, von seinem Hausarzt abgesehen, einem älteren österreichischen Mediziner namens Salettl, der die Reise von Salzburg nach New Mexico sechsmal gemacht hatte. Sie hatte also keine Ahnung, ob ihn seine Familie am Flughafen in Zürich erwarten würde. Sie konnte es nur annehmen. Aber neben Salettl hatte sie nur einmal persönlichen Kontakt mit jemandem gehabt, der Leybergers Interessen vertrat, nämlich als sein Anwalt sie zu Hause angerufen und gebeten hatte, Leyberger in die Schweiz zu begleiten.

Das an sich war völlig überraschend gekommen. Joanna war nur selten außerhalb von New Mexico und noch nie außerhalb der USA gewesen, und das Angebot – Hin- und Rückflug Erster Klasse und fünftausend Dollar – war zu großzügig gewesen, als daß sie hätte ablehnen können. Damit wäre der Kredit für den Volvo bezahlt, und auch wenn es nicht lange dauerte, war es doch ein Erlebnis, zu dem sie vermutlich sonst niemals Gelegenheit haben würde. Aber mehr als das: Sie hatte es gern getan. Joanna hielt sich etwas darauf zugute, daß ihr alle ihre Patienten am Herzen lagen, und Mr. Leyberger war da keine Ausnahme. In der ersten Zeit hatte er kaum stehen können, und er hatte immer nur Kassetten im Walkman hören oder fernsehen wollen. Jetzt hörte er zwar immer noch seine Kassetten und sah gierig fern, aber er konnte mit seinem Spazierstock mühelos eine halbe Meile weit gehen, allein und ohne Hilfe.

Joanna erwachte aus ihren Tagträumen und sah, daß die Kabine dunkel war; die meisten Leute schliefen, obwohl vor ihnen auf der Leinwand ein Film lief. Zum erstenmal seit langem schwieg auch Egon Leyberger, und sie dachte, er schlafe womöglich ebenfalls. Dann sah sie, daß er wach war. Der Kopfhörer der Fluggesellschaft saß auf seinen Ohren, und er war ganz vertieft in den Film. Filme, Fernsehen, Tonbandkassetten von Trash bis Klassik, von Sport bis Politik, von Oper bis Rock'n'Roll – Leyberger hatte einen scheinbar unersättlichen Appetit darauf, zu lernen oder sich unterhalten zu lassen. Oder auf beides. Was ihn da so faszinierte, fand sie unbegreiflich. Sie konnte sich nur vorstellen, daß es eine Art Flucht war. Aber wovor und wohin, das wußte sie auch nicht.

Joanna zog die Wolldecke um ihn herum zurecht und lehnte sich wieder zurück. Sie bedauerte nur, daß sie Henri, ihren zehn Monate alten Bernhardiner, in einen Zwinger hatte geben müssen, solange sie weg war. Sie lebte allein und hatte niemanden, der sich um ihn kümmerte; Freunde zu bitten, ihr das hundert Pfund schwere Bündel unerschöpflicher Begeisterung abzunehmen, hätte die Grenzen des Anstandes überschritten. Aber sie würde ja nur fünf Tage weg sein, und fünf Tage würde Henri schon überstehen.

38

Seit ungefähr drei Uhr nachmittags versuchte Vera jetzt erfolglos, Paul Osborn zu erreichen. Viermal hatte sie angerufen, und er hatte sich nicht gemeldet. Beim fünften Mal hatte sie die Rezeption angerufen und sich erkundigt, ob Dr. Osborn womöglich bereits abgereist sei. Er war es nicht. Ob sich jemand erinnern könne, ihn heute schon gesehen zu haben? Die Rezeption verband sie mit dem Concierge, und sie stellte die gleiche Frage noch einmal. Ein Assistent des Concierge gab an, er habe Mr. Osborn am Nachmittag gesehen, als dieser durch die Lobby zu den Aufzügen gegangen sei, vermutlich um zu seinem Zimmer hinaufzufahren.

Jetzt wurde aus einer Besorgnis, die Vera bewußt in den Hintergrund gedrängt hatte, spürbare Angst. »Ich habe seit drei Uhr ein paarmal in seinem Zimmer angerufen, und er meldet sich nicht. Würden Sie bitte jemanden hinaufschicken und nachsehen, ob alles in Ordnung ist?« fragte sie mit Entschiedenheit. Sie versuchte, nicht an das Succinylcholin oder an die Experimente zu denken, die Osborn vorhatte, denn sie wußte, daß er ein höchst kompetenter Arzt war, der genau wußte, was er tat und warum er es tat. Aber einen Fehler konnte jeder begehen, und mit einem Mittel wie Succinylcholin war nicht zu spaßen. Eine versehentliche Überdosis, und man würde sehr rasch ersticken.

Vera legte auf und schaute auf die Uhr. Es war achtzehn Uhr fünfundvierzig.

Zehn Minuten später klingelte das Telefon. Es war der Concierge, der sie zurückrief, um ihr zu sagen, daß Mr. Osborn nicht auf seinem Zimmer sei. Er klang zögernd, und dann fragte er, ob sie eine Verwandte sei. Vera merkte, wie ihr Puls schneller schlug.

»Ich bin eine nahe Freundin. Was ist denn los?« fragte sie.

»Nun, es hat …«, sagte der Concierge stockend; er suchte nach dem richtigen Wort. »Anscheinend … hat es in Monsieur Osborns Zimmer – ›Schwierigkeiten‹ gegeben. Ein paar Möbel und Einrichtungsgegenstände sind in Unordnung.«

»In Unordnung? Schwierigkeiten? Wovon reden Sie da?«

»Mademoiselle, wenn Sie mir bitte Ihren vollen Namen sagen würden. Die Polizei ist alarmiert; es kann sein, daß man mit Ihnen sprechen möchte.«

Die Inspektoren Barras und Maitrot von der Ersten Pariser Polizeipräfektur hatten den Anruf entgegengenommen, als die Hotelleitung gemeldet hatte, daß man Hinweise auf ein gewaltsames Eindringen im Zimmer eines Hotelgastes gefunden habe, eines amerikanischen Arztes namens Paul Osborn. Niemand wußte etwas damit anzufangen. Der Innenrahmen der Tür war aus der Wand gerissen, weil sie offensichtlich jemand vom Korridor her eingerannt hatte. Im Zimmer selbst herrschte wüste Unordnung. Das große Doppelbett war mit Wucht zur Seite geschoben, ein Tisch umgeworfen worden. Eine fast leere Flasche Johnny Walker Black Label lag daneben auf dem Tisch, erstaunlicherweise unversehrt.

Osborns Kleider waren noch im Zimmer, auch seine Toilettenartikel und ein Aktenkoffer mit Arbeitsunterlagen, Reiseschecks, Flugticket und einem Hotelnotizblock mit mehreren Telefonnummern. Auf dem Boden unter dem Fernsehapparat lag die aktuelle Ausgabe einer Tageszeitung; die Unterhaltungsseite war aufgeschlagen, und der Name eines Kinos auf dem Boulevard des Italiens war mit Tinte eingekreist.

Barras setzte sich mit dem Notizblock hin und betrachtete die Telefonnummern. Eine erkannte er sofort. Es war seine eigene im Präsidium. Eine gehörte der Air France, und eine andere einer Autovermietung. Vier weitere Nummern mußten ermittelt werden. Die erste gehörte der Privatdetektei Kolb International. Unter der zweiten erreichte man ein Kino am Boulevard des Italiens, das englische Originalfassungen zeigte, dasselbe, das in der Zeitung mit einem Kreis markiert worden war. Die dritte gehörte zu einer Privatwohnung auf der Île St.-Louis und war auf eine V. Monneray registriert; Name und Nummer waren die, die auch der Concierge des Hotels angegeben hatte. Die letzte Telefonnummer gehörte zu einer kleinen Bäckerei in der Nähe des Gare du Nord.

»Weißt du, was das ist?« Barras blickte auf. Maitrot kam mit einer kleinen Medizinflasche aus dem Bad; er hielt sie zwischen Daumen und Zeigefinger der linken Hand. Es wies zwar nichts darauf hin, daß hier ein Verbrechen begangen worden war, aber das Zimmer gehörte Paul Osborn, und das Durcheinander war groß genug, um das Mißtrauen der beiden Kriminalpolizisten zu erregen. Infolgedessen trugen die beiden Männer Einweg-OP-Handschuhe aus dünnem Gummi, um keine Fingerabdrücke zu vernichten oder das, was bereits vorhanden war, nicht um ihre eigenen Körperspuren zu bereichern.

Barras nahm Maitrot das Fläschchen ab und betrachtete es aufmerksam. »Succinylcholinchlorid«, las er vom Etikett ab. Kopfschüttelnd reichte er das Fläschchen zurück. »Keine Ahnung. Aber es stammt von hier. Überprüfen.«

In diesem Augenblick führte ein uniformierter Streifenpolizist den Hotelconcierge herein. Vera war bei ihm.

»Messieurs, das ist die junge Dame, die uns angerufen hat.«

Dunkelheit und Nässe, das war alles, was Paul Osborn wahrnahm. Er lag mit dem Gesicht nach unten irgendwo in schlammigem Sand, und er hatte keine Ahnung, wo er war oder wie spät es war. Irgendwo in der Nähe hörte er Wasser rauschen, und er war dankbar, daß er nicht mehr drin war. Erschöpft fühlte er, wie der Schlaf sich herabsenkte, und mit ihm kam eine Dunkelheit, die schwärzer war als die, die ihn umgab, und er erkannte, daß es der Tod war. Wenn er nicht schleunigst etwas unternähme, würde er sterben.

Er hob den Kopf und rief um Hilfe. Aber da war nur Stille und das Rauschen des Wassers. Wer hätte ihn auch hören sollen mitten im finstersten Gott-weiß-wo? Aber die Todesangst und die Anstrengung des Rufes hatten seinen Herzschlag beschleunigt und seine Sinne geschärft. Zum erstenmal empfand er jetzt einen Schmerz, ein dumpfes Pochen an der Rückseite seines linken Oberschenkels. Er griff hinunter, berührte die Stelle und fühlte warmes, klebriges Blut.

»Verdammt«, fluchte er heiser.

Er stemmte sich auf den Ellbogen hoch und versuchte festzustellen, wo er war. Der Boden unter ihm war weich – Moos auf matschigem Sand. Wenn er die linke Hand ausstreckte, faßte er ins Wasser. Er verlagerte sich nach rechts und fand zu seiner Überraschung so etwas wie einen umgestürzten Baumstamm, nur wenige Fingerbreit vor seinem Gesicht. Irgendwie war er ans Ufer gelangt, entweder aus eigener Kraft oder von der Strömung getragen. Der grausige Anblick von Kanaracks verstümmeltem Körper, wie er sich mitten im Fluß an ihn geklammert hatte und dann von der starken Strömung davongerissen worden war, durchzuckte seine Gedanken. Und gleich darauf dachte er an den Mann am Ufer. Den großen Mann mit dem Hut, der offensichtlich auf sie beide geschossen hatte.

Plötzlich kam ihm der Gedanke, daß der Mann ihm vielleicht irgendwie gefolgt war und jetzt in der Nähe wartete, bis es hell wurde, um zu beenden, was er angefangen hatte. Osborn hatte keine Ahnung, wie schwer er verwundet war, wieviel Blut er verloren hatte und ob er überhaupt stehen konnte. Aber er mußte es versuchen. Er konnte nicht bleiben, wo er war, selbst wenn der große Mann in der Nähe war, denn wenn er hierbliebe, würde er höchstwahrscheinlich verbluten.

Er schob sich Stück für Stück vorwärts und griff nach dem umgestürzten Baum. Er packte ihn mit einer Hand und zog sich heran. Dabei durchfuhr ihn ein stechender Schmerz, und er schrie auf, ohne nachzudenken. Um sich davon zu erholen, blieb er regungslos liegen; alle seine Sinne waren jetzt hellwach. Wenn der große Mann in der Nähe war, würde dieser Aufschrei ihn sofort herbeilocken. Osborn hielt den Atem an und lauschte, aber er hörte nur den Fluß rauschen.

Er schnallte seinen Gürtel auf, zog ihn aus den Schlaufen, schlang ihn oberhalb der Wunde um seinen Schenkel und schloß die Schnalle wieder. Dann suchte er sich einen Stock, schob ihn unter den Gürtel und drehte ihn ein paarmal, bis der Riemen ihm das Bein straff abschnürte. Fast eine Minute verging, bevor ein Gefühl der Taubheit einsetzte. Zugleich ließ der Schmerz ein wenig nach. Osborn hielt die

Aderpresse mit der linken Hand fest und zog sich mit der rechten an den Baumstamm.

Er tastete in der Dunkelheit umher, bis er einen toten Ast von der Dicke seines Handgelenks gefunden hatte, und brach ihn ab. Dabei spürte er ein Gewicht in der Jackentasche. Er lehnte sich an den Baumstamm, griff in die Tasche, und seine Finger schlossen sich um den kalten Stahl der Automatic, die er Henri Kanarack abgenommen hatte. Er hatte sie ganz vergessen, und es wunderte ihn, daß er sie bei seiner Reise flußabwärts nicht verloren hatte. Er hatte keine Ahnung, ob sie noch funktionierte oder nicht. Aber sie nur auf jemanden zu richten, bedeutete den meisten Leuten gegenüber einen Vorteil. Vielleicht würde er damit sogar dem großen Mann um einen Augenblick voraus sein. Er packte seinen Ast und benutzte ihn halb als Krücke, halb als Spazierstock; und so humpelte er in die Dunkelheit, weg vom Rauschen des Flusses.

39

Samstag, 6. Oktober, 3 Uhr 15

Agnes Demblon saß in ihrer Wohnung im Wohnzimmer und war bei der zweiten Packung Gitanes seit Mitternacht. Sie starrte das Telefon an. Noch immer trug sie dasselbe zerknautschte Kostüm, das sie am Freitag den ganzen Tag über im Büro angehabt hatte. Sie hatte nichts gegessen, sich nicht einmal die Zähne geputzt. Inzwischen hätte Henri zurück sein oder wenigstens angerufen haben müssen. Da war etwas schiefgegangen, dessen war sie sicher. Aber was? Selbst wenn der Amerikaner ein Profi gewesen war, Kanarack hätte ihn mit der gleichen Effizienz erledigt wie diesen Jean Packard.

Wie viele Jahre war es her, daß er sie das erstemal an den Haaren gerissen und ihr vor allen anderen den Rock hochgehoben hatte, auf dem Schulhof der Second Street School in Bridgeport, Connecticut. Agnes war in der ersten Klasse gewesen, Henri Kanarack – nein, Albert Merriman! – in der vierten, als das passiert war. Noch am selben Nachmittag hatte Agnes sich gerächt. Sie war ihm auf dem Heimweg von der Schule gefolgt und hatte sich von hinten herangeschlichen. Sie hatte sich zu voller Höhe emporgereckt und beide Hände über den Kopf erhoben, und dann hatte sie ihm einen dicken Stein auf den Kopf geschmettert. Das war der Anfang einer Beziehung gewesen, die mehr als vierzig Jahre gedauert hatte. Wie kam es nur, daß Leute vom gleichen Schlag immer zueinander fanden, von Anfang an?

Agnes stand auf und drückte eine Gitane in den überquellenden Aschenbecher. Es war jetzt halb vier in der Frühe. Samstags war die Bäckerei nur bis mittags geöffnet. In knapp zwei Stunden würde sie zur Arbeit gehen müssen. Dann fiel ihr ein, daß Henri ihren Wagen hatte. Das hieß, daß sie mit der Métro fahren mußte – falls die schon so früh fuhr. Sie wußte es nicht. So lange war es her, daß sie es zuletzt getan hatte.

Vielleicht würde sie ein Taxi rufen müssen, dachte sie, und ging in ihr Zimmer, zog sich aus und streifte den Bademantel über. Dann stellte sie den Wecker auf vier Uhr fünfundvierzig und legte sich ins Bett. Sie zog die oberste Decke über sich, knipste das Licht aus und ließ sich zurücksinken. Wenn sie überhaupt schlafen könnte, wären fünfundsiebzig Minuten besser als gar nichts.

Auf der anderen Straßenseite saß Bernhard Oven, der große Mann, am Steuer des dunkelgrünen Ford und sah auf die Uhr. Drei Uhr siebenunddreißig.

Auf dem Sitz neben ihm lag ein kleines schwarzes Rechteck, das aussah wie eine TV-Fernbedienung; in der oberen linken Ecke befand sich ein digitaler Timer. Er nahm das Rechteck in die Hand und stellte den Timer auf drei Minuten dreiunddreißig Sekunden. Dann ließ er den Motor des Ford an und drückte auf einen kleinen roten Knopf in der unteren rechten Ecke des schwarzen Rechtecks. Der Timer schaltete sich ein und begann in Zehntelsekundenschritten auf 0:00:00 herunterzuzählen.

Bernhard Oven warf noch einen Blick auf das dunkle Wohnhaus, legte den Gang ein und fuhr davon.

3:32:16.

Verteilt über den vollgestellten Boden im Keller von Agnes Demblons Wohnhaus befanden sich sieben sehr kleine Päckchen mit hochkompaktem Plastiksprengstoff, die mit einer elektronischen Zündung versehen waren. Um kurz nach zwei war Oven durch ein Kellerfenster eingebrochen. Er hatte schnell gearbeitet, und es hatte keine fünf Minuten gedauert, bis er die Sprengladungen unter Stapeln von alten Möbeln und eingelagerten Kleidern plaziert hatte, wobei er dem Viertausend-Liter-Tank mit dem Heizöl für die Zentralheizung des Gebäudes besondere Aufmerksamkeit gewidmet hatte. Danach war er auf demselben Wege hinausgeschlüpft, auf dem er hereingekommen war, und zu seinem Wagen zurückgegangen. Um zwei Uhr vierzig waren im Haus alle Lichter bis auf eins erloschen. Um drei Uhr fünfunddreißig schaltete Agnes Demblon auch ihres aus.

Um drei Uhr neununddreißig und vierzig Sekunden explodierten die Plastikladungen.

40

Der *American Airlines* Flug Nr. 38 von Chicago nach Zürich landete um acht Uhr fünfunddreißig auf dem Flughafen Kloten, zwanzig Minuten vor der planmäßigen Ankunftszeit. Die Fluggesellschaft hatte einen Rollstuhl gestellt, aber Egon Leyberger wollte das Flugzeug gehend verlassen. Er würde die Familie sehen, die er seit seinem Schlaganfall ein Jahr lang nicht gesehen hatte, und sie sollten einen rehabilitierten Mann sehen, keinen Krüppel, der ihnen zur Last fallen würde.

Joanna nahm das Handgepäck und erhob sich hinter Leyberger, als die letzten Passagiere die Maschine verließen. Dann reichte sie ihm seinen Stock und ermahnte ihn, seine Schritte vorsichtig zu setzen. Abrupt ging er los.

An der Passagierbrücke angekommen, ignorierte er das Lächeln und die guten Wünsche der Stewardeß und setzte seinen Stock fest auf die andere Seite der Ausstiegsluke. Er holte entschlossen Luft, trat hinaus und verschwand in der Passagierbrücke.

»Er ist ein bißchen nervös, aber trotzdem vielen Dank«, sagte Joanna entschuldigend, als sie an der Stewardeß vorbei hinter ihm herlief.

Im Terminal warteten sie in der Schlange vor dem Schweizer Zoll. Danach besorgte Joanna einen Kofferkuli, und sie begaben sich durch einen Korridor zur Einreisekontrolle. Dann lag die Paßkontrolle hinter ihnen, und sie kamen durch die Glastür in die große Halle des Terminals. Unvermittelt stimmte eine sechsköpfige Blaskapelle die Schweizer Version von »He's a jolly good fellow« an, und mindestens zwanzig außergewöhnlich gut gekleidete Männer und Frauen applaudierten. Vier Männer in Chauffeurlivree stimmten in den Beifall ein.

Leyberger blieb stehen und machte große Augen. Joanna hatte keine Ahnung, ob er die Leute kannte oder nicht. Dann stürzte eine große Frau in Pelzmantel und Schleier mit einem mächtigen gelben Rosenstrauß im Arm auf sie zu, warf Leyberger die Arme um den Hals und überhäufte ihn mit Küssen. »Onkel, oh, Onkel! Wie haben wir dich vermißt! Willkommen daheim!«

Ebenso schnell stürmten jetzt die anderen herbei und umringten Leyberger, und Joanna stand vergessen abseits. Sie sah das Ganze mit ratlosen Augen. In den fünf Monaten intensiver Physiotherapie hatte Leyberger kein einziges Mal erkennen lassen, wie reich und angesehen er anscheinend war. Aber wo war sein Gefolge die ganze Zeit gewesen? Das ergab keinen Sinn. Aber es ging sie auch nichts an.

»Miss Marsh?« Ein überaus gut aussehender Mann hatte sich aus der Menge gelöst und kam auf sie zu.

»Mein Name ist von Holden. Ich arbeite für Herrn Leybergers Unternehmen. Darf ich Sie in Ihr Hotel begleiten?«

Von Holden war in den Dreißigern, schlank und etwa einsachtzig groß; seine Schultern sahen aus wie die eines Schwimmers. Er hatte hellbraunes, kurzgeschnittenes Haar und trug einen makellos geschneiderten, zweireihigen marineblauen Nadelstreifenanzug mit weißem Oberhemd und dunkler, wappenverzierter Krawatte.

Joanna lächelte. »Vielen Dank.« Sie warf einen Blick zu der Menge hinüber und sah, daß jemand einen Rollstuhl hergebracht hatte; zwei der Chauffeure halfen Leyberger, sich hineinzusetzen. »Ich sollte Mr. Leyberger Bescheid sagen.«

»Er versteht es schon, da bin ich sicher«, sagte von Holden freundlich. »Außerdem sehen Sie ihn beim Abendessen wieder. Also, wenn es Ihnen recht ist – hier entlang, bitte.«

Von Holden nahm Joannas Gepäck und führte sie durch einen Seitenausgang zu einem wartenden Aufzug. Fünf Minuten später saßen sie auf dem Rücksitz eines Mercedes und fuhren auf der Schnellstraße N1B in Richtung Zürich.

Im Geiste hatte Joanna sich ausgemalt, wie es sein würde, wenn sie hier ankämen. Eine kleine, aber mitfühlende und liebevolle Familie, die darauf wartete, Egon Leyberger zu begrüßen. Eine Umarmung von ihm zum Abschied, vielleicht ein Kuß auf die Wange. Dann ein hübsches Zimmer in einem Holiday Inn oder dergleichen. Und vielleicht eine Stadtrundfahrt vor dem Heimflug morgen früh. Die Zeit würde knapp sein, aber sie würde sie nutzen, so gut sie könnte. Und Souvenirs durfte sie nicht vergessen! Für ihre Freunde in Taos und für David, den Sprachtherapeuten aus Santa Fé, mit dem sie seit zwei Jahren ging, aber mit dem sie noch nie geschlafen hatte.

»Sie waren noch nie hier.« Von Holden sah sie an und lächelte.

»Nein, noch nie.«

»Wenn Sie Ihr Hotelzimmer bezogen haben, zeige ich Ihnen vor dem Abendessen noch ein bißchen von unserem Land, wenn Sie gestatten«, sagte von Holden freundlich. »Es sei denn, natürlich, Sie möchten lieber nicht.«

»Nein. Bitte. Das wäre super. Ich meine, mit Vergnügen.«

»Gut.«

Der Zauber legte sich wie Feenstaub auf Joanna. Die Schweiz, das konnte sie jetzt jedem erzählen, war üppig und vornehm und dauerhaft. Alles hier vermittelte ein warmes und gastliches Gefühl und sehr viel Sicherheit. Außerdem stank es nach Geld.

Unvermittelt wandte sie sich von Holden zu. »Haben Sie auch einen Vornamen?«

»Pascal.«

»Pascal?« Diesen Namen hatte sie noch nie gehört. »Ist das spanisch oder italienisch?«

Von Holden grinste und zuckte die Achseln. »Das eine oder das andere oder beides«, sagte er. »Geboren bin ich in Argentinien.«

41

Osborn starrte das Telefon an und fragte sich, ob er die Kraft hatte, es noch einmal zu versuchen. Er hatte schon drei erfolglose Versuche hinter sich, und er bezweifelte, daß er noch mal drei schaffen würde.

Als er in der Morgendämmerung aus dem Wald gekommen war, hatte er sich in einer Gegend befunden, die im ersten Lichtschimmer aussah wie Ackerland. In der Nähe war ein kleiner Schuppen gewesen, abgeschlossen, aber mit einem Wasseraußenanschluß. Er hatte den Hahn aufgedreht und gierig getrunken. Dann hatte er sein Hosenbein aufgerissen und die Wunde ausgewaschen, so gut er konnte. Die äußere Blutung hatte weitgehend aufgehört.

Danach mußte er weggedämmert sein, denn als er zu sich kam, standen zwei junge Männer mit Golfschlägern vor ihm und fragten ihn auf französisch, ob mit ihm alles in Ordnung sei. Was er für Ackerland gehalten hatte, war ein Golfplatz.

Jetzt saß er im Clubhaus und starrte das Telefon an der Wand an. Er konnte nur noch an Vera denken. Wo war sie? Unter der Dusche? Nein, nicht so lange. Bei der Arbeit? Vielleicht. Er war nicht sicher; er hatte den Überblick über ihren Dienstplan verloren und wußte nicht, wann sie arbeitete und wann sie frei hatte.

Der Geschäftsführer des Clubhauses, ein kleiner, bleistiftdünner Mann namens Levigne, hatte die Polizei rufen wollen, aber Osborn hatte ihn davon überzeugt, daß er nur einen Unfall gehabt habe und daß jemand kommen werde, um ihn abzuholen. Osborn hatte Angst vor dem großen Mann. Aber vor der Polizei hatte er ebenfalls Angst. Höchstwahrscheinlich hatten sie Kanaracks Wagen bereits gefunden. Sie würden ihn beschlagnahmen und als gestohlen oder abgestellt registrieren. Aber wenn seine Leiche irgendwo stromabwärts ans Ufer geschwemmt worden war, dürften sie ihn mit Pinsel und Lupe untersucht haben. Osborns Fingerabdrücke waren überall, und sie würden sie identifizieren können; Barras hatte sie ihm ja am ersten Abend abgenommen, als sie ihn wegen des Überfalls auf Kanarack in dem Café verhaftet hatten, nachdem er bei der Verfolgung in der Métro über das Drehkreuz gesprungen war.

Wann war das gewesen?

Osborn sah auf die Uhr. Heute war Samstag. Kanarack hatte er am Montag das erstemal gesehen. Sechs Tage. Mehr nicht? Nach fast dreißig Jahren? Und jetzt war Kanarack tot. Und nach all dem, nach seinen verzwickten Plänen, der Polizei, Jean Packard ... nach all dem hatte er immer noch keine Antwort. Der Tod seines Vaters war so rätselhaft wie zuvor.

Er hörte ein Geräusch und blickte auf. Ein untersetzter Mann benutzte das Telefon. Draußen bewegten sich Golfspieler auf das erste Tee zu. Der Frühdunst war strahlendem Sonnenschein gewichen. Der erste wolkenlose Tag, seit er in Frankreich war. Der Golfplatz war in Vernon, mehr als zwanzig Meilen weit von Paris. Wie lange er im Wasser gelegen hatte, und wie weit er im Dunkeln noch gelaufen war, wußte er nicht.

Vor sich auf dem Tisch sah er die Reste des starken Kaffees, den Levigne, der Geschäftsführer, ihm kostenlos serviert hatte. Er befingerte die Tasse, nahm sie und trank aus, was noch übrig war; dann stellte er sie wieder hin. Schon diese Anstrengung, eine kleine Tasse anzuheben und zu trinken, erschöpfte ihn.

Vorn am Telefon beendete der Mann sein Gespräch und ging wieder hinaus. Wenn der große Mann jetzt plötzlich hereinkäme? Er hatte immer noch Kanaracks Pistole in der Jackentasche. Hatte er auch die Kraft, sie herauszuziehen, zu zielen und zu schießen? Er hatte jahrelang Pistolenschießen geübt und war gut darin. Warum er das getan hatte, wußte er eigentlich nicht. Zur Selbstverteidigung angesichts ständig zunehmender Kriminalitätsraten in der Großstadt? Oder war es etwas anderes gewesen? Etwas, das ihn zu einem Tag hingeführt hatte, an dem er es brauchen würde?

Er schaute wieder hinüber zum Telefon. Versuch's. Noch einmal. Du mußt!

Inzwischen war sein Bein steif, und er fürchtete, daß die Blutung wieder aufbrechen könnte, wenn er es bewegte. Außerdem ließ der Schock allmählich nach, und mit ihm verging die natürliche Anästhesie; das Bein pochte so heftig, daß er nicht wußte, wie lange er den Schmerz ohne Medikamente noch würde aushalten können.

Er legte die Hände flach auf den Tisch und stemmte sich hoch. Die plötzliche Bewegung machte ihn schwindlig, und eine Zeitlang konnte er nur dastehen, sich festhalten und beten, er möge nicht umfallen.

Er schaute wieder zum Telefon. Es war keine zehn Schritt weit von ihm entfernt, aber ebensogut hätte es in Kalifornien sein können. Er griff nach dem Ast, der ihm bis hierher als Stock gedient hatte, stellte ihn vor sich auf den Boden, stützte sein Gewicht darauf und tat einen Schritt. Die rechte Hand setzt den Stock, der rechte Fuß folgt. Den linken Fuß heben. Die rechte Hand, den rechten Fuß. Den linken Fuß nachziehen. Stehenbleiben. Tief atmen.

Das Telefon ist jetzt ein bißchen näher.

Fertig? Weiter. Rechte Hand, rechter Fuß. Linken Fuß heben. Obwohl Osborn sich ganz auf seine Bewegungen und auf sein Ziel konzentrierte, war ihm schneidend bewußt, daß die Leute im Raum ihn beobachteten. Ihre Gesichter waren verschwommen.

Dann hörte er eine Stimme. Seine Stimme! Sie redete mit ihm. Klar und bündig.

»Die Kugel sitzt irgendwo im Schenkelmuskel. Weiß nicht genau, wo. Aber sie muß raus.«

Rechte Hand, rechter Fuß. Linken Fuß heben. Rechte Hand, rechter Fuß.

»Machen Sie eine vertikale Inzision in der Mitte der Schenkelrückseite, beginnend bei der unteren Natisfalte.« Plötzlich war er wieder in der medizinischen Fakultät und zitierte aus *Gray's Anatomy*. Wieso konnte er das auswendig?

Rechte Hand, rechter Fuß. Linker Fuß. Stehenbleiben und ausruhen. Gesichter auf der anderen Seite des Raumes beobachten ihn noch immer. Rechte Hand, rechter Fuß. Linker Fuß hoch.

Das Telefon ist vor dir.

Erschöpft und langsam griff Osborn nach dem Hörer und nahm ihn vom Haken.

»Paul, du hast eine Kugel im Oberschenkelmuskel. Sie muß raus, und zwar sofort.«

»Ich *weiß*, verdammt. Ich *weiß*. Nimm sie raus!«

»Sie *ist* draußen. Lieg still. Weißt du, wer ich bin?«

»Natürlich.«

»Welchen Tag haben wir heute?«

»Ich ...« Osborn zögerte. »Samstag.«

»Du hast dein Flugzeug verpaßt.« Vera zog die OP-Handschuhe aus, wandte sich ab und ging aus dem Zimmer.

Osborn entspannte sich und sah sich um. Er war in ihrer Wohnung und lag nackt und bäuchlings im Bett in ihrem Gästezimmer. Einen Augenblick später kam sie zurück. Sie hielt eine Spritze in der Hand.

»Was ist das?« fragte er.

»Ich könnte sagen, es ist Succinylcholin«, sagte sie in sarkastischem Ton. »Aber das wäre nicht wahr.« Sie trat hinter ihn, wischte oben an seiner rechten Gesäßbacke eine Stelle mit einem alkoholgetränkten Wattebausch ab, schob die Nadel ins Fleisch und gab ihm die Spritze.

»Es ist ein Antibiotikum. Wahrscheinlich kannst du auch eine Tetanusspritze gebrauchen. Weiß der Himmel, was da alles im Wasser war – außer Henri Kanarack.«

»Woher weißt du davon?« Blitzartig kam ihm alles, was geschehen war, wieder ins Bewußtsein.

Vera beugte sich herunter und zog behutsam eine Decke über ihn. Dann setzte sie sich ihm gegenüber.

»Du bist im Clubhaus eines Golfplatzes, ungefähr vierzig Kilometer von hier, bewußtlos geworden. Du bist noch einmal zu dir gekommen, gerade so lange, daß du ihnen meine Nummer nennen konntest. Ich habe mir von einem Freund ein Auto geliehen. Die Leute auf dem Golfplatz waren sehr nett. Sie haben mir geholfen, dich ins Auto zu schaffen. Ich hatte nur ein paar Beruhigungsmittel dabei. Die habe ich dir gegeben. Alle.«

»Alle?«

Vera grinste. »Du redest eine Menge, wenn du im Arsch bist. Hauptsächlich über Männer. Henri Kanarack. Jean Packard. Deinen Vater.«

In der Ferne hörte man den Singsang einer Krankenwagensirene, und ihr Lächeln verging.

»Ich war bei der Polizei«, sagte sie.

»Bei der Polizei?«

»Gestern abend. Ich habe mir Sorgen gemacht. Sie haben dein Hotelzimmer durchsucht und das Succinylcholin gefunden. Sie wissen aber nicht, was es ist und wozu du es gebraucht hast.«

»Aber du weißt es ...«

»Jetzt ja.«

»Ich konnte es dir nicht gut erzählen, oder?«

Osborns Lider wurden schwer, und er fing an einzudämmern. »Die Polizei?« fragte er matt.

»Sie wissen nicht, daß du hier bist. Ich glaube es wenigstens nicht. Wenn sie Kanaracks Leiche und sein Auto mit deinen Fingerabdrücken darin finden, werden sie herkommen und mich fragen, ob ich dich gesehen oder von dir gehört habe.«

»Was wirst du ihnen dann sagen?«

Vera sah, wie er sich bemühte, alles im Kopf zu sortieren, um herauszufinden, ob er einen Fehler begangen hatte, als er sie angerufen hatte, und ob er ihr vertrauen konnte. Aber er war zu müde. Die Lider schlossen sich, und er sank langsam in sein Kopfkissen zurück.

Sie beugte sich über ihn und streifte seine Stirn mit den Lippen. »Niemand wird es erfahren. Ich verspreche es«, flüsterte sie.

42

»Oy, McVey!« sagte Benny Grossman und fragte dann sofort, ob er ihn gleich zurückrufen könne; dann legte er auf. Es war Samstag morgen in New York, und Nachmittag in London.

McVey saß wieder in seinem besenkammergroßen Zimmer im Hotel in der Half Moon Street, das Interpol ihm so großzügig zur Verfügung gestellt hatte, ließ zwei Fingerbreit *Famous Grouse* ohne Eis – weil es im Hotel keins gab – in seinem Glas kreisen und wartete auf Bennys Rückruf.

Den Vormittag hatte er mit Ian Noble verbracht, mit Dr. Michaels, dem jungen Pathologen aus dem Innenministerium, und mit Dr. Stephen Richman, dem Mikropathologen, der entdeckt hatte, daß der abgetrennte Kopf des Mordopfers extremer Kälte ausgesetzt gewesen war.

Nach einer auf Geheiß von Scotland Yard durchgeführten sorgfältigen Bestandsaufnahme hatte keines der beiden in Großbritannien lizensierten kryonischen Einlagerungsunternehmen – »Cryonetic Sepulture« in Edinburgh und »Cryo-Mastaba« in Camberwell, London – berichten können, daß der Kopf – oder gar der Körper – eines bei Tiefkühlung eingelagerten »Gastes« vermißt wurde. Wenn also niemand ein ungenehmigtes Kryonikunternehmen führte oder eine tragbare Kryokapsel besaß, in der er Leichen oder Leichenteile bei mehr als minus zweihundert Grad Celsius durch London schleppte, dann mußten sie die Möglichkeit ausschließen, daß der Mann seinen Kopf freiwillig hatte einfrieren lassen.

Als McVey, Noble und Dr. Michaels gefrühstückt hatten und in Richmans Büro/Labor in der Gower Mews eingetroffen war, hatte Richman bereits den Leichnam John Cordells untersucht, des kopflosen Toten, den man in einer kleinen Wohnung gegenüber der Salisbury Cathedral, auf der anderen Seite des Sportplatzes, gefunden hatte. Röntgenaufnahmen der Leiche ergaben, daß ein Haarriß im unteren Beckenbereich Cordells mit zwei Schrauben fixiert war, Schrauben, die man wahrscheinlich entfernt hätte, wenn der Bruch ordnungsgemäß abgeheilt wäre – hätte die Person noch lange genug gelebt.

Metallurgische Tests, die Richman an den Schrauben vorgenommen hatte, zeigten mikroskopische, spinnennetzähnliche Risse im gesamten Material, wodurch schlüssig bewiesen war, daß Cordells

Leichnam die gleiche extreme Tiefkühlung erfahren hatte wie der Kopf aus London.

»Aber wieso?« fragte McVey.

»Das ist ganz gewiß eine der Fragen, nicht wahr?« antwortete Dr. Richman. Er öffnete die Tür des vollgestopften Laborraums, in dem sie sich versammelt hatten, um die Vergleichsbilder der zersplitterten Schrauben aus Cordells Leiche und des zersplitterten Metallstücks aus dem Londoner Schädel zu betrachten. Sie folgten ihm durch den schmalen, gelbgrün gestrichenen Korridor zu seinem Büro.

Stephen Richman war Anfang sechzig, stämmig, aber fit. »Entschuldigen Sie das Durcheinander«, sagte er, als er die Tür zu seinem Büro öffnete. »Auf eine Pokerrunde war ich nicht vorbereitet.«

Sein Arbeitsraum war kaum größer als ein Schrank, gerade halb so groß wie McVeys winziges Hotelzimmer. Unter wüsten Haufen von Büchern, Pappkartons und Stapeln von technischen Videokassetten fanden sich Dutzende von Gefäßen mit konservierten Organen von Gott weiß welchen Spezies, manchmal drei oder vier Stück in einem Glas. Irgendwo in dem ganzen Gewirr waren ein Fenster und ein Schreibtisch und Richmans Schreibtischsessel.

»Die Frage, Detective McVey«, sagte Richman, als sie alle schließlich saßen, und nahm damit McVeys Erkundigung wieder auf, als habe er sie gerade erst gehört, »die Frage ist nicht so sehr ›Wieso?‹, sondern vielmehr ›Wie?‹«

»Wie meinen Sie das?« fragte McVey.

»Er meint, wir haben es hier mit menschlichem Gewebe zu tun«, sagte Michaels nüchtern. »Experimente mit Temperaturen nahe dem absoluten Nullpunkt wurden bisher hauptsächlich mit Salzen und einigen Metallen, zum Beispiel mit Kupfer, durchgeführt.« Unvermittelt erkannte Michaels, daß er soeben die Grenzen der Höflichkeit überschritt. »Entschuldigen Sie bitte, Dr. Richman«, sagte er entschuldigend. »Ich wollte nicht –«

»Schon gut, Doktor.« Richman lächelte und sah dann McVey und Commander Noble an. »Sie müssen sich darüber im klaren sein, daß all das sehr schnell von wissenschaftlichem Abrakadabra vernebelt wird. Aber des Pudels Kern ist das Dritte Gesetz der Thermodynamik, welches im Grunde nichts weiter besagt, als daß die Wissenschaft niemals den Zustand des absoluten Nullpunkts erreichen kann, weil dies unter anderem einen Zustand vollkommener Ordnung bedeuten würde. Atomische Ordnung.«

Noble blickte ausdruckslos. McVey ebenfalls.

»Jedes Atom besteht aus Elektronen, die um einen Kern aus Protonen und Neutronen kreisen. Wenn Substanzen kälter werden, geschieht folgendes: Die normale Bewegung dieser Atome und ihrer Bestandteile wird vermindert – verlangsamt, wenn Sie wollen. Je niedriger die Temperatur, desto langsamer die Bewegungen.

Wenn wir nun einen extremen Magneten nähmen und ihn in kritischem Maß auf diese sich langsam bewegenden Atome konzentrierten, dann würden wir ein Magnetfeld schaffen, in dem wir die Atome und ihre Bestandteile weitgehend dazu bringen können, das zu tun, was wir wollten. Wenn wir den *absoluten Nullpunkt* erreichen könnten, dann könnten wir das theoretisch mehr als nur weitgehend tun: Wir könnten *genau* das tun, was wir wollten, weil alle Aktivität eingestellt wäre.«

»Das bringt uns doch zurück zu McVeys Frage«, sagte Noble. »Warum? Warum friert jemand enthauptete Leichen und einen Kopf bis zu diesem Grad ein – vorausgesetzt, man könnte den absoluten Nullpunkt erreichen?«

»Um sie wieder zusammenzufügen«, sagte Richman völlig unbewegt.

»Zusammenfügen?« Noble sah ihn ungläubig an.

»Es ist der einzige Grund, der mir auch nur andeutungsweise einfallen könnte.«

McVey zupfte sich am Ohr und schaute aus dem Fenster. Der Morgen draußen war hell und sonnig. Im Gegensatz dazu war Richmans Büro eine muffige Kiste. McVey drehte sich wieder um und sah unmittelbar vor seiner Nase das etikettierte Gehirn einer Malteser Katze in einem Glas mit flüssigem Konservierungsmittel. Er sah Richman an. »Sie reden von atomarer Chirurgie, richtig?«

Richman lächelte. »So ähnlich. Einfach ausgedrückt: Am absoluten Nullpunkt und unter dem Einfluß eines starken Magnetfeldes wären alle Atompartikel in Reih und Glied ausgerichtet und total unter Kontrolle. Wenn wir das erreichen könnten, könnten wir atomare Kryochirurgie betreiben. Mikrochirurgie in einem unvorstellbaren Maßstab.«

»Wenn Sie das bitte ein bißchen weiter ausführen könnten«, sagte Noble.

Richmans Augen leuchteten auf, und McVey konnte beinahe spüren, wie sein Puls schneller schlug. Die Vorstellung dessen, was hier besprochen wurde, faszinierte ihn ungeheuer. »Es bedeutet, Commander: Angenommen, wir könnten Menschen bis zu diesem Grad einfrieren, sie operieren und sie dann ohne Gewebeschäden wieder auftauen, dann könnte man Atome miteinander verbinden. Eine chemische Verbindung würde sich zwischen ihnen bilden, bei der ein bestimmtes Elektron von zwei verschiedenen Atomen besetzt würde. Es wäre eine nahtlose Verbindung. Die *perfekte Naht*, wenn Sie wollen. Es wäre so, als hätte die Natur es geschaffen. Ein Baum, der so gewachsen wäre.«

»Und jemand versucht, das zu schaffen?« fragte McVey ruhig.

»Es ist unmöglich«, warf Michaels ein.

McVey sah ihn an. »Warum?«

»Wegen des Heisenbergschen Prinzips. Wenn Sie gestatten, Dr. Richman ...?« Richman nickte dem jungen Pathologen zu, und Michaels sah McVey an. Aus irgendeinem Grund lag ihm daran, daß der Amerikaner wußte, er verstand sein Geschäft und wußte, wovon er redete. Es war wichtig für das, was sie taten. Darüber hinaus war es seine Art, Respekt zu zeigen und zugleich zu verlangen.

»Es ist ein Prinzip der Quantenmechanik, welches besagt, daß es unmöglich ist, zwei Eigenschaften eines Elementarteilchens – sagen wir, eines Atoms oder eines Moleküls – gleichzeitig mit unendlicher Genauigkeit zu bestimmen. Die eine oder die andere, aber nicht beide. Man könnte den Impuls eines Atoms messen, die Geschwindigkeit und Richtung, aber man könnte nicht im selben Augenblick genau sagen, wo es sich befindet.«

»Könnte man es beim absoluten Nullpunkt?« McVey gab ihm, was ihm zustand.

»Natürlich. Denn beim absoluten Nullpunkt würde alles zum Stillstand kommen.«

»Detective McVey«, warf Richman ein, »es ist möglich, Temperaturen zu erreichen, die weniger als ein Millionstel Grad oberhalb des absoluten Nullpunkts liegen. Das hat man schon geschafft. Aber das Konzept des absoluten Nullpunkts ist eben nur das und nicht mehr: ein theoretisches Konzept. Erreichen kann man ihn nicht. Es ist unmöglich.«

»Meine Frage, Doktor, war nicht, ob man es kann oder nicht. Ich habe gefragt, ob es jemand versucht.« In McVeys Ton lag hörbare Schärfe. Er hatte genug von den Theorien und wollte jetzt Fakten. Und er starrte Richman an und wartete auf eine Antwort.

Diese Seite des Kriminalpolizisten aus Los Angeles hatte Noble noch nicht gesehen, und er begriff, wie McVey zu dem Ruf gekommen war, den er hatte.

»Detective McVey, bis jetzt haben wir gezeigt, daß ein Körper und ein Kopf eingefroren waren. Die Röntgenaufnahmen haben ergeben, daß nur zwei der verbleibenden sechs Leichen Metall enthalten. Wenn wir dieses Metall analysiert haben, werden wir vielleicht zu einem schlüssigeren Urteil gelangen können.«

»Was sagt Ihnen denn Ihre Nase, Doktor?«

»Was meine Nase sagt, ist keinesfalls für die Unterlagen bestimmt. Dies vorausgesetzt, würde ich sagen: Was Sie da haben, sind gescheiterte Versuche einer sehr hoch entwickelten Art von Kryochirurgie.«

»Der Kopf einer Person wird mit dem Körper einer anderen verbunden.«

Richman nickte.

Noble sah McVey an. »Da versucht jemand, einen modernen Frankenstein zu bauen?«

»Frankenstein wurde aus Leichen zusammengesetzt«, sagte Michaels.

»Du lieber Gott!« Noble stand auf und hätte beinahe ein Glas mit dem vergrößerten Herzen eines Berufsfußballers umgestoßen. Er hielt das Glas fest, und sein Blick ging von Michales zu Richman. »Diese Leute wurden bei lebendigem Leib eingefroren?«

»Es sieht wohl so aus.«

»Wieso dann Spuren von Cyanidvergiftung bei allen Opfern?« fragte McVey.

Richman zuckte die Achseln. »Eine partielle Vergiftung? Bestandteil des Verfahrens? Wer weiß?«

Noble sah McVey an und blieb stehen. »Vielen Dank, Dr. Richman«, sagte er dann. »Wir werden Ihre Zeit nicht länger in Anspruch nehmen.«

»Moment noch, Ian.« McVey wandte sich an Richman. »Noch eine Frage, Doktor. Der Kopf, der in London gefunden wurde, taute gerade aus der Tiefkühlung auf, als er entdeckt wurde. Würde es sich auf das Aussehen und den pathologischen Befund beim Auftauen auswirken, *wann* er eingefroren wurde?«

»Ich glaube, ich kann Ihnen nicht folgen«, sagte Richman.

McVey beugte sich vor. »Wir haben Probleme bei der Feststellung seiner Identität. Wir kriegen nicht raus, wer es ist. Angenommen, wir suchen an der falschen Stelle, indem wir nach einem Mann suchen, der seit ein paar Tagen oder Wochen vermißt wird. Was ist, wenn es sich um Monate oder Jahre handelt? Wäre das möglich?«

»Das ist eine hypothetische Frage – aber ich müßte darauf antworten: Wenn jemand eine Methode gefunden haben *sollte*, bis zum absoluten Nullpunkt herunterzukühlen, dann würde sich keine molekulare Veränderung mehr ereignet haben. Das heißt, beim Auftauen könnte man nicht feststellen, ob der Kopf vor einer Woche oder vor hundert Jahren eingefroren wurde – oder auch vor tausend Jahren.«

McVey sah Noble an. »Ich glaube, Ihre Leute im Vermißtendezernat sollten wieder an die Arbeit gehen.«

»Das glaube ich auch.«

Das Telefon neben McVey klingelte und riß ihn aus seinen Gedanken. Er schnappte sich den Hörer.

»O, McVey!«

»Hallo, Benny – und gewöhn dir das ab, ja? Es wiederholt sich allmählich.«

»Ich hab's.«

»Was hast du?«

»Wonach du mich gefragt hast. Die Anforderung der Akte Albert Merriman von Interpol Washington wurde von dem Sergeant, der sie abholte, am Donnerstag, dem 6. Oktober, um elf Uhr siebenunddreißig abgestempelt.«

»Benny, elf Uhr siebenunddreißig in New York bedeutet Donnerstag nachmittag sechzehn Uhr siebenunddreißig in Paris.«

»Und?«

»Die Anforderung betraf nur diese Akte und nichts sonst?«

»Ja.«

»Aber erst am Freitag morgen gegen acht Uhr Pariser Zeit bekam der für den Fall zuständige Inspecteur der Pariser Polizei eine Fotokopie des Fingerabdrucks. Nur einen Abdruck, weiter nichts. Und fünfzehn Stunden *vorher* hatte jemand bei Interpol nicht nur den Fingerabdruck, sondern den dazugehörigen Namen und die Akte.«

»Das hört sich nach einem internen Problem an. Eine Vertuschungsaktion. Oder Privatinteressen. Oder wer weiß ...? Aber wenn etwas schiefgeht, ist es der ermittelnde Cop, der den Kopf hinhalten muß, denn ich gehe jede Wette ein, daß es keinen Aktenvermerk darüber gibt, wer die Akte als erster bekommen hat.«

»Benny …«
»Was ist, Bubele?«
»Danke.«

Interne Probleme. Vertuschungsaktion. Privatinteressen. McVey haßte diese Wörter. Im Innern von Interpol war etwas im Gange, und Lebrun hatte den Schwarzen Peter in der Hand, ohne es zu wissen. Das würde ihm nicht gefallen, aber sagen mußte man es ihm. Das Dumme war, als McVey zwanzig Minuten später endlich zu ihm nach Paris durchgekommen war, kam er gar nicht erst so weit.

»McVey, *mon ami*«, sagte Lebrun aufgeregt. »Gerade wollte ich *Sie* anrufen. Die Sache wird hier plötzlich äußerst kompliziert. Vor drei Stunden wurde Albert Merriman aus der Seine gefischt. Er war von einer automatischen Waffe so durchlöchert, daß er aussah wie ein großer Käse. Das Auto, das er gefahren hatte, wurde neunzig Kilometer stromaufwärts in der Nähe von Paris gefunden. Es ist voll mit Fingerabdrücken Ihres Dr. Osborn.«

43

Eine knappe Stunde später saß McVey im Taxi und war auf dem Weg zum Flughafen Gatwick. Als er Noble und Scotland Yard verlassen hatte, waren sie dabei, die Vermißtenakten nach jemandem durchzukämmen, dessen Beschreibung auf den Kopf zutraf und dem eine Stahlplatte in den Schädel implantiert worden war, und gleichzeitig überprüfte man unauffällig jedes Krankenhaus und jede medizinische Fakultät in Südengland nach Personen oder Programmen, die mit radikalen Chirurgietechniken experimentierten. Eine Zeitlang hatte er erwogen, Interpol Lyon zu bitten, die Polizeibehörden auf dem ganzen europäischen Kontinent das gleiche tun zu lassen. Aber angesichts der Situation um Lebrun und die Akte Albert Merriman beschloß er, damit noch zu warten. Er hatte keine Ahnung, was da bei Interpol im Gange war – falls überhaupt etwas im Gange war –, aber wenn es so war, dann sollte ihm bei seinen Ermittlungen nicht das gleiche passieren. Wenn McVey etwas nicht leiden konnte, dann waren es Dinge, die sich hinter seinem Rücken abspielten. Seiner Erfahrung nach waren solche Dinge meistens kleinkariert und bösartig, ärgerlich und zeitraubend, aber im wesentlichen harmlos. Hier indessen war er nicht so sicher. Es war besser, sich zurückzuhalten und abzuwarten, was Noble im stillen herausfinden würde.

Es war jetzt siebzehn Uhr dreißig in Paris. Der Air-France-Flug 003 nach L. A. war planmäßig um siebzehn Uhr auf dem Flughafen Charles de Gaulle gestartet. Dr. Paul Osborn hätte in der Maschine sein sollen. Er war nie aufgetaucht, und sein Paß war immer noch in der Hand der Pariser Polizei.

McVey mißtraute seinem eigenen Urteil über diesen Mann immer mehr. Osborn hatte gelogen, was den Lehm an seinen Schuhen anging. Wo hatte er sonst noch gelogen?

Äußerlich und bei der Befragung wirkte er genau wie das, was McVey in ihm sah: ein gebildeter Mann, der sich seinen mittleren Jahren näherte, bis über beide Ohren verliebt in eine jüngere Frau. Das war kaum etwas Besonderes. Das Entscheidende war, daß jetzt zwei Männer eines gewaltsamen Todes gestorben waren und daß McVeys »gebildeter, verliebter Mann« zu beiden in Beziehung stand.

Von den Morden an Albert Merriman und Jean Packard abgesehen, nagte noch etwas an McVeys Bewußtseins, und zwar schon bevor er mit Lebrun gesprochen hatte: Dr. Stephen Richmans beiläufige Bemerkung, daß die tiefgekühlten, kopflosen Leichen durchaus das Resultat gescheiterter Experimente einer weit fortgeschrittenen Art von Kältechirurgie sein könnten, bei denen versucht worden sei, einen abgetrennten Kopf auf einen fremden Körper zu verpflanzen. Und Dr. Paul Osborn war nicht nur Chirurg, sondern Orthopädiechirurg, ein Experte für die menschliche Skelettstruktur, jemand, der durchaus wissen konnte, wie man so etwas machte.

Von Anfang an hatte McVey geglaubt, daß sie nach einem einzelnen Mann suchten. Vielleicht hatten sie ihn gehabt und wieder laufenlassen.

Osborn erwachte aus einem Traum und wußte einen Moment lang nicht, wo er war. Dann sah er mit plötzlicher Klarheit Veras Gesicht. Sie saß bei ihm auf der Bettkante und wischte ihm mit einem feuchten Tuch die Stirn ab. Sie trug eine weite schwarze Hose und einen weiten Pullover der gleichen Farbe. Der schwarze Stoff und das weiche Licht ließ ihre Züge beinahe zerbrechlich aussehen, wie zartes Porzellan.

»Du hattest hohes Fieber; aber ich glaube, es ist vorbei«, sagte sie leise. In ihren dunklen Augen lag das gleiche Funkeln wie bei ihrer ersten Begegnung, die erst vor neun Tagen stattgefunden hatte.

»Wie lange habe ich geschlafen?« fragte er matt.

»Nicht lange. Vielleicht vier Stunden.«

Er wollte sich aufsetzen, aber ein stechender Schmerz durchfuhr seinen Oberschenkel. Er verzog das Gesicht und ließ sich zurücksinken.

»Wenn du dich von mir ins Krankenhaus bringen ließest, könntest du es ein bißchen bequemer haben.«

Osborn starrte an die Decke. Er konnte sich nicht entsinnen, daß er ihr verboten hätte, ihn ins Krankenhaus zu bringen, aber er mußte es getan haben. Dann erinnerte er sich, daß er ihr auch von Kanarack und von seinem Vater erzählt hatte und von dem Detektiv Jean Packard.

Vera stand von der Bettkante auf und legte den Waschlappen zurück in die Schüssel mit dem Wasser. Dann trat sie an einen Tisch unter einem kleinen, muschelförmigen Fenster mit einem dunklen, geschlossenen Vorhang.

Verwirrt schaute Osborn sich um. Zu seiner Rechten war die Zimmertür. Links führte eine andere Tür in ein kleines Badezimmer. Die Decke über ihm war sehr schräg, so daß die Seitenwände viel niedriger waren als die Stirnwände. Dies war nicht das Zimmer, in dem er schon vorher einmal gewesen war; er war woanders, in einem Dachzimmer.

»Du bist ganz oben unter dem Dach des Hauses, in einem Mansardenzimmer. Die Résistance hat es 1940 gebaut. Kaum jemand weiß, daß es existiert.«

Sie nahm ein Tuch von einem Tablett auf dem Tisch, auf den sie die Waschschüssel gestellt hatte, kam zurück und stellte das Tablett neben ihn auf das Bett. Darauf stand ein Teller mit heißer Suppe, einen Löffel und einer Serviette.

»Du mußt essen«, sagte sie. Osborn starrte sie nur an.

»Die Polizei war da und hat dich gesucht. Also habe ich dich hier heraufbringen lassen.«

»Lassen?«

»Philippe, der Portier, ist ein alter und vertrauenswürdiger Freund von mir.«

»Sie haben Kanaracks Leiche gefunden, ja?«

Vera nickte. »Das Auto auch. Ich habe dir gesagt, daß sie kommen würden, wenn das passierte. Du warst ungefähr eine Stunde eingeschlafen, als sie kamen. Sie wollten in die Wohnung, aber ich sagte, ich wollte gerade weggehen. Ich habe sie unten im Hausflur getroffen.«

Osborn seufzte matt und starrte ins Leere.

Vera setzte sich neben ihm auf das Bett und nahm den Löffel. »Soll ich dich füttern?«

»Das schaffe ich gerade noch.« Osborn grinste müde.

Er nahm den Löffel, tauchte ihn in die Suppe und fing an zu essen. Es war eine Art Bouillon. Der salzige Geschmack war sehr angenehm, und ein paar Minuten lang aß er ohne Unterbrechung. Schließlich legte er den Löffel beiseite, wischte sich den Mund mit der Serviette ab und ruhte sich aus.

»Ich bin nicht in der Verfassung, um vor irgend jemandem wegzulaufen.«

»Nein, das bist du nicht.«

»Du wirst Schwierigkeiten bekommen, wenn du mir hilfst.«

»Hast du Henri Kanarack umgebracht?«

»Nein.«

»Wieso soll ich dann in Schwierigkeiten kommen?« Vera stand auf und nahm das Tablett vom Bett. »Jetzt mußt du dich ausruhen. Ich komme später wieder herauf und wechsle den Verband.«

»Nicht nur wegen der Polizei.«

»Wie meinst du das?«

»Wie wirst du es – *ihm* erklären? Frenchy?«

Sie stemmte sich das Tablett in die Hüfte wie eine Kellnerin im Café und schaute auf ihn herab. *»Frenchy«*, sagte sie, »spielt keine Rolle mehr.«

»Nicht?« Osborn war verdattert.

»Nein ...« Ein leises Lächeln schlich über ihr Gesicht.

»Wann ist das denn passiert?«

»An dem Tag, als ich dich kennengelernt habe.« Vera wandte den Blick nicht von ihm. »Und jetzt schlaf. In zwei Stunden komme ich zurück.«

Vera schloß die Tür, und Osborn ließ sich zurücksinken. Er war müde. Er schaute auf die Uhr. Es war Samstag abend, der 8. Oktober, neunzehn Uhr fünfunddreißig.

44

Genau zur selben Zeit, und ungefähr dreiundzwanzig Meilen weit außerhalb über der Autobahn A1 landete McVeys Euro Fokker 100 auf dem Flughafen Charles de Gaulle. Eine Viertelstunde später fuhr ihn einer von Lebruns uniformierten Beamten nach Paris hinein. Es war gerade vierundzwanzig Stunden her, daß er zuletzt hiergewesen war.

In Paris fuhr Lebruns Beamter über die Seine und nahm Kurs auf die Porte d'Orléans. In seinem gebrochenen Englisch erzählte er McVey, Lebrun sei an einem Tatort und wolle, daß McVey sich dort mit ihm treffe.

Es hatte wieder angefangen zu regnen, als sie sich einen halben Block weit zwischen Feuerwehrfahrzeugen und von Gendarmen zurückgehaltenen Zuschauerreihen hindurchdrängten. Der Fahrer hielt vor dem immer noch rauchenden, völlig ausgebrannten Gerippe eines Wohnhauses; er stieg aus und führte McVey durch das Gewirr von Hochdruckschläuchen und schweißverklebten Feuerwehrleuten, die immer noch ihre Wasserstrahlen auf qualmende Brandherde richteten.

Das Gebäude war völlig zerstört. Das Dach und das oberste Geschoß waren verschwunden. Verbogene Feuertreppen aus Stahl, von extremer Hitze gekrümmt und in entgegengesetzte Richtungen gewendet, baumelten gefährlich an den oberen Stockwerken, gehalten von Mauerwerk, das jeden Augenblick einzubrechen drohte. Zwischen den Etagen konnte man durch ausgebrannte Fensterrahmen versengte und verkohlte Holzverstrebungen erkennen, die einmal Wände und Decken einzelner Wohnungen gebildet hatten. Und obwohl es gleichmäßig regnete, hing über allem der unverwechselbare Gestank von verbranntem Fleisch.

Der Fahrer kletterte um einen Schuttberg herum und führte McVey zur Rückseite des Hauses, wo Lebrun mit den Inspektoren Barras und Maitrot im grellen Licht tragbarer Arbeitsscheinwerfer stand und mit einem stämmigen Mann in Feuerwehrjacke redete.

»Ah, McVey!« sagte Lebrun laut, als McVey in den Lichtschein trat. »Inspecteur Barras und Inspecteur Maitrot kennen Sie ja schon. Das hier ist Captain Chevallier, stellvertretender Leiter des Brandstiftungsdezernats von Porte d'Orléans.«

»Captain Chevallier.« McVey und der Brandstiftungsexperte schüttelten einander die Hand.

»Das Feuer ist gelegt worden?« fragte McVey und schaute an der Ruine hinauf.

»*Oui*«, sagte Chevallier und gab eine kurze Erklärung auf französisch.

»Es hat sehr heiß und sehr schnell gebrannt, durch ein extrem ausgeklügeltes Gerät gezündet – vermutlich mit Hilfe eines beim Militär gebräuchlichen Zündmaterials«, übersetzte Lebrun. »Niemand hatte eine Chance. Zweiundzwanzig Personen. Alle tot.«

Eine ganze Weile sagte McVey gar nichts. Schließlich fragte er: »Irgendeine Ahnung, warum?«

»Ja«, sagte Lebrun in entschiedenem Ton; er gab sich keine Mühe, seinen Ärger zu verbergen. »Einem der Opfer gehörte das Auto, das Albert Merriman fuhr, als Ihr Freund Osborn ihn fand.«

»Lebrun«, sagt McVey ruhig, aber unumwunden, »erstens ist Osborn nicht mein Freund. Zweitens vermute ich, daß Merrimans Wagen einer Frau gehörte.«

»Eine gute Vermutung«, sagte Barras auf englisch.

»Und sie hieß Agnes Demblon.«

Lebrun zog die Brauen hoch. »McVey, Sie setzen mich wirklich in Erstaunen.«

»Was haben Sie über Osborn herausgebracht?« McVey wich dem Kompliment aus.

»Wir haben seinen gemieteten Peugeot gefunden; er parkte in einer Straße in Paris, mehr als eine Meile von seinem Hotel entfernt. Er hatte drei Strafzettel; er war also seit gestern nachmittag nicht mehr gefahren worden.«

»Und seitdem keine Spur von ihm?«

»Wir fahnden in der ganzen Stadt nach ihm, und die Provinzpolizei überprüft die Gegend zwischen der Stelle, wo Merrimans Leiche angeschwemmt wurde, und der, wo sein Auto stand.«

»Die Stelle, wo Sie Merrimans Auto gefunden haben – lassen Sie uns da hinfahren«, entschied McVey.

Das gelbe Scheinwerferlicht von Lebruns weißem Ford schnitt sich durch die Dunkelheit, als der Pariser Kriminalpolizist in die Straße entlang der Seine einbog und auf den Park zufuhr, in dem die Polizei Agnes Demblons Citroën gefunden hatte.

»Er nannte sich Henri Kanarack. Hat in einer Bäckerei in der Nähe des Gare du Nord gearbeitet, und zwar schon seit zehn Jahren. Agnes

Demblon war da Buchhalterin.« Lebrun zog den Zigarettenanzünder aus der Konsole und zündete sich eine Zigarette an. »Offenbar hatten sie eine gemeinsame Geschichte. Was für eine, das bleibt unserer Fantasie überlassen, denn verheiratet war er mit einer Französin namens Michele Chalfour.«

»Glauben Sie, daß die den Brand gelegt hat?«

»Ich würde es nicht ausschließen, solange wir sie nicht vernommen haben. Aber wenn sie nur eine Hausfrau ist – und das ist sie anscheinend –, dann bezweifle ich, daß sie Zugang zu solchen Zündmaterialien hat.«

Barras und Maitrot hatten Henri Kanaracks Wohnung in der Avenue Verdier in Montrouge auf den Kopf gestellt und nichts gefunden. Die Wohnung war fast leer gewesen. Ein paar Kleider von Michele Kanarack, ein paar Kataloge für Babysachen, ein halbes Dutzend unbezahlte Rechnungen, einige Lebensmittel in den Schränken und im Kühlschrank, das war alles. Die Kanaracks hatten offenbar in aller Eile gepackt und waren verschwunden.

Zu diesem Zeitpunkt wußten sie nur eines mit Sicherheit: Henri Kanarack/Albert Merriman lag im Leichenschauhaus. Wo Michele Kanarack sich aufhielt, war absolut unbekannt. Die Überprüfung von Hotels, Krankenhäusern, Raststätten, Leichenschauhäusern und Gefängnissen war ergebnislos geblieben. Erkundigungen unter ihrem Mädchennamen – Chalfour – hatten ebenfalls nichts erbracht. Sie hatte keinen Führerschein, keinen Paß, nicht einmal einen Bibliotheksausweis – und zwar unter beiden Namen nicht. Weder in der Wohnung noch in Merriman/Kanaracks Brieftasche war ein Foto von ihr gewesen. Infolgedessen hatten sie nichts außer einem Namen. Trotzdem hatte Lebrun sie in ganz Frankreich zur Fahndung ausschreiben lassen. Vielleicht würde irgendeine Ortspolizei etwas finden, was sie nicht gefunden hatten.

»Womit ist Merriman umgebracht worden?« McVey notierte im Geiste die Landschaft, als sie von der Hauptstraße herunter in den Lehmweg einbogen, der um den Park herum führte.

»Eine Heckler & Koch MP-5K. Vollautomatisch. Wahrscheinlich mit Schalldämpfer.«

McVey verzog schmerzlich das Gesicht. Eine Heckler & Koch MP-5K war eine Killerwaffe. Ein leichtes 9mm-Maschinengewehr mit einem Dreißig-Schuß-Magazin. Eine Lieblingswaffe bei Terroristen und die bevorzugte Waffe beim harten Kern der Drogenhändler.

»Haben Sie sie gefunden?«

Lebrun drückte die Zigarette aus und bremste auf Schrittempo ab, um den Ford zwischen mehreren großen Regenpfützen hindurchzumanövrieren.

»Nein, es stammt von der Spurensicherung und der ballistischen Untersuchung. Wir haben fast den ganzen Nachmittag über ein Taucherteam den Fluß absuchen lassen, aber ohne Erfolg. Hier gibt es eine starke Strömung, die sich ziemlich weit hinzieht. Dadurch ist Merrimans Leiche so schnell so weit abgetrieben.«

Lebrun bremste wieder und hielt vor den Bäumen an. »Von hier aus gehen wir zu Fuß«, sagte er und zog eine schwere Taschenlampe aus einer Halterung unter dem Sitz.

Es regnete nicht mehr, und der Mond spähte hinter den vorüberziehenden Wolken hervor, als die beiden Polizisten ausstiegen und auf den steilen Weg zugingen, der zum Wasser hinunterführte. McVey schaute sich um. In der Ferne sah er gerade noch die Lichter des Samstagabendverkehrs auf der Straße, die an der Seine entlangführte.

»Passen Sie auf, wo Sie hintreten; es ist glatt hier«, sagte Lebrun, als sie bei dem Landungssteg am Fuße der Böschung angelangt waren. Er schwenkte die Taschenlampe hin und her und zeigte McVey, was von den ausgewaschenen Spuren übrig war, die Agnes Demblons Wagen beim Abschleppen hinterlassen hatte.

»Es hat zuviel geregnet«, sagte Lebrun. »Alle Fußspuren, die noch da waren, wurden weggeschwemmt, bevor wir herkamen.«

»Darf ich?« McVey streckte die Hand aus, und Lebrun gab ihm die Lampe. Er schwenkte sie auf das Wasser hinaus und versuchte die Geschwindigkeit der Strömung einzuschätzen, die unmittelbar am Ufer vorbeizog. Dann richtete er den Lichtstrahl vor sich auf den Boden, kniete nieder und betrachtete den Matsch.

»Was suchen Sie da?« fragte Lebrun.

»Das hier. « McVey grub die Hand in den Lehm, schaufelte eine Handvoll auf und strahlte sie mit der Taschenlampe an, um sicherzugehen.

»Erde?«

McVey blickte auf. »Nein, *mon ami. Rouge terrain.* Rote Erde.«

45

Verglichen mit dem überschwenglichen Empfang auf dem Flughafen Kloten, verlief das Dinner für Egon Leyberger vornehm und intim. Die Gäste saßen an vier großen Tischen rund um eine Tanzfläche. Mehr als der Eintritt in eine völlig neue Welt war es die Kulisse, die Joanna außergewöhnlich, ja, unglaublich fand. Im privaten Ballsaal an Bord eines Seedampfers, der gemächlich am Ufer des Zürichsees entlangglitt, kam sie sich vor wie eine Gestalt in einem atemberaubend eleganten Theaterstück der Jahrhundertwende.

Joanna saß an einem Sechsertisch neben Pascal von Holden, der hinreißend prächtig aussah in seinem dunkelblauen Frack mit dem gestärkten weißen Hemd und dem spitzen Kragen. Und obwohl sie lächelte und höflich mit den anderen Gästen Konversation trieb, war es ihr doch beinahe unmöglich, den Blick von der Landschaft zu nehmen, die draußen vorüberzog. Es war kurz vor Sonnenuntergang, und im Osten, oberhalb eines pittoresken Dorfes, erhoben sich bewaldete Berge und verschwanden in der Pracht der Alpen, während die untergehende Sonne die schneebedeckten Gipfel bestrahlte.

»Gefühlvoll, nicht wahr?« Von Holden lächelte und sah sie an.

»Gefühlvoll? Ja, ich glaube, das ist ein gutes Wort. Ich hätte gesagt, schön.« Joanna schaute von Holden einen kurzen Moment in die Augen und wandte sich dann wieder den andern zu.

Neben ihr saß ein attraktives und offensichtlich sehr erfolgreiches junges Ehepaar aus Berlin, Konrad und Margarete Piper. Soweit sie es verstanden hatte, war Konrad Piper der Chef eines großen deutschen Handelshauses, und seine Frau Margarete hatte etwas mit dem Showgeschäft zu tun.

Ihr gegenüber saßen Helmuth und Bertha Salettl, ein Geschwisterpaar. Die beiden, schätzte Joanna, waren über siebzig; sie waren am Nachmittag mit dem Flugzeug aus Österreich gekommen.

Dr. Helmuth Salettl war Egon Leybergers Hausarzt; er hatte Leyberger auf dem Rancho de Piñon in New Mexico sechsmal besucht, und viermal war Joanna ihm dabei begegnet. Der Arzt hatte, genau wie jetzt seine Schwester, einen ernsten und strengen Eindruck gemacht; er hatte wenig gesprochen und nur ein paar gezielte Fragen zu Leybergers allgemeinem Gesundheitszustand und der Behandlung gestellt. Tatsache war, obwohl sie tagtäglich mit den Reichen und Prominenten zu tun hatte, die zum Rancho de Piñon kamen, um dort im geheimen von allem möglichen zu genesen, von Drogen, Alkohol oder Facelift-Operationen, war sie noch nie jemandem wie Salettl begegnet. Seine Präsenz und seine eingefleischte Arroganz machten ihr angst. Aber sie hatte festgestellt, daß alles in Ordnung war, solange sie seine Fragen beantwortete und sich professionell benahm, denn er blieb nie länger als vierundzwanzig Stunden.

Zwei Tische weiter saß Egon Leyberger und redete mit der rundlichen Frau, die ihn am Flughaften mit Küssen überschüttet und »Onkel« genannt hatte. Seine früheren Befürchtungen wegen seiner Familie schienen verflogen zu sein; entspannt und behaglich sah er aus, als er lächelnd die guten Wünsche der anderen entgegennahm, die im Laufe des Abends bei ihm stehenblieben, ihm die Hand schüttelten und ein paar ermutigende Worte sprachen.

Neben Leyberger saß eine untersetzte Frau von Ende dreißig: Gertrude Biermann, wie Joanna erfuhr, eine Aktivistin der radikalen Ökologie- und Friedensbewegung der Grünen, der es anscheinend großes Vergnügen machte, Leybergers Unterhaltungen mit anderen zu unterbrechen, um ihn selbst in ein Gespräch zu verwickeln.

Am dritten Tisch hielt Uta Baur hof, gepriesen als »die deutscheste aller deutschen Modedesigner«; nachdem man sie in den frühen siebziger Jahren zunächst auf den Modemessen in München und Düsseldorf gefeiert hatte, war sie nun eine internationale Institution in Paris, Mailand und New York. Bleistiftdünn und ganz in Schwarz gekleidet, trug sie wenig oder gar kein Make-up, und das fast bis auf die Kopfhaut rasierte Kurzhaar war weißblond bis zu den Wurzeln. Sie war, wie hier jeder wußte und wie Joanna später erfuhr, vierundsiebzig Jahre alt.

Im Hintergrund, am Eingang, standen zwei Männer im Frack. Am Flughafen hatten sie Chauffeuruniformen getragen; sie waren schlank und hatten kurze Haare, und sie schienen den Raum ständig zu beobachten. Joanna war sicher, daß sie eine Art Bodyguard waren, und wollte eben von Holden danach fragen, als ein Kellner sie bat, die Reste ihres Essens abräumen zu dürfen.

Joanna nickte dankbar. Mit ihren einsfünfundsechzig und zwanzig Pfund Übergewicht achtete Joanna sorgfältig auf ihre Diät. Besonders in letzter Zeit, nachdem sie bemerkt hatte, daß die meisten ihrer Radrennfreunde geradezu ausgemergelt waren und vorzüglich in ihre elastische Radlerkleidung paßten. Und zwar mit Bauch, Brust und Hintern.

Insgeheim hatte Joanna angefangen, Lendengegenden zu betrachten. Die Lendengegenden der männlichen Rennradfahrer.

Am Samstag, dem 1. Oktober, eine Woche vor dem Willkommensessen für Egon Leyberger, war Joanna sechsunddreißig geworden. Seit jener Nacht mit dem Hilfspastor in West Texas vor achtzehn Jahren hatte sie mit niemandem mehr geschlafen, und niemand hatte es mit ihr getan. Plötzlicher Applaus begleitete zwei Kellner, die eine mit Kerzen gespickte Torte hereintrugen und vor Egon Leyberger auf den Tisch stellten. Im selben Augenblick legte Pascal von Holden seine Hand auf ihren Arm.

»Können Sie hierbleiben?« fragte er.

Sie wandte sich von den Festlichkeiten an Leybergers Tisch ab und schaute ihn an. »Wie meinen Sie das?« fragte sie.

Von Holden lächelte, und die Fältchen in seinem sonnengebräunten Gesicht schienen weiß.

»Ich meine, können Sie hier in der Schweiz bleiben und weiter für Herrn Leyberger arbeiten?«

Joanna fuhr sich nervös mit der Hand durch das frischgewaschene Haar.

»Ich? Hierbleiben?«

Von Holden nickte.

»Wie lange?«

»Eine Woche, vielleicht zwei. Bis Herr Leyberger sich körperlich zu Hause eingelebt hat.«

Joanna war völlig verblüfft. Den ganzen Abend über hatte sie immer wieder auf die Uhr geschaut und sich gefragt, wann sie wohl in ihr Zimmer zurückkommen würde, um all die Geschenke und Kleinigkeiten für ihre Freunde einzupacken, die sie mit von Holdens Hilfe am Nachmittag in Zürich eingekauft hatte. Wann sie ins Bett kommen würde. Wann sie aufstehen mußte, um am nächsten Tag pünktlich für den Rückflug am Flughafen zu sein.

»M-mein Hund«, stammelte sie. Auf die Idee, in der Schweiz zu bleiben, war sie nie gekommen. Die Vorstellung, einige Zeit außerhalb ihres selbstgebauten Nestes zu verbringen, war beinahe überwältigend.

Von Holden lächelte. »Für Ihren Hund wird natürlich gesorgt werden, solange Sie weg sind. Und solange Sie hier sind, werden Sie auf dem Gelände von Herrn Leybergers Anwesen ein eigenes Appartement bewohnen.«

Joanna wußte nicht, was sie denken, was sie antworten oder wie sie reagieren sollte. An Leybergers Tisch erhob sich Beifall, als er die Kerzen ausblies, und wie aus dem Nichts erschien die Blaskapelle wieder und spielte noch einmal ihr »For He's a Jolly Good Fellow«.

Kaffee und Drinks wurden serviert, und dazu gab es Schweizer Schokolade. Die rundliche Dame half Leyberger, seine Torte anzuschneiden, und die Kellner trugen einzelne Stücke zu den anderen Tischen.

Joanna trank ihren Kaffee und nahm einen kleinen Schluck von dem sehr guten Cognac. Der Alkohol durchwärmte sie und fühlte sich gut an.

»Er wird sich ohne Sie unbehaglich und unsicher fühlen, Joanna. Sie bleiben doch, oder?« Von Holdens Lächeln war freundlich und echt. Außerdem erweckte die Art, wie er sie fragte, den Anschein, als sei er es, nicht Leyberger, der sie zum Bleiben ermuntern wolle. Sie nahm noch einen Schluck Cognac und fühlte sich erhitzt.

»Ja, gut«, hörte sie sich sagen. »Wenn es Mr. Leyberger wichtig ist, werde ich natürlich noch hierbleiben.«

Im Hintergrund stimmte die Kapelle einen Wiener Walzer an, und das junge deutsche Ehepaar stand auf, um zu tanzen. Joanna schaute sich um und sah, daß auch andere Leute aufstanden.

»Joanna?«

Sie drehte sich um. Von Holden stand hinter ihrem Stuhl.

»Darf ich?« fragte er.

Ein breites Grinsen überzog unbeabsichtigt ihr Gesicht. »Natürlich. Warum nicht?« Sie stand auf, und von Holden zog ihren Stuhl zurück. Dann führte er sie an Egon Leyberger vorbei auf die Tanzfläche zu den anderen. Und zu den fremdartigen Klängen der Walzerkapelle nahm er sie in seine Arme, und sie tanzten.

46

»Ich sage den Kindern immer, es tut nicht weh. Nur ein kleiner Piekser unter die Haut«, sagte Osborn, während er zuschaute, wie Vera 0,5 ml Tetanus-Toxoid aus eine Ampulle aufzog. »Die wissen, daß ich lüge, und ich weiß, daß ich lüge. Ich weiß nicht, wieso ich es ihnen sage.«

Vera lächelte. »Du sagst es ihnen, weil es dein Job ist.« Sie zog die Nadel heraus, brach sie ab und wickelte die Spritze in ein Zellstofftuch. Das gleiche tat sie mit der Ampulle, und dann steckte sie beides in die Jackentasche. »Die Wunde ist sauber und heilt gut. Morgen fangen wir mit den Übungen an.«

»Und was dann?Ich kann nicht den Rest meines Lebens hierbleiben«, sagte Osborn mürrisch.

»Du wirst es vielleicht wollen.« Vera warf ihm eine zusammengefaltete Zeitung hin. Es war die Spätausgabe des *Figaro*. »Seite zwei«, sagte sie.

Osborn schlug die Zeitung auf und sah zwei körnige Fotos. Eins zeigte ihn selbst; es war ein Registrierungsfoto der Pariser Polizei. Auf dem anderen trugen uniformierte Polizisten einen zugedeckten Leichnam eine steile Uferböschung hinauf. Über beiden stand die französische Überschrift: »Amerikanischer Arzt unter Verdacht im Mordfall Albert Merriman.«

Also schön, sie hatten den Citroën eingestaubt und seine Fingerabdrücke gefunden. Das hatte er vorher gewußt. Kein Grund, jetzt überrascht oder erschrocken zu sein. Aber … »Albert Merriman? Wo haben sie denn das her?«

»So hieß Henri Kanarack in Wirklichkeit. Er war Amerikaner. Wußtest du das?«

»Ich hätte es mir denken können. Die Art, wie er sprach.«

»Er war ein Berufskiller.«

»Das hat er mir erzählt –« Plötzlich sah er Kanaracks Gesicht vor sich, wie es ihn aus dem rauschenden Wasser anstarrte, voller Angst, Osborn könnte ihm eine zweite Injektion Succinylcholin geben. Und gleichzeitig hörte er Kanaracks von Grauen erfüllte Stimme, so deutlich, als wäre er jetzt bei ihm im Zimmer.

»Ich wurde dafür *bezahlt* …«

Wieder durchfuhr ihn der Schock der Fassungslosigkeit – darüber, daß der Mord an seinem Vater ein kaltes, unpersönliches Geschäft gewesen sein sollte.

»Erwin Scholl …«, hörte er Kanarack sagen.

»*Nein!*« schrie er laut.

Vera hob jäh den Kopf. Osborn biß die Zähne zusammen und blickte starr vor sich hin ins Leere.

»Paul …«

Osborn wälze sich herum und schob die Beine über die Bettkante.

Mit unsicheren Knien erhob er sich. Schwankend stand er da, aschfahl im Gesicht, mit völlig leerem Blick. Der Schweiß stand ihm auf der Stirn, und seine Brust hob und senkte sich heftig mit jedem Atemzug. Alles stürzte jetzt auf ihn ein. Er stand am Rande eines Nervenzusammenbruchs, aber er konnte nichts dagegen tun.

»Paul.« Vera kam zu ihm. »Es ist ja gut, es ist gut ...«

Sein Kopf fuhr herum; er starrte sie an, und seine Augen wurden schmal. Sie war verrückt. Ihre Argumente kamen aus der Außenwelt, wo niemand etwas verstand. »Nichts ist gut, verdammt!« Seine Stimme klang gepreßt vor Wut. Aber es war die gequälte Wut eines Kindes. »Du glaubst, ich kann es, nicht wahr? Nun, ich kann es aber nicht.«

»Was kannst du nicht?« Veras Stimme war sehr sanft.

»Du weißt, was ich meine!«

»Nein, ich weiß es nicht ...«

»Einen Dreck weißt du nicht!«

»Nein –«

»Willst du, daß ich es sage?«

»Daß du was sagst?«

»Daß ... daß ...« Er stammelte. »Daß ich Erwin Scholl finden kann! Na, ich kann es aber nicht. Basta! Ich kann nicht. Kann nicht wieder ganz von vorn anfangen! Also frag nicht noch einmal. Ist das klar?« Osborn beugte sich über sie, brüllte sie an. »Ist das klar, Vera? Frag nicht, denn ich werde es nicht tun! Ich werde es nicht tun, denn ich kann es nicht!«

Plötzlich fiel sein Blick auf seine Hose, die am Fenstertisch über der Stuhllehne hing, und er wollte sich darauf stürzten. Sein verletztes Bein gab nach, und er schrie auf. Einen Moment lang sah er die Decke. Dann prallte der Boden gegen seinen Rücken. Eine Zeitlang lag er einfach da. Dann hörte er jemanden schluchzen, vor seinen Augen verschwamm alles, und er sah nichts mehr. »Ich will nach Hause. Bitte«, hörte er jemanden sagen. Er war verwirrt, denn die Stimme war seine eigene; sie klang nur viel jünger und war tränenerstickt. Verzweifelt rollte er den Kopf hin und her und suchte Vera, aber er sah nur verschwommenes graues Licht.

»Vera – Vera –«, rief er und hatte plötzlich Angst, daß etwas mit seinen Augen passiert sein könnte. »Vera!«

Irgendwo, ganz in der Nähe, hörte er ein dumpfes Geräusch. Es war ein Geräusch, das er nicht erkannte. Dann strich ihm eine Hand durchs Haar, und er erkannte, daß sein Kopf an ihrer Brust lag, und was er hörte, war ihr Herzschlag. Und er hatte das Gefühl, daß sie neben ihm auf dem Boden lag, und zwar schon seit einiger Zeit. Daß sie ihn in den Armen hielt und sanft wiegte. Noch immer aber war sein Blick nicht klar, und er wußte nicht, warum. Und erst jetzt begriff er, daß er weinte.

»Sie sind sicher, daß das der Mann ist?«

»*Oui, monsieur.*«

»Sie auch?«

»*Oui.*«

Lebrun warf die Polizeifotos von Osborn auf seinen Schreibtisch und sah McVey an.

Die beiden Polizisten hatten den Park an der Seine verlassen und waren auf dem Rückweg in die Stadt gewesen, als der Anruf kam. McVey, der das französische Gespräch gehört hatte, hatte die Namen Osborn und Merriman verstanden, aber nicht, was über sie gesagt wurde. Als das Funkgespräch zu Ende war, legte Lebrun auf und übersetzte.

»Wir haben Osborns Foto zusammen mit der Merriman-Story in die Zeitung gesetzt. Der Geschäftsführer eines Golfclubhauses hat es gesehen und sich daran erinnert, daß heute morgen ein Amerikaner, der Ähnlichkeit mit Osborn hatte, in der Nähe seines Golfplatzes aus dem Fluß gekommen ist. Er hat ihm Kaffee spendiert und ihn telefonieren lassen. Er meinte, es könnte derselbe Mann gewesen sein.«

Jetzt, nach der Identifikation der Fotos, bestand kein Zweifel mehr, daß es tatsächlich Osborn gewesen war, der da aus dem Fluß gekommen war.

Pierre Levigne, der Geschäftsführer des Clubhauses, hatte sich widerstrebend von einem Freund heranschleifen lassen.

»Wo ist er jetzt? Was ist aus ihm geworden? Wen hat er angerufen?« fragte McVey, und Lebrun übersetzte es ins Französische.

Levigne wollte immer noch nicht reden, aber sein Freund bedrängte ihn. Schließlich willigte er ein, aber nur unter der Bedingung, daß die Polizei seinen Namen aus den Zeitungen heraushielt. »Ich weiß nur, daß eine Frau kam, um ihn abzuholen, und daß er mit ihr weggefahren ist.«

Zwei Minuten später, nachdem man den beiden gedankt und sie für ihr ausgeprägtes staatsbürgerliches Verantwortungsgefühl gelobt hatte, führte ein uniformierter Polizist Levigne und seinen Freund hinaus. Als die Tür sich hinter ihnen schloß, sah McVey Lebrun an.

»Vera Monneray.«

Lebrun schüttelte den Kopf. »Barras und Maitrot haben schon mit ihr gesprochen. Sie hat Osborn nicht gesehen, und von Albert Merriman oder Henri Kanarack hatte sie noch nie gehört.«

»Ich bitte Sie, Lebrun. Was dachten Sie denn, was sie sagen würde?« meinte McVey zynisch. »Haben sie sich in der Wohnung umgesehen?«

Lebrun zögerte und antwortete dann sachlich: »Sie war dabei, das Haus zu verlassen. Sie haben sie unten im Hausflur getroffen.«

McVey stöhnte auf und blickte zur Decke. »Lebrun. Verzeihen Sie, daß ich auf Ihrem Modus operandi herumtrample, aber Sie setzen Osborns Bild in die Zeitung und lassen in halb Frankreich die Wände nach ihm abklopfen, und dann erzählen Sie mir, niemand hat sich die Mühe gemacht, in der Wohnung seiner Freundin nachzuschauen?«

Lebrun antwortete, indem er nicht antwortete. Statt dessen griff er nach dem Telefonhörer und befahl, ein Team von Beamten solle die Gegend, in der Osborn aus dem Wasser gekommen war, nach der Mordwaffe absuchen. Dann legte er auf und zündete sich bedächtig eine Zigarette an.

»Hat zufällig jemand sie gefragt, wo sie hinwollte?« McVey bemühte sich, seine Wut im Zaum zu halten.

Lebrun sah ihn verständnislos an.

»Sie haben gesagt, sie wollte ausgehen. Wo zum Teufel wollte sie hin?«

Lebrun holte tief Luft und schloß die Augen. Dies war ein Kulturkonflikt! Die Amerikaner *waren* Flegel! Außerdem hatten sie kein Gefühl für Anstand.

»Lassen Sie es mich so ausdrücken, *mon ami.* Sie sind in Paris, und es ist Samstag abend. Mademoiselle Monneray war vielleicht unterwegs zu ihrem Rendezvous mit dem Ministerpräsidenten, vielleicht auch nicht. Aber was immer der Fall gewesen sein mag, ich vermute, die ermittelnden Beamten hätten es mehr als delikat gefunden, sie einfach danach zu fragen.«

McVey atmete selbst tief durch. Dann baute er sich vor Lebruns Schreibtisch auf, stützte sich mit beiden Händen darauf und schaute auf ihn hinunter. »*Mon ami,* Sie sollten wissen, daß ich mir über die Situation voll und ganz im klaren bin.«

McVeys zerknautschte Anzugjacke stand offen, und Lebrun sah den Kolben eines 38er Revolvers im Halfter an der Hüfte; ein lederner Sicherheitsriemen umspannte den Schlagbolzen. Wo die meisten Polizisten der Welt eine 9mm-Automatik mit zehn oder fünfzehn Patronen im Magazin trugen, da hatte McVey einen sechsschüssigen Smith & Wesson. Einen Revolver! Pensionsalter oder nicht, McVey war – *mon Dieu!* – ein *Cowboy*!

»Lebrun, mit allem Respekt vor Ihnen und vor Frankreich: Ich *will* Osborn haben. Ich will mit ihm über Merriman reden. Ich will mit ihm über Jean Packard reden. Und ich will mit ihm über unsere kopflosen Freunde reden. Und wenn Sie mir jetzt sagen: ›McVey, das haben Sie schon getan, und Sie haben ihn wieder laufenlassen‹, dann antworte ich Ihnen: ›Lebrun, ich will es noch einmal tun!‹ Und in Anbetracht dessen, und unter Berücksichtigung von Ritterlichkeit und allem anderen, sage ich Ihnen: Der kürzeste Weg zu diesem Scheißkerl führt über Vera Monneray, ganz egal, mit wem sie ficken mag! *Comprenez-vous?*«

47

Dreißig Minuten später, um Viertel vor zwölf, saßen die beiden Polizisten in Lebruns ungekennzeichnetem Ford vor Vera Monnerays Wohnung im Haus Nummer 18, Quai de Bethune.

Selbst bei starkem Verkehr braucht man vom Präsidium der Pariser Polizeipräfektur bis zum Quai de Bethune nur fünf Minuten. Um halb zwölf waren sie unten im Haus gewesen und hatten im Flur mit dem Portier gesprochen. Er hatte Mademoiselle Monneray nicht gesehen, seit sie am Abend weggegangen war. McVey wollte wissen, ob sie auf andere Weise ins Haus gelangen könnte. Ja, wenn sie durch den Hintereingang käme und über die Lieferantentreppe hinaufginge. Aber das sei höchst unwahrscheinlich.

»Mademoiselle Monneray benutzt keine ›Lieferantentreppe‹.« So einfach war das.

»Fragen Sie ihn, ob er was dagegen hat, wenn ich oben anrufe«, sagte McVey zu Lebrun und griff nach dem Haustelefon.

»Ich habe nichts dagegen, Monsieur«, sagte der Portier knapp auf englisch. »Die Nummer ist zwei-vier-fünf.«

McVey wählte und wartete. Er ließ das Telefon zehnmal klingeln, ehe er wieder auflegte und Lebrun anrief »Nicht da, oder meldet sich nicht. Gehen wir rauf?«

»Warten wir noch ein bißchen ab, hm?« Lebrun gab dem Portier seine Karte. »Wenn sie zurückkommt, bitten Sie sie, mich anzurufen. *Merci.*«

McVey sah auf die Uhr. Jetzt war es fast fünf Minuten vor Mitternacht. Die Fenster von Veras Wohnung auf der anderen Straßenseite waren dunkel. Lebrun warf einen Blick zu McVey hinüber.

»Ich kann fühlen, wie Ihr amerikanisches Herz klopft und trotzdem da hinaufgehen will«, sagte Lebrun und grinste. »Hinten über die Lieferantentreppe. Eine Kreditkarte zwischen Tür und Rahmen ins Schloß schieben, und drin sind Sie. Wie ein Einbrecher.«

McVey wandte den Blick von Veras Fenster und schaute Lebrun an. »In welcher Beziehung stehen Sie zu Interpol Lyon?« fragte er leise. Dies war die erste Gelegenheit, zur Sprache zu bringen, was er von Benny Grossman erfahren hatte.

»Ich habe den gleichen Auftrag wie Sie«, sagte Lebrun lächelnd. »Ich bin Ihr Mann in Paris. Ihr französischer Verbindungsmann zu Interpol in der Mordsache mit den abgetrennten Köpfen.«

»Die Sache Merriman/Kanarack ist davon unberührt, richtig? Sie hat damit nichts zu tun?«

Lebrun begriff nicht ganz, worauf McVey hinauswollte. »Das ist richtig. In diesem Zusammenhang bestand ihre Hilfe, wie Sie wissen, darin, daß sie die technischen Mittel zur Verfügung stellten, um aus einer Wischspur einen klaren Fingerabdruck zu machen.«

»Lebrun, Sie haben mich gebeten, das New York Police Department anzurufen. Ich habe ein paar Informationen bekommen.«

»Über Merriman?«

»In gewisser Weise. Interpol Lyon hat die New Yorker Polizeiakte über das National Central Bureau in Washington angefordert, und zwar mehr als fünfzehn Stunden bevor Sie auch nur davon informiert wurden, daß sie einen klaren Abdruck hergestellt hatten.«

»Was?« Lebrun war erschrocken.

»Das habe ich auch gesagt.«

Lebrun schüttelte den Kopf. »Lyon könnte so eine Akte überhaupt nicht gebrauchen. Interpol ist im Grunde eine Vermittlungsstelle für Informationen zwischen den verschiedenen Polizeibehörden, aber es ist selbst keine Ermittlungsbehörde.«

»Ich habe auf dem Flug von London hierher angefangen, darüber nachzudenken. Interpol verlangt – und bekommt – vertrauliche Informationen, Stunden bevor der ermittelnde Beamte auch nur erfährt, daß es einen Fingerabdruck gibt, der ihn eventuell zu denselben Informationen führen könnte. Das heißt, sofern der ermittelnde Beamte weiß, was er tut.

Selbst wenn einem das ein bißchen komisch vorkommt, muß man sagen, okay, vielleicht ist das der interne Dienstweg. Vielleicht wollen sie sehen, ob ihr Kommunikationssystem funktioniert. Vielleicht wollen sie wissen, was der ermittelnde Beamte taugt. Vielleicht fummelt jemand mit einem neuen Computerprogramm herum. Wer weiß? Und wenn da weiter nichts wäre, sagt man, na schön, vergiß die Sache.

Aber das Dumme ist: Einen Tag später ziehen Sie eben diesen Kerl, der angeblich seit über zwanzig Jahren tot ist, aus der Seine, und er ist mit einer Heckler & Koch Automatic zusammengeschossen worden. Ich bezweifle ernsthaft, daß dieser Job von einer wütenden Hausfrau durchgezogen worden ist.«

Lebrun war fassungslos. »Mein Freund, wollen Sie damit sagen, daß jemand in der Interpol-Zentrale entdeckte, daß Merriman noch lebte, und herausfand, wo er in Paris wohnte, um ihn umbringen zu lassen?«

»Ich sage nur, fünfzehn Stunden bevor Sie davon wußten, bekam jemand bei Interpol diesen Abdruck zu sehen. Er führte ihn zu einem Namen und zu einer unverzüglichen Suche. Vielleicht mit Hilfe des Interpol-Computers, vielleicht auf andere Weise. Aber als das System, welches es auch war, Albert Merriman ausspuckte und mit einem Mann namens Henri Kanarack verband, der putzmunter in Paris lebte, und als diese Information ausgegeben wurde, da passierte alles andere verdammt schnell. Denn Merriman wurde innerhalb von wenigen Stunden nach seiner Identifizierung umgebracht.«

»Aber warum soll man einen Mann umbringen, der rechtlich gesehen längst tot ist? Und warum in dieser Eile?«

»Das ist Ihr Land hier, Lebrun. Erklären Sie's mir.« Instinktiv schaute McVey hinauf zu Vera Monnerays Fenster. Es war immer noch dunkel.

»Wahrscheinlich, um zu verhindern, daß er redete, wenn wir zu ihm kämen.«

»Das nehme ich auch an.«

»Aber nach zwanzig Jahren? Wovor hatten sie Angst? Daß er etwas gegen Leute in hoher Position in der Hand hat?«

»Lebrun.« McVey schwieg einen Moment. »Vielleicht bin ich verrückt, aber ich will es trotzdem mal vortragen. Das alles passiert zufällig jetzt, in Paris. Vielleicht war es ein Zufall, daß es etwas mit einem Mann zu tun hatte, dem wir bereits auf den Fersen waren, vielleicht auch nicht. Aber nehmen wir mal an, es war nicht das erstemal. Nehmen wir an, wer immer dahintersteckt, hat eine Generalliste von alten Widersachern, die untergetaucht sind, und jedesmal, wenn Lyon als internationale Klärungsstelle für verzwickte Polizeifälle einen neuen Fingerabdruck oder ein Nasenhaar oder sonst einen verbindenden Hinweis bekommt, startet er automatisch einen Suchvorgang. Und wenn dann ein Name ausgespuckt wird, der auf dieser Liste steht, geht die entsprechende Anweisung heraus. Und sie geht weltweit aus, denn so weit reicht auch Interpol.«

»Sie reden von einer Organisation. Von einer Organisation mit einem Maulwurf in der Zentrale von Interpol in Lyon.«

»Ich habe ja gesagt, daß ich vielleicht verrückt bin –«

»Und Sie haben den Verdacht, daß Osborn dieser Organisation angehört oder von ihr bezahlt wird?«

McVey grinste. »Machen Sie das nicht mit mir, Lebrun. Ich kann viele Theorien erfinden, aber ohne Beweise werde ich keine Zusammenhänge herstellen. Und bis jetzt gibt es keinen Beweis.«

»Aber Osborn wäre ein guter Ansatzpunkt.«

»Deshalb sind wir hier.«

»Ein anderer guter Ansatzpunkt«, meinte Lebrun, »wäre es, herauszufinden, wer in Lyon die Akte Merriman angefordert hat.«

McVey verlagerte seine Aufmerksamkeit, als ein Auto in den Quai de Bethune einbog und die Straße herunter auf sie zukam; die gelben Scheinwerferstrahlen bohrten sich durch den Regen, der wieder eingesetzt hatte.

Die beiden Polizisten lehnten sich zurück, als der Wagen abbremste und vor Nr. 18 anhielt. Es war ein Taxi. Einen Augenblick später öffnete sich die Haustür, und der Portier kam mit einem Schirm heraus. Die Beifahrertür ging auf, und Vera stieg aus. Sie duckte sich unter den Schirm und ging mit dem Portier ins Haus.

»Gehen wir rein?« fragte Lebrun und beantwortete sich seine Frage selbst. »Ich denke ja.« Als er nach der Tür griff, legte McVey ihm eine Hand auf den Arm.

»*Mon ami*, es gibt mehr als eine Heckler & Koch auf dieser Welt, und mehr als einen, der weiß, wie man damit umgeht. Ich würde mir sehr genau überlegen, wie ich meine Nachforschungen in Lyon betreibe.«

»Albert Merriman war ein Krimineller, und er steckte im Dreck einer dreckigen Geschichte. Glauben Sie, die würden riskieren, einen Polizisten umzubringen?«

»Warum schauen Sie sich nicht noch mal an, was von Albert Merriman übrig ist. Zählen Sie die Einschuß- und Austrittswunden und sehen Sie sich an, wie sie liegen. Und dann stellen Sie sich dieselbe Frage noch mal.«

48

Vera wartete auf den Aufzug, als McVey und Lebrun hereinkamen. Sie sah, wie die beiden durch den Eingangsflur auf sie zukamen.

»Sie müssen Inspecteur Lebrun sein«, sagte sie, als sie seine Zigarette sah. »Die meisten Amerikaner haben sich das Rauchen abgewöhnt. Der Portier hat mir Ihre Karte gegeben. Was kann ich für Sie tun?«

»*Oui, mademoiselle*«, sagte Lebrun und beugte sich dann vor, um unbeholfen seine Zigarette in einem steinernen Aschenbecher neben dem Aufzug auszudrücken.

»*Parlez-vous anglais?*« fragte McVey. Es war spät, weit nach Mitternacht. Offensichtlich wußte Vera, wer sie waren und warum sie hier waren.

»*Yes*«, sagte sie und sah ihm in die Augen.

Lebrun stellte McVey als amerikanischen Polizisten vor, der mit der Pariser Polizeipräfektur zusammenarbeitete.

»Guten Abend«, sagte Vera.

»Dr. Paul Osborn. Ich glaube, Sie kennen ihn.« McVey ließ die Artigkeiten beiseite.

»Ja.«

»Wann haben Sie ihn zuletzt gesehen?«

Veras Blick ging von McVey zu Lebrun und wieder zurück zu McVey. »Vielleicht sprechen wir darüber lieber in meiner Wohnung«, sagte sie.

Der Aufzug war alt und klein und mit poliertem Kupfer ausgeschlagen. Man fühlte sich wie in einer kleinen Kammer, in der jede Wand ein Spiegel war. McVey betrachtete, wie Vera sich vorbeugte und auf einen Knopf drückte. Die Tür glitt zu, es surrte dumpf, Zahnräder faßten, und die drei fuhren schweigend hinauf. Daß Vera gelassen und schön war und sich unten im Flur nicht hatte aus der Ruhe bringen lassen, beeindruckte McVey nicht. Schließlich war sie die Geliebte des französischen Regierungschefs. Das an sich bedeutete sicher eine umfassende Erziehung in Coolness. Aber daß sie sie in ihre Wohnung einlud, zeigte ihren Mumm. Sie gab ihnen zu verstehen, daß sie nichts zu verbergen hatte, ob es so war oder nicht. Damit stand nur eines fest: Wenn Paul Osborn dagewesen war, dann war er jetzt weg.

Der Aufzug brachte sie zur nächsten Etage. Im ersten Stock zog Vera die Tür eigenhändig auf und ging durch den Korridor voran zu ihrer Wohnungstür.

Es war Viertel nach zwölf. Um fünf nach halb zwölf hatte sie den völlig verausgabten Paul Osborn zugedeckt, einen kleinen elektrischen Heizlüfter eingeschaltet, damit er nicht fror, und das versteckte Dachzimmer verlassen. Eine steile, schmale Treppe im Innern eines Rohrleitungsschachts führte in einen Abstellschrank, aus dem man in einen Alkoven im dritten Stock hinausgelangte.

Vera war gerade aus dem Schrank getreten und wollte die Tür abschließen, als ihr die Polizei einfiel. Da sie schon einmal dagewesen waren, war es sehr wahrscheinlich, daß sie noch einmal wiederkommen würden, vor allem, wenn sie nichts von Osborn hörten. Sie würden sie noch einmal befragen, würden wissen wollen, ob sie in der Zwischenzeit etwas gehört hatte, würden sich umschauen, um zu sehen, ob ihnen vielleicht etwas entgangen war oder ob sie etwas zu vertuschen versuchte.

Als sie das erste Mal gekommen waren, hatte sie ihnen gesagt, sie sei im Begriff fortzugehen. Wenn sie nun draußen saßen und darauf warteten, daß sie zurückkam? Und wenn sie sie nicht zurückkommen sahen, sie aber später schlafend in ihrer Wohnung antrafen? Dann würden sie als erstes das ganze Haus durchsuchen. Natürlich war die Dachkammer versteckt, aber nicht so gut, daß nicht ein paar ältere Polizisten, die Väter und Onkel in der Résistance gehabt hatten, sich an solche Verstecke erinnern und anfangen würden, jenseits des Naheliegenden zu suchen.

In der Annahme, daß sie mit ihren Vermutungen über die Polizei recht gehabt hatte, war Vera die Lieferantentreppe an der Rückseite hinuntergegangen und auf die Straße hinter dem Haus. Aus einer Telefonzelle an der Straßenecke rief sie den Portier an. Philippe bestätigte nicht nur ihren Verdacht, sondern las ihr Lebruns Karte vor. Sie schärfte ihm ein, nichts zu sagen, wenn die Polizei zurückkäme; dann überquerte sie den Quai des Célestins, bog in die Rue de l'Hôtel de Ville ein und stieg am Pont Marie in die Métro. Sie fuhr eine Station bis Sully Morland und nahm dann ein Taxi zurück zu ihrer Wohnung am Quai de Bethune. Das Ganze hatte weniger als dreißig Minuten gedauert.

»Bitte kommen Sie herein, meine Herren«, sagte sie; sie schloß die Tür auf, schaltete die Dielenbeleuchtung ein und ging dann voraus ins Wohnzimmer.

McVey schloß die Tür hinter sich und folgte ihr. Links im Halbdunkel konnte er etwas erkennen, das aussah wie ein formelles Eßzimmer. Den Gang hinunter zur Rechten führte eine offene Tür in ein anderes Zimmer, und ihr gegenüber stand noch eine Tür offen. Wohin er auch schaute, er sah antike Möbel und Orientteppiche. Selbst der Läufer in der langen Diele war orientalisch.

Das Wohnzimmer war beinahe doppelt so lang wie breit. Ein großes Art-deco-Poster im Blattgoldrahmen – ein Mucha, wenn McVeys kunstgeschichtliche Erinnerung ihn nicht täuschte – bedeckte den größten Teil der hinteren Stirnwand. Und das eine Wort, das es in den Raum hinaussang, war »Original«. Auf der einen Seite, gegenüber einer langgestreckten weißen Leinencouch, stand ein vollständig restaurierter alter Sessel. Die verschnörkelten Armlehnen und Beine waren in den gleichen bunten Farben handbemalt, in denen auch der Bezugsstoff gehalten war, und der Sessel sah wahrhaftig so aus, als stamme er geradewegs aus der Ausstattung zu *Alice im Wunderland.* Aber er war kein Requisitenstück, sondern ein *objet d'art,* ein weiteres Original.

Darüber hinaus war der Raum, von einem halben Dutzend sorgfältig plazierter Antiquitäten und dem schweren Perserteppich abgesehen, betont sparsam möbliert. Die Tapete aus faserigem Gold- und Silberbrokat war unberührt von dem Schmutz, der in einer Großstadt wie Paris früher oder später alles überzog. Der ganze Raum – und, wie er sich vorstellte, auch die restliche Wohnung – ließ tägliche sorgfältige Pflege erkennen.

Vera knipste ein paar Lampen an und wandte sich dann ihren Gästen zu. »Kann ich Ihnen etwas zu trinken anbieten?« fragte sie auf französisch.

»Ich würde lieber gleich zur Sache kommen, wenn Sie nichts dagegen haben, Ms. Monneray«, sagte McVey.

»Natürlich«, sagte Vera auf englisch. »Bitte nehmen Sie Platz.«

Lebrun ging zu dem weißen Leinensofa und setzte sich. McVey zog es vor zu stehen.

»Gehört Ihnen diese Wohnung?« fragte er.

»Meiner Familie.«

»Aber Sie wohnen allein hier.«

»Ja.«

»Sie waren heute mit Paul Osborn zusammen. Sie haben ihn mit dem Auto abgeholt, etwa zwanzig Meilen von hier auf einem Golfplatz bei Vernon.«

Vera saß in dem Alice-im-Wunderland-Sessel, und McVey schaute sie an. Wenn die Polizei bereits soviel wußte, wäre sie zu klug, um es zu leugnen; das wußte McVey.

»Ja«, sagte sie ruhig.

Vera Monneray war sechsundzwanzig, schön, gefaßt, im Begriff, Ärztin zu werden. Warum setzte sie eine hart erkämpfte, wichtige Karriere aufs Spiel, indem sie Osborn schützte? Es sei denn, es war etwas im Gange, wovon McVey keine Ahnung hatte, oder sie war wirklich verliebt.

»Als Sie das erste Mal von der Polizei danach gefragt wurden, haben Sie bestritten, Dr. Osborn gesehen zu haben.«

»Ja.«

»Warum?«

Veras Blick ging von McVey zu Lebrun und wieder zu McVey. »Ich will ehrlich sein und Ihnen sagen, daß ich Angst hatte. Ich wußte nicht, was ich tun sollte.«

»Er war hier in der Wohnung, nicht wahr?« sagte McVey.

»Nein«, sagte Vera kühl. »Das nun nicht.« Sie würden Mühe haben, diese Lüge zu entlarven. Wenn sie die Wahrheit sagte, würden sie wissen wollen, wo er von hier aus hingegangen und wie er dort hingekommen war.

»Dann haben Sie nichts dagegen, wenn wir uns umsehen?« fragte Lebrun.

»Ganz und gar nicht.« Im Gästezimmer hatte sie alles saubergemacht und weggeräumt. Die Laken und die blutigen Handtücher, die sie benutzt hatte, als sie Osborn die Kugel aus dem Bein entfernt hatte, lagen zusammengefaltet im Speicherversteck, und die Instrumente hatte sie sterilisiert und wieder in ihrem Arztkoffer verstaut.

Lebrun stand auf und ging hinaus. In der Diele blieb er stehen, um sich eine Zigarette anzuzünden; dann ging er weiter.

»Warum hatten Sie Angst?« McVey setzte sich Vera gegenüber auf einen Stuhl.

»Dr. Osborn war verletzt. Er hatte fast die ganze Nacht im Wasser gelegen.«

»Er hat einen Mann namens Albert Merriman umgebracht. Wußten Sie das?«

»Nein, das stimmt nicht.«

»Hat er Ihnen das erzählt?«

»Detective, ich habe Ihnen gesagt, er war verletzt. Nicht, weil er im Wasser gelegen hatte, sondern weil jemand auf ihn geschossen hat. Der Mann, der Albert Merriman umgebracht hat, hat ihm hinten in den Oberschenkel geschossen.«

»Ist das wahr?« sagte McVey.

Vera schaute ihn einen Moment lang an. Dann stand sie auf und ging zu einem Tisch bei der Tür. Unterdessen kam Lebrun zurück. Er sah McVey und schüttelte den Kopf. Vera zog eine Schublade auf, nahm etwas heraus, schloß die Schublade und kam zurück.

»Die habe ich ihm herausgenommen«, sagte sie und legte die Kugel aus Osborns Oberschenkel in McVeys ausgestreckte Hand.

McVey ließ sie in der Handfläche herumrollen und nahm sie dann zwischen Daumen und Zeigefinger. »Teilmantelgeschoß. Könnte neun Millimeter sein ...«, sagte er zu Lebrun.

Lebrun sagte nichts; er nickte nur leicht. Das Nicken genügte, um McVey zu verstehen zu geben, daß er mit ihm einer Meinung war: Es könnte die gleiche Art Projektil sein, die sie in Merriman gefunden hatten.

McVey sah Vera an. »Wo haben Sie die Operation gemacht?«

Sag, was dir in den Sinn kommt, dachte sie. Zuck nicht mit der Wimper. Laß es einfach klingen. »Am Straßenrand, auf dem Rückweg nach Paris.«

»An welcher Straße?«

»Das weiß ich nicht mehr. Er hat geblutet, war fast im Delirium.«

»Wo ist er jetzt?«

»Das weiß ich auch nicht.«

»Wissen Sie auch nicht ... Sie scheinen mehr nicht zu wissen, als zu wissen.«

Vera sah ihn an, wich aber nicht zurück. »Ich wollte ihn herbringen. Genauer gesagt, ich wollte, daß er in ein Krankenhaus geht. Aber er wollte nicht. Er hatte Angst, daß derjenige, der ihn hatte umbringen wollen, noch einmal zurückkommen würde, wenn er herausbekäme, daß er noch lebte. In einem Krankenhaus wäre das kein Problem; und wenn er hierbliebe, fürchtete er, könnte mir etwas passieren. Deshalb bestand er darauf, daß wir es so machten. Die Wunde war nicht tief. Es war eine relativ einfache Operation. Als Arzt wußte er das ...«

»Was haben Sie für Wasser benutzt? Sie wissen schon – um alles sauberzuhalten?«

»Mineralwasser. Ich habe fast immer eine Flasche im Auto. Das haben heutzutage viele Leute. Ich glaube, sogar in Amerika.«

McVey starrte sie an und sagte gar nichts. Lebrun schwieg ebenfalls. Sie warteten darauf, daß sie weiterredete.

»Ich habe ihn heute nachmittag gegen vier am Gare Montparnasse abgesetzt. Ich hätte es nicht tun sollen, aber er ließ sich auf nichts anderes ein.«

»Wo wollte er hin?« fragte McVey.

Vera schüttelte den Kopf.

»Das wissen Sie auch nicht.«

»Es tut mir leid. Aber ich habe Ihnen ja gesagt, er hat sich Sorgen um mich gemacht. Er wollte mich nicht noch tiefer in die Sache verwickeln.«

»Konnte er denn gehen?«

»Er hatte einen Stock, einen alten Spazierstock, der im Wagen lag. Das war nicht viel, aber so konnte er die Belastung des Beins verringern. Er ist gesund. Eine solche Wunde heilt schnell.«

Vera sah, wie McVey aufstand und quer durch das Zimmer zum Fenster ging.

»Wo waren Sie heute abend? Vor dem Zeitpunkt an, wo Sie aus dem Haus gegangen sind, bis jetzt?« Er hatte ihr den Rücken zugewandt und drehte sich jetzt um.

Bis zu diesem Augenblick war McVey direkt, aber im Grunde freundlich gewesen. Mit dieser Frage jedoch änderte sich sein Ton. Er war hart, unangenehm, fast anklagend. So etwas hatte Vera noch nicht erlebt. Das war kein Kino-Cop aus Hollywood, das war ein echter Bulle, und er jagte ihr eine Heidenangst ein.

McVey brauchte Lebrun nicht anzusehen, um zu wissen, was dessen Reaktion sein würde: nacktes Entsetzen.

Und er hatte recht. Lebrun *war* entsetzt. McVey fragte sie geradeheraus, ob sie ein heimliches Rendezvous mit François Christian gehabt hatte. Das Dumme an seiner Reaktion war nur, daß Vera sie auch sah. Sie verriet ihr, daß sie von ihrer Beziehung zu François wußten. Sie verriet ihr außerdem, daß sie von ihrer Beendigung nichts wußten.

»Das möchte ich lieber nicht sagen«, antwortete sie mit ausdrucksloser Miene. Dann schlug sie die Beine übereinander und sah Lebrun an. »Sollte ich einen Rechtsanwalt hinzuziehen?«

Lebrun beeilte sich mit der Antwort. »Nein, Mademoiselle. Nicht jetzt, nicht heute nacht.« Er stand auf und sah McVey an. »Wir haben ja schon Sonntag morgen. Ich denke, es wird Zeit, daß wir gehen.«

McVey musterte Lebrun einen Augenblick lang. Dann fügte er sich dem tiefen Anstandsglauben des Franzosen. »Lassen Sie mich nur noch einen Gedanken zu Ende führen.« Er wandte sich wieder an Vera.

»Kannte Osborn den Mann, der auf ihn geschossen hat?«

»Nein.«

»Hat er Ihnen gesagt, wie er aussah?«

»Nur, daß er groß war«, sagte Vera höflich. »Ziemlich groß und schlank.«

»Hatte er ihn schon einmal gesehen?«

»Das glaube ich nicht.«

Lebrun deutete mit dem Kopf zur Tür.

»Noch eine Frage, Inspector.« McVey ließ Vera nicht aus den Augen. »Dieser Albert Merriman – oder Henri Kanarack, wie er sich nannte. Wissen Sie, warum Dr. Osborn sich so sehr für ihn interessierte?«

Vera zögerte. Was konnte es schaden, wenn sie es ihnen sagte? Vielleicht wäre es sogar hilfreich, wenn sie verstanden, unter welchem Druck Osborn gestanden hatte; vielleicht würden sie dann einsehen, daß er nur versucht hatte, Kanarack zu befragen, und daß er mit der Schießerei nichts zu tun hatte. Andererseits hatte die Polizei das Succinylcholin aus Osborns Zimmer. Wenn sie ihnen erzählte, daß Kanarack Osborns Vater ermordet hatte, dann würden sie annehmen, daß er sich habe rächen wollen. Wenn sie das Mittel damit in Verbindung brachten und herausfanden, wozu es diente, dann würden sie sich Kanaracks Leiche vielleicht noch einmal vornehmen und die Stichwunden der Injektionsnadel entdecken.

Im Moment war Osborn nur ein Flüchtling, aber wenn sie Grund hatten, sich die Leiche noch einmal vorzunehmen, und die Einstichwunden fanden, dann konnten und würden sie ihm wahrscheinlich versuchten Mord zur Last legen.

»Nein«, sagte sie schließlich. »Ich habe wirklich keine Ahnung.«

»Was hat es mit dem Fluß auf sich?« McVey ließ nicht locker.

»Ich weiß nicht, was Sie meinen.«

»Warum waren Osborn und Merriman dort?«

Lebrun war das Ganze unbehaglich, und Vera hätte sich hilfesuchend an ihn wenden können, aber das tat sie nicht.

»Wie ich gerade schon sagte, Detective McVey – ich habe wirklich keine Ahnung.«

Sechzig Sekunden später schloß Vera die Tür hinter ihnen und verriegelte sie. Sie ging zurück ins Wohnzimmer, schaltete das Licht aus und trat ans Fenster. Sie sah die beiden unten aus dem Haus kommen und über die Straße zu dem weißen Ford gehen. Sie stiegen ein, schlossen die Türen und fuhren ab. Vera tat einen tiefen Seufzer. Zum zweitenmal an diesem Abend hatte sie die Polizei belogen.

49

Joanna lag zitternd im Dunkeln. Daß Sex so sein könnte, hatte sie sich nie vorgestellt. Daß sie so etwas fühlen, daß sie es jetzt noch fühlen könnte. Pascal von Holden war seit fast einer Stunde weg, aber sein Geruch, sein Cologne, sein Schweiß, hing immer noch an ihr, und sie wollte ihn nie mehr verlieren. Sie versuchte, sich daran zu erinnern, wie alles gekommen war, wie eins zum andern geführt hatte.

Der Dampfer hatte angelegt, und die Männer im Smoking waren hinausgegangen, um sich zu vergewissern, daß die Gangway gesichert war und daß Egon Leybergers Limousine unten am Kai wartete. Sie und Pascal hatten ihren Tanz beendet, und sie war zu Mr. Leyberger gegangen, um ihm die gute Nachricht zu verkünden, daß sie hierbleiben und die krankengymnastische Behandlung fortsetzen würde.

Als sie bei ihm angekommen war, hatte er ihr gewinkt, sie solle ihn in seinem Rollstuhl ein Stück weit beiseite fahren. Sie hatte zu von Holden hinausgeschaut, der draußen an Deck auf sie wartete. Sie hatte ihn nicht verlassen wollen, nicht einmal für einen Augenblick, aber er hatte genickt und gelächelt, und sie hatte Leyberger davongeschoben. Im sicheren Abseits hatte Leyberger plötzlich nach ihrer Hand gegriffen und sie festgehalten. Er hatte müde und verwirrt ausgesehen, vielleicht sogar ein bißchen furchtsam. Sie hatte ihn angeschaut und sanft gelächelt, und sie hatte ihm erzählt, daß sie noch ein Weilchen bleiben würde, um ihm zu helfen, sich an die neue Umgebung zu gewöhnen. Und da hatte er sie dicht zu sich herangezogen und ihr die gleiche Frage wieder gestellt.

»Wo ist meine Familie?« hatte er gefragt. »Wo ist meine Familie?«

»Sie sind alle hier, Mr. Leyberger. Sie haben Sie am Flughafen abgeholt. Sie sind heute abend hier, Mr. Leyberger, ringsherum. Sie sind zu Hause, in der Schweiz.«

»Nein!« hatte er mit Nachdruck gesagt und sie wütend angestarrt. »Nein! Meine Familie. Wo ist sie?«

In diesem Augenblick waren die Männer im Smoking zurückgekehrt. Es war Zeit, Mr. Leyberger zu seinem Wagen zu bringen. Sie hatte gesagt, er solle nur mitgehen und sich keine Sorgen machen; sie würden morgen darüber reden.

Von Holden hatte den Arm um ihre Schultern gelegt und beruhigend gelächelt, während sie zusahen, wie Leyberger den Steg hinuntergefahren und behutsam in seinen Wagen gesetzt wurde. Sie müsse sehr müde sein, hatte er dann gesagt. Immer noch auf New-Mexico-Zeit. »Ja, das stimmt.« Sie hatte gelächelt, dankbar für seine Fürsorge.

»Darf ich Sie zu Ihrem Hotel bringen?«

»Ja, das wäre nett. Danke.« Noch nie hatte sie jemanden kennengelernt, der so aufrichtig und warmherzig und lieb zu ihr gewesen war.

Nur verschwommen erinnerte sie sich an die folgende Fahrt vom See herauf und durch Zürich.

Irgendwie hatte sie dann die Tür zu ihrem Zimmer aufgeschlossen, und von Holden hatte ihr den Schlüssel aus der Hand genommen und die Tür hinter ihnen zugemacht. Er hatte ihr aus dem Mantel geholfen und ihn ordentlich in den Schrank gehängt. Dann hatte er sich umgedreht, und sie waren im Dunkeln zueinander gekommen. Seine Lippen auf ihren. Sanft und zugleich kraftvoll.

Sie erinnerte sich, wie er sie ausgezogen und ihre Brüste in den Mund genommen hatte, erst die eine, dann die andere, wie seine Lippen ihre Brustwarzen umschlossen hatten. Dann hatte er sie hochgehoben und auf das Bett gelegt. Ohne den Blick von ihr zu nehmen, hatte er sich ausgezogen. Langsam, sinnlich. Die Haare auf seiner muskulösen Brust waren ebenso hell wie die auf seinem Kopf. Ihre Brüste taten weh, und sie spürte, wie sie feucht wurde, während sie ihn beobachtete.

Plötzlich warf Joanna im Dunkeln den Kopf in den Nacken und lachte. Sie war allein, aber sie lachte laut und ausgelassen. Daß man sie im Nachbarzimmer hören konnte, war ihr egal. Der alte schmutzige Witz, den die Mädchen sich seit der Junior High School erzählten, war Wirklichkeit geworden.

»Männer gibt's in drei Größen«, lautete er. »Small, Medium und O MEIN GOTT!«

50

Paris, 3 Uhr 30. Dasselbe Hotel, dasselbe Zimmer, dieselbe Uhr wie beim letztenmal.
Klick.
3:31

Es war immer halb vier – plusminus zwanzig Minuten. McVey war erschöpft, aber er konnte nicht schlafen. Das bloße Denken tat weh, aber sein Kopf hatte keinen Knopf zum Abschalten. Er hatte nie einen gehabt.

Lebrun hatte seine Leute zum Gare Montparnasse geschickt, damit sie Osborns Spur verfolgten. Aber das war vertane Zeit, und das hatte er Lebrun auch gesagt. Vera Monneray hatte gelogen, als sie ihnen erzählt hatte, sie hätte ihn dort am Bahnhof abgesetzt. Sie hatte ihn woanders hingebracht, und sie wußte, wo er jetzt war.

Er hatte vorgeschlagen, am nächsten Morgen wieder zu ihr zu gehen und ihr zu sagen, sie würden die Unterhaltung gern auf dem Präsidium fortsetzen. Ein formelles Vernehmungszimmer wirkte Wunder, wenn es darum ging, Leute dazu zu bringen, daß sie die Wahrheit sagten, ob sie wollten oder nicht.

Lebrun hatte mit Nachdruck abgelehnt. Osborn mochte unter Mordverdacht stehen, aber ganz sicher nicht die Freundin des Ministerpräsidenten der Republique Française!

Sein Verständnis wurde bis an die Grenzen der Belastbarkeit getrieben, und McVey hatte langsam bis zehn gezählt und dann eine andere Lösung vorgeschlagen: einen Lügendetektortest. Damit brachte man eine lügende Verdachtsperson vielleicht nicht gleich dazu, alles preiszugeben, aber es war doch eine gute emotionale Einstimmung für eine unmittelbar darauffolgende zweite Vernehmung. Zumal wenn der Verhörende am Lügendetektor außergewöhnlich gründlich und die Verdachtperson vorher ein kleines bißchen nervös gewesen war, was fast immer zutraf.

Aber wieder hatte Lebrun nein gesagt, und das einzige, was McVey ihm hatte aus den Rippen leiern können, war eine sechsunddreißigstündige Beschattung, und sogar das war ein hartes Stück Arbeit gewesen, und Lebrun hatte drei Zwei-Mann-Teams herausrücken müssen, die anderthalb Tage lang ihre Bewegungen beobachten würden.

Klick.

Diesmal kümmerte McVey sich nicht um die Uhr. Er knipste das Licht aus, legte sich im Dunkeln hin und betrachtete die verschwommenen Schatten an der Zimmerdecke, und er fragte sich, ob ihn das alles wirklich interessierte: Vera Monneray, Osborn, dieser »große Mann« – falls er wirklich existierte –, der angeblich Albert Merriman ermordet und Osborn verwundet hatte, oder auch die tiefgekühlten kopflosen Leichen und der ebenso tiefgekühlte Kopf, die ein unsichtbarer Hightech-Frankenstein zusammenzusetzen versuchte. Daß es sich bei diesem Arzt möglicherweise um Osborn handelte, war ebenfalls zweitrangig, denn in diesem Augenblick gab es nur eins, was McVey ganz sicher interessierte: der Schlaf. Und er fragte sich, ob er je welchen finden würde.

Klick.

Vier Stunden später saß McVey am Steuer des beigefarbenen Opel und fuhr zu dem Park an der Seine. Ein wolkenloser Morgen war angebrochen, und er mußte die Blende herunterklappen, damit ihm die Sonne nicht in die Augen schien, während er am Fluß entlangfuhr und nach dem Abzweig zum Park Ausschau hielt.

Fünf Minuten später erkannte er die Baumgruppe wieder, die an der Einfahrt stand. Er bog ab und hielt an. Ein Feldweg führte um eine von Bäumen gesäumte Wiese. Die Blätter wurden hier und da allmählich gelb. McVey schaute zu Boden und sah die Reifenabdrücke eines einzelnen Wagens, der in den Park hinein- und auf demselben Weg wieder hinausgefahren war.

Er mußte annehmen, daß sie von Lebruns Ford stammten; er und der Franzose waren angekommen, nach dem es aufgehört hatte zu regnen, und jeder weitere Wagen, der hierhergekommen wäre, hätte neue Spuren hinterlassen.

McVey beschleunigte vorsichtig und fuhr um die Wiese herum bis zu den Bäumen am oberen Ende des Weges, der zum Wasser hinunterführte. Dort hielt er an und stieg aus. Vor sich sah er zwei Paar ausgewaschene Fußspuren, die den Weg hinunterführten – seine und Lebruns. Er betrachtete den Weg und den Landungssteg; er stellte sich vor, wo Agnes Demblons weißer Citroën dort unten am Wasser geparkt haben dürfte, und versuchte, sich zu überlegen, weshalb Osborn und Albert Merriman hierhergekommen sein mochten. Hatten sie zusammengearbeitet? Warum mit dem Wagen bis ans Wasser fahren? War etwas im Wagen gewesen, das sie ins Wasser hatten werfen wollen? Drogen? Oder hatten sie mit dem Wagen selbst etwas vorgehabt? Ihn loswerden? Einzelteile abmontieren? Aber wieso? Osborn war ein ziemlich gutsituierter Arzt. Das alles ergab keinen Sinn.

Wenn er davon ausging, daß die rote Erde, die er hier sah, dieselbe rote Erde war, die er am Abend vor dem Mord an Osborns Turnschuhen gesehen hatte, dann mußte er annehmen, daß Osborn am Tag vorher auch schon einmal hiergewesen war. Wenn man außerdem berücksichtigte, daß in dem Auto dreierlei Fingerabdrücke gefunden worden waren – Osborns, Merrimans und Agnes Demblons –, konnte man halbwegs sicher sein, daß es Osborn gewesen war, der diese Stelle am Fluß ausgesucht und Merriman hergebracht hatte.

Lebrun hatte festgestellt, daß Agnes Demblon am Freitag den ganzen Tag in der Bäckerei gearbeitet hatte und auch noch am späten Nachmittag dagewesen war, als Merriman umgebracht worden war.

Einstweilen, und bevor Lebrun den ballistischen Untersuchungsbericht über das Projektil hatte, das Vera Monneray aus Osborns Oberschenkel herausoperiert haben wollte, war McVey bereit, ihr zu glauben, daß ein großer Mann hier geschossen hatte. Und wenn er nicht Handschuhe getragen und sowohl Osborn als auch Merriman – auf freundliche oder unfreundliche Weise – in seiner Gewalt gehabt hatte, konnte man mit einiger Sicherheit annehmen, daß er nicht mit ihnen im selben Auto gekommen war. Und da der Citroën am Tatort zurückgelassen worden war, hatte er entweder ein eigenes Auto gehabt, oder er ist – in dem unwahrscheinlichen Fall, daß er doch mit Osborn und Merriman herausgekommen war – von jemandem abgeholt worden. Öffentliche Verkehrsmittel gab es hier draußen nicht, und zu Fuß dürfte er kaum in die Stadt zurückgekehrt sein. Es war möglich, aber unwahrscheinlich, daß er per Anhalter gefahren war. Ein Mann, der eine Heckler & Koch benutzte und soeben zwei Männer niedergeschossen hatte, würde sich nicht mit ausgestrecktem Daumen an die Straße stellen und damit für einen Zeugen sorgen, der ihn später würde identifizieren können.

Wenn man nun die Verbindung von Interpol Lyon zu den Akten der New Yorker Polizei nachverfolgte, hätte es der große Mann auf Merriman abgesehen, nicht auf Osborn. Wenn es so war, hieß das auch, daß eine Verbindung zwischen Osborn und dem großen Mann bestand? Und wenn ja, hatte der große Mann, nachdem er Merriman erschossen hatte, Osborn ausgetrickst und die Waffe auch auf ihn gerichtet? Oder war der große Mann Merriman gefolgt, vielleicht von der Bäckerei bis zu seinem Treffen mit Osborn, wo immer das gewesen sein mochte, und dann den beiden hierher?

Wenn man diese Theorie weiterspann und annahm, daß der Brand, der Agnes Demblons Wohnhaus zerstört hatte, mit der Absicht gelegt worden war, sie zu beseitigen, dann lag die Annahme nahe, daß der große Mann den Auftrag gehabt hatte, nicht nur Merriman zu erledigen, sondern auch jeden anderen, der ihn gut gekannt hatte.

»Seine *Frau*!« sagte McVey plötzlich laut.

Er verließ den Weg und lief unter den Bäumen hindurch auf den Opel zu. Er hatte keine Ahnung, wo das nächste Telefon war, und er verfluchte Interpol dafür, daß sie ihm ein Auto ohne Funk und ohne Telefon gegeben hatten. Lebrun mußte alarmiert werden, denn Merrimans Frau, wo immer sie sein mochte, war in ernster Gefahr.

Am Rand der Baumgruppe, dicht vor dem Wagen, blieb er jäh stehen und drehte sich um. Der Weg, den er soeben in seiner Eile genommen hatte, vom Tatort hierher, hatte ihn unter den Bäumen hindurch geführt. Genau den gleichen Weg konnte der Killer nach der Schießerei auch genommen haben. Als McVey und Lebrun am Abend zuvor zum Wasser hinuntergegangen waren, hatten sie die Bäume außen umgangen und waren nicht zwischen ihnen hindurchgelaufen. Lebruns Mitarbeiter und die Leute von der Spurensicherung hatten nichts entdeckt, was auf die Anwesenheit eines Dritten am Abend des Mordes hingewiesen hätte. Daher hatten sie angenommen, daß Osborn der Schütze gewesen sei. Aber hatten sie auch hier oben gesucht, unter den Bäumen, so weit weg von dem steilen Weg zum Ufer?

Heute war ein strahlender Sonntag, nachdem es fast eine Woche lang nur geregnet hatte. McVey war in einer Zwickmühle. Wenn er jetzt von hier verschwand, um Lebrun wegen Merrimans Frau zu warnen, riskierte er, daß jemand oder auch eine ganze Menge Leute, denen zu Hause allmählich die Decke auf den Kopf fiel, hier im Park ankamen und unabsichtlich Spuren vernichteten. Ohne große Begeisterung entschied er sich für die Annahme, daß der große Mann, wenn die französische Polizei die Frau noch nicht gefunden hatte, vermutlich die gleichen Probleme haben würde, und er beschloß, sich die nötige Zeit zu nehmen und zu bleiben, wo er war.

Er machte kehrt und ging vorsichtig unter den Bäumen hindurch den Weg zum Ufer zurück, den er gekommen war. Der Boden war von einer dicken Schicht feuchter Tannennadeln bedeckt. Wenn man sie betrat, federten sie wie ein Teppich, und vermutlich war schon etwas Schwereres als ein Männerschritt nötig, um einen bleibenden Abdruck zu hinterlassen.

Er ging bis zum Weg an der Böschung und kehrte dann um. Er hatte nichts gefunden. Er begab sich zwölf Schritte weiter nach Osten und lief von dort aus wieder bis zur Böschung. Wieder fand er nichts.

Er wandte sich wieder nach Westen, ging zu einer Stelle auf halber Strecke zwischen dem ersten und dem zweiten Versuch und machte sich von neuem auf den Weg zur Uferböschung. Er hatte noch keine zehn Schritte getan, als er den Zahnstocher sah. Es war ein einzelner, flacher Zahnstocher, in der Mitte durchgebrochen, halb verborgen unter den Tannennadeln. Er zog sein Taschentuch hervor, bückte sich und hob ihn auf. Als er ihn betrachtete, sah er, daß die Bruchstelle innen heller war als außen, was darauf hindeutete, daß der Zahnstocher erst kürzlich durchgebrochen worden war. Er wickelte ihn in sein Taschentuch, steckte ihn ein und ging zurück zum Wagen. Er ging sehr langsam und betrachtete den Boden aufmerksam. Fast hatte er den Rand der Baumgruppe erreicht, als ihm etwas ins Auge fiel. Er blieb stehen und ging in die Hocke.

Die Tannennadeln vor ihm waren eine Nuance heller als die in der Umgebung. Im Regen hätte man nichts bemerkt, aber als sie jetzt in der Morgensonne trockneten, sahen sie eher aus, als seien sie mit Absicht hier verstreut worden. McVey hob einen abgebrochenen Zweig auf und fegte sie behutsam beiseite. Erst sah er nichts und war enttäuscht. Aber als er weiterfegte, legte er etwas frei, das aussah wie ein Reifenabdruck. Er richtete sich auf und folgte der Spur, und er entdeckte einen soliden Abdruck im Sandboden am Rande der Baumgruppe. Ein Auto war unter den Bäumen abgestellt worden. Später hatte der Fahrer rückwärts hinausgesetzt und seine eigenen Spuren gesehen. Er war ausgestiegen, hatte frische Tannennadeln eingesammelt und sie über seiner Spur verstreut, um sie zu verdecken, aber dabei hatte er versäumt, auf die Stelle zu achten, wo der Wagen stand. Außerhalb der Baumgruppe waren die Reifenspuren vom Regen weggewaschen worden. Aber an ihrem Rand wurde der Boden von überhängenden Zweigen geschützt, und ein kleiner, aber deutlicher Abdruck war zurückgeblieben. Nicht mehr als zehn Zentimeter lang und anderthalb Zentimeter tief. Viel war es nicht. Aber für die polizeiliche Spurensicherung würde es reichen.

51

»SCHOLL!«

Osborn hatte gerade uriniert und betätigte jetzt die Wasserspülung, als ihn der Name ansprang. Er drehte sich unbeholfen um und zuckte vor Schmerz zusammen, als er sein verletztes Bein belastete. Er griff nach dem Stock, den Vera ihm dagelassen hatte, und nahm ihn von der Kante des Waschbeckens. Er verlagerte sein Gewicht und ging zurück ins Zimmer. Jeder Schritt strengte ihn an, und er mußte sich langsam bewegen, aber er merkte, daß der Schmerz mehr durch Steifheit und Muskelkater verursacht wurde als durch die Wunde selbst, und das bedeutete, daß die Heilung voranschritt.

Als er jetzt aus der winzigen Toilette kam und durch das Zimmer humpelte, kam es ihm kleiner vor als im Liegen. Vor dem einzigen Fenster hing ein Verdunkelungsvorhang, und so war es nicht nur finster, sondern auch stickig und eng, und es roch nach Antiseptika. Er blieb am Fenster stehen, stellte den Stock beiseite und riß den Vorhang auf. Sofort flutete das helle Licht eines Frühherbsttages ins Zimmer. Er öffnete das kleine Fenster und schaute hinaus. Er sah nur das Dach des Hauses, das hier steil abfiel, und dahinter die Spitzen der Türme von Notre Dame, die in der Morgensonne glitzerten. Am meisten überraschte ihn die Frische der Morgenluft, die über die Seine heranwehte. Sie war süß und erholsam, und er atmete tief.

Vera war irgendwann in der Nacht heraufgekommen und hatte seine Verbände gewechselt. Als er später erwacht war, hatte er sich auf den großen Mann und auf die Polizei konzentriert und sich überlegt, was er ihretwegen unternehmen sollte. Aber jetzt beherrschte Erwin Scholl seine Gedanken. Der Mann, der Henri Kanarack beauftragt hatte, seinen Vater zu ermorden, wie Kanarack ihm aus Angst vor dem Succinylcholin geschworen hatte. Und fast im selben Augenblick war der große Mann aus der Dunkelheit aufgetaucht und hatte auf sie beide geschossen.

Erwin Scholl. Von wo? Kanarack hatte ihm auch das gesagt.

Osborn wandte sich vom Fenster ab und hinkte zurück zum Bett; er strich die Decke ein bißchen glatt, drehte sich um und ließ sich niedersinken.

Wer war Erwin Scholl? Und wieso hatte er seinen Vater umbringen lassen wollen?

Plötzlich schloß er die Augen. Die gleiche Frage stellte er sich seit fast dreißig Jahren.

Der Fluß hatte ihn zumindest an einen entscheidenden Ort getragen. Wäre dieser Ort der Tod gewesen, so hätte er ihn dem, an dem er nun gestrandet war, vorgezogen – dem Ort, der ihm keine Ruhe ließ, der seine Wut für alle Zeit wachhielt, der es ihm umöglich machte, zu lieben oder geliebt zu werden, ohne die schreckliche Furcht im Nacken zu haben, er könnte wieder alles zerstören. Aus Henri Kanarack war Erwin Scholl geworden. Kein Gesicht diesmal, nur ein Name. Wie lange würde er brauchen, um ihn zu finden – wieder dreißig Jahre? Und wenn er den Mut und die Kraft dazu hatte und ihn nach all dem schließlich fände: was dann?

– Wieder eine Tür, die woanders hinführte?

Ein Geräusch hinter der Wand riß Osborn aus seinen Gedanken. Es kam jemand. Hastig sah er sich nach einem Versteck um. Es gab keins. Wo war Kanaracks Pistole? Er schaute zur Tür. Der Knopf drehte sich. Seine einzige Waffe war der Spazierstock neben ihm. Seine Finger schlossen sich um den Stock, als die Tür sich öffnete.

Vera in weißer Arbeitskleidung.

»Guten Morgen«, sagte sie und trat ein. Wieder hatte sie das Tablett mitgebracht, diesmal mit heißem Kaffee und Croissants und einer Plastikkühlbox mit Obst, Käse und einem kleinen Brot. »Wie fühlst du dich?«

Osborn tat einen Seufzer und legte den Stock auf das Bett. »Gut«, sagte er. »Zumal jetzt, da ich weiß, wer da zu Besuch kommt.«

Vera stellte das Tablett auf den kleinen Tisch am Fenster und sah ihn an. »Die Polizei war gestern nacht noch einmal da. Ein Amerikaner war dabei; er schien dich ganz gut zu kennen.«

Osborn erschrak. »McVey!« O Gott, er war immer noch in Paris!

»Du kennst ihn anscheinend auch ...« Veras Lächeln war schmal, beinahe gefährlich, als ob ihr das alles auf eine verrückte Art Spaß machte.

»Was wollten sie?« fragte er schnell.

»Sie haben herausgefunden, daß ich dich am Golfplatz abgeholt habe. Ich habe zugegeben, daß ich dir eine Kugel aus dem Bein geholt habe. Sie wollten wissen, wo du bist. Ich habe gesagt, ich hätte dich am Bahnhof abgesetzt. Ich wüßte nicht, wo du hinwolltest, und du hättest es mir nicht sagen wollen. Ich bin nicht sicher, daß sie mir geglaubt haben.«

»McVey wird dich beobachten wie ein Falke und darauf warten, daß du Kontakt mit mir aufnimmst.«

»Das weiß ich. Deshalb gehe ich ja auch zur Arbeit. Ich habe jetzt sechsunddreißig Stunden Dienst. Danach ist es ihnen hoffentlich langweilig geworden, und sie glauben, daß ich die Wahrheit gesagt habe.«

»Und wenn nicht? Wenn sie auf den Gedanken kommen, deine Wohnung und dann das ganze Haus zu durchsuchen?« Osborn hatte plötzlich Angst. Er sah sich in die Enge getrieben und ohne Ausweg. Vom Zustand seines Beines ganz abgesehen – wenn er versuchen wollte, das Haus zu verlassen, und sie draußen warteten und es beobachteten, dann würden sie ihn festnageln, bevor er bis zur nächsten Straßenecke gekommen wäre. Und wenn sie auf die Idee kamen, das Haus zu durchsuchen, dann würden sie irgendwann auch den Weg zu ihm herauf finden, und dann wäre er so oder so erledigt.

»Wir können nichts anderes tun.« Vera war stark und ungerührt. Sie stand nicht nur auf seiner Seite und beschützte ihn, sondern sie hatte auch die Zügel mehr oder minder in der Hand. »Im Bad ist Wasser, und du hast genug zu essen, bis ich zurückkomme. Ich möchte, daß du anfängst zu trainieren. Streckübungen und Kniebeugen, wenn du kannst; auf alle Fälle geh im Zimmer auf und ab, solange es geht, und zwar alle vier Stunden. Wenn wir von hier verschwinden, wirst du gehen müssen.

Und vergiß nie, den Vorhang zuzuziehen, wenn es dunkel wird. Das Mansardenfenster ist hinter der Dachkante verborgen, aber wenn jemand das Haus beobachtet, wird der Lichtschein dich sofort verraten. Hier …«

Vera drückte ihm einen Schlüssel in die Hand.

»Mein Wohnungsschlüssel – für den Fall, daß du mich erreichen mußt. Die Telefonnummer steht auf einem Block neben dem Telefon. Die Treppe führt in einen Wandschrank in der Etage unter dir. Nimm dann die Lieferantentreppe in den ersten Stock.« Vera zögerte und sah ihn an. »Ich brauche dir nicht zu sagen, du sollst vorsichtig sein.«

»Und ich brauche dir nicht zu sagen, daß du immer noch einfach aussteigen kannst. Fahr zu deiner Großmutter und bestreite, daß du die leiseste Ahnung hattest, was hier los war.«

»Nein«, sagte sie und wandte sich zur Tür.

»Vera.«

Sie blieb stehen und sah sich um. »Was?«

»Da war eine Pistole. Wo ist sie?«

An Veras Reaktion sah Osborn, daß ihr der Klang dessen, was er da gesagt hatte, nicht gefiel.

»Vera …« Er schwieg einen Moment. »Wenn der große Mann mich findet, was soll ich dann tun?«

»Wie könnte er dich finden? Er kann von mir nichts wissen. Er weiß nicht, wer ich bin oder wo ich wohne.«

»Von Merriman wußte er auch nichts. Und er ist trotzdem tot.«

Sie zögerte.

»Vera, bitte.« Osborn sah ihr ins Gesicht. Er wollte die Pistole, um sein Leben zu verteidigen, nicht, um Polizisten zu erschießen.

Schließlich deutete sie mit dem Kopf auf den Tisch am Fenster. »Sie liegt in der Schublade.«

52

Marseille

Marianne Chalfour Rouget verließ die Acht-Uhr-Messe widerstrebend schon nach zehn Minuten und nur, weil die anderen Gemeindemitglieder, die sie größtenteils gut kannte, sich immer wieder nach ihrer weinenden Schwester umdrehten. Michele Kanarack war seit knapp achtundvierzig Stunden bei ihr, und sie hatte die ganze Zeit über ihre Tränen nicht zurückhalten können.

Am Sonntag morgen hatte Jean Luc, Mariannes Ehemann, von ihren Tränen genug, und das sagte er seiner Frau geradeheraus und unverblümt in Micheles Beisein. Geh mit ihr in die Kirche und bringe sie vor den Augen Gottes dazu, mit der Heulerei aufzuhören! Oder, wenn nicht mit Gottes Hilfe, dann wenigstens mit Hilfe des Pfarrers.

Aber es hatte nichts genützt. Und als sie jetzt aus der Kirche in den warmen Mittelmeersonnenschein hinaustraten und den Boulevard d'Athènes in Richtung Canebière hinuntergingen, nahm Marianne ihre Schwester bei der Hand.

»Michele, du bist nicht die einzige Frau auf der Welt, deren Mann plötzlich davongelaufen ist. Auch nicht die erste, die dabei schwanger ist. Jawohl, das tut weh, und ich verstehe es. Aber das Leben geht munter weiter, und jetzt reicht es auch! Wir sind für dich da. Such dir einen Job und bekomm dein Baby. Und dann suchst du dir einen anständigen Mann.«

Nachdem sie gesagt hatte, was sie zu sagen hatte, ging Marianne auf einen kleinen Markt am Quai des Belges, um ein Suppenhuhn und frisches Gemüse zum Abendessen zu kaufen. Auf dem Markt und auf dem Gehweg herrschte selbst um diese Zeit ein reges Treiben, und der Geräuschpegel von Menschen und Autoverkehr war ziemlich hoch.

Marianne hörte ein seltsames kleines »Plopp«, das den übrigen Lärm zu durchdringen schien. Als sie sich Michele zuwandte, um sie zu fragen, ob sie es auch gehört habe, da sah sie, daß ihre Schwester sich rückwärts an einen mit Melonen beladenen Stand lehnte und aussah, als habe irgend etwas sie gründlich überrascht. Dann erschien ein leuchtendroter Fleck am Rande des weißen Kragens an Micheles Kehle und breitete sich aus. Marianne spürte, daß da noch jemand war, und schaute hoch. Ein großer Mann stand vor ihr und lächelte.

Er hatte etwas in der Hand; er hob es, und wieder hörte sie das »Plopp«. Im nächsten Augenblick war der Mann verschwunden, und ihr war, als werde es dunkel. Sie schaute sich um und sah Gesichter. Und dann verschwand merkwürdigerweise alles.

53

Bernhard Oven hätte nach Paris zurückfliegen können, wie er nach Marseille gekommen war, aber ein Hin- und Rückflug, der einen mehrfachen Mord einrahmte, würde der Polizei einen allzu deutlichen Hinweis geben. Der Schnellzug TGV von Marseille nach Paris brauchte vierdreiviertel Stunden. Zeit genug für Oven, es sich in seinem Erste-Klasse-Abteil bequem zu machen und zu analysieren, was geschehen war und was als nächstes geschehen würde.

Michele Kanarack zu ihrer Schwester nach Marseille zu folgen, war eine Kleinigkeit gewesen; er war ihr an dem Morgen, als sie Paris verließ, zum Bahnhof gefolgt und hatte beobachtet, welchen Zug sie genommen hatte. Als er Zug und Zielort wußte, erledigte die Organisation den Rest. Als sie aus dem Zug gestiegen war, hatte man sie schon erwartet und zum Haus ihrer Schwester in der Gegend von Le Panier verfolgt. Danach hatte man sie sorgfältig beobachtet und eine Bestandsaufnahme derjenigen Personen gemacht, denen sie sich anvertrauen würde. Mit diesen Informationen in der Hand hatte Oven einen Air-Inter-Flug von Paris nach Marseille genommen und am Flughafen Provence einen Mietwagen abgeholt. Im Reserveradkasten befanden sich eine tschechoslowakische CZ.22 Automatic, zusätzliche Munition und ein Schalldämpfer.

»Bonjour. Ah, le billet, oui.«

Es war ganz gut, daß er die Frauen da erledigt hatte, wo er es getan hatte. Wenn sie ihm irgendwo entkommen und nach Hause gelaufen wären – nun, hysterische Leute waren immer ein mühseliges Ziel. Und der Anblick von Mariannes Ehemann und ihren fünf Kindern, die erschossen in der Wohnung lagen … Obwohl er sehr sauber gearbeitet hatte, wären die beiden Frauen ganz sicher durchgedreht, und sämtliche Nachbarn und Passanten in Hörweite wären zusammengeströmt.

Natürlich würde man den Mann und die Kinder finden, wenn das nicht schon geschehen war, und Erschütterungen seiner Tat würden Polizei und Politiker in Scharen aus den Büschen treiben. Aber Oven hatte keine andere Wahl gehabt. Der Mann war im Begriff gewesen, zu seinen Kumpeln ins Café zu gehen, und das hätte bedeutet, daß er den ganzen Tag hätte abwarten müssen, bis alle wieder zusammen gewesen wären. Eine derartige Verzögerung aber konnte er sich nicht leisten, denn er hatte noch sehr viel dringendere Geschäfte in Paris – Geschäfte, bei denen die Organisation ihm bisher nicht hatte behilflich sein können.

Antenne 2, der staatliche Fernsehsender, hatte ein Interview mit dem Geschäftsführer eines Golfclubhauses an der Seine bei Vernon gebracht. Ein kalifornischer Arzt, den die Polizei im Verdacht hatte, einen in Frankreich lebenden Amerikaner namens Albert Merriman ermordert zu haben, war am frühen Samstag morgen aus der Seine gekrochen und hatte sich im Clubhaus ausgeruht, bevor eine dunkelhaarige Französin ihn abgeholt hatte.

Bis jetzt hatte Bernhard Oven jeden, der private Beziehungen zu Albert Merriman unterhalten hatte, rasch und effizient eliminiert. Aber dieser amerikanische Arzt, der als Dr. Paul Osborn identifiziert worden war, hatte es irgendwie geschafft, davonzukommen. Und jetzt war auch noch eine Frau ins Spiel gekommen. Beide mußten gefunden und beseitigt werden, bevor die Polizei sie auftreiben konnte. Nicht besonders schwierig – wenn nicht plötzlich die Zeit sein Feind geworden wäre. Heute war Sonntag, der 9. Oktober. Das Programm mußte bis spätstens Freitag, den 17. Oktober, abgearbeitet sein.

»Haben Sie je mit Herrn Leyberger gearbeitet, während er nackt war, Ms. Marsh?«

»Nein, Doktor, selbstverständlich nicht.« Joanna war überrascht von dieser Frage. »Dazu gäbe es keinen Grund.«

Joanna konnte Salettl in Zürich ebensowenig leiden wie in New Mexico. Sein kurz angebundener Umgang mit ihr, seine distanzierten Manieren, das alles war mehr als einschüchternd. Er machte ihr angst.

»Dann haben Sie ihn nie entkleidet gesehen.«

»Nein, Sir.«

»In Unterwäsche vielleicht.«

»Dr. Salettl, ich weiß nicht genau, was Sie damit sagen wollen.«

Um Punkt sieben Uhr war Joanna am Morgen durch von Holden

telefonisch in ihrem Zimmer geweckt worden. Aber er war nicht der warmherzige und zärtliche Liebhaber der vergangenen Nacht gewesen, sondern hatte knapp und geschäftsmäßig geklungen. In fünfundvierzig Minuten werde ein Wagen kommen und sie und ihre Sachen zu Herrn Leybergers Anwesen bringen; er wisse, daß sie bis dahin bereit sein werde. Verwirrt von diesem distanzierten Benehmen, hatte sie nur ja gesagt.

Eine Stunde später saß Joanna, immer noch ein bißchen verkatert von einer Kombination aus Jetlag, Dinner, Drinks und Marathonsex auf dem Rücksitz von Leybergers Mercedes, als dieser von der Hauptstraße abbog und vor einem Sicherheitstor anhielt. Der Fahrer drückte auf einen Knopf, und das Fenster an der Beifahrerseite senkte sich so weit herunter, daß ein uniformierter Wachmann hereinschauen konnte. Zufriedengestellt winkte der Mann sie weiter, und der Mercedes fuhr eine baumgesäumte Zufahrt hinauf zu einem Gebäude, das Joanna später nur als Schloß beschreiben konnte.

Eine Haushälterin in mittleren Jahren mit einem freundlichen Lächeln hatte sie in ihr Quartier geführt: ein großes Schlafzimmer mit eigenem Bad im Erdgeschoß und Blick auf einen weitläufigen Rasen, der an einen dichten Wald grenzte.

Zehn Minuten später klopfte es an der Tür, und dieselbe Frau führte sie in Dr. Salettls Büro im ersten Stock eines anderen Gebäudes, wo sie jetzt saß.

»Nach Ihren fortlaufenden Berichten zu urteilen, waren Sie ebenso beeindruckt wie wir anderen von den Fortschritten, die Herr Leyberger machte.«

»Ja, Sir.« Joanna war entschlossen, sich von Salettls Benehmen nicht einschüchtern zu lassen. »Als ich anfing, mit ihm zu arbeiten, hatte er seine Motorik kaum unter Kontrolle. Es bereitete ihm sogar Mühe, einem klaren Gedankengang zu folgen. Aber mit jedem Schritt erstaunte er mich aufs neue. Er hat einen unglaublich starken inneren Willen.«

»Er ist außerdem physisch robust.«

»Ja, das auch.«

»Fühlt sich wohl in geselliger Atmosphäre. Kann entspannt mit Menschen zusammensein und intelligente Gespräche mit ihnen führen.«

»Ich ...« Joanna wollte Leybergers ständige Fragen nach seiner Familie erwähnen.

»Sie haben Vorbehalte?«

Joanna zögerte. Es hatte keinen Sinn, etwas zur Sprache zu bringen, das sich ausschließlich zwischen Leyberger und ihr abgespielt hatte. Außerdem war er jedesmal, wenn er diese Äußerungen getan hatte, entweder müde gewesen, oder eine Reise hatte ihn aus der alltäglichen Routine gerissen. »Ich meine nur, er wird leicht müde. Deswegen wollte ich gestern abend auf dem Schiff den Rollstuhl für ihn ha –«

»Der Stock, den er da benutzt«, unterbrach Salettl sie; er machte sich eine Notiz und hob den Kopf. »Kann er auch ohne ihn stehen und gehen?«

»Er ist daran gewöhnt, ihn bei sich zu haben.«

»Bitte beantworten Sie meine Frage. Kann er ohne Stock gehen?«

»Ja, aber –«

»Aber was?«

»Nicht sehr weit, und nicht sehr sicher.«

»Er zieht sich allein an. Rasiert sich allein. Geht ohne Hilfe zur Toilette, nicht wahr?«

»Ja.« Joanna wünschte sich allmählich, sie hätte von Holdens Angebot abgelehnt und wäre heute, wie geplant, nach Hause geflogen.

»Kann er einen Stift halten und seinen Namen deutlich schreiben?«

»Ziemlich deutlich.« Sie zwang sich zu einem Lächeln.

»Wie steht es mit seinen anderen Funktionen?«

Joanna zog die Stirn kraus. »Ich weiß nicht, was sie mit ›seinen anderen Funktionen‹ meinen.«

»Kann er eine Erektion bekommen? Geschlechtsverkehr ausüben?«

»Ich – ich – ich weiß nicht«, stammelte sie verlegen. Solche Fragen hatte man ihr noch nie über einen Patienten gestellt. »Ich denke, das ist eher eine medizinische Frage.«

Salettl starrte sie einen Moment lang an und fuhr dann fort. »Wann wird er – von Ihrem Standpunkt aus betrachtet – alle seine körperlichen Fähigkeiten zurückgewinnen und wieder vollkommen funktionieren, als wäre der Schlaganfall nie gewesen?«

»Wenn – wenn wir von seinen motorischen Basisfunktionen reden … stehen, gehen, sprechen, ohne zu ermüden, und das ist alles. Alles andere, wie gesagt, fällt nicht in meine Abteilung …«

»Nur die motorischen Funktionen. Wie lange, glauben Sie, wird er noch brauchen?«

»Ich – ich weiß es nicht genau.«

»Eine Schätzung bitte.«

»... ich – ich kann eigentlich nicht –«

»Das ist keine Antwort.« Salettl funkelte sie an, als wäre sie ein ungezogenes Kind und nicht die Therapeutin seines Patienten.

»Wenn – wenn ich viel mit ihm arbeite, und wenn er weiter so reagiert, würde ich schätzen ... vielleicht noch einen Monat. Aber Sie müssen sich darüber im klaren sein, daß es nur eine Schätzung ist. Es hängt alles davon ab, wie er –«

»Ich werde Ihnen ein Ziel setzen. Bis zum Wochenende möchte ich ihn ohne Stock gehen sehen.«

»Ich weiß nicht, ob das möglich ist.«

Salettl drückte auf einen Knopf und sprach in eine Gegensprechanlage. »Fräulein Marsh ist bereit, mit Herrn Leyberger zu arbeiten.«

54

McVey starrte aus Lebruns Bürofenster. Fünf Stockwerke unter sich sah er die Place de Paris, den freien Vorplatz von Notre Dame, auf dem sich die Touristen drängten. Es war halb zwölf, ein warmer Herbsttag.

»Acht Tote. Darunter fünf Kinder. Alle durch einen Kopfschuß mit einem 22er getötet. Niemand sieht oder hört etwas. Nicht die Nachbarn, nicht die Leute auf dem Markt.« Lebrun ließ das Fax von der Polizei aus Marseille auf seinen Schreibtisch fallen und griff nach der verchromten Thermosflasche, die hinter ihm auf dem Tisch stand.

»Professionell. Mit Schalldämpfer.« McVey versuchte nicht, seine Wut zu verbergen. »Acht mehr auf der Liste des großen Mannes.«

»Wenn es der große Mann war«, sagte Lebrun.

McVey blickte jäh auf. »Merrimans Witwe? Was denken Sie denn?«

»Ich denke, daß Sie wahrscheinlich recht haben, *mon ami*«, sagte Lebrun ruhig.

McVey war um kurz vor acht vom Park an der Seine in sein Hotel zurückgekehrt und hatte sofort Lebrun zu Hause angerufen. Lebrun hatte daraufhin die Polizei in ganz Frankreich alarmiert und davon in Kenntnis gesetzt, daß Michele Kanaracks Leben bedroht sei. Das naheliegende Problem bestand freilich darin, daß sie noch nicht gefunden war. Und da sie kaum mehr als eine Beschreibung von ihr hatten – die Maitrot und Barras schließlich von ihren Wohnungsnachbarn hatten bekommen können –, hatte man Lebruns Alarmwarnung praktisch in den Wind schreiben können. Einen Geist zu beschützen, war sehr schwierig.

»Mein Freund, wie sollten wir das wissen? Meine Leute waren einen ganzen Tag vor Ihnen dort unten am Fluß, und sie haben keinen Hinweis auf einen dritten Mann gefunden.«

Lebrun versuchte zu helfen, aber das linderte weder die Bitterkeit noch die Gefühle von Schuld und Hilflosigkeit, die McVey den Magen umdrehten. Acht Menschen waren tot, die vielleicht noch hätten leben können, wenn er und die französische Polizei ihre Arbeit nur ein bißchen besser gemacht hätten. Michele Kanarack war nur wenige Augenblicke nachdem er Lebrun angerufen hatte, um ihm zu sagen, daß sie in Lebensgefahr war, erschossen worden. Hätte er die Lage eher erfaßt und drei Stunden früher angerufen – oder vier, oder fünf –, wäre es dann anders gekommen? Vielleicht ja, wahrscheinlich nein. Sie wäre immer noch eine Nadel im Heuhaufen gewesen.

»*To protect and to serve* – Schützen und dienen«, das war das Motto auf den Streifenwagen in Los Angeles. Jeden Tag machten sich Leute darüber lustig, schmähten oder ignorierten es. »Dienen?« Wußte der Himmel, was das bedeutete. Aber Menschen schützen, das war etwas anderes. Wenn einem daran etwas lag, wie McVey. Wenn ihnen etwas zustieß, weil man selbst oder der Partner oder die Behörde den Anforderungen nicht gewachsen war, dann hatte man selbst auch darunter zu leiden. Und zwar sehr. Das wußte niemand, und man redete nicht darüber. Außer mit sich selbst oder vielleicht mit dem Gesicht auf dem Grund einer Flasche, wenn man versuchte, es zu vergessen. Idealismus war das nicht – der verging einem, wenn man das erstemal jemanden sah, dem sie ins Gesicht geschossen hatten. Es war etwas anderes. Weshalb man am Ende – nach wie vielen Jahren? – tat, was man tat, und immer noch da war. Michele Kanarack und die Familie ihrer Schwester, das war kein defekter Videorecorder, den man reparieren konnte. Die Leute in dem Haus, in dem Agnes Demblon gewohnt hatte, das war kein Wagen, der sich als Montagsauto erwies und über den man mit dem Händler streiten konnte. Es waren Menschen. *Das* war die Ware, mit der die Polizei handelte, zum Guten oder zum Schlechten, an jedem Arbeitstag ihres Lebens.

»Ist das Kaffee?« McVey deutete mit dem Kopf auf die Thermosflasche, die Lebrun in der Hand hielt.

»*Oui.*«

»Ich nehme ihn schwarz«, sagte McVey. »Wie diesen Tag.«

Um halb zehn hatten Lebruns Spurensicherungstechniker im Park einen Gipsabdruck der Reifenspur genommen und das Wäldchen nach allem durchkämmt, was McVey vielleicht übersehen hatte.

Um Viertel vor elf war McVey zu Lebrun ins Büro gekommen, und zusammen waren sie ins Labor gegangen, um den Reifenabdruck zu untersuchen. Als sie hereinkamen, war ein Labortechniker dabei, den Gipsabdruck mit einem Fön zu härten. Fünf Minuten später war der Abdruck trocken genug, um einen Tintenabdruck auf Papier herzustellen.

Als nächstes kam die Sammlung von Profilmustern, die die Pariser Polizei von den Reifenherstellern bekommen hatte. Eine Viertelstunde später hatten sie es. Der Tintenabdruck von dem Gipsabguß aus dem Park paßte unverkennbar zu einem italienischen Autoreifen der Marke Pirelli, Größe P205/70R14, passend für eine Felge mit den Maßen vierzehn-mal-fünfeinhalb Zoll. Am nächsten Morgen, am Montag, würde ein Fachmann von Pirelli hinzugezogen werden, der den Abdruck untersuchen und feststellen würde, ob sich weitere Einzelheiten ermitteln ließen.

Auf dem Rückweg in Lebruns Büro fragte McVey nach dem Zahnstocher.

»Das wird ein bißchen länger dauern«, sagte Lebrun. »Vielleicht bis morgen, vielleicht auch bis übermorgen. Offen gestanden, ich bezweifle, daß viel dabei herauskommen wird.«

»Vielleicht haben wir Glück. Vielleicht hat er sich beim Herumstochern in den Zähnen das Zahnfleisch verletzt und geblutet. Vielleicht hat er eine Infektion oder sonst eine Krankheit, die sich im Speichel überträgt. Alles ist mehr, als wir jetzt haben.«

»Wir können überhaupt nicht wissen, ob es der große Mann war, der den Zahnstocher benutzt hat. Es könnte auch Merriman oder Osborn gewesen sein, oder jemand ganz anderes.« Lebrun öffnete die Tür zu seinem Büro.

»Sie meinen, ein möglicher Zeuge«, sagte McVey, als sie hineingingen.

»Nein, das hatte ich ganz und gar nicht gemeint. Aber es ist ein Gedanke, McVey. Ein guter sogar. *Touché.*«

Und in diesem Augenblick hatte es geklopft, und ein uniformierter Polizist hatte das Fax aus Marseille gebracht.

McVey schluckte seinen Kaffee herunter und ging durch das Zimmer. An einer Pinnwand hing ein Ausschnitt aus dem *Figaro;* eine Viertelseite war ausgefüllt von einem Foto von Levigne, wie er der Presse seine Geschichte erzählte. Sichtlich frustriert stieß McVey mit dem Finger darauf.

»Was ich nicht begreife, ist: Dieser Kerl vom Golfclub hat Angst, daß wir seinen Namen an die Presse weitergeben, und dann rennt er selber los und macht es. Und was erreicht er damit? Er gibt unserem Freund zu verstehen, daß es da draußen einen Augenzeugen gibt, der noch lebt.«

McVey wandte sich von dem Zeitungsausschnitt ab und zupfte sich am Ohr. »Des Königs ganze Reiterschar, Lebrun – wir finden sie nicht, aber *er* findet sie.« Er sah den französischen Polizisten an.

»Wieso wußte er, daß er nach Marseille mußte, wenn es sonst niemand wußte? Und als er da war, woher wußte er, wo er sie findet?«

Lebrun legte die Fingerspitzen aneinander. »Sie denken an die Interpol-Connection. Wer immer da in Lyon die Akte Merriman von der New Yorker Polizei angefordert hat, verfügt vielleicht über ähnliche Möglichkeiten, Michele Kanarack in Marseille aufzuspüren.«

»Yeah. Genau das denke ich auch.«

Lebrun stellte seine Tasse hin, zündete sich eine Zigarette an und sah auf die Uhr. »Zu Ihrer Information: Ich nehme mir jetzt für den Rest des Tages frei«, sagte er leise. »Ein kurzer Ein-Mann-Urlaub. Eine Zugfahrt nach Lyon. Niemand weiß, wo ich hinfahre. Nicht einmal meine Frau.«

McVey runzelte die Stirn. »Entschuldigen Sie, wenn ich das nicht recht verstehe. Aber glauben Sie, wenn Sie in Lyon aufkreuzen und Fragen stellen, wird der oder die Betreffende einfach die Hand heben und sagen: ›Jawohl, ich bin es‹? Ebensogut könnten Sie eine Pressekonferenz einberufen.«

»*Mon ami.*« Lebrun lächelte. »Ich habe gesagt, ich fahre nach Lyon. Ich habe nicht gesagt, ich fahre zur Interpol-Zentrale. Tatsächlich habe ich einen sehr alten Freund zu einem Abendessen in aller Stille eingeladen.«

»Weiter«, sagte McVey.

»Wie Sie wissen, ist Gruppe D, der Sie mit Ihren Ermittlungen im

Zusammenhang mit den kopflosen Leichen zugeordnet sind, eine Untergruppe der Interpol-Division zwei. Division zwei ist eine Polizeidivision, bei der es sich ausschließlich um Fallbeobachtungen und Analysen dreht. Wer immer die Akte Merriman angefordert hat, wird der Division zwei angehören, möglicherweise in hoher Position.

Division eins hingegen ist die allgemeine Verwaltung. Sie ist zuständig für Finanz- und Personaletats, Ausstattung und Instandhaltung sowie für alle Personalangelegenheiten, Buchhaltung, Gebäudewartung und andere alltägliche Aufgaben. Zu diesen alltäglichen Aufgaben gehört die Unterabteilung Sicherheit, in deren Zuständigkeit die interne Sicherheit in der Zentrale fällt. Der Leiter dieser Unterabteilung wird Zugang zu Datenaufzeichnungen haben, mit deren Hilfe man den Mitarbeiter identifizieren kann, der die Akte Merriman angefordert hat.«

Lebrun lächelte, sehr zufrieden mit seinem Plan. McVey starrte ihn an.

»*Mon ami,* ich möchte nicht zynisch klingen, aber was ist, wenn das Individuum, mit dem Sie da so nett essen gehen, selber derjenige ist, der die Akte angefordert hat? Ist Ihnen nicht klar, daß Sie derjenige sind, dem diese Informationen zunächst mal vorenthalten wurden? Damit sie dort Zeit hatten, Merriman ausfindig zu machen. Sie haben mich schon einmal gefragt, ob ich glaube, daß diese Typen einen Polizisten umbringen. Wenn Sie bis jetzt noch nicht sicher waren, dann sollten Sie den Bericht aus Marseille noch mal lesen.«

»Ah, der Mann warnt gern mit blutigen Metaphern.« Lebrun lächelte und drückte seine Zigarette aus. »Mein Freund, ich weiß Ihre Sorgen zu schätzen. Und unter anderen Umständen würde ich Ihnen von ganzem Herzen zustimmen, daß mein Vorgehen unvorsichtig ist. Aber ich bezweifle, daß der Leiter der Abteilung für interne Sicherheit seinem ältesten Bruder etwas antut.«

55

Ein neuer, dunkelgrüner Ford Sierra mit Pirelli-Reifen vom Typ P205/70R14 auf Vierzehn-mal-fünfeinhalb-Zoll-Felgen fuhr langsam am Haus Nr. 18 Quai de Bethune vorbei, bog am Pont de Sully um die Ecke und parkte hinter einem weißen Jaguar Cabrio in der Rue

St.-Louis en l'Île. Einen Augenblick später öffnete sich die Fahrertür, und der große Mann stieg aus. Es war ein warmer Nachmittag, aber er trug trotzdem Handschuhe. Fleischfarbene OP-Handschuhe.

Bernhard Ovens Zug war um Viertel nach zwölf am Gare de Lyon angekommen. Vom Bahnhof war er mit dem Taxi zum Flughafen Orly gefahren und hatte dort den grünen Ford geholt. Um zehn vor drei war er wieder in Paris und parkte vor Vera Monnerays Haus.

Um sieben Minuten nach drei hatte er das Schloß geöffnet. Er betrat die Wohnung und schloß die Tür hinter sich. Niemand hatte gesehen, wie er die Straße überquert oder wie er mit dem frisch geprägten Schlüssel die Sicherheitstür am Lieferanteneingang aufgeschlossen hatte. Drinnen war er über die Lieferantentreppe hinaufgegangen und durch den hinteren Hausflur in die Wohnung gelangt.

Für die meisten Franzosen war die Geschichte, die zuerst von Antenne 2 im Fernsehen gesendet und kurz danach von allen anderne Medien wiederholt worden war, eine saftige, romantische Intrige: eine geheimnisvolle, dunkelhaarige Frau, die den mordverdächtigen Amerikaner vom Golfplatz abholte, nachdem er aus der Seine gekrochen war. Wer sie war und wer der Amerikaner sein könnte, das war Gegenstand rücksichtsloser Spekulationen – eine berühmte französische Schauspielerin, eine Filmregisseurin und Schriftstellerin, ein internationaler Tennisstar, eine amerikanische Rocksängerin, mit schwarzer Perücke getarnt und französisch sprechend; und der Arzt, das Bild, das die Presse bekommen hatte, war falsch, und es handelte sich um einen berühmten Hollywoodschauspieler, der zur Werbung für seinen Film in Paris war.

Eine handschriftliche Karte mit Vera Monnerays Namen und Adresse sowie die Schlüssel zum Lieferanteneingang und zu ihrer Wohnung lagen im Handschuhfach von Bernhard Ovens Auto, als er es in Orly abholte. In den gut fünf Stunden, seit er in Marseille weggefahren war, hatte die Organisation sich wieder einmal als sorgfältig und effizient erwiesen. Wie schon im Fall Albert Merriman.

Die zierliche Uhr auf dem Tisch neben Vera Monnerays Bett zeigte elf Minuten nach drei nachmittags.

Mademoiselle Monneray, das wußte Oven, war am Morgen um sieben zur Arbeit gegangen und würde ihren Dienst erst am nächsten Abend um sieben beenden. Das bedeutete – die Möglichkeit des unverhofften Eindringens eines Dienstmädchens oder Hausmeisters ausgeschlossen –, daß er nicht gestört werden würde, während er die Wohnung durchsuchte. Es bedeutete auch, daß er den Amerikaner, sollte er zufällig hier sein, allein antreffen würde.

Fünf Minuten später wußte Oven, daß der Amerikaner nicht da war. Das Appartement war ebenso leer wie makellos. Er ging hinaus, schloß die Tür sorgfältig wieder ab, ging die Lieferantentreppe hinunter und blieb auf dem Absatz stehen, wo die Hintertür auf die Straße führte. Aber statt hinauszugehen, ging er weiter die Treppe hinunter in den Keller.

Er tastete nach dem Lichtschalter, knipste das Licht an und sah sich um. Er sah Türen zu dunklen Lagerräumen und einen langen, schmalen Gang, der unter dem Gebäude hindurch nach hinten führte. Rechts unter einer niedrigen Decke aus schweren Holzbalken standen im Hintergrund die Mülltonnen für die Hausbewohner.

Wie unschuldig umsorgt war hier die Pariser Oberschicht; jedes Appartement hatte seinen eigenen Mülleimer, und auf jeden war die entsprechende Nummer das Appartements gemalt. Bei genauerer Untersuchung fand er im Handumdrehen die vier Mülltonnen, die zu Veras Wohnung gehörten. Nur eine davon war voll.

Oven nahm den Deckel ab, breitete eine Zeitung vom Vortag aus und begann, den Inhalt Stück für Stück ans Licht zu heben. Nacheinander fand er vier leere Dosen Diät-Cola, eine leere Plastikflasche Gelave, Hair Conditioner, eine leere Packung TicTac-Pfefferminz, eine leere Schachtel Today-Verhütungsschwämmchen, vier leere Flaschen Amstel Light, eine leere, leicht zerdrückte Dose Rinderbouillon, eine leere Joy-Spülmittelflasche aus gelbem Plastik und – Oven hielt inne. In der Joy-Flasche klapperte etwas.

Er wollte den Deckel abschrauben, als er oben eine Tür hörte; dann kam jemand die Treppe herunter. Die Schritte verharrten kurz vor dem Lieferantenausgang und kamen dann weiter herunter. Oven schaltete das Licht aus und wich zurück in den Schatten unter der Treppe, und zugleich zog er eine 25er Walther Automatic aus dem Hosenbund.

Einen Augenblick später kam ein rundliches Dienstmädchen in gestärkter, schwarzweißer Uniform mit einem prallen Plastikmüllsack die Treppe heruntergepoltert. Sie knipste das Licht an, hob den Deckel einer Mülltonne und warf den Müllsack hinein. Dann legte sie den Deckel wieder auf und wandte sich zur Treppe. Erst jetzt sah sie den

Unrat, den Oven auf der Zeitung ausgebreitet hatte. Sie knurrte etwas auf französisch, ging hinüber, raffte alles zusammen und warf es in Veras Mülltonne. Dann legte sie den Deckel auf, knipste mit einer knappen Bewegung das Licht aus und stapfte die Treppe hinauf.

Oven lauschte auf ihre Schritte, bis sie verhallt waren. Als er sicher sein konnte, daß sie gegangen war, schob er die Walther in den Hosenbund und knipste das Licht wieder an. Er hob den Deckel von der Mülltonne, suchte die Spülmittelflasche heraus, schraubte den Verschluß ab, drehte die Plastikflasche um und schüttelte sie. Es klapperte, aber es fiel nichts heraus. Er zog ein langes, dünnes Messer aus dem Ärmel, klappte es auf und pfriemelte ein kleines, von schleimigem Spülmittel überzogenes Fläschchen heraus. Er wischte es ab und hielt es ans Licht. Es war eine Medizinampulle von Eyeth Pharmaceutical Products. Auf dem Etikett stand: 0,5 ml Tetanus-Toxoid.

Die Andeutung eines Lächelns huschte über Ovens Gesicht. Vera Monneray war Ärztin in der Ausbildung. Sie hatte Zugang zu Medikamenten und hatte gelernt, Spritzen zu geben. Ein verletzter Mann, der aus einem schmutzigen Fluß kletterte, würde höchstwahrscheinlich eine Tetanusimpfung brauchen, nicht nur gegen Tetanus, sondern auch zum Schutz vor Diphtherie. Und jemand, der ihm diese Impfung gab, würde das wohl kaum anderswo tun und dann die leere Ampulle mit nach Hause bringen, um sie in einer Spülmittelflasche zu verstecken. Nein, die Spritze war hier gegeben worden. Und da der Amerikaner jetzt nicht in ihrer Wohnung war, mußte er irgendwo in der Nähe sein, vielleicht in einem Nachbarhaus, vielleicht auch in diesem Haus.

Fünfeinhalb Stockwerke über dem Keller, in dem Bernhard Oven stand, saß Paul Osborn vornübergebeugt an dem kleinen Tisch unter seinem Fenster, starrte hinaus über die Dächer und versuchte, seine Gedanken zu sammeln.

Es gab eine Anzahl von naheliegenden Wahrheiten, hatte er festgestellt, um die er nicht herumkam.

Erstens: Die Polizei suchte ihn im Zusammenhang mit dem Tod von Albert Merriman. Von Vera wußte er, daß sie den Rest Succinylcholin in seinem Hotelzimmer gefunden und mitgenommen hatten. Falls sie herausfanden, wozu es diente, war es äußerst wahrscheinlich, daß sie – er wollte ihn immer noch Kanarack nennen – Merrimans Leiche noch einmal untersuchen würden. Und dann würden sie die Einstichwunden finden. Und wenn es nicht schon geschehen war, würde McVey wissen, was sie zu bedeuten hatten. Es käme nicht mehr darauf an, daß er Merriman letzten Endes nicht getötet hatte. Sie würden ihn wegen Mordversuchs vor Gericht bringen. Und wenn sie ihm die Tat nachweisen konnten – und sie würden es können –, dann würde er nicht nur Gott weiß wie viele Jahre in einem französischen Gefängnis verbringen, sondern auch seine Approbation in den Vereinigten Staaten verlieren.

Zweitens: Er war nicht unbemerkt aus dem Wasser gekommen. Früher oder später würde der große Mann, wer immer er sein mochte, erfahren, daß er noch lebte, und nach ihm suchen, um ihn umzubringen.

Drittens: Selbst wenn es ihm irgendwie gelänge, aus Paris zu verschwinden, hatte die Polizei immer noch seinen Paß. Somit war er praktisch in Frankreich gefangen, denn ohne Paß konnte er in kein anderes Land, nicht einmal in sein eigenes.

Viertens – und vielleicht das Grausamste und Schmerzlichste von allem, der Punkt, der ihm wieder und wieder durch den Kopf ging: Es war eine klare und unbestreitbare Tatsache, daß Albert Merrimans Tod nicht das geringste geändert hatte. Der Dämon, der ihn heimsuchte, war nur noch komplexer und unerreichbarer geworden.

Sein Inneres schrie NEIN! Fang diese Jagd nicht wieder von vorn an. Denn diese nächste Tür, auf der der Name Erwin Scholl prangt, kann nur – wohin führen? Zu einer neuen Tür! Und hinter der wird – wenn du so lange lebst – nur noch der Wahnsinn lauern. Sieh ein, Paul Osborn, daß dies dein Karma ist: in diesem Leben zu lernen, daß es die Antworten, die du suchst, vielleicht nicht gibt, und daß die, die es gibt, für dich nicht akzeptabel sind. Nur wenn du das verstehst, wirst du im nächsten Leben Ruhe und Frieden finden. Akzeptiere diese Wahrheit und ändere dich.

Aber er wußte, daß dieses Argument nur ein Ausweichen war und deshalb nicht stimmte. Er konnte sich heute ebensowenig ändern, wie er es seit seinem zehnten Lebensjahr gekonnt hatte. Kanarack/Merrimans Tod war ein schrecklicher emotionaler Schlag gewesen. Aber er hatte die Zukunft geklärt und vereinfacht. Bis dahin hatte er nur ein Gesicht gehabt. Jetzt hatte er einen Namen. Wenn dieser Erwin Scholl, falls er ihn fände, irgendwoanders hinführen würde, dann sollte es eben so sein. Was immer es ihn kosten mochte, er würde weitermachen, bis er die Wahrheit hinter dem Tod seines Vaters gefunden hätte. Denn wenn ihm das nicht gelänge, dann gäbe es keine Vera, kein lebenswertes Leben.

»Warum passiert es meiner Familie – und mir?« fragte er laut. Er hatte es sich als Kind gefragt, als Jugendlicher und als Erwachsener, als erfolgreicher Chirurg. Tausendmal hatte er es sich gefragt. Manchmal war es ein leiser Gedanke, manchmal Bestandteil eines klaren Therapiegesprächs.

Er hob das Kopfkissen auf, nahm Kanaracks Pistole und wog sie in der Hand. Er richtete sie auf sich und sah das Loch, aus dem der Tod kam. Es sah einfach aus. Beinahe verführerisch. Der einfachste Weg von allen. Keine Angst mehr vor der Polizei oder vor dem großen Mann. Und das beste: Der Schmerz wäre augenblicklich vorbei.

Er fragte sich, warum er daran noch nie gedacht hatte.

56

Fünfzehn Minuten später, um Viertel vor sechs, klingelte Bernhard Oven an der Haustür Nr. 18 Quai de Bethune und wartete. Er hatte beschlossen, die Suche nach dem Amerikaner in Vera Monnerays Haus zu beginnen, es als erstes zu eliminieren und, falls nötig, von hier aus weiterzumachen.

Der Riegel klickte, und Philippe öffnete die Tür, während er sich noch den obersten Hemdknopf unter der grünen Uniform zuknöpfte.

»*Bonsoir, monsieur*«, sagte er und bat um Entschuldigung, weil er den Herrn habe warten lassen.

»Ich habe eine Lieferung von der Apotheke im Krankenhaus Sainte Anne von Dr. Monneray. Man solle ausrichten, es sei dringend, hat sie gesagt«, erklärte Oven auf französisch.

»Wem denn ausrichten?« Philippe war verwirrt.

»Ihnen, nehme ich an. Dem Portier unter dieser Adresse. Mehr weiß ich nicht.«

»Von der Apotheke – sind Sie sicher?«

»Sehe ich aus wie ein Botenjunge? Monsieur, natürlich bin ich sicher. Es ist ein dringend benötigtes Medikament. Deshalb hat man mich, den stellvertretenden Geschäftsführer, am Sonntag abend quer durch Paris geschickt.«

Philippe zögerte. Am Tag zuvor hatte er Vera geholfen, Paul Osborn aus einem Auto, das an der Rückseite parkte, über die Lieferantentreppe in ihre Wohnung hinaufzubringen. Später hatte er ihr geholfen, den frisch operierten und mit starken Beruhigungsmitteln behandelten Mann in das geheime Zimmer unter dem Dach zu schleppen.

Osborn hatte ärztliche Versorgung gebraucht, das wußte er. Zweifellos brauchte er immer noch welche; weshalb würde Vera sonst veranlassen, daß am Sonntag abend eine Lieferung aus der Krankenhausapotheke kam?

»*Merci, monsieur*«, sagte er. Oven reichte ihm einen offiziellen Quittungsblock und einen Stift.

»Eine Unterschrift, bitte.«

»*Oui.*« Philippe nickte und unterschrieb.

»*Bonsoir.*« Oven wandte sich ab und ging davon.

Philippe schloß die Tür, betrachtete das Päckchen und ging dann rasch zu seinem Tisch. Dort griff er nach dem Telefonhörer und wählte Veras Dienstnummer.

Fünf Minuten später öffnete Bernhard Oven den Stahldeckel am Telefonkasten im Keller des Gebäudes mit der Nummer 18, steckte einen kleinen Ohrhörer in einen Mikrorecorder, der an die Leitung des Portierstelefons angeschlossen war, und drückte auf die PLAY-Taste.

Er hörte, wie der Portier erklärte, was passiert war, und dann kam eine erschrockene Frauenstimme, die Mademoiselle Monneray gehören mußte.

»Philippe!« sagte sie. »Ich habe kein Päckchen geschickt und nichts verordnet. Machen Sie es auf, schauen Sie nach, was es ist.«

Man hörte Papiergeraschel und ein Grunzen; dann kam wieder die Stimme des Portiers.

»Es ist schmierig ... Sieht aus – sieht aus wie eine Medikamentenampulle. Wie die Ärzte sie benutzen, wenn sie einem eine –«

Vera fiel ihm ins Wort. »Was steht auf dem Etikett?« Oven hörte, wie besorgt ihre Stimme klang, und mußte lächeln.

»Da steht ... Entschuldigung, ich muß meine Brille holen.« Es klapperte, als Philippe den Hörer hinlegte. Einen Augenblick später war er wieder da. »Da steht ... ›0,5 ml Tetanus-Toxoid‹.«

»Oh, mein Gott!« Vera schnappte nach Luft.

»Was ist denn, Mademoiselle?«

»Philippe, kannten Sie den Mann? War er von der Polizei?«

»Nein, Mademoiselle.«

»War er groß?«

»*Très.*« Sehr.

»Werfen Sie die Ampulle in Ihren Küchenabfall und tun Sie gar nichts. Ich nehme mir sofort frei. Ich brauche Ihre Hilfe, wenn ich gleich komme.«

»*Oui, mademoiselle.*«

Es klickte deutlich, als Vera auflegte; dann war die Leitung tot.

Gelassen zog Bernhard Oven den Ohrhörer aus dem Recorder und klemmte den Recorder von der Telefonleitung ab. Er schoß die Klappe des Telefonkastens, machte das Licht aus und ging die Lieferantentreppe hinauf.

Es war achtzehn Uhr fünfzehn. Er brauchte jetzt nur zu warten.

Keine fünf Meilen weit entfernt saß McVey allein an einem Tisch in einem Straßencafé an der Place Victor Hugo.

Links von ihm saßen zwei ältere, sehr gut gekleidete und offenbar sehr reiche Matronen angeregt auf französisch plaudernd beim Tee. Sie waren munter und lebhaft und sahen aus, als kämen sie seit einem halben Jahrhundert jeden Tag um diese Zeit hierher.

McVey hielt ein Glas Bordeaux in beiden Händen und wünschte sich, auch auf diese Weise abzutreten. Nicht unbedingt reich, aber munter und lebhaft und zufrieden mit der Welt ringsum.

Da raste ein Polizeiwagen mit blitzendem Blaulicht vorüber, und er merkte, daß sein Abgang ihn doch weniger beschäftigte als Osborn. Der Mann hatte, was den Lehm an seinen Schuhen betraf, gelogen, weil er erwischt worden war. Er war verliebt, ein Tourist, der wahrscheinlich vor sehr kurzer Zeit am Eiffelturm vorbeigegangen war, so daß er wußte, daß die Anlagen dort umgegraben und verschlammt waren, und er war geistesgegenwärtig genug gewesen, sich eine schützende Geschichte auszudenken, als man ihn danach gefragt hatte. Das Dumme war nur, daß der Lehm dort grauschwarz war, nicht rot.

In Wirklichkeit war Osborn an jenem Donnerstag nachmittag – vor gerade vier Tagen – anderswo gewesen: am Seine-Ufer unterhalb des Parks. An der Stelle, wo einen Tag später Merriman ermordet und er selbst angeschossen worden waren.

Was hatte Osborn geplant, was dann schiefgegangen war? Hatte er Merriman selbst umbringen wollen, oder hatte er ihn für den großen Mann in eine Falle gelockt? Wenn er vorgehabt hatte, ihn selbst umzubringen, wie kam dann der große Mann ins Spiel? Und wenn er ihn für den großen Mann hingelockt hatte, wieso war Osborn dann selbst auch unter den Opfern gewesen? Und wieso Osborn, ein korrekter, wenn auch ein bißchen hitzköpfiger Orthopädiechirurg aus Kalifornien?

Und dann war da dieses Medikament, das die französische Polizei in Osborns Hotelzimmer gefunden hatte. Succinylcholin.

Ein Anruf bei Dr. Richman in Royal College of Pathology in London hatte ergeben, daß Succinylcholin ein Mittel der präoperativen Anästhesie war, eine Art synthetisches Kurare, das die Muskulatur entspannte. Richman hatte warnend darauf hingewiesen, daß es höchst gefährlich sein könne, wenn es in unprofessionelle Hände geriete. Das Medikament entspannte die Skelettmuskulatur vollständig und könne bei unsachgemäßer Anwendung zum Erstickungstod führen.

»Ist es normal, daß ein Chirurg ein solches Medikament in seinem Besitz hat?« hatte McVey geradeheraus gefragt.

Richmans Antwort war ebenso direkt gewesen. »Im Hotelzimmer? Wenn er angeblich in Urlaub ist? Verflucht, ich würde sagen, nein, das ist nicht normal!«

McVey hatte einen Augenblick lang überlegt und dann die Gretchenfrage gestellt. »Würden Sie es benutzen, um jemandem den Kopf abzuschneiden?«

»Möglich. Zusammen mit anderen Anästhetika.«

»Was ist mit dem Einfrieren? Würden Sie es dazu benutzen?«

»McVey, Sie müssen sich darüber im klaren sein, daß es sich hier um einen Sport handelt, mit dem weder ich noch die Kollegen, die ich befragt habe, bisher in Berührung gekommen sind. Wir haben nicht genug Informationen über das, was da versucht oder tatsächlich durchgeführt worden ist, um auch nur annähernd Aussagen über das Verfahren machen zu können.«

»Doktor, tun Sie mir einen Gefallen«, hatte McVey gesagt. »Holen Sie sich Dr. Michaels und schauen Sie sich die Leichen noch einmal an.«

»Detective, wenn Sie Succinylcholin suchen: Es zerfällt im Körper, sobald es injiziert wird. Sie werden davon keine Spur finden.«

»Aber Sie könnten Einstichwunden finden, die uns verraten könnten, daß man ihnen etwas injiziert hat, oder?«

McVey hatte noch im Ohr, wie Richman ihm zugestimmt und aufgelegt hatte. Und dann plötzlich fiel es ihm ein. »Heilige Scheiße!« sagte er laut. Die beiden älteren Damen, die offensichtlich genug Englisch verstanden, um entsetzt zu sein, funkelten ihn an.

»Pardon«, sagte McVey. Er stand auf und legte einen Zwanzig-Franc-Schein auf den Tisch.

Er überquerte den Place Victor Hugo, kaufte ein U-Bahn-Ticket und ging in die Métro hinunter. »Lebrun«, hörte er sich sagen, als säßen sie immer noch im Büro des Polizisten, »wir haben nie einen Dreifachzusammenhang gesehen, nicht wahr?«

McVey suchte sich auf der großen Fahrplantafel mit dem Métronetz die Strecke aus, die ihn vermutlich dahin bringen würde, wo er hinwollte, und betrat den Bahnsteig. Im Geist war er immer noch in einer Besprechung mit Lebrun.

»Wir haben Merriman gefunden, weil er einen Fingerabdruck hinterließ, als er Packard umbrachte, nicht wahr? Wir wußten, daß Osborn Packard engagiert hatte, jemanden zu suchen. Osborn hat mir gesagt, es ging um Veras Liebhaber, und in dem Augenblick war es plausibel. Aber was ist, wenn es eine Lüge war, genau wie mit dem Lehm an seinen Schuhen? Was ist, wenn er in Wirklichkeit Merriman finden wollte? Wie zum Teufel konnten wir diese Möglichkeit übersehen?«

McVey drängte sich in einen Métro-Wagen, griff nach einem Haltegriff über seinem Kopf und blieb stehen. Er war erbost, weil er das Naheliegende nicht schon eher gesehen hatte, und noch immer rauschten ihm die Gedanken durch den Kopf.

»Osborn sieht Merriman in der Brasserie, vielleicht zufällig, und erkennt ihn. Er will ihn packen, aber die Kellner reißen ihn weg, und Merriman kann entkommen. Osborn verfolgt ihn noch bis in die Métro, und dann schnappt ihn die Métro-Polizei und übergibt ihn Ihnen. Er erfindet eine Geschichte, behauptet, Merriman habe ihn bestohlen, und Ihre Leute sagen okay und lassen ihn laufen. Nicht mal abwegig. Osborn wendet sich an Kolb International, und die geben ihm Packard. Packard und Osborn stecken die Köpfe zusammen, und zwei Tage später kommt Packard mit Merriman an, der sich hier als Henri Kanarack tarnt.«

Der Zug bremste im Tunnel ab und fuhr in eine Station ein, wurde noch langsamer und hielt dann an. McVey warf einen Blick auf das Stationsschild und trat zurück, als ein halbes Dutzend lärmender Teenager einstieg. Gleich schlossen sich die Türen, und der Zug fuhr wieder an. Die ganze Zeit hörte McVey nichts als seine eigene innere Stimme.

»Ich würde wetten, Merriman merkte, daß Packard hinter ihm her war, und er drehte den Spieß um und wollte wissen, was zum Teufel los war. Packard, ein abgebrühter alter Söldner, läßt sich nicht gern herumschubsen, schon gar nicht in seiner eigenen Wohnung. Es gibt einen großen Streit, und Merriman gewinnt. So sieht es jedenfalls aus – aber er hinterläßt einen Fingerabdruck. Und da geht die andere Sache los.

Ab jetzt wird alles ein bißchen verschwommen. Aber der entscheidende Punkt ist, daß es Merriman war, den Osborn an dem Abend neulich im Café angefallen hat. Ihre Leute haben festgestellt, daß Osborn der Täter war, aber kein Mensch hat je das Opfer ermittelt. Es sei denn, Packard hätte es getan; und so kam er ihm überhaupt erst auf die Spur. Aber wenn es Merriman war, den Osborn angegriffen hat, und wenn wir herausfinden können, warum, dann könnte es leicht sein, daß wir den Kreis zu diesem großen Mann schließen.«

Wieder wurde der Zug langsamer. Wieder schaute McVey beim Einfahren nach dem Namen der Station. Hier war es. Hier mußte er umsteigen – Charles de Gaulle – Étoile.

Er stieg aus, drängte sich zwischen den hereinströmenden Fahrgästen hindurch, lief eine Treppe hinauf, an einem Popcornhändler vorbei und eine andere Treppe wieder hinunter. Unten wandte er sich nach rechts, folgte der Menge auf den Bahnsteig, drängte voran und suchte nach dem Zug, mit dem er fahren mußte.

Zwanzig Minuten später verließ er die Station St.-Paul und trat hinaus auf die Rue St.-Antoine. Einen halben Block weit entfernt auf der rechten Seite lag die Brasserie Stella.

Es war neunzehn Uhr zehn am Sonntag abend, dem 9. Oktober.

57

Bernhard Oven stand in Vera Monnerays dunkler Wohnung am Schlafzimmerfenster und beobachtete, wie das Taxi anhielt. Einen Augenblick später stieg Vera aus und kam ins Haus. Oven wollte sich gerade vom Fenster abwenden, als er sah, wie ein Auto mit abgeschalteten Scheinwerfern um die Ecke kam. Er drückte sich wieder gegen den Vorhang und sah einen Peugeot neuesten Modells im Dunkeln die Straße herunterkommen und am Bordstein anhalten. Er nahm ein handflächengroßes Fernglas aus der Jackentasche und richtete es auf den Wagen. Zwei Männer saßen auf dem Vordersitz.

Polizei.

Sie versuchten es also auch; sie wollten den Amerikaner über Vera finden. Sie hatten sie beobachtet, und als sie plötzlich das Krankenhaus verlassen hatte, waren sie ihr gefolgt. Damit hätte er rechnen müssen.

Er hob das Fernglas noch einmal ans Auge und sah, wie der eine der beiden ein Funkmikrophon zur Hand nahm. Höchstwahrscheinlich ließen sie sich Anweisungen geben. Oven lächelte; nicht nur die Polizei wußte von Mademoiselle Monnerays privater Beziehung zum Ministerpräsidenten. Die Organisation wußte es, seit François Christian in diesem Amt war. Deswegen und wegen der unangenehmen politischen Konsequenzen, die es haben könnte, wenn etwas schiefginge, war die Wahrscheinlichkeit, daß die überwachenden Polizisten freie Hand bekommen würden, in die Wohnung vorzudringen, praktisch gleich Null, welchen Verdacht sie auch immer haben mochten. Sie würden entweder bleiben, wo sie waren, und die Überwachung von außen fortsetzen, oder warten, bis ihre Vorgesetzten kommen. Und mehr Zeit würde Oven nicht brauchen.

Rasch verließ er das Schlafzimmer und ging durch die Diele in die dunkle Küche, als die Wohnungstür geöffnet wurde. Zwei Leute redeten miteinander, und er sah, daß im Wohnzimmer das Licht anging. Er konnte nicht verstehen, was sie sagten, aber er war sicher, daß die Stimmen zu Vera und dem Portier gehörten.

Plötzlich waren sie nicht mehr im Wohnzimmer, sondern kamen durch die Diele geradewegs auf die Küche zu. Oven trat um die Mittelanrichte herum in einen begehbaren Vorratsschrank, zog die Walther Automatic aus dem Hosenbund und wartete im Dunkeln.

Einen Augenblick später kam Vera, gefolgt vom Portier, in die Küche und machte Licht. Sie war halb durch die Küche zur Hintertür gegangen, als sie pötzlich stehenblieb.

»Was ist, Mademoiselle?« fragte der Pförtner.

»Ich bin ein Trottel, Philippe«, sagte sie kalt. »Und die Polizei ist gerissen. Sie haben die Ampulle gefunden und sie Ihnen gebracht, weil sie wußten, daß Sie mich anrufen würden und daß ich genau das tun würde, was ich dann auch getan habe. Sie nehmen an, ich wüßte, wo Paul ist, und da haben sie einen großen Polizisten geschickt, weil sie hofften, ich hielte ihn für den Killer und würde sie vor lauter Angst zu Paul führen.«

Philippe war da nicht so sicher. »Wie wollen Sie das wissen? Niemand, nicht einmal Monsieur Osborn, hat den großen Mann aus der Nähe gesehen. Wenn dieser Mann ein Polizist war, dann einer, den ich im Leben noch nicht gesehen habe.«

»Haben Sie denn schon jeden Gendarm in Paris gesehen? Ich glaube nicht.«

»Mademoiselle, denken Sie doch einmal anders herum. Wenn es nun kein Polizist war, sondern der Mann, der auf Monsieur Osborn geschossen hat?«

Oven hörte, wie die Schritte sich durch die Küche entfernten. Das Licht erlosch, und ihe Stimmen wurden leiser, als sie durch die Diele zurückgingen.

»Vielleicht sollten wir Monsieur Christian informieren«, meinte Philippe, als sie die Wohnzimmertür erreicht hatten.

»Nein«, sagte Vera sehr leise. Bis jetzt wußte nur Paul Osborn, daß sie sich vom Ministerpräsidenten getrennt hatte. Sie hatte sich noch nicht überlegt, wie – oder ob – sie denen, die von der Beziehung wußten, etwas von dieser Veränderung sagen sollte. Außerdem war es das letzte, woran ihr jetzt gelegen war: François in eine solche Sache hineinzuziehen. Ein Skandal, erst recht einer, bei dem es um Mord ging, würde ihn ruinieren, und ob sie nun ein Liebespaar waren oder nicht, ihr lag immer noch viel zuviel an François, als daß sie seine Karriere aufs Spiel gesetzt hätte.

»Warten Sie hier.« Sie ließ Philippe in der Diele stehen und ging ins Schlafzimmer.

Philippe sah ihr nach. Seine Aufgabe war es, Mademoiselle Monneray zu dienen und sie, wenn nötig, zu beschützen. Nicht mit seinem Leben, aber auf dem Wege der Kommunikation. Unten an seinem Tisch im Eingangsflur hatte er die Privatnummer des Ministerpräsidenten und die Anweisung, jederzeit, zu jeder Stunde, anzurufen, sollte Mademoiselle in Schwierigkeiten geraten.

»Philippe, kommen Sie her«, rief sie aus dem dunklen Schlafzimmer.

Er kam herein und sah, daß sie am Vorhang beim Fenster stand. »Sehen Sie selbst.«

Philippe kam zu ihr und spähte hinaus. Ein Peugeot parkte auf der anderen Straßenseite. Der Lichtschein einer Straßenlaterne genügte, um die zwei Männer auf den Vordersitzen zu erkennen.

»Gehen Sie nach unten an Ihren Tisch«, sagte Vera. »Tun Sie, was Sie normalerweise tun würden, wenn nichts passiert wäre. In ein paar Minuten rufen Sie mir ein Taxi. Fahrtziel wird das Krankenhaus sein. Wenn die Polizei hereinkommt, sagen Sie, ich sei nach Hause gekommen, weil mir nicht gut war, aber kurz darauf ist es mir besser gegangen, und ich bin wieder zur Arbeit gefahren.«

»Sehr wohl, Mademoiselle.«

Oven sah aus dem Halbdunkel in der Küche, wie Philippe aus dem Schlafzimmer und den Gang herunter auf ihn zu kam. Sofort hob er die Hand mit der Walther und wich zurück in den Schatten. Einen Augenblick später hörte er, wie die Wohnungstür sich öffnete und wieder schloß. Dann war es still.

Das konnte nur eins bedeuten. Der Portier war gegangen. Vera Monneray war allein in der Wohnung.

58

Wenn Barras und Maitrot aus ihrem dunklen Peugeot nach oben schauten, sahen sie das Licht in Vera Monnerays Wohnzimmer. Lebruns Anweisungen für seine Mitarbeiter waren eindeutig gewesen: Wenn sie das Krankenhaus verläßt, folgen Sie ihr und melden Sie sich. Geben Sie sich nicht zu erkennen, außer wenn die Umstände es rechtfertigen. »Wenn die Umstände es rechtfertigen« bedeutete: »wenn Sie sie zu Osborn führt – oder zu jemandem, von dem Sie den Verdacht haben, daß er Sie zu ihm führt«.

Bis jetzt hatten sie einen Fahndungs- und einen Haftbefehl gegen Osborn, aber mehr hatten sie nicht. Vera zu beschatten hatte sich als leichte Übung erwiesen. Sie hatte ihre Wohnung am frühen Sonntag morgen verlassen, war um fünf vor sieben im Centre Hospitalier Ste.-Anne angekommen und dort geblieben. Barras und Maitrot hatten die Schicht um vier übernommen, und bis jetzt war noch immer nichts passiert. Um achtzehn Uhr fünfzehn war dann ein Taxi vorgefahren, Vera war eilig aus dem Haus gekommen und mit dem Taxi weggefahren. Barras und Maitrot meldeten über Funk, daß sie ihr folgten, und ein zweiter Wagen schloß sich zur Verstärkung an.

Aber die Verfolgung hatte lediglich zu ihr nach Hause geführt. Die Polizei blieb auf ihren hochgeschraubten Erwartungen sitzen, schaute immer wieder zu dem hellerleuchteten Fenster hinauf und wartete, was als nächstes passieren mochte.

Oben ließ Vera den Vorhang los und wandte sich im Dunkeln vom Schlafzimmerfenster ab.

Wenn es nur die Pariser Polizei gewesen wäre, hätte die Sache anders ausgesehen. Das hatte sie in der Nacht zuvor an Lebruns Reaktion auf McVeys aufdringliche Fragen gemerkt. Aber McVey ließ sich nicht so einfach täuschen. Das hatte sie bei ihrer ersten Begegnung an seinem Blick gesehen. Und es machte ihn zu einem extrem gefährlichen Gegner. Er mochte Amerikaner sein, aber die Pariser Polizisten, zumindest die beteiligten Beamten, standen völlig in seinem Bann, ob ihnen das klar war oder nicht. Wenn er etwas von ihnen wollte, würden sie es tun, so oder so. Und deshalb glaubte sie, daß der große Mann, der Philippe die Ampulle gebracht hatte, nicht echt gewesen war. Es war ein Trick, um ihr angst zu machen; sie sollte glauben, Osborn sei in Gefahr, und die Polizei dann zu seinem Versteck führen.

Das Telefon klingelte neben ihr, und sie nahm ab.

»Oui? Merci, Philippe.«

Ihr Taxi wartete unten.

Sie ging ins Bad und öffnete eine Schachtel Tampax, riß ein Tampon aus dem Papier und spülte es in die Toilette. Das Papier warf sie in den Abfalleimer unter dem Waschbecken. Wenn die Polizei in ihrer Abwesenheit hier nachschaute und sie später befragte, dann hätte sie zumindest einen Beweis dafür hinterlassen, daß ihre Regel der Grund für ihr Kommen war. Mit Rücksicht auf ihre Person würden sie die Sache nicht weiterverfolgen.

Vera schaltete das Badezimmerlicht aus, ging im Dunkeln durchs Schlafzimmer und blieb noch einmal am Fenster stehen, um hinauszuschauen. Der Polizeiwagen war noch da, und unmitelbar unten vor dem Haus stand das Taxi.

Sie nahm ihre Handtasche, ging in die Diele und blieb stehen. Schatten von der Straßenbeleuchtung huschten über die Zimmerdecke im Wohnzimmer und in die Diele heraus zu ihr.

Etwas stimmte nicht.

Im Wohnzimmer hatte das Licht gebrannt. Jetzt war es aus, und weder sie noch Philippe hatten es ausgeschaltet. Vielleicht war die

Birne durchgebrannt. Ja. Natürlich. Die Birne. Plötzlich durchfuhr sie der Gedanke, sie könnte sich irren. Die Männer da draußen waren keine Polizisten. Sie waren zwei Geschäftsleute, die sich unterhielten, oder Freunde, oder ein Liebespaar. Vielleicht war der große Mann doch kein Polizist gewesen. Vielleicht war ihr erster Instinkt richtig gewesen. Es war der Killer, der die Tetanus-Ampulle gefunden und zu Philippe gebracht hatte. Es war der Killer, der wollte, daß sie ihn zu Osborn brachte.

O Gott! Ihr Herz klopfte, als würde es gleich explodieren.

Wo war er jetzt? Irgendwo im Haus? Vielleicht sogar hier! In ihrer Wohnung. Wie hatte sie so dumm sein können, Philippe wegzuschicken? Das Telefon! Abnehmen und Philippe anrufen. Schnell!

Sie drehte sich um und tastete nach dem Lichtschalter. Jäh preßte sich eine starke Hand auf ihren Mund und drückte sie rückwärts gegen einen Männerkörper. Im selben Augenblick spürte sie eine nadelspitze Messerklinge unter ihrem Kinn.

»Es liegt mir wirklich nichts daran, Sie zu verletzen, aber ich werde es tun, wenn Sie nicht genau das tun, was ich Ihnen sage. Haben Sie verstanden?«

Seine Stimme klang sehr ruhig, und er sprach Französisch, aber entweder mit holländischem oder mit deutschem Akzent.

»Ich habe gefragt, ob Sie verstanden haben.«

Die Messerspitze bohrte sich fester in ihre Haut, und sie nickte.

»Gut«, sagte er. »Wir werden die Wohnung jetzt über die Lieferantentreppe hinten bei der Küche verlassen.« Er klang sehr gefaßt und präzise. »Ich werde jetzt die Hand von Ihrem Mund nehmen. Wenn Sie einen Laut von sich geben, schneide ich Ihnen die Kehle durch. Haben Sie verstanden?«

Nachdenken, Vera! Nachdenken! Wenn du mitgehst, wird er dich zwingen, ihn zu Paul zu führen. Das Taxi! Der Fahrer wird ungeduldig werden. Wenn du ihn hinhältst, wird Philippe wieder anrufen. Wenn du dich nicht meldest, wird er heraufkommen.

Plötzlich kam von der Wohnungstür, fünf Schritte entfernt, ein Geräusch. Vera fühlte, wie er hinter ihr erstarrte, und das Messer glitt herunter zu ihrer Gurgel. Im selben Augenblick ging die Tür auf, und Vera stieß unter der Hand, die sich auf ihren Mund preßte, einen erstickten Schrei aus.

Osborn stand in der Tür. In der einen Hand hielt er den Schlüssel zu ihrer Wohnung, in der anderen Henri Kanaracks Automatic. Er stand mitten im Licht. Vera und der große Mann waren beinahe völlig im Dunkeln. Aber es war egal. Sie hatten einander schon gesehen.

Der Hauch eines Lächelns huschte über Ovens Lippen. Blitzschnell schob er Vera ein Stück beiseite und riß die Hand mit dem Messer hoch. Im selben Moment hob Osborn seine Pistole und schrie Vera zu, sie solle sich hinwerfen, und Oven schleuderte das Messer nach seiner Kehle. Instinktiv riß Osborn die Hand hoch. Das Stilett traf sie mit voller Wucht und nagelte sie an die offene Tür.

Mit einem schmerzerfüllten Aufschrei fuhr Osborn herum. Oven stieß Vera vollends beiseite und duckte sich nach der Walther in seinem Hosenbund. Veras Schrei verlor sich im Mündungsfeuer, dem eine ungeheure Explosion folgte. Oven kippte zur Seite, und Osborn, immer noch an die Tür genagelt, schoß noch einmal. Die große Automatic donnerte dreimal schnell hintereinander und verwandelte die Diele in ein heulendes Gewitter von Mündungsblitzen und ohrenbetäubenden Donnern der Schüsse.

Auf den Boden geduckt, sah Vera noch, wie Oven die Diele hinunter durch die Küchentür flüchtete. Osborn riß die Hand von der Tür los und humpelte hinter ihm her.

»Bleib hier!« schrie er.

»Paul, nicht!«

Blut strömte Oven übers Gesicht, als er krachend durch die Speisekammer stürmte. Er stieß ein Gestell mit Töpfen und Pfannen um, riß die Lieferantentür auf und entkam über die Treppe.

Sekunden später schob Osborn sich in das matt erleuchtete Treppenhaus hinaus und lauschte. Alles war still. Er reckte den Hals und spähte hinter sich die Treppe hinauf und wieder hinunter.

Nichts.

Wo zum Teufel ist er? keuchte Osborn. Vorsichtig. Ganz vorsichtig.

Dann kam von unten ein sehr leises Knarren. Er schaute hinunter, und ihm war, als schließe die Tür zur Straße sich gerade. Dahinter, am anderen Ende des Treppenabsatzes, gähnte es schwarz; in engen Kurven rankte sich die Treppe weiter abwärts und verschwand unten im Keller.

Osborn schwenkte die Automatic zur Tür und stieg vorsichtig eine Stufe hinunter. Dann noch eine. Und noch eine. Eine Holzstufe ächzte unter seinem Tritt; er blieb stehen, und seine Blicke durchbohrten die Dunkelheit jenseits der Haustür.

Ist er hinausgegangen? Oder ist er da unten im Keller und wartet? Hört, wie ich die Treppe herunterkomme?

Aus irgendeinem Grund fand er plötzlich, daß seine linke Hand sich kalt und klebrig anfühlte. Er schaute hinunter und sah, daß das Messer des großen Mannes immer noch drinsteckte. Aber er konnte nichts tun. Wenn er es herauszöge, würde es wieder anfangen zu bluten, und er hatte nichts, um die Blutung zu stillen. Er konnte es nur ignorieren.

Noch eine Stufe, und er stand auf dem Treppenabsatz, gegenüber der Haustür. Er hielt den Atem an, legte den Kopf schräg und lauschte in den Keller. Er hörte immer noch nichts. Sein Blick richtete sich auf die Hintertür und dann wieder hinunter in die Dunkelheit. Er fühlte, wie sein Blut begann, um das Messer in seiner Hand zu pulsieren. Bald würde der Schock abklingen, und der Schmerz würde einsetzen. Er verlagerte sein Gewicht und stieg noch eine Stufe hinunter. Dann blieb er stehen und lauschte; vielleicht könnte er den großen Mann atmen hören.

Plötzlich zerriß das Aufheulen eines Motors draußen auf der Straße die Stille, und Reifen kreischten. Im nächsten Augenblick war Osborn mit seinem gesunden Bein an die Tür gesprungen. Scheinwerfer harkten über sein Gesicht, als er hinausstürzte. Er riß den Arm hoch und feuerte blindlings auf das verschwommene Grün des Wagens, als er vorüberraste. Mit kreischenden Reifen bog er am Ende des Blocks um die Ecke, schoß unter dem Lichtkegel einer Straßenlaterne hindurch und war verschwunden.

Osborn ließ die Automatic an seiner Seite herabhängen und starrte dem Wagen nach. Er hörte nicht, wie sich die Tür hinter ihm langsam öffnete. Dann hörte er es plötzlich doch. Voller Entsetzen fuhr er herum und riß die Pistole hoch, um zu schießen.

»Paul!« Vera stand in der Tür.

Osborn sah sie gerade noch rechtzeitig. »O mein Gott!«

Irgendwo ertönte der Singsang von Sirenen. Vera nahm seinen Arm, zog ihn wieder ins Haus und schloß die Tür.

»Die Polizei. Sie warten draußen.«

Osborn schwankte orientierungslos. Dann sah sie das Messer, das in seiner Hand steckte.

»Paul!« Sie erschrak.

Oben ging eine Tür auf. Schritte polterten. »Mademoiselle Monneray!« Barras' Stimme hallte durch das Treppenhaus.

Die Realität der Polizei brachte Osborn zu sich. Er klemmte sich die Pistole unter den Arm, packte den Griff des Messers und riß es sich aus der Hand. Blut spritzte auf den Boden.

»Mademoiselle!« Barras' Stimme kam näher. Der Lärm auf der Treppe ließ auf mehr als einen schließen.

Vera riß sich ein Seidentuch vom Hals und wickelte es Osborn fest um die Hand. »Gib mir die Pistole«, sagte sie. »Und dann geh in den Keller und bleib da.« Die Schritte wurden lauter. Die Polizisten waren im Stockwerk über ihnen und kamen herunter.

Osborn zögerte und gab ihr dann die Pistole. Er wollte etwas sagen. Ihre Blicke begegneten sich, und einen Moment lang hatte er Angst, er würde sie nie wiedersehen.

»Geh schon!« flüsterte sie, und er wandte sich ab und humpelte die gebogene Treppe hinunter und verschwand im dunklen Keller. Anderthalb Sekunden später hatten Barras und Maitrot den Treppenabsatz erreicht.

»Mademoiselle, ist alles in Ordnung?«

Mit Henri Kanaracks Pistole in der Hand drehte Vera sich um und blickte sie an.

59

Es war einundzwanzig Uhr zwanzig, bevor McVey etwas davon hörte. Sein Ausflug in die Brasserie Stella in der Rue St.-Antoine zwei Stunden zuvor hatte als Flop begonnen, wäre beinahe zum Fiasko geworden und hatte mit einem Jackpot geendet.

Er war um neunzehn Uhr fünfzehn gekommen, und der Laden war brechend voll gewesen. Die Kellner rannten herum wie Ameisen. Der Oberkellner, anscheinend der einzige, der wenigstens andeutungsweise englisch sprach, teilte ihm mit, daß die Wartezeit für einen Tisch mindestens eine Stunde betrug. Als McVey versucht hatte, ihm zu erklären, daß er keinen Tisch wollte, sondern den Geschäftsführer sprechen mußte, da hatte der Oberkellner die Augen verdreht, die Hände in die Luft geworfen und geantwortet, heute abend könne nicht einmal der Geschäftsführer ihm einen Tisch verschaffen, denn der Besitzer gebe eine Party und habe den ganzen Hauptraum in Beschlag genommen – und damit war er davongerauscht.

So stand McVey nun einfach da mit Lebruns Polizeiskizze von Albert Merriman in der Tasche und versuchte, sich eine andere Methode auszudenken. Er mußte einsam oder verloren ausgesehen haben, oder beides, denn ehe er sich versah, hatte ihn eine kleine, leicht beschwipste Französin in einem leuchtendroten Kleid beim Arm gefaßt und führte ihn zu einem Tisch im Hauptraum, wo die Party stattfand, und fing dort an, ihn als ihren »amerikanischen Freund« vorzustellen. Während er noch versuchte, sich höflich von ihr zu befreien, fragte ihn jemand in gebrochenem Englisch, wo in den Staaten er herkomme. Als er »Los Angeles« sagte, fingen zwei an, Fragen über die *Rams* und die *Raiders* zu stellen. Jemand anders erwähnte die Universität. Schließlich schob sich eine über die Maßen dünne Frau, die aussah und sich kleidete wie ein Model, zwischen sie und fragte ihn verführerisch lächelnd auf französisch, ob er welche von den *Dodgers* kenne. Ein Schwarzer übersetzte für sie, und dann starrte er ihn an und wartete auf eine Antwort. Inzwischen wollte McVey nur noch schleunigst raus hier, aber aus irgendeinem Grunde sagte er soviel wie: »Ich kenne Lasorda.« Und das stimmte, denn der *Dodgers*-Manager Tommy Lasorda hatte sich an mehreren polizeilichen Wohltätigkeitsveranstaltungen beteiligt, und im Laufe der Jahre waren sie mehr oder weniger Freunde geworden. Als Lasordas Name fiel, drehte ein anderer Mann sich um und sagte in perfektem Englisch: »Ich kenne ihn auch.«

Der Mann war der Besitzer der Brasserie Stella. Eine Viertelstunde später waren zwei der drei Kellner, die Osborn an jenem Abend von Kanarack heruntergezerrt hatten, im Büro des Geschäftsführers versammelt und betrachteten die Skizze von Albert Merriman.

Der erste sah das Bild an. »*Oui*«, sagte er und reichte es dem zweiten weiter. Der zweite betrachtete es und gab es dann McVey zurück.

»*L'homme.*« Er nickte. Der Mann.

Los Angeles.

»Raub/Mord, Hernandez«, hatte die Stimme geantwortet. Rita Hernandez war jung und sexy. Zu sexy für einen Cop. Mit fünfundzwanzig hatte sie drei Kinder und einen Mann, der Jura studierte, und sie war vermutlich der gescheiteste Detective der Abteilung.

»*Buenas tardes,* Rita.«

»McVey! Wo zum Teufel steckst du?« Rita lehnte sich in ihrem Stuhl zurück und grinste.

»Ich bin zum Teufel in Paris, Frankreich.« McVey setzte sich auf sein Hotelbett und zog einen Schuh aus. Zwanzig Uhr fünfundvierzig in Paris war zwölf Uhr fünfundvierzig in L. A.

»Paris? Willst du, daß ich zu dir komme? Ich verlasse meinen Mann, die Kinder, alles. Biiiitte, McVey!«

»Dir würde es hier nicht gefallen.«

»Wieso nicht?«

»Keine einzige anständige Tortilla – zumindest habe ich keine gefunden. Jedenfalls nicht, wie du sie machst.«

»Zum Teufel mit Tortillas. Ich nehme Brioche.«

»Hernandez, ich bauche ein komplettes Dossier über einen Orthopädiechirurgen aus Pacific Palisades. Hast du Zeit?«

»Wenn du mir eine Brioche mitbringst.«

Um zwanzig Uhr dreiundfünfzig legte McVey auf, schloß seine »Hausbar« auf und fand, was er suchte: eine halbe Flasche von dem Sancerre, den er getrunken hatte, als er das letztemal in diesem Zimmer gewohnt hatte. Ob es ihm gefiel oder nicht, allmählich fing der französische Wein an, ihm zu schmecken.

Er machte die Flasche auf, schenkte sich ein halbes Glas ein, zog den anderen Schuh aus und legte die Füße aufs Bett.

Wonach suchten sie? Was hatte Osborn so dringend von Merriman gewollt, daß er nach dem ersten Angriff und Merrimans Flucht die Mühe und Kosten auf sich genommen hatte, einen Privatdetektiv zu engagieren, um ihn zu finden?

Wenn Merriman nicht am selben Tag etwas so Unerhörtes getan hatte, daß es Osborns Wutanfall provozierte, dann lag es auf der Hand, anderswo zu suchen. Das sagte ihm sein Gefühl. Was immer zwischen den beiden gestanden hatte, war in der Vergangenheit passiert.

Aber was konnte ein Arzt in Los Angeles mit einem Berufskiller aus Paris zu tun haben? Soweit Lebrun es hatte feststellen können, war Merriman als Henri Kanarack die ganze Zeit sauber gewesen. Das bedeutete, daß die Beziehung zwischen Osborn und Merriman begonnen haben mußte, als Merriman noch in den Staaten war.

McVey stand auf, ging zum Schreibtisch und öffnete seinen Aktenkoffer. Er suchte die Notizen heraus, die er nach seinem Gespräch mit Grossman über Merriman angefertigt hatte, und fuhr mit dem Finger auf der Seite herunter, bis er das Datum gefunden hatte, an dem Merriman in New York angeblich umgebracht worden war.

»Neunzehnhundertsiebenundsechzig?« sagte er laut. McVey

nahm einen Schluck Sancerre und schenkte sich nach. Osborn war nicht älter als vierzig, wahrscheinlich jünger. Wenn er Merriman 1967 oder vorher gekannt hatte, mußte er noch ein Kind gewesen sein.

McVey legte das Gesicht in Falten und erwog die Möglichkeit, daß Merriman Osborns Vater gewesen sein könnte. Ein Vater, der die Familie verlassen hatte und verschwunden war. Aber gleich verwarf er diese Möglichkeit wieder. Um Vater eines Mannes in Osborns Alter zu sein, hätte Merriman ihn im frühen Teenageralter zeugen müssen. Nein, es mußte etwas anderes sein.

Er dachte an das Medikament, das Lebruns Leute gefunden hatten, das Succinylcholin, und er fragte sich, was es mit der Sache Osborn/Merriman zu tun hatte – falls es etwas damit zu tun hatte.

Bei diesem Gedanken fiel ihm ein, daß Commander Noble sich nicht mehr gemeldet hatte, um ihm über Kliniken oder medizinische Fakultäten in Südengland zu berichten, die mit fortgeschrittenen Techniken radikaler Chirurgie experimentierten. Die zweite Hürde – den Vermißtenfällen der letzten Jahre nachzugehen, um denjenigen zu finden, dem der abgetrennte Kopf mit der Metallplatte gehörte – könnte ewige Zeit beanspruchen, und vielleicht würden sie trotzdem gar nichts finden.

Und was war mit seiner Bitte an Dr. Michaels und Dr. Richman, die enthaupteten Leichen nach Stichverletzungen abzusuchen? Einstichwunden, die bei der Injektion von Succinylcholin hervorgerufen worden waren …

McVey mochte solche Dinge nicht. Er arbeitete lieber allein, nahm sich die Zeit, die er brauchte, um zu verdauen, was da war, und dann entsprechend zu handeln. Immerhin, er konnte sich über das Team, das ihn umgab, nicht beklagen. Noble und sein Stab sowie die medizinischen Experten in London, Lebrun in Paris und Benny Grossman in New York, der über die Maßen hilfreich gewesen war; und hoffentlich würde jetzt auch Rita Hernandez in L. A. ein solides Dossier mit Hintergrundinformationen über Osborn liefern, das McVey einen Hinweis auf etwas böte, was sich vielleicht früher abgespielt hatte, etwas, das seine Verbindung zu Merriman erklären würde.

Aber das war das Problem. Osborn und Merriman, der tote Privatdetektiv Jean Packard, der große Mann und sein mörderisches Treiben und die heimlichen Vorgänge bei Interpol Lyon – das hätte ein Fall sein müssen. Die kopflosen Leichen, die in ganz Nordeuropa verstreut gefunden wuden, und der einzelne Kopf aus London, allesamt in irgendeinem bizarren medizinischen Experiment ultratief eingefroren, hätten ein anderer Fall sein müssen.

Aber etwas sagte ihm, daß es nicht so war, daß diese beiden völlig disparaten Situationen irgendwie, auf irgendeine Weise miteinander verwoben waren. Und das Bindeglied – auch wenn er dafür nicht den geringsten Beweis hatte – mußte Osborn sein.

McVey gefiel das nicht. Die ganze Sache schien ihm aus dem Ruder zu laufen.

»Knackst du die Sache Osborn/Merriman, knackst du auch die andere«, sagte er laut, und gleichzeitig sah er, daß der große Zeh seines rechten Fußes durch die Socke schimmerte.

In diesem Augenblick klopfte es. Verwundert stand McVey auf und ging zur Tür. »Wer ist da?« fragte er und öffnete, ohne die Kette abzunehmen. Ein uniformierter Polizist stand auf dem Gang.

»Erste Polizeipräfektur Paris, Officier Sicot. In Mademoiselle Monnerays Wohnung hat es eine Schießerei gegeben.«

60

McVey betrachtete die 45er Automatic, die Barras so säuberlich auf eine Leinenserviette auf Vera Monnerays Eßtisch plaziert hatte. Er nahm einen Kugelschreiber aus der Tasche, schob ihn in den Lauf und hob die Waffe hoch. Es war ein Colt, US-Fabrikat, mindestens zehn oder fünfzehn Jahre alt.

Er legte ihn wieder hin, zog seinen Kuli heraus und schaute sich nach dem Treiben um. Obwohl es ein Sonntag abend war, hatte die Pariser Polizei es geschafft, die Wohnung mit Spurensicherern zu füllen.

Auf der anderen Seite der Diele, im Wohnzimmer, sah er, wie Barras und Maitrot mit Vera Monneray sprachen. Abseits von ihnen stand eine uniformierte Polizistin. In dem Alice-im-Wunderland-Sessel saß der Portier, den plötzlich alle nur Philippe nannten.

McVey ging in die Diele hinaus und sah einen drahtigen, bebrillten Spurensicherer, der getrocknetes Blut von der Wand kratzte. Weiter hinten machte ein Fotograf seine letzten Aufnahmen.

Am Ende würde sich aus dem, was hier vor sich ging, ein halbwegs zutreffendes Bild der Ereignisse zusammensetzen lassen. Aber vorläufig – zumindest für McVey – war die 45er auf dem Eßtisch das Entscheidende.

Eine kleine, handgroße Pistole – das hätte er verstanden. Kaliber .25 oder .32, eine Walther vielleicht, oder eine italienische Baretta. Eher noch wäre eine französische Mab die Waffe, die ein hochrangiges französisches Regierungsmitglied seiner Freundin für den Notfall zustecken würde. Aber ein amerikanischer 45er Colt Automatic, das war eine Männerwaffe. Groß und schwer, mit einem unangenehmen Rückstoß beim Schießen. Auf den ersten Blick paßte das überhaupt nicht.

McVey schob sich an dem Fotografen vorbei, der jetzt die offene Flurtür bearbeitete, und warf einen Blick ins Wohnzimmer. Barras hatte Vera Monneray offenbar gerade eine Frage gestellt, denn sie schüttelte den Kopf. Dann blickte sie auf und sah, daß McVey sie beobachtete, und sogleich wandte sie sich wieder Barras zu.

Das erste, was Barras ihm bei der Ankunft gesagt hatte, war, daß François Christian informiert worden war und mit Vera telefoniert hatte, daß er aber nicht herkommen werde. Das war Barras' Art, sich aufzuplustern: McVey wissen zu lassen, daß hier höhere Dinge im Spiel waren und daß McVey die Vorgänge besser von den hinteren Rängen aus verfolgte, insbesondere was Mademoiselle Monneray betraf.

Wenn Lebrun hiergewesen wäre, hätte die Sache vielleicht anders ausgesehen, aber er war nicht hier. Er hatte Paris am Nachmittag wegen einer Privatangelegenheit verlassen und war nicht zu erreichen, nicht einmal über den Euroruf. Deshalb hatte man McVey gerufen, offensichtlich nur widerwillig, denn Barras und Maitrot waren als Mitglieder des Überwachungsteams sofort nach der Schießerei am Schauplatz gewesen, und erst zwei Stunden später hatte man Officier Sicot zu McVeys Hotel geschickt.

McVey ging durch die Diele zurück in die Küche. In der ganzen Stadt fahndete man nach einem großen, blonden Mann von etwa einsneunzig in grauer Hose und dunkler Jacke, der Französisch mit deutschem oder holländischem Akzent sprach. Das war nicht viel, aber immerhin etwas. Wenn Vera es nicht erfunden hatte – was er bezweifelte –, bewies es zumindest, daß der große Mann existierte.

Er ging durch die Küche und durch eine offene Tür hinaus ins Lieferantentreppenhaus. Die Spurensicherung arbeitete auf der Treppe und auf dem Absatz zwei Etagen tiefer, wo eine Hintertür zur Straße hinausführte. McVey musterte alles, während er die Treppe bis zum Erdgeschoß hinunterging und einen Blick durch die offene Tür ins Freie warf, an der uniformierte Polizisten auf Posten standen.

Vera hatte Barras und Maitrot erzählt, sie sei aus der Klinik nach Hause gekommen, weil sie schwere Menstruationskrämpfe bekommen habe. Sie habe ein spezielles Schmerzmittel genommen, das sie zu Hause aufbewahrte, und habe sich hingelegt. Kurze Zeit später habe sie sich allmählich besser gefühlt und beschlossen, wieder zum Dienst zu gehen. Sie habe Philippe gebeten, ihr ein Taxi zu rufen, und als es gekommen sei und sie in der Diele ihre Handtasche habe holen wollen, da habe sie sich gewundert, weil es dunkler gewesen sei, als es hätte sein dürfen. Sie habe bemerkt, daß das Licht im Wohnzimmer ausgeschaltet worden war, und im selben Augenblick habe der Mann sie gepackt.

Sie habe sich losgerissen und sei ins Wohnzimmer gerannt, um die Pistole zu holen, die François Christian dort für den Notfall hinterlassen habe. Dann habe sie sich umgedreht und mehrere Schüsse – sie wußte nicht mehr, wie viele – auf den großen Mann abgegeben, der dann durch die Lieferantentür und über die Hintertreppe auf die Straße hinaus geflüchtet sei. Sie sei ihm nachgelaufen, weil sie gedacht habe, sie hätte ihn vielleicht getroffen, und an der Tür haben Barras und Maitrot sie gefunden, mit der Pistole in der Hand. Ein Auto sei weggefahren, aber gesehen habe sie es nicht mehr.

McVey trat hinaus ins blauweiße Gleißen der polizeilichen Arbeitsscheinwerfer und sah, wie Techniker die parallelen Reifenspuren vermaßen, die beinahe unmittelbar gegenüber der Tür verliefen, aus der er gerade gekommen war.

Er schlenderte vom Bordstein auf die Straße hinaus und schaute in die Richtung, in die der Wagen davongefahren war. Dann ging er der Linie des Fluchtwegs nach, bis sie aus dem Lichtkreis der Flutlichtstrahler ins Dunkel verschwand. Noch fünfzehn Schritte, und er kehrte um. Dann hockte er sich nieder und betrachtete die Fahrbahndecke. Es war überasphaltiertes Kopfsteinpflaster. Er hob den Kopf und schaute zu den Arbeitslampen weiter vorn. Fünf Schritte vor ihm glitzerte etwas auf der Straße. Es richtete sich auf, ging hin und hob es auf. Es war eine Spiegelscherbe vom Außenspiegel eines Autos.

Er schob sie vorsichtig in die Brusttasche seines Jacketts und ging zurück zu den Scheinwerfern, bis er der Hintertür gegenüberstand; dann schaute er sich um. Die Fenster der Wohnungen auf der anderen Straßenseite waren hell erleuchtet. Er blieb auf der Höhe des Lieferanteneingangs und ging zu dem Haus auf der anderen Straßenseite hinüber. Das einzige Licht kam hier von einer Straßenlaterne, die ein Dutzend Schritt weit entfernt war. McVey hielt sich von einem frisch gestrichenen eisernen Lanzenzaun fern und trat an das Gebäude heran; er betrachtete die aus Ziegeln und Steinen gemauerte Fassade, so gut es bei dem bißchen Licht ging. Er suchte nach einer frisch abgesplitterten Stelle im Mauerwerk, nach einer Stelle, wo eine von der anderen Straßenseite auf ein fahrendes Auto abgegebene Kugel eingeschlagen haben könnte. Aber er sah nichts. Vielleicht irrte er sich, dachte er; vielleicht war der Spiegel nicht durch einen Schuß zerschmettert worden; vielleicht hatte die Scherbe schon eine ganze Weile auf der Straße gelegen.

Die Spurentechniker auf der Straße hatten ihre Messungen beendet und gingen wieder ins Haus. McVey wollte ihnen nachgehen, als er sah, daß an einem der dekorativen Eisenspieße in dem frisch gestrichenen Zaun die Spitze fehlte. Er trat hinter den Zaun, ging in die Hocke und suchte den Boden hinter der fehlenden Spitze ab. Dann sah er sie, im Schatten eines Regenrohres an der Ecke des Hauses. Er ging hin und hob sie auf. Die obere Hälfte der Spitze war durch einen schweren Aufprall zerdrückt und verbogen. Und wo der Gegenstand sie getroffen hatte, glänzte statt der frischen schwarzen Farbe das blanke Eisen.

61

Bernhard Ovens Entscheidung, sich zurückzuziehen, war richtig gewesen. Mit seinem ersten Schuß hatte der Amerikaner, behindert durch das Messer in seiner Hand, eine blutige Furche in seinen Unterkiefer gepflügt. Er hatte Glück gehabt. Wäre das Messer nicht gewesen, hätte Osborn ihn wahrscheinlich zwischen die Augen getroffen. Hätte Oven statt des Messers die Walther in der Hand gehabt, so hätte er mit Osborn das gleiche getan und dann das Mädchen umgebracht.

Aber selbst wenn er Osborn umgebracht hätte, wäre es der Polizei höchstwahrscheinlich gelungen, ihn zu fassen oder zu verwunden. Wenn das passiert wäre, hätte er bestenfalls noch einen Tag im Gefängnis überlebt, bevor die Organisation einen Weg gefunden hätte, das Problem aus der Welt zu schaffen. Auch das war ein Grund, weshalb sein Rückzug rechtzeitig und richtig gewesen war.

Es war jetzt fast halb zehn; seit der Schießerei waren knapp zwei Stunden vergangen. Oven erhob sich von dem Stuhl, auf dem er nachdenklich gesessen hatte, und ging in das Schlafzimmer der Zwei-Zimmer-Wohnung in der Rue de lÉglise; er öffnete die Schranktür und nahm eine frisch gebügelte Jeans mit 32-Zoll-Innenbeinlänge heraus. Er legte sie auf das Bett, zog seine graue Flanellhose aus, hängte sie sorgfältig auf einen Bügel und in den Schrank.

Er zog die Jeans an, setzte sich auf die Bettkante und öffnete die Klettbandverschlüsse, die die fünfundzwanzig Zentimeter lange Unterschenkel-Prothese mit den Beinstümpfen verband, wo sie amputiert waren, auf halber Höhe zwischen Knöchel und Knie.

Er öffnete einen Hartplastikkoffer und nahm ein zweites, identisches Paar Prothesen heraus, das jedoch um fünfzehn Zentimeter kürzer war. Er schob sie auf die Beinstümpfe, befestigte sie mit den Klettbandverschlüssen und zog weiße Sportsocken und ein Paar weiße, köchelhohe Reeboks an.

Er stand auf, legte den Prothesenkoffer in eine Schublade und ging ins Bad. Dort setzte er eine dunkle Kurzhaarperrücke auf und färbte sich die blonden Augenbrauen mit dunkler Wimperntusche.

Um einundzwanzig Uhr zweiundvierzig verließ ein ein Meter fünfundsiebzig großer Bernhard Oven mit dunklem Haar und dunklen Augenbrauen seine Wohnung in der Rue de l'Église. Ein helles Pflaster bedeckte die Streifschußverletzung an seinem Kinn. Er ging einen halben Block herunter zum Restaurant Jo Goldenberg in der Rue Rosier Nr. 7, wo er sich an einen Fenstertisch setzte, eine Flasche israelischen Wein und das Abendmenü bestellte, mit Rinderhack und Reis gefüllte Weinblätter.

Paul Osborn lag zusammengekrümmt auf dem alten Heizungsofen im Dunkel des Kellers von Nr. 18 Quai de Bethune auf einer Fläche von einem halben Quadratmeter, die man vom Boden aus nicht sehen konnte; sein Kopf war nur wenige Handbreit von der staubigen, von Spinnweben überzogenen Decke aus alten Balken und Mörtel entfernt. Er hatte die Stelle gerade noch gefunden, bevor die ersten

Polizisten in den Keller eingedrungen waren; jetzt, fast drei Stunden später, war er immer noch hier. Wenn er für etwas dankbar sein konnte, dann dafür, daß der Abend warm war und bis jetzt noch niemand im Haus die Heizung aufgedreht und damit den Ofen eingeschaltet hatte.

Die Hand blutete anscheinend nicht mehr, aber sie tat höllisch weh, und er war verkrampft und durstig und entsetzlich müde. Mehr als einmal war er schon eingedöst, nur um wieder von Polizisten geweckt zu werden, die überall suchten, nur nicht da, wo er im Augenblick war.

Jetzt war es seit langer Zeit still, und er fragte sich, ob sie überhaupt noch da waren. Mußten sie eigentlich, denn sonst wäre Vera heruntergekommen und hätte nach ihm gesucht. Dann fiel ihm ein, daß sie es vielleicht nicht konnte. Vielleicht hatte die Polizei Wachen aufgestellt, um sie zu schützen, falls der große Mann zurückkäme. Was dann? Wie lange sollte er hierbleiben, bevor er zumindest versuchte, hier rauszukommen?

Plötzlich hörte er, wie oben eine Tür aufging. Vera! Sein Herz tat einen Satz, und er stemmte sich hoch. Schritte kamen herunter. Er wollte rufen, wagte es aber nicht. Dann hörte er, daß der Herankommende auf dem Treppenabsatz stehengeblieben war. Es mußte Vera sein. Wieso sollte ein Polizist allein herunterkommen, nachdem dieser Bereich schon gründlich abgesucht worden war? Plötzlich ertönte ein scharfes Knarren, als eine Stufe der Kellertreppe belastet wurde. Das war kein Frauenschritt.

Der große Mann!

Was war, wenn er sich wie Osborn vor der Polizei versteckt hatte und noch hier war? Oder wenn er irgendwie zurückgekommen war? Voller Panik sah Osborn sich nach einer Waffe um. Es gab keine.

Die Treppe knarrte wieder, und die Schritte kamen weiter herunter. Mit angehaltenem Atem und vorgestrecktem Hals konnte Osborn mit Mühe die unterste Stufe erkennen. Noch ein Schritt, und ein Männerfuß erschien, ein zweiter, und er trat in den Keller.

McVey.

Osborn wich zurück und legte sich flach auf den Heizungsofen. Er hörte McVeys Schritte, wie sie herankamen und stehenblieben. Dann entfernten sie sich; McVey ging tiefer in den hauslangen, sargförmigen Keller hinein.

Ein paar Sekunden lang war nichts zu hören. Dann klickte es, und ein Licht ging an. Einen Augenblick später klickte es zum zweitenmal, und ein weiterer Bereich des Kellers wurde hell. Das wenige, was Osborn sehen konnte, hatte er schon gesehen, als die französische Polizei durchgekommen war.

Im nächsten Augenblick raschelte es über ihm, und etwas fiel ihm auf die Brust. Eine Ratte. Fett und warm. Er spürte ihre Krallen in der Haut unter dem Hemd, als sie über seine Brust lief und an Veras Tuch an seiner verletzten Hand schnupperte, das vom trocknenden Blut klebrig feucht war.

»Dr. Osborn!«

McVeys Stimme hallte durch den Keller. Osborn erschrak, und die Ratte fiel von ihm herunter auf den Boden. McVey hörte den Aufprall und sah, wie sie im Dunkeln unter der Treppe verschwand.

»Ich bin nicht verrückt nach Ratten. Wie gefallen sie Ihnen? Sie beißen, wenn man sie in die Enge treibt, nicht wahr?«

Osborn hob den Kopf ein paar Fingerbreit und sah McVey auf halbem Wege zwischen der Heizung und dem dunklen Ende des Kellers. Zu beiden Seiten türmten sich staubige Kisten und gespenstische Möbel bis zur Decke, verdeckt von schützenden Tüchern. Die Stapel waren so hoch, daß McVey daneben beinahe winzig aussah.

»Abgesehen von den uniformierten Einheiten am Vorder- und Hintereingang des Hauses ist die französische Polizei abgezogen. Ms. Monneray ist mitgefahren. Ins Präsidium. Sie wollen sehen, ob sie den großen Mann auf Fotos erkennt. Wenn Paris auch nur ein bißchen Ähnlichkeit mit L. A. hat, wird sie lange wegbleiben. Es gibt massenhaft Fotoalben.« McVey drehte sich um und schaute zu den Möbeln hinter ihm.

»Ich will Ihnen sagen, was ich weiß, Doktor.« Er drehte sich wieder um und kam langsam zu Osborn zurück; seine Schritte hallten leise, und sein Blick suchte aufmerksam nach jeder Andeutung einer Bewegung.

»Ms. Monneray hat gelogen, als sie der französischen Polizei erzählt, *sie* habe mit der Pistole auf den großen Mann geschossen. Sie ist eine hochgebildete Frau mit bemerkenswerten Beziehungen, und sie ist außerdem Krankenhausärztin. Selbst wenn es ihr gelungen wäre, mit einer so massiven Waffe wie einer 45er Automatic gegen einen Angreifer vorzugehen, und selbst wenn sie auf ihn geschossen hätte, bezweifle ich, daß sie ihn über eine düstere Hintertreppe verfolgt hätte. Oder ihm auf die Straße hinaus gefolgt wäre und weiter auf ihn geschossen hätte, während er schon wegfuhr.« McVey bleib stehen und schaute sich um; dann drehte er sich um und kam langsam auf Osborns Versteck zu. Dabei sprach er laut genug, um von vorn und von hinten gehört zu werden.

»Sie sagt übrigens, sie hätte einen Wagen wegfahren hören, aber sie hätte ihn nicht mehr gesehen. Wenn sie ihn nicht gesehen hat, wie hat sie es dann geschafft, ihm mit einem Schuß den Rückspiegel zu zerschmettern und mit einem anderen an einem Eisenzaun auf der anderen Straßenseite die Spitze abzuschießen?

An der Wohnungstür oben waren frische Blutflecken. Außerdem auf dem Boden in der Küche und auf dem Treppenabsatz am Lieferantenausgang zur Straße. Die Leute von der Spurensicherung der Pariser Polizeipräfektur sind ziemlich gut. Sie haben recht schnell herausbekommen, daß es sich um zwei verschiedene Blutgruppen handelt. Gruppe 0 und Gruppe B. Ms. Monneray war nicht verletzt und hat nicht geblutet. Ich würde also wetten, daß Sie und der große Mann Blutgruppe 0 beziehungsweise Blutgruppe B haben. Wie schwer Sie beide verletzt sind, das werden wir, schätze ich, noch erfahren.«

McVey war jetzt unmittelbar unterhalb von Osborns Versteck. Er blieb stehen und sah sich um. Aus irgendeinem Grund mußte Osborn lächeln. Wenn McVey einen Hut getragen hätte wie die Kriminalpolizisten aus dem L. A. der vierziger Jahre, dann hätte Osborn die Hand ausstrecken und ihm den Hut vom Kopf nehmen können. Er stellte sich McVeys Gesicht dabei vor.

»Übrigens, Doktor, das Los Angeles Police Department fertigt gerade ein ausführliches Hintergrunddossier über Sie an. Wenn ich in mein Hotel komme, wird mich dort ein Fax mit vorläufigen Einzelheiten erwarten. Irgendwo wird da auch Ihre Blutgruppe stehen.«

McVey wartete und lauschte. Dann ging er den Weg zurück, den er gekommen war; er ging langsam und wartete darauf, daß Osborn, falls er hier war, den Fehler beging, der ihn verraten würde.

»Falls Sie sich fragen: Ich habe keine Ahnung, wer der große Mann ist oder was er will. Aber ich denke, Sie sollten wissen, daß er unmittelbar verantwortlich ist für eine Reihe von Todesfällen, bei denen die Opfer einen Mann namens Albert Merriman kannten, der Ihnen womöglich als Henri Kanarack bekannt war.

Merrimans Freundin, eine Frau namens Agnes Demblon, starb in einem Brand, den der große Mann in ihrem Wohnhaus gelegt hat.

Bei diesem Brand starben neunzehn andere Erwachsene und zwei Kinder; wahrscheinlich hatte keiner von denen je auch nur den Namen Albert Merriman gehört.

Dann fuhr er nach Marseille und fand dort Merrimans Frau, ihre Schwester, den Mann ihrer Schwester und deren fünf Kinder. Er hat sie alle mit einem Kopfschuß getötet.«

McVey blieb stehen, hob die Hand und knipste eine Reihe Lampen aus.

»Hinter Ihnen war er her, Dr. Osborn. Nicht hinter Ms. Monneray. Aber natürlich wird er sich für sie auch interessieren, nachdem sie ihn heute abend gesehen hat.«

Es klickte dumpf, als McVey die zweite Reihe Lampen ausschaltete. Osborn höte, wie er in der Dunkelheit wieder auf ihn zukam.

»Offen gesagt, Dr. Osborn, Sie sitzen in einer verfluchten Patsche. *Ich* will Sie haben. Die Pariser Polizei will Sie haben. Und der große Mann will Sie haben.

Wenn die Polizei Sie kriegt, könnten Sie Ihr ganzes Sparbuch darauf verwetten, daß der große Mann eine Möglichkeit finden wird, Sie im Knast zu erledigen. Und danach wird er hinter Ms. Monneray her sein. Nicht sofort, denn eine Zeitlang wird sie unter Bewachung stehen. Aber später irgendwann, wenn sie gerade beim Einkaufen ist oder mit der Métro fährt oder beim Friseur sitzt oder in der Krankenhauscafeteria um drei Uhr morgens ...«

McVey kam näher. Unmittelbar unterhalb von Osborn drehte er sich um und spähte in den dunklen Keller hinein.

»Niemand weiß, daß ich hier bin – nur Sie und ich. Wenn wir uns unterhalten könnten, dann könnte ich Ihnen vielleicht helfen. Überlegen Sie sich's, hm?«

Dann war es still. Osborn wußte, daß McVey nach dem leisesten Geräusch lauschte, und hielt den Atem an. Gut vierzig Sekunden vergingen, bevor er hörte, wie er sich umdrehte, zur Treppe ging und die ersten Stufen hinaufstieg. Dann blieb er noch einmal stehen.

»Ich wohne in einem preiswerten Hotel namens Vieux Paris in der Rue Git le Coeur. Die Zimmer sind klein, aber sie haben einen muffigen französischen Charme. Hinterlassen Sie eine Nachricht, wo ich Sie treffen kann. Ich werde niemanden mitbringen. Nur Sie und ich. Wenn Sie nervös sind, brauchen Sie nicht Ihren Namen zu benutzen. Sagen Sie einfach, Tommy Lasorda hätte angerufen. Nennen Sie Zeit und Ort.«

McVey stieg den Rest der Treppe hinauf und war verschwunden. Einen Augenblick später hörte Osborn, wie die Hintertür zur Straße auf- und wieder zuging. Danach war alles still.

62

Sie hießen Erik und Edward, und Joanna hatte noch nie so vollkommene Männer gesehen. Mit ihren vierundzwanzig Jahren waren sie scheinbar makellose Expemplare des männlichen *homo sapiens*. Beide waren einssiebenundsiebzig groß, und beide wogen genau das gleiche, nämlich hundertsiebenundsechzig Pfund.

Das erstemal hatte sie sie am frühen Nachmittag gesehen, als sie mit Egon Leyberger im flachen Teil des überdachten Schwimmbeckens gewesen war, in dem Gebäude, in dem sich die Turnhalle seines Anwesens befand. Das Becken erfüllte die Olympianorm, fünfzig Meter lang, fünfundzwanzig breit. Erik und Edward schwammen schnelle Runden im Butterfly-Stil.

Als Joanna und Leyberger hereingekommen waren, hatten die beiden Jungen schon acht Runden oder eine halbe Meile geschwommen. Als sie und Leyberger fertig waren, schwammen die beiden immer noch Butterfly, Zug um Zug, Seite an Seite. Der automatische Rundenzähler stand auf zweiundsechzig; das waren exakt zwei Runden unter vier Meilen. Vier Meilen ohne Pause im Butterfly-Stil? Das war unglaublich, wenn nicht gar unmöglich. Aber es gab keinen Zweifel, denn sie hatte es gesehen.

Eine Stunde später, als ein Krankenpfleger Leyberger zu einer Übung in Sprechtherapie abholte, waren Erik und Edward aus dem Schwimmbad gekommen und bereiteten sich auf einen Waldlauf vor, als von Holden sie mit ihr bekannt machte.

»Herrn Leybergers Neffen«, sagte er lächelnd. »Sie haben an einer Sporthochschule in Ostdeutschland studiert, bis sie nach der Vereinigung geschlossen wurde. Da sind sie nach Hause gekommen.«

Joanna hatte sich gefragt, ob sie für die Olympiade trainierten, und von Holden hatte gelächelt. »Nein. Für eine politische Laufbahn. Darin hat Herr Leyberger sie gefördert, seit ihr Vater in ihrer Jugend starb. Er glaubte damals schon, daß Deutschland sich eines Tages wiedervereinigen würde. Und er hatte recht.«

»Deutschland? Ich dachte, Mr. Leyberger sei Schweizer?«

»Nein, Deutscher. Geboren ist er in Essen.«

Um Punkt sieben Uhr trafen sich Familie und Gäste zum Abendessen im formellen Speisezimmer des Leybergerschen Anwesens, das übrigens, wie Joanna erfahren hatte, »Anlegeplatz« genannt wurde. Von hier, so hieß es, konnte man wegfahren, aber man würde immer wiederkommen.

Als Joanna nach einem ausgedehnten Training mit Mr. Leyberger in ihr Zimmer zurückgekommen war, hatte sie dort ein Abendkleid vorgefunden, ausgewählt und nur nach einem Foto von ihr tadellos angepaßt von der berühmten Modeschöpferin Uta Baur, der sie am Abend zuvor auf dem Dampfer kurz vorgestellt worden war und die, wie sich herausstellte, zu Gast am »Anlegeplatz« war. Es war ein langes, enganliegendes Kleid; statt ihre üppige Figur zu kompromittieren, ergänzte es sie, indem es hier straffte und dort akzentuierte. Der Schnitt sah vor, es ohne Unterwäsche zu tragen, so daß kein enges Gummi darunter einschnüren oder Wülste bilden konnte. Es war von absichtlicher Gewagtheit und eleganter Erotik.

Zunächst zögerte Joanna. Sie hätte nie erwartet, so etwas einmal zu tragen. Aber sie hatte keinerlei elegante Abendgarderobe mitgebracht, und am »Anlegeplatz« war das Abendessen eine formelle Angelegenheit. Als sie geschminkt war und das Haar zu einem leichten Knoten hochgebunden hatte, war sie nicht mehr die puttenhafte, durchschnittlich aussehende Krankengymnastin aus New Mexico, sondern eine Dame der internationalen Gesellschaft, elegant und sexy, voller Anmut und Selbstbewußtsein.

Die großartige Halle, die am »Anlegeplatz« als Speisezimmer bezeichnet wurde, hätte als Kulisse für ein mittelalterliches Kostümdrama dienen können. Die zwölf Gäste saßen auf handgeschnitzten Stühlen mit hohen Rückenlehnen an einem langen, schmalen Eßtisch, der leicht für dreißig Platz geboten hätte; ein halbes Dutzend Kellner kümmerte sich um jeden Wunsch. Der Raum selbst war zwei Etagen hoch und ganz aus Stein. Flaggen mit den Wappen großer Familien hingen wie Kriegsbanner von der Decke.

Egon Leyberger saß am Kopfende der Tafel mit Uta Baur zu seiner Rechten; sie plauderte auf ihre lebhafte Art mit ihm, als wären sie unter sich. Sie war ganz in Schwarz gekleidet. Kniehohe schwarze

Stiefel, eine hautenge schwarze Hose und ein schwarzer einreihiger Blazer, der nur mit einem Knopf geschlossen war. Die Haut an Gesicht, Hals und Händen war straff und irisierend, als sei sie noch nie vom Sonnenlicht berührt worden. Der Ansatz ihrer kleinen Brüste, die von einem Stütz-BH hochgedrückt wurden, war ebenso milchweiß und von zarten, hellblauen Oberflächenadern überzogen. Der einzige Akzent unter dem kurzen weißen Haar waren die gezupften Augenbrauen. Sie trug weder Make-up noch irgendwelchen Schmuck. Sie wirkte auch ohne diese Dinge.

Das Dinner selbst war ausgedehnt und entspannt, und den anderen Gästen – Dr. Salettl, den Zwillingen Erik und Edward und mehreren Fremden, denen sie vorgestellt worden war – zum Trotz unterhielt Joanna sich die meiste Zeit über mit von Holden über die Schweiz, ihre Geschichte, ihr Eisenbahnsystem und ihre Geographie. Von Holden schien ein Fachmann für diese Dinge zu sein, aber was sie anging, hätte er auch über die dunkle Seite des Mondes reden können. Nach seinem kühlen, schroffen Telefonanruf am Morgen hatte sie sich billig und häßlich gefühlt, als sei sie in der Nacht zuvor nur benutzt worden. Aber als er sie am Nachmittag im Garten getroffen hatte, war er so freundlich und großzügig wie in der vergangenen Nacht gewesen, und dieses Benehmen änderte sich auch hier beim Essen nicht. Und je länger der Abend dauerte, desto mehr sehnte sie sich nach seiner Berührung.

Nach dem Essen zogen sich Leyberger, Uta, Dr. Salettl und die anderen Gäste in den ersten Stock zu Kaffee und einem Doppelklavierkonzert von Erik und Edward zurück.

Als Angestellte waren Joanna und von Holden nicht eingeladen; sie konnten über den weiteren Abend verfügen.

»Dr. Salettl sagt, er erwartet, daß Mr. Leyberger spätestens Freitag ohne Stock gehen kann.« »Wird er es können?« Von Holden sah sie an.

»Ich hoffe. Es hängt von ihm selbst ab. Aber was ist so wichtig an diesem Freitag? Wieso kommt es ihm auf ein paar Tage mehr oder weniger an?«

»Ich will dir etwas zeigen«, sagte von Holden. Er ignorierte ihre Frage. Er führte sie zu einer Seitentür am hinteren Ende des Speisezimmers. Durch einen holzgetäfelten Gang kamen sie zu einer kleinen Tür, hinter der eine Treppe lag. Von Holden reichte ihr die Hand und führte sie ein paar Treppen hinunter zu einer weiteren Tür. Dahinter führte ein enger Gang unter der Zufahrt hindurch und weg vom Haus.

»Wo gehen wir hin?« fragte sie leise.

Von Holden antwortete nicht, und Joanna fühlte ein Beben der Erregung, als sie weitergingen. Pascal von Holden war ein so attraktiver Mann, daß er fast jede Frau haben konnte, die ihm gefiel. Joanna war in jeder Hinsicht durchschnittlich, eine Krankengymnastin mit dem näselnden Tonfall des Südwestens der USA. Sie hatte letzte Nacht ihren Spaß mit ihm bekommen, und sie wußte, daß sie nichts Besonderes gewesen sein konnte. Weshalb kam er also zurück und wollte mehr? Falls es das war …

Am anderen Ende des Ganges führte eine Treppe nach oben zu einer weiteren Tür, die von Holden jetzt öffnete. Er trat beiseite, ließ sie eintreten und schloß die Tür hinter ihnen.

Joanna stand mit offenem Mund da und schaute hoch. Sie befanden sich in einem Raum, der beinahe völlig von einem großen Wasserrad ausgefüllt wurde, das von einem tiefen, reißenden Bach getrieben wurde.

»Dieses System ist die unabhängige Stromversorgung für das Anwesen«, sagte von Holden. »Geben Sie acht; der Boden ist ziemlich glitschig.«

Er nahm ihren Arm und führte sie zu einer Tür auf der anderen Seite. Er öffnete sie, schob die Hand hindurch und schaltete das Licht ein. Joanna sah einen Raum aus Holz und Stein, sechs Meter im Quadrat. In der Mitte sprudelte ein von Steinbänken umgebener Pool, der vom Bach versorgt wurde. Von Holden deutete auf eine Holztür. »Dahinter liegt eine Sauna. Alles sehr natürlich und gut für die Gesundheit.«

Joanna merkte, daß sie rot wurde, und gleichzeitig wurde ihr innerlich heiß.

»Ich habe nichts zum Umziehen mitgebracht«, sagte sie.

Von Holden lächelte. »Ah, weißt du, das ist das wunderbare an Utas Design.«

»Ich verstehe nicht …«

»Die Form folgt stets der Funktion.« Von Holden hob die Hand und berührte sanft eine der goldenen Fransen an Joannas Schulter. »Diese dekorative Franse.«

»Was ist damit?«

»Wenn man nur ganz leicht daran ziehen wollte …«

Plötzlich löste sich Joannas Kleid von den Schultern und glitt so elegant zu Boden wie ein Theatervorhang.

»Siehst du? Bereit zu Bad und Sauna.« Von Holden trat zurück und ließ seinen Blick über sie wandern.

Joanna fühlte ein Verlangen wie nie zuvor, mehr noch – wenn das möglich war – als in der vergangenen Nacht. Noch nie war die Anwesenheit eines Mannes von derart verheerender Erotik gewesen. In diesem Augenblick hätte sie alles getan, was er wollte – und noch mehr.

»Möchtest du mich ausziehen? Fairplay bedeutet gleiches Recht für alle, oder?«

»Ja …«, hörte Joanna sich flüstern. »O Gott, ja.«

Dann berührte von Holden sie, und sie kam zu ihm und zog ihn aus, und sie liebten sich im Pool und auf den Steinbänken.

Verausgabt, ruhten sie sich aus, berührten und streichelten einander, und dann nahm von Holden sie noch einmal, langsam und bedächtig und auf eine Weise, wie es ihre dunkelsten Fantasien überstieg. Zum erstenmal in ihrem Leben fühlte sie sich attraktiv und begehrt. Sie genoß es, und von Holden ließ sie. Die Zeit gehörte ihr, solange sie wollte.

In einem dunkel getäfelten Arbeitszimmer im ersten Stock des Haupthauses vom »Anlegeplatz« saßen Uta Baur und Dr. Salettl geduldig in ihren Sesseln und beobachteten die Übung auf drei großen High-Definition-Fernsehmonitoren, die ihre Bilder von ferngesteuerten Kameras hinter den verspiegelten Wänden empfingen. Jede Kamera hatte ihren eigenen Monitor, so daß jede Regung mitverfolgt werden konnte.

Es ist zweifelhaft, daß die beiden durch das, was sie sahen, körperlich erregt wurden – nicht, weil sie beide schon über siebzig waren, sondern weil die Beobachtung rein klinischer Natur war.

Von Holden diente lediglich als Instrument bei dieser Studie. Joanna stand im Mittelpunkt ihres Interesses.

Schließlich streckte Uta ihre langen Finger aus und drückte auf einen Knopf. Die Monitore wurden dunkel, und sie stand auf.

»Ja«, sagte sie zu Salettl. »Ja.« Dann ging sie aus dem Zimmer.

63

Nach Osborns Uhr war es elf Minuten nach zwei am Montag morgen, dem 10. Oktober.

Vor dreißig Minuten hatte er die letzte Treppe erklommen und war mit dem verborgenen Fahrstuhl in das Zimmer unter dem Dach des Hauses Nr. 18 am Quai de Bethune gefahren. Erschöpft war er ins Bad gewankt, hatte den Wasserhahn aufgedreht und in tiefen Zügen getrunken. Danach hatte er Veras blutgetränktes Halstuch abgenommen und die Wunde an seiner Hand gesäubert. Ein höllischer Schmerz pochte darin, und er hatte große Mühe, die Hand zu öffnen. Aber der Schmerz war ein gutes Zeichen, denn er ließ vermuten, daß trotz der schlimmen Verletzung weder Nerven noch wichtige Sehnen ernsthaft beschädigt waren. Das Messer des großen Mannes war ihm dicht unterhalb der Zeige- und Mittelfingergelenke zwischen den Mittelhandknochen hindurchgefahren.

Weil er die Hand öffnen und schließen konnte, war er relativ sicher, daß kein bleibender Schaden angerichtet worden war. Trotzdem, um sicherzugehen, brauchte er eine Röntgenaufnahme. Wenn ein Knochen gebrochen oder gesplittert war, mußte die Hand operiert und eingegipst werden. Ohne Behandlung riskierte er, daß eine Bruchstelle fehlerhaft zusammenwuchs, was ihn zu einem einhändigen Chirurgen machen und somit seine Karriere praktisch beenden würde. Das heißt, wenn noch eine Karriere vorhanden wäre, die sich wiederbeleben ließe.

McVey hatte recht gehabt. Wenn die französische Polizei ihn erwischte und ins Gefängnis steckte, würde der große Mann einen Weg finden, ihn dort umzubringen. Und dann würde er sich Vera vornehmen. Osborn saß in der Falle, und McVey war sein einziger Ausweg.

Osborn knöpfte sich das Hemd auf, machte das Licht aus und ließ sich im Dunkeln zurücksinken. Seinem Bein ging es besser, aber es wurde allmählich steif von der übermäßigen Beanspruchung. Das Pochen in seiner Hand ließ nach, wenn er sie hochhielt, und so schob er ein Kissen darunter. Müde, wie er war, hätte er sofort einschlafen müssen, aber zu viele Dinge gingen ihm lebhaft durch den Kopf.

Sein unverhofftes Auftauchen bei Vera und dem großen Mann war reiner Zufall. Er war sicher gewesen, daß sie zum Dienst gegangen war und die Wohnung leer sein würde, und so hatte er riskiert herunterzukommen, um schlicht zu telefonieren. Stundenlang hatte er sich gequält, bis er endlich zu dem Schluß gekommen war, daß die am realistischste Möglichkeit für ihn darin bestand, die amerikanische Botschaft anzurufen, zu erklären, wer er war, und um Hilfe zu bitten. Sich also der amerikanischen Regierung auf Gedeih und Verderb auszuliefern. Wenn er Glück hatte, würden sie ihn vor der französischen Justiz in Schutz nehmen, und im besten Fall würden sie ihn vielleicht unter Berücksichtigung der Umstände von aller Schuld freisprechen. Schließlich war nicht er es gewesen, der Henri Kanarack umgebracht hatte. Und – was noch schwerer wog: Es wäre ein Schachzug, der ihn allein in den Mittelpunkt der Aufmerksamkeit rücken und Vera von einem Skandal befreien würde, der sie sonst ruinieren könnte. Aber das alles hatte nur bis zu dem Augenblick gegolten, als er die Tür geöffnet und das Messer des großen Mannes an Veras Kehle gesehen hatte. In diesem Augenblick hatte sich die simple Klarheit seines Plans in Luft aufgelöst. Jetzt steckte Vera mit ihm in dieser Sache, ob sie es wollten oder nicht. Wenn er sich jetzt an die amerikanische Botschaft wandte, wäre es das Ende – als würde ihn die Polizei erwischen. Zumindest nähme man ihn in schützenden Gewahrsam, bis der Fall aufgeklärt wäre. Und wegen des Aufsehens, das der Mord an Kanarack/Merriman erregt hatte, würde die Presse sich daraufstürzen und dem großen Mann oder seinen Komplizen verraten, wo er war. Und wenn sie ihn erledigt hätten, würden sie Vera jagen – wie McVey gesagt hatte.

Je mehr er das eine gegen das andere abwägte, je länger er sich fragte, ob er ihm vertrauen konnte, ob das Angebot echt war oder ein Trick, um ihn der französischen Polizei auszuliefern, desto klarer wurde ihm, daß er kaum eine andere Möglichkeit besaß.

Um sechs Uhr fünfundvierzig lag McVey in seiner Schlafanzughose auf dem Bauch; ein Fuß ragte unter der Bettdecke hervor, und er sehnte sich nach dem Schlaf, den er nicht finden konnte.

Er war einer Ahnung gefolgt, denn etwas anderes hatte er nicht in der Hand. In Lebruns Anwesenheit hätten die französischen Polizisten ihm niemals erlaubt, Vera Monneray auch nur eine einzige Frage zu stellen. Selbst wenn Lebrun dagewesen wäre, hätte er Mühe gehabt, die Wahrheit über das Geschehene aus ihr herauszuholen.

Selbst wenn er sich irrte und sie tatsächlich aus Angst oder Empörung oder Wut – erlebt hatte er es schon – hinter dem großen Mann hergejagt wäre: Die Behauptung, sie habe den Wagen nicht mehr gesehen, ließ ihre Story in Luft aufgehen. Denn es war eindeutig, daß jemand auf die Straße hinausgelaufen war und auf den Wagen geschossen hatte.

Wenn sie zugab, gehandelt zu haben, wie sie behauptete, weshalb log sie dann und gab vor, sie habe den Wagen nicht gesehen – wenn sie nicht so spät am Schauplatz erschienen war, daß sie gar nicht wissen konnte, was wirklich passiert war? Und das bedeutete natürlich, daß jemand anders auf den Wagen geschossen hatte.

Und da die Spurensicherung zwei verschiedene Blutgruppen gefunden hatte und da Vera selbst nicht verletzt worden war, mußten bei der Schießerei mindestens drei Personen in der Wohnung gewesen sein. Eine war weggefahren, eine war noch in der Wohnung. Und eine fehlte.

Der erste Schuß hatte Barras und Maitrot aufmerksam gemacht. Der zweite und dritte hatten sie losrennen lassen, und Barras hatte über Funk Verstärkung angefordert. Der große Mann war mit einem schnellen Wagen entkommen. Augenblicke später wimmelte es in der ganzen Gegend von Uniformen. Jede Wohnung im Haus und im Umkreis von drei Häuserblocks war überprüft worden, jede Hauseinfahrt, jedes Dach, jedes parkende Auto, jeder Frachtkahn auf der Seine, auf den ein Fliehender von einer Brücke oder einem Kai aus hätte hinunterspringen können.

Das konnte nur eins bedeuten: Die dritte Person war noch hier. Irgendwo. Weil die Polizei so schnell erschienen war und weil die Schießerei unmittelbar vor der Hintertür stattgefunden hatte, wäre das nächstliegende Versteck für diese Person der Keller.

Jawohl, er war gründlich abgesucht und gesichert worden. Aber sie hatten keine Hunde benutzt. Die Erfahrung lehrte, daß ein verzweifelter Mensch über die Maßen clever sein oder auch schieres Glück haben konnte. Und deshalb hatte er gewartet, bis die französische Polizei fertig war, und war dann noch einmal zurückgegangen.

Um sechs Uhr fünfzig sperrte er ein Auge auf, schaute auf die Uhr und stöhnte. Viereinhalb Stunden lag er jetzt im Bett, und er hatte sicher nicht einmal zwei davon geschlafen. Eines Tages würde er volle acht Stunden schlafen. Wann dieser Tag allerdings kommen würde, wußte er nicht.

Er wußte, daß die Leute ihm bis sieben Uhr Zeit geben würden. Dann würden die Anrufe losgehen. Lebrun würde melden, daß er auf dem Rückweg von Lyon war, und einen Termin für ein Treffen vereinbaren. Commander Noble und Dr. Richman würden aus London anrufen.

Dann standen noch zwei Anrufe aus L. A. aus. Einer von Detective Hernandez, die er angerufen hatte, weil er um zwei Uhr früh auf sein Zimmer gekommen war und kein Fax des erbetenen Osborn-Dossiers vorgefunden hatte. Hernandez war nicht an ihrem Platz gewesen, und sonst wußte niemand etwas darüber.

Der andere Anruf aus L. A. würde von dem Installateur kommen, den die Nachbarn gerufen hatten, weil McVeys automatische Rasensprenganlage sich rund um die Uhr alle vier Minuten ein- und wieder ausgeschaltet hatte. Der Installateur sollte ihm einen Kostenvoranschlag für eine völlig neue Anlage durchgeben, um die alte zu ersetzen, die McVey vor zwanzig Jahren selbst gebaut hatte.

Und dann gab es noch einen Anruf, auf den er wartete oder, besser gesagt, *hoffte* und weswegen er sich die halbe Nacht schlaflos hin und her gewälzt hatte. Der Anruf von Osborn. Wieder dachte er an den Keller. Das Ding war größer gewesen, als es aussah, und hatte eine Million Schlupflöcher. Aber vielleicht hatte er sich geirrt, vielleicht hatte er ins Leere geredet.

Sechs Uhr zweiundfünfzig. Noch acht Minuten, McVey. Schließ die Augen, versuche, an nichts zu denken, entspanne Muskeln und Nerven und alles andere.

Das Telefon klingelte. Grunzend wälzte er sich herum und griff nach dem Hörer.

»McVey.«

»Inspecteur Barras. Entschuldigen Sie die Störung.«

»Schon gut. Was gibt's denn?«

»Jemand hat auf Inspecteur Lebrun geschossen.«

64

Es war in Lyon passiert, am Gare la Part Dieu, kurz nach sechs Uhr. Lebrun war gerade aus einem Taxi gestiegen und wollte in den Bahnhof, als ein Mann auf einem Motorrad mit einer Maschinenpistole das Feuer eröffnet hatte und sofort vom Tatort geflohen war. Drei weitere Personen waren ebenfalls getroffen worden. Zwei waren tot, der dritte schwer verletzt.

Lebrun war am Hals und in der Brust getroffen worden; man hatte ihn ins Hospital La Part Dieu gebracht. Den ersten Berichten zufolge war sein Zustand kritisch; man erwartete aber, daß er durchkommen werde.

McVey hatte sich die Einzelheiten angehört und darum gebeten, daß man ihn auf dem laufenden halten möge. Dann hatte er das Gespräch beendet und sofort Ian Noble in London angerufen.

Noble war gerade ins Büro gekommen und trank die erste Tasse Tee des Tages, als McVey in der Leitung war. Sofort spürte er, daß McVey mit dem, was er sagte, sehr vorsichtig war.

In diesem Stadium hatte McVey keine Ahnung, wem er vertrauen konnte und wem nicht. Wenn der große Mann nicht nach seiner Flucht vom Quai de Bethune geradewegs von Paris nach Lyon gefahren war – was sehr unwahrscheinlich war, weil er wissen mußte, daß die Polizei unverzüglich das Fahndungsnetz nach ihm aufspannen würde –, dann bedeutete dies, daß derjenige, der hinter diesen Ereignissen steckte, nicht nur auch anderswo über fähige Killer verfügte, sondern überdies auf irgendeine Weise alles überwachte, was die Polizei tat. Mit Ausnahme seiner selbst hatte niemand gewußt, daß Lebrun nach Lyon wollte, und doch war er dort aufgespürt worden, und zwar derart präzise, daß sie sogar gewußt hatten, mit welchem Zug er nach Paris zurückfahren wollte.

McVey war völlig ratlos. Er hatte keine Ahnung, wer diese Leute waren, was sie trieben oder warum sie es taten. Aber wenn sie Lebrun erwischt hatten, als er ihrem Nest in Lyon zu nahe gekommen war, dann wußten sie höchstwahrscheinlich auch, daß er und der Pariser Polizist die Merriman-Sache zusammen bearbeiteten. Obwohl er selbst noch nicht behelligt worden war, mußte er doch zumindest damit rechnen, daß das Telefon in seinem Hotel angezapft wurde. Angesichts dessen erzählte er Noble am Telefon genau das, was jeder Lauscher erwarten würde. Daß man auf Lebrun geschossen habe und er schwer verletzt im Hospital La Part Dieu in Lyon liege. McVey wolle jetzt duschen und sich rasieren, rasch frühstücken und dann so schnell wie möglich ins Präsidium fahren. Wenn er neue Nachrichten hätte, werde er wieder anrufen.

In London hatte Ian Noble behutsam den Hörer auf die Gabel gelegt und die Fingerspitzen aneinandergedrückt. McVey hatte ihm soeben mitgeteilt, wie die Lage war, wo Lebrun sich befand, und daß er befürchtete, sein Telefon werde abgehört, und ihn deshalb von einer öffentlichen Zelle aus anrufen werde.

Zehn Minuten später nahm er den Hörer seines persönlichen Anschlusses ab.

»Bei Interpol Lyon sitzt irgendein Maulwurf«, sagte McVey. Er stand in der Telefonzelle eines kleinen Cafés, einen Häuserblock von seinem Hotel entfernt. »Es hat mit dem Mord an Merriman zu tun. Lebrun ist hingefahren, um zu sehen, was er in Erfahrung bringen kann. Sobald sie wissen, daß er noch lebt, werden sie es noch einmal versuchen.«

»Ich verstehe.«

»Können Sie ihn nach London holen?«

»Ich will sehen, was ich tun kann ...«

»Ich nehme an, das bedeutet ›Ja‹«, sagte McVey und hängte ein.

Zwei Stunden und siebzehn Minuten später landete ein Sanitätsjet der British Royal Air Force auf dem Aerodrom Lyon-Bron. Ein Krankenwagen mit einem britischen Diplomaten, der einen Herzanfall erlitten hatte, raste über den Asphalt ihm entgegen.

Fünfzehn Minuten später war Lebrun in der Luft und auf dem Weg nach England.

Fünf Minuten nach sieben hielt ein Auto vor Vera Monnerays Haus am Quai de Bethune, und Philippe stieg aus, müde und zermürbt nach einer langen, erfolglosen Nacht über den Fotos aktenkundiger Krimineller. Er nickte den vier uniformierten Polizisten zu, die vor der Haustür auf Posten standen, und betrat den Flur.

»*Bonjour*, Maurice«, sagte er zu dem Nachtportier hinter dem Empfang, der bereits von ihm hätte abgelöst werden sollen, und dann bat er ihn um eine weitere Stunde Zeit, damit er sich rasieren und ein wenig schlafen könne.

Er stieß eine Tür auf und betrat einen Wirtschaftskorridor, und über eine Treppe gelangte er hinunter in sein bescheidenes Kellerappartement am hinteren Ende des Hauses. Er hielt den Schlüssel schon in der Hand und hatte seine Tür fast erreicht, als er ein Geräusch hinter sich hörte. Jemand rief seinen Namen. Er erschrak und fuhr voller Angst herum. Halb erwartete er, den großen Mann zu sehen, wie er mit einer Pistole auf sein Herz zielte.

»Monsieur Osborn«, sagte er erleichtert, als Osborn hinter der Tür eines Raumes hervortrat, in dem die Stromzähler des Hauses angebracht waren.

»Sie hätten Ihr Zimmer nicht verlassen sollen. Überall ist Polizei.« Dann sah er Osborns verbundene Hand, die er wie eine Klaue gekrümmt in Hüfthöhe hielt. »Monsieur ...«

»Wo ist Vera? Sie ist nicht in ihrer Wohnung. Wo ist sie?« Osborn sah aus, als habe er kaum geschlafen. Darüber hinaus schien er auch Angst zu haben.

»Kommen Sie herein, *s'il vous plaît.*«

Rasch schloß Philippe die Tür auf, und sie betraten seine kleine Wohnung.

»Die Polizei hat sie zum Dienst gebracht. Sie bestand darauf. Ich wollte jetzt nur zur Toilette und dann gleich hinaufgehen und nachsehen, wie es Ihnen geht. Mademoiselle war genauso besorgt.«

»Ich muß mit ihr reden. Haben Sie Telefon?«

»*Oui,* natürlich. Aber es kann sein, daß die Polizei mithört. Dann werden sie das Gespräch hierher zurückverfolgen.«

Philippe hatte recht; das würden sie wahrscheinlich tun. »Dann rufen Sie sie an. Sagen Sie ihr, Sie befürchten, daß der große Mann sie finden könnte. Sagen Sie ihr, sie soll die Polizei bitten, sie zu ihrer Großmutter nach Calais zu bringen. Lassen Sie sie nicht widersprechen. Sagen Sie, sie soll dort bleiben, bis ...«

»Bis wann?«

»Ich weiß nicht ...« Osborn starrte ihn an. »Bis ... keine Gefahr mehr droht.«

65

»Ich schalte jetzt auf die sichere Leitung.« McVey drückte auf einen Knopf, und ein Licht auf dem übergroßen »sicheren Telefon« in Lebruns Zimmer im Polizeipräsidium bestätigte, daß die Leitung abhörsicher war. »Können Sie mich noch hören?«

»Ja«, sagte Noble, der in der Kommunikationszentrale des Special Branch in London vor einem ähnlichen Apparat saß. »Lebrun ist vor etwa vierzig Minuten hier eingetroffen, dank der RAF. Wir haben ihn unter falschem Namen im Westminster Hospital untergebracht. Er ist nicht gerade in Bestform, aber die Ärzte glauben anscheinend, er schafft es.«

»Kann er reden?«

»Noch nicht. Aber er kann schreiben oder wenigstens kritzeln. Er hat uns zwei Namen gegeben – ›Klass‹ und ›Antoine‹. Hinter Antoine steht ein Fragezeichen.«

Klass war Dr. Hugo Klass, der deutsche Fingerabdruckexperte bei Interpol Lyon.

»Er will sagen, daß es Klass war, der die Akte Merriman beim New York Police Department angefordert hat«, erklärte McVey. »Antoine ist Lebruns Bruder, der Leiter der internen Sicherheitsabteilung bei der Interpol-Zentrale.« McVey fragte sich, ob das Fragezeichen bedeuten sollte, daß Lebrun um die Sicherheit seines Bruders besorgt war oder daß er etwas mit der Schießerei zu tun hatte.

»Da wir gerade dabei sind, will ich Sie noch in einem anderen Punkt aufklären«, sagte Noble. »Wir haben einen Namen zu unserem sauber abgetrennten Kopf.«

»Ach was?« McVey glaubte allmählich, der Ausdruck *Glück gehabt* sei aus seinem Vokabular abhanden gekommen.

»Timothy Ashford, ein Anstreicher aus Clapham South, einem, wie Sie vielleicht wissen, Arbeiterviertel in Südlondon. Er hat allein gelebt und sich als Tagelöhner von Job zu Job gehangelt. Seine ganze Verwandtschaft besteht aus einer Schwester in Chicago, aber anscheinend hatten sie nicht viel miteinander zu tun. Nächsten Monat ist es zwei Jahre her, daß er verschwunden ist. Seine Hauswirtin hat ihn als vermißt gemeldet. Wandte sich an die Behörden, nachdem sie ihn ein paar Wochen nicht gesehen hatte und er mit der Miete im Rückstand war. Seine Wohnung hatte sie schon vermietet, aber sie wußte nicht, was sie mit seinen Sachen anfangen sollte. Den Schädel hatte man ihm bei einer Kneipenschlägerei mit dem Billardqueue eingeschlagen. Unser Glück, daß er auch einem Bobby eins reingehauen hat. Als sie ihn zusammenflickten, mußten sie ihm eine Stahlplatte in den Schädel einsetzen, und das Ganze kam in die Polizeiakten.«

»Das heißt, Sie haben auch seine Fingerabdrücke.«

»Absolut richtig, Detective McVey. Wir haben seine Fingerabdrücke. Das Dumme ist nur, außer seinem Kopf haben wir weiter nichts von ihm.«

Es summte, und McVey hörte, wie Noble den Hörer abnahm und mit seinem Büro verbunden wurde.

»Ja, Elizabeth«, hörte er ihn dann sagen, und nach einer kurzen Pause: »Danke.« Dann war er wieder da. »Cadoux ruft aus Lyon an.«

»Ist er auf einer sicheren Leitung?«

»Nein.«

»Ian«, sagte McVey leise, »bevor Sie abnehmen: Können Sie ihm trauen? Ohne Vorbehalte?«

»Ja«, sagte Noble.

»Fragen Sie ihn, ob er in der Zentrale ist. Wenn ja, denken Sie sich eine Möglichkeit aus, ihm zu sagen, daß er das Gebäude verlassen und Sie von einer Telefonzelle aus auf Ihrer privaten Leitung anrufen soll. Wenn Sie ihn haben, stöpseln Sie mich ein und machen Sie eine Konferenzschaltung daraus.«

Eine Viertelstunde später klingelte es auf Nobles privater Leitung, und Noble nahm eilig ab. »Ja, McVey ist in der Leitung aus Paris. Ich verbinde ihn jetzt mit uns.«

»Cadoux, McVey hier. Lebrun ist in London. Wir haben ihn zu seiner eigenen Sicherheit außer Landes geschafft.«

»Das hatte ich bereits vermutet. Ich muß Ihnen allerdings sagen, daß die Sicherheitsleute im Krankenhaus wie auch die Lyoner Polizei ziemlich aufgebracht sind über die Art und Weise, wie das vonstatten ging. Wie geht es ihm?«

»Er wird durchkommen.« McVey schwieg einen Moment lang. »Cadoux, hören Sie aufmerksam zu. Sie haben einen Maulwurf in Ihrer Zentrale. Sein Name ist Dr. Hugo Klass.«

»Klass?« Cadoux war verblüfft. »Er ist einer unserer brillantesten Wissenschaftler. Er hat Albert Merrimans Fingerabdruck auf der Glasscherbe entdeckt, die vom Tatort Jean Packard stammte. Wieso sollte –?«

»Das wissen wir nicht.« McVey sah Cadoux vor sich, wie er seine vierschrötige Gestalt irgendwo in Lyon in eine Telefonzelle zwängte und seinen Schnurrbart zwirbelte, verständlicherweise ebenso perplex wie sie selber. »Was wir aber *wissen,* ist, daß er über Interpol Washington die Akte Merriman vom NYPD anforderte, und zwar rund fünfzehn Stunden *bevor* er Lebrun auch nur von der *Existenz* des Abdrucks in Kenntnis setzte. Vierundzwanzig Stunden später war Merriman tot. Und sehr kurz danach auch seine Freundin in Paris und seine Frau mit ihrer ganzen Familie in Marseille. Irgendwie muß Klass erfahren haben, daß Lebrun nach Lyon gekommen ist und

Klass' Aktenanforderung zurückverfolgt hat. Deshalb wollte er ihn zum Schweigen bringen.«

»Jetzt wird es allmählich logisch.«

»Was?« fragte Noble.

»Lebruns Bruder Antoine, der Leiter unserer internen Sicherheit. Er wurde heute morgen mit einem Kopfschuß aufgefunden. Es sah aus wie Selbstmord, aber vielleicht war es keiner.«

McVey fluchte bei sich. Lebruns Verfassung war schlecht genug, ohne daß man ihm sagen mußte, sein Bruder sei tot. »Cadoux, ich bezweifle sehr, daß Sie es da mit einem Selbstmord zu tun haben. Da ist eine Sache im Gange, mit der Merriman zu tun hatte, die aber sehr viel weiter reicht. Und was immer es ist und wer immer dahintersteckt, jetzt fangen sie an, Polizisten umzubringen.«

»Yves, ich denke, sie nehmen Klass am besten so schnell wie möglich in Gewahrsam«, sagte Noble ohne Umschweife.

»Entschuldigung, Ian, aber ich denke anders.« McVey stand auf und ging hinter Lebruns Schreibtisch auf und ab. »Cadoux, suchen Sie sich jemanden, dem Sie vertrauen können. Vielleicht sogar jemanden aus einer anderen Stadt. Klass ahnt nicht, daß wir über ihn Bescheid wissen. Zapfen Sie seinen Privatanschluß an und beschatten Sie ihn. Stellen Sie fest, wo er hingeht, mit wem er redet. Dann arbeiten Sie sich von Antoines Tod an rückwärts vor. Versuchen Sie festzustellen, was in der Zeit zwischen seinem Tod und seinem Treffen mit Lebrun am Sonntag passiert ist. Wir wissen nicht, auf welcher Seite er gestanden hat. Und schließlich ermitteln Sie – mit äußerster Vorsicht –, wen Klass bei Interpol Washington veranlaßt hat, die Akte Merriman von der New Yorker Polizei anzufordern.«

»Verstanden«, sagte Cadoux.

»Captain – sehen Sie sich vor«, warnte McVey.

»Das werde ich. *Merci. Au revoir.*«

Es klickte. Cadoux hatte eingehängt.

»Wer ist dieser Dr. Klass?« fragte Noble.

»Wer er in Wirklichkeit ist? Das weiß ich auch nicht.«

»Ich werde das MI6 kontaktieren. Vielleicht können wir selbst auch ein bißchen über Dr. Klass herausfinden.«

Noble legte auf, und McVey starrte die Wand an, erbost darüber, daß es ihm nicht gelingen wollte, das Geschehen fest in den Griff zu bekommen. Es war, als sei er plötzlich ein kriminalistischer Dilettant geworden. Im nächsten Augenblick klopfte es an der Tür, und ein uniformierter Polizist schob den Kopf herein und informierte ihn auf englisch, daß der Concierge seines Hotels am Telefon sei. »Leitung zwei.«

»*Merci.*« Der Mann ging, und McVey wandte sich von dem »sicheren Telefon« ab und nahm den Hörer an Lebruns Schreibtischtelefon ab. »Ja, McVey.«

»Dave Gifford, Hotel Vieux«, sagte eine Männerstimme.

Beim Verlassen seines Hotels hatte McVey dem Concierge, einem in Frankreich lebenden Amerikaner, zweihundert Franc Trinkgeld zugeschoben und ihn gebeten, ihn unverzüglich zu informieren, wenn Anrufe oder sonstige Sendungen für ihn kommen sollten.

»Habe ich ein Fax aus L. A.?«

»Nein, Sir.«

Was zum Teufel machte Hernandez mit dem Osborn-Dossier? Wollte sie es persönlich nach Paris bringen? McVey setzte sich, klappte ein Notizbuch auf und griff nach einem Bleistift. Zwei Anrufe von Inspecteur Barras im Abstand von einer Stunde. Einer von einem Installateur in Los Angeles, der ihn wissen ließ, daß der automatische Rasensprenger installiert war und funktionierte. McVey sollte ihn aber noch einmal zurückrufen und ihm sagen, welche Wochentage und welche Bewässerungsdauer er eingestellt haben wollte.

»Herrgott noch mal«, sagte McVey bei sich.

Als letztes ein Anruf von einem, den der Concierge für einen Spinner hielt. Genaugenommen hatte er dreimal angerufen und McVey persönlich sprechen wollen. Nie hatte er eine Nachricht hinterlassen, aber jedesmal hatte er verzweifelter geklungen.

Der Name, den er angegeben hatte, war Tommy Lasorda.

66

Joanna fühlte sich wie nach einem alptraumhaften Drogenrausch.

Nach der sexuellen Marathonregatta mit von Holden in dem verspiegelten Baderaum hatte er sie eingeladen, mit ihm nach Zürich zu fahren. In ihrer ersten Reaktion hatte sie gelächelt und abgewehrt. Sie war erschöpft. Sie hatte an diesem Tag schon sieben Stunden mit Mr. Leyberger verbracht und hart – oft gegen seinen Willen – mit ihm gearbeitet, um ihn sicher genug zu machen, daß er ohne seinen

Stock gehen konnte. Sie bemühte sich, Salettls verrücktes Freitagsultimatum einzuhalten. Um halb vier hatte sie gesehen, daß er getan hatte, was er konnte, und sie hatte ihn zum Ausruhen in seine Wohnung gebracht. Aber dann hatte er im Abendanzug beim Dinner gesessen, munter und wach und mit genug Reserven, um sich Uta Baurs endloses Geplauder anzuhören. Danach war er in den ersten Stock hinaufgegangen, um sich den Klaviervortrag von Erik und Edward anzuhören.

Wenn Herr Leyberger das schaffte, neckte von Holden sie, dann konnte Joanna doch sicher noch nach Zürich fahren, um ein wenig von der berüchtigten Schweizer Schokolade zu naschen? Außerdem sei es gerade erst zehn Uhr.

Das erstemal hatten sie in James Joyces Lieblingsrestaurant in der Ramistraße Station gemacht und Schokolade und Kaffee bestellt. Dann hatte von Holden sie in ein verrücktes Café am Münzplatz in unmittelbarer Nachbarschaft der Bahnhofstraße geführt, um ihr das Nachtleben zu zeigen. Schließlich waren sie zum Zürichsee hinunterspaziert, um den Mond anzuschauen.

»Willst du meine Wohnung sehen?« Von Holden lächelte boshaft, während er sich über das Geländer lehnte und eine Münze ins Wasser warf, damit sie Glück brachte.

»Du machst wohl Witze!« Joanna hatte das Gefühl, sie würde nie wieder laufen können.

»Überhaupt nicht.« Von Holden streckte die Hand aus und berührte ihr Haar.

Joanna war erstaunt über die Erregung, die sie durchströmte. Sie kicherte sogar laut deshalb.

»Was gibt's zu lachen?« fragte von Holden.

»Nichts …«

»Dann komm.«

Joanna starrte ihn an. »Du bist ein Mistkerl.«

»Kann nichts dafür.« Er grinste.

Sie tranken Cognac auf seiner Terrasse mit Blick auf die Altstadt, und er erzählte ihr Geschichten aus seiner Kindheit. Danach ging er mit ihr ins Bett.

Sie erinnerte sich, daß sie sich gefragt hatte, wie oft sie es an diesem Abend schon getan hatten. Und sie erinnerte sich, wie er vor ihr gestanden hatte mit einem selbst im entspannten Zustand immer noch gewaltigen Penis, und wie er sie verlegen grinsend gefragt hatte, ob sie etwas dagegegen hätte, wenn er sie mit Händen und Füßen an die Bettpfosten fesselte. Und dann hatte er in einem Wandschrank gekramt und war mit den weichen Samtbändern wiedergekommen. Er wußte nicht, warum er das wollte. Der bloße Gedanke erregte ihn ungeheuer.

Da erst, bevor er es tat, hatte er ihr gesagt, daß es keine Frau gäbe, die mit ihm getan hätte, was Joanna tat. Und er hatte Cognac auf ihre Brüste geträufelt und sie sauber abgeleckt wie ein rolliger Cheshire-Kater. In körperlicher Ekstase ließ Joanna sich rücklings auf das Bett sinken, als er sie an die Bettpfosten fesselte. Als er sich neben sie auf das Bett legte, funkelten helle Lichtpunkte im Innern ihrer Augen, und sie empfand allmählich einen Rausch, wie sie ihn nie zuvor erlebt hatte. Dann fühlte sie sein Gewicht auf sich, und sie fühlte, wie groß er war, als er so massiv in sie hineinglitt. Und mit jedem seiner Stöße wurden die Lichtpunkte größer und heller, und dahinter sah sie unglaublich farbige Wolken in wilden und grotesken Formationen. Und irgendwo, wenn es in dem surrealen Kaleidoskop, das sie umfing, ein Irgendwo gab – im Zentrum des Ganzen, im Zentrum ihrer selbst –, hatte sie das Gefühl, daß von Holden fort war, und daß ein anderer Mann seinen Platz eingenommen hatte.

Als sie erwachte, war es schon Nachmittag, und sie erkannte, daß sie in ihrem eigenen Zimmer am »Anlegeplatz« war. Sie stand auf und sah ihre Kleider vom Abend zuvor säuberlich zusammengefaltet auf der Kommode. Hatte sie den Traum aller Träume gehabt, oder war es etwas anderes gewesen?

Kurz danach, beim Duschen, sah sie die Kratzspuren an ihren Schenkeln. Als sie in den Spiegel schaute, sah sie, daß sie auch auf dem Gesäß Kratzer hatte, als sei sie nackt durch ein Feld voller Dornbüsche gerannt. Dann erinnerte sie sich dunkel und verschwommen, daß sie nackt und voller Entsetzen aus von Holdens Wohnung geflohen war. Die Treppe hinunter und zur Hintertür hinaus. Und von Holden war ihr nachgekommen und hatte sie im Rosengarten hinter seinem Haus wieder eingefangen.

Plötzlich fühlte sie sich sehr unwohl. Eine Welle der Übelkeit überkam sie. Ihr war eiskalt und zugleich unerträglich heiß. Würgend riß sie den Toilettendeckel hoch und erbrach, was von Schokolade und dem Dinner des vergangenen Abends übrig war.

67

Es war vierzehn Uhr vierzig. Osborn hatte McVey dreimal in seinem Hotel angerufen, nur um sich sagen zu lassen, daß Monsieur McVey ausgegangen sei und nicht hinterlassen habe, wann er zurückkomme; er wolle sich aber erkundigen, ob Nachrichten eingegangen seien. Beim dritten Anruf war Osborn kurz davor, die Wände hochzugehen; die aufgestaute Angst vor dem, was er sich vorgenommen hatte, wurde durch McVeys Unauffindbarkeit nur noch schlimmer gemacht. Rational und emotional hatte er sich dem Polizisten bereits ausgeliefert, und damit hatte er sich auf alle möglichen Konsequenzen eingerichtet: einen amerikanischen Landsmann, der ihn verstehen und ihm helfen würde, oder eine schnelle Fahrt in ein französisches Gefängnis. Jetzt kam er sich vor wie ein Luftballon, der unter der Decke hing: frei und doch gefangen. Er wollte nur noch heruntergezogen werden, aber niemand war da, der an der Schnur gezogen hätte.

Jetzt stand er allein, geduscht und frisch rasiert, in Philippes Kellerwohnung und überlegte verzweifelt, was er als nächstes tun sollte. Vera war unterwegs zu ihrer Großmutter nach Calais; die Polizisten, die sie bewacht hatten, brachten sie hin. Hoffentlich verstand sie auch, daß er sie nicht nur um ihrer eigenen Sicherheit willen bat wegzufahren, sondern auch, weil er sie liebte.

Philippe hatte ihn nur angesehen und gesagt, er könne sich in seiner Wohnung waschen und frisch machen. Er hatte ihm frische Handtücher hingelegt, ein neues Stück Seife ausgepackt und ihm einen Rasierapparat gegeben. Er solle sich nur am Kühlschrank bedienen, hatte der Portier gesagt, seine Krawatte zurechtgezogen und war wieder zur Arbeit gegangen. An seinem Platz im Eingangsflur würde er gleich erfahren, was die Polizei vorhatte. Sollte etwas passieren, würde er Osborn sofort anrufen.

Ohne Zweifel war Philippe ein Engel gewesen. Aber er war erschöpft, und Osborn hatte das Gefühl, daß er bei der nächstbesten Überraschung zusammenklappen würde. In den letzten vierundzwanzig Stunden war zuviel passiert, was nicht nur seine Loyalität, sondern auch sein geistiges Gleichgewicht auf eine harte Probe gestellt hatte.

Schließlich begriff Osborn, daß er nur eine Möglichkeit hatte. Er griff zum Telefon, rief Philippe im Eingangsflur an und fragte, ob die Polizei noch draußen sei.

»*Oui*, Monsieur. Zwei stehen vorn, zwei hinten.«

»Philippe – hat das Haus außer der Vordertür und dem Lieferanteneingang noch einen Ausgang?«

»*Oui*, Monsieur. Da, wo Sie sind. Durch die Küche kommen Sie in einen kleinen Flur; am Ende ist eine Treppe, die zum Gehweg hinaufführt. Aber warum? Hier sind Sie doch sicher, und –«

»*Merci*, Philippe. *Merci beaucoup.*« Osborn bedankte sich für alles, und dann drückte er kurz auf die Gabel und wählte eine weitere Nummer. Hotel Vieux. Wenn McVey sich seine Nachrichten übermitteln ließ, würde er jetzt die bekommen, auf die er wartete. Osborn würde ihm eine Zeit und einen Treffpunkt nennen.

Neunzehn Uhr. Der vordere Terrassenraum des La Coupole am Boulevard du Montparnasse. Dort hatte er den Privatdetektiv Jean Packard das letzte Mal lebend gesehen, und es war das einzige Lokal in Paris, das er gut genug kannte, um zu wissen, daß dort um diese Zeit Hochbetrieb herrschen würde. Somit wäre es ein beträchtliches Risiko für den großen Mann, auf ihn zu schießen.

Fünf Minuten später öffnete er die Außentür und stieg die kurze Treppe zum Gehweg hinauf. Der Nachmittag war frisch und klar, und Lastkähne zogen auf der Seine vorbei. Unten an der Straße sah er die Polizisten, die vor dem Haus auf ihrem Posten standen. Er wandte sich ab und ging in die entgegengesetzte Richtung davon.

Um siebzehn Uhr zwanzig kam Paul Osborn aus dem Aux Trois Quartiers, einem schicken Kaufhaus am Boulevard de la Madeleine, und ging auf die einen halben Häuserblock weit entfernte Métro-Station zu. Sein Haar war kurz geschnitten, und er trug einen neuen, dunkelblauen Nadelstreifenanzug mit weißem Oberhemd und Krawatte. Kaum das typische Bild eines Flüchtlings.

Auf dem Weg dorthin war er in Dr. Alain Cheyssons Privatpraxis an der Rue de Bassano beim Arc de Triomphe vorbeigegangen. Cheysson war Urologe, zwei oder drei Jahre jünger als er, und er hatte in Genf mit ihm beim Essen zusammen am Tisch gesessen. Sie hatten Visitenkarten ausgetauscht und versprochen, sich zu melden, wenn Osborn einmal in Paris oder Cheysson in L. A. sein sollte. Osborn hatte überhaupt nicht mehr daran gedacht, bis er zu dem Schluß gekommen war, daß es besser wäre, wenn jemand sich die Hand ansehen würde, und sich überlegt hatte, wie er das am besten anstellen konnte.

»Was ist denn da passiert?« fragte Cheysson, nachdem seine Helferin die Röntgenaufnahmen gemacht hatte.

»Das möchte ich lieber nicht sagen«, antwortete Osborn und versuchte zu lächeln.

»Okay«, sagte Cheysson verständnisvoll und wickelte einen frischen Verband um die Hand. »Es war ein Messer. Schmerzhaft vielleicht, aber als Chirurg haben Sie großes Glück gehabt.«

»Ja. Ich weiß ...«

Um zehn vor sechs kam Osborn aus der Métro und ging den Boulevard du Montparnasse hinunter. La Coupole war nicht einmal drei Straßen weit entfernt, und so hatte er noch eine Stunde Zeit zur Verfügung. Zeit, um zu beobachten – oder es zumindest zu versuchen –, ob die Polizei ihm eine Falle stellte. Er ging in eine Telefonzelle, rief in McVeys Hotel an und erfuhr, daß Monsieur McVey die Nachricht bekommen hatte.

»*Merci.*«

Er hängte ein, stieß die Tür auf und ging wieder hinaus. Es wurde dunkel, und die Gehwege waren erfüllt vom rastlosen Strom des Feierabendverkehrs. Auf der anderen Straßenseite, ein Stück weiter unten, lag La Coupole. Unmittelbar links von ihm befand sich ein kleines Café mit einem großen Fenster, durch das man das Kommen und Gehen auf der anderen Straßenseite beobachten konnte.

Er ging hinein, suchte sich einen kleinen Tisch mit freier Sicht am Fenster, bestellte ein Glas Weißwein und lehnte sich zurück.

Er hatte Glück gehabt. Die Röntgenaufnahmen der Hand hatten ergeben, daß keine ernste Verletzung vorlag.

Cheysson hatte ihn sofort empfangen und ohne weitere Fragen behandelt, obwohl er die ganze Zeit gewußt hatte, daß Osborn von der Polizei gesucht wurde, und hatte sich mit dieser Hilfe selbst in Gefahr gebracht. Trotzdem hatte er nichts gesagt. Am Ende umarmten sie einander, und der Franzose hatte ihn nach französischem Brauch auf die Wange geküßt und ihm alles Gute gewünscht.

Osborn hob sein Glas und sah auf die Uhr. Es war achtzehn Uhr fünfzehn.

68

Um achtzehn Uhr fünfzig kroch McVeys Taxi immer noch durch den Verkehr. Aber das war immer noch besser, als im Opel zu sitzen und sich auf eigene Faust durch Paris zu kämpfen.

Er zog einen zerfledderten Kalender heraus und warf einen Blick auf die Einträge zu diesem Montag, den 10. Oktober. Vor allem auf den letzten: *Osborn – La Coupole, Boulv. Montparnasse, 19:00.* Darüber stand eine gekritzelte Notiz zu einer Nachricht von Barras. Der Pirelli-Vertreter hatte den Reifenabdruck untersucht, den sie am Park bei der Seine gefunden hatten. Das Profilmuster gehörte zu einem Reifen, der speziell für einen großen Autohändler gefertigt wurde; laut Vertrag rüstete er alle seine Neuwagen mit Pirelli-Reifen aus. Dieser Reifen gehörte zur Standardausrüstung von zweihundert Ford Sierras, von denen in den letzten sechs Wochen siebenundachtzig verkauft worden waren. Eine Liste der Käufer wurde eben zusammengestellt und würde Dienstag morgen vorliegen.

Die Glasscherbe von dem Rückspiegel, die McVey nach der Schießerei bei Vera Monneray auf der Straße gefunden hatte, war vom Polizeilabor untersucht worden. Auch sie stammte von einem Ford; man konnte allerdings nicht sagen, um welches Baujahr und welches Modell es sich handelte. Die Politessen waren alarmiert und hatten die Weisung, jeden Ford und vor allem jeden Ford Sierra mit zerbrochenem Außenspiegel zu melden.

Die letzte Notiz auf der Seite für den 10. Oktober war der Laborbericht über den durchgebrochenen Zahnstocher, den er zwischen den Fichtennadeln entdeckt hatte, bevor er auf den Reifenabdruck gestoßen war. Die Person, die den Zahnstocher im Mund gehabt hatte, war ein »Sekretor«, wie sechzig Prozent der Bevölkerung: Eine gruppenspezifische Substanz im Blutkreislauf dieser Personen ermöglicht es, die Blutgruppe anhand anderer Körperflüssigkeiten wie Urin, Sperma oder Speichel zu bestimmen. Die Blutgruppe des Sekretors, der unter den Bäumen gestanden hatte, war die gleiche wie die, die man in den Blutflecken auf dem Boden in Vera Monnerays Küche festgestellt hatte. Blutgruppe 0.

Um genau sieben Minuten nach sieben hielt das Taxi vor La Coupole. McVey bezahlte, stieg aus und betrat das Restaurant.

Der große hintere Raum war für die Abendessensgäste gedeckt, die später kommen würden; jetzt waren dort nur wenige Tische besetzt.

Aber im verglasten Terrassenraum an der Gehwegseite war es voll und laut.

McVey blieb im Eingang stehen und sah sich um. Dann zwängte er sich an einer Gruppe von Geschäftsleuten vorbei zu einem freien Tisch im Hintergrund und setzte sich. Er sah genauso aus, wie er aussehen wollte: ein einzelner Mann, allein.

Die Fangarme der Organisation reichten sehr viel weiter als die ihrer einzelnen Mitglieder. Wie die meisten professionellen Vereinigungen beschäftigte sie Auftragsarbeiter, und oft waren dies Leute, die keine Ahnung hatten, für wen sie tatsächlich arbeiteten.

Colette und Sami waren Schülerinnen aus reichen Familien; sie nahmen Drogen und taten alles, was nötig war, um ihren Bedarf zu decken und trotzdem ihre Sucht vor ihren Familien zu verbergen. Damit waren sie zu fast jeder Stunde verfügbar, für jeden Auftrag.

Der Montagsauftrag war einfach: Beobachtet den abseits gelegenen Ausgang am Haus Nr. 18 am Quai de Bethune, den die Polizei nicht bewacht, die Tür, die zur Portierswohnung führt. Wenn ein gutaussehender Mann von etwa fünfunddreißig Jahren herauskommt, meldet es und geht ihm nach.

Die beiden Mädchen waren Osborn zu Dr. Cheyssons Praxis in der Rue de Bassano gefolgt. Dann war Sami ihm ins Aux Trois Quartiers am Boulevard de la Madeleine nachgegangen. Danach hatte Colette sie abgelöst, die ihn in die Métro verfolgte und ihm auf den Fersen blieb, bis er in ein Café gegenüber La Coupole gegangen war.

Und von hier an hatte Bernhard Oven übernommen. Er beobachtete, wie Osborn das Café verließ, den Boulevard du Montparnasse überquerte und um fünf nach sieben das La Coupole betrat.

Mit seinen einsfünfundsiebzig, den dunklen Haaren, der Jeans und einer Lederjacke, Reeboks und einem Diamantstecker im linken Ohrläppchen war Bernhard Oven kein großer blonder Mann mehr. Aber er war deshalb nicht weniger tödlich. In seiner Jackentasche trug er die 22er CZ Automatic mit Schalldämpfer, die er in Marseille so erfolgreich eingesetzt hatte.

Um neunzehn Uhr zwanzig hatte Osborn sich davon überzeugt, daß McVey wirklich allein war. Er stand von seinem Platz am Fenster auf, drängte sich an mehreren vollbesetzten Tischen vorbei und ging auf ihn zu. Die verbundene Hand hielt er vorsichtig an die Seite gedrückt.

McVey warf einen Blick auf die Hand und deutete dann auf einen Stuhl neben sich. Osborn nahm Platz.

»Ich habe gesagt, ich komme allein. Ich bin allein«, sagte McVey.

»Sie haben auch gesagt, Sie können helfen. Was haben Sie damit gemeint?« fragte Osborn. Sein neuer Anzug und der Haarschnitt nützten ihm überhaupt nichts. McVey hatte die ganze Zeit gewußt, daß er da war.

McVey ignorierte seine Frage. »Was haben Sie für eine Blutgruppe, Doktor?«

Osborn zögerte. »Ich dachte, das wollten Sie herausfinden?«

»Ich möchte es von Ihnen hören.«

In diesem Augenblick blieb ein Kellner in weißem Hemd und schwarzer Hose am Tisch stehen. McVey schüttelte den Kopf.

»*Café*«, sagte Osborn, und der Kellner ging davon. »Blutgruppe B«, sagte Osborn dann.

LAPD Detective Hernandez' vorläufiger Bericht über Osborn hatte McVey endlich erreicht. Das Fax war gekommen, bevor er Lebruns Büro verlassen hatte. Unter anderem hatte es Osborns Blutgruppe enthalten – Gruppe B. Das bedeutete nicht nur, daß Osborn die Wahrheit gesagt hatte, sondern auch, daß der große Mann Blutgruppe 0 hatte.

»Dr. Hugo Klass. Erzählen Sie mir von ihm«, sagte McVey.

»Ich kenne keinen Dr. Hugo Klass«, sagte Osborn langsam. Er fragte sich immer noch nervös, ob nicht doch Polizisten in Zivil im Lokal saßen und auf McVeys Zeichen warteten.

»Er kennt Sie aber«, log McVey zielstrebig.

»Dann kann ich mich nicht an ihn erinnern. Was ist sein medizinisches Fachgebiet?«

Entweder war Osborn sehr gut oder sehr unschuldig. Aber er hatte auch gelogen, was den Lehm an seinen Schuhen anging, und deshalb war es durchaus möglich, daß er es hier wieder tat. »Er ist Dr. phil., ein Freund von Timothy Ashford.« McVey legte einen anderen Gang ein, um Osborn ins Stolpern zu bringen.

»Von wem?«

»Kommen Sie, Doktor. Timothy Ashford. Ein Anstreicher aus South London. Gutaussehender Mann. Vierundzwanzig. Sie wissen, wer das ist.«

»Nein, tut mir leid.«

»Nein?«

»Nein.«

»Dann, schätze ich, wäre es nicht weiter schlimm, wenn ich Ihnen erzählen wüde, ich hätte seinen Kopf in London in der Gefriertruhe.«

Eine Frau mittleren Alters in einem hell karierten Kostüm am Nachbartisch zuckte zusammen. McVey ließ Osborn nicht aus den Augen. Seine Äußerung war beiläufig, aber bemerkenswert gewesen, angelegt darauf, eine Reaktion bei Osborn auszulösen, wie die Frau sie gezeigt hatte. Aber Osborn hatte nicht einmal mit der Wimper gezuckt.

»Doktor, Sie haben mich schon einmal belogen. Sie wollen, daß ich Ihnen helfe. Aber dann müssen Sie mir etwas geben, was ich gebrauchen kann. Einen Grund, Ihnen zu vertrauen.«

Der Kellner kam, stellte Osborns Kaffee auf den Tisch und ging wieder. McVey sah ihm nach. Ein paar Gänge weiter blieb er am Tisch eines dunkelhaarigen Mannes in einer Lederjacke stehen. Der Mann saß dort seit zehn Minuten allein und hatte bis jetzt nichts bestellt. Er hatte einen Diamanten im linken Ohr und eine Zigarette in der linken Hand. Der Kellner war schon einmal bei ihm stehengeblieben, aber er hatte ihn weitergewinkt. Diesmal warf der Mann einen Blick in McVeys Richtung und sagte etwas zu dem Kellner. Der Kellner nickte und ging weg.

McVey sah wieder Osborn an. »Was ist, Doktor? Ist es Ihnen unbehaglich, sich hier zu unterhalten? Möchen Sie woanders hin?«

Osborn wußte nicht, was er tun oder denken sollte. McVey stellte ihm Fragen von der gleichen Art wie bei ihrer ersten Begegnung. Er suchte offensichtlich etwas, von dem er vermutete, daß Osborn daran beteiligt sei, aber er hatte keine Ahnung, was es war. Und das machte es um so schwerer, denn jede Antwort, die er gab, schien von kalkuliertem Ausweichen bestimmt zu sein, während er doch tatsächlich nur die Wahrheit sagte.

»McVey, glauben Sie mir, wenn ich Ihnen sage, ich habe keine Ahnung, wovon Sie da reden. Wenn ich etwas wüßte, könnte ich Ihnen vielleicht helfen, aber ich weiß nichts.«

McVey zupfte sich am Ohr und schaute ins Leere. Dann sah er wieder Osborn an. »Vielleicht versuchen wir's mal ein bißchen anders«, sagte er und fuhr nach einer Pause fort: »Wieso haben Sie Albert Merriman vollgepumpt mit Suk - zi - nyl - cholin? Habe ich es richtig ausgesprochen?«

Osborn geriet nicht in Panik. Nicht einmal sein Puls schlug schneller. McVey war zu intelligent, um es nicht herauszufinden, und er war darauf vorbereitet gewesen. »Weiß die Pariser Polizei es?«

»Bitte beantworten Sie meine Frage.«

»Albert Merriman – hat meinen Vater ermordet.«

»Ihren Vater?« McVey war überrascht. Das hätte er in Betracht ziehen sollen und hatte es nicht getan: daß Merriman Ziel eines Racheaktes gewesen war.

»Ja.«

»Sie haben den großen Mann beauftragt, ihn umzubringen?«

»Nein. Der tauchte von allein auf.«

»Wie lange ist es her, daß Merriman Ihren Vater ermordet hat?«

»Ich war zehn.«

»Zehn?«

»In Boston. Auf offener Straße. Ich war dabei. Ich habe es gesehen. Ich habe sein Gesicht nie wieder vergessen. Und ich habe ihn nie wiedergesehen, bis vor einer Woche hier in Paris.«

Im nächsten Moment hatte McVey das Puzzle zusammengesetzt. »Sie haben es der Pariser Polizei nicht gesagt, weil Sie nicht fertig waren mit ihm. Sie haben Packard engagiert, um ihn zu suchen. Als er ihn hatte, haben Sie sich eine Stelle ausgesucht, wo Sie es tun könnten, und die haben Sie am Fluß gefunden. Sie geben ihm eine oder zwei Spritzen von dem Medikament. Schmeißen ihn ins Wasser, er kann nicht atmen oder seine Muskeln gebrauchen, er treibt ab und ertrinkt. Die Strömung ist stark, das Mittel zersetzt sich im Körper sehr schnell, und er ist so aufgequollen, daß kein Mensch auf die Idee kommt, nach Nadelverletzungen zu suchen. So war das gedacht.«

»Ungefähr.«

»Wieso ungefähr?«

»Zuerst wollte ich herausbringen, warum er es getan hat.«

»Ach ja?« Plötzlich schweifte McVeys Blick ab. Der Mann in der Lederjacke saß nicht mehr an dem Tisch, an dem er gesessen hatte. Er war näher gekommen. Zwei Tische weiter, in gerader Linie unmittelbar links von Osborn. Er hielt immer noch eine Zigarette in der linken Hand, die rechte war verborgen unter dem Tisch.

Osborn wollte sich umdrehen, um zu sehen, was McVey da beobachtete, als McVey plötzlich aufsprang und zwischen Osborn und den Mann am Tisch trat.

»Stehen Sie auf und gehen Sie vor mir her. Zur Tür hinaus. Fragen Sie nicht, warum. Tun Sie's einfach.«

Osborn stand auf. Und im selben Augenblick begriff er, wen McVey da gesehen hatte. »McVey, das ist er! Der große Mann!«

McVey wirbelte herum. Bernhard Oven stand. Die tschechoslowakische CZ mit dem Schalldämpfer kam in seiner Hand herauf. Jemand schrie.

Plötzlich wurde die Luft von zwei dröhnenden Explosionen zerrissen, eine unmittelbar auf die andere, gefolgt von einem Hagel aus splitternden Glasscherben.

Bernhard Oven verstand nicht recht, weshalb der ältere Amerikaner ihn so hart gegen die Brust geschlagen hatte. Oder warum er es für nötig hielt, es zweimal zu tun. Dann erkannte er, daß er draußen auf dem Zement des Gehwegs flach auf dem Rücken lag, während seine Beine noch im Restaurant waren und am Sims des Fensters baumelten, durch das er soeben krachend geflogen war. Überall war Glas. Dann hörte er Leute schreien, aber er hatte keine Ahnung, warum sie schrien. Verwirrt schaute er hoch und sah den Amerikaner; er stand über ihm, hielt einen stahlblauen 38er Smith & Wesson-Revolver in der Hand, und der Lauf zielte auf sein Herz. Leise schüttelte er den Kopf. Dann wurde alles dunkel und still.

Osborn kam heran und tastete nach Ovens Halsschlagader. Ringsum war die Hölle los. Leute schrien. Kreischten. Weinten vor Schreck und Entsetzen. Manche standen abseits und gafften. Andere drängten sich aus dem Lokal, versuchten zu entkommen, während wieder andere näher herankamen und etwas sehen wollten. Schließlich schaute Osborn zu McVey auf.

»Er ist tot.«

»Sind Sie sicher, daß das der große Mann ist?«

»Ja.«

Zwei Gedanken schossen McVey gleichzeitig durch den Kopf. Der erste war, daß irgendwo ganz in der Nähe ein neuer Ford Sierra mit Pirelli-Reifen und einem zerschmetterten Außenspiegel parkte. Und der zweite: »Der ist keine einsneunzig.«

Er ließ sich auf die Knie nieder und schob ein Hosenbein des Toten hoch.

»Prothesen«, sagte Osborn.

»Das ist eine ganz neue Methode für mich.«

»Sie glauben doch nicht, daß er das mit Absicht gemacht hat?«

»Daß er sich die Beine hat amputieren lassen, damit er seine Größe ändern kann?« McVey zog ein Taschentuch aus der Hosentasche und legte es um die CZ Automatic, die Oven immer noch in der Hand hielt. Er machte die Pistole los und betrachtete sie. Der Griff war mit Textilklebeband umwickelt, die Registriernummer weggefeilt. Auf der Mündung steckte ein Schalldämpfer. Das Arbeitsgerät eines Berufskillers.

McVey hob den Kopf und sah Osborn an. »Yeah«, sagte er. »Ich glaube, das hat er. Ich glaube, der hat sich die Beine mit Absicht abschneiden lassen.«

69

McVey richtete sich auf, trat von Ovens Leiche zurück und sah Osborn an. »Decken Sie ihm das Gesicht zu, ja?« Dann zeigte er einer Gruppe von Kellnern, die ein paar Schritt weit entfernt entsetzt und fasziniert zugleich glotzten, seine Dienstmarke und befahl, jemand solle die Polizei rufen, falls das noch nicht geschehen sei, und die Zuschauer hier wegschaffen.

Osborn zog eine weiße Tischdecke von einem nahen Tisch und deckte Bernhard Ovens Gesicht zu, während McVey sich über die Leiche beugte und nach Papieren suchte. Als er keine fand, griff er in seine Innentasche und riß den steifen Pappeinband von seinem Notizbuch ab. Er nahm Ovens Hand und drückte den Daumen erst auf dessen blutgetränktes Hemd und dann auf die Pappe, wo ein gut lesbarer Daumenabdruck zurückblieb.

»Lassen Sie uns von hier verschwinden«, sagte er zu Osborn.

Sie drängten sich eilig durch die herumstehenden Zuschauer, durchquerten das Lokal, liefen in die Küche und durch eine Hintertür hinaus auf eine Gasse. Als sie herauskamen, hörten sie die ersten Sirenen heulen.

»Da entlang«, sagte McVey, ohne genau zu wissen, wo sie landen würden. Vom Moment seiner ersten Reaktion an hatte er angenommen, daß Oven die Absicht habe, Osborn zu erschießen. Aber als sie jetzt auf den Boulevard du Montparnasse hinaustraten und in Richtung Boulevard Raspail gingen, wurde ihm klar, daß er selbst genausogut das Ziel gewesen sein könnte. Der große Mann hatte Albert Merriman innerhalb von Stunden umgebracht, nachdem bekanntgeworden war, daß er noch lebte und in Paris war. Dann waren in rascher Folge Merrimans Freundin und seine Frau samt Familie gefunden und abgeschlachtet worden, letztere in Marseille, rund vierhundertfünfzig Meilen weit südlich von Paris. Und im nächsten Augenblick war der Killer wieder in Paris und suchte in Vera Monnerays Wohnung nach Osborn.

Wie hatte er sie alle so schnell gefunden? Merrimans Frau zum Beispiel – während die Polizei im ganzen Land alarmiert war und sie nicht hatte auftreiben können? Und Osborn – wie hatte er so rasch herausfinden können, daß Vera Monneray die »geheimnisvolle Frau« war, die Osborn am Golfplatz abgeholt hatte, als er aus der Seine geklettert kam, während sich die ganze Presse noch mit Spekulationen aufhielt und nur die Polizei schon Bescheid wußte? Und dann, beinahe im Handumdrehen, waren Lebrun und sein Bruder in Lyon angegriffen worden. Wenn auch wahrscheinlich nicht von dem großen Mann. Nicht einmal er konnte an zwei Orten gleichzeitig sein.

Ganz offensichtlich liefen die Ereignisse in einem zunehmend irrwitzigen Tempo ab. Und dabei zog sich der tödliche Kreis immer enger. Daß der große Mann unvermittelt aus dem Spiel war, würde voraussichtlich wenig bedeuten. Was er geschafft hatte, hätte er nicht ohne die Hilfe einer komplexen und hochentwickelten Organisation mit ausgezeichneten Verbindungen zustande bringen können. Wenn sie Interpol infiltriert hatten, wieso dann nicht auch die Pariser Polizeipräfektur?

Ein Mannschaftswagen raste vorbei, dann noch einer. In der Stadt heulten die Sirenen.

»Woher wußte er, daß wir dasein würden?« fragte Osborn, als sie sich durch den Feierabendverkehr drängten, elektrisiert von dem, was passiert war.

»Gehen Sie weiter«, drängte McVey, und Osborn sah, wie er sich nach den Polizeiwagen umschaute, die den Boulevard du Montparnasse an beiden Enden des Häuserblocks abriegelten.

»Sie sind beunruhigt wegen der Polizei, nicht wahr?« sagte Osborn.

McVey gab keine Antwort.

Am Boulevard Raspail bogen sie rechts ein und gingen die Straße hinauf. Vor ihnen lag eine Métro-Station. McVey erwog kurz hineinzugehen, verwarf den Gedanken und ging weiter.

»Wieso hat ein Polizist Angst vor der Polizei?« wollte Osborn wissen.

Plötzlich kam ein blau-schwarzer Lastwagen aus einer Seitenstraße und bremste scharf hinter ihnen auf der Kreuzung. Die Hintertür flog auf, und ein Dutzend Männer der Anti-Terror-Polizei Compagnie de Securité Republicaine sprangen heraus. Sie trugen Flakjacken über Fallschirmjägeroveralls und hielten Maschinenpistolen in den Händen.

McVey fluchte leise und sah sich um. Zwei Häuser weiter war ein kleines Café. »Da rein«, sagte er, packte Osborn beim Arm und schob ihn auf den Eingang zu.

Die Gäste standen am Fenster und beobachteten den Trubel auf der Straße; sie nahmen kaum Notiz von den beiden Neuankömmlingen. McVey suchte sich eine Ecke am Ende der Bar, schob Osborn vor sich her und hielt dem Barmann die Hand mit zwei ausgestreckten Fingern entgegen.

»*Vin blanc*«, sagte er.

Osborn lehnte sich zurück. »Wollen Sie mir jetzt sagen, was los ist?«

Der Barmann stellte ihnen zwei Gläser hin und füllte sie mit Weißwein.

»*Merci*«, sagte McVey, nahm ein Glas und gab es Osborn. Dann nahm er selbst einen großen Schluck, wandte dem Lokal den Rücken zu und sah Osborn an.

»Ich stelle Ihnen Ihre eigene Frage. Woher wußte er, daß wir dasein würden? Antwort: Sie wurden verfolgt, oder ich wurde verfolgt. Oder jemand hat die Vermittlung im Hotel Vieux Paris abgehört und sich gedacht, daß ich vielleicht nicht den echten Tommy Lasorda auf einen Drink treffe.

Ein Freund von mir, ein Pariser Kriminalpolizist, wurde heute morgen übel zusammengeschossen, und sein Bruder, ebenfalls ein Cop, wurde ermordet, weil er herausfinden wollte, wer außer Ihnen Albert Merriman so schnell hat finden können – ein Vierteljahrhundert nach seiner Tat. Vielleicht ist die Polizei darin verwickelt, vielleicht auch nicht, ich weiß es nicht. Ich weiß nur, daß hier etwas im Gange ist, was es verdammt gefährlich macht, auch nur entfernt etwas mit Albert Merriman zu tun zu haben. Und im Moment gilt das für uns beide, für Sie und mich, und das klügste ist jetzt, von der Straße zu verschwinden.«

»McVey –« Osborn war plötzlich erschrocken. »Es gibt aber noch jemanden, der von Merriman weiß.«

»Vera Monneray.« In der ganzen Hast hatte McVey sie vergessen.

Angst überkam Osborn. »Die französischen Polizisten, die sie hier bewacht haben – ich habe dafür gesorgt, daß sie sie zu ihrer Großmutter nach Calais bringen.«

70

»*Sie* haben dafür gesorgt?« McVey war fassungslos.

Osborn antwortete nicht. Statt dessen stellte er sein Glas auf die Theke und ging durch einen düsteren Korridor an den Toiletten vorbei zu einem Münztelefon im hinteren Teil des Cafés. Er war schon fast da, als McVey ihn eingeholt hatte.

»Was wollen Sie machen? Versuchen, sie anzurufen?«

»Ja.« Osborn blieb nicht stehen. Er hatte die Sache nicht durchdacht; aber er mußte wissen, ob mit ihr alles in Ordnung war.

»Osborn.« McVey packte ihn hart beim Arm und riß ihn herum. »Wenn sie da ist, ist sie wahrscheinlich okay. Aber die Polizisten, die bei ihr sind, werden die Telefonleitung überwachen. Sie lassen Sie mit ihr reden und verfolgen den Anruf zurück. Wenn die französische Polizei in der Sache drinsteckt, tun Sie und ich keine fünf Schritte mehr aus dieser Tür.« McVey deutete mit dem Kopf zum Ausgang. »Und wenn sie nicht da ist, dann können Sie sowieso nichts machen.«

Osborn brauste auf. »Sie begreifen das nicht, oder? Ich *muß* es wissen.«

»Und wie?«

Inzwischen war Osborn etwas eingefallen. »Philippe.« Osborn würde ihn anrufen, Philippe würde Vera anrufen und sich dann wieder bei Osborn melden. Den zweiten Anruf könnten sie nicht zurückverfolgen.

»Den Portier in ihrem Haus?«

Osborn nickte.

»Der hat Ihnen geholfen, aus dem Haus zu kommen, nicht wahr?«

»Ja.«

»Und vielleicht auch dafür gesorgt, daß man Sie verfolgte, als Sie gingen?«

»Nein, das würde er nicht machen. Er ist –«

»Er ist *was*? Jemand hat dem großen Mann gesagt, daß Vera die geheimnisvolle Frau war, und jemand hat ihm gesagt, wo sie wohnt. Wieso nicht er? Osborn, einstweilen wird Ihr Seelenfrieden warten müssen.« McVey funkelte ihn lange genug an, um klarzumachen, daß es ihm ernst war; dann schaute er an ihm vorbei und suchte nach einer Hintertür.

Eine halbe Stunde später mietete McVey per Barzahlung und unter falschem Namen – er behauptete, ihr Gepäck sei am Bahnhof verlorengegangen – zwei zusammenhängende Zimmer im fünften Stück des Hotel St.-Jacques in der Avenue de St.-Jacques, einem Touristenhotel, knapp eine Meile weit von La Coupole und dem Boulevard du Montparnasse entfernt. Sie waren erkennbar Amerikaner und ohne Gepäck, und so setzte McVey auf die französische Vorliebe für *l'amour.* Als sie die Zimmer betreten hatten, gab McVey dem Hausdiener ein extragroßes Trinkgeld und bat ihn schüchtern, aber sehr aufrichtig, dafür zu sorgen, daß sie nicht gestört würden.

»*Oui,* Monsieur.« Der Hausdiener lächelte McVey wissend zu, und dann schloß er die Tür hinter sich und ging.

Unverzüglich untersuchte McVey die beiden Zimmer, alle Schränke und die Bäder. Als er zufrieden war, zog er die Vorhänge vor die Fenster und sah Osborn an.

»Ich werde jetzt in die Lobby hinuntergehen und telefonieren. Ich will das nicht hier tun, damit nichts zu diesem Zimmer zurückverfolgt werden kann. Wenn ich zurückkomme, müssen Sie mir alles erzählen, was Sie über Albert Merriman in Erinnerung haben, von dem Augenblick an, als er Ihren Vater ermordet hat, bis zur letzten Sekunde im Wasser.«

McVey griff in seine Jackentasche, nahm Bernhard Ovens CZ Automatic heraus und drückte sie Osborn in die Hand. »Ich würde Sie fragen, ob Sie damit umgehen können, aber die Antwort kenne ich ja schon.« McVeys funkelnder Blick genügte schon; der scharfe Unterton seiner Stimme verstärkte ihn nur. Er wandte sich zur Tür. »Hier kommt niemand rein außer mir. Aus keinem Grund der Welt.«

McVey zog langsam die Tür auf, schaute hindurch und trat dann auf den leeren Korridor hinaus. Am Aufzug verfuhr er genauso. In der Lobby öffnete sich die Tür, und er stieg aus. Abgesehen von einer Gruppe japanischer Touristen, die von einer Busfahrt zurückkamen und einem Reiseleiter mit einem kleinen, grün-weißen Fähnchen folgten, war der Eingangsbereich praktisch menschenleer.

McVey durchquerte die Lobby und hielt Ausschau nach einer Telefonzelle. Er fand eine neben dem Geschenkladen. Mit einer AT & T-Kreditkartennummer, die eine Postfachadresse in Los Angeles belastete, wählte er Nobles Voice-Mail-Nummer bei Scotland Yard. Ein Anrufbeantworter nahm seine Nachricht auf.

Er hängte ein und ging in den Geschenkladen, betrachtete kurz die Auswahl an Grußkarten und kaufte dann einen Geburtstagsglückwunsch mit einem großen gelben Hasen. Draußen in der Lobby zog er den Umschlagdeckel von seinem Notizbuch mit Bernhard Ovens getrocknetem blutigen Daumenabdruck heraus, schob ihn zu der Karte in den Umschlag und adressierte den Brief an einen »Billy Noble« unter einer Londoner Anschrift. Dann ging er zur Rezeption und bat den Portier, ihn per Übernachtpost abzuschicken.

Er hatte dem Portier gerade das nötige Geld gegeben und wandte sich der Lobby zu, als zwei uniformierte Gendarmen von der Straße hereinkamen, stehenblieben und sich umsahen. Links neben McVey lag ein Stapel Ausflugsprospekte. Beiläufig ging er darauf zu. Einer der Polizisten schaute zu ihm herüber. McVey ingnorierte ihn und blätterte in den Broschüren. Schließlich nahm er drei und ging vor den Augen der beiden Polizisten durch die Lobby. In der Nähe des Telefons setzte er sich hin und fing an, in den Broschüren zu blättern. Bootsausflüge. Exkursionen nach Versailles. Rundreisen durch die Weinanbaugebiete. Er zählte bis sechzig, blickte dann auf. Die Polizisten waren gegangen.

Vier Minuten später rief Ian Noble aus einem Privathaus an, wo er und seine Gattin an einem Dinner für einen britischen General teilnahmen, der in Pension ging.

»Wo sind Sie?«

»Paris. Hotel St.-Jacques. Jack Briggs. San Diego. Schmuckgroßhandel«, sagte McVey monoton und nannte ihm seinen Aufenthaltsort und den Namen, unter dem er hier abgestiegen war. Aus dem Augenwinkel sah er links eine Bewegung. Er verlagerte sein Gewicht von einem auf den anderen Fuß und sah drei Männer in Straßenanzügen, die durch die Lobby auf ihn zukamen. Der eine schien ihn geradewegs anzusehen, die beiden anderen redeten miteinander.

»Du erinnerst dich an Mike, oder?« sagte er schwungvoll; er schlug sein Jackett zurück und spielte den extrovertierten amerikanischen Vertreter. Seine Hand war nur wenige Zentimeter von der 38er an seiner Hüfte entfernt. »Yeah, genau, den habe ich hier bei mir.«

»Sie haben Osborn.«

»Na sicher.«

»Macht er Schwierigkeiten?«

»Zum Teufel, nein. Noch nicht jedenfalls.«

Die Männer gingen an ihm vorbei auf die Nische mit den Aufzügen zu. McVey wartete, bis sie im Aufzug waren und die Tür sich hinter ihnen geschlossen hatte; dann wandte er sich wieder dem Telefon zu und berichtete eilig, was passiert war. Er habe soeben den Daumenabdruck des großen Mannes in die Übernachtpost gegeben, fügte er noch hinzu.

»Wir werden ihn sofort überprüfen«, sagte Noble und erzählte, er habe mit dem französischen Botschafter geredet, der habe wissen wollen, welcher Teufel die Briten geritten habe, einen schwerverletzten Pariser Polizeibeamten aus seinem Krankenhauszimmer in Lyon zu kidnappen. Außerdem wollten sie ihn zurückhaben, und zwar schleunigst. Noble hatte geantwortet, er sei entsetzt; von einem solchen Zwischenfall wisse er überhaupt nichts, und er werde sich unverzüglich um die Sache kümmern. Dann wechselte er das Thema: Die Suche nach jemandem, der in Großbritannien mit fortgeschrittener Kryochirurgie experimentierte, sei ergebnislos verlaufen. Wenn so etwas im Gange sein sollte, dann absolut heimlich.

»Was haben Sie über Klass herausgefunden?«

»Das MI6 konnte außer einer vorbildlichen Akte nichts finden. Verheiratet, zwei Kinder. Geboren in München. Aufgewachsen in Frankfurt. Hauptmann bei der Luftwaffe. Dort vom Bundesnachrichtendienst angeworben, wo er seine Fähigkeiten und seinen Ruf als Fingerabdruckexperte entwickelte. Ging dann zu Interpol in die Zentrale nach Lyon.«

»Nein. Taugt nichts«, sagte McVey. »Die müssen etwas übersehen haben. Graben Sie tiefer. Schauen Sie sich die Leute an, mit denen er zu tun hat, außerhalb seiner täglichen Routine. Moment mal –« McVey versuchte, sich daran zu erinnern, wie Lebrun in seinem Büro Merrimans Fingerabdruck von Interpol Lyon bekommen hatte. Da hatte jemand mit Klass zusammengearbeitet … Hahl, Hall, Hald – Halder!

»Halder – Vorname Rudolf. Interpol Wien. Der hat mit Klass zusammen an dem Merriman-Abdruck gearbeitet. Hören sie, Ian, kennen Sie Manny Remmer?«

»Vom deutschen Bundeskriminalamt?«

»Ein alter Freund von mir. Arbeitet in Bad Godesberg, wohnt in einem Ort namens Rungsdorf. Es ist noch nicht zu spät. Rufen Sie ihn zu Hause an. Sagen Sie, ich hätte es Ihnen gesagt. Und sagen Sie ihm, er soll über Klass und Halder herausfinden, was er kann. Wenn es da etwas gibt, dann findet er's. Vertrauen Sie ihm.«

»McVey ...« In Nobles Ton lag Besorgnis. »Ich glaube, Sie haben da eine ziemlich große Dose mit sehr häßlichen Würmern aufgemacht. Offen gesagt, ich glaube, Sie sollten verflucht schnell aus Paris verschwinden.«

»Wie denn? In einer Kiste oder in einer Limousine?«

»Wo kann ich Sie in anderthalb Stunden erreichen?«

»Nirgends. Ich werde Sie erreichen.«

Es war kurz nach halb zehn, als McVey an Osborns Zimmertür klopfte. Osborn öffnete, ohne die Kette abzunehmen, und spähte heraus.

»Ich hoffe, Sie mögen Geflügelsalat.«

Auf der einen Hand balancierte McVey ein Tablett mit Geflügelsalat in weißen, mit Klarsichtfolie verschlossenen Plastikschüsseln, und in der anderen Hand hielt er eine Kanne Kaffee und zwei Becher; das Ganze hatte er von einem gereizten Thekenkellner in der Cafeteria des Hotels erstanden, der gerade hatte Feierabend machen wollen.

Um zehn waren Kaffee und Geflügelsalat verzehrt, und Osborn ging auf und ab und bewegte geistesabwesend die Finger seiner verletzten Hand, während McVey vorgebeugt auf der Bettkante saß. Das Bett diente ihm als Schreibtisch, während er betrachtete, was er in sein Notizbuch geschrieben hatte.

»Merriman hat Ihnen gesagt, daß ein Erwin Scholl aus Westhampton Beach, New York, ihn dafür bezahlt habe, Ihren Vater und drei andere Personen umzubringen, irgendwann um 1966 herum.«

»So ist es«, sagte Osborn.

»Die drei anderen waren in Wyoming, in Kalifornien und in New Jersey. Er hat die Aufträge ausgeführt und sein Geld bekommen. Dann haben Scholls Leute versucht, ihn umzubringen.«

»Ja.«

»Mehr hat er nicht gesagt, nur die Namen der Staaten. Nicht die Namen der Opfer, keine Städte.«

»Nur die Staaten.«

McVey stand auf und ging ins Bad.

Er riß das Hygienepapier von einem Wasserglas ab, ließ Wasser hineinlaufen, kam zurück und setzte sich wieder. »Aber Merriman konnte Scholls Leute überlisten; er täuschte seinen eigenen Tod vor und entkam. Da Scholl annahm, daß Merriman tot war, dachte er nicht mehr an ihn. Das heißt, bis Sie kamen und Jean Packard beauftragten, ihn zu suchen.« McVey trank einen Schluck Wasser und unterließ es im letzten Augenblick, Dr. Klass und Interpol Lyon zu erwähnen. Osborn brauchte nicht alles zu wissen.

»Sie glauben, Scholl steckt hinter dem, was hier in Paris passiert ist?« fragte Osborn.

»Und in Marseille und in Lyon – dreißig Jahre später? Ich weiß noch nicht, wer Mr. Scholl ist. Vielleicht ist er tot, vielleicht hat es ihn nie gegeben.«

»Wer steckt dann dahinter?«

McVey beugte sich wieder über das Bett, kritzelte noch etwas in sein eselsohriges Notizbuch und sah Osborn an. »Doktor, wann haben Sie den großen Mann zum erstenmal gesehen?«

»Draußen an der Seine.«

»Nicht vorher?«

»Nein.«

»Überlegen Sie. Am selben Tag, am Tag davor, oder noch einen Tag früher.«

»Nein.«

»Er hat auf Sie geschossen, weil Sie mit Merriman da waren und weil er keinen Zeugen hinterlassen wollte. Ist es das, was Sie glauben?«

»Welchen Grund könnte es sonst geben?«

»Nun, zum Beispiel könnte es umgekehrt sein: Er war da, um Sie umzubringen, nicht Merriman.«

»Wieso denn? Woher sollte er mich kennen? Und selbst wenn es so wäre – wieso sollte er dann hinterher Merrimans ganze Familie umbringen?«

Osborn hatte recht. Anscheinend hatte niemand gewußt, daß Merriman noch lebte, bis Klass den Fingerabdruck identifiziert hatte. Damit war der Startschuß gefallen. Höchstwahrscheinlich stimmte Lebruns Vermutung: Man wollte verhindern, daß er redete, und sie hatten gewußt, daß die Polizei ihn bald verhaften würde, wenn sie erst den Fingerabdruck hätte. Klass war vielleicht in der Lage, die Herausgabe des Fingerabdrucks zu verzögern, aber daß er existierte, konnte er nicht leugnen, denn zu viele Leute bei Interpol wußten davon. Also mußte Merriman zum Schweigen gebracht werden, bevor man ihn verhaftete und zum Reden brachte. Und da er seit gut fünfundzwanzig Jahren nicht mehr im Geschäft war, mußte das, worüber er hätte reden können, etwas betreffen, das er getan hatte, als er noch im Geschäft war. Also etwa zur gleichen Zeit, als er für Erwin Scholl gearbeitet hatte. Deshalb war Merriman und jeder andere, der ihm so nahestand, daß er sich ihm hätte anvertrauen können, liquidiert worden. Um ihn und sie alle daran zu hindern, über das zu reden, was er in Scholls Auftrag getan hatte – oder zumindest daran, Scholl mit der Verwicklung in einen Mordauftrag zu belasten. Das bedeutete, daß sie entweder nicht wußten, wer Osborn war, oder es war ihnen entgangen, daß Osborn der Erbe eines der Merriman-Opfer war, und –

»Verdammt!« sagte McVey leise. Wieso zum Teufel war ihm das noch nicht klargeworden? Die Erklärung für das, was hier passierte, lag nicht bei Merriman oder Osborn, sondern bei den vier Leuten, die Merriman vor dreißig Jahren ermordet hatte – unter anderem bei Osborns Vater!

Ein Adrenalinstoß ließ McVey aufstehen. »Was hat Ihr Vater gemacht?«

»Von Beruf?«

»Ja.«

»Er hat … sich Dinge ausgedacht.«

»Was zum Teufel soll das heißen?«

»Nach allem, woran ich mich erinnern kann, hat er vermutlich in einer Art Hightech-Denkfabrik gearbeitet. Er hat Dinge erfunden und dann Prototypen dieser Gegenstände gebaut. Überwiegend, glaube ich, hatte es mit der Entwicklung medizinischer Instrumente zu tun.«

»Erinnern Sie sich an den Namen seiner Firma?«

»Sie hieß Microtab. Ich erinnere mich noch deutlich an den Namen dieser Firma, weil sie zum Begräbnis meines Vaters einen großen Blumenkranz geschickt haben. Der Name stand auf der Karte, aber von der Firma ist niemand gekommen«, sagte Osborn mit leerem Blick.

Jetzt sah McVey die Tiefe des Schmerzes, den Osborn fühlte. Er wußte, daß er das Begräbnis vor sich sehen konnte, als hätte es gestern stattgefunden. Genauso mußte es gewesen sein, als er Merriman in der Brasserie erblickt hatte.

»Diese Firma, Microtab, saß in Boston?«

»Nein. In Waltham. Das ist ein Vorort.«

McVey griff zu seinem Stift und schrieb: *Microtab – Waltham, Mass. – 1966.*

»Irgendeine Ahnung, wie er gearbeitet hat? Allein? Oder in Gruppen, vier oder fünf Leute, die diese Dinge zusammenbastelten?«

»Dad hat allein gearbeitet. Wie alle dort. Die Mitarbeiter durften nicht über ihre Arbeit reden, nicht einmal untereinander. Ich weiß noch, daß meine Mutter einmal mit ihm darüber diskutiert hat. Sie fand es lächerlich, daß er nicht mal mit dem Mann im Büro nebenan sprechen durfte. Später nahm ich an, daß es mit Patenten zu tun hatte oder so etwas.«

»Haben Sie eine Ahnung, woran er arbeitete, als er ermordet wurde?«

Osborn grinste. »Ja. Er war gerade damit fertig und hatte es mit nach Hause gebracht, um es mir zu zeigen. Er war stolz auf das, was er machte, und zeigte mir gern, woran er arbeitete. Obwohl er das bestimmt nicht durfte.«

»Und was war es?«

»Ein Skalpell.«

»Ein Skalpell? Für Chirurgen?« McVey spürte, wie sich seine Nackenhaare sträubten.

»Ja.«

»Erinnern Sie sich noch, wie es aussah? Was war anders als an jedem anderen Skalpell?«

»Es war gegossen. Aus einer Speziallegierung, die extremen Temperaturschwankungen standhielt und trotzdem scharf blieb. Und es sollte in Verbindung mit einem elektronischen, computergesteuerten Arm benutzt werden.«

Jetzt standen McVey nicht nur die Nackenhaare zu Berge, sondern er hatte auch noch das Gefühl, als habe ihm jemand Eiswürfel über die Wirbelsäule laufen lassen. »Jemand wollte bei extremen Temperaturen chirurgische Operationen vornehmen? Irgendeine computergesteuerte Apparatur sollte das Skalpell Ihres Vaters halten und damit arbeiten?«

»Das weiß ich nicht. Sie müssen bedenken, daß Computer damals gigantische Maschinen waren und ganze Räume ausfüllten; deshalb weiß ich nicht, wie praktisch die Sache gewesen wäre, selbst wenn sie funktioniert hätte.«

»Die Sache mit den Temperaturen ...«

»Was ist damit?«

»Sie sprachen von extremen Temperaturen. Meinen Sie Hitze oder Kälte – oder beides?«

»Das weiß ich nicht. Aber man hatte bereits angefangen, mit Laserchirurgie zu experimentieren, was im Prinzip die Umwandlung von Lichtenergie in Hitze bedeutet. Wenn da also mit unerforschten chirurgischen Konzepten experimentiert wurde, dann würde ich annehmen, daß man in die entgegengesetzte Richtung arbeitete.«

»Kälte.«

»Ja.«

Plötzlich waren die Eiswürfel verschwunden, und McVey spürte, wie das Blut in seinen Adern rauschte. *Das* also war es gewesen, was ihn immer wieder zu Osborn gezogen hatte. Die Verbindung zwischen Osborn, Merriman und den kopflosen Leichen.

71

Berlin, Montag, 10. Oktober, 22 Uhr 15

»Es ist spät, Uta«, sagte Konrad Piper nervös.

»Ich bitte um Entschuldigung, Herr Piper. Aber Sie sehen sicher ein, daß ich nichts tun kann«, sagte Uta Baur. »Sie werden bestimmt jeden Augenblick kommen.« Sie warf einen Blick zu Dr. Salettl hinüber, aber der reagierte nicht.

Sie und Salettl waren am Abend in Leybergers Firmenjet von Zürich herübergeflogen und sofort mit dem Wagen hergekommen, um die letzten Vorbereitungen zu treffen, bevor die anderen kamen. Unter normalen Umständen hätten sie vor einer halben Stunde angefangen. Gäste wie die hier versammelten, in den privaten Räumen im Obergeschoß der »Galerie Pamplemousse«, einer fünfstöckigen Galerie für Neue Kunst am Kurfürstendamm, gehörten nicht zu den Leuten, die man warten ließ, erst recht nicht so spät abends. Aber die beiden Männer, die sich hier verspäteten, gehörten ihrerseits nicht zu den Leuten, die man dadurch beleidigte, daß man ging, bevor sie eintrafen, ganz gleich, wer man selbst war. Insbesondere dann, wenn man auf ihre Einladung hin gekommen war.

Uta, wie immer in Schwarz gekleidet, stand auf und ging zu einem Beistelltisch, auf dem eine große Silberkanne mit frisch gemahlenem arabischen Kaffee neben Platten mit verschiedenen Canapés und Süßigkeiten sowie Mineralwasserflaschen stand. Zwei entzückende junge Hostessen in engen Jeans und Cowboystiefeln sorgten für ständigen Nachschub.

»Füllen Sie die Kanne bitte neu. Der Kaffee ist nicht frisch«, fauchte sie die eine der beiden an. Das Mädchen gehorchte auf der Stelle und verschwand durch die Tür in der Küche.

»Ich gebe ihnen noch eine Viertelstunde. Ich bin ebenfalls beschäftigt; ist denen das nicht klar?« Hans Dabritz stellte seine Stoppuhr, legte ein paar Canapés auf einen Teller und verzog sich wieder an seinen Platz.

Uta schenkte sich ein Glas Mineralwasser ein und sah sich unter ihren ungeduldigen Gästen um. Der winzige, bärtige Hans Dabritz, 50, Immobilienhändler und politischer Lobbyist. Immobiliengeschäfte beinhalten großangelegte Appartementkomplexe in Kiel, Hamburg, München und Düsseldorf, Industrielager und Bürohochbauten in Berlin, Frankfurt, Essen, Bremen, Stuttgart und Bonn. Besitzt Häuserblocks im Innenstadtbereich von Bonn, Frankfurt, Berlin und München. Mitglied im Vorstand der Deutschen Bank. Umfangreiche, regelmäßige Spenden an Politiker; übt auf eine Mehrheit von ihnen Einfluß aus. In den kühlen, nüchternen Hinterzimmern der deutschen Politik gilt Dabritz als der beherrschende Drahtzieher. Bekommt fast immer, was er will.

Konrad Piper, 38 – war mit seiner Frau Margarete zwei Abende zuvor auch bei der Begrüßungsfeier für Egon Leyberger gewesen –, Vorstandsvorsitzender und Geschäftsführer der Goltz Development Gruppe, GDG, des zweitgrößten Handelsunternehmens in Deutschland. Unter seiner Führung Gründung von Lewsen International, einer *De-facto*-Holdinggesellschaft in London. Hinter der Fassade von Lewsen konnte die GDG ein Netz von fünfzig kleinen und mittleren deutschen Unternehmen als Hauptlieferanten für Lewsen International etablieren. Über Lewsen International konnte die GDG den kapitalkräftigen Irak zwischen 1981 und 1990 mit Schlüsselmaterialien zur chemischen und biologischen Kriegsführung und zur technischen Verbesserung des Raketenarsenals sowie mit nuklearwaffenfähigen Bauteilen versorgen. Daß der Irak den größten Teil dessen, was durch Lewsen geliefert worden war, in der Operation Desert

Storm verlieren sollte, war von geringer Bedeutung. Piper hatte die GDG als Waffenlieferanten der Weltklasse fest etabliert.

Margarete Piper, 29, Konrad Pipers Ehefrau. Zierlich, bezaubernd, ein Workaholic. Mit zwanzig Arrangeurin, Plattenproduzentin und persönliche Managerin dreier Top-Rockbands in der Bundesrepublik. Mit fünfundzwanzig Alleineigentümerin von Cinderella, des größten Aufnahmestudios in Deutschland, und zweier Plattenlabels. Häuser in Berlin, London und Los Angeles. Derzeit Vorsitzende, Haupteignerin und treibende Kraft hinter der A. E. A., der Agency for the Electronic Arts, einer großen, weltweit operierenden Talentorganisation für Spitzenautoren, Darsteller, Regisseure und Musiker. Insidern zufolge besteht Margarete Pipers Führungsgenie darin, daß ihre Psyche ständig auf den »Sender der Jugend« eingestellt sei. Kritiker finden ihre Fähigkeit, dem riesigen und stets wachsenden modernen jungen Publikum immer um eine Nasenlänge voraus zu sein, eher beängstigend als außergewöhnlich, denn was sie tut, bewegt sich in der Grauzone zwischen kreativer Brillanz und blanker Manipulation des Publikumswillens – ein Vorwurf, den sie immer zurückweist.

Generalmajor der Luftwaffe i. R. Matthias Noll, 62, geachteter politischer Lobbyist. Brillanter öffentlicher Redner, Vorkämpfer der deutschen Friedensbewegung. Äußert unverhohlen Kritik an schnellen Verfassungsänderungen.

Henryk Steiner, 43, treibende Kraft in den beträchtlich rumorenden Arbeitskämpfen des neuen Deutschland. Vater von elf Kindern. Stämmig, ungeheuer sympathisch. Ein Typ wie Lech Walesa. Ein dynamischer und außergewöhnlich populärer politischer Organisator. Hinter ihm stehen mehrere hunderttausend Arbeiter der Automobil- und Stahlindustrie, die um das wirtschaftliche Überleben in den neuen ostdeutschen Bundesländern kämpfen.

Hilmar Grunel, 57, Geschäftsführer von HGS-Beyer, dem größten deutschen Zeitungs- und Zeitschriftenverlag. Ehemaliger Botschafter bei den Vereinten Nationen, stimmgewaltiger Konservativer. Leitet den täglichen Betrieb und kontrolliert den redaktionellen Inhalt von elf großen Presseerzeugnissen, die allesamt vorwiegend rechte Ansichten vertreten.

Rudolf Kaes, 48, Finanzspezialist beim Institut für Wirtschaftsforschung in Heidelberg und führender Berater der Regierung Kohl in Wirtschaftsfragen. Der einzige deutsche Vertreter im Vorstand der neuen Zentralbank der Europäischen Union. Energischer Verfechter einer europäischen Einheitswährung in dem klaren Bewußtsein, daß die Deutsche Mark in Europa schon jetzt dominiert und eine auf ihr basierende Einheitswährung die deutsche Wirtschaftsmacht nur weiter verstärken würde.

Gertrude Biermann, 39 (ebenfalls zu Gast auf dem Dampfer in Zürich). Alleinerziehende Mutter zweier Kinder. Beherrschende Gestalt bei den Grünen, vor allem in der radikal linken Friedensbewegung.

Es summte, und Uta sah, wie Salettl den Telefonhörer neben sich abnahm. Er hörte zu, legte auf und sah Uta an.

»Ja«, sagte er.

Einen Augenblick später öffnete sich die Tür, und von Holden trat ein. Er ließ den Blick kurz durch den Raum wandern und trat dann beiseite.

»Sie sind da«, sagte Uta zu den Gästen; dann warf sie den beiden Hostessen einen scharfen Blick zu, und die beiden verschwanden unverzüglich durch eine Seitentür.

Gleich darauf trat ein auffällig gutaussehender, überaus gut gekleideter Mann von fünfundsiebzig Jahren ins Zimmer. »Herr Dortmund wurde in Bonn aufgehalten. Wir fangen ohne ihn an«, sagte Erwin Scholl, ohne jemanden speziell anzusprechen. Dann nahm er neben Steiner Platz. Dortmund, das war Gustav Dortmund, Chef der Deutschen Bundesbank.

Von Holden schloß die Tür und ging zu dem Beistelltisch. Er schenkte ein Glas Mineralwasser ein, brachte es Scholl und stellte sich dann neben den Ausgang.

Scholl war groß und schlank. Er hatte kurzgeschnittenes, graues Haar, eine tiefe Sonnenbräune und verblüffend blaue Augen. Alter und ein beträchtliches Vermögen hatten seinem immer schon feingeschnittenen Gesicht lediglich noch mehr Charakter verliehen. Er zeigte eine militärische Haltung alter Schule, die Achtung gebot, sobald er irgendwo erschien.

»Die Präsentation, bitte«, sagte er leise zu Uta. Erwin Scholl war eine eigenartige Mischung aus bemühter Schüchternheit und absoluter Arroganz, das perfekte Beispiel einer amerikanischen Erfolgsstory: ein mittelloser deutscher Immigrant, der an die Spitze eines gewaltigen Verlagsimperiums aufgestiegen war und sich den Mantel des Philanthropen und Mäzens umgehängt hatte, ein enger Vertrauter amerikanischer Präsidenten von Dwight D. Eisenhower bis Bill Clinton. Wie bei den meisten anderen Anwesenden hingen sein Reichtum und sein Einfluß von den Massen ab, und doch war er ihnen – mit Absicht und durch sorgfältiges Arrangement – so gut wie unbekannt.

»Bitte«, sagte Uta in eine Gegensprechanlage. Sofort wurde es dunkel, und eine Wand mit abstrakten Gemälden glitt zur Seite; hinter ihr erschien ein flacher, zweieinhalb mal vier Meter großer High-Definition-Großbildschirm, auf dem ein rasiermesserscharfes Bild erschien.

Es war die Nahaufnahme eines Fußballs. Plötzlich fuhr ein Fuß ins Bild und trat gegen den Ball. Zugleich zoomte die Videokamera zurück, und man sah den manikürten Rasen des »Anlegeplatzes«, wo Egon Leybergers Neffen Erik und Edward den Fußball spielerisch hin und her kickten. Dann schwenkte die Kamera zur Seite, wo Egon Leyberger mit Joanna stand und ihnen zusah. Unvermittelt trat einer der Jungen den Ball in Leybergers Richtung, und Leyberger schoß ihn kraftvoll zurück zu seinen Neffen. Dann sah er Joanna an und lächelte stolz. Und Joanna erwiderte das Lächeln mit dem gleichen Ausdruck von Zufriedenheit.

Ein Schnitt, und man sah Leyberger in seiner eleganten Bibliothek. Er saß vor einem lodernden Kaminfeuer, lässig in Pullover und Sporthose gekleidet, und unterhielt sich mit jemandem außerhalb des Bildausschnitts detailliert über die Rolle, die Paris und Bonn bei der Bildung der neuen Europäischen Union spielten. Informiert und sehr beredt vertrat er die Ansicht, daß die von Großbritannien angenommene Rolle der »unbeteiligten moralischen Überlegenheit« nur dazu führte, daß das Land unter dem Strich zu den Benachteiligten gehören würde. Weder Großbritannien noch der Europäischen Union werde es guttun, wenn es diese Rolle weiter spielte. Seiner Meinung nach müsse es zu einer harmonischen Beziehung zwischen Bonn und London kommen, wenn die Europäische Union die bedeutende Wirtschaftsmacht werden solle, als die sie gedacht sei. Sein Diskurs endete mit einem Lächeln und der anschließenden Bemerkung: »Ich meine natürlich, daß es eine Beziehung *Berlin*–London sein muß.«

Dann wurde Leybergers Bild ausgeblendet, und an seine Stelle trat etwas anderes. Senkrecht und leicht gebogen, füllte es den zweieinhalb Meter hohen Bildschirm beinahe völlig aus. Einen Augenblick lang geschah nichts; dann drehte sich das Ding, zögerte und bewegte sich entschlossen vorwärts. In diesem Moment erkannten alle, was es war: ein geschwollener, vollständig erigierter Penis.

Jäh schwenkte das Bild zu einem anderen Mann, der im Dunkeln stand und zuschaute. Ein weiterer Schwenk, und das Publikum sah Joanna, nackt und alle viere von sich gestreckt auf dem Bett, an Händen und Füßen mit dicken Samtbändern an die Bettpfosten gefesselt. Ihre vollen Brüste standen melonenartig zu beiden Seiten ihres Oberkörpers, ihre Beine waren erwartungsvoll gespreizt, und das dunkle Dreieck zwischen ihnen bewegte sich sanft im unbewußten Rhythmus ihrer Hüften. Ihre Lippen waren feucht, ihre offenen Augen glasig und verdreht, in Erwartung einer kommenden Ekstase. Sie war das Inbild der Lust und Bereitwilligkeit, und nichts deutete darauf hin, daß hier irgend etwas gegen ihren Willen geschah.

Dann waren Mann und Penis über ihr, und sie nahm ihn ganz und willentlich auf. Eine komplexe Vielfalt von Aufnahmewinkeln belegte die Authentizität der Bilder. Die Stoßbewegungen, die der Penis ausführte, waren lang und kräftig, anhaltend, doch ohne Hast, und Joanna reagierte mit wachsender Lust.

Eine neue Einstellung zeigte den anderen Mann, der im Hintergrund stand. Es war von Holden, und er war nackt. Gleichmütig und mit verschränkten Armen schaute er zu.

Dann schwenkte die Kamera zurück zum Bett, und eine laufende Stoppuhr, die die seit der Einführung des Penis bis zum Orgasmus vergangene Zeit zählte, erschien in der oberen rechten Ecke des Bildschirms.

Um 4:12:04 erlebte Joanna ihren ersten sichtbaren Orgasmus.

Um 6:00:03 erschien in der oberen Bildmitte ein EEG-Diagramm ihrer Hirnwellen. Zwischen 6:15:43 und 6:55:03 erlebte sie sieben separate, exzessive Hirnwellenschwankungen. Um 6:57:23 erschien in der oberen linken Ecke die EEG-Kurve ihres Partners. Bis 7:02:07 war die Kurve normal; in derselben Zeit hatte Joanna drei weitere Episoden extremer Hirnwellenaktivität. Um 7:15:22 verdreifachte sich die Aktivität des männlichen Hirns. Dabei näherte die Kamera sich Joannas Gesicht. Ihre Augen waren verdreht, so daß man nur das Weiße sehen konnte, und ihr Mund war zu einem lautlosen Schrei aufgerissen.

Um 7:19:19 erlebte der Mann den totalen Orgasmus.

Um 7:20:20 trat von Holden ins Bild und führte den Mann aus dem Zimmer. Dabei richteten sich zwei Kameras gleichzeitig auf den Mann, der mit Joanna den Geschlechtsakt vollzogen hatte, wodurch zweifelsfrei dokumentiert war, daß der Mann im Bett derselbe war, der jetzt aus dem Zimmer geführt wurde. Es war keine Frage, um wen es sich handelte und daß er den Akt vollständig und bis zum Ende vollzogen hatte.

Egon Leyberger.

»Eindrucksvoll!« sagte Hans Dabritz, als das Licht wieder anging und die Wand mit den abstrakten Gemälden sich wieder vor den Videobildschirm schob.

»Aber wir wollen ja keine Videovorführung veranstalten, nicht wahr, Herr Dabritz«, sagte Erwin Scholl in scharfem Ton und richtete den Blick abrupt auf Salettl. »Wird er zu unserer Aufführung in der Lage sein, Doktor?«

»Ich hätte gern noch mehr Zeit. Aber er ist bemerkenswert, wie wir gesehen haben.« In jedem anderen Raum hätte Salettls Bemerkung Gelächter hervorgerufen, aber nicht hier. Diese Leute besaßen keinen Humor. Sie hatten eine klinische Studie gesehen, aufgrund deren eine Entscheidung getroffen werden sollte. Sonst gar nichts.

»Doktor, ich habe Sie gefragt, ob er bereit sein wird, das Nötige zu tun. Ja oder nein?« Scholls messerscharfer Blick durchbohrte Salettl.

»Ja, er wird bereit sein.«

»Kein Stock! Niemand, der ihn beim Gehen stützt!« trieb Scholl ihn an.

»Nein. Kein Stock. Niemand, der ihn beim Gehen stützt.«

»Danke«, sagte Scholl voller Verachtung. Er stand auf und wandte sich an Uta.

»Ich habe keine Bedenken.« Von Holden hielt ihm die Tür auf, und er ging hinaus.

72

Scholl nahm nicht den Aufzug, sondern ging die vier Treppen der Galerie zu Fuß hinunter. Von Holden blieb an seiner Seite. Unten angekommen, öffnete von Holden die Tür, und sie traten hinaus in die frische Nachtluft.

Ein uniformierter Chauffeur hielt die Tür eines dunklen Mercedes auf. Scholl stieg als erster ein, dann von Holden.

»Zum Savignyplatz«, sagte Scholl, als sie anfuhren. »Langsam«, sagte er, als der Mercedes auf einen baumgesäumten Platz einbog. Im Schrittempo fuhren sie an einem Häuserblock mit vollbesetzten Restaurants und Kneipen entlang. Scholl schaute vorgebeugt aus dem Fenster und beobachtete die Menschen auf der Straße, wie sie gingen und miteinander redeten; er studierte ihre Gesichter, ihre Gesten. Die Intensität, mit der er es tat, erweckte den Eindruck, als sei das alles neu für ihn und als sehe er es zum ersten Mal.

»Biegen Sie in die Kantstraße ab.« Der Fahrer steuerte in eine Straße voller bunter Nightclubs und lauter Cafés.

»Halten Sie bitte an«, sagte Scholl schließlich. Er war zwar höflich, aber sein Benehmen war kurz angebunden und knapp, als sei jede seiner Äußerungen ein militärischer Befehl.

Eine halbe Straße weiter fand der Fahrer einen Parkplatz an einer Straßenecke; er hielt an und stellte den Motor ab. Scholl lehnte sich zurück, faltete die Hände unter dem Kinn. Hinter den getönten Wagenfenstern wirkte er wie ein Voyeur, der konzentriert die Freuden der Welt beobachtete, aber zugleich stets Abstand von ihnen hielt.

Von Holden fragte sich, was er da wohl tat. Er hatte gleich gespürt, daß ihn etwas beunruhigte, als er ihn am Flughafen Tegel abgeholt und zur Galerie gebracht hatte. Er glaubte zu wissen, was es war, aber Scholl hatte nichts gesagt, und von Holden hatte geglaubt, es sei vorüber, was immer es gewesen sein mochte.

Von Holden war acht Jahre lang Leiter der Sicherheit für Scholls gesamten europäischen Unternehmensbereich gewesen – zwei Druckereien in Spanien, vier Fernsehsender, drei in Deutschland, einer in Frankreich, und die Goltz Development Gruppe GDG in Düsseldorf, deren Geschäftsführer Konrad Piper war. Er persönlich hatte das Sicherheitspersonal ausgewählt und seine Ausbildung beaufsichtigt. Aber von Holdens Verantwortung beschränkte sich nicht allein darauf. Scholl hatte noch andere, dunklere und weiterreichende Investitionen zu schützen, und für diesen Schutz war von Holden ebenfalls zuständig.

Die Situation in Zürich zum Beispiel. Joanna zu befriedigen, war ein Fall von Manipulation, der Geschick und Zartgefühl erforderte. Salettl glaubte, daß Egon Leyberger vollständig wiederhergestellt werden könnte: emotional, psychologisch und physisch. Jetzt ging es darum, seine Fortpflanzungsfähigkeit zu testen.

Einer Frau, die ihn über einen längeren Zeitraum hinweg physiotherapeutisch behandelt und ihn dann zur Betreuung in die Schweiz begleitet hatte, würde er vertrauen, und mit ihr würde er sich wohl fühlen. Er würde ihre Berührung, ja, ihren Geruch kennen. Und auch wenn er sie vielleicht nie unter dem sexuellen Aspekt gesehen hätte, würde er, wenn er dazu gebracht wurde, mit ihr Geschlechtsverkehr zu haben, unter dem Einfluß eines starken sexuellen Anregungsmittels stehen. Stark erregt, aber nicht im vollen Bewußtsein der Umstände, würde er das Vertraute instinktiv spüren und sich dabei entspannen und den Akt vollziehen.

Daher die Auswahl Joannas. Fern von zu Hause, ohne nahe Verwandte und nicht wirklich attraktiv, würde sie für die Verführung durch einen Stellvertreter körperlich und emotional empfänglich sein, für eine Verführung, deren einziges Ziel es war, sie auf die Vereinigung mit Egon Leyberger vorzubereiten. Die Notwendigkeit eines Stellvertreters entsprang Salettls wohlkalkulierter Einschätzung; er hatte mit Scholl darüber gesprochen, und dieser hatte sich an seinen Sicherheitschef gewandt. Von Holdens persönlicher Einsatz wäre nicht nur eine Garantie für Leybergers Sicherheit und die vertrauliche Behandlung der Angelegenheit, sondern würde darüber hinaus auch von Holdens Gefolgschaftstreue gegenüber der Organisation unter Beweis stellen.

Eine neonbeleuchtete Digitaluhr über dem Eingang einer Disco auf der anderen Straßenseite zeigte 22:55 Uhr. Fünf vor elf. Seit einer halben Stunde parkten sie jetzt hier, und immer noch saß Scholl schweigend da, vertieft in die Beobachtung der Scharen von jungen Leuten auf der Straße.

»Die Massen«, sagte er leise. »Die Massen.«

Von Holden war nicht sicher, ob Scholl mit ihm redete oder nicht. »Verzeihung, Herr Scholl. Ich habe nicht verstanden, was Sie gesagt haben.«

Scholl wandte den Kopf, und sein Blick fand von Holdens Augen. »Herr Oven ist tot. Was ist da passiert?«

Von Holden hatte also recht gehabt. Bernhard Ovens Versagen in Paris war es gewesen, was Scholl die ganze Zeit bedrückt hatte; aber erst jetzt entschied er sich, darüber zu reden.

»Ich würde sagen, daß er einer Fehleinschätzung zum Opfer gefallen ist«, sagte von Holden.

Unvermittelt beugte Scholl sich nach vorn und befahl dem Fahrer weiterzufahren. Dann sah er wieder von Holden an.

»Wir hatten sehr lange überhaupt keine Probleme, bis Albert Merriman auftauchte. Daß er und die Faktoren in seiner Umgebung so schnell und effizient eliminiert wurden, wie es der Fall war, hat nur bewiesen, daß unser System weiterhin funktioniert, wie es angelegt wurde. Aber jetzt wurde Oven getötet. Das ist immer ein Risiko in seinem Beruf. Trotzdem ist es beunruhigend, weil es impliziert, daß unser System vielleicht doch nicht so effizient ist, wie wir angenommen hatten.«

»Herr Oven hat allein gearbeitet und mit den ihm gelieferten Informationen operiert. Die Situation ist jetzt unter der Kontrolle des Pariser Sektors«, sagte von Holden.

»Oven wurde von Ihnen ausgebildet, nicht vom Pariser Sektor!« blaffte Scholl wütend. Er tat, was er immer tat: Er wurde persönlich. Bernhard Oven hatte für von Holden gearbeitet, und daher war sein Versagen das Versagen von Holdens.

»Es ist Ihnen klar, daß ich Uta Baur grünes Licht gegeben habe.«

»Jawohl, Herr Scholl.«

»Dann ist Ihnen auch klar, daß der Mechanismus für Freitag abend bereits in Gang gesetzt ist. Ihn wieder anzuhalten, wäre schwierig und auch peinlich.« Scholls Blick durchbohrte von Holden wie zuvor Salettl. »Das begreifen Sie sicher.«

»Ich begreife es ...«

Von Holden lehnte sich zurück. Es würde eine lange Nacht werden. Er hatte soeben den Befehl bekommen, nach Paris zu fahren.

73

Feuchter Dunst wallte auf, und es wurde allmählich neblig. Die gelben Scheinwerfer der wenigen Autos, die noch unterwegs waren, schnitten gespenstisch in die Dunkelheit, wenn sie an der Telefonzelle vorbei den Boulevard St.-Jacques hinauffuhren.

»Oy, McVey!« Benny Grossmans Stimme drang wie der strahlende Sonnenschein durch dreitausend Meilen Unterwasser-Glasfaserkabel. Dienstag nacht, Viertel nach zwölf, in Paris bedeutete, daß es in New York Montag abend, Viertel nach sieben, war. Benny war gerade noch einmal ins Büro gekommen, um nach einem sehr langen Tag bei Gericht die für ihn hinterlassenen Nachrichten durchzusehen.

Wenn McVey die Anhöhe hinunterschaute, konnte er durch den Sprühregen und zwischen den Bäumen in der Mitte der zweispurigen Straße das Hotel erkennen. Er hatte nicht gewagt, von seinem Zimmer aus zu telefonieren, und in der Lobby hatte er es nicht noch einmal riskieren wollen, da er befürchtete, daß die Polizei noch einmal zurückkommen könnte.

»Benny, ich weiß, ich mache dich verrückt –«

»Keineswegs, McVey!« Benny lachte. Benny lachte immer. »Schicke mir meinen Weihnachtsbonus einfach in Hundertern. Also los – mach mich verrückt.«

McVey warf einen Blick auf die Straße hinaus und spürte das beruhigende Gewicht des 38ers unter seiner Jacke. Dann wandte er sich wieder seinen Notizen zu.

»Benny. 1966, Westhampton Beach. Erwin Scholl – wer ist das? Lebt er noch? Und wenn ja, wo ist er? Und ebenfalls 1966 – ganz früh, irgendwann im Frühjahr, oder noch im Spätherbst '65: drei ungeklärte Mordfälle, Profiarbeit. In den Staaten –« McVey schaute wieder in sein Notizbuch. »Wyoming. Kalifornien. New Jersey.«

»Kinderspiel, Bubele. Und wo ich mal dabei bin, warum nicht gleich rausfinden, wer Kennedy in Wirklichkeit umgebracht hat?«

»Benny, wenn ich es nicht wirklich bräuchte –« McVey spähte zum Hotel hinunter. Osborn hockte mit der CZ des großen Mannes auf seinem Zimmer wie beim erstenmal, und wieder hatte er den Befehl, weder ans Telefon zu gehen noch irgend jemandem außer McVey die Tür zu öffnen. Es war eine Geschichte, wie sie McVey von Grund auf zuwider war: in Gefahr zu sein, ohne zu wissen, woher sie kam oder wie sie aussah.

»Benny«, McVey sprach wieder ins Telefon, »die Opfer dürften auf irgendeinem Hightech-Spezialgebiet gearbeitet haben. Erfinder, Präzisionswerkzeugdesigner, Wissenschaftler vielleicht, womöglich sogar ein Collegeprofessor. Jemand, der mit extremer Kälte experimentiert hat – fünfzig, hundert, zweihundert Grad unter Null. Vielleicht auch umgekehrt – jemand, der sehr heiße Temperaturen erforscht hat. Wer waren diese Leute? Woran haben sie gearbeitet, als sie ermordet wurden? Und als letztes: Microtab Corporation. Waltham, Massachusetts 1966. Sind die noch im Geschäft? Und wenn ja, wer führt den Laden, und wem gehört er? Wenn nicht: Was ist draus geworden, und wem hat er 1966 gehört?«

»McVey, was bin ich? Die Wall Street? Das Finanzamt? Das Vermißtendezernat? Gib alles in einen Computer ein, und schon kommt die Antwort raus? – Und wann zum Teufel willst du es haben? Zu Neujahr 1995?«

»Ich rufe dich morgen früh an.«

»Wie bitte?«

»Benny, es ist sehr, sehr wichtig. Wenn du eine Niete ziehst oder wenn du Hilfe brauchst, ruf Fred Hanley beim FBI in L. A. an. Sag ihm, es ist für mich und ich hätte um diese Hilfe gebeten.« McVey zögerte. »Eins noch. Wenn du bis morgen mittag nach eurer Zeit nichts von mir gehört hast, rufst du Ian Noble bei Scotland Yard an und gibst ihm alles, was du hast.«

»McVey ...« Grossmans Stimme verlor ihren gereizten Überschwang. »Bist du in Schwierigkeiten?«

»In großen Schwierigkeiten.«

»Große? Was zum Teufel soll das heißen?«

»Hey, Benny, ich bin dir was schuldig –«

Osborn stand im dunklen Zimmer am Fenster und schaute hinunter auf die Straße. Draußen herrschte dichter Nebel und kaum Verkehr. Auf den Gehwegen war niemand zu sehen. Dann sah er, wie eine Gestalt unter einer Straßenlaterne hindurchging, den Boulevard überquerte und auf das Hotel zukam. Vermutlich war es McVey, aber er konnte nicht sicher sein. Er zog den Vorhang vor das Fenster, setzte sich und schaltete eine kleine Nachttischlampe ein, deren Lichtschein auf Bernhard Ovens 22er CZ fiel. Er fühlte sich wie einer, der sich ein halbes Jahrhundert lang versteckt hatte, und dabei war es erst acht Tage her, daß er aufgeblickt und Albert Merriman in der Brasserie Stella am Nachbartisch gesehen hatte.

Wie viele waren in diesen acht Tagen gestorben? Zehn, zwölf? Wenn er Vera nie begegnet, wenn er nie nach Paris gekommen wäre, dann würde jeder einzelne dieser Menschen noch leben.

Ein Klopfen an der Tür ließ ihn zusammenschrecken wie bei einem Pistolenschuß. Er riß das Kinn hoch und den Kopf herum, als sei er irgendwo mit heruntergelassener Hose ertappt worden. Er starrte die Tür an und wußte nicht recht, ob seine Fantasie ihm jetzt einen Streich gespielt hatte.

Es klopfte noch einmal.

McVey würde etwas sagen oder seinen Schlüssel benutzen. Osborns Finger krümmten sich um die CZ, als der Türknopf sich zu drehen begann. Jemand drückte gerade kräftig genug gegen die Tür, um sich zu vergewissern, daß sie abgeschlossen war. Sofort hörte der Druck wieder auf.

Osborn durchquerte das Zimmer und lehnte sich neben der Tür mit dem Rücken an die Wand. Er spürte, wie der Pistolengriff schweißfeucht wurde. Was immer als nächstes passieren würde, lag bei dem, der da draußen im Gang stand.

»Sorry, Honey. Sie haben das verdammt falsche Zimmer«, hörte er McVey plötzlich laut draußen näseln. Eine Frauenstimme fauchte erbost auf französisch zurück.

»Falsche Tür, Honey, glauben Sie's mir. Versuchen Sie's eins höher – vielleicht sind Sie im falschen Stock gelandet.«

Sie spie französische Worte zurück, wütend und empört.

Dann hörte man einen Schlüssel im Schloß. Die Tür öffnete sich, und McVey kam herein. Er hielt ein dunkelhaariges Mädchen am Arm, und aus seiner Jackentasche ragte eine zusammengerollte Zeitung.

»Du willst rein, dann komm rein«, sagte er zu dem Mädchen und sah dann Osborn an.

»Abschließen.«

Osborn drückte die Tür zu, schloß sie ab und schob die Kette vor.

»Okay, Honey, du bist drin. Was jetzt?« fragte McVey das Mädchen. Sie stand mitten im Zimmer und stemmte eine Faust in die Hüfte. Ihr Blick ging zu Osborn hinüber. Sie war etwa zwanzig, um die einssechzig groß und hatte kein bißchen Angst. Sie trug eine enge Seidenbluse und einen sehr kurzen schwarzen Minirock mit Netzstrümpfen und hochhackigen Schuhen.

»Fucky, fucky«, sagte sie auf englisch, und dann blickte sie mit verführerischem Lächeln zwischen Osborn und McVey hin und her.

»Du willst mit uns beiden ficken. Ist es das?«

»Klar, warum nicht?« Sie grinste, und ihr Englisch wurde zusehends besser.

»Wer hat dich geschickt?«

»Ich bin eine Wette.«

»Was für eine Wette?«

»Der Nachtportier sagt, ihr seid schwul. Der Hausdiener sagt, nein.«

McVey lachte. »Und da schicken sie dich, damit du es herausfindest.«

»*Oui.*« Zum Beweis zog sie ein paar hundert Franc aus dem BH.

»Was zum Teufel ist hier los?« fragte Osborn.

McVey grinste. »Ach, Scheiße, wir haben doch nur Spaß gemacht mit denen, Honey. Der Hausdiener hat recht.« Er sah Osborn an. »Wollen Sie sie zuerst ficken?«

Osborn schrak zusammen. »Was?«

»Wieso nicht? Bezahlt ist sie ja schon.« McVey grinste sie an. »Zieh dich aus.«

»Okay.« Es war ihr ernst, und sie war gut darin. Sie schaute ihnen die ganze Zeit in die Augen, erst dem einen, dann dem andern, hin und her, als sei jedes Kleidungsstück, das sie ablegte, eine spezielle Show ganz für ihn allein. Und langsam zog sie alles aus.

Osborn schaute mit offenem Mund zu. McVey wollte es doch wohl nicht wirklich tun? Einfach so und während er dabeistand? Er hatte ja schon Geschichten über das gehört, was Bullen in bestimmten Situationen getan hatten; jeder kannte diese Storys. Aber wer glaubte daran, und wer rechnete gar damit, so etwas aus erster Hand mitzuerleben?

McVey warf ihm einen Blick zu. »Ich gehe zuerst, ja?«Er grinste. »Sie haben doch nichts dagegen, wenn wir ins Bad gehen, oder, Doktor?«

Osborn starrte ihn an. »Fühlen Sie sich wie zu Hause.«

McVey öffnete die Badezimmertür, und das Mädchen ging hinein. McVey folgte ihr und schloß die Tür. Im nächsten Augenblick hörte Osborn einen spitzen Aufschrei von ihr, und ein harter, dumpfer Schlag dröhnte an der Tür. Dann ging die Tür auf, und McVey kam heraus, vollständig bekleidet.

Osborn war sprachlos.

»Sie ist hier raufgekommen, um einen Blick auf uns zu werfen. Sie hat mich im Flur gesehen, mehr brauchte sie nicht.«

McVey zerrte die Zeitung aus der Tasche und reichte sie Osborn; dann sammelte er die Kleider des Mädchens ein. Osborn entrollte die Zeitung. Er sah nicht einmal, welche es war – er sah nur die fette französische Schlagzeile: HOLLYWOOD COP GESUCHT NACH LA-COUPOLE-SCHIESSEREI! Darunter stand in kleineren Lettern: »Verbindung zu US-Arzt im Merriman-Mord!« Und wieder sah Osborn sein Pariser Polizeifoto, das schon der *Figaro* gedruckt hatte, und daneben prangte ein zwei oder drei Jahre altes Foto des grinsenden McVey.

»Das haben sie aus dem *L.A. Times Magazine.* Ein Interview über den Alltag beim Morddezernat. Sie wollten Glibber und kriegten Langeweile. Aber gebracht haben sie es trotzdem.« McVey stopfte die Kleider in einen Hotel-Reinigungssack und schloß die Tür auf. Vorsichtig spähte er hinaus auf den Gang, dann hängte er den Sack außen an die Tür.

»Woher wußten sie das? Wie konnten sie es herausfinden?« Osborn konnte es nicht glauben.

McVey schloß die Tür und verriegelte sie wieder. »Sie wußten, wer ihr Mann war und daß er einen von uns verfolgt hat. Sie wußten, daß ich mit Lebrun zusammenarbeitete. Sie brauchten nichts weiter zu tun, als jemanden mit ein paar Fotos ins Restaurant zu schicken und zu fragen: ›Sind das die Typen?‹ Nicht so schwierig. Und deshalb das Mädchen: Sie wollten sicher sein, daß sie die beiden richtigen Vögel hatten, bevor sie die Artillerie reinschickten. Wahrscheinlich hat sie gehofft, sie kann mal reingucken, sich eine Geschichte ausdenken und wieder rausspazieren. Aber offensichtlich war sie bereit, alles zu tun, was nötig war, wenn es nicht klappen sollte.«

Osborn schaute an McVey zu der geschlossenen Badezimmertür hinüber. »Was haben Sie mit ihr gemacht?«

McVey zuckte die Achseln. »Ich dachte, es ist keine gute Idee, sie sofort wieder hinuntergehen zu lassen.«

Osborn gab McVey die Zeitung zurück und öffnete die Badezimmertür. Das Mädchen saß splitternackt auf der Toilette und war mit Handschellen an eine Wasserleitung gefesselt. Sie hatte einen Waschlappen im Mund, und es sah aus, als wollten ihr die Augen vor Wut aus dem Kopf springen. Ohne ein Wort schloß Osborn die Tür wieder.

»Sie ist 'ne ganz Wilde«, sagte McVey mit messerschmalem Grinsen. »Wenn sie einer findet, wird sie erst mal ein Heidentheater wegen ihrer Kleider machen, bevor irgend jemand das Telefon anfassen darf. Hoffentlich wird diese Verzögerung unsere zunehmend beschränkte Lebenserwartung um ein paar Sekunden verlängern.«

74

Zehn Sekunden später trat erst McVey, dann Osborn lautlos auf den Korridor hinaus; sie schlossen die Tür hinter sich. Beide hielten eine Pistole in der Hand, unnötigerweise, denn auf dem Gang war niemand.

Wie es aussah, warteten diejenigen, die das Mädchen geschickt hatten, noch auf sie – vermutlich unten. Das bedeutete, daß diejenigen, die sie geschickt hatten, nur vermuteten, wer sie sein könnten, und daß sie nicht sicher waren. Und sie ließen ihr Zeit. Sie war ein Profi, und wenn sie mit den Verdachtspersonen ins Bett gehen mußte, würde sie es tun. Aber McVey wußte auch, daß sie ihr nicht besonders viel Zeit geben würden.

Die Korridore im fünften Stock des Hotel St.-Jacques waren grau gestrichen und mit dunkelrotem Teppichboden ausgelegt. Eine Feuertreppe befand sich am Ende jedes Korridors, und eine zweite nahe der Gebäudemitte bei den Aufzugschächten. McVey entschied sich für die hintere Treppe, die von den Aufzügen am weitesten entfernt war. Wenn etwas passieren sollte, wollte er nicht, daß sie zwischen zwei Fronten in die Falle gerieten.

Sie brauchten viereinhalb Minuten, um in den Keller zu kommen, durch eine Wartungstür hinaus und um das Gebäude herum auf die Straße zu gelangen. Sie wandten sich nach rechts und gingen durch den immer dichter werdenden Nebel den Boulevard St.-Jacques hinunter. Es war zwei Uhr fünfzehn am Dienstag morgen, dem 11. Oktober.

Um zwei Uhr zweiundvierzig summte das rote Telefon auf Ian Nobles Nachttisch zweimal; dann verstummte es, und das Signallicht blinkte. Vorsichtig, um seine Frau nicht zu stören, glitt er aus dem Bett und schob sich durch die dunkle Walnußholztür, die ihr Schlafzimmer von seinem Arbeitszimmer trennte. Einen Augenblick später nahm er den Hörer der Nebenstelle ab.

»Ja.«

»McVey.«

»Das waren verdammt lange neunzig Minuten. Wo zum Teufel stecken Sie?«

»Auf den Straßen von Paris.«

»Osborn noch bei Ihnen?«

»Wir sind wie Siamesische Zwillinge.«

Noble berührte einen Knopf unter der vorstehenden Schreibtischkante. Die Tischplatte glitt zurück und offenbarte eine Satellitenkarte von Großbritannien. Ein zweiter Knopfdruck rief ein verschlüsseltes Menü auf. Ein dritter, und Noble blickte auf eine detaillierte Karte von Paris und Umgebung.

»Können Sie die Stadt verlassen?«

»In welche Richtung?«

Noble betrachtete die Karte. »Etwa fünfundzwanzig Kilometer östlich an der Autoroute N3 liegt eine Stadt namens Meaux. Kurz davor befindet sich ein kleiner Flugplatz. Halten Sie Ausschau nach einem Zivilflugzeug, einer Cessna mit dem Kennzeichen ST95 auf dem Schwanz. Sollte, entsprechendes Wetter vorausgesetzt, zwischen acht und neun Uhr da sein. Der Pilot wird warten bis zehn. Falls Sie es nicht schaffen, schauen Sie am nächsten Tag um die gleiche Zeit noch einmal vorbei.«

»Gracias, amigo.« McVey legte auf und ging hinaus zu Osborn. Sie standen im Gang vor einem der Eingänge zum Bahnhof Gare de Lyon am Boulevard Diderot am Nordufer der Seine.

»Na?« sagte Osborn erwartungsvoll.

»Was halten Sie von schlafen?« sagte McVey.

Eine Viertelstunde später legte Osborn den Kopf in den Nacken und betrachtete ihre Unterkunft: ein Steinsims unter der Austerlitz-Brücke über dem Quai Henri IV mit vollem Blick auf die Seine.

»Doktor«, sagte McVey leise. »Es ist tausendmal besser als im Leichenschauhaus.«

Von Holdens Learjet landete um zwei Uhr fünfzig auf einem Privatflugplatz etwa dreißig Kilometer nördlich von Paris. Um zwei Uhr siebenunddreißig hatte er über Funk erfahren, daß die Zielpersonen vom Pariser Sektor identifiziert worden waren und das Hotel St.-Jacques gegen zwei Uhr zehn verlassen hatten. Seitdem waren sie nicht gesehen worden. Weitere Informationen würden unverzüglich weitergeleitet.

Die Organisation hatte Augen und Ohren auf den Straßen, in den Polizeiwachen, Gewerkschaftsbüros, Krankenhäusern, Botschaften und Vorstandszimmern in einem Dutzend Großstädten in ganz Europa und einem halben Dutzend weiteren in der ganzen Welt. Durch sie war Albert Merriman gefunden worden, und auch Agnes Demblon, Merrimans Frau und Vera Monneray. Durch sie würde man auch Osborn und McVey finden. Die Frage war nur, wann.

Um drei Uhr zehn saß von Holden auf dem Rücksitz eines dunkelblauen BMW und fuhr auf der Autoroute N2 an der Ausfahrt Aubervilliers vorbei in Richtung Paris. Ein Oberbefehlshaber, der ungeduldig darauf wartete, daß seine Generäle im Feld ihm Meldung machten.

Um Bernhard Oven umzubringen, hatte dieser McVey, der amerikanische Polizist, entweder sehr viel Glück haben oder sehr gut sein müssen. Um ihnen im Augenblick der Entdeckung durch die Finger zu schlüpfen, ebenfalls. Das gefiel ihm nicht. Der Pariser Sektor war erstklassig, hochangesehen und äußerst diszipliniert, und Bernhard Oven war immer einer der Besten gewesen.

Und von Holden mußte es wissen. Er war zwar ein paar Jahre jünger als Oven, aber er war sein Vorgesetzter gewesen, sowohl in der sowjetischen Armee als auch später bei der ostdeutschen Staatssicherheit.

Von Holdens eigene Karriere hatte schon früh begonnen. Mit achtzehn hatte er Argentinien verlassen und war für die letzten Schuljahre nach Moskau gegangen. Gleich danach hatte er eine formelle KGB-Ausbildung in Leningrad begonnen. Fünfzehn Monate später war er Kompaniechef in der Sowjetarmee geworden und hatte die sowjetische Botschaft in Wien gesichert. Hier war er zu einem Offizier der Speznas geworden, jener speziellen Aufklärungseinheiten, die für Sabotage- und Terrorakte ausgebildet waren. Und hier hatte er auch Bernhard Oven kennengelernt, einer von einem halben Dutzend Leutnants unter seinem Kommando in der 4. Garde.

Zwei Jahre später wurde von Holden offiziell aus der Sowjetarmee entlassen und wurde stellvertretender Leiter der ostdeutschen Sportbehörde, zuständig für die Ausbildung der ostdeutschen Eliteathleten an der Sporthochschule in Leipzig; zu ihnen hatten Erik und Edward Kleist gehört, die beiden Neffen Egon Leybergers.

In Leipzig wurde von Holden außerdem »Informeller Mitarbeiter« des Ministeriums für Staatssicherheit. In diesem Zusammenhang hatte er Bernhard Oven angefordert. Von Holdens Gespür für Talente wurde belohnt. Innerhalb von achtzehn Monaten war Oven einer der Spitzenleute im Außendienst und der beste Killer.

75

Das glatte Klicken der Räder auf den Schienen war beruhigend, und Osborn lehnte sich dösend zurück. Wenn er in den zwei Stunden, die er zusammengekauert unter der Austerlitz-Brücke verbracht hatte, überhaupt geschlafen hatte, so konnte er sich daran nicht erinnern. Er wußte nur, daß er sehr müde war, und er fühlte sich schmutzig und ungewaschen. McVey lehnte ihm gegenüber am Fenster und dämmerte leise; es war erstaunlich, aber McVey konnte anscheinend überall schlafen.

Um fünf Uhr morgens waren sie von ihrer hohen Warte über der Seine heruntergeklettert und zum Bahnhof zurückgekehrt, wo sie festgestellt hatten, daß die Züge nach Meaux vom Gare de l'Est abfuhren, was eine viertelstündige Taxifahrt quer durch Paris bedeutete. Die Zeit drängte, und so hatten sie die Fahrt riskiert, in der Hoffnung, daß der beliebig ausgesuchte Taxifahrer wirklich nur das war, was er zu sein schien.

Am Bahnhof angekommen, waren sie einzeln und zu verschiedenen Eingängen hineingegangen; beiden waren die Frühausgaben der Zeitungen nur allzu bewußt, die in der Bahnhofshalle die Stände an allen Kiosken füllten. Dicke, schwarze Schlagzeilen trompeteten die Schießerei im La Coupole heraus, und darunter waren grell und anschaulich ihre Fotos gedruckt.

Augenblicke später hatten nervöse Hände an separaten Schaltern nach den Fahrkarten gegriffen, aber keiner der beiden Schalterangestellten hatte mehr getan, als ein Ticket gegen Geld einzutauschen und gleich den nächsten Kunden in der Reihe zu bedienen.

Dann hatten sie zwanzig Minuten gewartet, einzeln, aber in Sichtweite zueinander.

Um sechs Uhr fünfundzwanzig gingen sie mit einer Gruppe anderer Fahrgäste über den Bahnsteig zum Zug und setzten sich, jeder für sich, in denselben Wagen eines Zuges, der den Gare de l'Est um sechs Uhr dreißig verließ und um sieben Uhr zehn in Meaux sein würde – reichlich Zeit, um vom Bahnhof zum Flugplatz zu kommen, bevor Nobles Pilot mit seiner Cessna ST95 dort landete.

Der Zug hatte acht Wagen; es war ein Nahverkehrszug auf der Eurocity-Strecke. Zwei Dutzend Leute, überwiegend Pendler, die früh unterwegs waren, saßen mit ihnen im selben Zweite-Klasse-Wagen. Die Erste Klasse war leer, und deshalb hatten sie sie gemieden. Zwei einzelne Männer in einem leeren Wagen konnte man leicht in Erinnerung behalten und beschreiben, auch wenn jeder für sich saß.

Osborn schob einen Ärmel zurück und schaute auf die Uhr. Sechs Uhr neunundfünfzig. Noch elf Minuten bis Meaux. Draußen ging die Sonne auf; es war ein grauer Tag, der die französischen Felder noch milder und grüner aussehen ließ, als sie es schon waren.

Hier hatte der Tod keinen Platz. Diese Bahnfahrt, dieses grüne Land, die Geburt dieses neuen Tages, das war etwas, das in Liebe und Staunen hätte gehüllt sein müssen. Und plötzlich überkam Osborn eine beinahe unerträgliche Sehnsucht nach Vera. Er wollte sie fühlen, sie berühren, ihren Duft atmen. Wenn er die Augen schloß, sah er den Glanz ihres Haars und die Glätte ihrer Haut. Und er lächelte, als er an den beinahe unsichtbaren Flaum auf ihren Ohrläppchen dachte. Was zählte, war Vera. Das hier war ihr Land, durch das er fuhr. Es war ihr Morgen. Ihr Tag.

Irgendwoher kam ein schwerer, dumpfer Schlag. Der Zug erbebte, und Osborn wurde plötzlich heftig zur Seite und gegen einen jungen Priester geschleudert, der noch Sekunden zuvor Zeitung gelesen hatte. Der Wagen, in dem sie saßen, kippte zur Seite, und sie fielen beide übereinander. Der Wagen rollte seitwärts, rollte wie in einer grauenhaften Achterbahnfahrt. Glas krachte, und das Reißen von Stahl verband sich mit menschlichen Schreien. Osborn sah die Decke, und im selben Moment schlug ihm eine Aluminiumstrebe hart gegen den Kopf. Einen Sekundenbruchteil später hing Osborn mit dem Kopf nach unten, und ein Körper lag auf ihm. Dann explodierte Glas über ihm, und ein Blutschwall strömte auf ihn herab. Der Wagen drehte sich noch einmal, und die Person, die auf ihm lag, rutschte an seiner Brust herunter. Es war eine Frau. Dann kreischte Stahl über Stahl mit grauenhaftem Knirschen, gefolgt von einem gewaltig dröhnenden Knall. Osborn flog rückwärts, und dann war alles still.

Sekunden, Minuten später öffnete Osborn die Augen. Er sah einen grauen Himmel durch die Bäume, und ein Vogel kreiste dort über ihnen. Eine Zeitlang lag er da und atmete nur. Schließlich versuchte er, sich zu bewegen. Erst das linke Bein, dann das rechte. Dann hob er den Arm, bis er die immer noch bandagierte linke Hand sehen konnte. Er bewegte den rechten Arm, die Hand. Wie durch ein Wunder hatte er überlebt.

Er richtete sich auf und sah massiven, verdrehten Stahl. Die Überreste eines Eisenbahnwagens lagen auf halber Höhe der Böschung auf der Seite. Erst jetzt wurde ihm klar, daß er aus dem Zug geschleudert worden war.

Weiter oben an der Böschung sah er die anderen Wagen. Einige waren wie eine Zieharmonika ineinandergeschoben, andere lagen aufeinander. Überall lagen Menschen.

Nur langsam begriff Osborn, was passiert war. »McVey!« hörte er sich laut sagen.

»McVey!« sagte er noch einmal und kam schwerfällig auf die Beine. Dann sah er, wie die ersten Retter sich den Hang herunterbewegten.

Vom Stehen wurde ihm schwindlig. Er schloß die Augen, streckte die Hand haltsuchend nach einem Baum aus und atmete tief durch. Er griff an seinen Hals und tastete nach dem Puls. Er schlug kräftig und regelmäßig. Dann sprach ihn jemand auf französisch an, ein Feuerwehrmann vermutlich. »Alles okay«, sagte er auf englisch, und der Mann ging weiter.

Rettungsarbeiter strömten den Hang herunter. Kletterten in die Waggons. Hoben Menschen aus zerschmetterten Fenstern, zogen sie sanft unter den Trümmern hervor. Decken wurden hastig über Tote geworfen. Die ganze Gegend verwandelte sich in einen hektischen Ameisenhaufen.

Und über alles – über die Schreie, die Rufe, die fernen Sirenen, die Bitten um Hilfe – legte sich der beißende, überwältigende Geruch heißer Bremsflüssigkeit, die aus den durchtrennten Leitungen quoll.

Der Geruch zwang Osborn, sich die Nase zuzuhalten, während er sich über den Schauplatz der Tragödie kämpfte.

»McVey!« rief er. »McVey! McVey!«

»Sabotage«, hörte er jemanden im Vorübergehen sagen. Als er sich umdrehte, sah er einen Rettungsarbeiter.

»Ein Amerikaner«, sagte er. »Ein älterer Mann. Haben Sie ihn gesehen?« Der Mann starrte ihn an, als habe er nichts verstanden. Dann kam ein Feuerwehrmann dazu, und die beiden rannten den Hang hinauf.

Osborn stieg über zerbrochenes Glas und kletterte über zerfetzten, verwüsteten Stahl und ging von einem Opfer zum anderen. Er sah, wie die Ärzte an den Lebenden arbeiteten, und hob die Decken, um in die Gesichter der Toten zu schauen. McVey war nirgends dabei.

Und plötzlich wurde ihm kalt, und eine Art Schwindelgefühl erfüllte seinen Kopf. Er wußte, daß allmählich der Schock einsetzte. Sein erster Gedanke war, den Sanitäter zu fragen, wo er eine Wolldecke bekommen könne, und er setzte schon dazu an, aber plötzlich kehrte seine Geistesgegenwart zurück, und er begriff, daß dieser Sabotageakt, wenn es einer gewesen war, durchaus gegen ihn und McVey gerichtet gewesen sein konnte. Wenn er jetzt nach einer Wolldecke fragte, würde man wissen, daß er ein Fahrgast gewesen war. Man würde nach seinem Namen fragen, und man würde berichten, daß er unter den Lebenden war.

»Nein«, dachte er und wich weiter zurück. »Am besten weg von hier und verschwinden.«

Er schaute sich um und entdeckte eine dichte Baumgruppe oben auf der Anhöhe, ganz in der Nähe. Der Sanitäter hatte ihm den Rücken zugewandt, und die anderen Rettungsarbeiter waren weiter unten am Hang. Es erwies sich als größere Anstrengung, die paar Meter zu den Bäumen hinaufzuklettern, und er hatte schon Angst, er könnte zu lange brauchen und gesehen werden. Aber schließlich hatte er die Bäume erreicht und drehte sich um. Noch immer schaute niemand zu ihm herüber. Beruhigt verschwand er im dichten Unterholz. Und dort, abseits der Hysterie, legte er sich ins feuchte Laub, schob den Arm unter den Kopf und schloß die Augen. Er schlief beinahe sofort ein.

76

Die Nachricht von der Entgleisung des Zuges Paris–Meaux erreichte Ian Noble knapp eine Stunde nach dem Unglück. Die ersten Berichte ließen Sabotage vermuten. Ein zweiter Bericht bestätigte, daß unmittelbar unter der Lokomotive ein Sprengsatz gezündet worden war.

Daß McVey und Osborn ausgerechnet zu dieser Zeit ausgerechnet auf dieser Strecke hatten fahren müssen, um sich auf dem Flugplatz in Meaux mit Nobles Piloten zu treffen, war ein allzu großer Zufall. Und da der Pilot gelandet war, die verabredete Zeit abgewartet hatte und wieder gestartet war, ohne daß die beiden aufgetaucht wären, gab es allen Grund zu der Annahme, daß McVey und Osborn in dem Zug gewesen waren.

Sofort rief Noble bei Capitain Cadoux in seiner Wohnung in Lyon an und berichtete ihm, was passiert war. Es war wichtig, daß er erfuhr, was Cadoux bei seinen Nachforschungen im Zusammenhang mit Hugo Klass und dem Tod von Lebruns Bruder Antoine herausgefunden hatte. Noble ging davon aus, daß McVey und Osborn im Zug gewesen waren und daß die Organisation, für die Klass arbeitete und in die Antoine möglicherweise verstrickt gewesen war, für die Entgleisung verantwortlich war. Sie demonstrierte erneut, wie weit ihr nachrichtendienstliches Netz reichte. Ganz zu schweigen davon, daß sie imstande gewesen war, McVeys heimliches Zusammentreffen mit Osborn im La Coupole zu lokalisieren und herauszufinden, daß sie im Zug Paris–Meaux saßen. Das war nun wirklich verblüffend.

Cadoux zeigte sich sprachlos. Die Situation trug nur zu seiner eigenen Frustration bei, denn die Beschattung von Klass hatte bisher keine bewegenderen Erkenntnisse als die erbracht, daß er am Montag morgen wie gewöhnlich zur Arbeit gegangen war. Man hatte sein Telefon angezapft, aber nichts erfahren. Was Antoine Lebrun anging, so war er am Sonntag abend nach dem Essen mit seinem Bruder spät nach Hause gekommen und gleich zu Bett gegangen. Aus irgendeinem Grund war er gegen seine Gewohnheit vor Tagesanbruch aufgestanden und in sein Arbeitszimmer gegangen. Dort hatte seine Frau ihn um halb acht gefunden. Er hatte neben dem Schreibtisch auf dem Boden gelegen und neben ihm auf dem Teppich die Neun-Millimeter-Beretta. Die Pistole war einmal abgefeuert worden, und in seiner rechten Schläfe befand sich eine Schußwunde. Der Autopsiebericht und die ballistische Untersuchung ergaben schlüssig, daß die Kugel aus der Waffe stammte. Die Türen nach außen waren verschlossen, aber ein Riegel an einem Küchenfenster war offen. Es war also möglich, daß dort jemand hereingekommen und wieder hinausgelangt war, obwohl keine Spuren darauf hindeuteten.

»Vielleicht ist er auch nur dort hinausgegangen«, meinte Noble.

»Daran haben wir auch schon gedacht«, sagte Cadoux mit seinem starken französischen Akzent. »Daß Antoine ihn durch die Haustür hereingelassen und sie dann wieder abgeschlossen hat. Um diese Zeit müßte er denjenigen gekannt haben, denn sonst hätte er ihn nicht ins Haus gelassen. Dann haben sie ihn umgebracht und sind durchs Küchenfenster hinausgeklettert. Aber es gab keine Spuren, und der Untersuchungsrichter hat offiziell auf Selbstmord erkannt.«

Noble war so ratlos wie nie zuvor. Jeder, der Albert Merriman gekannt hatte, war entweder tot oder stand auf der Abschußliste, und der Mann, der ihn anhand seines Fingerabdrucks entdeckt hatte, war anscheinend völlig unschuldig.

»Cadoux: Interpol Washington – wen hat Klass da veranlaßt, ihm die Akte Merriman von der New Yorker Polizei anzufordern?«

»Niemanden.«

»Wie?«

»In Washington liegt darüber nichts vor.«

»Das ist unmöglich. Die Akte wurde von New York direkt hierher gefaxt.«

»Alte Codes, mein Freund«, sagte Cadoux. »Früher hatten die Spitzenleute bei Interpol private Zugangscodes, mit denen sie auf Informationen zugreifen konnten, die sonst niemand bekam. Diese Praxis ist inzwischen außer Kraft. Aber es gibt noch Leute, die sich an die Codes erinnern und sie benutzen können, und es ist unmöglich, das zurückzuverfolgen. Mag sein, daß die New Yorker Polizei das Material nach Washington gefaxt hat, aber es kam geradewegs nach Lyon und hat Washington irgendwie elektronisch umgangen.«

»Cadoux ...« Noble zögerte. »Ich weiß, daß McVey dagegen ist, aber uns wird die Zeit knapp. Lassen Sie Klass unauffällig in Gewahrsam nehmen und verhören Sie ihn. Wenn Sie wollen, komme ich selbst.«

»Ich verstehe, mein Freund. Und ich bin einverstanden. Sie werden mir Bescheid sagen, wenn Sie etwas von McVey hören. Egal, ob gute oder schlechte Nachrichten, eh?«

»Ja, natürlich. Gute oder schlechte Nachrichten.«

Noble legte auf, dachte kurz nach und wandte sich einem Pfeifenständer auf seinem Schreibtisch zu. Er wählte eine abgegriffene, vergilbte Calabash, stopfte sie, drückte den Tabak fest und zündete sie an.

Wenn McVey und Osborn nicht in dem Zug Paris–Meaux gewesen waren und den Piloten auf dem Flugplatz Meaux einfach verpaßt hatten, dann würden sie morgen da sein, wenn er wiederkäme. Aber vierundzwanzig Stunden konnte er nicht warten. Er hatte Cadoux gesagt, man müsse davon ausgehen, daß sie den Zug genommen hatten. Und daran würde er sich jetzt halten. Wenn sie tot waren, dann war das eine Sache, aber wenn sie noch lebten, dann mußte man sie da rausholen, bevor die andere Seite auf den gleichen Gedanken kam.

Um Viertel vor elf, fast vier Stunden nach dem Zugunglück, parkte eine große, schlanke, sehr attraktive Reporterin mit einem Presseausweis von *Le Monde* ihren Wagen auf der einspurigen Landstraße bei den anderen Pressefahrzeugen und schloß sich dem Schwarm der übrigen Journalisten an.

Die französische Nationalgarde verstärkte die Polizei und die Feuerwehr von Meaux bei den Rettungsarbeiten; bis jetzt hatte man dreizehn Tote gezählt, darunter den Lokomotivführer. Sechsunddreißig Opfer waren im Krankenhaus, zwanzig davon schwer verletzt, und fünfzehn weitere waren wegen geringfügiger Abschürfungen behandelt und entlassen worden. Die übrigen waren immer noch unter den Trümmern begraben, und düsteren Schätzungen zufolge würden etliche Stunden oder auch Tage vergehen, bis die Bestandsaufnahme vollständig abgeschlossen wäre.

»Gibt es eine Liste mit Namen und Nationalitäten?« fragte die Reporterin in einem großen Pressezelt, das etwa fünfzehn Meter abseits der Gleise errichtet worden war. Pierre André, ein ergrauender Sanitätsadjutant der Nationalgarde, der für das Identifizieren der Opfer zuständig war, blickte von seinem Arbeitstisch auf, warf einen Blick auf den *Le Monde*-Presseausweis, den sie um den Hals trug, und dann sah er sie an und lächelte – vielleicht sein einziges Lächeln an diesem Tag. Avril Rocard war wirklich ein hübscher Anblick.

»*Oui, madame …*« Er wandte sich an einen Untergebenen. »Lieutenant, eine Aufstellung der Opfer für Madame, *s'il vous plaît.*«

Der Offizier zog ein Blatt aus einer von mehreren braunen Mappen, die vor ihm lagen, stand stramm und reichte es ihr.

»*Merci*«, sagte sie.

»Ich muß Sie warnen, Madame – sie ist noch längst nicht vollständig. Und sie ist auch noch nicht zur Veröffentlichung freigegeben, solange die Angehörigen nicht informiert sind«, sagte Pierre André, diesmal ohne zu lächeln.

»Selbstverständlich.«

Avril Rocard war von der Pariser Kriminalpolizei und als Fälschungsspezialistin zur französischen Regierung abgeordnet. Aber daß sie hier war und die Korrespondentin von *Le Monde* spielte, geschah nicht im Auftrag der Regierung oder der Pariser Polizeipräfektur. Sie war für Cadoux hier. Seit zehn Jahren waren sie ein Liebespaar, und sie war der einzige Mensch in Frankreich, dem er vertrauen konnte wie sich selbst.

Im Hinausgehen warf sie einen Blick auf die Liste. Die meisten der bereits identifizierten Fahrgäste waren französische Staatsangehörige gewesen. Es waren aber auch zwei Deutsche darunter, ein Schweizer, ein Südafrikaner, zwei Iren und ein Australier. Kein Amerikaner.

Sie verließ den Unglücksort, ging zu ihrem Wagen, schloß ihn auf und setzte sich hinein. Dann griff sie nach dem Funktelefon, wählte eine Pariser Nummer und wartete, bis der Ruf nach Lyon durchging.

»*Oui?*« Cadoux' Stimme kam klar aus dem Hörer.

»Bis jetzt nichts. Kein einziger Amerikaner auf der Liste.«

»Wie sieht's denn aus?«

»Wie in der Hölle. Was soll ich jetzt machen?«

»Hat jemand deinen Ausweis angezweifelt?«

»Nein.«

»Dann bleib da, bis alle Opfer identifiziert sind.«

Avril Rocard schaltete das Telefon ab und schob es langsam in die Halterung. Sie war dreiunddreißig Jahre alt. Inzwischen sollte sie ein Heim haben und ein Baby. Zumindest einen Ehemann sollte sie haben. Wofür zum Teufel tat sie das alles?

77

Es war acht Uhr morgens, und Benny Grossman war gerade von der Arbeit nach Hause gekommen. Er hatte seine beiden halbwüchsigen Söhne Matt und David noch gesehen, bevor sie zur Schule gegangen waren. Eine kurzes »Hi, Dad! Bye, Dad!«, und sie waren weg. Und jetzt machte sich auch seine Frau Estelle auf den Weg zur Arbeit; sie war Friseuse und arbeitete in einem Salon in Queens.

»Heilige Scheiße!« hörte sie Benny aus dem Schlafzimmer. Er stand in Jockeyshorts, ein Bier in der einen Hand, ein Sandwich in der anderen, vor dem Fernseher. Er war die ganze Nacht in der Abteilung Archiv und Information des Reviers gewesen, hatte Telefone und Computer bearbeitet und sich mit Hilfe einiger sehr erfahrener Computerhacker in private Datenbanken hineingemogelt, um McVeys Frage nach den im Jahr 1966 ermordeten Personen zu beantworten.

»Was ist denn?« fragte Estelle und kam ins Zimmer. »Wieso heilige Scheiße?«

»Pscht!« sagte er.

Estelle schaute zum Fernseher, um zu sehen, worum es ging. Er schaute sich einen CNN-Bericht über ein Eisenbahnunglück in der Nähe von Paris an.

»Das ist ja schrecklich«, sagte sie, als sie sah, wie Feuerwehrleute eine blutüberströmte Frau auf einer Trage eine Böschung hinauftrugen. »Aber wieso bist du da so aufgeregt?«

»McVey ist in Paris«, sagte er, ohne den Blick vom Bildschirm zu wenden.

»Commander Noble, hier ist Benny Grossman vom New York Police Department.«

Benny war immer noch in Unterhose, und er hatte seine Notizen auf dem Küchentisch ausgebreitet. Er hatte Noble angerufen, weil McVey es ihm aufgetragen hatte, falls er selbst sich nicht melden sollte. Und er hatte das sichere, beinahe übersinnliche Gefühl, daß McVey sich nicht melden würde, jedenfalls nicht heute.

Nach zehn Minuten hatte er berichtet, was er herausgefunden hatte:

– Alexander Thompson war ein erfahrener Computerprogrammierer, der sich 1962 aus gesundheitlichen Gründen aus New York nach Sheridan, Wyoming, zurückgezogen hatte. Dort wurde er von einem Drehbuchautor angesprochen, der Recherchen zu einem in Hollywood geplanten Science-Fiction-Film über Computer betrieb. Der Name des Autors war Harry Simpson, und die Produktionsfirma hieß American Pictures. Alexander Thompson bekam fünfundzwanzigtausend Dollar und wurde beauftragt, ein Programm zu entwerfen, das einen Computer veranlaßte, eine Maschine zu bedienen, die bei einer chirurgischen Operation ein Skalpell halten und präzise führen und infolgedessen den Chirurgen ersetzen konnte. Es war natürlich reine Theorie, Science Fiction, Futurismus. Aber es mußte etwas sein, das tatsächlich funktionieren würde, und sei es auf einem primitiven Niveau. Im Januar 1966 lieferte Thompson das Programm ab. Drei Tage später wurde er erschossen an einer Landstraße aufgefunden. Die Ermittlungen ergaben, daß in Hollywood kein Harry Simpson und keine Firma namens American Pictures existierten. Und von Alexander Thompsons Computerprogramm war ebenfalls keine Spur.

– David Brady entwarf Präzisionswerkzeuge für eine kleine Firma in Glendale, Kalifornien. 1964 erwarb Alama Steel Ltd. in Pittsburgh, Pennsylvania, die Anteilsmehrheit an dieser Firma. Brady wurde beauftragt, einen mechanischen Arm zu entwerfen, der elektronisch steuerbar wäre und die gleichen Bewegungsmöglichkeiten haben sollte wie das menschliche Handgelenk. Er sollte in der Lage sein, ein Skalpell bei einer Operation mit extremer Präzision zu halten und zu führen. Er hatte seine Planzeichnungen gerade fertiggestellt und zur Begutachtung vorgelegt, als er achtundvierzig Stunden später im heimischen Swimmingpool aufgefunden wurde. Tod durch Ertrinken schied aus, denn Brady hatte einen Eispickel im Herzen. Zwei Wochen später wurde der Geschäftsbetrieb von Alama Steel abgewickelt und die Firma geschlossen. Bradys Konstruktionszeichnungen wurden nie gefunden. Soweit Benny es hatte feststellen können, hatte Alama Steel nie wirklich existiert. Die Zahlungsbelege für die Gehälter konnten zu einem Unternehmen namens Wentworth Products Ltd. in Ontario, Kanada, zurückverfolgt werden. Wentworth Products wurde in derselben Woche geschlossen, in der auch Alama Steel den Betrieb einstellte.

– Dr. Mary Rizzo York arbeitete als Physikerin bei Standard Technologies in Perth Amboy, New Jersey, eine auf Tieftemperaturtechnik spezialisierte Firma, tätig im Auftrag von T. L. T. International, Manhattan, einem Unternehmen, das Gefrierfleisch aus Australien und Neuseeland nach Großbritannien und Frankreich transportierte. Irgendwann im Sommer 1965 machte T. L. T. Anstalten zur Diversifizierung, und Mary York wurde gebeten, ein Arbeitsprogramm zu entwickeln, das es ermöglichen sollte, flüssiges Erdgas in Tiefkühl-Supertankern zu verschiffen. Der Grundgedanke war, daß man mit Kälte Gas verflüssigen könne, und da man Erdgas nicht durch Pipelines über Ozeane hinweg befördern kann, sollte es verflüssigt und mit dem Schiff transportiert werden. Zu diesem Zweck begann Mary York Experimente mit extremer Kälte durchzuführen; sie arbeitete zunächst mit Flüssigstickstoff, einem Gas, das bei minus 196 Grad Celsius flüssig wird. Danach experimentierte sie mit flüssigem Wasserstoff und noch später mit Helium, das sich unter allen Gasen als letztes verflüssigt, wenn die Temperatur auf minus 269 Grad Celsius gesenkt wird. Bei dieser Temperatur konnte man flüssiges Helium benutzen, um andere Materialien auf die gleiche Temperatur abzukühlen. Mary York war im sechsten Monat schwanger und arbeitete noch spätabends in ihrem Büro, als sie am 16. Februar 1966 verschwand. Danach war ihr Labor in Brand gesetzt worden. Vier Tage später wurde ihre erwürgte Leiche unter dem Steel Pier in Atlantic City ans Ufer geschwemmt. Notizen, Formeln und Pläne ihrer Arbeit verbrannten entweder in ihrem Labor oder wurden von dem Mörder entwendet. Zwei Monate später ging T. L. T. International in Konkurs, nachdem der Geschäftsführer Selbstmord begangen hatte.

»Commander, und noch zwei Dinge wollte McVey wissen«, fügte Benny dann hinzu. »Microtab Company in Waltham, Massachusetts. Ging im Mai desselben Jahres pleite. Und das zweite, was er wissen wollte, war –«

Ian Noble hatte das ganze Gespräch mit Benny Grossman aufgezeichnet. Als sie fertig waren, ließ er die Aufnahme für seine persönliche Akte transkribieren, und dann begab er sich mit Band und Recorder in Lebruns schwerbewachtes Krankenhauszimmer im Westminster Hospital.

Er schloß die Tür, setzte sich neben das Bett und schaltete den Recorder ein. Während der nächsten fünfzehn Minuten lauschte Lebrun, der noch immer Sauerstoffschläuche in der Nase hatte, schweigend. Schließlich hörten sie Grossman mit seinem New Yorker Akzent zum Ende kommen –

»Das zweite, was er wissen wollte, war, was wir über einen Mann namens Erwin Scholl in den Akten hatten, der 1966 ein großes Anwesen in Westhampton Beach auf Long Island besaß.

Erwin Scholl hat dieses Anwesen dort *immer noch.* Er besitzt außerdem eins in Palm Beach und eins in Palm Springs. Er hält sich im Hintergrund, ist aber eine knallharte Nummer im Verlagsgeschäft und ein großer Kunstsammler in der Größenordnung von Megadollars. Er spielt außerdem Golf mit Bob Hope und Gerald Ford und ab und zu auch mit dem Präsidenten selbst. Sagen Sie McVey, er hat den Falschen, wenn er sich diesen Scholl ausgeguckt hat. Der ist sehr groß. *Sehr.* Unantastbar. Und *das* stammt übrigens von McVeys Kumpel Fred Hanley vom FBI in L. A.«

Noble schaltete den Recorder ab. Benny hatte in kummervollem Ton geendet, der tiefe Sorge um McVey ahnen ließ, und Noble wollte nicht, daß Lebrun es hörte. Noch hatte er dem Franzosen von dem Zugunglück nichts erzählt. Die Nachricht vom Tode seines Bruders hatte er schlimm aufgenommen; und mehr davon konnte er jetzt nicht gebrauchen.

»Ian«, flüsterte Lebrun da. »Ich weiß von dem Zug. Ich bin vielleicht angeschossen, aber tot bin ich noch nicht. Ich habe vor nicht mal zwanzig Minuten selbst mit Cadoux gesprochen.«

»Den toughen Bullen spielen, was?« Noble grinste. »Na, hier ist was, das wissen Sie noch nicht. McVey hat den Killer erschossen, der Merriman umgebracht und versucht hat, Osborn und das Mädchen, Vera Monneray, zu ermorden. Er hat mir den Daumenabdruck der Leiche geschickt. Wir haben ihn überprüft und nichts gefunden. Er war clean. Keine Vorstrafen. Keine Identifizierung. Aus naheliegenden Gründen konnte ich die Dienste von Interpol nicht in Anspruch nehmen, um mir weiterhelfen zu lassen. Also habe ich mich an den militärischen Nachrichtendienst gewandt, und der hat mir freundlicherweise folgendes geliefert ...« Noble zog ein kleines Notizbuch hervor und blätterte, bis er gefunden hatte, was er suchte.

»Der Name unseres Scharfschützen war Bernhard Oven. Adresse unbekannt. Was sie allerdings gefunden haben, ist eine alte Telefonnummer. 0372-885-7373. Und passenderweise ist es die Nummer einer Metzgerei.«

»Null-drei-sieben-zwei war die Vorwahl für Ostberlin vor der Vereinigung«, bemerkte Lebrun.

»Richtig. Und unser Freund Bernhard Oven war bis zu ihrer Auflösung ein hochrangiger Mitarbeiter der Stasi.«

Lebrun hob die Hand an die Schläuche, die in seine Kehle hinein und hinaus führten, und flüsterte heiser: »Was in Gottes Namen sucht die ostdeutsche Geheimpolizei in Frankreich? Vor allem, wenn sie nicht mehr existiert?«

»Ich hoffe und bete, daß McVey bald auftauchen wird, um es uns zu sagen«, antwortete Noble nüchtern.

78

Bei Nacht sahen die zermalmten Trümmer des Zuges Paris–Meaux noch obszöner aus als bei Tag. Große Arbeitsscheinwerfer beleuchteten das Gelände, und zwei Riesenkräne, die auf Spezialwagen auf den Gleisen standen, arbeiteten mühselig daran, die verdrehten, zusammengequetschten Wagen von der Böschung zu räumen.

Am Spätnachmittag hatte sich ein leichter Dunst auf die Gegend gelegt, und die feuchte Kälte weckte Osborn, der immer noch in der Nähe unter den Bäumen lag und schlief. Er richtete sich auf, fühlte nach seinem Puls und stellte fest, daß er normal war. Er hatte eine starke Prellung an der rechten Schulter, aber ansonsten war sein Zustand überraschend gut. Er stand auf und schlich zwischen den Bäumen hindurch bis zum Rande des Dickichts, wo er die Rettungsarbeiten beobachten und trotzdem unsichtbar bleiben konnte. Es gab keine Möglichkeit, herauszufinden, ob McVey – tot oder lebendig – gefunden worden war, und er wagte nicht, hinunterzugehen und sich danach zu erkundigen, denn er durfte nicht riskieren, selbst entdeckt zu werden. Er konnte sich nur verborgen halten und darauf hoffen, daß er etwas sah oder hörte. Das Gefühl der Hilflosigkeit war schrecklich, aber ihm blieb nichts anderes übrig.

Er kauerte sich ins feuchte Laub, zog die Jacke fester um die Schultern und ließ seine Gedanken zum erstenmal seit einer ganzen Weile zu Vera wandern. Er dachte, wie sie sich in Genf kennengelernt hatten. An ihr Lächeln, die Farbe ihres Haares und den Zauber in ihren Augen, wenn sie ihn anschaute. Und dabei wurde sie zu allem, was die Liebe war oder sein konnte.

Als es dunkel wurde, hatte Osborn von vorbeigehenden Rettungsarbeitern und Nationalgardisten genug gehört, um zu wissen, daß es tatsächlich eine Bombe gewesen war, die den Zug zerstört hatte, und das bestätigte ihm um so mehr, daß er und McVey das Ziel des Anschlags gewesen waren. Er überlegte gerade, ob er zum Kommandanten der Nationalgarde gehen und sich zu erkennen geben sollte, um so vielleicht McVey zu finden, als ein Feuerwehrmann, der in der Nähe arbeitete, aus irgendeinem Grund seinen Helm abnahm und die Jacke auszog, beides auf eine Polizeibarriere hängte und davonging. Das war eine Einladung, die Osborn nicht ausschlagen konnte. Rasch lief er hinaus und raffte die Sachen an sich.

Er zog die Jacke an, rückte sich den Helm tief in die Stirn und stapfte zwischen den Trümmern hinunter; er vertraute darauf, daß er offiziell genug aussah, um nicht angehalten zu werden. Neben einem als Presse-Kommandozentrale dienenden Zelt watete er an einigen Reportern und einem Fernsehteam vorbei und fand eine Liste der Opfer. Er überflog sie eilig und fand nur eines, das als Amerikaner identifiziert worden war: ein Junge aus Nebraska. Daß McVey nicht auf der Liste stand, bedeutete, daß er entweder davonspaziert war wie Osborn oder daß er noch unter der scheußlichen Skulptur aus verdrehtem Stahl begraben lag. Als er aufblickte, sah er eine große, schlanke, attraktive Frau, die einen Presseausweis um den Hals trug. Sie hatte ihn offensichtlich angestarrt, und jetzt kam sie auf ihn zu. Er hob eine Feueraxt auf, legte sie auf die Schulter und ging zurück in den Bergungsbereich. Einmal warf er einen Blick zurück, um zu sehen, ob sie ihm folgte, aber das tat sie nicht. Er legte die Axt ab und verschwand im Dunkeln.

In der Ferne sah er die Lichter von Meaux. Ab und zu startete oder landete ein Flugzeug auf dem kleinen Flughafen in der Nähe. Bei Tagesanbruch würde er dort hingehen. Ohne Paß und mit wenig Geld in der Tasche war es das beste für ihn, sich zum Flugplatz durchzuschlagen und zu hoffen, daß die Cessna noch einmal wiederkommen würde, wie es ursprünglich geplant gewesen war.

Jäh ertönte lautes Kreischen: Stahl riß, als einer der Kräne einen Bahnwagen aus den Trümmern zog, hoch in die Luft hob und über die Gleise auf die andere Seite der Böschung schwenkte, wo er aus dem Blickfeld verschwand. Einen Augenblick später schwenkte der zweite Kran herum, und Rettungsarbeiter kletterten herauf, um die Trossen am nächsten Waggon zu befestigen, der abgeräumt werden sollte. Entmutigt wandte Osborn sich ab und kehrte zurück ins Dunkel der Baumgruppe oben auf der Anhöhe. Er hockte sich nieder und starrte in die Ferne.

Wie lange hatte er McVey gekannt? Fünf Tage, sechs höchstens, seit er ihn das erstemal in Paris vor seinem Hotelzimmer getroffen hatte. Gern wollte er glauben, daß die Nacht ohne Zwischenfälle vorübergehen würde und daß er McVey morgen früh auf dem Rollfeld des Flughafens Meaux antreffen würde, wie er ihn auf die wartende Cessna zuwinkte, die sie in Sicherheit bringen sollte. Aber das war ein Wunsch, ein Traum, und er wußte es. Je mehr Zeit verging, desto bewußter wurde ihm eines: Je länger eine Person in einer Massenkatastrophe vermißt wurde, desto geringer war die Chance, daß man sie noch lebend finden würde. McVey war irgendwo da draußen, ja, vielleicht sogar auf Armeslänge von ihm entfernt, und irgendwann würde er gefunden werden. Man konnte nur hoffen, daß das Ende schnell und barmherzig gewesen war.

Und mit dieser Hoffnung kam das Gefühl der Endgültigkeit, als wäre McVey soeben gefunden und für tot erklärt worden. Jemand, den er gerade erst kennengelernt hatte und gern besser kennengelernt hätte. So, wie ein Junge vielleicht seinen Vater kennenlernt, wenn er älter wird. Und plötzlich merkte Osborn, daß er Tränen in den Augen hatte, und er fragte sich, warum ihm dieser Gedanke jetzt in den Sinn gekommen war. McVey als sein Vater. Ein schrulliger, wunderlicher Gedanke, der jetzt einfach in der Luft hing. Und je länger das so war, desto stärker würde das Gefühl, einen gewaltigen Verlust erlitten zu haben.

Und während er sich bemühte, den Bann zu brechen, merkte er, daß er schon seit einer ganzen Weile den Hang hinunter starrte, weg vom Getriebe der Bergungsarbeiten. Sein Blick war auf etwas gerichtet, das in einer Baumgruppe am Fuß der Böschung zu sehen war. Wegen des dichten Laubs und des flachen Lichts unter dem bedeckten Himmel hätte man es bei Tag leicht übersehen. Aber jetzt, im Dunkeln, zeichnete sich im Widerschein der Arbeitslampen ein rechteckiger Schatten ab, der es definierte.

Eilig lief Osborn den steilen Hang hinunter. Er rutschte und stolperte über den Schotter, griff Halt suchend nach jungen Bäumen und arbeitete sich von einem zum anderen voran.

Unten angekommen sah er, daß es ein Teil eines Eisenbahnwaggons war, ein Abteilstück, das vom Zug abgerissen und intakt geblieben war. Es lag rücklings im Gestrüpp, das Innere nach oben gekehrt, zum Hang hinauf. Als Osborn näher kam, sah er, daß es ein vollständiges Abteil war; die Tür war verklemmt und durch eine massive Beule verzogen. Dann sah er auch, was es war: die Toilette.

»O nein!« sagte er laut. Aber anstelle des Grauens lag jetzt unbändige Heiterkeit in seiner Stimme.

»Unmöglich.« Er kam noch näher und fing an zu lachen. »McVey?« rief er, als er da war. »McVey, sind Sie da drin?«

Erst kam keine Antwort. Aber dann –

»– Osborn?« erklang es gedämpft und unsicher von innen.

Angst. Erleichterung. Absurdität. Was immer es war, die Nadel war in den Ballon gestochen worden, und Osborn platzte vor Lachen. Brüllend lehnte er sich an das Abteil, schlug mit den flachen Händen gegen die Wand, hämmerte sich dann mit den Fäusten auf die Oberschenkel und wischte sich die Tränen aus den Augen.

»Osborn! Was zum Teufel treiben Sie denn da? Machen Sie die verfluchte Tür auf!«

»Ist alles okay mit Ihnen?« schrie Osborn zurück.

»Holen Sie mich bloß hier raus, verdammt!«

So unvermittelt, wie das Gelächter ausgebrochen war, brach es auch wieder ab. Noch immer in seiner Feuerwehrjacke, hastete Osborn den Hang hinauf. Zielstrebig lief er an französischen Gardepatrouillen mit Maschinenpistolen vorbei in den zentralen Bergungsbereich. Unter den gleißenden Arbeitsscheinwerfern suchte er sich eine stählerne Brechstange mit kurzem Griff. Er schob sie unter die Jacke und ging den Weg zurück, den er gekommen war. Oben auf der Anhöhe blieb er stehen und sah sich um. Als er sicher war, daß niemand ihn beobachtete, ging er über den Kamm hinweg und auf der anderen Seite hinunter.

Fünf Minuten später ertönte ein lautes Knacken, und Stahl knirschte, als die eingedrückte Tür aus den Angeln brach. McVey kam hervor an die frische Luft. Er war zerzaust und zerknittert, verströmte einen Höllengestank und hatte eine häßliche Beule von der Größe eines Baseballs über einem Auge. Aber abgesehen von einem silbrigen Fünf-Uhr-Schatten am Kinn war er erstaunlich frisch.

Osborn grinste. »Sie sind nicht zufällig dieser Livingston?«

McVey wollte etwas sagen; dann sah er im Dunkeln die riesigen Bergungskräne im Gegenlicht weiter oben am Hang, wo sie die Reste der Trümmer wegräumten. McVey rührte sich nicht, sondern blickte nur starr hinüber.

»Allmächtiger …«, sagte er.

Schließlich fand sein Blick zurück zu Osborn. Wer sie waren und warum sie hier waren, war ohne Bedeutung. Sie lebten noch und andere nicht. Sie streckten die Arme aus und fielen einander kräftig um den Hals, und geraume Zeit hielten sie einander fest. Es war mehr als eine spontane Geste von Erleichterung und Kameradschaft. Es war eine spirituelle Gemeinsamkeit, wie sie nur diejenigen, die im Schatten des Todes gestanden haben und verschont worden sind, verstehen können.

79

Von Holden saß allein im hinteren Teil der Art-déco-Bar im Hotel Meaux, nippte an einem Pernod mit Soda und lauschte den Geschichten vom Eisenbahnunglück, die sich die lärmenden Presseleute zu erzählen hatten. Die Bar hatte sich in einen Feierabendtreffpunkt der Reporterveteranen verwandelt; die meisten von ihnen waren immer noch über Piepser oder Funk mit Kollegen verbunden, die noch am Unglücksort geblieben waren. Wenn etwas Neues passierte, würden sie – und von Holden – es innerhalb von Sekunden wissen.

Von Holden schaute auf seine Armbanduhr und warf dann einen Blick auf die Uhr über der Bar. Seine LeCoultre-Analoguhr war fünf Jahre lang mit der Präzision einer Caesium-Atomuhr gelaufen, und die läuft mit einer Genauigkeit von plus/minus einer Sekunde auf dreitausend Jahre. Von Holdens Uhr zeigte einundzwanzig Uhr siebzehn. Die Uhr über der Bar ging eine Minute und acht Sekunden nach.

Am anderen Ende der Bar saß ein Mädchen mit kurzen blonden Haaren und einem noch kürzeren Rock; sie rauchte und trank Wein mit zwei Männern, die anscheinend Mitte zwanzig waren. Der eine war dünn, trug eine dick umrahmte Brille und sah aus wie ein Examensstudent. Der andere war stämmiger; er trug eine teure Hose und einen kastanienbraunen Cashmere-Pullover. Die Art, wie er den Stuhl auf den Hinterbeinen balancierte, redete und mit beiden Händen gestikulierte, sich hin und wieder eine neue Zigarette anzündete und das Streichholz in Richtung Aschenbecher schnippte, verlieh ihm das lässige, verwöhnte Aussehen eines reichen Playboys im Urlaub. Das Mädchen hieß Odette. Sie war zweiundzwanzig und die Sprengstoffexpertin, die den Sprengsatz auf den Gleisen angebracht hatte. Der dünne Mann mit der Brille und der Playboy waren internationale Terroristen. Alle drei arbeiteten für den Pariser Sektor und warteten auf von Holdens Anweisung für den Fall, daß Osborn oder McVey lebend aufgefunden werden sollten.

Von Holden fand, daß sie von Glück sagen konnten, überhaupt hier zu sein. Der Pariser Sektor hatte mehrere Stunden gebraucht, um McVey und Osborn zu orten. Aber kurz nach sechs Uhr früh hatte ein EuroCity-Fahrkartenverkäufer sie am Gare de l'Est erkannt und von Holden alarmiert, daß sie Tickets für den Sechs-Uhr-dreißig-Zug Paris–Meaux gekauft hatten. Von Holden hatte kurz erwogen, sie im Bahnhof umzubringen, und sich dann dagegen entschieden. Es war zu wenig Zeit, um einen vernünftigen Zugriffsplan zu entwickeln. Und selbst wenn sie Zeit gehabt hätten, wäre der Erfolg des Unternehmens nicht garantiert gewesen, und sie hätten den Einsatz von Antiterroreinheiten riskiert. Es war besser, es anders zu machen.

Von Holden sah noch einmal auf die Uhr, stand auf und ging hinaus, ohne das Kleeblatt eines weiteren Blickes zu würdigen; dann fuhr er mit dem Aufzug hinauf zu seinem Zimmer. Bevor er von Paris abgefahren war, hatte er sich Reproduktionen der Zeitungsfotos von McVey und Osborn beschafft. Bei seiner Ankunft in Meaux hatte er sie bereits sorgfältig studiert, und nun hatte er schon ein viel klareres Gefühl dafür, mit wem er es hier zu tun hatte.

Er war zu dem Schluß gekommen, daß Paul Osborn relativ harmlos war, sollte es je dazu kommen, daß er sich mit ihm würde beschäftigen müssen. Sie waren etwa gleichaltrig, und nach seinen schmalen Konturen zu urteilen, war Osborn ganz gut in Form. Aber damit hatte die Ähnlichkeit auch ein Ende. Einem Mann, der im Nahkampf oder auch nur in Selbstverteidigung trainiert worden war, konnte man es ansehen. Osborn hatte nichts davon. Er sah allenfalls »fehl am Platz« aus.

Mit McVey war es anders. Daß er in die Jahre gekommen war und vielleicht ein bißchen Übergewicht hatte, bedeutete gar nichts. Von Holden sah sofort, was den Mann befähigte, Bernhard Oven umzubringen. Er hatte einen Sinn, den gewöhnliche Menschen nicht hatten. Was er in seiner langen Laufbahn als Polizist gesehen und getan hatte, sah man in seinen Augen, und von Holden wußte instinktiv: Wen dieser Mann einmal zu fassen bekam, bildlich oder tatsächlich, den ließ er nie mehr los. In der Speznas-Ausbildung hatte von Holden gelernt, daß es nur eine Möglichkeit gab, mit einem Mann wie McVey umzugehen: Man mußte ihn töten, sobald man ihn sah. Wenn man es nicht tat, würde man es bis in alle Ewigkeit bereuen.

Von Holden betrat sein Zimmer, schloß die Tür hinter sich ab und setzte sich an einen kleinen Tisch. Er klappte einen Aktenkoffer auf und nahm ein kleines Kurzwellenradio heraus. Er schaltete es ein, gab einen Code ein und wartete. Es würde acht Sekunden dauern, bis er einen freien Kanal bekam.

»Lugo«, meldete er sich dann mit seiner Kennung.

»Ekstase«, sagte er. Das war der Codename für die Operation, die mit Albert Merriman begonnen hatte und sich jetzt auf McVey und Osborn konzentrierte.

»E. B. D.« – Europa-Block-Division – setzte er dann hinzu. »Nichts.«

Von Holden gab seinen Abmeldecode ein und schaltete das Gerät ab. Soeben hatte er die Europa-Block-Division seiner Organisation informiert, daß die Liquidation der flüchtigen Personen im Rahmen der Operation Ekstase nicht bestätigt werden konnte. Offiziell waren sie immer noch »auf freiem Fuß«, und sämtliche Agenten der E. B. D. waren in Alarmzustand zu halten.

Von Holden setzte sich auf das Bett, griff zum Telefon und rief Joanna in Zürich an. Er hatte sie nicht mehr gesehen, seit sie neulich nachts hysterisch und nackt aus seiner Wohnung gerannt war.

»Joanna, Pascal hier. Geht es dir besser?« Einen Augenblick lang war es still. »Joanna?«

» – mir ging es nicht so gut«, sagte sie.

Sie klang distanziert und ängstlich.

»Ich habe mir große Sorgen gemacht. Ich wollte schon eher anrufen, aber es ging nicht … Offen gesagt, du hast dich in der Nacht ein bißchen verrückt benommen. Vielleicht verträgt sich der Jetlag nicht mit zuviel Cognac. Vielleicht auch zuviel Leidenschaft – was meinst du?« Er lachte.

»Nein, Pascal. Das war es nicht.« Sie war wütend. »Ich habe sehr hart mit Mr. Leyberger arbeiten müssen. Freitag war er ganz plötzlich imstande, ohne seinen Stock zu gehen. Ich weiß nicht, warum. Ich weiß auch nicht, was neulich nachts passiert ist. Ich arbeite nicht gern so hart mit Mr. Leyberger. Das ist nicht gut für ihn. Und es gefällt mir auch nicht, wie Dr. Salettl mich behandelt und wie er die Leute herumkommandiert.«

»Joanna, ich will dir etwas erklären. Bitte. Ich glaube, Dr. Salettl benimmt sich so, weil er nervös ist. Am kommenden Freitag muß Herr Leyberger eine große Rede vor den Haupteignern seines Unternehmens halten. Reichtum und Leitung des gesamten Unternehmens hängen davon ab, ob sie das Gefühl haben, daß er in der Lage ist, seine Position als Vorsitzender noch einmal einzunehmen, oder nicht. Salettl muß den Kopf hinhalten, denn er war für Herrn Leybergers Genesung verantwortlich. Verstehst du das?«

»Ja – nein. Entschuldige, das wußte ich nicht … Aber es ist immer noch kein Grund –«

»Joanna, Herr Leyberger soll seine Rede in Berlin halten. Am Freitag morgen werden du und ich, Herr Leyberger, Erik und Edward mit Herrn Leybergers Firmenjet dort hinfliegen.«

»Nach Berlin?« Den Rest hatte Joanna gar nicht gehört. Nur Berlin. An ihrer Reaktion erkannte von Holden, daß die Vorstellung sie verwirrte. Er spürte, daß sie genug hatte und so schnell wie möglich in ihr geliebtes New Mexico zurückwollte.

»Joanna, mir ist klar, daß du müde sein mußt. Vielleicht habe ich dich persönlich allzusehr gedrängt. Ich habe dich gern, das weißt du. Es entspricht leider meiner Natur, daß ich meinen Gefühlen folge. Bitte, Joanna, halte noch ein bißchen länger durch. Ehe du dich versiehst, ist Freitag, und am Samstag kannst du nach Hause fliegen, direkt von Berlin, wenn du willst.«

»Nach Hause? Nach Taos?« Er spürte ihre Aufregung.

»Freut dich das?«

»Ja.«

»Ich kann mich also darauf verlassen, daß du deine Arbeit zu Ende machst?« Von Holdens Ton war warm und beruhigend.

»Ja, Pascal. Du kannst dich darauf verlassen, daß ich da sein werde.«

»Danke, Joanna. Es tut mir leid, wenn es dir Unannehmlichkeiten macht; so war es nicht gedacht. Wenn du willst, freue ich mich auf eine letzte gemeinsame Nacht in Berlin. Wir beide ganz allein – vielleicht um zu tanzen und einander Lebewohl zu sagen. Gute Nacht, Joanna.«

»Gute Nacht, Pascal.«

Von Holden sah sie lächeln, als sie auflegte. Was er gesagt hatte, genügte dazu schon.

80

Die Glocke weckte Benny Grossman aus dem Tiefschlaf. Es war Viertel nach drei am Nachmittag. Wieso zum Teufel läutete es an der Haustür? Er hatte keine Lust auf Vertretergespräche; wer immer da war, sollte woanders klingeln. Er war kurz davor, wieder einzudösen, als es noch einmal läutete.

»Herrgott noch mal«, sagte er. Er stand auf und schaute aus dem Fenster. Niemand war im Garten, und die Haustür war unmittelbar unter ihm und nicht zu sehen.

»Schon gut!« sagte er, als es wieder läutete. Er zog eine Jogginghose über, lief die Treppe hinunter zur Haustür und spähte durch den Spion. Zwei chassidische Rabbiner standen da, der eine jung und glattrasiert, der andere alt und mit langem grauen Bart.

»O mein Gott«, dachte er. »Was zum Teufel ist passiert?«

Mit klopfendem Herzen riß er die Tür auf.

»Ja?«

»Detective Grossman?« fragte der ältere Rabbi.

»Yeah. Bin ich.« Nach all den Jahren als Cop, und nach allem, was er in dieser Zeit gesehen hatte – wenn es um seine Familie ging, war Benny Grossman so empfindsam wie ein kleines Kind. »Was ist los? Was ist passiert? Geht es um Estelle? Matt? Doch nicht David ...«

»Leider geht es um Sie, Detective«, sagte der alte Rabbi.

Benny hatte keine Zeit zum Reagieren. Der junge Rabbi hob die Hand und schoß ihm zwischen die Augen. Benny fiel rückwärts ins Haus wie ein Stein. Der junge Rabbi kam hinterher und schoß noch einmal auf ihn, um sicherzugehen.

Unterdessen ging der alte Rabbi durch das Haus. Oben auf Bennys Kommode fand er die Notizen, die Benny bei seinem Telefonat mit Scotland Yard benutzt hatte. Der Rabbi faltete sie sorgfältig zusammen, steckte sie in die Tasche und ging die Treppe hinunter.

Mrs. Greenfield nebenan fand es merkwürdig, zwei Rabbis aus dem Hause der Grossmans kommen und die Tür hinter sich ins Schloß ziehen zu sehen, zumal mitten am Nachmittag.

»Stimmt etwas nicht?« fragte sie, als die beiden durch Bennys Gartentor kamen und auf dem Gehweg an ihr vorbeigingen.

»Doch, doch. Schalom«, sagte der jüngere Rabbi freundlich.

»Schalom«, sagte Mrs. Greenfield. Sie sah, wie der junge Rabbi dem alten eine Autotür aufhielt. Dann lächelte er ihr noch einmal zu, setzte sich ans Steuer und fuhr davon.

Die sechssitzige Cessna kam durch die schwere Wolkendecke über den französischen Feldern herunter.

Pilot Clark Clarkson, ein gutaussehender ehemaliger RAF-Bomberpilot mit braunem Haar, großen Händen und einem breiten Lächeln, führte das kleine Flugzeug stetig durch unberechenbare Turbulenzen, während er den Sinkflug fortsetzte. Ian Noble saß angeschnallt auf dem Kopilotensitz neben ihm, drückte die Stirn ans Fenster und schaute zum Boden hinunter. Unmittelbar hinter Clarkson, in Zivilkleidung, saß Major Geoffrey Avnel, Militärarzt und Angehöriger der British Special Forces mit fließenden Französischkenntnissen. Weder der britischen Aufklärung noch der Frau von Capitain Cadoux war es gelungen, irgendwelche Informationen über das Schicksal McVeys oder Paul Osborns zu bekommen. Wenn sie im Zug gewesen waren, dann waren sie allem Anschein nach verschwunden.

Noble setzte auf die Theorie, daß einer oder alle beide verletzt waren und aus Angst vor weiteren Angriffen von denen, die den Zug in die Luft gesprengt hatten, aus den Trümmern gekrochen waren und sich versteckt hatten. Beide Männer wußten, daß die Cessna heute noch einmal zurückkommen würde, und wenn Noble richtig lag, bedeutete das, daß sie irgendwo zwischen dem Flugplatz und der zwei Meilen weit entfernten Unglücksstelle sein würden. Und diese Möglichkeit war der Grund, weshalb Major Avnel mitgekommen war.

Vor ihnen lag die Stadt Meaux, und rechts davon der Flughafen. Clarkson rief den Tower und bekam Landeerlaubnis. Fünf Minuten später, um acht Uhr eins, landete die Cessna ST95 auf dem Flughafen Meaux.

Die Maschine kam in der Nähe des Towers zum Stehen; Noble und Major Avnel stiegen aus und gingen in das kleine Gebäude, das als Terminal diente.

Noble hatte keine Vorstellung von dem, was ihn erwarten mochte. Die Risiken der Polizeiarbeit wurden einem Cop vom ersten Tag seines Dienstes an immer wieder eingehämmert. London war nicht anders als Detroit oder Tokio, und der Tod eines Cops, der im Dienst ermordet wurde, war der Tod jedes beliebigen Polizisten in Uniform, denn ebenso hätte es jeder andere sein können. Jedem von ihnen konnte es passieren, jeden Tag, in jeder Stadt der Welt. Wenn man das Ende eines Tages in einem Stück erlebte, hatte man Glück gehabt. Wenn man es schaffte, bis zum Ende durchzukommen, nahm man seine Pension und setzte sich zur Ruhe und wurde langsam alt. Aber bei McVey war es nicht so. Er war anders; er war ein Cop, der alle überleben und mit fünfundneunzig immer noch im Dienst sein würde. Das war eine Tatsache. So sah man ihn, und so sah er sich auch selbst, auch wenn er oft etwas anderes grummelte. Das Dumme war nur, Noble hatte eine Vorahnung. Eine Tragödie lag in der Luft. Vielleicht war er deshalb mitgekommen und hatte Avnel mitgebracht – weil er das Gefühl hatte, er schuldete es McVey, dazusein.

Seine Schritte waren bleiern, als er an den Einreiseschalter trat und dem diensthabenden Beamten seinen Special-Branch-Ausweis zeigte. Er spürte es um so deutlicher, als er und Avnel mit grimmiger Miene durch die Glastür in den Terminalbereich hinaustraten.

Und deshalb rechnete er zuallerletzt damit, McVey dort mit einer Mickymaus-Baseballmütze und einem EuroDisney-Sweatshirt sitzen und die Morgenzeitung lesen zu sehen.

»Guter Gott!« rief er.

»Morgen, Ian.« McVey grinste. Er stand auf, klemmte die zusammengefaltete Zeitung unter den Arm und streckte die Hand aus.

Fünf Schritte weiter saß Osborn, die Haare glatt zurückgekämmt und immer noch in seiner französischen Feuerwehrjacke; er blickte von seinem *Figaro* auf und sah zu, wie Noble McVeys Hand ergriff. Dann sah er, wie Noble den Kopf schüttelte, einen Schritt zurücktrat und einen dritten Mann vorstellte. McVey warf einen Blick in Osborns Richtung und nickte. Dann gingen Noble, McVey und Major Avnel beinahe unverzüglich zurück zu der Tür, die auf das Rollfeld hinausführte.

Osborn ging ihnen nach, und sie gingen die zwanzig Meter bis zur Cessna. Clarkson startete den Motor und bat um Starterlaubnis. Um acht Uhr siebenundzwanzig waren sie ohne weitere Zwischenfälle in der Luft.

81

Während die Cessna über Meaux in die Wolken aufstieg und vom Boden aus nicht mehr zu sehen war, berichtete McVey, wie sie aus den Trümmern des Zuges entkommen waren und die Nacht im Wald in der Nähe des Flugplatzes verbracht hatten, und wie sie dann kurz vor halb acht ins Terminal gekommen waren. Er hatte den Touristen gespielt, sich die Mütze, das Sweatshirt und eine Packung Toilettenartikel gekauft; dann war er zur Toilette gegangen, wo Osborn wartete, und hatte sich dort in einer Kabine umgezogen. Osborn hatte sein Aussehen einfach verändert, indem er sich das Haar mit Gel zurückgekämmt hatte. Mit seinem Stoppelbart und der Feuerwehrjacke sah er aus wie ein erschöpfter Rettungshelfer, der jemanden vom Flugzeug abholte. Dann hatten sie nur noch zu warten brauchen.

Noble schüttelte den Kopf und lächelte. »McVey, Sie sind ein erstaunlicher Bursche. Erstaunlich.«

»Nein.« McVey schüttelte den Kopf. »Hab' bloß Glück gehabt.«

»Das ist das gleiche.«

Noble ließ McVey ein paar Minuten Zeit, sich zu entspannen, und dann holte er ein Transkript seines Telefongesprächs mit Benny Grossman hervor. Als sie zwei Stunden später landeten, hatte McVey das Ganze zweimal gelesen und verdaut und war bereit, es zu erörtern und zu kommentieren.

Sie hatten jetzt folgende Fakten:

Paul Osborns Vater hatte den Prototyp eines Skalpells entworfen und gebaut, das selbst unter den exotischsten und unglaublichsten Temperaturen, höchstwahrscheinlich vor allem in extremer Kälte, rasiermesserscharf bleiben konnte. Kategorie: HARDWARE.

Benny Grossman zufolge stand überdies folgendes fest: Alexander Thompson aus Sheridan, Wyoming, entwickelt ein Computerprogramm, mit dessen Hilfe ein Computer eine Maschine führen kann, die bei fortgeschrittener Mikrochirurgie ein Skalpell halten und bedienen kann. Kategorie: SOFTWARE.

David Brady aus Glendale, Kalifornien, entwickelt und baut einen elektronisch angetriebenen Mechanismus mit der Bewegungsfähigkeit eines menschlichen Handgelenks, der bei einer Operation ein Skalpell halten und führen kann. Kategorie: HARDWARE.

Mary Rizzo York aus New Jersey experimentiert mit Gasen, die Temperaturen senken und ihre Umgebung auf mindestens minus zweihundertachtundsechzig Grad herunterkühlen können. Kategorie: FORSCHUNG & ENTWICKLUNG.

Das alles geschah in der Zeit zwischen 1962 und 1966. Alle diese Wissenschaftler arbeiteten allein. Sobald eines der Projekte fertiggestellt worden war, wurde der Erfinder oder Forscher von Albert Merriman liquidiert. Merriman hatte Paul Osborn gegenüber zugegeben, daß die Person, die ihn für diese Arbeit engagiert und bezahlt hatte, Erwin Scholl war. Erwin Scholl, der eingewanderte Großkapitalist, der inzwischen genügend Mittel und geschäftsmännischen Scharfsinn erworben hatte, um die Experimentalprojekte über Scheinfirmen zu finanzieren. Es war derselbe Erwin Scholl, der nach Auskunft des FBI heute und schon seit Jahrzehnten der geschätzte persönliche Freund und Vertraute mehrerer US-Präsidenten und somit praktisch unantastbar war und ist.

Aber was hatten sie im Tiefkühlfach im Keller des Londoner Leichenschauhauses außer sieben kopflosen Leichen und einem körperlosen Kopf? Fünf davon waren erwiesenermaßen bei einer Temperatur knapp oberhalb des absoluten Nullpunkts eingefroren gewesen, ein Bereich, der Mary Rizzo Yorks Arbeit nahe genug kam, um von beträchtlicher Bedeutung zu sein.

McVey hatte den hervorragenden Mikropathologen Dr. Stephen

Richman bereits gefragt: »Angenommen, der absolute Nullpunkt könnte irgendwie erreicht werden – warum sollte man enthauptete Leichen und abgetrennte Köpfe bei dieser Temperatur einfrieren?«

Richmans klare, bündige Antwort: »Um sie zusammenzusetzen.«

Hatte Erwin Scholl beinahe dreißig Jahre zuvor kryochirurgische Forschung finanziert, weil er später einmal tiefgefrorene Köpfe mit tiefgefrorenen Körpern zusammensetzen wollte? Und wenn ja, was war so geheim daran, daß er seine Forscher hatte umbringen lassen?

Patente?

Möglich.

Aber soweit bekannt war – das hatten die Ermittlungen des Special Branch der Metropolitan Police in ganz Großbritannien und Nobles kürzlich geführte Telefonate mit Dr. Edward L. Smith, dem Präsidenten der Cryonics Society of America, und mit Akito Sato, dem Präsidenten des Cryonics Institute Asien, ergeben –, wurden nirgendwo auf der Welt ähnliche kältechirurgische Experimente betrieben.

Und jetzt, während in London der Abend dämmerte, saßen Noble, McVey und Osborn zusammen in Nobles Büro im Scotland Yard. McVey hatte die Mickymaus-Mütze weggeworfen, aber das Euro-Disney-Sweatshirt hatte er noch an. Osborn hatte seine französische Feuerwehrjacke bei Noble gegen eine abgetragene dunkelblaue Strickjacke mit dem aufgestickten goldenen Abzeichen der Metropolitan Police über der linken Brusttasche eingetauscht.

Eine Patentsuche beim Internationalen Industriedesignerverband in London hatte weltweit kein bekanntes Patent auf Hard- oder Software für die fragliche Art fortgeschrittener Mikrochirurgie zutage gefördert.

Das Dezernat für Betrug und Wirtschaftskriminalität hatte bei Moody's und Dun & Bradstreet eine Übersicht über die Unternehmensgeschichte der Firmen angefordert, bei denen die Opfer Albert Merrimans angestellt waren, aber diese Studie lag noch nicht vor.

Es klopfte leise an der Tür, und Nobles dreiundvierzigjährige, unverheiratete Sekretärin Elizabeth Welles trat ein. Sie trug ein Tablett mit Tassen und Löffeln, einem kleinen Kännchen Milch, einem Silberteller mit Würfelzucker und jeweils einer Kanne Tee und Kaffee.

»Danke, Elizabeth«, sagte Noble.

»Bitte sehr, Commander.« Sie richtete sich zu voller Größe auf, warf Osborn einen Seitenblick zu und ging hinaus.

»Sie findet Sie sehr ansehnlich, Dr. Osborn. Ist ziemlich sexbesessen. Tee oder Kaffee?«

Osborn grinste. »Tee, bitte.«

McVey starrte aus dem Fenster und beobachtete geistesabwesend einen kleinen Mann, der mit zwei großen Hunden die Straße hinunterging.

»Kaffee, McVey?« hörte er Noble fragen.

Unvermittelt drehte er sich um und kam durch das Zimmer herüber. Sein Blick war konzentriert und sein Gang temperamentvoll.

»Es ist über die Jahre immer mal wieder passiert, daß ich mir irgendwann im Laufe einer Ermittlung plötzlich vorkam wie ein verdammter Idiot, weil ich ganz plötzlich etwas begriff, das ich von Anfang an hätte sehen müssen. Aber ich sage Ihnen, Ian, diesmal kann es sein, daß wir das Schiff überhaupt verpaßt haben. Sie, ich, Dr. Michaels, sogar Dr. Richman.«

»Wovon reden Sie da?« Noble hielt einen Zuckerwürfel über den Rand seiner Teetasse.

»Leben. Verdammt.« McVey warf einen Blick zu Osborn hinüber, um ihn in die Runde einzuschließen; dann stützte er sich vor Noble auf den Schreibtisch. »Würden Sie nicht annehmen, wenn jemand all die Jahre daran arbeitet, eine Methode zu perfektionieren, einen abgetrennten Kopf mit einem Körper zu verbinden, daß das Endziel all dessen nicht bloß in dem Akt selber bestünde, sondern darin, das Resultat zum Leben zu erwecken? Diese Kreatur, dieses Frankenstein-Monster, leben und atmen zu lassen?«

»Ja, aber wieso?« Noble ließ den Zuckerwürfel in die Tasse fallen.

»Keine Ahnung. Aber warum sonst sollte man es tun?« McVey sah Osborn an. »Stellen Sie sich den ganzen Vorgang mal medizinisch vor. Wie würde das gehen?«

»Ganz einfach. Theoretisch jedenfalls.« Osborn lehnte sich in seinem roten Ledersessel zurück. »Bringen Sie das gefrorene Ding wieder auf eine anständige Temperatur. Von fast minus zweihundertsiebzig Grad zurück auf plus siebenunddreißig Grad. Für die Operation müßte man das Blut abziehen. Wenn das Ding wieder auftaut, wird das Blut wieder zugeführt. Das Problem bestünde nur darin, es gleichmäßig wieder auftauen zu lassen.«

»Aber es ginge?« fragte Noble.

»Ich würde sagen, wenn sie eine Möglichkeit gefunden haben, das erste zu bewerkstelligen, dann dürfte das zweite bereits geklärt sein.«

In diesem Augenblick kam ein Signalton von dem Faxgerät auf dem antiken Sekretär hinter Nobles Schreibtisch. Das Anzeigelicht ging an, und gleich darauf fing das Gerät an zu drucken.

Es war der Bericht von Moody's und Dun & Bradstreet, den das Betrugsdezernat angefordert hatte.

McVey und Osborn traten hinter Noble, um mitzulesen, als die Informationen hereinkamen.

– Microtab, Waltham, Massachusetts. Aufgelöst Juli 1966. Eigentümer: Wentworth Products Ltd., Ontario, Kanada. Vorstand: Earl Samules, Evan Hart, John Harris, alle Boston Massachusetts. Alle verstorben 1966.
– Wentworth Products Ltd., Ontario, Kanada. Aufgelöst August 1966. Privatunternehmen. Eigentümer: James Tallmadge, Windsor, Ontario; verstorben 1967.
– Alama Steel Ltd., Pittsburgh, Pennsylvania. Aufgelöst 1966. Tochtergesellschaft von Wentworth Products Ltd., Ontario, Kanada. Vorstand: Earl Samules, Evan Hart, John Harris.
– Standard Technologies, Perth Amboy, New Jersey. Tochtergesellschaft von T. L. T. International, 10 Park Avenue, New York, N. Y. Vorstand: Earl Samules, Evan Hart, John Harris.
– T. L.T. International, Tochtergesellschaft im Besitz der Omega Shipping Lines. 17 Hanover Square, Mayfair, London, UK. Haupteigner: Harald Erwin Scholl, 17 Hanover Square, Mayfair, London, UK.

»Da ist er!« sagte Noble triumphierend, als Scholls Name ausgedruckt wurde und das Fax weiterging.

– T. L. T. International aufgelöst 1967.
– Omega Shipping Lines 1966 aufgekauft von Goltz Development Gruppe, Düsseldorf, Bundesrepublik Deutschland. Goltz Development Gruppe – GDG – Partnergesellschaft. Generalpartner: Harald Erwin Scholl, 17 Hanover Square, Mayfair, London, UK. Gustav Dortmund, Friedrichstadt, Düsseldorf, Bundesrepublik Deutschland. Vorsitzender Geschäftsführer (seit 1978): Konrad Piper, Reichstraße 52, Berlin-Charlottenburg. (N. B.: GDG erwarb 1981 die Holdingfirma Lewsen International, Bayswater Rd., London, UK.)

Noble drehte sich auf seinem Drehstuhl um und blickte zu McVey auf. »Tja, unser lieber Mr. Scholl ist vielleicht nicht ganz so unangreifbar, wie das FBI anscheinend glaubt. Und Sie wissen, wer Gustav Dortmund ist –«

»Der Chef der Deutschen Bundesbank«, sagte McVey.

»Richtig. Und Lewsen International war in den achtziger Jahren ein herausragender Lieferant von Stahl und Waffenteilen an den Irak und hat Produktionsaufseher dort hingeschickt. Ich wette, die Herren Scholl, Dortmund und Piper sind in jenen Tagen sehr reiche Männer geworden – wenn sie es nicht schon waren.«

»Wenn Sie gestatten ...« Osborn kam mit einer aktuellen Ausgabe der Zeitschrift *People* herüber, die er zwischen einigen anderen auf Nobles Sideboard gefunden hatte. McVey sah perplex zu, wie Osborn Nobles Teetasse beiseite schob und vor sich auf dem Tisch eine doppelseitige Anzeige aufschlug. Es war eine provokante Reklame für die neueste Produktion einer jungen und sehr populären Rocksängerin. Auf dem Bild war sie völlig duchnäßt und ritt in einem hautengen, durchsichtigen Kleid auf dem Rücken eines Killerwals, der eben dramatisch aus dem Wasser auftauchte.

Noble und McVey schauten Osborn verständnislos an.

»Kennen Sie nicht, was?« Osborn grinste.

»Wen sollen wir kennen?« fragte McVey.

»Ihren Konrad Piper«, sagte Osborn.

»Was ist mit ihm?« McVey hatte keine Ahnung, worauf Osborn hinauswollte.

»Seine Frau heißt Margarete Piper, und sie ist eine der mächtigsten Frauen im Showbusineß. Sie hat eine riesige Talentagentur, und sie ist Managerin und Produzentin dieser jungen Dame auf dem Wal sowie eines runden Dutzends der größten jungen Namen der Rock- und Videobranche. Und« – er legte eine Pause ein – »das alles macht sie im Penthouse-Büro ihres restaurierten Schlosses aus dem siebzehnten Jahrhundert in Berlin.«

»Woher um alles in der Welt wissen Sie denn das?« Noble war verblüfft.

Osborn zog die Zeitschrift zu sich heran, klappte sie zu und warf sie wieder auf Nobles Sideboard. »Commander, ich bin Orthopädiechirurg in Los Angeles. Wahrscheinlich die Hälfte meiner Patienten sind Kids unter zwanzig mit Sportverletzungen. Ich habe all diese schicken Zeitschriften nicht umsonst im Wartezimmer rumliegen.«

»Sie *lesen* sie?«

Osborn grinste. »Darauf können Sie wetten.«

82

Wegen abnehmender Sicht hatte Clarkson seinen Flugplan geändert und war an der Kanalküste bei Ramsgate gelandet, knapp hundert Meilen südöstlich seines ursprünglichen Ziels. Dieses Zufallsmanöver hatte von Holden von seiner Spur abgebracht.

Eine Stunde nachdem die Cessna ST95 den Flughafen Meaux verlassen hatte, hatte ein Flughafenarbeiter auf dem Grund einer Abfalltonne in der Herrentoilette McVeys weggeworfenes Jackett gefunden. Innerhalb weniger Minuten war der Pariser Sektor alarmiert, und zwanzig Minuten danach war von Holden erschienen, um die verlorene Jacke seines Onkels am Fundbüro abzuholen. Klugerweise hatte McVey vor dem Wegwerfen das Etikett herausgerissen. Was er nicht bedacht hatte, war der Umstand, daß das beständige Scheuern des Kolbens seines 38ers am Innenfutter Spuren hinterlassen hatte. Von Holden wußte aus Erfahrung, daß nur der Kolben einer Pistole ein Jackett an dieser Stelle verschleißen ließ.

Von Holden begab sich in sein Hotel zurück, und der Pariser Sektor ging die Flugpläne der Maschinen durch, die Meaux zwischen Sonnenaufgang und dem Zeitpunkt des Auffindens der Jacke verlassen hatten. Um halb zehn stand fest, daß eine sechssitzige Cessna mit der Kennung ST95 am Morgen von Bishop's Stortford in England hereingekommen und um acht Uhr eins gelandet war; sechsundzwanzig Minuten später, um acht Uhr siebenundzwanzig, war die Maschine zum Rückflug Bishop's Stortford gestartet. Eine Garantie war das nicht, aber es genügte, um den Londoner Sektor zu alarmieren. Um fünfzehn Uhr hatten Agenten die Cessna ST95 in Ramsgate lokalisiert, und als Eigner hatte die Zentrale des Londoner Sektors ein kleines Landwirtschaftsunternehmen mit Sitz in Bath ausfindig gemacht. Von da an war die Spur kalt gewesen. Die Cessna war auf dem Flughafen Ramsgate geparkt worden, und der Pilot hatte mitgeteilt, er werde zurückkommen und die Maschine abholen, wenn das Wetter sich aufgeklart habe. Dann war er in Begleitung eines zweiten Mannes mit dem Bus nach London gefahren. Auf keinen der beiden hatte die Beschreibung McVeys oder Osborns gepaßt. Diese Information ging sogleich an den Pariser Sektor zur Weiterleitung an »Lugo«, der inzwischen nach Berlin zurückgekehrt war. Am selben Abend um achtzehn Uhr fünfzehn hatte der Londoner Sektor Kopien der aufbereiteten Zeitungsfotos der beiden Männer und war in voller Alarmbereitschaft, um sie zu suchen.

Um zwanzig Uhr fünfunddreißig saß McVey allein im Unterhemd auf der Bettkante in einem restaurierten Hotel aus dem achtzehnten Jahrhundert in Knightsbridge. Er hatte die Schuhe ausgezogen, und neben ihm auf dem Telefontischchen stand ein Glas *Famous Grouse*-Scotch. Special Branch hatte ihn als Howard Nichol aus San José, Kalifornien, eingecheckt. Osborn wohnte nicht weit weg im Forum Hotel in Kensington, und zwar unter dem Namen Richard Green aus Chicago. Noble war nach Hause gefahren, nach Chelsea.

McVey hielt ein Fax von Bill Woodward in der Hand, dem Chief of Detectives beim LAPD, der ihn von dem Mord an Benny Grossman in Kenntnis setzte. Nach ersten geheimen Ermittlungen der New Yorker Polizei schien es wahrscheinlich, daß der Mord von zwei Männern begangen worden war, die sich als chassidische Rabbiner ausgegeben hatten.

McVey bemühte sich, das zu tun, was Benny getan hätte: seine eigenen Empfindungen beiseite zu schieben und logisch zu denken. Benny war zu Hause ermordet worden, ungefähr sechs Stunden nachdem er Ian Noble angerufen und ihm die Informationen übermittelt hatte, um die McVey gebeten hatte. Alles andere ließ er beiseite. Daß Benny die letzte Nacht seines Lebens damit verbracht hatte, dieses Material zu sammeln, weil er von McVey wußte, wie dringend es war. Oder daß er Noble angerufen hatte, weil er im Satellitenfernsehen die Berichte über das Zugunglück auf der Strecke Paris–Meaux gesehen und es ihn intuitiv durchzuckt hatte, daß McVey in diesem Zug gewesen war und daß Noble sämtliche verfügbaren Informationen benötigen würde, sobald er sie ihm übermitteln könnte.

Tatsache war jedoch, daß er Noble mit seiner detaillierten Liste von seiner Wohnung aus angerufen hatte. Das bedeutete nicht nur, daß die Organisation Agenten in den Staaten hatte, die über eine hochentwickelte Kommunikationstechnologie mit Zugriff auf geheime Computersysteme der Polizei verfügten, sondern daß diese Leute auch wußten, welche Informationen wo und von wem gesammelt worden waren. Wenn sie dazu in der Lage waren, dann kamen sie auch an die Aufzeichnungen der Telefongesellschaften heran und wußten inzwischen, wo Benny angerufen, und höchstwahrscheinlich auch, mit wem er gesprochen hatte, denn Benny dürfte Nobles Privatnummer benutzt haben. Und wenn sie in Frankreich und in den Vereinigten Staaten operieren konnten, dann konnten sie ganz sicher auch hier in England operieren.

McVey nahm einen großen Schluck Scotch, stellte das Glas ab, zog ein frisches Hemd und eine Krawatte an und nahm seinen einzigen anderen Anzug aus dem Schrank. Ein paar Minuten später schob er den 38er in das Hüfthalfter, nahm noch einen schnellen Schluck Scotch und ging. Er brauchte nicht in den Spiegel zu schauen; er wußte schon, was er da sehen würde.

Er stieß die polierte Messingtür des Hotels auf und ging zu Fuß den halben Block hinunter zur Underground-Station Knightsbridge. Zwanzig Minuten später saß er in Nobles geschmackvoll eingerichtetem Haus in Chelsea und wartete, während Noble auf der Direktleitung mit Scotland Yard telefonierte und einen Wagen für seine Frau bestellte. Eine Viertelstunde später verabschiedeten sie sich, und sie war unter Bewachung auf dem Weg zu ihrer Schwester nach Cambridge.

»Nichts, was sie nicht schon einmal auf diese oder jene Art erlebt hätte«, meinte Noble, als sie weg war. »Die IRA, wissen Sie. Ein scheußliches Geschäft in jeder Hinsicht.«

McVey nickte. Er machte sich Sorgen wegen Osborn. Die Detectives der Metropolitan Police hatten ihm eingeschärft, unbedingt in seinem Zimmer zu bleiben. Vor dem Weggehen hatte McVey versucht, ihn anzurufen, aber Osborn hatte sich nicht gemeldet. Jetzt versuchte er es wieder, und das Ergebnis war das gleiche.

»Immer noch nichts?« fragte Noble.

McVey schüttelte den Kopf und legte auf. Im selben Moment klingelte Nobles rotes Telefon. Die Direktleitung von der Yard-Zentrale.

Noble nahm den Hörer ab. »Ja. Ja, er ist hier.« Er sah McVey an. »Eine Dale Washburn aus Palm Springs versucht, Sie zu erreichen.«

»Ist sie in der Leitung?«

Noble fragte nach und bekam statt dessen eine Telefonnummer, unter der Washburn zu erreichen war. Er notierte sie, legte auf und gab McVey den Notizzettel.

McVey ging hinaus in die Diele zu Nobles Privattelefon und wählte die Nummer in Palm Springs. »Versuchen Sie's noch mal bei Osborn, ja?« sagte er dabei zu Noble. Es war kurz nach dreiundzwanzig Uhr Londoner Zeit. Kurz nach drei Uhr nachmittags in Palm Springs also.

»Dale«, sagte eine sanfte Stimme.

»Hallo, Engelchen, ich bin's, McVey. Was hast du auf der Pfanne?«

Dale Washburn war fünfunddreißig, eine echte Platinblondine mit einer hinreißenden Figur und einem dazu passenden Verstand. Sie war fünf Jahre Undercover-Cop beim LAPD gewesen, bevor ihre Tarnung bei einer vermasselten mitternächtlichen Drogenrazzia in einer teuren Gegend von Brentwood aufgeflogen war. Mit einer Invalidenpension wegen eines inoperablen Steckschusses im Kreuz lebte sie jetzt in Palm Springs, spielte dort Karten mit ein paar reichen Geschiedenen, männlichen wie weiblichen, und arbeitete nebenher unauffällig als sehr private Privatdetektivin. McVey hatte sie gleich nach der Ankunft in seinem Hotel in Knightsbridge angerufen. Er wollte alles haben, was sie innerhalb von zwei Stunden über Erwin Scholl ausgraben konnte.

»Nichts.«

»Hör auf – *nichts* ...« McVey hörte den Ärger in seinem Ton. Er verkraftete den Mord an Benny Grossman doch nicht so gut, wie er dachte.

»Nichts, Baby. Tut mir leid. Erwin Scholl ist der, der er zu sein scheint. Ein höllisch reicher Verleger, Kunstsammler und auf du und du mit den Ultras, und damit meine ich Präsidenten und Premierminister. Und zwar in Großbuchstaben, mein Herz. Wenn es da noch mehr gibt, dann ist es tief vergraben in dem Sandkasten, in dem nur die großen Kinder spielen dürfen. Und kleine Jungs und Mädchen wie du und ich werden es nicht finden.«

»Wie ist es mit seiner Vergangenheit –?« fragte McVey.

»Armer Einwanderer kommt kurz vor dem Zweiten Weltkrieg aus Deutschland und arbeitet sich den Arsch ab. Den Rest habe ich dir gerade gesagt.«

»Verheiratet?«

»Nie, Schätzchen. Wenigstens nicht, soweit ich es in den zwei Stunden feststellen konnte. Und wenn du denkst, er könnte schwul sein, Schätzchen, dann haben die Tunten, mit denen er sich vergnügt, ein Krönchen mit Smaragden auf, tragen Hermelin und besitzen Armeen. Ladies, die mal ganze Imperien regiert haben und wahrscheinlich immer noch auf einem juwelenbesetzten Lokus sitzen.«

»Engelchen, das ist nicht viel.«

»Eine Sache kann ich dir noch sagen, und damit kannst du anfangen, was du willst – dein Mann ist bis Sonntag in Berlin. Große Gedenkfeier oder so was, in einem Laden namens … Moment, ich muß einen Blick in meine Notizen werfen – die sind hier irgendwo … ja, da haben wir's – den Laden: ein Schloß oder so was. Charlottenburg.«

»Schloß Charlottenburg?« McVey sah Noble an.

»Ein Museum in Berlin.«

»Geh zurück zu deinem Spiel, Engelchen. Ich lade dich zum Essen ein, wenn ich wieder da bin.«

»McVey, für dich jederzeit.«

McVey legte auf. Noble starrte ihn an. »Engelchen?« Er grinste.

»Yeah, Engelchen –«, sagte McVey ungerührt. »Was ist mit Osborn?«

Nobles Grinsen verflog, und er schüttelte den Kopf. »Nichts.«

83

»Vera –«

»O Gott, Paul!«

Osborn hörte die Erleichterung und die Erregung in ihrer Stimme. Trotz allem war ihm der Gedanke an Vera nie länger als einen kurzen Augenblick aus dem Sinn gegangen. Irgendwie hatte er sie erreichen müssen, mit ihr reden, sie sagen hören, daß es ihr gutging.

Das Telefon in seinem Zimmer durfte er nicht benutzen; das wußte er. Also war er in die Lobby hinuntergegangen. McVey würde das nicht gefallen, wenn er es herausfände, aber er hatte das Gefühl, daß ihm nichts anderes übrigblieb.

Unten in der Lobby hatte er festgestellt, daß die Münztelefone am Eingang besetzt waren. Er hatte es darauf ankommen lassen und war zur Rezeption gegangen, um sich zu erkundigen, ob es noch andere gab, und man hatte ihn zu einem Korridor gleich neben der Bar geschickt, in dem eine Reihe von altmodischen Telefonzellen stand.

Er betrat eine davon, schloß die Tür hinter sich und zog ein kleines Adreßbuch hervor, in dem er sich die Nummer von Veras Großmutter in Calais notiert hatte. Aus irgendeinem Grund wirkte die Telefonzelle mit dem alten, polierten Holz und der geschlossenen Tür beruhigend. Er hörte, wie jemand in der Nachbarzelle ein Gespräch beendete, den Hörer einhängte und wegging. Als er durch die Scheibe hinausschaute, sah er ein junges Paar an ihm vorbei zu den Aufzügen gehen. Dann war der Korridor leer. Er drehte sich um, nahm den Hörer ab, wählte die Nummer und belastete das Kreditkartenkonto seiner Praxis mit den Gesprächsgebühren.

Er hörte, wie es am anderen Ende klingelte. Es klingelte eine ganze Weile, und er wollte schon einhängen, als die alte Frau zu seiner Überraschung doch noch antwortete. Aber das einzige, was er schließlich verstehen konnte, war, daß Vera nicht da war und daß sie auch nicht da gewesen war. Er merkte, wie seine Empfindungen anfingen durchzudrehen, und er wußte, er würde verrückt werden, wenn er sie nicht in den Griff bekäme. Dann fiel ihm ein, daß sie vielleicht noch im Krankenhaus war, daß sie dort überhaupt nie weggefahren war. Auf Kosten seiner Kreditkarte wählte er die Nummer ihres Klinikanschlusses. Das Rufzeichen ertönte, und er hörte ihre Stimme.

»Vera –«, sagte er, und beim Klang des Namens tat sein Herz einen Satz. Aber sie redete und redete immer weiter auf französisch, bis ihm klar wurde, daß es ihr Auftragsdienst war. Dann hörte er ein Klicken, und eine Tonbandstimme forderte ihn auf, eine Null zu wählen. Einen Augenblick später meldete sich eine Frau. »*Parlez-vous anglais?*« fragte er. Ja, die Frau sprach ein bißchen Englisch. Vera, sagte sie, sei vor zwei Tagen in einer dringenden Familienangelegenheit weggerufen worden; man wisse nicht, wann sie zurückkommen würde. Ob er einen anderen Arzt sprechen wolle? »Nein. Nein, danke«, sagte er und legte auf. Lange Zeit starrte er die Wand an. Es gab nur noch eine Möglichkeit. Vielleicht war sie aus irgendeinem Grund in ihre Wohnung zurückgekehrt.

Zum drittenmal benutzte er seine Kreditkartennummer, und diesmal fragte er sich, ob er nicht ein anderes Telefon außerhalb des Hotels benutzen sollte. Aber bevor er auflegen konnte, hörte er das Rufzeichen, und beim zweiten Läuten meldete sich ein Mann.

»Wohnung Monneray, *bon soir.*«

Das war Philippe, der den Anruf an seiner Telefonzentrale entgegennahm. Osborn schwieg. Wieso schaltete Philippe sich in Veras Anrufe ein, ohne ihr Gelegenheit zu geben, selbst ans Telefon zu gehen? Vielleicht hatte McVey recht gehabt, und es war Philippe gewesen, der dieser »Gruppe« gesagt hatte, wer Vera war und wo sie wohnte, und der ihm dann später geholfen hatte, unter den Augen der Polizei zu fliehen – aber erst, nachdem er den großen Mann informiert hatte.

»Wohnung Monneray«, sagte Philippe noch einmal, aber diesmal klang seine Stimme hohl, als komme ihm dieser Anruf verdächtig vor.

Osborn wartete noch einen halben Herzschlag lang, und dann beschloß er, es einfach zu riskieren.

»Philippe, hier ist Dr. Osborn.«

Philippes Reaktion war alles andere als vorsichtig. Er zeigte sich aufgeregt und entzückt, von ihm zu hören, und es klang, als habe er sich um Osborn zu Tode gesorgt.

»Oh, Monsieur. Die Schießerei im La Coupole. Es kam überall im Fernsehen. Zwei Amerikaner, hieß es. Ist alles in Ordnung mit Ihnen? Wo sind Sie?«

Oh-oh, dachte Osborn. Sag's ihm nicht.

»Wo ist Vera, Philippe? Haben Sie von ihr gehört?«

»*Oui, oui!*« Vera hatte an diesem Tag angerufen und eine Nummer hinterlassen. Nur Osborn sollte sie bekommen, falls er anriefe, und niemand sonst.

Ein Geräusch vor der Zelle veranlaßte Osborn, sich umzudrehen. Eine kleine schwarze Frau in Hoteluniform arbeitete mit einem Staubsauger im Korridor. Sie war alt, und die Art, wie sie sich das Haar unter einem leuchtendblauen Tuch hochgebunden hatte, ließ sie haitianisch aussehen. Das Brummen des Staubsaugers wurde immer lauter, als sie näher kam.

»Die Nummer, Philippe«, sagte er und wandte dem Korridor den Rücken zu. Er fummelte einen Stift aus der Tasche und suchte nach etwas, worauf er schreiben könnte. Aber es war nichts da, und so notierte er sich die Nummer in der Handfläche. Dann wiederholte er sie zur Sicherheit.

»*Merci,* Philippe.« Ohne dem Portier Gelegenheit zu einer weiteren Frage zu geben, hängte er ein.

Während der Staubsauger der alten Frau lärmte, nahm Osborn den Hörer wieder ab; er überlegte noch einmal, ob er das Telefon wechseln sollte, aber dann dachte er sich, zum Teufel damit, und wählte die Nummer, die er sich in die Hand geschrieben hatte. Er wartete, bis es läutete.

»*Oui?*« Er erschrak, als eine Männerstimme sich meldete, hart und kraftvoll.

»Mademoiselle Monneray, bitte«, sagte Osborn.

Dann hörte er, wie Vera etwas auf französisch sagte und den Namen Jean Claude hinzufügte. Es klickte einmal in der Leitung, und er hörte, wie Vera seinen Namen sagte.

»Mein Gott, Vera –«, flüsterte er. »Was zum Teufel ist denn los? Wo bist du? Ich habe deine Großmutter angerufen, weil ich mich zu Tode gesorgt habe, und ihr Englisch ist schlechter als mein Französisch, und ich habe nur verstanden, daß sie nichts von dir gehört hat. Ich mußte an die Pariser Polizisten denken. Daß sie mit drinstecken, und ich habe dich zu ihnen geschickt ... Vera, wo zum Teufel bist du? Sag mir, daß es dir gutgeht –«

»Es geht mir gut, Paul, aber ...« Sie zögerte. »Ich kann dir nicht sagen, wo ich bin.«

Vera sah sich in dem kleinen, fröhlichen, gelb und weiß eingerichteten Schlafzimmer um, dessen einziges Fenster einen Blick auf eine lange, von Flutlichtscheinwerfern beleuchtete Zufahrt bot. Dahinter waren Bäume, und dahinter war es dunkel. Wenn sie die Tür öffnete, sah sie einen stämmigen Mann in einem schwarzen Pullover mit einer Pistole an der Hüfte, der den Anruf auf einem drahtlosen Recorder mitschnitt. Ein Sturmgewehr lehnte neben ihm an der Wand. Als er aufblickte, sah er, daß sie ihn anstarrte, und ihre Hand bedeckte die Sprechmuschel.

»Jean Claude, bitte ...«, sagte sie auf französisch. Er war einen Moment lang unschlüssig; dann schaltete er den Recorder ab.

»Mit wem redest du? Das ist doch nicht die Polizei. Wer war der Mann, der sich eben gemeldet hat?« bellte Osborn plötzlich. Er spürte, wie eine häßliche Woge der Eifersucht ihn durchströmte. Das massive Summen des Staubsaugers vor der Telefonzelle erschien ihm lauter als je zuvor. Er drehte sich wütend um und sah, daß die alte Frau ihn anstarrte. Als ihre Blicke sich trafen, senkte sie jäh den Kopf und entfernte sich, und der Staubsaugerlärm verschwand mit ihr.

»Verdammt, Vera!« Osborn wandte sich wieder dem Telefon zu. Er war wütend und gekränkt und verwirrt. »Was zum Teufel geht da vor?«

Vera antwortete nicht.

»Wieso kannst du mir nicht sagen, wo du bist?« fragte er.

»Weil ...«

»Warum?«

Osborn spähte durch die Glasscheibe. Der Korridor war jetzt leer. Dann kam die Erkenntnis, brutal und unvermittelt. »Du bist bei ihm! Du bist bei Frenchy, ja?«

Sie hörte die rauhe Härte seiner Wut, und sie haßte ihn dafür. Auf diese Weise sagte er ihr, daß er ihr nicht vertraute. »Nein, das bin ich nicht. Und nenne ihn nicht so!« fauchte sie.

»Verdammt, Vera. Lüg mich nicht an. Nicht jetzt. Wenn er da ist, sag es mir!«

»Paul! Hör auf! Oder du kannst zum Teufel gehen, und das ist das Ende unserer Beziehung.«

Plötzlich erkannte er, daß er gar nicht zuhörte, daß er überhaupt nicht mehr dachte, sondern einfach tat, was er immer getan hatte, seit dem Tag, an dem sein Vater ermordet worden war: Er reagierte auf seine eigene, betäubende Angst, Liebe zu verlieren.

Wie ein Süchtiger, der plötzlich zu Bewußtsein kommt, erkannte er, wenn er seiner Selbstzerstörung je ein Ende machen wollte, dann mußte es jetzt geschehen, in diesem Augenblick. Und so schwierig das war, die einzige Möglichkeit dazu bestand darin, auf die Folgen zu pfeifen und den Mut zu finden, ihr zu vertrauen.

Zutiefst aufgewühlt hob er den Hörer wieder ans Ohr.

»Es tut mir leid …«, sagte er.

Vera fuhr sich mit der Hand durchs Haar und setzte sich an einen kleinen, hölzernen Schreibtisch.

»Ich hatte Angst vor der Polizei, Paul. Ich wußte nicht, was ich tun sollte. In meiner Verzweiflung habe ich François angerufen. Weißt du, wie schwer mir das fiel, nachdem ich ihn verlassen hatte? Er hat mich hergebracht, an einen Ort auf dem Lande, und ist dann nach Paris zurückgefahren. Er hat drei Geheimdienstagenten zu meinem Schutz hiergelassen. Niemand soll wissen, wo ich bin, und darum kann ich es dir nicht sagen. Falls jemand mithört …«

Abrupt hob sich der Schleier von Osborn, die Eifersucht verflog, und die tiefe Sorge kehrte zurück, die vorher dagewesen war. »Bist du in Sicherheit, Vera?«

»Ja.«

»Ich denke, wir sollten Schluß machen«, sagte er. »Ich rufe dich morgen wieder an.«

»Paul, bist du in Paris?«

»Nein. Warum –?«

»Es wäre gefährlich.«

»Der große Mann ist tot. McVey hat ihn umgebracht.«

»Das weiß ich. Aber was du nicht weißt, ist, daß er der Stasi angehört hat, der alten ostdeutschen Geheimpolizei. Sie mögen behaupten, daß sie aufgelöst ist, aber das glaube ich nicht.«

»Das hast du von François erfahren.«

»Ja.«

»Wieso soll die Stasi Albert Merriman umbringen?«

»Paul, hör mir bitte zu.« Ein drängender Unterton lag in ihrer Stimme. Aber sie war auch verängstigt und ratlos. »François tritt zurück. Es wird morgen früh veröffentlicht. Er steht unter dem Druck seiner eigenen Partei; es hängt mit der neuen Wirtschaftsgemeinschaft zusammen, mit der neuen Europapolitik.«

»Du willst damit sagen, daß er aus dem Amt gedrängt wird.«

»Ja – es widerstrebt ihm, aber er hat keine andere Wahl. Es ist sehr unangenehm geworden.«

»Vera, hat François Angst um sein Leben, wenn er nicht zurücktritt?«

»Darüber hat er nie mit mir gesprochen ...«

Osborn hatte einen Nerv getroffen. Vielleicht hatten sie nicht darüber gesprochen, aber daran gedacht hatte sie schon. Und wahrscheinlich konnte sie nicht aufhören, daran zu denken. François Christian hatte sie irgendwohin an einen abgeschiedenen Ort auf dem Lande gebracht und ließ sie von drei Geheimdienstleuten bewachen. Bedeutete das etwa, die Tatsache, daß der große Mann ein Stasiagent gewesen war, hing auf irgendeine Weise mit den Vorgängen in der französischen Politik zusammen? Befürchtete François, daß Vera deshalb in Gefahr sei? Daß man ihr etwas antun könnte, um ihn zu warnen? Oder hatte er sie wegen ihrer Beziehung zu Osborn und jetzt auch zu McVey versteckt und unter Schutz gestellt, und wegen der Anschläge auf Lebrun und seinen Bruder in Lyon?

»Vera – es ist mir egal, ob jemand mithört«, sagte er. »Du mußt jetzt sorgfältig nachdenken. Hat François etwas gesagt, das vermuten läßt, es besteht ein Zusammenhang zwischen Albert Merriman und mir und der Situation, in der er sich befindet?«

»Ich weiß nicht –«

Plötzlich hörte er ein Geräusch hinter sich. Er fuhr herum. McVey stand draußen. Und Noble. McVey riß die Tür auf.

»Legen Sie auf!« sagte er. »Sofort!«

84

Osborn wurde durch die Bar und zur Tür hinaus auf die Straße gezerrt.

»Das Mädchen, nicht wahr? Vera Monneray«, sagte McVey und öffnete die Tür eines Zivilfahrzeugs am Straßenrand.

»Ja«, sagte Osborn. McVey drängte sich in seine private Welt, und das gefiel ihm nicht.

»Hat die Pariser Polizei sie?«

»Nein. Der Secret Service.«

Die Türen wurden zugeschlagen, und Nobles Fahrer fuhr los. Fünf Minuten später umkurvten sie den Piccadilly Circus und fuhren über Haymarket in Richtung Trafalgar Square.

»Eine Geheimnummer?« frage McVey nüchtern und betrachtete die Ziffern, die Osborn sich auf die Handfläche gekritzelt hatte.

»Worauf wollen Sie hinaus?« fragte Osborn abwehrend und schob die Hände unter die Achseln.

McVey starrte ihn an. »Hoffentlich haben Sie sie nicht umgebracht.«

Noble drehte sich vorn auf dem Beifahrersitz um. »Haben Sie sich nach dem Telefon erkundigt, das Sie da benutzt haben, oder haben Sie es allein gefunden?«

»Die Telefone in der Lobby waren besetzt. Ich habe gefragt, ob es noch andere gab.«

»Und jemand hat es Ihnen gesagt.«

»Offensichtlich.«

»Hat jemand gesehen, wie Sie telefonierten? In welche Zelle Sie gegangen sind?« McVey ließ Noble reden.

»Nein«, antwortete Osborn sofort, und dann erinnerte er sich. »Eine Hotelangestellte, eine alte Schwarze. Sie hat im Korridor Staub gesaugt.«

»Es ist nicht schwer, einen Anruf von einer öffentlichen Zelle zu verfolgen«, sagte Noble. »Besonders nicht, wenn man weiß, welches Telefon es ist. Ob die Nummer verzeichnet ist oder nicht – fünfzig Pfund in die richtige Hand, und sie erfahren Nummer, Stadt, Straße und höchstwahrscheinlich auch, was die Leute dort zum Abendessen hatten. Das alles im Handumdrehen.«

Osborn saß lange Zeit schweigend da und sah, wie das nächtliche London vorüberhuschte. Es gefiel ihm nicht, aber Noble hatte recht.

Er hatte sich unbedacht benommen, dumm. Aber das hier war nicht seine Welt. Wo jedem Gedanken ein anderer Gedanke vorausgehen mußte, und wo jeder verdächtig war, ganz gleich, wer.

Schließlich sah er McVey an. »Wer tut das alles? Wer ist das?«

McVey schüttelte nur den Kopf.

»Wußten Sie, daß der Mann, den Sie erschossen haben, zur Stasi gehört hat?« fragte Osborn.

»Hat sie Ihnen das erzählt?«

»Ja.«

»Es stimmt.«

Osborn machte ein ungläubiges Gesicht. »Das wußten Sie?«

McVey antwortete nicht. Noble auch nicht.

»Ich will Ihnen etwas erzählen, was Sie wahrscheinlich *nicht* wissen. Der französische Ministerpräsident tritt zurück. Es wird morgen bekanntgegeben. Er wurde von Leuten aus seiner eigenen Partei dazu gezwungen, weil er ein Gegner der Rolle Frankreichs in der neuen Europäischen Gemeinschaft ist. Er findet, die Deutschen haben zuviel Macht, und sie sehen es anders.«

»Das ist nichts Neues.« Noble zuckte die Achseln und sagte etwas zu seinem Fahrer.

»Neu ist, daß er glaubt, sie werden ihn umbringen, wenn er nicht geht. Oder Vera – als Fingerzeig für ihn und seine Familie.«

McVey und Noble wechselten einen Blick.

»Glauben *Sie* das, oder hat sie es Ihnen gesagt?« wollte McVey wissen.

Osborn funkelte ihn an. »Sie hat Angst, okay? Aus vielen Gründen.«

»Sie haben ihr keinen Gefallen getan. Wenn ich Ihnen das nächste Mal sage, was Sie tun sollen, dann tun Sie's auch!« McVey wandte sich ab und schaute aus dem Fenster. Es wurde still; man hörte nur das Sirren der Reifen auf dem Asphalt. Hin und wieder beleuchteten die Scheinwerfer des Gegenverkehrs die Männer im Wagen, aber die meiste Zeit saßen sie im Dunkeln.

Osborn lehnte sich zurück. Er hatte das Gefühl, im ganzen Leben noch nicht so müde gewesen zu sein. Schlafen. Er wußte nicht mehr, wann er das zuletzt getan hatte. Geistesabwesend strich er sich mit der Hand über sein Stoppelkinn. Als er McVey anschaute, sah er bei ihm die gleiche Müdigkeit. Er hatte dunkle Ringe unter den Augen, und grauweiße Stoppeln überzogen sein Kinn. Er hatte frische Sachen an, aber sie sahen trotzdem aus, als hätte er eine Woche lang darin geschlafen. Und Noble auf dem Vordersitz machte auch keinen besseren Eindruck.

Der Rover verlangsamte seine Fahrt und bog in eine schmale Seitenstraße ein. Einen Häuserblock weiter schwenkte er in eine Tiefgarage. Plötzlich kam Osborn auf den Gedanken, zu fragen, wo sie eigentlich hinfuhren.

»Nach Berlin«, sagte McVey, bevor er seine Frage aussprechen konnte.

»Berlin?«

Zwei uniformierte Polizisten kamen auf den Wagen zu, als er anhielt, und hielten die Türen auf.

»Hier entlang, bitte, Gentlemen.« Die Uniformierten gingen ihnen voraus einen Gang hinunter und zu einer Tür hinaus auf eine Betonfläche. Sie waren in der hinteren Ecke eines Flughafens. In einiger Entfernung stand ein zweimotoriges Flugzeug; die Innenbeleuchtung war eingeschaltet, und eine fahrbare Treppe führte hinauf in die offene Einstiegsluke.

»Der Grund, weshalb Sie mitkommen«, sagte McVey, »ist der, daß Sie eine Aussage vor einem deutschen Richter machen sollen. Sie sollen ihm erzählen, was Albert Merriman gesagt hat, bevor er erschossen wurde.«

»Sie reden von Scholl.«

McVey nickte.

Osborn merkte, wie sein Pulsschlag einen Satz machte. »Er ist in Berlin.«

»Ja.«

Noble stieg vor ihnen die Treppe hinauf ins Flugzeug.

»Meine Aussage soll dazu beitragen, einen Haftbefehl gegen ihn zu bekommen.«

»Ich will mit ihm reden.« McVey ging die Treppe hinauf.

Osborn war euphorisch. Das war der Grund, weshalb er überhaupt riskiert hatte, sich mit McVey zu treffen. Er sollte ihm den nächsten Schritt ermöglichen, sollte ihm helfen, Scholl zu finden.

»Ich will dabeisein, wenn Sie das tun.«

»Das dachte ich mir.« McVey verschwand in der Maschine.

85

»Wie Sie sehen: keine Spuren eines Kampfes, keine Hinweise auf ein falsches Spiel. Die Außenumzäunung wird per Video überwacht und ist durch Hundeführer zu Fuß überprüft worden. Es gibt keine Anzeichen dafür, daß die Sicherheitsvorrichtungen umgangen worden sind.« Georg Springer, der schlanke, schütterhaarige Sicherheitschef am »Anlegeplatz«, durchquerte Egon Leybergers großes Schlafzimmer, warf einen Blick auf das benutzte, aber jetzt leere Bett und hörte einem bewaffneten Sicherheitsmann zu. Es war Donnerstag morgen, drei Uhr fünfunddreißig. Springer war kurz nach drei geweckt und informiert worden, daß Leyberger nicht in seinem Zimmer sei. Er hatte sofort die zentrale Sicherheit angerufen, die mit ihren Kameras das Haupttor, die dreißig Kilometer lange Außenumzäunung und die anderen Zugänge kontrollierte sowie die bewachte Service-Einfahrt bei der Garage und eine technische Anlage an einer gewundenen Straße, einen Kilometer weiter hinten. In den vorausgegangenen vier Stunden war niemand herein- oder hinausgekommen.

Springer warf einen letzten Blick durch Leybergers Zimmer und ging dann zur Tür. »Er könnte krank geworden und auf der Suche nach Hilfe herumgeirrt sein, oder er könnte sich in einem Schlafzustand befinden, in dem er nicht weiß, wo er ist. Wie viele Leute sind im Dienst?«

»Siebzehn.«

»Rufen Sie alle zusammen. Suchen Sie das Gelände gründlich ab, jedes Zimmer, jedes Schlafzimmer. Es ist mir egal, ob Leute schlafen oder nicht. Ich werde Salettl wecken.«

Egon Leyberger saß auf einem Stuhl und beobachtete Joanna. Seit fünf Minuten hatte sie sich nicht bewegt. Wenn das leise Heben und Senken ihrer Brüste unter dem Nachthemd nicht gewesen wäre, hätte er es riskiert, Hilfe zu rufen, weil er befürchtete, sie sei krank.

Es war knapp eine Stunde her, daß er das Video gefunden hatte. Er hatte nicht schlafen können und war in seine Bibliothek gegangen, um sich etwas zu lesen zu holen. In letzter Zeit hatte er Mühe, Schlaf zu finden, und wenn es gelang, dann schlief er unruhig und hatte seltsame Träume, in denen er allein unter Menschen und an Orten umherlief, die ihm zwar vertraut vorkamen, die er aber nicht richtig unterbringen konnte.

In seiner Bibliothek hatte er in ein paar Zeitschriften und Zeitungen geblättert. Das hatte an seiner Schlaflosigkeit nichts geändert, und er war ins Freie hinausspaziert. Im Bungalow seiner Neffen Erik und Edward brannte noch Licht. Er ging hin und klopfte an. Als niemand kam, öffnete er die Tür und trat ein.

Das luxuriöse Wohnzimmer war leer. Die Türen zu den hinteren Schlafräumen waren geschlossen.

In der Annahme, daß seine Neffen schon schliefen, hatte Leyberger sich schon zum Gehen gewandt, als er einen großen Umschlag auf einem Bord neben der Tür liegen sah, wo er wahrscheinlich für einen Boten hingelegt worden war. Darauf stand »Onkel Leyberger«. Da er annahm, der Umschlag sei für ihn bestimmt, hatte er ihn geöffnet und eine Videokassette darin gefunden.

Neugierig war er mit der Kassette in sein Arbeitszimmer gegangen, hatte sie in den Recorder geschoben, den Fernseher eingeschaltet und sich hingesetzt, um sich anzusehen, was die Jungen ihm da hatten schicken wollen.

Er hatte sich selbst gesehen, beim Fußballspielen mit Erik und Edward, bei einer politischen Rede, die er nach gründlicher Vorbereitung durch seinen Sprechtherapeuten gehalten hatte. Und dann folgte eine – schockierende – Sequenz, die ihn und Joanna im Bett zeigte, während allerlei Ziffern über den Bildschirm liefen und von Holden daneben stand, nackt, wie Gott ihn erschaffen hatte.

Joanna war seine Freundin und Gefährtin. Sie war wie eine Schwester für ihn, ja, wie eine Tochter. Was er da gesehen hatte, war entsetzlich gewesen. Wie hatte das sein können? Wie war das passiert? Er hatte nicht die leiseste Erinnerung daran. Irgend etwas Furchtbares, das wußte er, war hier im Gange.

Die Frage war: Wußte Joanna davon? War es ein krankhaftes Spiel, das sie zusammen mit von Holden spielte? Von Entsetzen und Zorn erfüllt, war er gleich zu ihrem Zimmer gegangen. Er hatte sie aus tiefem Schlaf gerissen und lautstark und empört verlangt, daß sie sich auf der Stelle das Video anschaute.

Verwirrt und mehr als nur ein wenig bestürzt über sein Verhalten und seine Anwesenheit in ihrem Schlafzimmer, hatte sie gehorcht. Und als jetzt die Kassette ablief, war sie ebenso entnervt wie er. Der schreckliche Traum, den sie ein paar Nächte zuvor geträumt hatte, war kein Alptraum gewesen, sondern die lebhafte Erinnerung an etwas, das tatsächlich stattgefunden hatte.

Als es vorbei war, schaltete Joanna den Recorder ab und wandte sich Leyberger zu. Er war bleich und zitterte; er fühlte sich ebenso ausgelaugt wie sie.

»Sie wußten das nicht, oder? Sie hatten keine Ahnung, daß es passiert ist?« fragte sie.

»Sie auch nicht ...«

»Nein, Mr. Leyberger, ich wußte es allerdings nicht.«

Plötzlich klopfte es hart an der Tür. Gleich darauf öffnete sie sich, und Frieda Vossler trat ein, eine Angehörige der Sicherheitsabteilung am »Anlegeplatz«, fünfundzwanzig Jahre alt.

Als Salettl und der Sicherheitschef Springer ein paar Minuten später in Joannas Zimmer erschienen, fanden sie einen empörten Leyberger, der sich immer wieder mit der Videokassette in die flache Hand schlug, Vossler von der Sicherheit anbrüllte und Auskunft darüber forderte, was diese unerhörte Sache zu bedeuten habe.

Ruhig nahm Salettl ihm das Video ab und bat ihn, sich zu entspannen; was er hier tue, könne sonst einen zweiten Schlaganfall auslösen. Sie hatten Joanna in der Obhut der Sicherheitsmitarbeiterin zurückgelassen, und Salettl führte Leyberger in sein Zimmer zurück, maß seinen Blutdruck und brachte ihn mit einem starken Beruhigungsmittel, das mit einer leichten psychedelischen Droge versetzt war, ins Bett. Leyberger würde eine Weile schlafen, und sein Schlaf würde von surrealen, fantastischen Träumen erfüllt sein. Diese Träume, hoffte Salettl, würde Leyberger später mit dem Video und mit seinem Besuch in Joannas Zimmer durcheinanderbringen.

Joanna hingegen war weniger kooperativ gewesen, und als Salettl in ihr Zimmer zurückkehrte, erwog er, sie auf der Stelle zu entlassen. Aber ihm war klar, daß ihre Abwesenheit eine noch größere Störung bedeuten konnte. Leyberger war an sie gewöhnt, und er vertraute ihr sein körperliches Wohlbefinden an. Sie hatte ihn so weit gebracht, daß er sogar ohne Stock sicher zu gehen in der Lage war, und es war nicht abzusehen, was er tun würde, wenn sie nicht mehr da wäre. Höflich bestand er darauf, daß sie – um Leybergers willen – wieder ins Bett ginge. Morgen früh werde sie eine Erklärung für das, was sie da gesehen hatte, bekommen.

Verängstigt, erbost und emotional verbraucht, besaß Joanna die Geistesgegenwart, sich nicht zu sperren.

»Sagen Sie mir nur eines«, bat sie. »Wer wußte außer Pascal noch davon? Wer hat das verdammte Video gedreht?«

»Das weiß ich nicht, Joanna. Ich habe es überhaupt noch nicht gesehen; ich weiß also nicht einmal genau, *was* es ist. Deshalb bitte ich Sie, bis morgen früh zu warten. Dann kann ich Ihnen eine schlüssige Antwort geben.«

»Also gut«, sagte sie, und als sie hinausgegangen waren, schloß sie die Tür hinter ihnen.

Draußen postierte Salettl unverzüglich Frieda Vossler vor der Tür: Niemand dürfe das Zimmer ohne seine Erlaubnis betreten oder verlassen.

Fünf Minuten später saß er an seinem Schreibtisch im Büro. Es war bereits Donnerstag morgen. In weniger als sechsunddreißig Stunden würde Leyberger in Berlin im Charlottenburger Schloß vorgestellt werden. Daß nach allem, und so dicht vor dem Termin, am »Anlegeplatz« noch etwas schiefgehen könnte, war ein Umstand, den keiner von ihnen auch nur in Betracht gezogen hatte. Er griff nach dem Telefonhörer und wählte Uta Baurs Nummer in Berlin. Er hatte damit gerechnet, sie zu wecken, aber er wurde mit ihrem Büro verbunden.

»Guten Morgen.« Ihre Stimme klang frisch und wach. Um vier Uhr früh war sie bereits bei der Arbeit.

»Ich denke, Sie sollten wissen ... es hat hier am ›Anlegeplatz‹ ein bißchen Verwirrung gegeben ...«

86

Nach Osborns Uhr war es kurz vor halb drei am Donnerstag morgen, dem 13. Oktober.

Neben sich im Dunkeln sah er Clarkson, der die rot und grün beleuchtete Instrumententafel einer Beechcraft Baron im Auge behielt, während die Maschine gleichmäßig mit zweihundert Knoten dahinflog. Hinter ihnen saßen McVey und Noble und dösten unruhig.

Kurze Zeit später legte sich das Flugzeug auf die rechte Seite und flog in den niederländischen Luftraum ein. Dann überquerten sie den dunklen Spiegel des Ijsselmeers, und bald darauf ging es über sattgrünes Weideland auf die deutsche Grenze zu.

Osborn mußte selbst auch eingenickt sein, denn das nächste, was er sah, war der matte Glanz der Morgendämmerung am Horizont.

Clarkson ließ die Beechcraft durch eine leichte Wolkendecke sinken. Direkt unter ihnen lag die Elbe, dunkel und glatt, ein Willkommensgruß, der sich vor ihnen hinschlängelte, so weit das Auge reichte.

Auf dem Boden blinkte ein Signallicht zweimal und erlosch dann wieder.

»Bringen Sie uns runter«, sagte Noble.

Clarkson nickte und zog die Nase der Baron hoch. Vor ihnen leuchtete eine Reihe blauer Lichter auf und bestrahlte eine grasbewachsene Landebahn. Einen Augenblick später setzte das Fahrgestell auf, die Nase senkte sich, und das Bugrad berührte den Boden. Sofort erlosch die Landebahnbeleuchtung, und mit ohrenbetäubendem Dröhnen ließ Clarkson die Propeller abbremsen. Ein-, zweihundert Meter weiter rollte die Baron aus.

»McVey!«

Die Stimme hatte einen starken deutschen Akzent, und auf den Ruf folgte schallendes Gelächter, als McVey auf das taufeuchte Gras der Elbwiesen etwa hundert Kilometer nordwestlich von Berlin hinunterstieg und sofort von einem riesenhaften Mann in schwarzer Lederjacke und Jeans wie von einem Bären umarmt wurde.

Hauptkommissar Manfred Remmer vom Bundeskriminalamt war einsneunzig groß und wog zweihundertfünfunddreißig Pfund. Er war ein Gefühlsmensch und sehr direkt. Wäre er zehn Jahre jünger gewesen, hätte er bei jedem Team in der National Football League als *Linebacker* spielen können; noch immer war er so kräftig und wendig. Er war siebenunddreißig, verheiratet und Vater von vier Töchtern, und er hatte McVey kennengelernt, als er vor zwölf Jahren als junger Kriminalpolizist im Rahmen eines internationalen Austauschprogramms zum LAPD geschickt worden war.

Manny Remmer hatte einen dreiwöchigen Einsatz beim Dezernat für Raub und Mord ableisten sollen und war nach zwei Tagen McVeys Partner in der Ausbildung geworden. In den drei Wochen war der Trainee Manfred Remmer bei sechs Gerichtsterminen, neun Autopsien, sieben Verhaftungen und zweiundzwanzig Befragungs- und Verhörsitzungen dabeigewesen. Er hatte sechs Tage in der Woche fünfzehn Stunden pro Tag gearbeitet, jeweils sieben davon ohne Bezahlung, und er hatte nicht in dem ihm zugewiesenen Hotelzimmer, sondern auf einer Pritsche in McVeys Arbeitszimmer geschlafen, falls etwas passieren sollte, was ihre sofortige und ungeteilte Aufmerksamkeit erforderte.

»Freut mich, Sie zu sehen, McVey. Schön, daß es Ihnen gutgeht. Ich habe mich gefreut, als ich hörte, daß Sie kommen«, sagte Remmer, während er einen silberfarbenen Zivil-Mercedes rückwärts von der Wiese auf einen Feldweg fuhr. »Ich habe nämlich ein paar Informationen über Ihre Freunde bei Interpol ausgegraben, über die Herren Klass und Halder. Nicht leicht zu kriegen. Ich sag's Ihnen besser persönlich als am Telefon ... Er ist okay?« Remmer warf einen Blick über die Schulter zu Osborn, der mit Noble auf dem Rücksitz saß.

»Der ist okay, ja«, sagte McVey und zwinkerte Osborn zu. Es war nicht mehr nötig, ihm zu verheimlichen, was sonst noch vor sich ging.

»Hugo Klass wurde 1937 in München geboren. Nach dem Krieg zog er mit seiner Mutter nach Mexico City. Später gingen sie nach Brasilien. Rio de Janeiro, dann São Paolo.« Remmer ließ den Mercedes hart durch einen Wassergraben rumpeln und beschleunigte dann auf einer Asphaltstraße.

»1958 kam er zurück nach Deutschland. Er ging zur Bundesluftwaffe und dann zum Bundesnachrichtendienst, wo er sich seinen Ruf als Fingerabdruckexperte erwarb. Dann –«

Noble beugte sich über die Lehne nach vorn. »– kam er zur Interpol-Zentrale. Genau das hat das MI6 auch herausgefunden.«

»Sehr gut.« Remmer grinste. »Dann erzählen Sie uns den Rest.«

»Welchen Rest? Mehr gibt es nicht zu erzählen.«

»Keine Hintergrundinformationen? Keine Familiengeschichte?«

Noble lehnte sich zurück. »Sorry. Mehr habe ich nicht.«

»Jetzt lassen Sie uns nicht raten.« McVey setzte die Sonnenbrille auf, als die aufgehende Sonne den Horizont erklomm.

Vor ihnen in der Ferne sah Osborn einen grauen Mercedes, der aus einer Seitenstraße kam und in derselben Richtung wie sie auf der Landstraße fuhr, langsamer als sie, aber als sie ihn eingeholt hatten, gab er Gas, und Remmer blieb dicht hinter ihm. Einen Augenblick später merkte er, daß ein ganz ähnlicher Wagen ihnen folgte. Er sah zwei Männer auf den Vordersitzen. Erst jetzt entdeckte er auch die Maschinenpistole in einer Halterung an der Tür links neben Remmers Ellbogen. Die Männer in den Autos vor und hinter ihnen gehörten offensichtlich zum BKA. Remmer ging kein Risiko ein.

»Klass ist nicht sein richtiger Name. Er heißt Haussmann. Während des Krieges war sein Vater, Erich Haussmann, in der SS. Dienstnummer 337795. Er war außerdem Mitarbeiter der SD, des Nazi-Sicherheitsdienstes.« Remmer folgte dem vorderen Mercedes nach Süden auf eine Autobahn, und die drei Wagen beschleunigten ihre Fahrt.

»Zwei Monate vor Kriegsende verschwand Erich Haussmann. Seine Frau, Bertha, nahm daraufhin wieder ihren Mädchennamen an: Klass. Frau Haussmann war keine reiche Frau, als sie Deutschland 1946 mit ihrem Sohn verließ und nach Mexico City ging. Aber sie wohnte dort in einer Villa mit Koch und Hausmädchen, und sie nahm das Personal mit, als sie nach Brasilien zog.«

»Sie glauben, daß sie nach dem Krieg von Exil-Nazis unterstützt wurde?« meinte McVey.

»Kann sein, aber wer will das beweisen? Sie kam 1966 bei einem Autounfall in der Nähe von Rio ums Leben. Ich kann Ihnen allerdings sagen, daß Haussmann sie und ihren Sohn mindestens zwei Dutzend mal in Brasilien besucht hat.«

»Sie sagten, der Alte ist *vor* Kriegsende verschwunden.« Noble beugte sich wieder vor.

»Und zwar geradewegs nach Südamerika, zusammen mit dem Vater und dem älteren Bruder Rudolf Halders, Ihres zuständigen Mannes bei Interpol Wien. Desjenigen Herrn, der Klass so geschickt geholfen hat, Albert Merrimans Fingerabdruck von einer Glasscherbe zu rekonstruieren.« Remmer nahm eine Packung Zigaretten von der Ablage, schüttelte eine heraus und zündete sie an.

»Halders wirklicher Name war Otto.« Er blies den Rauch aus. »Sein Vater und sein älterer Bruder gehörten der SS und dem SD an, genau wie Klass' Vater.«

Noble sah McVey an. »Sie glauben doch nicht, daß wir es hier mit einer Neonazi-Verschwörung zu tun haben ...«

»Interessante Idee, wenn man alles zusammen betrachtet. Merriman wird von einem Stasi-Agenten umgebracht, einen Tag nachdem er von einem Mann entdeckt wurde, der strategisch an einer Stelle sitzt, wo täglich hundert Anfragen von Polizeibehörden auf der ganzen Welt durchlaufen. Merrimans Freundin wird aufgespürt, seine Frau und ihre Familie in Marseille ermordet. Auf Lebrun und seinen Bruder wird geschossen, als sie anfangen, sich genauer anzusehen, wie Klass in Lyon dazu kam, sich die Akte Merriman von der New Yorker Polizei zu besorgen, und das mit Hilfe alter Interpol-Codes, von denen die meisten Leute nicht einmal wissen, daß sie existieren. Der Zug, in dem Osborn und ich sitzen, wird in die Luft gejagt. Benny Grossman wird in seinem Haus in New York erschossen, nachdem er Informationen über Leute, die Erwin Scholl angeblich vor dreißig Jahren hat umbringen lassen, gesammelt und an Noble weitergegeben hat.

Sie haben recht, Ian. Wenn man das alles zusammen betrachtet, hört es sich an wie die Arbeit einer Spionageeinheit, eine Art KGB-Operation.« McVey sah Remmer an. »Was meinen Sie, Manny? Macht diese Klass-Halder-Connection die ganze Sache zu einem Neonazi-Komplott?«

»Was zum Teufel meinen sie mit *Neo*nazi?« gab Remmer zurück. »Prügelnde, siegheilbrüllende Skinheads mit nagelgespickten Kartoffeln in den Hosentaschen? Arschlöcher, die Einwanderer zusammenschlagen und ihre Aufnahmelager in Brand setzen und jeden Abend in den Fernsehnachrichten auftauchen?« Remmer drehte sich um und sah erst McVey, dann Noble und schließlich Osborn an. Er war wütend. »Sie sagen ›KGB‹, und ich denke, wir sollten nicht ›Neonazi‹ sagen, sondern Neonazis in Zusammenarbeit mit *alten* Nazis! Ein *Kontinuum* dieses Monstrums, das sechs Millionen Juden ermordet und ganz Europa zerstört hat!«

»Manny«, sagte McVey ruhig, »Scham und Schuld und alles andere, womit eine andere Generation Sie überhäuft hat, war deren Schuld, nicht Ihre, aber Sie haben den Schuldschein übernommen. Aber, Manny, Emotionen sind keine Fakten.«

»Sie wollen wissen, ob ich Informationen aus erster Hand habe. Die Antwort ist: Nein, die habe ich nicht.«

»Was ist mit dem Bundeskriminalamt oder dem Bundesnachrichtendienst?«

Remmer sah sich um. »Hat man handfeste Beweise für die Existenz einer organisierten Nazi-Bewegung, die groß genug ist, um Einfluß zu haben?«

»Hat man?«

»Die gleiche Antwort. Nein. Zumindest nicht, soweit ich oder meine Vorgesetzten davon wissen; solche Dinge werden ständig unter den Polizeibehörden erörtert. Es ist die amtliche Politik, stets wachsam zu bleiben.«

McVey betrachtete ihn einen Augenblick lang. »Aber persönlich, was sagen Sie persönlich?«

Remmer zögerte. »Man wird nie davon sprechen. Wenn es kommt, werden Sie niemals das Wort Nazi hören. Aber sie werden trotzdem die Macht haben.«

Nach dieser Ankündigung verstummten die Männer.

Die Wagen wurden langsamer, als sie die Außenbezirke von Havelberg erreichten. Als Osborn aus dem Fenster schaute, sah er, daß die Strahlen der Morgensonne über die Dächer reichten. Er sah einen Teppich von Herbstlaub in leuchtenden Rot- und Goldtönen. Kinder warteten an den Straßenecken, ein altes Ehepaar ging auf dem Gehweg entlang. Überall stellten Ladenbesitzer ihre Waren ins Freie.

Es war schwer zu sagen, wie groß die Stadt war. Zwei- oder dreitausend Einwohner vielleicht. War es möglich, daß es unter ihnen welche gab, die sich insgeheim immer noch nach dem Anblick von Sturmtruppen sehnten, die im Stechschritt durch die Straßen marschierten?

Wie konnten sie? Diese schreckliche Ära lag ein halbes Jahrhundert zurück. Die Frage nach ihrem moralischen Recht und Unrecht war ein abgenutztes Alltagsthema. Kollektive Scham- und Schuldgefühle lasteten noch auf Generationen, die Jahrzehnte nach dem Ende geboren waren. Das Dritte Reich mit allem, wofür es gestanden hatte, war tot. Aber Deutschland, dessen war Osborn sicher, wollte es vergessen. Remmer mußte sich irren.

»Ich habe noch einen Namen für Sie«, sagte Remmer und brach das Schweigen. »Der Mann, der entscheidend daran beteiligt war, Klass und Halder bei Interpol auf Dauerstellungen zu installieren. Der derzeitige Koordinationsleiter, ein ehemaliger Beamter der Pariser Polizeipräfektur. Ich glaube, Sie kennen ihn.«

»Cadoux? Nein, das kann nicht sein! Den kenne ich seit Jahren!« Noble war schockiert.

»Ja, richtig.« Remmer lehnte sich auf dem Fahrersitz zurück und zündete sich eine neue Zigarette an. »Cadoux.«

87

Um sechs Uhr fünfundvierzig früh stand Erwin Scholl am Fenster des Arbeitszimmers seiner Suite im oberen Stock des Grand Hotel Berlin und sah zu, wie die Morgensonne über der Stadt aufging. Er hielt eine graue Angorakatze im Arm und streichelte sie geistesabwesend.

Hinter ihm telefonierte von Holden mit Salettl am »Anlegeplatz«. Durch die geschlossene Tür zum Vorzimmer hörte er, wie die Sekretärinnen eine Serie von internationalen Anrufen abwehrten, von denen er keinen entgegennahm.

Draußen auf dem Balkon stand Viktor Schewtschenko und rauchte eine Zigarette; er schaute über das hinaus, was einmal Ostberlin gewesen war, und wartete auf Anweisungen. Schewtschenko war zweiunddreißig Jahre alt und hatte die harte, drahtige Erscheinung eines Straßenkämpfers. Er war wie Bernhard Oven durch von Holden bei der Sowjetarmee rekrutiert und als Mann fürs Grobe zur Stasi gebracht worden. Nach der Vereinigung hatte er die Seiten gewechselt und arbeitete jetzt als Leiter des Berliner Sektors für die Organisation.

»Nein!« sagte von Holden scharf, und Scholl drehte sich um.

»Nein. Das ist nicht nötig!« sagte von Holden und schüttelte den Kopf.

Scholl wandte sich wieder zum Fenster und streichelte weiter die Katze. Das einzige, was wichtig war, hatte er zu Beginn des Gesprächs gehört, das von Holden da führte: Leyberger ruhte sich aus, und er würde morgen wie geplant in Berlin eintreffen.

In sechsunddreißig Stunden würden hundert der einflußreichsten Bürger Deutschlands ins Schloß Charlottenburg kommen, um ihn zu sehen. Kurz nach neun würden die Türen zum privaten Speisesaal geöffnet, es würde still werden, und Leyberger würde seinen großen Auftritt haben. Prachtvoll gekleidet in seinem formellen Abendanzug und ohne Stock, würde er allein den girlandengeschmückten Mittelgang hinaufgehen, ganz und gar erhaben über die, die ihn beobachteten. Am Ende des Saales würde er das halbe Dutzend Stufen zum Podium hinaufsteigen, und dort würde er sich unter donnernden Ovationen umwenden und ihnen wie ein Monarch entgegenblicken. Schließlich würde er Schweigen gebietend die Arme heben, und dann würde er die wichtigste und herrlichste Rede seines Lebens halten.

Er hörte, wie von Holden auflegte, und fuhr aus seinen Tagträumen hoch. Er ließ die Katze auf einen Sessel fallen und setzte sich an seinen Schreibtisch.

»Herr Leyberger hat zufällig das Video gefunden und Joanna gezeigt«, berichtete von Holden. »Heute morgen hatte er wenig oder keine Erinnerung mehr daran. Aber sie macht immer noch ein bißchen Schwierigkeiten. Salettl wird sich darum kümmern.«

»Er wollte, daß Sie es tun? Daß Sie hinkommen und die Sache bereinigen? Drehte sich der Streit darum?«

»Ja, aber das ist nicht nötig.«

»Pascal, Dr. Salettl hat recht. Wenn das Mädchen weiterhin beunruhigt ist, wird sich das auf Leyberger übertragen, und das wäre absolut untragbar. Mag sein, daß Salettl sie beschwichtigen kann, aber kaum in dem Maße, wie Sie es können. Das ist der Unterschied zwischen Denken und Fühlen. Bedenken Sie, um wieviel schwieriger es ist, ein Gefühl zu ändern, als einen Gedanken. Selbst wenn er sie dazu bringt, es sich zu überlegen, so kann sie sich doch gleich wieder anders besinnen und Störungen verursachen, die wir nicht hinnehmen können. Aber wenn sie besänftigt und gestreichelt wird, dann wird sie am Ende zufrieden schnurren wie eine Katze, die friedlich im Sessel schläft.«

»Das mag schon sein, Herr Scholl, aber im Augenblick ist mein Platz hier in Berlin.« Von Holden schaute Scholl in die Augen. »Sie hatten die Befürchtung, unser System könnte vielleicht nicht so effizient sein, wie wir glaubten. Nun, es stimmt, und es stimmt nicht. Der Londoner Sektor hat den verletzten französischen Polizisten, diesen Lebrun, im Westminster Hospital in London gefunden. Er wird rund um die Uhr von der Londoner Polizei beschützt. In Zusammenarbeit mit Paris hat der Londoner Sektor einen Telefonanruf verfolgen können, den der Amerikaner, Osborn, an ein Bauernhaus in der Nähe von Nancy gerichtet hat. Vera Monneray befindet sich dort, bewacht durch den französischen Geheimdienst.« Scholl saß reglos da und hörte zu, die Hände vor sich auf dem Schreibtisch gefaltet.

»Osborn und McVey haben Verstärkung durch einen Special Branch Commander der Metropolitan Police erhalten«, fuhr von Holden fort. »Er heißt Noble. Sie sind heute früh vor Tagesanbruch mit einem Privatflugzeug nach Havelberg gekommen und von einem Beamten des Bundeskriminalamts namens Remmer abgeholt worden, eskortiert von zwei Zivilfahrzeugen des Bundeskriminalamts. Wir müssen annehmen, daß sie hierherkommen. Nach Berlin.«

Von Holden stand auf und ging zu einem Sideboard, um sich ein Glas Mineralwasser zu holen. »Nicht die allerbesten Neuigkeiten, aber immerhin rechtzeitig und sachlich. Das Problem dabei ist, daß es ihnen gelungen ist, so weit zu kommen. In diesem Punkt funktioniert unser System nicht mehr. Bernhard Oven hätte die beiden in Paris umbringen müssen. Statt dessen hat der amerikanische Polizist ihn erschossen. Sie hätten bei der Zugexplosion ums Leben kommen müssen, oder die Agenten des Pariser Sektors, die mit mir in Meaux auf die Liste der Überlebenden gewartet haben, hätten sie eliminieren müssen. Das ist nicht geschehen. Jetzt kommen sie her, anderthalb Tage bevor Herr Leyberger präsentiert werden soll.«

Von Holden trank sein Glas aus und stellte es wieder auf das Sideboard. »Das ist ein Problem, das ich nicht lösen kann, wenn ich in Zürich bin.«

Scholl lehnte sich zurück und musterte von Holden. Die Katze glitt von dem Sessel herunter, in dem sie geschlafen hatte, und sprang ihm mit einem federleichten Satz auf den Schoß.

»Wenn Sie jetzt fliegen, Pascal, sind Sie heute abend wieder hier.«

Von Holden starrte ihn an, als wäre er verrückt. »Herr Scholl, diese Leute sind gefährlich. Ist Ihnen das nicht klar?«

»Wissen Sie, warum sie nach Berlin kommen, Pascal? Ich kann es Ihnen in zwei Worten sagen: Albert Merriman. Er hat ihnen von mir erzählt.« Scholl ließ ein Lächeln sehen – der Gedanke schien ihm zu schmeicheln.

»Als ich im Sommer 1946 nach Palm Springs kam, lernte ich einen Mann kennen, der damals neunzig war. Als junger Mann war er ein Indianerkämpfer gewesen. Eines der vielen Dinge, die er mir erzählt hat, war, daß die Indianerkämpfer alle Indianerjungen töteten, die sie fanden. Denn, sagte er, sie wußten, wenn sie es nicht taten, würden diese Jungen eines Tages zu Männern heranwachsen.«

»Herr Scholl, was wollen Sie damit sagen?«

»Ich will damit sagen, Pascal, daß ich mich an diese Geschichte hätte erinnern sollen, als ich Albert Merriman engagierte.« Scholls lange Finger strichen wie feine Rasiermesser durch das seidige Fell der Katze. »Vor kurzem habe ich meine persönlichen Unterlagen noch einmal durchgesehen. Einer von denen, die Herr Merriman für mich liquidiert hat, war ein Mann, der medizinische Instrumente entwickelte. Sein Name war Osborn. Ich muß annehmen, daß es sein Sohn ist, der jetzt mit den Polizisten nach Berlin kommt.«

Scholl schob sich von seinem Schreibtisch zurück, stand mit der Katze im Arm auf und ging zur Balkontür. Als er nach dem Türgriff langte, öffnete Viktor Schewtschenko die Tür von außen.

»Lassen Sie uns allein«, sagte Scholl und trat an ihm vorbei in den Sonnenschein hinaus.

Für die Außenwelt war Erwin Scholl ein eleganter Selfmademan, sprühend vor Charisma. Seine eigene Persönlichkeit war praktisch unergründlich, aber er hatte eine beinahe mystische Fähigkeit, die Motive anderer zu erkennen. Für Präsidenten und Staatsmänner war das eine unschätzbare Gabe, denn sie eröffnete entscheidende Einblicke in die geheimsten Ambitionen ihrer Gegner. Aber gegen diejenigen, die er nicht bezaubern wollte, war er kalt und arrogant, und er manipulierte sie durch Einschüchterung und Angst. Und die Handvoll derer, die zu seiner unmittelbaren Umgebung gehörten – darunter auch von Holden –, machte er zu ergebenen Dienern der dunkelsten Seite seiner Natur.

Scholl schaute sich um und sah, daß von Holden ebenfalls auf den Balkon gekommen war und hinter ihm stand. Für einen Moment richtete er den Blick hinunter auf den Verkehr in der Friedrichstraße, acht Stockwerke unter ihnen. Er fragte sich, weshalb er junge Männer so sehr schätzte und ihnen zugleich mißtraute. Vielleicht war das der Grund, weshalb er sich ihnen niemals sexuell offenbaren konnte. In wenigen Jahren – weniger, als zu zählen Vergnügen bereitete – würde er achtzig werden, und sein sexuelles Verlangen war so stark wie eh und je. Aber Tatsache war, daß er noch nie im Leben im entkleideten Zustand mit irgend jemandem sexuell verkehrt hatte, ob Mann oder Frau. Seine Partner pflegten sich natürlich auszuziehen, aber für ihn war es undenkbar, denn es bedeutete, Vertrauen und Verwundbarkeit in einem Grad zum Ausdruck zu bringen, wie es ihm völlig unmöglich war. Die Wahrheit war, daß er seit seiner Kindheit mit keinem menschlichen Wesen je völlig nackt gewesen war.

»Sie kommen nicht wegen Herrn Leyberger nach Berlin, oder weil sie ahnen, was in Charlottenburg vor sich gehen wird. Sie kommen meinetwegen. Wenn die Polizei handfeste Beweise für meine Verbindung zu Merriman hätte, dann hätten sie schon gehandelt. Aber im besten Fall haben sie etwas, das ein Mann, der jetzt tot ist, jemandem erzählt hat – vermutlich Osborn. Infolgedessen werden sie die Sondierungsversuche unternehmen, die bei Polizisten üblich sind. Strategisch, wohlkalkuliert, aber vorhersehbar. Man kann ihnen mühelos durch Rechtsanwälte begegnen und sie auf die eine oder andere Weise unschädlich machen. Mit Osborn ist es etwas anderes; da stimme ich Ihnen zu. Er kommt wegen seines Vaters. Er ist der Polizei nicht verbunden, und ich möchte annehmen, daß er sie nur benutzt hat, in der Hoffnung, auf irgendeine Weise an mich heranzukommen. Wenn er einmal hier ist, wird er Risiken eingehen. Und dahinter, fürchte ich, steckt eine Leidenschaft und eine Rücksichtslosigkeit, die alles durcheinanderbringen könnte.

Sie kommen unter massivem Schutz hierher. Finden Sie sie, beobachten Sie sie. Irgendwann werden sie versuchen, mit mir Kontakt aufzunehmen, eine Zeit und einen Ort zu verabreden, um mit mir zu sprechen. Das wird uns Gelegenheit bieten, sie zu isolieren. Und dann werden Sie und Viktor tun, was nötig ist. Inzwischen aber fliegen Sie nach Zürich.«

Von Holden wandte sich zur Seite und schaute dann wieder Scholl an. »Herr Scholl, Sie unterschätzen diese Leute.«

Bis jetzt war Scholl ruhig und sachlich gewesen. Er hatte die Katze in seinem Arm sanft gestreichelt und schlicht einen Plan für weitere Aktionen dargelegt. Jetzt aber lief sein Gesicht plötzlich rot an. »Glauben Sie, es gefällt mir, daß diese Leute, wie Sie sie nennen, noch leben oder daß diese Therapeutin bei Leyberger plötzlich Ärger macht? Für all das, Pascal, für all das sind Sie verantwortlich!« Die Katze in seinem Arm fuhr erschrocken hoch, aber er hielt sie fest und streichelte sie beinahe mechanisch weiter.

»Und nachdem Sie so oft versagt haben, erdreisten Sie sich, mir zu widersprechen? Haben *Sie* herausgefunden, warum diese Leute nach Berlin kommen? Haben *Sie* begriffen, worauf sie es abgesehen haben, und sind *Sie* mit einem Plan zu mir gekommen, was dagegen zu unternehmen ist?«

Scholls Blick ließ von Holden nicht los. Der kostbare Sohn, der nichts falsch machen konnte, hatte es plötzlich doch getan. Das war mehr als eine Enttäuschung, das war Verrat am Glauben, und von Holden wußte es. Scholl hatte gegen Dortmund, Salettl und Uta Baur kämpfen müssen, um ihn zum Sicherheitschef für die gesamte Organisation zu machen und ihn in den inneren Kreis zu holen. Es hatte Monate gedauert, und er hatte es schließlich geschafft, indem er sie davon überzeugt hatte, daß sie die letzten Überlebenden der Hierarchie waren. Sie waren alt, hatte er gesagt, und sie hatten keine Vorkehrungen für die Zukunft getroffen. Zu gegebener Zeit würden andere ihren Platz in der Leitung der Organisation einnehmen. Die Pipers vielleicht, oder Hans Dabritz, Henryk Steiner, sogar Getrude Biermann. Aber diese Zeit war noch nicht gekommen, und bis sie kam, mußte die Organisation von innen geschützt werden.

»Es tut mir leid, Herr Scholl, wenn ich Sie enttäuscht habe«, sagte von Holden im Flüsterton.

»Pascal.« Scholl wurde sanft. »Sie wissen, daß Sie fast so etwas wie ein Sohn für mich sind; und einen anderen habe ich nicht«, sagte er leise. Die Katze entspannte sich in seinen Armen. »Aber heute kann ich mir nicht erlauben, mit Ihnen wie mit einem Sohn zu reden. Sie sind Leiter der Sicherheit und somit umfassend verantwortlich für den Schutz der gesamten Operation.«

Plötzlich krallte Scholls Hand sich in das Nackenfell der Katze. Mit jähem Ruck hob er das Tier aus dem Arm, in dem es gelegen hatte, und hielt es über die Balkonbrüstung und über den Verkehr, der fünfundzwanzig Meter tiefer vorbeirauschte. Das Tier quiekte und zappelte wild. Kreischend krampfte es sich zu einer Kugel zusammen, langte nach Scholls Arm und Hand und suchte verzweifelt nach einer Möglichkeit, sich festzuklammern.

»Sie dürfen niemals meine Befehle in Frage stellen, Pascal.«

Plötzlich schoß die rechte Vorderpfote der Katze hoch und harkte eine scharfe, blutige Bahn über Scholls Handrücken.

»Niemals. Ist das klar?« Scholl ignorierte die Katze. Nachdem sie einmal ihre Krallen in sein Fleisch geschlagen hatte, schlug sie wieder und wieder zu, bis Scholls Arm und sein Handgelenk von Blut trieften. Aber Scholl blickte von Holden unverwandt in die Augen. Er fühlte keinen Schmerz, weil nichts anderes existierte. Nicht die Katze. Nicht der Verkehr dort unten. Nur von Holden. Er verlangte totale Gefolgschaftstreue. Nicht nur für den Augenblick, sondern solange er lebte.

»Ja, Herr Scholl. Es ist klar«, hauchte von Holden.

Scholl starrte ihn noch einen Moment lang an. »Danke, Pascal«, sagte er ruhig; dabei öffnete er die Hand, und die Katze fiel, kreischend vor Entsetzen, wie ein Stein nach unten und verschwand.

Scholl zog seine Hand über die Balkonbrüstung zurück und hielt die Handfläche aufwärts; das Blut rann in einem Halbkreis um sein Handgelenk und verschwand dann unter dem grellen Weiß seiner Manschette.

»Pascal«, sagte er, »wenn der Augenblick gekommen ist, behandeln Sie den jungen Arzt mit größtem Respekt. Töten Sie ihn zuerst.«

Von Holdens Blick richtete sich auf die Hand vor ihm und kehrte dann zurück zu Scholls Gesicht. »Ja, Herr Scholl …«, flüsterte er.

88

London, 7 Uhr 45

Millie Whitehead, eine außergewöhnlich dralle und infolgedessen Lebruns liebste Krankenschwester, hatte ihn soeben mit dem feuchten Schwamm abgerieben und schüttelte jetzt die Kopfkissen auf, als Cadoux in voller Uniform hereinmarschiert kam.

»Damit kommt man sehr viel leichter durch die Flughafenkontrollen«, sagte er und grinste breit.

Lebrun hob die Hand, um seinen alten Freund zu begrüßen. Er hatte noch immer Sauerstoffschläuche in der Nase, und weil sie ihm über den Mund hingen, bereitete das Reden ihm Mühe.

»Natürlich komme ich nicht zu dir; ich wollte eine Dame besuchen«, flirtete Cadoux und lächelte Schwester Millie zu. Sie errötete kichernd, zwinkerte Lebrun zu und ging hinaus.

Cadoux zog sich einen Stuhl heran und setzte sich zu Lebrun. »Wie geht's dir, mein Freund? Wie behandelt man dich?«

Die nächsten paar Minuten plauderte Cadoux von alten Zeiten; er redete von ihrer Jugend, von dem Viertel, in dem sie als beste Freunde aufgewachsen waren, von den Mädchen, die sie gekannt, den Frauen, die sie schließlich geheiratet hatten, und von den Kindern, die sie mit ihnen hatten; er lachte laut bei der lebhaften Erinnerung daran, wie sie weggelaufen waren, um in die Fremdenlegion einzutreten, und wie sie abgewiesen und von zwei echten Legionären kurzerhand wieder nach Hause eskortiert worden waren, weil sie erst vierzehn gewesen waren. Cadoux grinste breit, und er lachte oft in dem aufrichtigen Versuch, seinen verletzten Kameraden aufzuheitern.

Und während sie redeten, lag der Zeigefinger von Lebruns rechter Hand die ganze Zeit am Edelstahlabzug einer 25er Automatic, die unter der Bettdecke verborgen auf Cadoux' Brust gerichtet war. Die verschlüsselte Warnung von McVey war absolut klar gewesen: Mochte Cadoux zehnmal ein alter und geschätzter Freund sein – es deutete alles darauf hin, daß er als Hauptverschwörer mit der »Gruppe«, wie sie sie jetzt nannten, zusammenarbeitete. Höchstwahrscheinlich war er derjenige, der die verdeckten Operationen innerhalb von Interpol Lyon leitete und der die Hinrichtung von Lebruns Bruder und den Mordversuch an Lebrun selbst vor dem Bahnhof von Lyon veranlaßt hatte.

Wenn McVey recht hatte, war Cadoux nur aus einem Grund hier: Er wollte die Sache mit Lebrun selbst zu Ende bringen.

Aber je länger er redete, desto leutseliger wurde er, und Lebrun fragte sich allmählich, ob McVey sich nicht geirrt hatte oder falschen Informationen aufgesessen war. Außerdem, wie sollte er auch nur einen Versuch wagen, wenn vierundzwanzig Stunden am Tag bewaffnete Polizisten ein paar Schritte weiter draußen zu beiden Seiten der offenen Tür auf Posten standen?

»Mein Freund«, sagte Cadoux und erhob sich, »entschuldige, aber ich muß eine Zigarette rauchen, und ich weiß, hier drin darf ich nicht.« Er nahm seine Mütze und ging zur Tür. »Ich gehe in den Aufenthaltsraum hinunter. Bin gleich wieder da.«

Cadoux ging hinaus, und Lebrun entspannte sich. McVey mußte sich geirrt haben. Einen Augenblick später kam einer der Polizisten von der Metropolitan Police, die draußen vor der Tür standen, zu ihm herein.

»Alles in Ordnung, Sir?«

»Ja, danke.«

»Hier ist einer, der will Ihr Bett neu beziehen.« Der Polizist trat beiseite, und ein großer Mann in der Kleidung eines Pflegehelfers kam mit frischer Bettwäsche herein.

»Guten Tag, Sir«, sagte er mit Cockney-Akzent und legte die Bettwäsche auf den Stuhl neben dem Bett. Der Polizist ging wieder hinaus auf den Gang.

»Machen wir's uns ein bißchen ungestört, was, Sir?« Mit zwei Schritten war der Pfleger bei der Tür und schloß sie.

Lebruns innere Alarmglocke schrillte los. »Warum machen Sie die Tür zu?« rief er auf französisch. Der Mann drehte sich um und grinste. Dann streckte er plötzlich die Hand aus und riß Lebrun die Schläuche aus der Nase. Einen Sekundenbruchteil später drückte er ihm ein Kissen auf das Gesicht und legte sich mit seinem ganzen Gewicht darauf.

Lebrun sträubte sich panisch, und seine rechte Hand wühlte nach der Automatic. Aber das Gewicht des großen Mannes und seine eigene Schwäche machten es zu einem aussichtslosen Kampf. Endlich schloß sich seine Hand um den Kolben, und er bemühte sich verzweifelt, die Waffe zu heben, um dem Mann in den Bauch zu schießen. Unvermittelt verlagerte der Mann jedoch sein Gewicht, und der Pistolenlauf verhakte sich im Laken. Lebrun grunzte und zerrte fieberhaft an der Pistole, um sie freizubekommen. Seine Lunge schrie nach Luft, aber bekam keine. Und in diesem einen Augenblick erkannte er, daß er sterben würde, während rasch alles grau verblaßte und dann zu einem noch dunkleren Grau, das beinahe Schwarz war. Aber eben nicht ganz. Ihm war, als nehme ihm jemand die Pistole aus der Hand, aber er war nicht sicher. Dann hörte er ein gedämpftes Plopp, und er sah das hellste Licht, das er je gesehen hatte.

Fünf Sekunden später ging die Tür auf. Erschrocken fuhr der Pfleger mit der Pistole herum. Cadoux kam herein, hob die Hand und schloß ruhig die Tür hinter sich. Der Pfleger entspannte sich, ließ die Waffe sinken und nickte Lebrun zu. Im selben Augenblick sah er den Revolver, der aus Cadoux' Uniformhalfter hervorglitt.

»Was soll das?« schrie er, aber sein Schrei verging in einer donnernden Explosion.

Die Polizisten hörten zwei weitere Schüsse, und als sie vom Gang hereingestürzt kamen, stand Cadoux vor dem Toten, der Lebruns 25er Automatic noch in der Hand hielt. »Dieser Mann«, sagte Cadoux, »hat soeben Inspecteur Lebrun erschossen.«

89

Nancy, Frankreich

Die Morgensonne kroch über die Hügel herauf und beleuchtete das braun-weiße Bauernhaus, so daß es aussah wie auf einem Bild von van Gogh.

Draußen entspannten sich die Geheimdienstagenten Alain Cotrell und Jean Claude Dumas auf der vorderen Veranda; Dumas hielt einen Becher Kaffee in der einen und einen Neun-Millimeter-Karabiner in der anderen Hand. Fünfhundert Meter weiter unten an der langen Zufahrt, auf halber Strecke zwischen der Landstraße und dem Bauernhaus, lehnte Agent Jacques Montand mit einem französischen Famas-Sturmgewehr über der Schulter an einem Baum.

Vera saß im Haus an einer antiken Kommode vor dem vorderen Schlafzimmerfenster; fünf handgeschriebene Seiten eines langen Briefes an Paul Osborn lagen bereits vor ihr. Darin versuchte sie, Sinn und Verstand in all das zu bringen, was geschah und was seit ihrer ersten Begegnung geschehen war, und gleichzeitig versuchte sie, sich damit von dem abrupten Ende ihres gestrigen Telefonats abzulenken.

Sie legte den Stift aus der Hand und las, was sie geschrieben hatte, und plötzlich fing sie laut an zu lachen. Was von Herzen hatte kommen sollen, war statt dessen eine weitschweifige, langatmige Abhandlung über den Sinn des Lebens geworden. Sie hatte einen Liebesbrief schreiben wollen, aber was sie zu Papier gebracht hatte, war eher eine Stellenbewerbung als Englischlehrerin an einer privaten Mädchenschule. Immer noch lächelnd, riß sie die Blätter zweimal quer durch und warf sie in den Papierkorb. In diesem Augenblick sah sie, wie ein Auto von der Landstraße abbog und die lange Zufahrt zum Haus heraufkam.

Als es näher kam, sah sie, daß es ein schwarzer Peugeot mit einem Blaulicht auf dem Dach war. Vera sah, wie Agent Montand auf halber Strecke mit erhobenen Händen in die Zufahrt trat und dem Wagen signalisierte anzuhalten. Als der Peugeot stand, ging Montand zum Fenster an der Fahrerseite. Kurz darauf sprach er in sein Funkgerät, wartete auf seine Antwort, nickte dann, und der Wagen fuhr weiter.

Als er auf das Haus zukam, ging Alain Cotrell ihm entgegen und winkte wie Montand dem Fahrer, anzuhalten. Jean Claude Dumas war hinter ihm; er nahm den Karabiner von der Schulter.

»*Oui, Madame?*« sagte Alain, als das Fahrerfenster heruntergIitt und eine sehr attraktive Frau mit dunklem Haar herausschaute.

»Mein Name ist Avril Rocard«, sagte sie auf französisch und hielt einen Ausweis mit Bild aus dem Fenster. »Ich bin von der Ersten Pariser Polizeipräfektur. Ich möchte zu Mademoiselle Monneray; Detective McVey hat mich gebeten, sie nach Paris zu bringen. Sie wird wissen, wen ich meine.« Sie zeigte eine offizielle Anweisung auf französischem Behördenbriefbogen vor. »Auf Befehl von Capitain Cadoux von Interpol. Und auf Ersuchen des Ministerpräsidenten François Christian.«

Agent Cotrell nahm das Papier entgegen, betrachtete es und reichte es zurück. Währenddessen ging Jean Claude Dumas zur anderen Seite des Wagens und schaute hinein. Die Frau war allein.

»Einen Moment bitte«, sagte Cotrell. Er trat einen Schritt zurück, zog sein Funkgerät aus der Jackentasche und ging davon. Zugleich kam Dumas zur Fahrerseite zurück.

Avril warf einen Blick in den Rückspiegel und sah den Agenten Montand dreißig Meter hinter sich in der Zufahrt stehen.

Einen Augenblick später steckte Cotrell sein Funkgerät unvermittelt wieder ein, drehte sich um und kam zum Wagen zurück. Seine ganze Körpersprache war verändert. Avril sah, daß seine Hand in der Jacke verborgen war.

»Ist es recht, wenn ich eine Zigarette aus meiner Handtasche nehme?« fragte sie und sah Dumas an.

»*Oui.*« Dumas nickte und beobachtete Avrils rechte Hand, die in der Handtasche verschwand. Ihre Linke beobachtete er nicht. Es ploppte zweimal rasch hintereinander, und er kippte rückwärts gegen Cotrell. Für einen Augenblick verlor Cotrell das Gleichgewicht, und er sah nur die Beretta in Avrils Hand. Sie zuckte einmal. Cotrell fuhr sich mit der Hand an den Hals. Der zweite Schuß traf ihn zwischen die Augen und tötete ihn.

Montand kam herangelaufen und hob das Sturmgewehr, um zu schießen, als Avril die Beretta auf ihn richtete. Ihr erster Schuß traf ihn ins Bein, schleuderte ihn zu Boden und ließ die Famas klappernd über die Zufahrt und außer Reichweite fliegen. Er lag da, knirschte vor Schmerzen mit den Zähnen und streckte sich nach dem Gewehr, als Avril zu ihm kam. Sie schaute auf ihn hinunter und hob langsam die Pistole. Sie gab ihm einen Augenblick Zeit, um darüber nachzudenken, und dann schoß sie. Einmal dicht unter das linke Auge. Einmal ins Herz.

Dann zog sie ihre Jacke gerade, drehte sich um und kam auf das Haus zu.

90

Vera hatte alles vom Schlafzimmerfenster aus gesehen. Sofort griff sie nach dem Telefon, aber sie hörte nur das Freizeichen. Was sie auch tat, sie bekam keinen Wählton und erreichte keine Vermittlung. Und eine Waffe hatte sie nicht.

Jetzt lagen François Christians besten und loyalsten Leute der Länge nach in der Zufahrt, und die Frau, die sie ermordet hatte, war so gut wie im Haus.

Avril Rocard hatte das Ende der Zufahrt erreicht; sie überquerte eine kleine Rasenfläche und betrat die Veranda. Bis jetzt waren die Informationen der Organisation zutreffend gewesen. Drei Leute hatten das Haus bewacht. Es sei möglich, hatte man sie gewarnt, daß ein vierter Agent ihren Beobachtungen irgendwie entgangen sei und drinnen wartete. Auch war es möglich, daß der zweite Agent über sein Funkgerät Alarm gegeben hatte, bevor sie ihn erschossen hatte. Wenn es so war, dann mußte der Rest, ob ein vierter da war oder nicht, schnell erledigt werden.

Sie schob ein neues Magazin in die Beretta, trat seitlich neben die Haustür, drehte den Knopf mit der linken Hand und drückte behutsam. Die Eichentür schwang halb auf. Drinnen war es still.

»Vera«, rief sie in scharfem Ton. »Ich heiße Avril Rocard. Ich bin Polizistin. Die Telefone sind ausgefallen. François Christian schickt mich; ich soll sie holen. Die Leute, die Sie beschützen sollten, waren Kriminelle, die den Geheimdienst infiltriert hatten.«

Stille.

»Ist jemand bei Ihnen, Vera? Können Sie deshalb nicht sprechen?«

Langsam drückte Avril die Tür so weit auf, bis sie hineinkonnte. Zur Linken stand eine lange Bank vor einer kahlen Wand. Vor ihr, durch einen Türbogen, lag das Wohnzimmer. Dahinter führte der Flur weiter in den Schatten, und man sah nichts mehr.

»Vera?« rief sie wieder.

Immer noch keine Antwort.

Vera stand allein hinter der Tür zum Flur. Sie hatte durch die Hintertür hinauslaufen wollen, aber dann war ihr eingefallen, daß dahinter eine weite Rasenfläche lag, die bis zum Ententeich hinunter reichte. Wenn sie dort hinausliefe, gäbe sie eine wandelnde Zielscheibe ab.

»Vera.« Wieder hörte sie Avrils Stimme und jetzt auch das Knarren der breiten Bodendielen unter ihren Füßen.

»Keine Angst, Vera. Ich bin hier, um Ihnen zu helfen. Wenn jemand Sie festhält, rühren Sie sich nicht. Wehren Sie sich nicht. Bleiben Sie, wo Sie sind. Ich komme zu Ihnen.«

Vera holte tief Luft und hielt den Atem an. Rechts von ihr war ein kleines Fenster; sie schaute hinaus und hoffte, jemand möge die Zufahrt heraufkommen. Ablösung für die toten Agenten, ein Briefträger, irgend jemand.

»Vera.« Avrils Stimme war noch näher; sie kam auf sie zu. Vera schaute nach unten. Zwischen ihren Händen spannte sich ein Stück dunkelblaue Vorhangkordel, die sie vom Schlafzimmerfenster abgerissen hatte.

»Wenn Sie allein sind und sich verstecken, kommen Sie bitte heraus, Vera. François wartet auf Nachricht, ob Sie in Sicherheit sind.«

Vera spitzte die Ohren. Avrils Stimme entfernte sich wieder. Vielleicht war sie ins Wohnzimmer gegangen. Sie atmete aus und entspannte sich. Im selben Moment zerbarst plötzlich das kleine Fenster neben ihr.

Avril war neben ihr! Es knallte laut, und Holzfetzen spritzten umher. Vera schrie, als die Splitter ihren Hals und ihr Gesicht zerkratzten. Dann kam Avrils Hand durch den Fensterrahmen und schwenkte die Pistole zum letzten Schuß herum. Blindlings fuhren Veras beide Hände hoch und umschlangen Avrils Pistolenhand mit der dunkelblauen Kordel. Sofort zog sie die Schlinge stramm und zerrte sie mit aller Kraft zu sich herunter. Damit hatte Avril nicht gerechnet. Ihr Kopf wurde mit dem Gesicht voran durch die zerbrochene Glasscheibe gerissen. Mit dumpfem Schlag fiel die Beretta Vera vor die Füße.

Das Gesicht an den Glasscherben blutig zerschnitten, versuchte Avril in wilder Panik, sich loszureißen. Aber ihr Widerstand verstärkte nur Veras Entschlossenheit. Sie stemmte sich rückwärts gegen die Kordel und zog, bis Avrils Arm ganz ausgestreckt war. Als Avrils ganzer Körper sich an die Außenwand des Hauses preßte, riß Vera noch einmal heftig mit beiden Händen an der Kordel. Es knackte, und Avril kreischte, als ihr die Schulter aus dem Gelenk gekugelt wurde. Vera ließ los, und Avril rutschte langsam durch das Fenster nach außen und sackte weinend vor Schmerzen zusammen.

»Wer sind Sie?« fragte Vera, als sie draußen herankam. Sie hielt Avrils Beretta in der Hand und zielte geradewegs auf die langbeinige Gestalt im dunklen Rock, die da formlos am Boden lag, den ausgerenkten Arm schief unter sich verdreht.

»Antworten Sie. Wer sind Sie? Für wen arbeiten Sie?«

Avril sagte nichts. Sehr vorsichtig kam Vera näher. Die Frau auf dem Boden war ein Profi. In den letzten fünf Minuten hatte sie drei Männer erschossen und versucht, Vera umzubringen.

»Strecken Sie die unverletzte Hand aus und drehen Sie sich auf den Rücken, damit ich beide Hände sehen kann«, befahl Vera.

Avril rührte sich nicht. Dann sah Vera die dunkelrote Blutlache, wo Avril mit Schulter und Brust den Boden berührte. Sie streckte ein Bein aus und trat gegen Avrils Fuß. Nichts geschah.

Zitternd ging sie noch näher heran, die Pistole schußbereit auf die

Gestalt gerichtet. Sie beugte sich wachsam vor, faßte Avril bei der Schulter und rollte sie auf den Rücken. Blut quoll unter ihrem Kinn hervor auf ihre Bluse. Die linke Faust war geschlossen. Vera ließ sich auf ein Knie sinken und bog die Finger auf. Dann schrie sie auf und fuhr zurück. In der Hand lag ein einschneidiges Rasiermesser. In der Zeit, die Vera gebraucht hatte, um die Pistole aufzuheben und aus dem Haus zu kommen, hatte Avril Rocard sich die Kehle durchgeschnitten.

91

Berlin, 11 Uhr

Eine blonde Kellnerin lächelte Osborn kurz zu, stellte eine dampfende Kaffeekanne auf den Tisch und ging. Sie waren auf der Autobahn nach Berlin hinein und geradewegs zu einem kleinen Restaurant in der Waisenstraße gefahren, das sich rühmte, eines der ältesten Berlins zu sein. Der Besitzer, Gerd Eppelmann, ein zierlicher Mann mit schütterem Haar und in gestärkter, weißer Schürze, führte sie unverzüglich hinunter in ein privates Speisezimmer, in dem Diedrich Honig wartete.

Honig hatte dunkles, welliges Haar und einen säuberlich gestutzten, von grauen Fäden durchzogenen Bart. Er war fast so groß wie Remmer, aber seine schlanke Gestalt und die kurzen Jackettärmel, aus denen die Arme heraushingen, ließen ihn größer aussehen. Dies und seine Art zu stehen – leicht vornübergebeugt, den Hals vorgereckt – verlieh ihm das verblüffende Aussehen eines deutschen Abraham Lincoln.

»Ich möchte Ihnen das Risiko zu bedenken geben, Herr McVey, Herr Noble«, sagte Honig, während er im Zimmer auf und ab ging, ohne die Männer, mit denen er sprach, aus dem Auge zu lassen.

»Erwin Scholl ist einer der einflußreichsten Männer der westlichen Welt. Wenn Sie ihn angreifen, stechen Sie in ein Wespennest, das alles übertrifft, was Sie bisher für das Reich Ihrer Erfahrungen gehalten haben. Sie laufen Gefahr, sich entsetzlich zu kompromittieren. Sich selbst und Ihre jeweiligen Behörden. In einem Ausmaß, daß man Sie entweder feuern oder aber zum Rücktritt zwingen wird. Und damit finge es erst an, denn wenn Sie erst den Schutz ihrer Behörden verloren haben, wird ein Heer von Rechtsanwälten Sie für Verstöße gegen Gesetze vor Gericht zerren, von denen Sie womöglich überhaupt noch nie etwas gehört haben, und sie werden Methoden einsetzen, die Sie nicht annähernd werden verstehen können. Man wird Sie zu Staub zermahlen. Man wird Mittel und Wege finden, Ihnen Ihr Haus und Ihr Auto wegzunehmen, einfach alles. Und wenn alles vorbei ist, können Sie von Glück sagen, wenn Sie noch Ihre Pension bekommen. So viel Macht hat ein solcher Mann.«

Mit diesen Worten setzte Honig sich an den langen Tisch und goß sich eine Tasse von dem starken schwarzen Kaffee ein, den die Kellnerin dagelassen hatte. Der inzwischen pensionierte Berliner Polizeidirektor war ein Mann, der von den sehr Reichen und sehr Mächtigen auf höchster Ebene der deutschen Industrie hofiert wurde. In Berlin war der Schutz des Geldadels Honigs Sache. Wenn also jemand in der Lage war zu wissen, wie die Reichen und Mächtigen, zumal in Berlin, sich im Zweifel zu schützen pflegten, dann war es Diedrich Honig.

»Bei allem Respekt, Mr. Honig«, sagte McVey mit gesträubten Nackenhaaren, »aber ich bin schon öfter bedroht worden, und bis jetzt habe ich es überlebt. Das gleiche gilt für meine Kollegen Noble und Remmer. Lassen Sie uns das also vergessen und zum Grund unserer Anwesenheit kommen. Morde. Eine Serie von Morden, die möglicherweise vor mehr als dreißig Jahren begonnen hat und immer noch im Gange ist. Einer davon ist in New York passiert, irgendwann innerhalb der letzten vierundzwanzig Stunden. Das Opfer war ein kleiner Jude namens Benny Grossman. Er war außerdem Cop und ein sehr guter Freund von mir.« McVeys Stimme klang gepreßt vor Wut. »Wir arbeiten schon eine ganze Weile daran, aber erst seit ungefähr einem Tag beginnen wir zu ahnen, wo das alles herrühren könnte. Und je länger wir uns damit befassen, desto öfter taucht der Name Erwin Scholl auf. Auftragsmorde, Mr. Honig. Fast überall auf der Welt ein Schwerverbrechen.«

Über ihnen ertönte Gelächter, und man hörte die Dielen knarren, als mehrere Leute zum Essen hereinkamen.

»Ich will mit Scholl sprechen«, sagte McVey.

Honig zögerte. »Ich weiß nicht, ob das möglich ist, Detective. Sie sind Amerikaner. In Deutschland haben Sie keine Befugnisse. Und solange Sie keine handfesten Beweise dafür haben, daß hier ein Verbrechen begangen worden ist, kann ich –«

McVey ignorierte seine Zurückhaltung. »Es geht auf folgende Weise. Ein Haftbefehl in Hauptkommissar Remmers Namen, in dem Scholl angewiesen wird, sich dem Bundeskriminalamt zur Auslieferung an die Vereinigten Staaten zu stellen. Der Vorwurf lautet: Verdacht auf Anstiftung zum Mord. Das amerikanische Konsulat wird informiert werden.«

»So ein Haftbefehl bedeutet für einen Mann wie Scholl überhaupt nichts«, sagte Honig ruhig. »Den verspeisen seine Anwälte zum Mittagessen.«

»Das weiß ich«, sagte McVey. »Aber ich will ihn trotzdem.«

Honig verschränkte die Hände vor sich auf dem Tisch und zuckte die Achseln. »Meine Herren, ich kann Ihnen nur sagen, ich werde tun, was in meiner Macht steht.«

McVey beugte sich vor. »Wenn Sie es nicht arrangieren können, sagen Sie es jetzt gleich. Dann suche ich mir jemanden, der es kann. Es muß heute noch passieren.«

92

Von Holden hatte Scholls Suite im Grand Hotel Berlin um sieben Uhr fünfzig verlassen. Um zehn Uhr zwanzig begann sein Privatjet den Landeanflug auf den Züricher Flughafen Kloten.

Um zehn Uhr zweiundfünfzig hielt seine Limousine am »Anlegeplatz«, und um elf klopfte von Holden sanft an Joannas Zimmertür. Man würde Joanna überreden und liebkosen und alles sonst noch Nötige mit ihr tun müssen, um sie in ihre frühere Geistesverfassung zurückzuversetzen, als sie sowohl kooperativ als auch eifrig darauf bedacht gewesen war, sich um Egon Leyberger zu kümmern. Und deshalb hielt von Holden jetzt den rabenschwarzen Bernhardinerwelpen im Arm, den man auf seine Anweisung hin bereitgehalten hatte.

»Joanna«, sagte er, als auf sein erstes Klopfen keine Antwort kam. »Ich bin es, Pascal. Ich weiß, daß du aufgebracht bist. Ich muß mit dir reden.«

»Ich habe nichts zu sagen, weder dir noch sonst jemandem!« fauchte sie durch die geschlossene Tür.

»Bitte ...«

»Nein! Verdammt! Also geh!«

Von Holden legte die Hand auf den Türknopf und drehte ihn.

»Sie hat abgeschlossen«, sagte Frieda Vossler von der Sicherheitsabteilung finster.

Von Holden drehte sich um und sah sie an. Sie war eine strenge, autoritäre Erscheinung mit kantigem Kinn und stämmiger Gestalt.

»Sie können gehen«, sagte von Holden.

»Ich habe die Anweisung –«

»Sie können gehen.« Von Holden funkelte sie an.

»Jawohl, Herr von Holden.« Frieda Vossler hakte sich das Walkie-Talkie an den Gürtel, warf ihm noch einen scharfen Blick zu und marschierte davon. Von Holden starrte ihr nach. Wenn sie ein Mann und bei den Speznas gewesen wäre, dann hätte er sie für diesen einen Blick umgebracht. Dann fing der kleine Hund an zu winseln und in seinem Arm zu zappeln, und er wandte sich wieder der Tür zu.

»Joanna«, sagte er sanft, »ich habe ein Geschenk für dich. Genauer gesagt, für Henry.«

»Was ist mit Henry?« Plötzlich flog die Tür auf, und Joanna stand barfuß, in Jeans und Sweatshirt, vor ihm. Der Gedanke, jemand könnte ihrem Hund in seinem Zwinger zu Hause in Taos etwas angetan haben, erschreckte sie. Dann sah sie den Welpen.

Fünf Minuten später hatte von Holden ihr die Tränen von den Wangen geküßt, und sie spielte auf dem Boden mit dem fünf Wochen alten Bernhardiner. Das explizite Sex-Video von der Eskapade mit ihr, das sie da gesehen habe, sei eine grausame Studie gewesen, gegen die er heftig protestiert habe; Leybergers Vorstand habe darauf bestanden, nachdem sie ernsthafte Zweifel daran gehegt hätten, daß der Mann in der Lage sei, die Führung seines multinationalen Fünfzig-Milliarden-Dollar-Konzerns wieder zu übernehmen. Aus Angst vor einem zweiten Schlaganfall oder einer Herzattacke hatten die Versicherungen einen unanfechtbaren Beweis für seine Kraft und sein körperliches Durchhaltevermögen unter heftigster Alltagsbelastung verlangt. Die üblichen Tests hätten nicht ausgereicht; die Versicherer hätten ihren leitenden Arzt beauftragt, in Zusammenarbeit mit Salettl ein Verfahren zu entwerfen.

In Anbetracht dessen, daß Leyberger keine Frau und zur Zeit auch keine amourösen Interessen an irgend jemandem hatte, und im Bewußtsein seiner tiefen Zuneigung und seines Vertrauens zu Joanna, hatte Salettl gewußt, daß sie die einzige sein würde, mit der er sich wohl fühlen würde. Da er befürchtet hatte, daß einer oder alle beide diesen Vorschlag zurückweisen würden, wenn man sie fragte, hatte Salettl die Anweisung gegeben, ihnen heimlich ein Beruhigungsmittel zu verabreichen. Das Experiment war durchgeführt und aufgezeichnet worden, und die Resultate hatte man dem Vorstand vorgelegt. Das einzige existierende Video sei inzwischen vernichtet worden. Niemand sonst sei dabeigewesen, die Kameras seien durch eine Fernsteuerung bedient worden.

»Joanna, für sie war es eine geschäftliche Unternehmung und sonst gar nichts. Ich habe dagegen gekämpft, bis sie mich ersuchten, das Unternehmen zu verlassen, wenn ich weiter protestieren wolle. Das konnte ich natürlich nicht tun, um Herrn Leybergers oder auch um deinetwillen. Denn ich wußte, zumindest würde ich dann dabeisein und nicht irgendein Fremder. Es tut mir leid …«, sagte er sanft, als ihr wieder die Tränen in die Augen stiegen. »Noch einen Tag. Bitte, Joanna. Für Herrn Leyberger. Nur noch die Reise nach Berlin, und dann bist du schon auf dem Heimweg.«

Von Holden ließ sich neben ihr auf den Boden nieder und rieb den Bauch des kleinen Hundes, der sich auf den Rücken gerollt hatte. »Wenn du jetzt gehen willst, verstehe ich es und stelle dir einen Wagen zur Verfügung, der dich zum Flughafen bringt. Wir können vorübergehend eine Therapeutin engagieren und uns morgen mit Herrn Leyberger behelfen, so gut wir können.«

Joanna starrte von Holden unschlüssig an. Auf seinem Gesicht lag das warme, liebevolle Lächeln, das ihr Herz hatte schmelzen lassen, als sie ihn das erste Mal gesehen hatte. In diesem Augenblick entschied Joanna, daß alles, was er ihr gesagt hatte, wahr sei, und daß seine Bitte unter diesen Umständen nicht allzu abwegig sei.

»Ich komme mit nach Berlin«, sagte sie mit traurigem, schüchternem Lächeln.

Von Holden beugte sich vor, berührte ihre Stirn mit den Lippen und dankte für ihr Verständnis.

»Joanna, ich muß heute nach Berlin zurück, um die letzten Vorbereitungen zu treffen. Es tut mir leid, aber ich habe keine andere Wahl. Du kommst dann morgen mit Herrn Leyberger und allen anderen.«

Joanna zögerte, und einen Augenblick lang dachte er, sie werde es sich doch noch anders überlegen; aber dann gab sie sich geschlagen. »Ich sehe dich dort, oder?«

»Natürlich.« Von Holden grinste.

Joanna merkte, daß sie lächelte. Und zum ersten Mal, seit sie das Video gesehen hatte, entspannte sie sich. Von Holden zauste den kleinen Hund noch einmal spielerisch bei den Ohren und stand dann auf; er nahm Joannas Hand und half ihr hoch. Gleichzeitig zog er einen Briefumschlag aus der Tasche und legte ihn auf den Schreibtisch.

»Auf diese Weise möchte das Unternehmen dazu beitragen, dir die peinliche Situation zu erleichtern und deine Wunden zu lindern. Nicht besonders persönlich, fürchte ich, aber entschieden brauchbar. Wir sehen uns in Berlin«, flüsterte er und ging.

Joanna starrte den Umschlag an, während der Welpe zu ihren Füßen winselte. Schließlich nahm sie den Umschlag und riß ihn auf. Als sie den Inhalt sah, schnappte sie nach Luft. Es war ein Barscheck auf ihren Namen über fünfhunderttausend Dollar.

93

Remmer steuerte den Mercedes von der Hardenbergstraße in die Tiefgarage der Hausnummer 15, eines Verwaltungsgebäudes aus Glas und Beton. Eines der grauen Zivilfahrzeuge ihrer Polizeieskorte folgte ihnen und setzte rückwärts in eine gegenüberliegende Parklücke. Osborn sah die Gesichter der Polizisten, als er ausstieg und den anderen zu den Aufzügen folgte. Sie waren jünger, als er erwartet hatte – wahrscheinlich nicht einmal dreißig. Aus irgendeinem Grund überraschte ihn das, und er sah plötzlich eine ganze Armee von Leuten, die jünger waren als er, hinter sich als professionelle Experten heranrücken. Es gab ihm weniger das Gefühl, alt zu sein, als daß es die Dinge aus dem Gleichgewicht brachte. Polizisten waren immer älter gewesen als er, und er selbst hatte immer zur ersten Reihe der herankommenden jungen Männer gehört, während die anderen noch Schulkinder waren. Aber plötzlich waren sie es nicht mehr. Weshalb er jetzt darüber nachdachte, wußte er nicht; vielleicht versuchte er nur, nicht daran zu denken, wohin sie gingen und was möglicherweise passieren würde, wenn sie dort wären.

Sie hatten noch mehr als zwei Stunden in dem Privatzimmer des Restaurants gesessen, zu Mittag gegessen, Kaffee getrunken und gewartet. Dann hatte Honig ihnen ausrichten lassen, daß Richter Otto Gravenitz sie um drei in seinem Büro erwarte.

Auf dem Weg dorthin hatte McVey ihn beraten in dem, was er in seiner Aussage zu Protokoll geben solle. Merrimans letzte Worte unmittelbar vor seinem Tod waren das einzige, worauf es ankam, und Osborn solle über die restlichen Ereignisse nur das Notwendigste aussagen. Mit anderen Worten: Er solle den Detektiv Jean Packard nicht erwähnen, nicht die Spritzen, nicht das Medikament, das Osborn verabreicht hatte. McVey suchte damit nach einer Möglichkeit, Osborns unausgesprochene, aber nichtsdestoweniger reale Angst davor zu lindern, daß er sich in eine Situation begeben könnte, wo er unter Umständen gezwungen wäre, sich selbst mit dem Vorwurf des versuchten Mordes zu belasten.

McVeys Geste war großzügig gemeint, und Osborn hätte dankbar dafür sein müssen; er war es auch, aber er wußte, daß die Sache zweischneidig war. McVeys Sorge galt nicht der Gefahr, daß Osborn sich in Schwierigkeiten bringen könnte; er wollte keine Komplikationen, die seine Chancen verringern könnten, einen Haftbefehl gegen Scholl wegen Anstiftung zum Mord zu bekommen. Dazu aber mußte die Anhörung reibungslos verlaufen und sich ausschließlich auf Scholl konzentrieren, sowohl was den Richter als auch was Honig betraf, dessen Meinung offenbar von großem Gewicht war.

»Was glauben Sie?« sagte McVey zu Remmer, als die Aufzugtür zuglitt. »Wissen sie, daß wir hier sind?«

Remmer zuckte die Achseln. »Ich kann Ihnen nur sagen, daß uns niemand vom Flugzeug nach Berlin gefolgt ist. Vom Restaurant hierher auch nicht. Aber wer weiß, ob es nicht Augen gibt, die wir nicht sehen. Ich denke, es ist sicherer, wenn wir davon ausgehen, daß sie es wissen; meinen Sie nicht?«

Noble sah McVey an. Remmer hatte recht; es war sicherer, auf der Hut zu sein.

Im sechsten Stock hielt der Aufzug an. Sie traten hinaus in einen Empfangsraum und wurden dort in ein Büro geführt und gebeten zu warten.

»Kennen Sie diesen Richter? Gravenitz? Heißt er so?« McVey sah sich um; es war offensichtlich das Büro eines Beamten, in dem sie sich befanden. Den schlichten Stahlschreibtisch mit dem dazu passenden Stuhl hätte man auch in jeder Behörde in L. A. sehen können.

Remmer nickte. »Nicht gut, aber ich kenne ihn.«

»Was können wir erwarten?«

»Kommt darauf an, was Honig ihm erzählt hat. Ohne Frage hat es genügt, um ihn dazu zu bringen, daß er uns empfängt. Aber glauben Sie ja nicht, nur weil Honig die Sache eingefädelt hat oder weil Gravenitz bereit ist, mit uns zu reden, ist der Erfolg schon garantiert. Gravenitz muß man überzeugen.«

McVey sah auf die Uhr und setzte sich auf die Schreibtischkante. Er sah Osborn an.

»Mit mir ist alles okay.« Osborn ging zum Fenster und lehnte sich daneben an die Wand. McVey hatte seinen Anschlag auf Merriman nicht vergessen, und er würde ihn auch weiterhin nicht vergessen. Auch das war etwas, worüber er nicht nachdenken wollte, zumindest nicht jetzt. Aber es schwebte über ihm; er wußte, daß es irgendwann auf den Tisch kommen würde.

Die Tür ging auf, und Diedrich Honig kam herein. Richter Gravenitz, sagte er, sei aufgehalten worden, werde sie aber gleich empfangen. Dann sah er Noble an und sagte, es sei eine Nachricht für ihn gekommen: Er solle unverzüglich in seinem Londoner Büro anrufen.

»Ein Durchbruch vielleicht?« Noble ging zum Scheibtisch und griff zum Telefon. Dreißig Sekunden später war er mit seinem Büro verbunden. Nach weiteren zwanzig Sekunden hatte er den Chef des Morddezernats der Londoner Polizei am Apparat.

»O Gott, nein«, sagte er gleich darauf. »Wie ist das passiert? Er wurde doch rund um die Uhr bewacht?«

»Lebrun«, flüsterte McVey.

»Na, wo um Himmels willen ist er jetzt?« fragte Noble gereizt. »Suchen Sie ihn, und wenn Sie ihn haben, nehmen Sie ihn in Einzelhaft. Sobald Sie die ersten Informationen haben, übermitteln Sie sie durch Kommissar Remmers Büro in Bad Godesberg.« Noble legte auf und wandte sich McVey zu. Er referierte die Einzelheiten des Mordes an Lebrun und fügte hinzu, daß Codoux in dem Durcheinander verschwunden war, unmittelbar nachdem er den Krankenpfleger niedergeschossen hatte.

»Ich brauche nicht zu fragen, ob der Krankenpfleger tot ist«, sagte McVey mit zusammengebissenen Zähnen.

»Nein, das brauchen Sie nicht.«

McVey fuhr sich mit der Hand durchs Haar und durchquerte das Zimmer. Als er sich umwandte, sah er Honig an. »Haben Sie schon mal einen Freund im Dienst verloren, Mr. Honig?«

»In diesem Spiel kann man das nicht vermeiden«, antwortete Honig leise.

»Wie lange müssen wir dann noch auf Richter Gravenitz warten?« Das war keine Frage, es war eine Forderung.

94

Richter Otto Gravenitz, großspurig, klein und rotgesichtig, mit dichtem, silberweißem Haarschopf, deutete auf eine Sesselgruppe aus Leder und burmesischem Teak und bat sie auf deutsch, Platz zu nehmen. Er blieb stehen, bis sie saßen, und dann ging er vor ihnen durch den Raum zu seinem massiven Rokoko-Schreibtisch und setzte sich. Seine Schuhsohlen erreichten kaum den Boden mit dem Perserteppich. Im Gegensatz zu der spartanischen Einrichtung im Gebäude war Gravenitz' Büro eine üppige Oase von geschmackvollen Antiquitäten und Reichtum. Auch war es eine genau berechnete Zurschaustellung von Macht und Stand.

Honig wandte sich den andern zu und erklärte auf englisch, daß Herr Gravenitz angesichts von Scholls Prominenz und der Schwere der gegen ihn erhobenen Vorwürfe entschieden habe, die Anhörung allein und ohne die Anwesenheit eines Staatsanwalts durchzuführen.

»Okay«, sagte McVey. »Dann lassen Sie uns anfangen.«

Gravenitz beugte sich vor und schaltete ein Tonbandgerät ein, und um fünfzehn Uhr fünfundzwanzig kamen sie endlich zur Sache.

In einer kurzen Einleitung, die Remmer ins Deutsche übersetzte, erklärte McVey, wer Osborn war, wie er zufällig den Mörder seines Vaters in einem Pariser Café erblickt und wie er ihn mangels Polizei und aus Angst, ihn wieder zu verlieren, in einen Park an der Seine verfolgt hatte. Dort habe er den Mut aufgebracht, ihn anzusprechen und zu befragen, aber nur wenige Augenblicke später sei Merriman von einem Fremden erschossen worden, von dem anzunehmen sei, daß er ebenfalls im Dienst Erwin Scholls gestanden habe.

McVey schaute Osborn gemessen an, als er fertig war; er überließ ihm das Wort und setzte sich. Remmer übersetzte, als Gravenitz Osborn vereidigte. Dann begann Osborn mit seiner Aussage. Er wiederholte, was McVey schon berichtet hatte, und sagte dann einfach die Wahrheit.

Gravenitz lehnte sich zurück, betrachtete Osborn und hörte dabei der Übersetzung zu. Als Osborn geendet hatte, sah er Honig und dann wieder Osborn an. »Sie sind sicher, daß Merriman Ihren Vater ermordet hat? Nach fast dreißig Jahren sind Sie sicher?«

»Ja, Sir«, sagte Osborn.

»Sie müssen ihn gehaßt haben.«

McVey warf Osborn einen warnenden Blick zu. Vorsicht, sagte er damit, er stochert im Dunkeln.

»Das hätten Sie wohl auch getan«, antwortete Osborn, ohne mit der Wimper zu zucken.

»Wissen Sie, warum Erwin Scholl ein Interesse daran gehabt haben könnte, Ihren Vater umbringen zu lassen?«

»Nein, Sir«, antwortete Osborn ruhig, und McVey tat einen heimlichen Seufzer der Erleichterung. Osborn machte seine Sache gut. »Sie müssen bedenken, daß ich damals noch klein war. Aber ich habe das Gesicht des Mannes gesehen und nie wieder vergessen. Und ich habe es nie wiedergesehen, bis zu jenem Abend in Paris. Ich glaube nicht, daß ich Ihnen viel mehr erzählen kann.«

Gravenitz wartete ein Weilchen und sah dann McVey an.

»Sind Sie hundertprozentig sicher, daß der Erwin Scholl, der jetzt in Berlin ist, derselbe ist, der Albert Merriman engagiert hat?«

McVey stand auf. »Ja, Sir.«

»Warum glauben Sie, daß die Person, die Herrn Merriman erschossen hat, ebenfalls von Herrn Scholl beauftragt war?«

»Weil Scholls Leute schon früher versucht hatten, ihn umzubringen, und weil Merriman sich lange Zeit versteckt gehalten hatte. Sie haben ihn schließlich aufgespürt.«

»Und Sie sind sicher und haben keinen Zweifel daran, daß Scholl dahintersteckte.«

Genau das hatte McVey zu vermeiden versucht, aber Gravenitz, wie angesehene Richter überall auf der Welt, hatte den sechsten Sinn, wie ihn Eltern ihren Kindern gegenüber haben, und er sendete die gleiche Warnung aus: eine Lüge, und du bist dran. »Sie meinen, kann ich es beweisen? Nein, Sir. Noch nicht.«

»Verstehe ...«, sagte Gravenitz.

Scholl war eine internationale Persönlichkeit, überlebensgroß und bedeutend, und Gravenitz war unschlüssig. Ein besonnener Richter würde einen Haftbefehl gegen Erwin Scholl etwa so gelassen unterschreiben wie gegen den Bundeskanzler, und das wußte McVey. Osborns Aussage, so eindrucksvoll sie war, bestand per Saldo aus Hörensagen und aus weiter nichts. Gravenitz brauchte einen letzten Schubs, denn sonst würden sie ohne den richterlichen Befehl zu Scholl gehen müssen, und das war das letzte, was er tun wollte. Remmer mußte es auch gespürt haben, denn plötzlich stand er auf und schob seinen Sessel zurück.

»Herr Gravenitz«, sagte er auf deutsch, »wenn ich es recht verstanden habe, waren Sie vor allem deshalb bereit, uns so kurzfristig zu empfangen, weil auf zwei Polizeibeamte, die den Fall bearbeitet haben, geschossen wurde. Wäre es einmal passiert, könnte es Zufall sein, aber zweimal –«

»Ja, das war eine entscheidende Überlegung«, bestätigte Gravenitz.

»Dann werden Sie auch wissen, daß der eine ein New Yorker Detective war, der in seinem eigenen Haus ermordet wurde. Der zweite, ein hochangesehener Kollege der Pariser Polizei, wurde am Hauptbahnhof in Lyon schwer verletzt; man hat ihn unter falschem Namen in ein Londoner Krankenhaus gebracht und rund um die Uhr bewacht.« Remmer schwieg einen Augenblick und fuhr dann fort. »Er wurde jetzt in seinem Krankenzimmer erschossen.«

»Das tut mir leid«, sagte Gravenitz aufrichtig.

Remmer nickte mit dem Kopf und fuhr dann fort. »Wir haben allen Grund zu der Annahme, daß der Täter für Scholls Organisation gearbeitet hat. Wir müssen Herrn Scholl persönlich dazu hören, nicht nur seine Rechtsanwälte. Und ohne richterlichen Befehl werden wir das nicht tun können.«

Gravenitz faltete die Hände und lehnte sich zurück. Er sah McVey an, der ihn anstarrte und auf seine Entscheidung wartete. Mit ausdrucksloser Miene beugte er sich wieder vor und notierte sich etwas auf einem Block. Dann fuhr er sich mit der Hand durch die Silbermähne, warf Honig einen Blick zu und sah dann Remmer an.

»Okay«, sagte er. »Okay.«

95

McVey wartete mit Noble und Osborn, bis Gravenitz den Haftbefehl gegen Erwin Scholl unterschrieben und an Remmer übergeben hatte. Dann bedankten sich die vier bei Gravenitz, reichten Honig die Hand, verließen das richterliche Büro und fuhren mit Gravenitz' Privataufzug hinunter in die Tiefgarage.

Sie liefen auf rohen Eiern, und das wußte selbst Osborn. Praktisch gesehen war der richterliche Befehl, den McVey jetzt in der Tasche hatte, so gut wie nutzlos, wie Honig bereits angedeutet hatte. Man konnte ihn Scholl auf die übliche Weise präsentieren – »Guten Abend, der Herr, wir sind die Polizei und haben einen Haftbefehl gegen Sie, und zwar mit folgender Begründung …« –, und man konnte Scholl vielleicht wie jeden gewöhnlichen Zeitgenossen daraufhin ins Gefängnis karren, aber binnen einer Stunde würde eine Batterie von Anwälten aufkreuzen, und am Ende würde Scholl hinausspazieren – höchstwahrscheinlich, ohne ein einziges Wort gesprochen zu haben.

In den darauffolgenden Wochen aber würden Scholl und eine ganze Reihe herausragender Persönlichkeiten einen ganzen Wälzer von Aussagen zu Protokoll geben, sich für Scholls Charakter verbürgen und jeden Eid darauf leisten, daß er nicht das geringste mit der Angelegenheit zu tun habe; Scholl würde bestreiten, Osborns Vater je gekannt oder geschäftliche Beziehungen mit ihm oder sonst einem der Toten unterhalten oder auch nur Grund dazu gehabt zu haben, von einem Mann namens Albert Merriman ganz zu schweigen; er würde schwören, daß er zu den genannten Daten nicht in seinem Anwesen in Long Island, sondern ganz woanders gewesen sei. Er würde leugnen, je von einem Stasi-Agenten namens Bernhard Oven gehört oder gar etwas mit ihm zu schaffen gehabt zu haben, und er würde an Eides Statt erklären, er sei zum Zeitpunkt des Mordes an Merriman in den Staaten und nicht einmal in der Nähe von Paris gewesen. Und diese beeideten Aussagen, untermauert durch die Prominenz derer, die sie abgaben, würden letzten Endes als Beweis für Scholls vollständige Unschuld dienen. Wenn man überdies in Rechnung stellte, daß es keine handfesten Beweise gab, würde jedes Verfahren unverzüglich eingestellt werden.

Und dann, nach einem Jahr oder noch später, wenn Scholls Name und seine Person genügend Distanz zu der Sache gewonnen hätten und Gras über die Episode gewachsen wäre, dann würde die kalte, leidenschaftslose Vergeltung hereinbrechen, vor der Honig sie gewarnt hatte. McVey, Noble, Remmer und Osborn würden zusehen, wie ihre Karrieren und ihr ganzes Leben zu nichts zerbröselten. Freunde, Mitarbeiter und Leute, von denen sie noch nie gehört hatten, würden sich zu Wort melden und zahllose Beschuldigungen erheben – wegen Diebstahls, Bestechlichkeit, sexueller Verkommenheit, Kunstfehlern und Dienstvergehen und Schlimmerem. Ihre Familien würden zum

Gespött gemacht werden, und ihre ehemals so stolzen Namen würden durch die Druckerschwärze der Schlagzeilen gezogen werden, bis sie vollständig ruiniert wären.

Mit kreischenden Reifen schleuderte Remmer aus der Garage hinaus in die Hardenbergstraße, dicht gefolgt von einem Begleitwagen des BKA.

Fünf Minuten später fuhr er in eine Garage, die dem zweiundzwanzigstöckigen, aus Glas und Stahl erbauten Europacenter gegenüberlag. »Auf Wiedersehen. Danke«, sagte er in sein Funkgerät.

»Bis bald.« Der Begleitwagen gab Gas und verschwand im Verkehr.

»Ich nehme an, Sie glauben, daß wir sicher sind«, meinte Noble, als Remmer in einiger Entfernung von der Einfahrt in eine Parkbox fuhr.

»Natürlich sind wir sicher.« Beim Aussteigen nahm Remmer die Maschinenpistole aus der Türhalterung und schloß sie in den Kofferraum. Dann zündete er sich eine Zigarette an und führte sie eine Rampe hinunter und durch eine stählerne Sicherheitstüre in einen Korridor, der mit Elektro- und Rohrleitungskanälen ausgefüllt war; er ging unter der Straße hindurch zum Komplex des Europacenters auf der anderen Seite.

»Wissen wir, wo Scholl ist?« McVeys Stimme hallte durch den langen Gang.

»Im Grand Hotel Berlin. Friedrichstraße, hinter dem Tiergarten. Von hier aus ein weiter Fußweg für einen alten Herrn wie Sie.« Remmer grinste McVey an und stieß eine Feuertür am Ende des Korridors auf. Er drückte seine Zigarette in einem Aschenbecher aus, blieb vor einem Serviceaufzug stehen und drückte auf einen Knopf. Beinahe sofort ging die Tür auf, und sie traten ein. Remmer drückte auf den Knopf für den sechzehnten Stock, die Tür schloß sich, und sie fuhren hinauf. Erst jetzt sah Osborn, daß Remmer die ganze Zeit eine Pistole in der Hand hatte.

Als er die drei betrachtete, während sie schweigend im fahlen Licht des Aufzugs standen, kam er sich höchst fehl am Platz vor – wie der fünfte Mann beim Bridge, oder wie der Trauzeuge bei der Hochzeit seiner Ex-Frau. Diese drei waren Polizeiveteranen, Profis, deren Leben mit dieser Welt verflochten war wie Muskeln und Knochen. Der Haftbefehl in McVeys Tasche stammte von einem der angesehensten Strafrichter des Landes, und der Mann, auf den sie es abgesehen hatten, war eine Gestalt von internationalem Rang und verfügte höchstwahrscheinlich über eine eigene Armee. McVey hatte gesagt, er müsse mit nach Berlin kommen, um eine Aussage zu machen; das hatte er getan, und jetzt brauchten sie ihn nicht mehr. War er so naiv zu glauben, daß McVey den nächsten Schritt wirklich tun würde? Daß er sein Versprechen wahr machen und ihn mitkommen lassen würde, wenn er Scholl zur Rede stellte? Plötzlich verkrampfte sich etwas in seinem Magen. McVey interessierte sich einen Dreck für Osborns Privatkrieg. Er hielt sich nur an seine eigene Tagesordnung.

»Was ist los?« McVey hatte gemerkt, daß er ihn anstarrte.

»Habe bloß nachgedacht«, sagte Osborn leise.

»Übertreiben Sie's nicht.« McVey lächelte nicht.

Der Aufzug wurde langsamer und hielt an. Die Tür öffnete sich. Remmer trat als erster hinaus. Als er sich nach beiden Seiten vergewissert hatte, führte er sie durch einen mit Teppichboden ausgelegten Gang. Sie waren in einem Hotel. Im Hotel Palace – Osborn sah im Vorübergehen eine Broschüre auf einem Tisch.

Vor Zimmer 6132 blieb Remmer stehen und klopfte an. Die Tür öffnete sich, und ein stämmiger, tough aussehender Polizist winkte sie in eine große Suite mit zwei geräumigen Schlafzimmern, die durch einen schmalen Gang miteinander verbunden waren. Die Fenster beider Zimmer boten einen Blick auf die Grünanlagen des Tiergartens; vom ersten Fenster aus konnte man außerdem die Zimmer in einem anscheinend neueren Flügel sehen.

Remmer schob die Pistole unter die Jacke und sprach mit dem Polizisten, der sie hereingelassen hatte. McVey verschwand in dem kleinen Flur und warf einen Blick in das zweite Zimmer. Dann kam er zurück. Noble gefiel die Nähe des neuen Flügels nicht besonders, denn mehrere Zimmer dort boten einen – wenn auch schrägen – Blick zu ihnen herein, und das sagte er auch. McVey stimmte ihm zu.

Auch Remmer nickte, sagte etwas auf deutsch zu seinem Kollegen, und der Mann ging. Remmer verschloß die Tür hinter ihm.

»Sie und ich campieren hier draußen«, sagte McVey zu Remmer. »Noble und Osborn können das andere Zimmer nehmen.« Er trat ans Fenster und schaute hinunter auf den Verkehr auf dem Kurfürstendamm. »Die Telefone sind sicher?«

»Zwei Leitungen.« Remmer zündete sich eine Zigarette an und zog seine Lederjacke aus. Ein muskulöser Oberkörper und ein altmodisches Lederhalfter kamen zum Vorschein; Osborn sah, daß in dem Halfter eine sehr große Automatic steckte.

Auch McVey zog sein Jackett aus. Er sah Noble an. »Stellen Sie fest, wie die Sache mit Lebrun aussieht, ja? Mal sehen, ob sie herausgefunden haben, wer der Schütze war. Wie er reingekommen ist. Was man über Cadoux weiß. Fragen Sie, ob jemand weiß, wohin er verschwunden ist und wo er sich jetzt aufhält. Wir müssen wissen, ob er zufällig oder absichtlich da war.« Er hängte sein Jackett auf und sah Osborn an. »Machen Sie sich's gemütlich. Wir werden eine Weile hierbleiben.« Er ging ins Bad und wusch sich Gesicht und Hände. Als er herauskam, trocknete er sich die Hände an einem Handtuch ab und redete mit Remmer.

»Diese Charlottenburger Veranstaltung morgen abend – lassen Sie uns rausfinden, was da los ist und wer dort sein wird. Ich bin sicher, ihre Leute in Bad Godesberg können das für uns erledigen.«

Osborn ging nach nebenan in das zweite Schlafzimmer und sah sich dort um. Er hatte höllische Mühe, die Paranoia im Zaum zu halten, die in ihm wuchs. Zwei Betten mit Tagesdecken in Blau und Olivgrün. Ein kleiner Tisch zwischen den Betten. Zwei kleine Kommoden. Ein Fernseher. Ein Fenster. Ein eigenes Bad. Er wußte, daß McVey das große ganze im Auge hatte: ein Offizier auf dem Schlachtfeld mit einem einzigen As im Ärmel, der mit einer winzigen Einheit gegen eine königliche Armee manövrieren mußte und jede Möglichkeit nutzte, sich ihr gegenüber in Vorteil zu setzen. Osborn kam in seinen Gedanken gar nicht vor. Er hatte ihn absichtlich mit Noble in ein Zimmer abgeschoben, um nicht mit Osborn allein zu sein und ihm Fragen beantworten zu müssen. Denn dann würde McVey in die peinliche Lage geraten, Osborn erklären zu müssen, weshalb er doch nicht mitkommen würde, wenn sie zu Scholl gingen. Das war clever. Er ließ ihn einfach mitlaufen. Schob es bis zur letzten Minute hinaus. Und dann würde er einfach zur Tür hinausgehen. »Sorry, aber das ist eine Polizeiangelegenheit.« Und er würde im Gewahrsam der BKA-Leute zurückbleiben, die draußen auf dem Gang warteten.

96

»Privates Dinner. Smoking. Einhundert Gäste. Nur mit persönlicher Einladung.« Remmer saß in Hemdsärmeln an einem kleinen Tisch, eine Kaffeetasse in der einen Hand, eine Zigarette in der anderen. Während der letzten Stunde war ein halbes Dutzend Telefongespräche zwischen Remmer und den Agenten der Nachrichtendienst-Abteilung im Bundeskriminalamt in Bad Godesberg hin und her gegangen, während sie versucht hatten, sich ein Bild von der Veranstaltung im Schloß Charlottenburg zu machen.

Osborn saß mit hochgekrempelten Ärmeln bei ihnen im Zimmer und sah zu, wie McVey auf Socken hin und her ging. Er war zu dem Schluß gekommen, daß die beste Möglichkeit für ihn darin bestand, McVey zu benutzen, wie McVey ihn benutzt hatte. Ruhig und unauffällig. Er mußte eine Möglichkeit finden, seine Situation zu seinem Vorteil zu nutzen, ohne die Polizei merken zu lassen, was er dachte. Das Hotel Palace, hatte er erfahren, war ein Teil des Europacenter-Komplexes mit seinen Geschäften und Kasinos mitten im Herzen von Berlin. Der Tiergarten, der ganz in der Nähe lag, glich dem Central Park in New York, groß und weitverzweigt, und überall von Wegen und Straßen durchzogen. Nach allem, was er aus verschiedenen Gesprächen zwischen den Polizisten selbst und einer Serie von Telefonaten mit anderen hatte schließen können, arbeiteten außer den Zivilbeamten des BKA, die draußen auf dem Gang stationiert waren, noch weitere in Zwei-Mann-Schichten unten in der Lobby; zusätzlich waren zwei auf dem Dach postiert, und Einheiten in Funkwagen standen in Alarmbereitschaft. Die Hotelgäste in den sechs Zimmern im anderen Flügel, die zu ihnen herüberschauen konnten, waren einer Sicherheitsüberprüfung unterzogen worden. Vier dieser Zimmer waren von japanischen Touristen aus Osaka bewohnt, die beiden anderen von zwei Geschäftsleuten, die hier eine Computermesse besuchten; der eine war aus München, der andere aus Disney World in Orlando. Alle waren das, wofür sie sich ausgaben. Das alles bedeutete, daß sie kaum sicherer hätten sein können, selbst wenn die »Gruppe« herausgefunden hatte, wer sie waren, und versuchte, etwas gegen sie zu unternehmen. Das Problem war: Es bedeutete auch, daß Osborns Chancen, etwas anderes zu tun als das, was McVey wollte, praktisch gleich Null waren.

»Ein Schweizer Unternehmen, die Berghaus-Gruppe, ist der Veranstalter.« Remmer las aus den Notizen vor, die er sich auf einen Block gekritzelt hatte. Zu seiner Linken telefonierte Noble angeregt; er hatte einen ähnlichen Block vor sich liegen.

»Der Anlaß ist eine Willkommensfeier für einen gewissen ...«, Remmer betrachtete wieder seine Notizen. »Egon Karl Leyberger. Ein Industrieller aus Zürich, der vor einem Jahr in San Francisco einen schweren Schlaganfall erlitten hat und jetzt wieder vollständig genesen ist.«

»Wer zum Teufel ist Egon Leyberger?« fragte McVey.

Remmer zuckte die Achseln. »Nie von ihm gehört. Von dieser Berghaus-Gruppe auch nicht. Die Nachrichtendienst-Abteilung arbeitet daran, und sie besorgen uns auch die Gästeliste.«

Noble legte auf und drehte sich um. »Cadoux hat eine chiffrierte Nachricht an mein Büro geschickt; er sei aus dem Krankenhaus geflüchtet, weil er befürchtet habe, die Polizeiposten dort könnten Lebruns Mörder hereingelassen haben. Sie könnten zur ›Gruppe‹ gehören und sich ihn als nächstes vornehmen wollen. Er sagt, er meldet sich, sobald er kann.«

»Wann und wo hat er die Nachricht abgeschickt?« wollte McVey wissen.

»Sie kam vor etwas mehr als einer Stunde. Per Fax vom Flughafen Gatwick.«

Wegen Nebels landete von Holdens Jet verspätet um achtzehn Uhr fünfunddreißig auf dem Flughafen Tempelhof, drei Stunden später als geplant. Um neunzehn Uhr dreißig stieg er am Spandauer Damm aus einem Taxi und überquerte die Straße zum Schloß Charlottenburg. Es reizte ihn, außen herum und durch eine Seitentür hineinzugehen, um persönlich die letzten Sicherheitsmaßnahmen zu kontrollieren. Aber Viktor Schewtschenko hatte das heute schon zweimal getan und ihm unterwegs Bericht erstattet. Und Viktor Schewtschenko würde er sein Leben anvertrauen.

Am Nachmittag um fünf hatte der Berliner Sektor festgestellt, daß McVey, Osborn und die anderen in der Stadt waren und ihr Hauptquartier im Hotel Palace aufgeschlagen hatten, wo sie von Beamten des BKA gesichert wurden. Es war genau so, wie Scholl es vorausgesagt hatte, und er hatte zweifellos auch recht, wenn er sagte, sie seien nach Berlin gekommen, weil sie zu ihm wollten. Leyberger stand nicht auf ihrem Plan, und die Feier im Schloß Charlottenburg auch nicht.

Findet sie, beobachtet sie, hatte Scholl gesagt. Irgendwann werden sie versuchen, mit mir Kontakt aufzunehmen, einen Zeitpunkt und einen Treffpunkt zu vereinbaren. Das ist die Gelegenheit, sie zu isolieren. Und dann werden Sie und Viktor tun, was nötig ist.

Ja, dachte von Holden, während er weiterging – wir werden tun, was nötig ist. So schnell und so erfindungsreich wie möglich.

Trotzdem war ihm unbehaglich zumute. Er wußte, daß Scholl sie unterschätzte, vor allem McVey. Sie waren clever und erfahren, und außerdem hatten sie großes Glück gehabt. Das war keine gute Kombination, und es bedeutete, daß sein Plan außergewöhnlich erfindungsreich würde sein müssen, und Erfahrung und Glück durften darin so gut wie keine Rolle spielen. Eigentlich hätte er es vorgezogen, selbst die Initiative zu ergreifen und es rasch zu erledigen, bevor sie Gelegenheit hatten, eigene Pläne umzusetzen. Aber vier Männer anzugreifen, von denen mindestens drei bewaffnet sein würden und die unter Polizeischutz in einem Hotel saßen, war praktisch unmöglich. Es erforderte ein entscheidendes Maß an offener Aktion. Zu blutig, zu laut – und der Erfolg wäre nicht garantiert. Wenn aber etwas schiefgehen und jemand gefaßt werden sollte, dann bestand die Gefahr, die gesamte Organisation zum denkbar schlechtesten Zeitpunkt zu kompromittieren.

Wenn sie also keinen ausgesprochenen Fehler begingen und sich nicht auf irgendeine Weise völlig ungeschützt präsentierten, dann würde er sich an Scholls Befehle halten und darauf warten, daß sie den ersten Zug machten. Aus Erfahrung wußte er, daß zweifellos jede seiner Gegenmaßnahmen erfolgreich sein würde, solange er dabei war und die Operation persönlich beaufsichtigte. Er wußte auch, daß er seine Energie besser auf die Logistik eines funktionsfähigen Plans verwandte, statt sich den Kopf über seine Gegner zu zerbrechen. Aber ihre Anwesenheit war doch störend, und ihm war so unbehaglich, daß er schon erwogen hatte, Scholl zu bitten, die Feier im Schloß Charlottenburg zu verschieben, bis sie eliminiert wären. Aber das war unmöglich. Das hatte Scholl von Anfang an gesagt.

Er bog um die Ecke und ging einen halben Block weit, und dann stieg er ein paar Stufen zu einem ruhigen Wohnhaus in der Sophie-Charlotten-Straße 37 hinauf. Er drückte auf den Klingelknopf.

»Ja?« meldete sich eine Stimme in der Sprechanlage.

»Von Holden«, sagte er. Ein scharfes Summen ertönte; die Tür ließ sich öffnen, und er stieg die Treppe hinauf in die große Wohnung im ersten Stock, die als Sicherheitszentrale für die Leyberger-Feier diente. Ein uniformierter Wachmann öffnete ihm die Tür, und er ging durch eine Diele, vorbei an mehreren Schreibtischen, an denen ein paar Sekretärinnen immer noch bei der Arbeit waren.

»Guten Abend«, sagte er ruhig und öffnete die Tür zu einem kleinen, aber sehr brauchbaren Büro. Dabei setzte er seinen Gedankengang fort. Das Problem war, je länger sie im Hotel blieben, ohne Kontakt zu Scholl aufzunehmen, desto weniger Zeit hatte er, einen Vorgehensplan auf die Beine zu stellen, und desto mehr Zeit hatten sie, eigene Ideen zu entwickeln. Aber er hatte bereits begonnen, diese Möglichkeit zu seinen Gunsten zu wenden. Die Zeit arbeitete für beide Seiten, und je länger sie da waren, desto mehr Gelegenheit hatte er, die Kräfte in Bewegung zu setzen, die ihm sagen würden, wieviel sie wußten und was sie planten.

97

»Gustav Dortmund, Hans Dabritz, Rudolf Kaes, Hilmar Grunel ...« Remmer legte den gefaxten Bericht aus der Hand und schaute zu McVey hinüber. »Herr Leyberger hat ein paar sehr wohlhabende und einflußreiche Freunde.«

»Und ein paar, die nicht so wohlhabend, aber genauso einflußreich sind«, sagte Noble und studierte seine eigene Kopie der fünfseitigen Liste. »Gertrude Biermann, Matthias Noll, Henryk Steiner.«

»Von ganz links bis ganz rechts, politisch gesehen. Normalerweise würde man die nicht zusammen in einem Raum erwischen.« Remmer schüttelte eine Zigarette aus der Packung und zündete sie an; dann beugte er sich vor und goß sich aus einer Flasche auf dem Tisch ein Glas Mineralwasser ein.

Osborn lehnte an der Wand und schaute zu. Er hatte keine Kopie der Gästeliste bekommen, und er hatte auch nicht um eine gebeten. In den letzten paar Stunden waren immer mehr Informationen hereingekommen, und die Polizisten hatten sich zunehmend darauf konzentriert und ihn beinahe vollständig ignoriert. Das führte dazu, daß er sich immer mehr ausgeschlossen fühlte und seine Ahnung bestärkt wurde, die er schon seit einer Weile hatte: daß er nicht mitkommen würde, wenn sie zu Scholl gingen.

»Eingebürgert oder nicht, Scholl scheint der einzige Amerikaner zu sein. Habe ich recht?« McVey sah Remmer an.

»Alle anderen, die bisher identifiziert wurden, sind Deutsche«, sagte Remmer. Siebzehn Namen auf der Liste hatte Godesberg bis jetzt noch nicht zuordnen können. Aber mit Ausnahme von Scholl waren alle, die man identifiziert hatte, hochangesehene, wenn auch politisch völlig unterschiedliche deutsche Staatsbürger.

Remmer schaute wieder auf die Liste und blies eine Wolke Zigarettenrauch aus, die McVey beiseite wedelte, als sie zu ihm herüberwehte.

»Manfred, würde es dir was ausmachen? Ich meine, warum hörst du nicht einfach auf damit, hm?«

Remmer funkelte ihn wütend an und wollte etwas erwidern, aber McVey hob die Hand. »Ich weiß, daß ich sterben werde. Aber ich wünsche nicht, daß du derjenige bist, der mich umlegt.«

»Entschuldigung«, sagte Remmer schlicht und drückte den Stummel in einem Aschenbecher aus.

Zunehmend gereizte Gesprächseinlagen, verstärkt durch langes Schweigen, ließen die kollektive Frustration der drei sichtbar erschöpften Männer erkennen, die hier versuchten, das Puzzle dessen, was da vor sich ging, zusammenzusetzen. Abgesehen von der Tatsache, daß die Charlottenburger Feier in einem Schloß und nicht im Festsaal eines Hotels stattfand, schien es auf den ersten Blick nicht mehr als das zu sein: eine Veranstaltung, wie sie hundertmal im Jahr von Gruppen auf der ganzen Welt durchgeführt wurde. Aber die oberflächliche Betrachtung zeigte eben nur die Oberfläche, und interessant war das, was darunter lag. Gemeinsam verfügten die drei über mehr als hundert Jahre Erfahrung als Polizeiprofis. Das gab ihnen einen Instinkt für die Dinge, den andere nicht hatten. Sie waren wegen Erwin Scholl nach Berlin gekommen, und soweit sie es erkennen konnten, war Erwin Scholl wegen Egon Leyberger hier. Die Frage war: Warum?

Das »Warum« wurde noch faszinierender, wenn man bedachte, daß von all den illustren Persönlichkeiten, die ihm zu Ehren eingeladen waren, Leyberger selbst am wenigsten illuster und bekannt war.

Die Nachforschungen in Bad Godesberg hatten ergeben, daß Egon Karl Leyberger 1933 in Essen als einziger Sohn eines mittellosen Maurers geboren war. Nach seinem Abitur im Jahr 1951 verschwand er als ein Jedermann im Nachkriegsdeutschland. Gut dreißig Jahre später, 1983, tauchte er plötzlich als Multimillionär wieder auf, und er wohnte in einem schloßartigen Anwesen namens »Anlegeplatz«, das zwanzig Minuten außerhalb von Zürich lag, umgeben von Dienstboten, als Besitzer beträchtlicher Anteile an einer Vielzahl von erstklassigen westeuropäischen Unternehmen.

Die Frage war: Wie war es dazu gekommen?

Frühe Steuerakten aus den Jahren 1956 bis 1980 gaben seinen Beruf als »Buchhalter« an; die Adressen waren triste Mietwohnungen der Unterklasse in Hannover, Düsseldorf, Hamburg und Berlin sowie schließlich, 1983, in Zürich. Und jedes Jahr, bis 1983, hatte sein Einkommen kaum das Durchschnittsniveau erreicht. Mit der Steuererklärung für 1983 war es dann plötzlich in schwindelerregende Höhen gestiegen. 1989, im Jahr seines Schlaganfalls, hatte es die Stratosphäre erreicht: Die Bruttoeinkünfte betrugen mehr als siebenundvierzig Millionen Dollar.

Und es fand sich keine Erklärung dafür, nirgendwo. Leute hatten Erfolg, ja. Manchmal fast über Nacht. Aber wie konnte jemand, der Jahre als freier Buchhalter gearbeitet und knapp über der Armutsgrenze gelebt hatte, plötzlich als ein Mann von üppigem Reichtum und Einfluß dastehen?

Noch heute war er ein Geheimnis. Er saß in keinem einzigen europäischen Unternehmen im Vorstand, im Kuratorium keiner Universität, keines Krankenhauses und in sonst keinem Wohltätigkeitsverband. Er war nicht Mitglied in privaten Clubs, gehörte keiner politischen Partei an. Er hatte keinen Führerschein und keinen Trauschein. Nicht einmal eine Kreditkarte war auf seinen Namen ausgestellt. Wer also war er? Und wieso strömten hundert der reichsten und einflußreichsten Bürger Deutschlands aus allen Teilen des Landes zusammen, um ihm zu seiner Genesung Beifall zu spenden?

Remmers begründete Vermutung war, daß Leyberger in all den Jahren heimlich seine Geschäfte im Rauschgifthandel gemacht hatte; er war von Stadt zu Stadt gezogen, hatte ein Vermögen in bar angesammelt und es auf Schweizer Banken gewaschen, und 1983 hatte er dann genug zusammengehabt, um seine Geschäfte auf eine legale Basis zu stellen.

McVey schüttelte den Kopf. Da war etwas, das ihm und Noble beim ersten Blick auf die Gästeliste aufgefallen war. Etwas, das sie Remmer nicht gesagt hatten. Zwei der Namen – Gustav Dortmund und Konrad Piper – saßen zusammen mit Scholl in führender Position bei der

GDG, der Goltz Development Gruppe – derjenigen Firma, die Standard Technologies in Perth Amboy, New Jersey, gekauft hatte. Standard Technologies hatte 1966 Mary Rizzo York zu Experimenten mit temperatursenkenden Gasen bei extremen Minusgraden angestellt. Dieselbe Dr. Mary Rizzo York, die im nämlichen Jahr – mutmaßlich im Auftrag von Erwin Scholl – von Albert Merriman ermordet worden war.

Freilich hatte dieser Takeover zu einer Zeit stattgefunden, als nur Scholl und Dortmund etwas mit der GDG zu tun hatten. Konrad Piper war erst 1978 an Bord gekommen. Aber seitdem hatte er das Unternehmen – wenn auch illegal – als Geschäftsführer in die vorderste Reihe der internationalen Waffenlieferanten gebracht. Offensichtlich war Goltz Development sowohl vor wie nach Pipers Eintritt kaum ein sauberes, tadelloses Unternehmen gewesen.

Als McVey Remmer fragte, was er über Dortmund wisse, zwinkerte der deutsche Polizist: Abgesehen von seiner relativ unbedeutenden Position als Leiter der Deutschen Bundesbank gehöre Dortmund zu den Superreichen mit Stammbaum. Wie die Rothschilds gehörte seine Familie seit über zweihundert Jahren zu den großen europäischen Bankiersfamilien.

»Das heißt, er ist wie Scholl über jeden Verdacht erhaben«, stellte McVey fest.

»Es würde zumindest einen unglaublichen Skandal erfordern, um ihn zu stürzen, wenn Sie das meinen.«

»Was ist mit Konrad Piper?«

»Über den weiß ich fast nichts. Er ist reich, und er hat eine außergewöhnlich schöne Frau, die selbst eine Menge Geld und Einfluß besitzt. Aber eigentlich braucht man über Konrad Piper nur eines zu wissen: Sein Großonkel väterlicherseits, Friedrich Piper, hat in beiden Weltkriegen den halben Planeten mit Waffen beliefert. Heute geht es demselben Unternehmen sehr gut mit der Fabrikation von Kaffeemaschinen und Geschirrspülautomaten.«

McVey sah Noble an, aber der schüttelte nur den Kopf. Die Sache war ebenso rätselhaft wie zu Beginn. Und dann war da noch der Fall Albert Merriman und die Serie des Grauens, die er ausgelöst hatte. Ganz zu schweigen von der verborgenen Nazi-Vergangenheit des geachteten Fingerabdruckexperten Hugo Klass bei Interpol Lyon und des verantwortlichen Leiters von Interpol Wien, Rudolf Halder.

»Der erste, der erledigt wurde, war Osborns Vater; das war im

April 1966, kurz nachdem er ein ganz spezielles Skalpell entwickelt hatte.« McVey tappte ein paar Schritte über den Teppich und setzte sich auf das Fenstersims. »Der letzte war Lebrun, irgendwann heute morgen«, fuhr er verbittert fort. »Kurz nachdem er Hugo Klass mit dem Mord an Merriman in Verbindung gebracht hatte ... Und vom ersten bis zum letzten gibt es eine Verbindung zwischen allen, eine gerade Linie von damals bis heute, und das ist –«

»Erwin Scholl«, endete Noble für ihn.

»Und jetzt stehen wir wieder ganz am Anfang, und die Fragen sind die gleichen: Warum? Aus welchem Grund? Was zum Teufel geht da vor?« Den größten Teil seiner Laufbahn hatte McVey auf diesem Rundkurs verbracht; Hunderte von Malen hatte er die gleiche Frage gestellt. So war das bei einem Mordfall – es sei denn, man kam zufällig hereinspaziert, und jemand hatte eine rauchende Pistole in der Hand. Und fast immer endete das Kreisen bei einem Detail, das man bis dahin übersehen hatte und das pötzlich so unübersehbar vor einem aufragte, als wäre es ein riesiger Felsblock, auf den mit roter Farbe das Wort HINWEIS gesprüht stand.

Nur hier nicht. Das hier war eine Strecke mit einem Anfang und ohne Ende. Sie führte im Kreis herum, immer weiter. Je mehr Informationen sie zusammentrugen, desto größer wurde der Kreis. Aber das war alles.

»Die kopflosen Leichen«, sagte Noble.

McVey hob die Hände in die Luft. »Okay, warum nicht? Rollen wir es von dieser Seite auf.«

»Von welcher Seite? Wovon reden Sie?« Remmer blickte zwischen McVey und Noble hin und her.

Remmers Bundeskriminalamt hatte wie alle Polizeibehörden in den Ländern, wo die enthaupteten Leichen gefunden worden waren, Kopien von McVeys Berichten an Interpol erhalten. McVey hatte Interpol jedoch absichtlich nicht davon in Kenntnis gesetzt, daß die Leichen ultratiefgekühlt gewesen waren, und auch die Mutmaßungen über die Experimente, die hinter dem Einfrieren steckten, hatte er für sich behalten. Also tappte Remmer jetzt natürlich im dunkeln; er wußte nicht genug. Unter diesen Umständen war es jetzt ein außergewöhnlich guter Zeitpunkt, es ihm zu erzählen.

98

Gerd Lang war ein gutaussehender, lockenköpfiger Software-Designer aus München, der anläßlich einer Computerkunstmesse für drei Tage nach Berlin gekommen war. Er wohnte im Zimmer 7056 im neuen Casinoflügel des Hotel Palace. Er war zweiunddreißig und hatte eine schmerzhafte Scheidung hinter sich, und als eine attraktive blonde Vierundzwanzigjährige mit gewinnendem Lächeln ihn im Ausstellungssaal in ein Gespräch verwickelte und anfing, ihn zu fragen, was er mache und wie er es mache und wie sie selbst ihre Fähigkeiten in dieser Richtung entwickeln könne, da war es nur natürlich, daß er sie einlud, auf einen Drink und vielleicht zum Essen vorbeizukommen. Es war nichtsdestoweniger ein unglückseliger Entschluß, denn nach mehreren Drinks und einem sehr kurzen Abendessen, nach langen Depressionen wegen der Scheidung emotional stark aufgeladen, war er kaum in der Lage, gänzlich auf das vorbereitet zu sein, was passieren würde, als sie seine Einladung, nach dem Essen zu einem Drink auf sein Zimmer zu kommen, annahm.

Als sie dann auf der Couch saßen, einander berührten und im Dunkeln erkundeten, war sein erster Gedanke, daß sie einfach nur seinen Hals streicheln wollte. Dann spannten sich ihre Finger, und sie lächelte, als wollte sie Spaß machen, und fragte, ob es ihm gefalle. Als er antworten wollte, schlossen sich ihre Hände fest um seinen Hals. Seine unmittelbare Reaktion bestand darin, nach ihren Händen zu greifen und sie abzuschütteln. Aber er konnte es nicht – sie war unglaublich stark, und sie belächelte seine Versuche, als wäre es eine Art Spiel. Gerd Lang bemühte sich verzweifelt, sie wegzustoßen und sich ihrem eisernen Griff zu entwinden, aber es ging nicht. Sein Gesicht wurde rot und dann dunkelviolett. Und sein letzter Gedanke war verrückt und pervers: Sie hatte die ganze Zeit nicht aufgehört zu lächeln.

Danach schleifte sie seine Leiche ins Badezimmer, warf ihn in die Wanne und zog den Vorhang vor. Dann kam sie zurück ins Wohnzimmer, nahm ein Tag- und Nachtfernglas aus der Handtasche und richtete es auf das erleuchtete Fenster des Zimmers 6132, das schräg gegenüber ein Stockwerk tiefer lag. Als sie die Schärfe eingestellt hatte, sah sie, daß die durchscheinende Gardine vorgezogen war; anscheinend stand ein Mann mit weißem Haar unmittelbar dahinter. Sie schaltete das Fernglas auf Nachtsicht und schwenkte es zum Dach hinauf. Im grünlichen Schimmer des Glases sah sie einen Mann, der dicht vor der Dachkante stand; er trug ein automatisches Gewehr über der Schulter.

»Polizei«, flüsterte sie und schwenkte das Glas wieder zum Fenster zurück.

Osborn saß auf der Kante des kleinen Tischs und hörte zu, wie McVey Remmer einen Einführungsvortrag über Kältephysik hielt und ihm dann den Rest erklärte: von dem mutmaßlichen Versuch, einen abgetrennten Kopf durch ein molekularchirurgisches Verfahren bei Temperaturen nahe dem absoluten Nullpunkt auf einen fremden Körper zu verpflanzen. Remmer hatte einen Fuß auf den Stuhl gestellt, die stahlblaue Automatic baumelte an seinem Schulterhalfter, und er lauschte jedem Wort, das McVey sprach.

Plötzlich verblaßte das alles, denn Osborn überkam der krasse, übermächtige Gedanke, daß McVey es vielleicht nicht schaffen würde. So gut er auch war, vielleicht war diese Sache eine Nummer zu groß für ihn, und Scholl würde die Oberhand bekommen, wie Honig bereits angedeutet hatte. Und dann?

Diese Frage war überhaupt keine Frage, denn Osborn kannte die Antwort. Zoll für Zoll hatte er sich herangekämpft, aber so dicht er schließlich auch herangekommen war, es würde ihm am Ende alles um die Ohren fliegen. Und damit wäre jedes Gramm Hoffnung, das er je im Leben gehabt hatte, dahin. Denn von diesem Augenblick an würde niemand von außen je wieder so nahe an Erwin Scholl herankommen.

»Entschuldigung«, sagte er unvermittelt. Er stand auf, schob sich an Remmer vorbei und ging in das Zimmer, das er mit Noble teilte. Im Dunkeln blieb er stehen. Er hörte ihre Stimmen von nebenan. Sie redeten weiter wie vorher. Es war gleichgültig, ob er da war oder nicht. Und morgen würde es genauso sein, wenn sie mit dem Haftbefehl zur Tür hinausmarschierten, um Scholl zu besuchen; sie würden ihn hier im Hotelzimmer zurücklassen, und nur ein Beamter des BKA würde ihm Gesellschaft leisten.

Ohne irgendeinen Grund kam ihm das Zimmer plötzlich unerträglich eng vor; das Gefühl wurde klaustrophobisch. Er ging ins Bad, knipste das Licht an und suchte nach einem Glas. Als er keins fand, hielt er die gewölbte Hand unter den Wasserhahn, beugte sich vor und trank. Dann drückte er sich die nasse Hand in den Nacken, spürte die Kühle. Im Spiegel sah er, wie Noble ins Zimmer kam, etwas von der Kommode nahm und einen Blick zu ihm hereinwarf, bevor er wieder zu den anderen hinüberging.

Osborn streckte die Hand nach dem Wasserhahn aus, um ihn zuzudrehen, und sein Blick wurde von seinem eigenen Spiegelbild angezogen. Die Farbe war aus seinem Gesicht gewichen, und er hatte Schweißperlen auf Stirn und Oberlippe. Er streckte die Hand aus, und sie zitterte. Und beinahe gleichzeitig hörte er den Klang seiner eigenen Stimme – so deutlich, daß er einen Moment lang glaubte, er habe wirklich laut gesprochen.

»Scholl ist hier, in einem Hotel auf der anderen Seite des Parks.«

Plötzlich erschauerte er am ganzen Leib, und er war sicher, daß er in Ohnmacht fallen würde. Dann war das Gefühl vorüber, und gleichzeitig war eines unzweifelhaft klar. Dies war etwas, das McVey ihm nicht wegnehmen würde, nicht nach allem, was geschehen war. Scholl war zu nah. Was immer dazu nötig war, und was er auch unternehmen mußte, um die Männer nebenan zu umgehen, er konnte und würde keine vierundzwanzig Stunden mehr leben, ohne zu wissen, warum sein Vater ermordet worden war.

99

Die Silhouette dreier plaudernder Männer im Hotelzimmer konnte interessant oder langweilig sein, je nachdem, ob man sie von einem dunklen Zimmer schräg gegenüber betrachtete oder ob man sie mit einer Motorkamera mit Teleobjektiv aus nächster Nähe fotografierte.

Die Kamera wurde unvermittelt zugunsten des Fernglases beiseite gelegt, als ein vierter Mann aus einem hinteren Zimmer kam und ein Jackett überzog. Einer der ersten drei stand auf und ging ihm entgegen. Nach einem kurzen Gespräch griff einer der anderen nach dem Telefon. Gleich darauf legte er auf, und der erste Mann ging zur Tür. Er hatte sie fast erreicht, als er sich noch einmal umdrehte und etwas zu dem Mann sagte, der ihm entgegengegangen war. Der Mann zögerte, dann wandte er sich ab und geriet außer Sicht. Als er zurückkam, gab er dem ersten Mann etwas, und der öffnete die Tür und ging.

Und während der tote Software-Designer in dem Marmorbad nebenan allmählich begann, in die Leichenstarre überzugehen, griff die hübsche Blonde zu einem Funkgerät. »Natalia«, sagte sie.

»Lugo«, kam die Antwort.
»Osborn ist gerade gegangen.«

Osborn war sicher, daß McVey ihm die Waffe niemals gegeben oder ihn auch nur aus dem Zimmer gelassen hätte, wenn er gewußt hätte, was er vorhatte. Er hatte einfach gesagt, er habe zu dieser polizeilichen Arbeit nichts beizutragen; er fühle sich ein bißchen benommen und klaustrophobisch und wolle einen Spaziergang machen, um wieder einen klaren Kopf zu bekommen.

Es war fünf vor zehn. McVey war übermüdet und hatte zuviel im Kopf; er hatte kurz überlegt und dann eingewilligt. Er hatte Remmer gebeten, einen der BKA-Beamten mitgehen zu lassen, und Osborn hatte er eingeschärft, den Gebäudekomplex nicht zu verlassen und um elf zurück zu sein.

Osborn hatte nicht protestiert; er hatte nur genickt und war zur Tür gegangen. Und da erst hatte er sich umgedreht und McVey um die Pistole gebeten. Es war ein genau berechneter Schachzug gewesen, aber er wußte, daß McVey sich bei ernsthafter Betrachtung des Geschehenen darüber im klaren sein mußte, daß Osborn, Polizeischutz hin und her, lediglich eine kleine Extra-Versicherung haben wollte.

Trotzdem war es ein langer, unbehaglicher Augenblick gewesen, aber dann hatte McVey nachgegeben und ihm Bernhard Ovens CZ Automatic überlassen.

Osborn hatte noch kein Dutzend Schritte zum Aufzug gemacht, als ihm BKA-Inspektor Johannes Schneider entgegenkam.

»Sie wollen ein bißchen Luft schnappen«, sagte er munter in deutsch gefärbtem Englisch. »Gehen wir.«

Als sie gekommen waren, hatte Osborn eine Broschüre gefunden, die das Europacenter als einen Komplex mit mehr als hundert Geschäften, Restaurants, Kabaretts und einem Casino beschrieb. Sie enthielt sogar Pläne, in denen die einzelnen Lokale sowie die Ein- und Ausgänge verzeichnet waren.

Osborn lächelte. »Waren Sie schon mal in Las Vegas, Inspektor Schneider?«

»Nein.«

»Ich spiele manchmal gern«, sagte Osborn. »Wie ist das Casino hier?«

»Die Spielbank? Ausgezeichnet und teuer.« Schneider grinste.

»Gehen wir hin.« Osborn grinste zurück.

Sie fuhren mit dem Aufzug hinunter zur Hotelrezeption, wo Osborn seine letzten französischen Francs gegen D-Mark eintauschte, und dann ließ er Schneider zum Casino vorangehen.

Eine Viertelstunde später bat Osborn den Polizisten, seinen Platz am Bakkarat-Tisch zu übernehmen, damit er kurz zur Toilette gehen könne. Schneider sah, wie er einen Wachmann nach dem Weg fragte und verschwand.

Osborn durchquerte den Speisesaal, bog um die Ecke, vergewisserte sich, daß Schneider ihm nicht folgte, und ging hinaus. An einem Zeitungsstand in der Lobby blieb er stehen und kaufte sich einen Touristenstadtplan, steckte ihn ein und ging durch eine Seitentür hinaus nach links, die Nürnberger Straße hinunter.

Auf der anderen Straßenseite sah Viktor Schewtschenko ihn herauskommen. Er stand, mit Jeans und einem dunklen Pullover bekleidet, auf dem Gehweg dicht außerhalb des Lichtscheins, der aus einem hell erleuchteten griechischen Restaurant kam, und er hörte Heavy-Metal-Musik aus dem Kopfhörer eines Geräts, das aussah wie ein Sony-Walkman. Er hob die Hand, wie um ein Husten zu unterdrücken, und sprach in das Gerät.

»Viktor.«

»Lugo.« Von Holdens Stimme kam knisternd aus dem Kopfhörer.

»Osborn ist gerade allein herausgekommen. Er überquert die Budapester Straße und geht in Richtung Tiergarten.«

Osborn wich den Autos aus und überquerte die Budapester Straße. Auf der anderen Seite schaute er sich nach dem Europacenter um. Wenn Schneider ihm folgte, so war er nicht zu sehen. Er trat aus dem Schein der Straßenlaternen hinaus und ging zunächst in Richtung Zoo, aber dann spürte er, daß er in die falsche Richtung ging, und machte kehrt. Der Gehweg war von Laub bedeckt, das von einem leichten Nieselregen glitschig geworden war, und die Luft war so kalt, daß er seinen Atem sehen konnte. Von Schneider war immer noch nichts zu sehen. Osborn ging schneller, und erst nach gut zweihundert Metern blieb er unter dem beleuchteten Vordach eines Parkhauses stehen und faltete seine Karte auseinander.

Es dauerte eine Weile, bis er gefunden hatte, was er suchte. Die

Friedrichstraße war auf der anderen Seite des Brandenburger Tors. Nach seiner Schätzung bedeutete das eine zehnminütige Taxifahrt oder einen halbstündigen Fußweg quer durch den Tiergarten. Ein Taxi konnten sie aufspüren. Zu Fuß gehen war besser. Außerdem hätte er dann Zeit zum Nachdenken.

»Viktor?«

»Lugo«, sagte von Holdens Stimme.

»Ich habe ihn. Er geht in östlicher Richtung. In den Tiergarten.«

Von Holden war immer noch in seinem Büro der Wohnung in der Sohpie-Charlotten-Straße. Er sprach im Stehen in sein Funkgerät und konnte sein Glück kaum fassen.

»Immer noch allein?«

»Ja.« Viktors Stimme kam kristallklar durch den winzigen Lautsprecher des Funkgeräts.

»Was für ein Dummkopf.«

»Anweisungen?«

»Folgen Sie ihm. Ich bin in fünf Minuten da.«

100

Noble legte auf und sah McVey an. »Immer noch nichts von Cadoux. Unter seiner Geheimnummer in Lyon meldet sich auch niemand.«

Beunruhigt und frustriert schaute McVey zu Remmer hinüber, der bei seiner dritten Tasse schwarzem Kaffee in den letzten vierzig Minuten war. Zwanzigmal waren sie die Gästeliste durchgegangen, und obwohl Bad Godesberg nur eine Handvoll Namen immer noch nicht hatte aufklären können, hatten sie nicht mehr gefunden als beim ersten Mal. Vielleicht würden sie irgendwo zwischen den noch Fehlenden einen Hinweis finden, vielleicht aber auch nicht. McVey hatte das Gefühl, sie sollten sich auf das konzentrieren, was sie hatten, und nicht auf das, was sie nicht hatten, und er bat Remmer festzustellen, ob man einen umfassenderen Überblick über die bereits identifizierten Gäste bekommen könne. Vielleicht ging es nicht um das, was diese Leute waren oder was sie taten; vielleicht hatte es, wie bei Klass und bei Halder, mit ihren Familien oder ihrer Herkunft zu tun, und vielleicht war es nicht auf den ersten Blick offensichtlich.

Vielleicht hatten sie von Anfang an nicht genug in der Hand gehabt, um den Prozeß in Gang zu bringen und den großen Felsblock mit der roten Aufschrift HINWEIS zu finden. Andererseits, vielleicht steckte auch gar nichts dahinter. Es war möglich, daß Scholl sich aus völlig einwandfreien Gründen in Berlin aufhielt und daß die ganze Leyberger-Veranstaltung genau das war, was sie zu sein schien: eine unschuldige Begrüßungsfeier für einen Mann, der krank gewesen war. Aber McVey würde sich damit erst begnügen, wenn er sicher wäre. Und während sie auf weitere Informationen aus Bad Godesberg warteten, gingen sie von neuem im Kreis herum, und diesmal kamen sie auf Cadoux zurück.

»Nehmen wir uns die Sache mit Klass und Halder noch einmal vor und betrachten Cadoux aus dieser Perspektive.« McVey saß in einem Sessel und hatte die Füße auf eines der beiden Betten gelegt. »Könnte es sein, daß er einen Vater hatte, einen Bruder, einen Cousin, was weiß ich – der während des Krieges Nazi oder Nazi-Sympathisant war?«

»Haben Sie schon mal von Ajax gehört?« fragte Remmer.

Noble hob den Kopf. »Ajax war ein Netz der französischen Polizei, das während der Besatzungszeit mit der Résistance zusammenarbeitete. Nach dem Krieg hat man festgestellt, daß nur fünf Prozent seiner Mitglieder tatsächlich existiert haben. Die meisten haben für die Vichy-Regierung geschmuggelt.«

»Cadoux' Onkel war Gerichtspolizist. Er war Mitglied der Ajax in Nizza. Nach dem Krieg wurde er im Zuge einer gegen Nazi-Kollaborateure gerichteten Säuberung aus dem Dienst entfernt«, sagte Remmer.

»Und was ist mit seinem Vater? War der auch bei Ajax?«

»Cadoux' Vater ist ein Jahr nach seiner Geburt gestorben.«

»Das heißt, sein Onkel hat ihn großgezogen.« McVey nieste.

»Richtig.«

McVey starrte ins Leere. Dann stand er auf und ging durchs Zimmer. »Ist es das, was dahintersteckt, Manny? Nazis? Ist Scholl ein Nazi? Ist Leyberger einer?« Er kam zurück und nahm die Gästeliste vom Bett. »Sind alle diese reichen, gebildeten, prominenten Leute – eine neue Art von deutschen Nazis?«

In diesem Augenblick leuchtete das Licht am Faxgerät auf. Es sirrte, und Papier wuchs heraus. Remmer riß das Blatt herunter und las es.

»Es gibt keine Geburtsurkunde für einen Egon Leyberger in Essen, nicht für 1933 und nicht für die Jahre davor und danach. Sie suchen noch.« Remmer las weiter. »Leybergers Schloß in Zürich ...«

»Was ist damit?«

»Es gehört Erwin Scholl.«

Osborn hatte keine Ahnung, was er tun würde, wenn er zum Grand Hotel Berlin käme. Die Sache mit Albert Merriman in Paris war anders gewesen. Da hatte er Zeit gehabt zu planen, sich zu überlegen, wie er vorgehen würde, während Jean Packard Merriman für ihn aufgespürt hatte. Jetzt, da er auf dem beleuchteten Weg zwischen den dunklen Rasenflächen und Bäumen des Tiergartens dahinging, hatte er eine dreifache Frage zu beantworten: Wie konnte er Scholl allein erwischen, wie konnte er ihn zum Reden bringen, und was sollte er danach tun?

Wenn er sich vorstellte, wie ein Mann in Scholls Position sein mußte, lag die Vermutung nahe, daß er von einem ganzen Gefolge von Adjutanten und Lakaien sowie mindestens einem Bodyguard, vielleicht mehr, umgeben sein würde. Folglich würde es extem schwierig, wenn nicht gar unmöglich werden, ihn allein zu erwischen.

Aber vorausgesetzt, es gelänge ihm doch: Wie würde er Scholl dazu bringen, ihm zu enthüllen, was er enthüllt haben, und zu sagen, was er hören wollte? Ob durch Anwälte oder aus eigenem Munde, Scholl würde, das hatte Diedrich Honig vorausgesagt, bestreiten, je etwas von Albert Merriman, Osborns Vater oder den anderen gehört zu haben. Succinylcholin würde vielleicht helfen, genau wie bei Merriman, aber in Berlin hatte er keine Verbündeten, die es ihm beschaffen würden.

Sie sahen ihn vor sich, vielleicht zweihundert Schritt. Er war immer noch allein auf dem Weg, der ihn in ein paar Augenblicken zum Rande des Parks in der Nähe des Brandenburger Tors führen würde.

»Wie wollen Sie es machen?« fragte Viktor.

»Ich will ihm in die Augen sehen«, sagte von Holden.

Osborn sah auf die Uhr. Zehn Uhr fünfunddreißig.

Ob Schneider noch nach ihm suchte? Oder hatte er ihn bereits bei Remmer als vermißt gemeldet? In dem Fall würde McVey die Berliner Polizei alarmiert haben, und dann mußte er auch vor ihr auf der Hut sein. Er hatte keinen Paß, und McVey war durchaus imstande, ihn einsperren zu lassen, um ihn aus dem Weg zu schaffen.

Er sah sich um und versuchte, sich auf die Realität des Ortes zu stützen, an dem er sich befand. Es war immer noch kalt, aber der Nieselregen hatte aufgehört. Der Park war verlassen und dunkel und voller Bäume. Nur die beleuchteten Wege und die hohen Gebäude in der Ferne versicherten ihm, daß er noch in einer Großstadt war und nicht im tiefen Wald. Als er sich umschaute, sah er, daß er eben an einer Stelle vorbeigekommen war, wo fünf Wege sternförmig zusammenliefen. Auf welchem war er gekommen? Auf welchem war er jetzt?

Ein paar Schritte vor ihm war eine Parkbank; er ging hin und setzte sich. Er wollte sich ein paar Augenblicke Zeit nehmen, um wieder einen klaren Kopf zu bekommen und sich zu überlegen, was er tun sollte. Die kalte Luft fühlte sich sauber und gut an, und er atmete tief durch. Geistesabwesend schob er die Hände in die Jackentasche, um sie zu wärmen, und seine Rechte berührte die Automatic. Sie war wie ein vor langer Zeit weggeräumter und dann vergessener Gegenstand. Im selben Moment ließ ihn etwas aufblicken.

Ein Mann kam heran. Er hatte den Kragen hochgeschlagen und lief ein wenig seitwärtsgebeugt, als habe er eine Körperbehinderung. Als er näher kam, sah Osborn, daß der Mann größer war, als er aussah; er war schlank und breitschultrig und hatte kurzgeschnittenes Haar. Er war nur noch ein paar Schritte weit entfernt, als er den Kopf hob und ihre Blicke sich trafen.

»Guten Abend«, sagte von Holden.

Osborn nickte und wandte den Kopf ab, um einem weiteren Kontakt aus dem Weg zu gehen, und seine Hand blieb in der Jackentasche und umfaßte die Automatic. Der Mann war zehn Schritte weitergegangen, als er plötzlich stehenblieb und sich umdrehte. Die Bewegung war beunruhigend, und Osborn reagierte sofort. Er zog die Pistole aus der Jackentasche und richtete sie auf die Brust des Mannes.

»Gehen Sie weg!« sagte er deutlich auf englisch.

Von Holden starrte ihn an, und dann senkte er seinen Blick auf die Pistole. Osborn war aufgeregt und nervös, aber seine Hand war ruhig, und sein Zeigefinger ruhte leicht am Abzug. Die Pistole war eine tschechische CZ. Kleines Kaliber, aber aus der Nähe sehr zielgenau. Von Holden lächelte. Die Pistole gehörte Bernhard Oven.

»Was ist da komisch?« fauchte Osborn, und er sah, wie der Mann an ihm vorbeischaute. Sofort trat er ein paar Schritte zurück, aber die Pistole hielt er weiter auf den Mann gerichtet. Er drehte den Kopf leicht zur Seite und schaute nach rechts. Im Schatten eines Baumes, keine fünf Meter weiter, stand ein zweiter Mann.

»Sagen Sie ihm, er soll sich neben Sie stellen.« Osborn richtete den Blick wieder auf von Holden.

Von Holden schwieg.

»Sprechen Sie Englisch?« fragte Osborn auf deutsch.

Von Holden schwieg immer noch.

»Sprechen Sie Englisch?« wiederholte Osborn, nachdrücklicher jetzt.

Von Holden nickte kaum merklich.

»Dann sagen Sie ihm, er soll zu Ihnen kommen.« Osborn zog den Schlagbolzen mit dem Daumen zurück und drückte den Abzug durch. Wenn sie sich auf ihn stürzten, würde sein Daumen abrutschen, und die Waffe würde aus nächster Nähe losgehen. »Sofort!«

Von Holden wartete noch einen Augenblick. Dann rief er auf deutsch: »Tun Sie, was er sagt.«

Auf von Holdens Befehl hin kam Viktor unter dem Baum hervor und ging langsam über den Rasen zu von Holden.

Osborn starrte die beiden eine Weile schweigend an. Dann wich er langsam zurück und hielt die Waffe weiter auf von Holdens Brust gerichtet. Er ging etwa zwanzig Schritte rückwärts. Unter einem Baum drehte er sich um und rannte los. Er überquerte einen beleuchteten Weg, sprang eine kleine Treppe hinauf und rannte zwischen Bäumen hindurch über einen Rasen. Als er sich umschaute, sah er, daß sie ihm nachkamen. Dunkle Silhouetten, die sich für einen Augenblick vor dem Nachthimmel abhoben, als sie zwischen den Bäumen hindurchliefen, die er gerade hinter sich gelassen hatte.

Vor sich sah er helle Lichter und Straßenverkehr. Wieder schaute er sich um. Die Bäume verschmolzen mit der Dunkelheit. Er mußte annehmen, daß sie ihn immer noch verfolgten, aber zu sehen war nichts. Mit klopfendem Herzen rannte er weiter, und seine Füße rutschten über das nasse Gras. Schließlich lief er auf Asphalt und erkannte, daß er am Rand des Parks angekommen war. Vor sich sah er Straßenlaternen und gleichmäßig fließenden Verkehr. Ohne stehenzubleiben lief er auf die Straße hinaus. Hupen gellten. Er wich einem Wagen aus, dann noch einem. Reifen quietschten, und es tat einen dröhnenden Knall, als ein Taxi um ihn herum ins Schleudern geriet und gegen einen parkenden Wagen prallte. Einen Sekundenbruchteil später krachte ein zweiter Wagen in das Taxi, und ein Stück Stoßstange wirbelte durch die Dunkelheit.

Osborn drehte sich nicht um. Seine Lunge brannte. Er duckte sich hinter eine Reihe parkender Autos und rannte einen halben Häuserblock weit; dann bog er in eine Seitenstraße. Vor ihm lag eine Kreuzung und eine hellerleuchtete Straße. Atemlos bog er um die Ecke und hastete einen Gehweg hinunter, auf dem sich Fußgänger drängten.

Er schob die Pistole in den Gürtel, schlug die Jacke darüber und lief weiter und bemühte sich, seine Gedanken zu ordnen. An einem Burger King drehte er sich um und schaute zurück. Nichts. Vielleicht waren sie ihm gar nicht nachgekommen. Vielleicht hatte er sich alles nur eingebildet. Er ging weiter, ließ sich von der Menge treiben.

Ein paar albern gekleidete Teenager kamen ihm entgegen, und ein dunkelhaariges Mädchen lächelte ihn an. Wieso hatte er die Pistole gezogen? Der Mann hatte sich nur umgedreht. Wußte er denn, ob der zweite Mann überhaupt dazugehört hatte? Vielleicht war er auch nur spazierengegangen. Aber die unnatürliche Haltung des Fremden, die Art, wie er sich so gemessen umgedreht hatte, nachdem er guten Abend gesagt hatte, ließ Osborn annehmen, daß er ihn hatte angreifen wollen. Und deshalb hatte er sich so verhalten. Natürlich. Sicher ist sicher.

Eine Uhr in einem Schaufenster zeigte 22:52.

Bis zu diesem Augenblick hatte er McVey völlig vergessen. In acht Minuten mußte er wieder im Hotel sein, und er hatte keine Ahnung, wo er sich befand. Was jetzt? Ihn anrufen? Erfinde eine Geschichte, sag ihm, du hättest – und er bog um eine Ecke und sah vor sich das Europacenter. Und das Leuchtschild des Hotel Palace strahlte über der Zufahrt.

Um sechs Minuten vor elf trat Osborn in einen Aufzug und drückte den Knopf zum sechsten Stock. Die Tür schloß sich, der Aufzug setzte sich in Bewegung. Er war allein und in Sicherheit.

Er versuchte, nicht an die Männer im Park zu denken, und schaute sich im Aufzug um. Die Wand vor ihm war ein Spiegel; er strich sich das Haar zurück und zog sein Jackett glatt. An der Wand gegenüber hing ein Touristikplakat von Berlin mit Fotografien der bekannteren

Sehenswürdigkeiten. In der Mitte prangte eine Aufnahme von Schloß Charlottenburg. Plötzlich fiel ihm ein, was Remmer gesagt hatte. »Der Anlaß ist eine Willkommensfeier für einen gewissen Egon Karl Leyberger. Ein Industrieller aus Zürich, der vor einem Jahr in San Francisco einen schweren Schlaganfall erlitten hat und jetzt wieder vollständig genesen ist.«

»Verdammt«, fluchte er leise. »Verdammt.«

Er hätte eher darauf kommen müssen.

101

Um genau zweiundzwanzig Uhr achtundfünfzig klopfte Osborn an die Tür von Zimmer 6132. Einen Augenblick später öffnete McVey. Hinter ihm standen fünf Männer, und alle starrten ihn wortlos an. Noble, Remmer, Inspektor Schneider und zwei uniformierte Berliner Polizisten.

»Na, Aschenputtel?« sagte McVey kühl.

»Ich habe Inspektor Schneider verloren. Ich habe überall nach ihm gesucht. Was sollte ich machen?« Osborn ignorierte McVeys wütende Blicke; er ging durchs Zimmer zum Telefon und wählte eine Nummer. Es war still; dann hörte er das Klingelzeichen. »Dr. Mandel bitte«, sagte er schließlich.

Remmer zuckte die Achseln, bedankte sich bei den Uniformierten, und McVey schüttelte Schneider die Hand. Dann brachte Remmer die drei hinaus und schloß die Tür.

»Ich melde mich wieder, danke.« Osborn legte auf und sah McVey an. »Sagen Sie mir, wenn ich mich irre«, begann er so energisch, wie McVey es nicht mehr erlebt hatte, seit sie England verlassen hatten, »aber nach allem, was ich mitbekommen habe – Haftbefehl hin, Haftbefehl her –, sind die Chancen, soviel Beweismaterial zusammenzutragen, daß Scholl vor Gericht gestellt oder gar verurteilt werden kann, praktisch gleich Null. Er ist zu mächtig, hat zu gute Verbindungen, steht zu weit über dem Gesetz. Richtig?«

»Sie haben das Wort, Doktor.«

»Dann lassen Sie uns das Ganze von einer anderen Seite betrachten und uns fragen, wieso einer wie Scholl um die halbe Welt reist, um einen Mann zu ehren, der kaum zu existieren scheint, während er zugleich anscheinend eine Welle von Morden dirigiert, die sich schneeballartig ausbreitet, je näher diese Geschichte in Charlottenburg heranrückt.« Osborn warf den anderen einen kurzen Blick zu und sah dann wieder McVey an. »Leyberger. Ich wette, er ist der Schlüssel zum Ganzen. Und ich wette, wenn wir herausfinden, was es mit ihm auf sich hat, dann wissen wir auch sehr viel mehr über Erwin Scholl.«

»Wenn Sie glauben, Sie finden etwas heraus, was das deutsche Bundeskriminalamt nicht herausgefunden hat, dann bitte sehr«, sagte McVey.

»Ich hoffe, ich kann es, McVey.« Osborn deutete mit dem Kopf auf das Telefon. Er war in voller Fahrt. Inzwischen wußte er, daß es unmöglich war, es auf eigene Faust zu unternehmen, aber er würde sich auch nicht ausschließen lassen.

»Mein Anruf eben galt Dr. Herb Mandel. Er ist nicht nur der beste Gefäßchirurg, den ich kenne, er ist auch Chefarzt im San Francisco General Hospital. Wenn es stimmt, daß Leyberger einen Schlaganfall hatte, dann muß er eine *Krankenakte* haben. Und die muß in San Francisco beginnen.«

Von Holden war wütend. Er hätte Osborn im Herankommen erschießen sollen, als der Mann auf der Parkbank gesessen hatte. Aber er hatte sicher sein wollen, daß er auch den richtigen Mann erwischte. Viktor und Natalia waren vertrauenswürdig, aber sie hatten nur Osborns Foto. Das Problem war nicht so sehr, daß er den falschen Mann hätte umbringen können, sondern daß er hätte glauben können, er habe den richtigen erwischt, ohne ihn wirklich zu haben. Deshalb war er so nah an Osborn herangekommen, daß er ihm sogar guten Abend gewünscht hatte. Und dann hatte Osborn ihn mit der Pistole überrascht. Darauf hätte er gefaßt sein müssen, denn es ging Hand in Hand mit Scholls Einschätzung, daß Osborn emotional aufgewühlt und deshalb höchst unberechenbar sei.

Trotzdem hätte er in der Lage sein müssen, ihn umzubringen. Er hatte absichtlich zu Viktor hinübergeschaut; Osborn hatte sich umdrehen und dem Blick folgen sollen. Mehr Zeit hätte er nicht gebraucht. Aber statt dessen war Osborn zurückgewichen, bis er beide Männer im Blickfeld gehabt hatte, und er hatte seine CZ weiter auf von Holden gerichtet. Und dabei hatte er den Schlagbolzen mit dem Daumen zurückgehalten und den Abzug gedrückt; hätte man auf ihn geschossen, wäre der Daumen vom Schlagbolzen gerutscht, und der Schuß wäre in von Holdens Richtung losgegangen. Und von Holden hatte so dicht vor ihm gestanden, daß das Risiko, getroffen zu werden, sehr groß gewesen war.

Sicher, als Osborn geflohen war und sie ihn durch den Park verfolgt hatten, da hatte er freies Schußfeld gehabt. Und wenn der Amerikaner auch nur eine Millisekunde stehengeblieben wäre, statt in vollem Lauf in den Verkehr auf die Straße am Tiergarten hinauszurennen, dann hätte er ihn erwischt. Aber so war es nicht gekommen, und die beiden Autos, die unmittelbar hinter dem Amerikaner zusammengestoßen waren, hatten ihm die Sicht und jede weitere Gelegenheit genommen.

Als von Holden die letzten Stufen zu der Wohnung in der Sophie-Charlotten-Straße hinaufstieg, beunruhigte ihn weniger sein Scheitern – so etwas kam vor. Was ihn störte, war ein allgemeines Unbehagen. Osborns isoliertes Auftauchen war ein Himmelsgeschenk gewesen, und er, von Holden, hätte mehr als jeder andere in der Lage sein müssen, die Sache durchzuführen. Aber er hatte es nicht geschafft. Es schien sich zu einem Muster zu entwickeln. Bernhard Oven hätte ihn in Paris eliminieren müssen. Er hatte es nicht getan. Die Bombe unter dem Zug Paris-Meaux hätte für Osborn und McVey den Tod bedeuten müssen, entweder durch das Unglück selbst oder durch das Mordteam, das er für den Fall ihres Überlebens bereitgehalten hatte. Aber sie lebten noch. Das war weniger Glück als etwas anderes. Für von Holden persönlich war es etwas viel Bedrohlicheres.

»Vorahnung.«

Dieses Wort plagte ihn seit der Jugend, und es gemahnte ihn an einen frühzeitigen und schrecklichen Tod. Je länger er für Scholl arbeitete, desto klarer wurde ihm seltsamerweise, daß auch er unter diesem Bann stand und daß sein Weg und der Weg derer, die ihm folgten, am Ende in die Katastrophe führte.

Und mit diesem Bann kamen die schrecklichen Träume.

Und wenn er von diesen Träumen erwachte, dann war er von kaltem Schweiß gebadet und zitterte vor Grauen, und er zwang sich, die ganze Nacht wachzubleiben, weil er Angst hatte, daß sie wiederkommen würden, wenn er einschliefe.

Und dann waren sie ganz verschwunden. Einfach verschwunden. Seit fast fünf Jahren war er davon frei gewesen, und er war sicher, daß er geheilt war. In den letzten Jahren hatte er praktisch überhaupt nicht mehr daran gedacht. Das heißt, bis gestern abend, als er erfahren hatte, daß McVey und die anderen London mit dem Privatflugzeug verlassen hatten. Er brauchte nicht zu rätseln, wo sie hinwollten, denn das wußte er schon. Und als er ins Bett gegangen war, hatte er Angst gehabt einzuschlafen, denn im Herzen hatte er gewußt, daß die schrecklich surrealen Träume wiederkommen würden. Und sie waren gekommen. Schrecklicher denn je.

Von Holden betrat die Wohnung, nickte der Wache zu und ging den langen Korridor hinunter. Als er bei den Tischen der Sekretärinnen angekommen war, blickte eine ziemlich große, rundgesichtige Frau mit rotgefärbten Haaren von einem Computer auf, an dem sie gerade das elektronische Sicherheitssystem von Schloß Charlottenburg überprüfte.

»Er ist hier«, sagte sie.

»Danke.« Von Holden öffnete die Tür zu seinem Büro, und ein vertrautes Gesicht lächelte ihm entgegen.

Cadoux.

102

Es war kurz nach zwei Uhr früh. Drei Stunden und ein Dutzend Telefongespräche lagen hinter ihnen, als Osborn und McVey in Zusammenarbeit mit Dr. Herb Mandel in San Francisco und Special Agent Fred Hanley vom FBI Los Angeles eine brauchbare Geschichte dessen zusammengestellt hatten, was mit Egon Leyberger während seines Aufenthalts in den Vereinigten Staaten geschehen war.

Es gab keine Aufzeichnung darüber, daß irgendein Krankenhaus im Raum San Francisco Leyberger je wegen eines Schlaganfalls behandelt hatte. Aber im September 1992 war ein E. Leyberger von einem privaten Krankentransportunternehmen in das exklusive Palo Colorado Hospital in Carmel, Kalifornien, gebracht worden. Dort war er bis März 1993 geblieben, und dann hatte man ihn zum Rancho de Piñon gebracht, einem exklusiven Pflegeheim am Rande von Taos in New Mexico. Vor knapp einer Woche war er nach Zürich heimgeflogen, begleitet von seiner amerikanischen Physiotherapeutin, einer Frau namens Joanna Marsh.

Das Krankenhaus in Carmel hatte seine Einrichtungen, aber kein

Personal zur Verfügung gestellt. Leyberger war in Begleitung seines eigenen Arztes und einer Krankenschwester gekommen. Einen Tag später waren vier weitere medizinische Assistenten dazugestoßen. Die Schwester und die Assistenten hatten Schweizer Pässe gehabt. Der Arzt war Österreicher gewesen. Sein Name war Helmuth Salettl.

Um drei Uhr fünfzehn früh hatte Remmer per Fax aus Bad Godesberg vier Kopien von Dr. Helmuth Salettls Berufsnachweisen und seiner persönlichen Laufbahn bekommen und verteilt, diesmal auch an Osborn.

Salettl war ein neunundsiebzig Jahre alter Junggeselle, der mit seiner Schwester in Salzburg lebte. Geboren 1914, hatte er bei Kriegsausbruch als junger Chirurg an der Berliner Universitätsklinik gearbeitet. Er war SS-Gruppenführer geworden, und Hitler hatte ihn zum Gesundheitsminister ernannt; in den letzten Tagen des Krieges war er dann verhaftet worden, weil er versucht hatte, Geheimdokumente an die Amerikaner zu übermitteln, und wurde zum Tode verurteilt. Unter Arrest in einer Villa am Stadtrand von Berlin erwartete er die Hinrichtung, und im letzten Moment wurde er in eine andere Villa in Norddeutschland verlegt, wo amerikanische Truppen ihn retteten. Er wurde von alliierten Offizieren im Camp Oberursel bei Frankfurt verhört und nach Nürnberg überstellt, wo er »wegen der Vorbereitung und Durchführung eines Angriffskriegs« vor Gericht gestellt und freigesprochen wurde. Danach kehrte er nach Österreich zurück und praktizierte dort bis zum Alter von siebzig Jahren als Internist. Dann ging er in Pension und behandelte nur noch wenige auserwählte Patienten, unter ihnen Egon Leyberger.

»Da ist sie wieder ...« McVey hatte zu Ende gelesen und warf das Papier auf die Bettkante.

»Die Nazi-Connection«, vollendete Remmer.

McVey sah Osborn an. »Wieso verbringt ein Arzt sieben Monate in einem Krankenhaus, sechseinhalbtausend Meilen weit weg von zu Hause, um die Genesung eines Schlaganfallpatienten zu beaufsichtigen? Erscheint Ihnen das plausibel?«

»Nur wenn es sich um einen äußerst schweren Schlaganfall handelt, und wenn Leyberger oder seine Familie höchst exzentrisch oder neurotisch und daher bereit wären, das nötige Geld für diese Art von Behandlung auszuspucken.«

»Doktor«, gab McVey mit Nachdruck zu bedenken, »Leyberger hat keine Familie. Erinnern Sie sich? Und wenn er so krank war, daß er sieben Monate lang einen Arzt an seiner Seite brauchte, dann dürfte er kaum in der Lage gewesen sein, das alles selbst zu arrangieren, zumindest nicht am Anfang.«

»Aber jemand hat es getan. Jemand mußte Salettl und seine Medizinercrew in die USA schicken und dafür bezahlen«, meinte Noble.

»Scholl«, sagte Remmer.

»Warum nicht?« McVey fuhr sich mit der Hand durchs Haar. »Leybergers Anwesen in der Schweiz gehört ihm ja auch. Warum sollen wir nicht davon ausgehen, daß er auch seine anderen Angelegenheiten organisiert? Zumal es hier um seine Gesundheit geht.«

Noble nahm müde eine Tasse Tee von einem Roomservice-Tablett, das neben ihm stand. »Und das alles bringt uns wieder zurück zu dem ›Warum‹.«

McVey ließ sich auf die Bettkante sinken und griff zum x-ten Mal nach dem fünfseitigen, einzeilig bedruckten Fax mit den Dossiers über die Charlottenburger Gäste, das aus Bad Godesberg gekommen war. Es enthielt keinen Hinweis darauf, daß sie etwas anderes waren als erfolgreiche Ärzte und Geschäftsleute. Einen Augenblick lang kreisten seine Gedanken um die Namen, die sie *nicht* hatten identifizieren können. Ja, dachte er, die Lösung konnte bei ihnen liegen, aber die Wahrscheinlichkeit sprach dagegen. Sein Gefühl sagte ihm immer noch, daß die Antwort vor ihnen lag, irgendwo in den Informationen, die sie schon hatten.

»Manfred«, sagte er und sah Remmer an. »Wir drehen uns im Kreis, wir stochern überall herum, wir schauen uns alles an, wir reden darüber, wir erhalten hochvertrauliche Informationen über Privatleute von einer der effizientesten Polizeibehörden der Welt – und was passiert? Wir finden nichts. Wir bekommen nicht mal die Tür auf. Aber wir wissen, daß da etwas ist. Vielleicht hat es etwas mit dem zu tun, was morgen abend passieren soll, vielleicht auch nicht. Aber so oder so werden wir morgen irgendwann mit dem Haftbefehl in der Hand unsern dicken fetten Hintern riskieren: Wir werden Scholl in die Ecke treiben und ihm Fragen stellen. Wir haben *einen* Schuß frei, und dann werden die Anwälte übernehmen. Und wenn wir ihn nicht so weit ins Schwitzen bringen, daß er an Ort und Stelle umfällt und gesteht, oder ihm wenigstens so viel Druck machen, daß er uns irgend etwas gibt, das wir benutzen können, um ihm weiter auf den Fersen zu bleiben – wenn wir also am Ende nicht mehr wissen als am Anfang ...«

»McVey«, sagte Remmer vorsichtig, »wieso nennen Sie mich Manfred, wenn Sie sonst immer Manny sagen?«

»Weil Sie ein Deutscher sind, und weil ich Sie und nur Sie meine.«

Es wurde totenstill im Zimmer. Vier Männer waren da, und keiner regte sich. Sie atmeten kaum. Dann hatte Osborn den Eindruck, Remmer weiche einen Schritt zurück.

»Kommen Sie, Manfred«, sagte McVey leichthin, aber es war nicht leichthin gemeint. Er hatte einen Nerv getroffen; das hatte er beabsichtigt, und Remmer war nicht darauf gefaßt gewesen.

»Es ist unfair, Manfred, das weiß ich«, sagte McVey ruhig. »Aber ich frage Sie trotzdem. Denn es könnte vielleicht helfen.«

»McVey, ich kann nicht –«

»Doch. Sie können.«

Remmer sah sich im Zimmer um. »Weltanschauung«, sagte er, und seine Stimme war kaum mehr als ein Flüstern. »Hitlers Auffassung vom Leben. Daß es ein ewiger Kampf sei, in dem nur die Stärksten überlebten und die Stärksten der Stärksten herrschten. Seiner Meinung nach waren die Germanen einmal die Stärksten der Stärksten gewesen, und daher war es ihnen bestimmt, zu herrschen. Für Hitler waren die Deutschen die höchste Art des Lebens auf der Erde, und sie konnten wieder werden, was sie einmal waren – aber nur durch äußerst sorgfältige Zuchtauswahl.«

Das Hotelzimmer hatte sich in ein Theater verwandelt; drei Personen saßen im Publikum, und Remmer war der Schauspieler auf der Bühne. Er stand mit zurückgereckten Schultern vor ihnen. Seine Augen funkelten, und er hatte Schweißperlen auf der Stirn. Seine Stimme war von einem Flüstern zum Rednerton angeschwollen, und die Rede war so bündig, daß sie einen Augenblick lang wie auswendig gelernt wirkte.

»Sie müssen die Situation begreifen, nach einer vernichtenden Niederlage im Ersten Weltkrieg: Der Versailler Vertrag hatte uns unsere Würde genommen, es herrschte eine gewaltige Inflation und Massenarbeitslosigkeit. Wer hätte einen Führer angezweifelt, der uns Stolz und Selbstachtung zurückgeben würde? Er bezauberte uns, und wir ließen uns davon hinreißen, gefangennehmen. Schauen Sie sich die alten Filme an, die Fotos. Schauen Sie sich die Gesichter der Menschen an. Sie liebten seine Worte und das Feuer, das dahinter brannte. Und deshalb vergaßen sie ganz und gar, daß es die Worte eines ungebildeten, geisteskranken Mannes waren –« Remmers Gesicht wurde plötzlich ausdruckslos, und er brach ab, als habe er plötzlich seinen Gedankengang vergessen.

»*Warum?*« zischte McVey wie ein Souffleur. »*Warum* haben sie sich von Hitlers Worten hinreißen lassen? *Warum* haben sie sich in den Ideen und Leidenschaften eines ungebildeten Geisteskranken verloren? Sie geben die ganze Schuld einem einzelnen Mann. Die Nazis waren nicht nur Hitler, Manfred. So mächtig er war, er war es nicht allein –«

Remmer starrte zu Boden. »Viele Leute glauben hier noch an Mythen, wie an eine Religion. Primitive Stammesmythen ... und sie liegen dicht unter der Oberfläche und warten auf den historischen Augenblick, da ein charismatischer Führer aufsteht und ihnen Leben einflößt ... Hitler war der letzte, und bis heute würden ihm einige überallhin folgen ... Es ist eine alte Tradition, McVey – so alt wie Preußen und noch viel älter. Teutonische Recken, die aus dem Nebel geritten kommen, in voller Rüstung. Schwerter, emporgereckt in eiserner Faust. Donnernde Hufe, die den Boden erbeben lassen und alles niedertrampeln, was sich ihnen in den Weg stellt. Eroberer. Herrscher. Blondes Haar, blaue Augen, all das.«

Remmer blickte McVey starr ins Gesicht. Dann wandte er sich ab, schüttelte eine Zigarette aus der Packung, zündete sie an und ging zu einer Couch hinüber, wo er sich allein hinsetzte. Vorgebeugt saß er da, zog einen Aschenbecher zu sich heran und starrte zu Boden. Die Zigarette zwischen seinen nikotinfleckigen Fingern verglühte ungeraucht; ihr Qualm kräuselte sich in einem feinen Fähnchen zur Decke.

103

Osborn lag im matten Licht der Morgendämmerung und lauschte auf Nobles tiefes Atmen, das vom anderen Bett herüberklang. McVey und Remmer schliefen nebenan. Um halb vier hatten sie das Licht ausgemacht; jetzt war es Viertel vor sechs. Er bezweifelte, daß er auch nur zwei Stunden geschlafen hatte.

Seit sie in Berlin waren, spürte er, daß McVey zunehmend frustriert, ja, verzweifelt war, je länger sie versuchten, die Schichten abzuschälen, die Erwin Scholl so schützend umgaben. Das war der Grund, weshalb McVey versucht hatte, Remmer unter Druck zu setzen, indem er – und sei es auf noch so brutale Weise – irgend etwas Wesentliches ans Licht förderte, das noch keiner von ihnen hatte fassen können. Und das war gelungen – nicht von teutonischen Recken, die aus dem Nebel geritten kamen, hatte Remmer geredet, sondern von *Arroganz:* die Vorstellung, sie oder sonst jemand könnten sich als »Herrenrasse« bezeichnen und sich dann daranmachen, alle anderen zu vernichten, um es zu beweisen. Das Wort paßte auf Scholl, die eitle Selbsteinschätzung eines Mannes, der manipulieren und morden konnte und sich zugleich selbst als Beichtvater für Könige und Präsidenten gebärdete. Das war eine Haltung, mit der sie sich würden befassen müssen, wenn sie Scholl von Angesicht zu Angesicht gegenüberträten. Aber mehr war es auch nicht – ein Ansatz, ein Aspekt. Nichts Konkretes.

Aber Leyberger war konkret. Und Osborn war sicher, daß er weiterhin im Zentrum des Geschehens stand. Aber wie es schien, gab es über das wenige hinaus, das sie schon hatten, nichts weiter an ihm zu entdecken. Nur eines war verheißungsvoll: Dr. Salettl stand auf der Gästeliste für das Schloß Charlottenburg, aber bis jetzt hatte das BKA ihn nirgends finden können. Nicht in Österreich, nicht in Deutschland und nicht in der Schweiz. Wenn er also kam, wo war er dann jetzt?

Irgendwie mußte es noch mehr geben. Aber was? Und wo war es zu finden?

McVey war wach und machte sich Notizen, als Osborn durch die Tür kam.

»Wir nehmen immer an, daß Leyberger keine Familie hat. Aber woher wissen wir das so sicher?« fragte Osborn mit Nachdruck. »Ich bin ein österreichischer Arzt in Carmel, Kalifornien, und ich arbeite dort sieben Monate lang mit einem schwerkranken Schweizer Patienten. Nach und nach geht es ihm besser. Ein gewisses Maß an Vertrauen entwickelt sich. Wenn er eine Frau hätte, ein Kind, einen Bruder –«

»Er würde sie wissen lassen wollen, wie es ihm geht«, ergänzte McVey.

»Ja. Und wenn er einen Schlaganfall gehabt hätte, wie Leyberger, dann hätte er Schwierigkeiten beim Sprechen und wahrscheinlich auch beim Schreiben. Kommunikation wäre ein Problem für ihn, und deshalb würde er mich bitten, es für ihn zu übernehmen. Und ich würde es tun. Keinen Brief schreiben, aber anrufen. Mindestens einmal im Monat, wahrscheinlich öfter.«

Remmer war plötzlich wach und setzte sich auf. »Die Aufzeichnungen der Telefongesellschaft.«

Etwas über eine Stunde später kam ein Fax von FBI-Special-Agent Alfred Hanley aus Los Angeles.

Seite um Seite mit Telefongesprächen, die von Salettls Privatanschluß im Palo Colorado Hospital in Carmel, Kalifornien, ausgegangen waren. Hanley hatte mehr als fünfzehn verschiedene Nummern auf der ganzen Welt rot eingekreist, die auf den Namen Erwin Scholl registriert waren; die übrigen waren entweder Ortsgespräche oder Telefonate nach Österreich und nach Zürich gewesen. Dazwischen verstreut aber waren fünfundzwanzig Anrufe mit der Landesvorwahl 49 – Deutschland. Die Ortsnetzkennzahl war 30: Berlin.

McVey legte die Blätter aus der Hand und wandte sich an Osborn. »Sie sind gut in Form, Doktor.« Er sah Remmer an. »Das hier ist Ihre Stadt. Was machen wir?«

»Was man in L. A. auch macht. Wir gehen sie besuchen.«

Sieben Uhr fünfundvierzig.

»Diese Karolin Henniger«, sagte McVey, als Remmer den Mercedes vor einer teuren Antiquitätengalerie in der Kantstraße anhalten ließ. »Ich glaube, wir können nicht einfach davon ausgehen, daß sie in einer direkten Beziehung zu Leyberger steht. Sie könnte eine Verwandte von Salettl sein, eine Freundin, sogar eine Geliebte.«

»Ich schätze, das werden wir erfahren, nicht wahr?« Osborn öffnete die Tür und stieg aus. Es war sein Plan, und McVey ließ ihm freie Hand. Er war ein amerikanischer Arzt, der versuchte, Dr. Salettl für einen Freund in Kalifornien ausfindig zu machen. Remmer war sein deutscher Freund, der zum Übersetzen mitgekommen war, für den Fall, daß Karolin Henniger kein Englisch sprach. Je nachdem, was sie sagte, würde man weitersehen.

McVey und Noble beobachteten die beiden vom Mercedes aus, als sie ins Haus gingen. Auf der anderen Straßenseite stand ein hellgrüner BMW mit ein paar Beamten des BKA, die das Ganze aus dem Hintergrund beobachteten.

Während Remmer Karolin Hennigers Namen und Adresse ermittelt hatte, hatte McVey einen alten Freund in Los Angeles angerufen, Kardinal Charles O'Connel. McVey wußte, daß Scholl katholisch war und für die Erzdiözesen New York und Los Angeles schon namhafte

Summen gespendet hatte; deshalb würde er O'Connel gut kennen. Er sei jetzt in Berlin, hatte McVey O'Connel erzählt, und dann hatte er den Kardinal gefragt, ob er für den späten Nachmittag ein Treffen mit Scholl, der ebenfalls in Berlin sei, arrangieren könnte. Es sei wichtig. O'Connel hatte nicht nach dem Grund gefragt; er hatte nur gesagt, er werde tun, was er könne, und sich dann wieder melden.

»Es ist wichtig, sich darüber im klaren zu sein«, sagte Remmer, während er und Osborn die schmale Treppe zu den Wohnungen im oberen Stock hinaufstiegen, »daß die Frau nichts verbrochen hat und nicht verpflichtet ist, irgendwelche Fragen zu beantworten. Wenn sie nicht reden will, muß sie nicht.«

»Okay.« Juristische Einschränkungen waren etwas, worüber Osborn nicht nachdenken wollte. Die Zeit wurde knapp; näher an Scholl heranzukommen, war das einzige, was zählte.

Die Appartements Nr. 1 und 2 befanden sich unmittelbar links und rechts oben an der Treppe. Appartement 3 lag am Ende eines kurzen Ganges und gehörte Karolin Henniger.

Osborn war zuerst an der Tür. Er warf Remmer einen Blick zu und klopfte. Eine Zeitlang blieb es still; dann hörte man Schritte, ein Riegel wurde zurückgeschoben, und die Tür öffnete sich einen Spaltbreit, soweit die Kette es gestattete. Eine attraktive Frau in einem Straßenkostüm schaute zu ihnen heraus. Sie hatte kurzes, graumeliertes Haar und war schätzungsweise Mitte vierzig.

»Karolin Henniger?« fragte Osborn höflich.

Sie sah Osborn an und schaute dann an ihm vorbei zu Remmer. »Ja ...«, sagte sie.

»Sprechen Sie Englisch?«

»Ja.« Wieder sah sie Remmer an. »Wer sind Sie? Was wollen Sie?«

»Mein Name ist Osborn. Ich bin ein Arzt aus den USA. Wir suchen jemanden, den Sie vielleicht kennen – Dr. Helmuth Salettl.«

Die Frau wurde plötzlich blaß. »Ich kenne niemanden, der so heißt«, sagte sie. »Niemanden. Es tut mir leid. Auf Wiedersehen.«

Sie trat zurück und schloß die Tür. Sie hörten, wie der Riegel vorgeschoben wurde, und dann rief sie einen Namen.

Osborn hämmerte an die Tür. »Bitte – wir brauchen Ihre Hilfe.«

Sie hörten sie drinnen sprechen, und ihre Stimme entfernte sich. Dann schlug in der Ferne eine Tür zu.

»Sie verschwindet durch die Hintertür!« Osborn wandte sich zur Treppe.

Remmer streckte die Hand aus und hielt ihn zurück. »Doktor, ich habe Sie gewarnt. Sie hat das Recht dazu. Wir können nichts tun.«

»*Sie* vielleicht nicht!« Osborn drängte sich an ihm vorbei.

McVey und Noble debattierten über die Frage, wie wahrscheinlich es sei, daß Salettl selbst der Chirurg gewesen sein könnte, der für die kopflosen Leichen verantwortlich war, als Osborn aus dem Haus gerannt kam.

»Kommen Sie!« schrie er, bog um eine Ecke und verschwand in einem Durchgang an der Seite des Hauses.

Osborn war in vollem Lauf, als er sie sah. Karolin Henniger hatte einen beigefarbenen VW-Bus aufgeschlossen und schob einen Jungen hinein.

»Warten Sie!« schrie Osborn. »Warten Sie! Bitte!«

Er erreichte den Wagen, als sie den Motor anließ.

»Bitte, ich muß mit Ihnen reden!« flehte er. Die Reifen kreischten, und der Wagen schoß vorwärts. »Nicht!« Osborn rannte nebenher. »Ich will Ihnen nichts tun …«

Es war zu spät. Osborn sah, wie McVey und Noble zurücksprangen, als der VW-Bus das Ende der Einfahrt erreicht hatte. Er schleuderte auf die Straße hinaus und war verschwunden.

»Wir haben es versucht, es hat nicht geklappt. Manchmal klappt es eben nicht«, sagte McVey ein paar Minuten später, als sie in den Mercedes gestiegen waren und Remmer davonfuhr.

Osborn sah Remmer im Rückspiegel an. Er war wütend. »Sie haben ihr Gesicht gesehen, als ich Salettls Namen nannte. Sie kennt ihn, verdammt – Salettl, und ich wette, auch Leyberger!«

»Kann sein, Doktor«, sagte McVey ruhig. »Aber sie ist nicht Albert Merriman, und Sie können nicht versuchen, sie umzubringen, um es herauszufinden.«

104

Plötzlich strömte das Sonnenlicht durch die Fensterluken, als der sechzehnsitzige Firmenjet die Wolkendecke durchbrach und in nordöstliche Richtung zu dem neunzigminütigen Flug nach Berlin ansetzte.

Joanna lehnte sich zurück und schloß für einen Moment befreit die Augen. Die Schweiz lag hinter ihr. Morgen um diese Zeit würde sie auf dem Flughafen Tegel auf die Maschine nach L. A. warten.

Ihr gegenüber saß Egon Leyberger und döste friedlich. Wenn ihm das, was an diesem Tag noch stattfinden sollte, Kopfzerbrechen bereitete, so ließ er sich davon nichts anmerken. Dr. Salettl sah blaß und müde aus; er saß ihm gegenüber in einem Drehsessel und machte sich Notizen in ein schwarzledernes Buch auf seinem Schoß. Hin und wieder blickte er auf und redete auf deutsch mit Uta Baur, die von einer Modenschau in Mailand heraufgekommen war, um sie nach Berlin zu begleiten. Auf den Plätzen hinter ihr spielten Leybergers Neffen Edward und Erik eine stumme und dramatisch schnelle Partie Schach.

Salettls Anwesenheit war Joanna unbehaglich wie immer, und zielstrebig richtete sie ihre Gedanken auf »Kelso«, wie sie den kleinen schwarzen Bernhardiner genannt hatte, den von Holden ihr geschenkt hatte. Kelso war gefüttert und spazierengeführt worden und hatte einen Abschiedskuß bekommen. Morgen würde er auf direktem Wege von Zürich nach Los Angeles fliegen, wo man ihn ein paar Stunden in Verwahrung nehmen würde, bis Joanna ihn abholen könnte. Dann würden sie nach Albuquerque weiterfliegen. Noch drei Stunden Autofahrt, und sie wären zu Hause in Taos.

Als Joanna das Video gesehen hatte, war ihr erster Gedanke gewesen, zu einem Anwalt zu gehen und sie alle zu verklagen. Aber dann hatte sie sich gedacht – wozu? Eine Klage würde nur Mr. Leyberger schaden und könnte ernsthafte körperliche Folgen nach sich ziehen, vor allem, wenn sich das Verfahren in die Länge zöge. Und das wollte sie nicht, denn er lag ihr sehr am Herzen, und außerdem war er daran ebenso unschuldig gewesen wie sie. Und hinterher auch genauso entsetzt. Dann war von Holden mit seinem kleinen Hund und seinen tiefempfundenen Entschuldigungen angekommen und hatte ihr schließlich einen Scheck über eine enorme Summe Geldes präsentiert. Die Firma hatte sich entschuldigt, von Holden ebenfalls. Was konnte sie im Grunde noch erwarten?

Trotzdem fragte sie sich, ob es richtig gewesen war, von Holdens Firmenscheck anzunehmen. Oder Ellie Barrs, der Oberschwester im Rancho de Piñon, zu erzählen, daß sie nicht sofort wieder zur Arbeit kommen würde – »wenn ich überhaupt je wiederkomme«, hatte sie noch hinzugefügt. Vielleicht hätte sie das nicht tun sollen. Aber so viel Geld … Mein Gott, eine halbe Million Dollar!

Von Holden steuerte den stahlgrauen BMW nach rechts in die Friedrichstraße. Unmittelbar vor ihm schwenkte ein Lieferwagen jäh herüber, und er mußte heftig bremsen, um ihn nicht zu rammen. Fluchend kurvte er um den Laster herum und strich unbewußt mit der Hand über einen rechteckigen Plastikkoffer auf dem Beifahrersitz, um sich zu vergewissern, daß er noch da war und nicht von der Fliehkraft beim Bremsen vom Sitz geschleudert worden war. Die rot leuchtende Neon-Digitaluhr im Fenster eines Juweliergebäudes zeigte zehn Uhr neununddreißig.

In den letzten Stunden hatten sich dramatische Veränderungen ereignet – vielleicht zum Besseren. Der Berliner Sektor hatte mit Hilfe des Prototyps eines Mikrowellenempfängers zwei angeblich »sichere« Telefonleitungen in Zimmer 6132 im Hotel Palace angezapft. Ein- und ausgehende Telefongespräche waren aufgezeichnet und in die Wohnung in der Sophie-Charlotten-Straße geliefert worden, wo man sie transkribiert und von Holden vorgelegt hatte. Das Gerät war erst am Abend zuvor gegen elf Uhr aufgestellt worden, und so waren ihnen die ersten Gespräche fast alle entgangen. Was sie aber danach noch aufgezeichnet hatten, genügte von Holden, um eine sofortige Besprechung mit Scholl einzuberaumen.

Er fuhr am Hotel Metropol vorbei, überquerte Unter den Linden und bremste scharf vor dem Grand Hotel. Er nahm den Plastikkasten, stieg aus, ging ins Hotel und fuhr mit dem Aufzug geradewegs zu Scholls Suite hinauf.

Ein Sekretär meldete ihn an und führte ihn dann hinein. Scholl saß an seinem Schreibtisch und telefonierte, als von Holden hereinkam. Ihm gegenüber saß ein Mann, den von Holden nicht mochte und den er seit einer Weile nicht mehr gesehen hatte: Scholls amerikanischer Anwalt H. Louis Goetz.

»Mr. Goetz.«

»Von Holden.«

Goetz, glatt und unkultiviert, war fünfzig, zu fit und zu künstlich; er sah aus, als verbringe er den halben Tag damit auszusehen, wie er aussah: manikürte und polierte Nägel, sonnengebräunt, ein blauer Nadelstreifenanzug von Armani, dunkles, gefröntes Haar, das einen edlen Hauch von Weiß an den Schläfen zeigte, als wäre es absichtlich so gebleicht. Er verbreitete den Eindruck, er sei soeben von einem Tennismatch aus Palm Springs eingeflogen. Oder von einer Beerdigung in Palm Beach. Gerüchten zufolge hatte er Beziehungen zur

Mafia, aber sicher wußte von Holden nur, daß er zur Zeit eine Schlüsselfigur bei Scholls und Margarete Pipers Versuchen war, sich in eine führende Talentagentur in Hollywood einzukaufen, mit deren Hilfe die Organisation die Schallplatten, Film- und Fernsehindustrie um so effektiver beeinflussen könnte. Kälte war ein Wort, das Goetz' Erscheinung nur unvollkommen beschrieb. Ein Stück Eis mit Mund traf es schon eher.

Von Holden wartete, bis Scholl aufgelegt hatte, stellte dann den Plastikkasten vor ihn hin und klappte ihn auf. Er enthielt einen kleinen Kassettenrecorder und die Bänder mit den Gesprächen, die der Berliner Sektor aufgezeichnet hatte.

»Sie haben eine komplette Gästeliste und ein detailliertes Dossier über Leyberger. Sie wissen über Salettl Bescheid. Überdies hat McVey den Kardinal von Los Angeles veranlaßt, Sie heute vormittag anzurufen und Sie zu bitten, heute abend in Charlottenburg mit ihm zusammenzutreffen, eine Stunde bevor die Gäste kommen. Er weiß, daß Sie dann abgelenkt sein werden, und will diesen Umstand für seine Befragung nutzen.«

Scholl ignorierte die beiden anderen, nahm die Transkripte zur Hand und studierte sie. Als er fertig war, reichte er sie Goetz, setzte dann den Kopfhörer auf und hörte sich die Bandaufnahmen an, wobei er das Band immer wieder schnell vorlaufen ließ und sich mit einzelnen Passagen begnügte. Schließlich schaltete er das Gerät aus und nahm den Kopfhörer ab.

»Was sie getan haben, Pascal, ist genau das, was ich erwartet habe. Sie haben mit ihren Recherchen und auf den bekannten Wegen Informationen über meine Unternehmungen hier in Berlin gesammelt und dann eine Möglichkeit arrangiert, sich mit mir zu treffen. Daß sie über Herrn Leyberger und Dr. Salettl informiert sind und selbst, daß sie die Gästeliste haben, ist ohne Bedeutung. Aber jetzt, da wir mit Sicherheit wissen, daß sie kommen, werden wir tun, was wir wollen.«

Goetz blickte von den Transkripten auf. Es gefiel ihm nicht, was er da las und hörte. »Erwin, Sie wollen die doch nicht umlegen, oder? Drei Polizisten und einen Arzt?«

»Doch, so etwas Ähnliches, Mr. Goetz. Warum – gibt es da ein Problem?«

»Ein Problem? Herrgott, Bad Godesberg hat die Gästeliste. Wenn Sie diese Typen abknallen, haben Sie das ganze verdammte Bundeskriminalamt am Hals. Wie nennen Sie das? Wollen Sie, daß die ihre gottverdammte Nase in jeden Arsch stecken?«

Von Holden schwieg. Wie sehr die Amerikaner doch diese Gossensprache liebten – ganz gleich, wo sie waren.

»Mr. Goetz«, sagte Scholl ruhig, »sagen Sie mir, inwiefern wir das Bundeskriminalamt am Hals hätten. Was hätten sie zu berichten? Ein Mann im mittleren Alter, der von einer schweren Krankheit genesen ist, hält eine sanft anregende, aber doch im wesentlichen langweilige Rede vor einhundert schläfrigen Gratulanten im Schloß Charlottenburg, und dann gehen alle wieder nach Hause. Deutschland ist ein freies Land, und seine Bürger können tun, was sie wollen.«

»Aber da sind immer noch drei tote Cops und ein toter Arzt, die sie auf die Spur gebracht haben. Was wollen Sie dagegen machen, verflucht? Einfach laufenlassen?«

»Mr. Goetz. Die fraglichen Gentlemen befinden sich – genau wie Sie und von Holden und ich selbst – in einer europäischen Großstadt voller skrupelloser Menschen. Bevor der Tag zu Ende ist, werden Detective McVey und seine Freunde sich in einer Situation befinden, die keinen Zusammenhang zu unserer Organisation erkennen lassen wird. Und wenn die Behörden anfangen, das Puzzle zusammenzusetzen, werden sie feststellen, daß diese scheinbar vorbildlichen Bürger eine schmutzige, ineinander verflochtene Vergangenheit haben, erfüllt von finsteren Privatgeheimnissen, die sie vor Familien und Mitarbeitern erfolgreich verborgen haben – kurz, kaum die Sorte von Leuten, die anklagend den Finger auf Persönlichkeiten wie mich oder hundert der geachtetsten Freunde und Bürger Deutschlands richten sollten, es sei denn natürlich, sie täten es um des privaten Vorteils willen, um sich zu bereichern. Habe ich nicht recht, Pascal?«

Von Holden nickte. »Selbstverständlich.« McVey, Osborn, Noble und Remmer zu isolieren und hinzurichten, war seine Aufgabe; den Rest würde Scholl durch seine Sektoragenten in Los Angeles, Frankfurt und London erledigen.

»Da hören Sie's, Mr. Goetz. Wir haben keinen Grund zur Besorgnis. Überhaupt keinen. Wenn Sie also nicht meinen, ich hätte etwas übersehen, was weiterer Diskussionen wert wäre, dann würde ich es jetzt vorziehen, zum Thema des Agenturerwerbs zurückzukehren.«

Scholls Telefon summte, und er nahm den Hörer ab. Er hörte kurz zu, sah Goetz an und lächelte. »Unbedingt«, sagte er. »Für Kardinal O'Connel bin ich immer zu sprechen.«

105

Osborn stand unter der Dusche und versuchte, sich zu beruhigen. Es war kurz nach neun am Freitag morgen, dem 14. Oktober, elf Stunden vor dem planmäßigen Beginn der Feier im Schloß Charlottenburg.

Karolin Henniger bot einen Weg hinein, und sie konnten ihn nicht benutzen. Remmer hatte sie noch einmal überprüft, als sie ins Hotel zurückgekommen waren. Karolin Henniger war deutsche Staatsbürgerin und alleinerziehende Mutter eines elfjährigen Sohnes. Sie hatte die späten siebziger und den größten Teil der achtziger Jahre in Österreich verbracht und war im Sommer 1989 nach Berlin zurückgekehrt. Sie wählte, zahlte Steuern und war nicht vorbestraft. Remmer hatte recht; sie konnten hier nichts tun.

Aber sie *wußte* etwas. Und Osborn wußte, daß sie es wußte.

Plötzlich flog die Badezimmertür auf. »Osborn!« bellte McVey. »Kommen Sie raus! Sofort!«

Dreißig Sekunden später stand Osborn nackt und tropfend, nur mit einem Handtuch um den Leib, vor dem Fenrnseher im vorderen Zimmer, den McVey eingeschaltet hatte. Es war eine Livesendung aus Paris, die Sonderübertragung einer sehr ernsten Veranstaltung im französischen Parlament; ein Redner nach dem anderen erhob sich zu einer kurzen Erklärung und setzte sich wieder. Ein eindringlicher deutscher Kommentar lag über den Bildern, und dann wurde jemand auf französisch interviewt, und Osborn verstand den Namen François Christian.

»Er ist zurückgetreten«, meinte Osborn.

»Nein«, sagte McVey. »Sie haben seine Leiche gefunden. Angeblich hat er Selbstmord begangen.«

»Mein Gott«, flüsterte Osborn. »O mein Gott.«

Remmer telefonierte mit Bad Godesberg, Noble am anderen Apparat mit London; beide wollten Einzelheiten wissen. McVey drückte auf einen Knopf an der Fernbedienung, und sie hörten eine englische Simultanübersetzung.

»Ein Jogger hat den Leichnam des französischen Ministerpräsidenten heute früh in einem Waldstück in der Nähe von Paris an einem Baum hängend gefunden«, sagte eine Frauenstimme, und dazu sah man Aufnahmen eines von der französischen Polizei abgesperrten Wäldchens.

»Wie es heißt, war Christian schon seit Tagen niedergeschlagen. Nachdrückliche, auf eine Art Vereinigte Staaten von Europa gerichtete Bestrebungen hatten Frankreich gegen die Franzosen gewendet, und er sprach sich als entschiedener Vertreter einer Minderheit dagegen aus. Mit seiner Beharrlichkeit hatte er das Vertrauen seines Ministeriums eingebüßt. Regierungsinternen Quellen zufolge wurde er zum Rücktritt gezwungen; eine entsprechende Erklärung sollte heute morgen erfolgen. Seine Frau soll allerdings geäußert haben, er habe sich in letzter Minute dafür entschieden, seinen Rücktritt zurückzuziehen, und für den heutigen Tag ein Zusammentreffen aller Parteiführer einberufen.« Die Sprecherin schwieg einen Augenblick lang und fuhr dann zu entsprechenden Aufnahmen fort: »Die französischen Flaggen wehen auf Halbmast, und der Präsident hat Staatstrauer ausgerufen.«

Osborn wußte, daß McVey mit ihm redete, aber er hörte nichts. Er konnte nur an Vera denken; er fragte sich, ob sie es schon wußte, und wenn ja, wie sie es erfahren hatte. Oder, wenn sie es noch nicht wußte, wo und wie sie es erfahren würde. Kurz durchzuckte ihn der Gedanke, wie bemerkenswert es doch sei, daß ihm das Schicksal ihres ehemaligen Geliebten so naheging. Aber ihre Trauer war seine Trauer, ihr Schmerz der seine. Er wollte bei ihr sein, sie im Arm halten, das alles mit ihr teilen. Für sie dasein. Was McVey da redete, interessierte ihn nicht.

»Halten Sie mal für einen Augenblick die Klappe und hören Sie mir zu, ja?« fauchte er plötzlich. »Vera Monneray – François Christian hat sie irgendwo hingebracht, wo sie dann war, als ich sie aus London anrief. Es muß irgendwo in Frankreich auf dem Lande sein. Vielleicht hat sie es noch nicht gehört. Ich will sie anrufen. Und Sie müssen mir sagen, ob ich das gefahrlos tun kann.«

»Da ist sie nicht mehr.« Noble hatte soeben den Hörer aufgelegt und schaute ihn an.

»Was soll das heißen?« Angst durchfuhr Osborn. »Wie könnten Sie auch nur –?« Er brach ab. Es war eine törichte Frage. Diese Leute waren ihm über. Und Vera auch.

»Es kam über Funk nach Bad Godesberg«, sagte McVey ruhig. »Sie war in einem Bauernhaus bei Nancy. Drei Beamte des französischen Secret Service, die sie bewachen sollten, wurden erschossen auf dem Grundstück gefunden. Eine Polizistin namens Avril Rocard von der Ersten Pariser Polizeipräfektur war ebenfalls da. Allem Anschein nach hat sie sich selbst die Kehle durchgeschnitten. Wieso, oder was sie da überhaupt gemacht hat, weiß niemand. Man weiß nur, daß Ihre Ms. Monneray ihr Auto genommen hat und damit zum Bahnhof nach Straßburg gefahren ist; da hat sie es dann stehengelassen und sich eine Fahrkarte nach Berlin gekauft. Wenn sie nicht unterwegs irgendwo ausgestiegen ist, sollten wir also davon ausgehen, daß sie jetzt hier ist.«

Osborn war puterrot im Gesicht. Es kümmerte ihn nicht mehr, was sie wußten oder woher sie es wußten. Daß sie denken konnten, was sie dachten, war verrückt. »Sie ist nicht mehr da, und schon nehmen Sie an, sie ist eine von ihnen? Einfach so? Gehört zur ›Gruppe‹? Welchen Beweis haben Sie denn dafür? Los. Sagen Sie's mir. Ich will es wissen.«

»Osborn, ich weiß, wie Ihnen zumute ist. Ich gebe nur Informationen weiter.« McVey sprach ruhig und beinahe mitfühlend.

»Ach ja? Na, Sie können zum Teufel gehen!«

»McVey –« Remmer wandte sich vom Telefon ab. »Heute früh um kurz nach sieben hat eine Avril Rocard im Hotel Kempinski eingecheckt.«

Das Zimmer war leer, als sie kamen. Remmer ging als erster, die Automatic in der Hand; dann kamen McVey, Noble und schließlich Osborn. Draußen auf dem Gang standen zwei BKA-Polizisten und sicherten die Tür.

Remmer bewegte sich schnell; er lief nach nebenan ins Schlafzimmer und warf dann einen Blick ins Badezimmer. Beide waren leer. Er kam zurück und informierte McVey, und dann ging er wieder ins Bad und arbeitete sich von dort nach draußen vor. Noble zog Gummihandschuhe an und ging ins Schlafzimmer; McVey tat das gleiche und nahm sich das Wohnzimmer vor. Es war üppig möbliert und bot einen Blick über den Kurfürstendamm. Der Teppich wies noch Staubsaugerspuren auf, was darauf hindeutete, daß die Suite erst vor kurzem gereinigt worden war. Auf einem Couchtisch vor dem Sofa stand ein Frühstückstablett mit einem kleinen Glas Orangensaft, mehreren unberührten Scheiben Toast, einer silbernen Thermos-Kaffeekanne und einer Kaffeetasse, halb voll mit kaltem, schwarzem Kaffee. Auf dem Tisch neben dem Tablett lag eine Zeitung mit der Titelseite nach oben; die Schlagzeile über François Christians Selbstmord prangte krass und brutal in fetten Lettern.

»Trinkt sie schwarz?«

»Was?« Osborn stand benommen da. Es war unvorstellbar, daß Vera hier in Berlin sein sollte. Noch weniger vorstellbar war, daß sie etwas mit der Gruppe zu tun haben könnte.

»Vera Monneray«, sagte McVey. »Sie trinkt ihren Kaffee schwarz?«

Osborn stammelte: »Ich weiß nicht. Ja. Vielleicht. Ich bin nicht sicher.«

Aus dem Zimmer nebenan kam das Geräusch eines Piepsers. Gleich darauf kam Remmer herein; er trug Gummihandschuhe wie die anderen. Er griff zum Telefon, wählte eine Nummer und sagte dann etwas auf deutsch. Er zog ein kleines Notizbuch aus der Tasche und schrieb mit Bleistift etwas hinein. »Danke«, sagte er dann und legte auf.

»Kardinal O'Connel hat sich gemeldet«, sagte er zu McVey. »Scholl erwartet Ihren Anruf. Unter dieser Nummer.« Er riß das Blatt aus seinem Notizbuch und reichte es herüber. »Vielleicht werden wir den Haftbefehl gar nicht brauchen.«

»Ja, aber vielleicht doch.«

Remmer ging wieder nach nebenan, und McVey untersuchte weiter das vordere Zimmer; besondere Aufmerksamkeit richtete er dabei auf die Couch und den Teppich davor, wo die Person gesessen hatte, die den Kaffee getrunken und dabei die Zeitung gelesen hatte.

»Diese Avril Rocard.« Osborn war bemüht, sich zivilisiert und logisch zu benehmen und irgendeinen Sinn in das zu bringen, was hier so überwältigend auf ihn einstürmte. »Sie sagen, sie ist bei der Pariser Polizei. Hat man die Leiche hundertprozentig identifiziert? Vielleicht war es ja jemand anders? Vielleicht ist Avril Rocard hier, und vielleicht ist es überhaupt nicht Vera.«

»Gentlemen ...« Noble stand in der Schlafzimmertür. »Würden Sie bitte hereinkommen?«

Osborn blieb hinter den anderen stehen und schaute zu, als Noble die Schiebetür zum Wandschrank im Schlafzimmer öffnete. Er enthielt zwei Garnituren Alltagskleidung, ein schwarzsamtenes Abendkleid und eine Silbernerzstola. Noble führte sie zu einem niedrigen Sekretär und setzte sich davor; er zog die oberste Schublade auf und nahm mehrere Spitzenhöschen mit dazu passenden BHs heraus, fünf ungeöffnete Packungen mit Armani-Strumpfhosen und ein durchsichtiges, silbriges Seidennachthemd. In der Schublade darunter lagen zwei Handtaschen; die eine war eine schwarze Abendtasche, die zu dem Samtkleid paßte, die andere eine braune, lederne Schultertasche.

Noble nahm die schwarze Abendtasche heraus und öffnete sie. Sie enthielt zwei Schmucketuis und einen samtenen Schnurbeutel. In dem ersten Etui war ein langes Diamantencollier, in dem zweiten die dazu passenden Ohrringe. In dem Schnurbeutel war eine kleine, versilberte 25er Automatic. Noble legte alles wieder dahin zurück, wo er es gefunden hatte, und nahm die Schultertasche in die Hand. Darin fand sich ein von einem Gummiband zusammengehaltener Stapel unbezahlter Rechnungen an Avril Rocard, 17 Rue St.-Gilles, Paris 75003. Ein Dienstausweis der Pariser Polizeipräfektur und eine kleine Sporttasche aus schwarzem Nylon. Noble öffnete auch diese und nahm Avril Rocards Paß, einen Reißverschluß-Klarsichtbeutel mit einem Bündel D-Mark-Scheine, ein unbenutztes Air-France-Ticket für einen Erste-Klasse-Flug Paris–Berlin und einen Umschlag mit einer Buchungsbestätigung vom Hotel Kempinski Berlin heraus: Ankunft am Freitag, dem 14., und Abreise am Samstag, dem 15. Oktober. Noble hob den Kopf und schaute in die Gesichter ringsum, als er einen prachtvoll geprägten, bereits geöffneten Umschlag herausnahm. Darin steckte die geprägte Einladung zum Dinner zu Ehren von Egon Leyberger im Schloß Charlottenburg.

Instinktiv schob McVey die Hand in die Jackettasche, um die Gästeliste herauszuziehen.

»Nicht nötig. Ich habe bereits nachgesehen. Eine Rocard ist dabei, ein halbes Dutzend Namen vor Dr. Salettl. Einer der Gäste, über die wir keine Informationen hatten«, sagte Noble und stand auf. »Eins noch ...«

Er ging zum Nachttisch und nahm einen in ein dunkles Seidentuch gewickelten Gegenstand in die Hand. »Das steckte unter der Matratze.« Er schlug das Tuch auseinander und förderte eine längliche, eselsohrige Lederbrieftasche ans Licht. Er sah, wie Osborn reagierte. »Sie wissen, was es ist, Dr. Osborn ...«

»Ja«, sagte Osborn. »Ich weiß, was es ist ...«

Er hat es schon öfter gesehen. In Genf. In London. Und in Paris. Es war Vera Monnerays Paß.

106

Osborn war nicht der einzige bestürzte Mann in Berlin.

Cadoux saß in der Wohnung in der Sophie-Charlotten-Straße und wartete auf von Holden; er war von banger Unruhe erfüllt und mit den Nerven am Ende. Zwei qualvolle Stunden hatte er damit zugebracht, sich bei jedem zu beklagen, der ihm zuhören wollte – über den deutschen Kaffee, warum er keine französische Zeitung bekommen könne, und über alles und jedes; aber mit all dem hatte er nur seine wachsende Besorgnis um Avril Rocard bemäntelt. Vor fast vierundzwanzig Stunden hätte sie ihren Auftrag in dem Bauernhaus bei Nancy erledigt haben und ihm Bericht erstatten müssen; aber er hatte noch nichts von ihr gehört.

Viermal hatte er in ihrer Wohnung in Paris angerufen, und viermal hatte sich niemand gemeldet. Nach einer schlaflosen Nacht hatte er bei der Air France nachgefragt, ob sie für die Frühmaschine Paris–Berlin eingecheckt habe. Als die Antwort negativ ausgefallen war, hatte er angefangen durchzudrehen. Er war ein ausgebildeter Terrorist und Mörder und ein Polizeiprofi, und in seiner Position bei Interpol war er der Mann, der den Auftrag hatte, die Sicherheitsmaßnahmen für Erwin Scholl bei all seinen Reisen rund um die Welt zu koordinieren – und das seit dreißig Jahren –, aber im Innern war Cadoux ein Gefangener seines Herzens. Avril Rocard war sein Leben.

Schließlich riskierte er, eine Telefonspur zu hinterlassen, und nahm Kontakt mit einem Agenten beim französischen Geheimdienst auf, der ihm bestätigte, daß in dem Bauernhaus bei Nancy drei Kollegen und eine Frau tot aufgefunden worden waren. Cadoux war buchstäblich in Panik geraten und hatte zu seiner letzten – und rückblickend betrachtet wahrscheinlich nächstliegenden – Möglichkeit gegriffen: Er hatte im Hotel Kempinski angerufen.

Zu seiner ungeheuren Erleichterung hatte Avril Rocard am Morgen um Viertel nach sieben eingecheckt; sie war mit dem Taxi vom Bahnhof Zoo gekommen. Cadoux legte auf und griff nach einer Zigarette. Er blies den Rauch von sich, er grinste, er strahlte, er schlug mit der Faust auf den Schreibtisch. Und dreißig Sekunden später, um genau zehn Uhr neunundfünfzig, während von Holden noch in seiner Besprechung mit Scholl war, griff Cadoux erneut nach dem Telefon und ließ sich mit Avril Rocards Zimmer im Kempinski verbinden. Wie das Glück es wollte, war die Leitung besetzt.

McVey hatte Scholl angerufen. Der erste Teil ihres Gesprächs war formell und höflich gewesen. Sie sprachen über ihre gemeinsame Freundschaft zu Kardinal O'Connel, über das Berliner Wetter, verglichen mit dem in Südkalifornien, und die ironische Fügung, daß sie sich beide gleichzeitig in der Stadt aufhielten. Dann kamen sie auf den Grund für McVeys Anruf zu sprechen.

»Darüber würde ich lieber persönlich mit Ihnen sprechen, Mr. Scholl. Ich möchte nicht, daß es mißdeutet wird.«

»Ich glaube, ich verstehe nicht ganz.«

»Sagen wir einfach, es ist eine persönliche Angelegenheit.«

»Detective, mein Terminkalender für heute ist voll. Hätte es nicht Zeit, bis ich wieder in Los Angeles bin?«

»Ich fürchte nein.«

»Wieviel Zeit, glauben Sie, wird es in Anspruch nehmen?«

»Eine halbe Stunde, vierzig Minuten.«

»Verstehe ...«

»Ich weiß sehr wohl, daß Sie beschäftigt sind, und ich weiß Ihr Entgegenkommen zu schätzen, Mr. Scholl. Ich weiß, daß Sie heute abend zu einem Empfang im Schloß Charlottenburg sein werden. Warum treffen wir uns nicht vorher dort? Wie wär's gegen sieb–«

»Ich erwarte Sie um Punkt fünf Uhr in der Hauptstraße 72, im Bezirk Friedenau. Es ist eine Privatwohnung, Sie werden es sicher finden. Guten Morgen, Detective.«

Es klickte am anderen Ende. Scholl legte auf und sah Goetz und von Holden an, die beide an Nebenanschlüssen mitgehört hatten.

»War es das, was Sie wollten?«

»Das war es, was ich wollte«, sagte von Holden.

107

Auch wenn Cadoux' Anruf bei Avril Rocard im Hotel Kempinski nicht durchgestellt worden war, hatte die Rezeption den Anrufer auf Anweisung des BKA lange genug festgehalten, um der Polizei die Möglichkeit zu geben, den Anruf zurückzuverfolgen.

Und aus diesem Grund befand sich Osborn ein zweites Mal in der Gesellschaft von Inspektor Johannes Schneider. Nur, daß diesmal noch ein zweiter BKA-Inspektor dabei war, Littbarski, ein fleischiger, kahlköpfiger Mann, alleinerziehender Vater zweier Kinder. Die drei drängten sich in einer winzigen Holznische in einer überfüllten Kneipe eine Straße weiter, tranken Kaffee und warteten, während McVey, Noble und Remmer die Treppe zu der Wohnung in der Sophie-Charlotten-Straße hinaufstiegen.

Eine Frau im mittleren Alter mit rotgefärbten Haaren und einem kleinen Telefonistenkopfhörer, die aussah, als sei sie von der Telefonzentrale gekommen, öffnete ihnen die Tür. Remmer zückte seinen BKA-Ausweis und stellte sich auf deutsch vor. Innerhalb der letzten Stunde habe jemand im Hotel Kempinski angerufen; sie wollten wissen, wer das gewesen sei.

»Das kann ich Ihnen nicht sagen«, antwortete sie, ebenfalls auf deutsch.

»Dann suchen wir doch jemanden, der es kann.«

Die Frau zögerte. Es seien alle zu Tisch. Dann würden sie warten, sagte Remmer. Und wenn sie damit ein Problem hätte, würden sie sich einen Durchsuchungsbeschluß holen und damit zurückkommen. Plötzlich hob die Frau den Kopf, als hörte sie etwas in der Ferne. Dann sah sie Remmer an und lächelte.

»Entschuldigung«, sagte sie. »Es ist nur so, daß wir sehr beschäftigt sind. Das hier ist die Organisationsleitung für eine private Willkommensfeier im Schloß Charlottenburg. Es kommen viele Prominente, und wir versuchen, alles zu koordinieren. Mehrere Leute wohnen im Kempinski. Wahrscheinlich habe ich selbst versucht, dort anzurufen. Ich muß mich ja vergewissern, daß unsere Gäste auch gekommen sind und daß alles in Ordnung ist.«

»Nach welchem Gast haben Sie sich erkundigt?«

»Ich – ich sagte doch, es sind mehrere.«

»Nennen Sie Namen.«

»Da muß ich in mein Buch schauen.«

»Schauen Sie in Ihr Buch.«

Sie nickte und bat sie, zu warten. Remmer meinte, es wäre besser, wenn sie mit hineingingen. Wieder hob die Frau den Kopf und schaute ins Leere. »Gut«, sagte sie dann und führte sie durch einen schmalen Gang zu einem kleinen Schreibtisch in einem Alkoven. Sie setzte sich an eine Telefonzentrale mit mehreren Leitungen, schob eine kleine Vase mit einer verwelkten gelben Rose beiseite und öffnete ein Ringbuch. Sie schlug eine Seite mit der Markierung »Kempinski« auf und schob es Remmer brüsk unter die Nase, damit er es selbst lesen konnte. Sechs Gästenamen standen auf der Kempinski-Liste, und einer davon war Avril Rocard.

McVey und Noble überließen es Remmer, mit der Frau zu verhandeln; sie hielten sich zurück und sahen sich um. Zur Linken war noch ein Gang mit einer Tür auf halber Strecke und einer am Ende. Beide waren geschlossen. Gegenüber lag das Wohnzimmer; dort saßen zwei Frauen und ein Mann an anscheinend gemieteten Schreibtischen. Eine Frau tippte etwas in einen Computer; die andere und der Mann telefonierten. McVey schob die Hände in die Taschen und bemühte sich, gelangweilt auszusehen.

»Da redet jemand mit ihr durch den Kopfhörer«, sagte er leise, als rede er über das Wetter oder über die Börsenkurse. Noble schaute gerade noch rechtzeitig zu ihr herüber, um zu sehen, wie sie an Remmer vorbei dem Mann am Telefon im Wohnzimmer zunickte. Remmer folgte ihrem Blick, ging dann zu dem Mann und zeigte ihm seinen Ausweis. Die beiden sprachen eine Weile miteinander, und dann kam Remmer zurück zu Noble und McVey.

»Sie behaupten jetzt, er war derjenige, der in Avril Rocards Zimmer angerufen hat. Beide wissen nicht, wo Salettl oder Leyberger wohnen. Die Frau meint, sie fahren vom Flughafen aus gleich nach Charlottenburg.«

»Wann sollen sie denn landen?« fragte Noble.

»Weiß sie nicht. Ihre Aufgabe besteht anscheinend in der Betreuung der Gäste, und das ist alles.«

»Wer ist sonst noch hier, in den anderen Räumen?«

»Sie sagt, niemand; nur sie vier.«

»Können wir da hinten rein?« McVey deutete mit dem Kopf auf den Korridor.

»Nicht ohne Grund.«

McVey schaute auf seine Schuhe. »Wie ist es mit einem Durchsuchungsbeschluß?«

Remmer lächelte vorsichtig. »Mit welcher Begründung?«

McVey hob den Kopf. »Verschwinden wir von hier.«

Von Holden sah auf dem internen Monitor zu, wie die Polizisten die Treppe hinuntergingen und das Haus verließen. Er war gerade zehn Minuten zuvor von seiner Besprechung mit Scholl zurückgekommen und hatte Cadoux in seinem Büro vorgefunden, wie er versuchte, sich mit Avril Rocard im Kempinski verbinden zu lassen. Als er hereingekommen war, hatte Cadoux empört den Hörer auf die Gabel geworfen. Erst war ihr Apparat besetzt gewesen! Jetzt meldete sich niemand mehr! Erbost hatte von Holden ihm geraten, das Ganze zu vergessen; er sei schließlich nicht in Berlin, um Ferien zu machen. In diesem Augenblick war die Polizei gekommen. Sofort hatte von Holden gewußt, wie und warum sie hergefunden hatten, und daß er schnell handeln mußte; so hatte er sie vor der Tür warten lassen, während er eine der Sekretärinnen im vorderen Zimmer durch einen Sicherheitsmann ersetzt hatte.

Als er jetzt gesehen hatte, wie die Haustür sich hinter den Polizisten schloß und wie McVey sich umdrehte, um die Fassade des Hauses zu betrachten, wandte er sich wütend nach Cadoux um; die Reihe der schwarz-weißen Sicherheitsmonitore beleuchteten seine scharfgeschnittenen Züge.

»Es war dumm von Ihnen, von einem unserer Telefone in ihrem Zimmer anzurufen.« Seine Stimme hatte die Wärme einer Stahllanze.

»Es tut mir leid, Herr von Holden.« Cadoux bedauerte, aber er war nicht bereit, einem fünfzehn Jahre jüngeren Mann seine Seele zu überlassen. Der Rest der Welt, einschließlich von Holden, konnte zum Teufel gehen, wenn es um Avril Rocard ging.

Von Holden schaute zu ihm auf. »Vergessen Sie's. Morgen um diese Zeit wird es ohne Belang sein.« Noch einen Augenblick zuvor war er im Begriff gewesen, Cadoux zu sagen, daß Avril Rocard tot war, es ihm eiskalt ins Gesicht zu sagen, in schlichtem Plauderton, und dann genüßlich seinen Schmerz zu beobachten. Und noch etwas hätte er ihm erzählen können. Avril Rocard war nicht nur schön und eine ausgezeichnete Schützin gewesen, sondern auch ein interner Spion im Pariser Sektor, und als solcher nicht nur von Holdens Vertraute, sondern auch seine Geliebte. Deshalb war sie nach Berlin eingeladen worden: als zusätzliche Sicherheit für Leyberger im Schloß Charlottenburg, und später zu von Holdens Unterhaltung. Das alles hätte man Cadoux erzählen können, um seinen Schmerz zu vergrößern, aber es würde nicht geschehen, zumindest jetzt noch nicht. Cadoux war aus einem ganz anderen Grund nach Berlin geholt worden, aus einem Grund, der seine ganze, ungeteilte Aufmerksamkeit erfordern würde, und deshalb schwieg von Holden.

Osborn bemühte sich, nicht an Vera zu denken, wo sie war und was sie tun mochte. Die Vorstellung, daß ausgerechnet sie etwas mit der »Gruppe« zu tun haben sollte, war abwegig, aber warum sonst war sie hier und gab sich als eine Person namens Avril Rocard aus? All seine Nerven fühlten sich roh und verschlissen an, und er hörte sich selbst mit Schneider und Littbarski reden und versuchen, ihnen die Grundlagen des American Football zu erklären und dabei den Lärm dieser Kneipe zu übertönen, in der sich anscheinend sämtliche in Berlin anwesenden Touristen drängten.

Zunächst hatte sich das Geknatter, das aus Schneiders Funkgerät gekommen war, angehört wie routinemäßiger deutscher Polizeifunkverkehr. Die Lautstärke war weit aufgedreht, und in den benachbarten Nischen wandten sich die Köpfe nach dem stakkatohaften Störgeräusch um. Sofort griff Schneider nach dem Gerät und drehte den Ton leiser. Im selben Augenblick wurde Veras Name genannt, und Osborn schlug das Herz plötzlich bis zum Hals.

»Was zum Teufel ist da los?« Er packte Schneiders Handgelenk, und bei dieser Bewegung erstarrte Littbarski.

»Take it easy«, sagte er zu Osborn.

Osborn lockerte seinen Griff, und Littbarski entspannte sich wieder.

»Was ist mit ihr?«

Schneider sah, wie angespannt seine Halsmuskeln waren. »Zwei weibliche Beamte des BKA haben Ms. Monneray festgenommen, als sie aus der Kirche St. Maria Regina Martyrium kam«, sagte Schneider auf englisch.

Aus der Kirche? Was wollte Vera in der Kirche? Osborns Gedanken rasten. Er konnte sich nicht erinnern, daß sie je etwas von Kirche oder Religion gesagt hatte. »Wo bringt man sie hin?«

Schneider schüttelte den Kopf. »Das weiß ich nicht.«

»Sie lügen. Natürlich wissen Sie es.«

Wieder straffte sich Littbarski.

Schneider nahm das Funkgerät und wollte aufstehen. »Ich habe die Anweisung, Sie ins Hotel zurückzubringen, wenn etwas geschehen sollte.«

Osborn achtete nicht auf Littbarski; er streckte eine Hand aus, um Schneider festzuhalten. »Schneider, ich weiß nicht, was los ist. Ich möchte gern glauben, daß es ein Irrtum ist, aber ich weiß nichts, bis ich sie sehe. Mit ihr rede. Ich will nicht, daß McVey sie als erster allein zu fassen bekommt. Verdammt, Schneider, ich bitte Sie – helfen Sie mir.«

Schneider sah ihn an. »Man sieht es in Ihren Augen. Sie sind verrückt nach ihr. Das ist ein amerikanischer Ausdruck, nicht wahr? *Crazy about her.*«

»Ja, das sagt man. Und ich *bin* verrückt ... Bringen Sie mich dahin, wo man sie hingebracht hat ...« Wenn Osborn noch nicht bettelte, so war er doch dicht davor.

»Sie sind mir schon mal weggelaufen.«

»Diesmal nicht, Schneider. Diesmal nicht.«

108

Von Holden sah die Stadt nur verschwommen, als der BMW abwechselnd langsamer und wieder schneller hindurchfuhr und schließlich im dichten Mittagsverkehr vollends stehenblieb, nur um ein paar Augenblicke später wieder anzufahren. Er fuhr automatisch, und seine Gedanken waren zwischen Empörung und Fassungslosigkeit hin und her gerissen. Drei der vier Männer, die er umzubringen geschworen hatte – einer von ihnen McVey persönlich –, waren in sein Büro marschiert und hatten seine Mitarbeiter drangsaliert, als wäre er ein Gemüsehändler. Und schlimmer noch, er war hilflos gewesen und hatte nichts tun können; er hatte sie hereingelassen und sie dann hinter verschlossenen Türen beobachtet, weil er befürchten mußte, daß alles andere eine ausgewachsene Invasion von BKA-Polizisten auslösen würde.

Das Irrsinnige daran war, daß alles nur durch Cadoux' Sehnsucht nach einer Frau ausgelöst worden war, die über die Informationen hinaus, die er unwissentlich über die Integrität der Agenten bei Interpol weitergeben konnte, nicht das geringste Interesse an ihm hatte. Und jetzt, in seiner Wut über Cadoux' Dummheit, fügten sich die letzten Reste seiner Strategie zusammen.

Hauptstraße 72, zwölf Uhr fünfzehn.

Joanna sah, wie der BMW von der Straße hereinbog, kurz am Wächterhäuschen anhielt, durch das Tor fuhr und in der halbrunden Zufahrt vor dem Haus anhielt. Vom Schlafzimmerfenster im Obergeschoß, wo sie stand, konnte man nicht sehen, was unmittelbar darunter vorging, aber sie war sicher, daß sie einen kurzen Blick auf von Holden erhascht hatte, als er ausstieg und auf das Haus zuging.

Rasch lief sie zum Spiegel, fuhr sich mit der Bürste durchs Haar und frischte den teuren Wet-look-Lippenstift auf, den Uta Baur ihr gegeben hatte. Aus Gründen, die sie nicht erklären oder auch nur annähernd verstehen konnte, und allem, was ihr passiert war, zum Trotz fühlte sie eine sexuelle Erregung wie noch nie zuvor im Leben. Als sei ein plötzlicher, unersättlicher Hunger über sie hereingebrochen, so machtvoll, daß nur der Akt selbst ihn befriedigen könnte.

Sie öffnete die Tür, trat in den Flur hinaus und sah von Holden unten in der Eingangsdiele im Gespräch mit Erik und Edward. Gleich darauf wandte er sich ab und verschwand. Ihr Instinkt drängte sie, die Treppe hinunter- und ihm nachzulaufen, aber solange Leybergers Neffen noch da waren, ging das nicht.

Sie versuchte, das Gefühl von sich abzuschütteln, durchquerte den Flur und klopfte sanft an einer geschlossenen Tür. Sofort öffnete ein weißhaariger, blasser, schweinsgesichtiger Mann im Smoking. Seine Haut war so wenig pigmentiert, daß man ihn für einen Albino hätte halten können.

»Ich … ich bin Mr. Leybergers –« Die Erscheinung des Mannes und die beinahe hochfahrende Art, wie er sie anschaute, machten sie nervös.

»Ich weiß, wer Sie sind«, sagte er mit kehliger Stimme.

»Ich möchte zu Mr. Leyberger«, sagte sie und wurde ohne Zögern hereingelassen.

Egon Leyberger saß auf einem Stuhl am Fenster und las einen Stoß eselsohriger, mit sehr großer Schrift betippter Blätter. Es war das Manuskript der Rede, die er heute abend halten sollte, und in den letzten paar Tagen hatte er sich mit fast nichts anderem mehr beschäftigt.

»Ich wollte nur sehen, ob Sie sich wohlfühlen und alles in Ordnung ist, Mr. Leyberger«, sagte sie. Erst jetzt sah sie, daß noch ein Mann, ebenfalls im Smoking, hinten an einem Fenster mit Blick auf den großen Garten stand. Weshalb Mr. Leyberger in seinem Zimmer in einem so vornehmen und eleganten Haus mit einem bewachten Tor noch zwei Bodyguards brauchte, begriff sie nicht.

»Danke, Joanna. Es ist alles bestens«, sagte er, ohne aufzublicken.

»Dann komme ich ein bißchen später wieder.« Sie lächelte fürsorglich.

Leyberger nickte abwesend und las weiter. Joanna lächelte den schweinsgesichtigen Bodyguard freundlich an und ging.

Von Holden saß allein in einem dunkel getäfelten Arbeitszimmer, als sie hereinkam und die Tür leise hinter sich schloß. Er saß mit dem Rücken zu ihr in einem Sessel und telefonierte auf deutsch. Verglichen mit dem hellen Sonnenschein draußen im Garten war es dunkel im Zimmer. Das Gras war von lebendigem Grün; es fing die leuchtend roten und gelben Blätter auf, die von einer massigen, kupferroten Buche in der hinteren Ecke des Gartens herabwehten, und stellte sie zur Schau wie eine bestickte Decke. Links neben dem Baum sah man eine große Fünfergarage, dahinter ein Eisentor, das offenbar auf eine Betriebseinfahrt an der Rückseite des Grundstücks hinausführte.

Plötzlich blickte von Holden auf und drehte sich im Sessel um. »Du solltest nicht hereinkommen, wenn ich telefoniere, Joanna.«

»Ich wollte dich sehen.«

»Jetzt siehst du mich.«

»Ja«, sagte sie und lächelte. Sie fand, er sah so müde aus wie noch nie, seit sie ihn kannte. »Hast du zu Mittag gegessen?«

»Ich erinnere mich nicht.«

»Gefrühstückt?«

»Weiß ich nicht.«

»Du bist müde. Du bist sogar unrasiert. Komm herauf in mein Zimmer. Duschen, ein bißchen ausruhen.«

»Das kann ich nicht, Joanna.«

»Warum nicht?«

»Weil ich zu tun habe.« Plötzlich stand er auf. »Und bemuttere mich nicht. Ich kann das nicht leiden.«

»Ich will dich nicht bemuttern – ich will – mit dir schlafen.« Sie lächelte und fuhr sich mit der Zunge über die Lippen. »Komm jetzt nach oben. Bitte, Pascal. Vielleicht können wir nie wieder miteinander allein sein.«

»Du redest wie ein Schulkind.«

»Aber ich bin keins … und das weißt du …« Sie kam näher, bis sie unmittelbar vor ihm stand. Ihre Hand fuhr hinunter zwischen seine Beine. »Laß es uns hier machen. Jetzt gleich.« Alles an ihr, das Schnurren ihrer Stimme, die Bewegungen ihres Körpers, als sie sich an ihn schmiegte, war reine Sexualität. »Ich bin feucht«, flüsterte sie.

Abrupt griff von Holden nach ihrer Hand und schob sie von sich. »Nein«, sagte er. »Geh jetzt. Wir sehen uns heute abend.«

»... Pascal. Ich – liebe dich ...«

Von Holden starrte sie an.

»Das solltest du inzwischen wissen ...«

Plötzlich schrumpften seine Pupillen zu winzigen Punkten zusammen, und die Augen schienen sich in seinen Schädel zurückzuziehen. Joanna verschlug es den Atem, und sie wich zurück. Noch nie im Leben hatte sie gesehen, daß jemand so wütend und so gefährlich aussah wie von Holden in diesem Moment.

»Raus!« zischte er.

Mit einem Aufschrei fuhr sie herum, stieß gegen einen Stuhl, stolperte um ihn herum und rannte hinaus. Die Tür ließ sie offen. Er hörte ihre Absätze auf den Fliesen draußen im Flur und dann auf der Treppe, als sie hinauslief. Er war auf dem Weg zur Tür, um sie zu schließen, als Salettl hereinkam.

»Sie sind zornig«, sagte Salettl.

Von Holden wandte ihm den Rücken zu und starrte aus dem Fenster. Er hatte Scholl vom Auto aus angerufen und ihm den endgültigen Plan vorgetragen. Scholl hatte zugehört und war einverstanden gewesen. Und dann hatte er von Holden ebenso schnell davon ausgeschlossen. Es sei zu gefährlich, hatte er gesagt. Von Holden sei zu gut bekannt als sein europäischer Sicherheitschef, und Scholl könne sich nicht leisten, zu riskieren, daß etwas schiefging, von Holden umgebracht oder festgenommen und eine Verbindung zu ihm hergestellt wurde. Die Polizei sei zu dicht herangekommen. Nein, von Holden sei für die Planung zuständig, aber Viktor Schewtschenko würde die Sache ausführen. Am Abend werde man von Holden sehen, wie er Herrn Leyberger in aller Öffentlichkeit zum Schloß Charlottenburg eskortierte. Danach werde er in aller Stille verschwinden, um »das andere« zu erledigen, wie Scholl es formuliert hatte. Das war sein Befehl gewesen. Dann hatte er aufgelegt

»Sie wissen, Herr Sicherheitsleiter«, sagte Salettl leise, »daß Ihre persönliche Sicherheit besonders am heutigen Tage von unschätzbarem Wert ist.«

»Ja, das weiß ich.« Von Holden drehte sich um und sah ihn an. Offensichtlich wußte Salettl, was zwischen Scholl und ihm besprochen worden war, denn es war »das andere«, wovon er redete. Unmittelbar nach der Veranstaltung im Schloß Charlottenburg sollte eine zweite

Feier für ein paar wenige Privilegierte unter den Gästen stattfinden, geheim und ohne Ankündigung. Schauplatz sollte das Mausoleum sein, das tempelartige Gebäude auf dem Schloßgelände, das die Grabstätten der Preußenkönige beherbergte. Von Holden sollte das hochgeheime Material, das dort präsentiert werden sollte, mitbringen; der Zugangscode, der nötig war, um es zu holen, war ausschließlich für seine Person programmiert und konnte nicht geändert werden.

Aus Hochachtung vor ihm hatte man ihn dazu auserkoren, und aufgrund der Macht, die er besaß. Und auch wenn er wütend gewesen war, Scholl hatte doch recht gehabt, wie jetzt auch Salettl. Aus mehr als einem Grunde war seine persönliche Sicherheit am heutigen Tage von unschätzbarem Wert. Er mußte sich darüber im klaren sein, daß er nicht mehr der Speznas-Soldat war, der ihm immer noch im Blut steckte. Er war nicht länger ein Bernhard Oven oder ein Viktor Schewtschenko. Er war der Leiter der Sicherheit, und »Leiter der Sicherheit« war jetzt keine Stellenbeschreibung mehr, sondern ein Mandat für die Zukunft. Er war der Mann, der eines Tages die Nachfolge der Macht über die gesamte Organisation beaufsichtigen würde, und das machte ihn in jeder Hinsicht zum »Hüter der Flamme«. Und wenn er das bisher noch nicht völlig begriffen hatte, dann sollte er es jetzt tun, heute mehr denn je.

109

Das Vernehmungszimmer im Keller des Gebäudes an der Kaiser-Friedrich-Straße war grellweiß. Fußboden, Decke, Wände. Genauso wie das halbe Dutzend der anderthalb mal zweieinhalb Meter großen Zellen nebenan. Nur wenige Leute – selbst von denen, die hier im Gebäude arbeiteten, in dem die Büros der städtischen Baubehörde untergebracht waren – wußten, daß diese Einrichtung existierte. Aber ein volles Drittel des sechshundertfünfzig Quadratmeter großen Kellers beherbergte eine Sonderermittlungseinheit des Bundeskriminalamts. Sie war 1972 unmittelbar nach dem Attentat bei den Olympischen Spielen in München eingerichtet worden, und ihre Hauptaufgabe bestand in der Vernehmung gefangener Terroristen und Terror-Informanten. In der Vergangenheit waren Mitglieder der Baader-Meinhof-Gruppe, der Roten Armee Fraktion, der Volksfront für die Befreiung Palästinas und Verdächtige im Zusammenhang mit dem Bombenanschlag auf den PanAm-Flug 103 hier vorübergehend festgehalten worden. Neben dem grellen Weiß des Anstrichs war die zweite hervorstechende Eigenschaft dieser Räume, daß das Licht niemals abgeschaltet wurde. Die intensive Wirkung bestand darin, daß die Gefangenen hier innerhalb von sechsunddreißig Stunden völlig ihre Orientierung verloren, und zumeist ging es von da an bergab.

Vera saß allein im Hauptvernehmungsraum auf einer weißen, am Boden festgeschweißten Bank aus PVC-artigem Plastik. Es gab weder Tisch noch Stühle. Nur die Bank. Man hatte sie fotografiert und ihr die Fingerabdrücke abgenommen. Sie trug stumpfgraue Überziehpantoffeln und einen hellgrauen, fast weißen Nylon-Overall mit der Aufschrift GEFANGENER – *Bundesrepublik Deutschland* in Leuchtfarbe auf dem Rücken. Sie sah geschockt und gestreßt aus, aber sie war noch bei klarem Verstand, als die Tür aufging und Osborn hereinkam. Einen Moment lang blieb eine kleine, klobige Polizistin hinter ihnen in der Tür stehen. Dann trat sie blitzschnell zurück und schloß die Tür.

»Mein Gott –«, flüsterte Osborn. »Fehlt dir auch nichts?«

Veras Mund stand offen; sie wollte etwas sagen, aber sie konnte nicht. Statt dessen kamen ihr die Tränen, und dann lagen sie einander in den Armen und weinten beide. Zwischen Schluchzern und ängstlichen Liebkosungen hörte er sie sagen: »François tot« – »Warum bin ich hier?« – »Im Bauernhaus – alle tot« – »Was habe ich denn getan?« – »Nach Berlin gekommen – konnte nirgendwo mehr hin – dich suchen.«

»Vera. Sschhh. Es ist alles gut, Schatz.« Er hielt sie fest an sich gedrückt, schützend, wie ein Kind. »Es ist okay. Es wird alles wieder gut …« Er strich ihr Haar zurück, küßte ihr die Tränen weg und wischte ihr mit den Händen die Wangen ab.

»Sie haben mir sogar mein Taschentuch weggenommen«, sagte er und versuchte zu grinsen. Er hatte keinen Gürtel mehr, und die Schnürsenkel hatte man ihm auch genommen. Wieder lagen sie einander in den Armen. Sie umschlangen sich und drückten sich aneinander.

»Laß mich nicht los«, sagte sie. »Nie wieder …«

»Vera – erzähl mir, was passiert ist …« Sie nahm seine Hand und hielt sie fest, und sie setzten sich auf die Bank. Sie wischte sich die

Tränen ab, schloß die Augen und bemühte sich zurückzudenken. Weit zurück – bis gestern ...

Sie sah das Bauernhaus und die Leichen der drei Agenten, die da lagen, wo sie hingefallen waren. Nicht weit davon entfernt lag Avril Rocard, blicklos starrend, und das Blut quoll langsam aus ihrer Kehle.

Die Telefone waren tot, als sie wieder ins Haus ging. Die Schlüssel zum Ford des Geheimdienstes konnte sie nicht finden; deshalb nahm sie Avril Rocards schwarzen Polizei-Peugeot und fuhr damit nach Nancy, wo sie versuchte, von einer Telefonzelle aus François in Paris zu erreichen. Aber die Anschlüsse in seinem Büro und in seiner Privatwohnung waren besetzt. Zweifellos, dachte sie, weil die Nachricht von seinem Rücktritt soeben bekanntgegeben worden war. Noch unter dem Schock der Morde stehend, stieg sie wieder in den Peugeot und fuhr zu einem Park am Stadtrand.

Dort blieb sie im Wagen sitzen und versuchte, den Nebel von Angst und Emotionen zu durchdringen und sich zu überlegen, was sie als nächstes tun sollte, und da sah sie Avril Rocards Handtasche auf dem Boden vor dem Beifahrersitz. In der Brieftasche, hinter dem Paß, klemmte eine aufwendig geprägte Einladung in deutscher Sprache zu einem formellen Abendessen im Schloß Charlottenburg zu Ehren eines Mannes namens Egon Leyberger. Unter den Sponsoren stand der Name Erwin Scholl. Der Mann, der Albert Merriman beauftragt hatte, Osborns Vater zu ermorden.

Ihr einziger Gedanke war: Wenn Scholl in Berlin war, dann hatte Paul Osborn es vielleicht herausgefunden und war auch hingefahren. Viel war das nicht, aber es war alles, was sie hatte. Obwohl sie mehrere Jahre jünger war, hatte sie soviel Ähnlichkeit mit Avril Rocard, das sie sich für sie ausgeben konnte, solange sie niemandem begegnete, der sie persönlich kannte. Es war Donnerstag, und die Charlottenburger Veranstaltung war am Freitag. Die schnellste Verbindung zwischen Nancy und Berlin war die Eisenbahn ab Straßburg.

Zweimal machte sie auf dem Weg von Nancy nach Straßburg halt, um François anzurufen. Beim erstenmal waren alle Leitungen besetzt. Beim zweitenmal, an einer Raststätte, erreichte sie sein Büro. Inzwischen war es fast vier Uhr nachmittags, und man hatte nichts mehr von François gesehen oder gehört, seit er am Morgen um sieben zu Hause weggegangen war. Die Presse war noch nicht davon informiert, daß er verschwunden war, aber bei Geheimdienst und Polizei herrschte Großalarm, und der Präsident hatte befohlen, François' Frau und seine Kinder unter bewaffnetem Schutz an einen unbekannten Ort zu bringen.

Als sie eingehängt hatte, fühlte sie sich taub und benommen. Nichts existierte mehr. Kein François Christian. Kein Dr. Paul Osborn aus Los Angeles. Auch keine Vera Monneray, die zu ihrer Wohnung und ihrem Leben in Paris zurückkehren und weitermachen würde, als wäre nie etwas passiert. Die einzige Antwort schien in Berlin zu liegen, wie schon zu Zeiten ihrer Großmutter. Was immer François zugestoßen sein mochte, war ein Teil davon, aber auch Osborn, denn er war auf demselben Weg unterwegs.

Sie bezog Avrils Zimmer, ihre Kleider waren schon da. Der Roomservice brachte ihr Frühstück. Auf dem Tablett lag die Zeitung mit der Meldung von François' Selbstmord. Zuerst fühlte sie sich matt, und sie wußte, sie mußte hinaus an die frische Luft, um sich zu erholen, um nachzudenken, um zu planen, was sie tun sollte, wenn jemand Kontakt mit ihr aufnähme. Oder was sie tun sollte, wenn sie es nicht täten – vielleicht würde sie dann einfach allein nach Charlottenburg fahren. Sie versteckte ihren Paß unter der Matratze, damit niemand entdecken konnte, wer sie wirklich war, und dann ging sie hinaus.

Bei ihrem Spaziergang war sie auf die Kirche St. Maria Regina Martyrium gestoßen. Ironischerweise war es eine religiöse Gedenkstätte, geweiht denjenigen, die zwischen 1933 und 1945 für die Freiheit des Glaubens und des Gewissens den Märtyrertod gestorben waren. Es war wie ein Omen, das sie anlockte, und sie dachte, daß sie drinnen vielleicht irgendeine Art von Antwort auf das finden würde, was hier geschah. Statt dessen aber erwartete sie die deutsche Polizei, als sie wieder herauskam.

Inspektor Schneider hatte gelogen, als er Osborn gesagt hatte, wenn irgend etwas passieren sollte, müsse er ihn wieder ins Hotel zurückbringen. In Wahrheit sollte er Osborn sofort zu Vera Monneray bringen, wenn man sie gefunden hätte. Um auf diese Weise in den Besitz aller aufrichtigen Informationen zu gelangen, die eine solche Begegnung womöglich zutage fördern würde. McVey wollte, daß Osborn und Ms. Monneray sich allein wähnten. Der entscheidende Gedanke war, daß es so aussehen sollte, als stamme die Idee von Osborn, und mit Schneiders Hilfe hatte es geklappt: Osborn ging geradewegs in die Falle.

Plötzlich wurde die Tür des Vernehmungszimmers geöffnet. Osborn fuhr herum und sah McVey hereinkommen. »Schaffen Sie ihn sofort hier raus!« befahl McVey wütend, und sofort rissen zwei uniformierte Polizisten Osborn hoch und stießen ihn hinaus. »Vera!« rief er und wollte sich umdrehen. »Vera!« Auf seinen zweiten Ruf folgte das Dröhnen der schweren Stahltür, die zugeschlagen wurde. Hastig schob man ihn einen schmalen Korridor entlang und eine kurze Treppe hinauf. Eine Tür wurde geöffnet, und man führte ihn in einen zweiten weißen Raum. Die Polizisten gingen hinaus, und die Tür wurde zugezogen und abgeschlossen.

Zehn Minuten später kam McVey herein. Er war rot im Gesicht und atmete schwer, als sei er soeben eine lange Treppe hinaufgestiegen.

»Was haben Sie aufnehmen können? Irgend was Interessantes?« fragte Osborn eisig, als die Tür aufging. »Praktisch, daß ich vorher da war, nicht wahr? Vielleicht würde sie mir etwas erzählen, was sie Ihnen oder der deutschen Polizei nicht erzählt, und die Mikrofone würden alles mitbekommen. Aber es hat nicht geklappt, was? Sie haben nichts gehört als die Wahrheit aus dem Mund einer völlig verängstigten Frau!«

»Woher wissen Sie, daß es die Wahrheit war?«

»Weil ich es weiß, verdammt!«

»Hat sie je den Namen Capitain Cadoux von Interpol erwähnt, je von ihm gesprochen?«

»Nein. Nie.«

McVey funkelte ihn an; dann war er besänftigt. »Okay. Glauben wir ihr. Beide.«

»Dann lassen Sie sie gehen.«

»Osborn. Sie verdanken es mir, daß Sie hier sind. Und nicht tot auf dem Boden eines Pariser Bistros, mit der Kugel eines Stasi-Killers zwischen den Augen.«

»McVey, das hat nichts mit der Sache hier zu tun, und das wissen Sie auch! Und daß Sie keinen Grund haben, sie festzuhalten, wissen Sie ebenfalls!«

McVey wandte den Blick nicht von Osborn. »Sie wollen wissen, warum das mit Ihrem Vater passiert ist.«

»Was mit meinem Vater passiert ist, hat nichts mit Vera zu tun.«

»Woher wollen Sie das wissen? Woher wollen Sie das so genau wissen?« McVey fragte nicht aus Grausamkeit, sondern weil er einer Sache auf den Grund gehen wollte. »Sie haben gesagt, Sie haben sie in Genf kennengelernt. Haben Sie sie angesprochen, oder ist sie auf Sie zugekommen?«

»Ich ... das ist doch völlig gleich ...«

»Antworten Sie mir.«

»... Sie ... ist auf mich zugekommen ...«

»Sie war François Christians Geliebte. Und am Tag der Veranstaltung mit Leyberger ist er plötzlich tot, und sie kreuzt mit einer Einladung zum Ball in Berlin auf.«

Osborn war wütend. Wütend und verwirrt. Worauf wollte McVey hinaus? Die Vorstellung, Vera könnte zur »Gruppe« gehören, war verrückt. Er glaubte ihr, was sie ihm gerade erzählt hatte. Sie liebten einander zu sehr, als daß er ihr nicht hätte glauben können! Ihre Liebe bedeutete ihm zu viel. Er wandte sich ab und schaute zur Decke. Über ihm, außer Reichweite für jeden, der auf dem Boden stand, war eine Reihe heller Leuchtkörper mit gleißenden Hundertfünfzig-Watt-Birnen, die niemals abgeschaltet werden würden.

»Vielleicht ist sie unschuldig, Doktor«, sagte McVey. »Aber das haben Sie nicht mehr in der Hand, sondern die deutsche Polizei.«

Hinter ihnen ging die Tür auf, und Remmer kam herein. »Wir haben Videoaufnahmen von dem Haus in der Hauptstraße. Noble wartet.«

McVey sah Osborn an. »Ich möchte, daß Sie das sehen.«

»Wieso?«

»Weil es das Haus ist, in dem wir Scholl treffen. Mit ›wir‹, Doktor, meine ich Sie und mich.«

110

Joannas Koffer lag auf dem Bett, und die letzten Sachen flogen hinein, als von Holden hereinkam.

»Joanna, ich will mich entschuldigen. Verzeih mir ...«

Sie ignorierte ihn, ging zum Schrank und nahm das Uta-Baur-Original heraus, das sie am Abend hätte tragen sollen. Dann kam sie zum Bett zurück, breitete es darauf aus und fing an, es zusammenzufalten. Von Holden stand einen Augenblick lang ruhig da; dann trat er hinter sie und legte ihr die Hand auf die Schulter. Sie erstarrte.

»Dies ist eine Zeit großer Anspannung für mich, Joanna ... Für dich auch, und für Herrn Leyberger. Bitte verzeih mir, daß ich mich unten so benommen habe ...«

Joanna blieb, wie sie war; ihr Blick war starr und auf das helle Licht der Fenster gegenüber gerichtet.

»Ich muß dir die Wahrheit sagen, Joanna ... In meinem ganzen Leben hat mir noch nie jemand gesagt, daß er mich liebt. Du – hast mir angst gemacht ...«

Sie spürte, wie es ihr den Atem verschlug. »*Ich* habe *dir* angst gemacht?«

»Ja ...«

Ganz langsam drehte sie sich um. Die grausigen, haßerfüllten Augen, die ihr vor einer Stunde einen so furchtbaren Schreck eingejagt hatten, blickten jetzt sanft und verletzlich.

»Tu mir das nicht an ...«

»Joanna, ich weiß nicht, ob ich fähig bin, jemanden zu lieben ...«

»Nicht ...« Joanna fühlte, wie ihr die Tränen in die Augen stiegen, und eine rollte ihr über die Wange.

»Es ist wahr. Ich kann es nicht ...«

Jäh drückte sie die Finger an seine Lippen, um ihn zum Schweigen zu bringen. »Du kannst es –«, sagte sie.

Langsam legte er die Hände um ihre Taille, und sie kam in seine Arme. Und dann küßte er sie sanft, und sie küßte ihn wieder, und sie merkte, wie er hart wurde. Empfindungen krochen über ihren Körper und zerstreuten alle Vernunft. Was immer Furchtbares sie in ihm gesehen haben mochte, war verschwunden. Es gab keine Erinnerung daran – in dem Sinne, daß es nie existiert hatte.

Ein einzelner Überflug bei fünfhundert Fuß zeigte die Hubschrauberperspektive auf das Haus in der Hauptstraße 72, eine Villa aus dem neunzehnten Jahrhundert, ein dreistöckiges Hauptgebäude mit einer Fünfergarage dahinter. Die Zufahrt zur Garage führte rechts am Haus entlang, und links lag ein roter Tennisplatz. Das ganze Anwesen war von einer hohen, efeubewachsenen Mauer umgeben.

»An der Rückseite, neben der Garage, ist ein Tor. Sieht aus wie eine Lieferzufahrt«, bemerkte Noble, als sie den Überflug auf einem großen Sony-Monitor verfolgten.

»Ist eine. Und sie ist benutzbar«, sagte Remmer.

Die vier – Noble, Remmer, McVey und Osborn – saßen auf Kinostühlen in einem Videovorführraum im Stockwerk über dem Zellentrakt. Osborn hatte sich zurückgelehnt; sein Kinn ruhte auf der Hand. Ein Stockwerk tiefer wurde Vera verhört. Seine Fantasie sträubte sich gegen die Vorstellung, was sie mit ihr machen könnten. Andererseits – seine Gedanken überschlugen sich –, was war denn, wenn McVey am Ende doch noch recht hatte und sie mit der »Gruppe« zusammenarbeitete? Was hatte sie von François Christian erfahren, das sie an diese Leute hätte weitergeben können? Und wie paßte er selbst da hinein? Was wollte sie von ihm? Daß er mit Merriman zu tun gehabt hatte, war vielleicht reiner Zufall gewesen. In Genf hatte sie davon nichts wissen können, denn er hatte Merriman erst getroffen, als er ihr nach Paris gefolgt war.

»Das hier wurde aus einem Wäschereilieferwagen gefilmt, als der Fahrer eine Lieferung in das Haus auf der anderen Straßenseite brachte«, sagte Remmer, während ein Farbvideo in Sendequalität über den Monitor flimmerte. »Wir haben nur kurze Einstellungen, aufgenommen aus verschiedenen Fahrzeugen. Aus demselben Grund gibt es auch nur eine Luftaufnahme. Wir wollten sie nicht merken lassen, daß sie überwacht werden.«

Jetzt näherte sich die verborgene Kamera dem Haus. Ein Mercedes parkte in der Zufahrt, und auf dem Rasen arbeitete ein Gärtner. Sonst schien sich nichts zu rühren. Die Kamerafahrt endete und ging dann zurück.

»Was ist das?« fragte McVey plötzlich. »Im oberen Fenster hat sich etwas bewegt. Im zweiten von rechts.«

Remmer hielt das Abspielgerät an, spulte zurück, ließ es dann in Zeitlupe wieder vorlaufen.

»Da steht jemand am Fenster«, stellte Noble fest.

Wieder spulte Remmer zurück und ließ die Einstellung ablaufen, diesmal in extremer Zeitlupe und mit einer Ausschnittvergrößerung des Fensters. »Es ist eine Frau. Viel kann man nicht sehen.«

»Lassen Sie es vom Computer aufbereiten, ja?« sagte Noble.

»Sofort.« Remmer drückte auf die Sprechanlage und verlangte einen Techniker; dann nahm er die Kassette aus dem Gerät, legte sie beiseite und schob eine andere hinein. Man sah fast die gleiche Einstellung vom Haus, aber aus einem etwas anderen Blickwinkel. Eine leichte Bewegung im oberen Fenster ließ vermuten, daß McVey recht hatte: Jemand stand dort oben und schaute hinaus. Plötzlich bog ein grauer BMW von der Straße und hielt vor dem Wachhäuschen.

Gleich darauf öffnete sich das Tor, und der Wagen rollte hindurch und hielt vor der Haustür. Ein großer Mann stieg aus und ging hinein.

»Eine Ahnung, wer das ist?« fragte McVey. Remmer schüttelte den Kopf.

»Das wird eine grenzenlose Freude werden«, meinte Noble nüchtern und klappte eine Akte mit alphabetisch sortierten Fotos auf. Bis jetzt hatte Bad Godesberg ihnen Fotos von dreiundsechzig der hundert geladenen Gäste geschickt. Die meisten waren Führerscheinfotos, aber es waren auch Abzüge von Publicity-, Firmen- und Pressefotos dabei. »Ich nehme A bis F, und Sie können sich um das restliche Alphabet streiten. Zoomen Sie ihn heran.«

Remmer drückte auf die Rücklauftaste, dann auf Zeitlupenvorlauf. Der Wagen kam in Slow Motion herein, und Remmer bediente den Zoom. Vor dem Haus angekommen, hielt der Wagen an, und der Mann stieg aus –

»O mein Gott«, sagte Osborn.

McVey schnellte herum wie ein Peitschenhieb. »Sie kennen den Kerl?« Remmer ließ das Band ein Stück zurücklaufen und ließ das Standbild stehen, als von Holden aus dem Wagen stieg.

»Er ist mir in den Park gefolgt.« Osborn wandte den Blick vom Monitor und sah McVey an.

»In welchen Park? Wovon zum Teufel reden Sie –«

»An dem Abend, als ich spazierenging. Ich habe Schneider absichtlich abgehängt.« Osborn war erregt. Seine Lüge hatte ihn eingeholt, aber das war ihm egal. »Ich ging durch den Tiergarten und wollte zu Scholl. Plötzlich wurde mir klar, daß ich keinen verdammten Schimmer hatte, was ich da eigentlich tun wollte. Und daß ich die ganze Sache vermasseln könnte. Ich wollte eben umkehren, als dieser Kerl – der Kerl da« – er schaute wieder von Holden auf dem Monitor an – »hinter mir herankam. Ich hatte die Pistole in der Tasche. Ich schätze, ich bin durchgedreht. Ich habe sie herausgezogen und ihn bedroht. Er hatte noch jemanden bei sich, der sich im Gebüsch versteckte. Ich habe ihnen gesagt, sie sollten mich in Ruhe lassen. Dann bin ich gerannt wie der Teufel.«

»Sie sind sicher, daß er es ist?«

»Ja.«

»Das bedeutet, sie beobachten das Hotel«, sagte Remmer.

Noble sah Remmer an. »Könnten wir sehen, wie er auf das Haus zugeht? In normaler Geschwindigkeit, bitte.«

Remmer drückte auf »Play«, und von Holdens starres Bild geriet in Bewegung. Er schloß die Tür des BMW, überquerte die Zufahrt und lief rasch eine kurze Treppe hinauf. Jemand öffnete die Haustür, und er trat ein.

Noble lehnte sich zurück. »Noch einmal, bitte.« Remmer wiederholte das Verfahren und hielt das Band wieder an, als von Holden im Haus war.

»Hundert zu eins, daß er als Speznas-Soldat ausgebildet ist«, sagte Noble. »Ein Saboteur und Terrorist, ausgebildet in den speziellen Spionageeinheiten der alten Sowjetarmee. Man braucht ein bißchen Erfahrung, um sie zu erkennen. Sie wissen es vielleicht gar nicht, aber ihre Ausbildung bewirkt einen bestimmten Gang, eine Art balancierter Haltung, die sie wie Seiltänzer aussehen läßt.« Noble sah Osborn an. »Wenn er Ihnen tatsächlich gefolgt ist, dann können Sie von unglaublichem Glück sagen, daß Sie noch hier sitzen, um uns davon zu erzählen.« Er wandte sich an McVey und Remmer. »Wenn Leyberger sich in dem Haus aufhält, dann ist unser Freund hier möglicherweise ein Sicherheitsagent, vielleicht sogar der Verantwortliche dort.«

»Entweder das, oder er schützt Scholl«, meinte Remmer.

»Oder er macht was völlig anderes.« McVey betrachtete das erstarrte Bild von Holdens auf dem Monitor.

»Stellt uns eine Falle?« sagte Noble.

»Weiß nicht.« McVey schüttelte unschlüssig den Kopf und sah dann Remmer an. »Lassen Sie ihn auch vom Computer aufbereiten; mal sehen, ob wir feststellen können, wer er ist. Vielleicht können wir den Kreis dann eine Nummer enger ziehen.«

Das Telefon neben Remmer summte, und ein Lämpchen leuchtete auf. Er nahm den Hörer ab. »Ja?«

Es war Viertel nach zwei, als sie eintrafen. Die Berliner Polizei hatte bereits den ganzen Block abgesperrt. Die Beamten vom Morddezernat traten beiseite, als Remmer, gefolgt von den anderen, durch den Laden ins Hinterzimmer des Antiquitätengeschäfts in der Kantstraße ging.

Karolin Henniger lag auf dem Boden unter einem Laken. Ihr elfjähriger Sohn lag neben ihr, ebenfalls mit einem Laken bedeckt.

Remmer kniete sich hin und zog das Laken zurück.

»O Gott ...«, flüsterte Osborn.

McVey schlug das Laken über dem Jungen zurück. »Yeah«, sagte er und schaute zu Osborn hoch. »O Gott.«

Mutter und Sohn hatten beide eine einzelne Schußwunde in der Stirn.

111

Neunzig Minuten später, um fünfzehn Uhr fünfundfünfzig, stand Osborn am Fenster eines großen Zimmers im alten Hotel Meineke und starrte in die Stadt hinaus. Wie die anderen versuchte er, das Grauen dessen, was sie soeben gesehen hatten, von dem zu trennen, was sie jetzt tun mußten. Im Mittelpunkt ihrer Aufmerksamkeit mußte Scholl stehen, und nichts und niemand sonst. Trotzdem war es unmöglich, diese Gedanken loszuwerden.

Wer war Karolin Henniger wirklich gewesen, daß jemand ihr und ihrem Kind so etwas hatte antun können? Hatte der Mörder geglaubt, daß sie der Polizei am Morgen etwas verraten hatte? Und wenn ja, was hatte sie gewußt, das sie ihnen hätte anvertrauen können? Und dann war da noch eine Frage, die Frage, die er in McVeys Augen sehen konnte: Wenn sie nie zu ihr gegangen wären, wären Karolin Henniger und ihr Sohn dann jetzt noch am Leben? Diese Last mußte er tragen, und das wußte er. Noch mehr Tote seinetwegen. Er durfte nicht mehr daran denken.

Er ging ins Bad und wusch sich Gesicht und Hände. Sie hatten die gesamte Operation ins Meineke verlagert, nachdem im siebten Stock des Casino-Flügels des Hotel Palace in einem Badezimmer eine Leiche entdeckt worden war – in einem Zimmer, das einen erstklassigen Blick auf ihre eigene Suite im Hauptflügel bot. Ein spezielles Spurensicherungsteam wurde aus Bad Godesberg eingeflogen und durchkämmte den Raum nach Hinweisen.

Für das Meineke hatten sie sich entschieden, weil es nur aus einem einzigen Gebäude bestand und weil man nur über einen einzigen quietschenden Aufzug, der für das ganze Hotel genügen mußte, hinauf und hinunter gelangen konnte. Ein Fremder oder selbst ein Freund würde große Mühe haben, an den BKA-Beamten im Foyer vorbeizukommen – oder auch an Schneider und Littbarski, die zwei Türen weiter am Aufzug postiert waren. Derartig beschützt hatten

McVey und die anderen Gelegenheit, sich über eine schwerwiegende Komplikation den Kopf zu zerbrechen.

Cadoux.

Er war plötzlich wieder aufgetaucht, scheinbar aus dem Nichts, und hatte Noble durch sein Büro am New Scotland Yard die Nachricht zukommen lassen, daß er – Wunder über Wunder – in Berlin sei. Er hatte nachdrücklich erklärt, er sei in Schwierigkeiten, und es sei überaus wichtig, daß er so bald wie möglich mit Noble oder mit McVey sprechen könne. Er werde in einer Stunde wieder anrufen.

McVey wußte nicht, was er davon halten sollte. Er sah, wie Osborn ihn beäugte, als er gemischte Nüsse aus einer Plastikpackung in seinen Handteller schüttelte. »Ich weiß. Zuviel Fett, zuviel Salz. Ich esse sie trotzdem.« Bedächtig suchte er sich eine Paranuß aus, hielt sie hoch und betrachtete sie, und dann steckte er sie in den Mund. »Wenn Cadoux die Wahrheit sagt und die Gruppe ihm im Nacken sitzt, dann *hat* er Schwierigkeiten«, meinte er kauend. »Wenn er lügt, arbeitet er wahrscheinlich für sie. Und dann weiß er auch, daß wir in Berlin sind. Seine Aufgabe wird es sein, uns irgendwo hinauszulocken, wo sie uns dann –«

Es klopfte, und McVey brach mitten im Satz ab. Remmer stand auf, zog die Automatic aus dem Schulterhalfter und ging zur Tür. »Ja?«

»Schneider hier.«

Remmer öffnete die Tür, und Schneider kam herein, gefolgt von einer gutaussehenden Brünetten Anfang vierzg. Sie war größer und breiter als Schneider. Ein heller Lippenstift betonte einen Mund, der in einem immerwährenden Lächeln aufwärtsgekrümmt war. Unter dem Arm trug sie einen großen braunen Umschlag.

»Das ist Inspektorin Kirsch«, sagte Schneider und fügte erläuternd hinzu, sie gehöre zu den Computergrafik-Spezialisten des BKA. Sie nickte Remmer zu, schaute die andern an und sagte auf englisch: »Ich kann Ihnen sagen, um wen es sich bei dem Mann im BMW handelt. Sein Name ist Pascal von Holden, und er ist der Sicherheitschef für Erwin Scholls europäische Unternehmen. Wir stellen zur Zeit ein Dossier über ihn zusammen.« Sie öffnete den Umschlag und nahm zwei hochglänzende Schwarzweißfotos im Format 20 x 25 heraus; sie zeigte das computeraufbereitete Videobild des Hauses Hauptstraße 72. Das erste zeigte von Holden, wie er aus dem Wagen stieg. Es war körnig, aber deutlich genug, um seine Züge erkennen zu lassen. Das zweite war ebenso körnig und weniger scharf. Trotzdem konnte man eine recht junge, dunkelhaarige Frau sehen, die am Fenster stand und hinausschaute.

»Mit der Frau war es ein bißchen schwieriger, aber das FBI hat sie unzweifelhaft identifiziert, als ich gerade gehen wollte, um Ihnen die Fotos zu bringen«, sagte Inspektorin Kirsch. »Sie ist Amerikanerin. Staatlich geprüfte Krankengymnastin. Ihr Name ist Joanna Marsh, wohnhaft in Taos, New Mexico.«

»Elementare Polizeiarbeit, was, McVey?« Noble zog bewundernd eine Braue hoch.

»Reines Glück.« McVey grinste. Das BKA hatte die beiden grafisch aufbereiteten Fotos an die zuständigen Polizeidienststellen in Berlin und Zürich geschickt, und das Foto der Frau war auf seine Bitte hin auch an Fred Hanley beim FBI in Los Angeles gegangen. Es war ein Schuß ins Blaue gewesen, aber er hatte das unbestimmte Gefühl gehabt, wenn Leyberger in Berlin war und in dem Haus an der Hauptstraße wohnte, bestand die greifbare Möglichkeit, daß seine Physiotherapeutin auch da sein würde. Und jetzt, wo ihre Identität bestätigt war, mußte eigentlich auch die Umkehrung gelten: Wenn sie dort war, dann war auch Leyberger dort.

»Danke«, sagte Remmer, und Kirsch und Schneider gingen zusammen hinaus.

Mit dumpfem Rumoren schaltete sich die Heizung des Gebäudes ein. McVey betrachtete erst das eine, dann das andere Foto und prägte sie sich ein; dann reichte er sie Noble und ging ans Fenster. Er versuchte sich vorzustellen, er sei in Joanna Marshs Situation. Was mochte sie gedacht haben, als sie da aus dem Fenster schaute? Wieviel wußte sie von dem, was da vor sich ging? Und was konnte oder würde sie ihnen erzählen, wenn sie an sie herankommen könnten?

Leyberger war der Schlüssel, da war er sich mit Osborn einig. Das Ironische und Aufreizende an der Sache war: Jetzt hatten sie zwar ein klares Foto von Leybergers Physiotherapeutin, nach einem Videobild vom Computer grafisch aufbereitet und buchstäblich innerhalb von Minuten durch eine Organisation auf der anderen Seite der Welt identifiziert, aber das einzige Foto von Leyberger selbst, das Bad Godesberg hatte auftreiben können, war ein vier Jahre altes Paßbild in Schwarzweiß. Und das war's. Weiter nichts. Nicht mal einen Schnappschuß von ihm. Was verrückt war. Wenigstens einmal müßte doch das Foto eines so bedeutenden – oder scheinbar bedeutenden – Mannes wie Leyberger irgendwo veröffentlicht worden sein. In einer

Zeitschrift, einer Zeitung oder zumindest in irgendeinem Investmentjournal. Aber soweit man feststellen konnte, war es nicht geschehen. Es war fast, als werde er immer schemenhafter, je genauer sie hinschauten. Fingerabdrücke wären ein Geschenk des Himmels gewesen, auch wenn man bei einer Überprüfung höchstwahrscheinlich keine Akte würde finden können. Offensichtlich war Egon Leyberger der zurückgezogenste, am besten geschützte Mann der ganzen zivilisierten Welt.

McVey sah auf die Uhr: sechzehn Uhr siebenundzwanzig.

Nur noch eine knappe halbe Stunde bis zu ihrem Treffen mit Scholl. Sie hatten nur gehofft und gebetet, noch mit Salettl zusammenkommen zu können; McVey hatte sich verzweifelt gewünscht, ihm ein paar Fragen zu stellen, bevor sie Scholl gegenübertraten. Vielleicht hätte Karolin Henniger ihnen helfen können, ihn zu erreichen. Wer konnte das wissen? Aber gerade Salettl hätte ihnen vielleicht einen Einblick in den Menschen Leyberger geben können. Ganz zu schweigen von der Möglichkeit, daß Salettl selbst an der Ermordung der Enthaupteten beteiligt war. Aber wenn sich nicht noch in sehr kurzer Zeit dramatische Veränderungen ergaben, würde eine solche Befragung nicht stattfinden, und sie würden sich mit dem begnügen müssen, was sie hatten, und das war quälend wenig.

Plötzlich kam ihm der Gedanke, Joanna Marsh anzurufen und zu versuchen, sie auszuhorchen, so gut er konnte, bevor sie auflegte oder jemand ihr den Hörer aus der Hand nähme. Einen Versuch wäre es wert. In diesem Augenblick galt das für alles, und er war im Begriff, Remmer zu bitten, ihm die Telefonnummer des Hauses in der Hauptstraße zu beschaffen, als das zweite der beiden abhörsicheren Telefone klingelte. Remmer sah McVey an und nahm ab.

»Cadoux«, sagte er dann. »Über Nobles Büro in London durchgestellt.«

McVey gab Noble mit Mundbewegungen zu verstehen, er solle an die Nebenstelle gehen, nahm Remmer den Hörer ab und bedeckte die Sprechmuschel mit der Hand.

»Cadoux, hier ist McVey. Noble hört am Nebenapparat mit. Wo sind Sie?«

»An einem Münztelefon in einem kleinen Lebensmittelladen im Nordteil der Stadt.« Cadoux war nicht gewandt im Englischen und sprach stockend. Er klang verängstigt und sprach so, daß kein Fremder ihn hören konnte, beinahe im Flüsterton. »Klass und Halder sind die Maulwürfe bei Interpol. Sie haben den Mord an Albert Merriman arrangiert, an Lebrun und auch an seinem Bruder in Lyon.«

»Cadoux, für wen arbeiten Sie?« McVey drängte ihn von Anfang an zu offenbaren, auf welcher Seite er stand.

»Ich – ich kann es Ihnen nicht sagen.«

»Was zum Teufel soll das heißen? Wissen Sie es, oder wissen Sie es nicht?«

»McVey, bitte begreifen Sie, was ich hier tue – es ist sehr schwierig für mich …«

»Okay. Nicht aufregen …«

»Sie haben – Klass und Halder haben mich gezwungen, mich an der Ermordung Lebruns zu beteiligen; sie haben alte Beziehungen zu meiner Familie. Sie haben mich nach Berlin gebracht, weil sie wissen, daß Sie hier sind. Sie wollten mich benutzen, um Ihnen eine Falle zu stellen. Ich habe einmal mit ihnen kooperiert, aber es hat keinen Zweck, und das habe ich ihnen gesagt … Ich mach's nicht noch einmal …«

»Cadoux.« McVey war plötzlich voller Mitgefühl. »Wissen sie, wo Sie sind?«

»Vielleicht, aber ich glaube es nicht. Zumindest vorläufig nicht. Informanten haben sie überall. So konnten sie auch Lebrun in London finden. Hören Sie mir bitte zu.« Cadoux' Tonfall wurde drängender. »Ich weiß, daß Sie heute abend mit Erwin Scholl verabredet sind, bevor der Empfang im Schloß Charlottenburg stattfindet. Ich muß Sie sehen, bevor Sie ihm gegenübertreten. Ich habe Informationen, die Sie brauchen. Es handelt sich um einen Mann namens Leyberger und die Verbindung zwischen ihm und den enthaupteten Leichen.«

McVey und Noble wechselten überraschte Blicke.

»Cadoux, sagen Sie mir, was Sie wissen.«

»Ich bin hier jetzt nicht mehr sicher.«

»Cadoux, hier spricht Noble. War ein Dr. Salettl am Abtrennen der Köpfe beteiligt?«

»Ich wohne im Hotel Borggreve. Borggrevestraße 17. Zimmer 412, im obersten Stock, hinten. Ich muß jetzt auflegen. Ich warte auf Sie.«

Noble ließ den Telefonhörer behutsam auf die Gabel sinken und sah McVey an. »Sehen wir plötzlich das Licht am Ende des Tunnels, oder kommt uns da ein Zug entgegen?«

»Keine Ahnung«, sagte McVey. »Zumindest ein Teil von dem, was er uns erzählt hat, ist wahr.«

Remmer kam aus dem Schlafzimmer. »Der Anruf kam aus einem Lebensmittelgeschäft bei der S-Bahn-Station Schönholz. Die Kollegen sind unterwegs.«

McVey stemmte die Hände in die Hüften und blickte ins Leere. »Okay, dann hat er auch in diesem Punkt die Wahrheit gesagt.«

»Sie befürchten, er will uns reinlegen«, sagte Remmer.

»Yeah. Ich befürchte, er will uns reinlegen. Aber dagegen steht eine andere Sorge. Eine, die ich schon die ganze Zeit habe. Daß wir gegen Scholl nichts in der Hand haben außer Osborns Aussage. Nichts.«

»Mit anderen Worten, Cadoux könnte eine Menge Lücken ausfüllen«, sagte Noble ruhig. »Und, Befürchtungen hin, Befürchtungen her, Sie finden, wir sollten uns mit ihm treffen.«

McVey schwieg eine ganze Weile. »Ich finde, wir haben keine andere Wahl.«

112

16 Uhr 57

Der zarte rote Glanz der untergehenden Sonne hing über dem Horizont, als ein silberfarbener Audi aus dem Verkehrsfluß der Hauptstraße ausscherte und vor dem Tor von Hausnummer 72 anhielt. Der Fahrer ließ sein Fenster heruntergleiten, als ein Wachmann aus dem Pförtnerhäuschen herauskam, und zeigte einen BKA-Ausweis vor.

»Mein Name ist Schneider. Ich habe eine Nachricht für Herrn Scholl«, sagte der Fahrer auf deutsch. Im nächsten Augenblick erschienen zwei weitere Wachmänner aus der zunehmenden Dunkelheit; der eine führte einen Schäferhund an der Leine. Schneider wurde aufgefordert auszusteigen und gründlich durchsucht. Fünf Minuten später fuhr er durch das Tor und zur Haustür hinauf.

Die Tür öffnete sich, und man ließ ihn eintreten. Ein schweinsgesichtiger Mann im Smoking empfing ihn im Eingangsbereich.

»Ich habe eine Nachricht für Herrn Scholl.«

»Die können Sie mir geben.«

»Ich habe Anweisung, mit Herrn Scholl selbst zu sprechen.«

Sie gingen in ein kleines, getäfeltes Zimmer, wo er noch einmal durchsucht wurde.

»Nicht bewaffnet«, sagte der Leibwächter, als ein zweiter Mann, ebenfalls im Smoking, hereinkam. Er war groß und gutaussehend, und Schneider wußte sofort, daß er es mit von Holden zu tun hatte.

»Bitte nehmen Sie Platz«, sagte von Holden und ging durch eine Seitentür wieder hinaus. Er sah jünger und sportlicher aus, als sein Foto vermuten ließ. Er mußte etwa in Osborns Alter sein, vermutete Schneider.

Mindestens zehn Minuten vergingen, während Schneider dasaß und der schweinsgesichtige Mann vor ihm stand und ihn im Auge behielt. Dann ging dieselbe Tür wieder auf, und Scholl kam herein, hinter ihm von Holden.

»Ich bin Erwin Scholl.«

»Inspektor Schneider vom Bundeskriminalamt«, sagte Schneider und erhob sich. »Detective McVey wurde leider aufgehalten. Er hat mich gebeten, Sie um Entschuldigung zu bitten und zu fragen, ob sich ein anderer Zeitpunkt verabreden läßt.«

»Bedaure«, sagte Scholl. »Ich fliege heute abend nach Buenos Aires.«

»Das ist sehr schade.« Schneider schwieg einen Moment lang und nutzte die Zeit, um sich einen Eindruck von diesem Mann zu verschaffen.

»Ich hatte ohnedies nur sehr wenig Zeit. Mr. McVey wußte das.«

»Ich verstehe. Nun, ich bitte nochmals um Entschuldigung.« Schneider verbeugte sich kanpp, nickte von Holden zu, machte auf dem Absatz kehrt und ging hinaus. Wenige Augenblicke später öffnete sich das Tor, und er fuhr hinaus. Man hatte ihm eingeschärft, nach Leyberger und der Frau auf dem Foto Ausschau zu halten. Aber sie hatten ihn nur den Eingangsbereich und das kleine getäfelte Zimmer sehen lassen. Scholl hatte ihn mit vollkommener Gleichgültigkeit behandelt, von Holden war freundlich gewesen, mehr nicht. Scholl war, wie versprochen, zum vereinbarten Zeitpunkt hier gewesen, und nichts hatte darauf hingewiesen, daß er andere Pläne gehabt hatte. Das bedeutete, daß sie höchstwahrscheinlich keine Ahnung hatten, was Cadoux trieb, wodurch sich die Wahrscheinlichkeit einer Falle verringerte. Schneider seufzte erleichtert.

Scholl selbst war anscheinend kaum mehr als ein rüstiger alter Herr, der daran gewöhnt war, daß man ihm unterwürfigen Gehorsam entgegenbrachte und daß er bekam, was er wollte.

113

Sie fuhren mit zwei Autos. Noble saß mit Remmer in dem Mercedes, und Osborn fuhr einen schwarzen Ford, während McVey neben ihm auf dem Beifahrersitz saß. Zivilfahrzeuge des BKA, eines mit den erfahrenen Inspektoren Kellermann und Seidenberg, eines mit Littbarski und einem jungenhaft aussehenden Kriminalbeamten namens Holt, standen bereits als Verstärkung vor dem Hotel – Kellermann/Seidenberg im Hof hinter dem Haus, Littbarski/Holt davor auf der anderen Straßenseite. Kellermann und Seidenberg hatten das kleine Lebensmittelgeschäft am Eingang zur S-Bahn-Station Schönholz überprüft, von wo aus Cadoux angerufen hatte. Der Besitzer erinnerte sich vage, daß ein Mann, auf den Cadoux' Beschreibung paßte, das Telefon benutzt hatte; er meinte sich zu erinnern, daß er nur kurze Zeit dagewesen und daß er allein gewesen sei.

Remmer hielt am Randstein und schaltete die Scheinwerfer ab. »Fahren Sie weiter bis zur Ecke«, sagte McVey im Wagen dahinter, »und parken Sie, wo Sie Platz finden.«

Das Hotel Borggreve war eine kleine Hotelpension in einer besonders dunklen Straße nordöstlich des Tiergartens. Es hatte vier Stockwerke, war vielleicht zwanzig Meter breit und stand zwischen zwei höheren Wohnhäusern. Von vorn sah es alt und ungepflegt aus. Zimmer 412, hatte Cadoux gesagt. Oberster Stock, hinten.

Osborn bog um die nächste Ecke und parkte hinter einem weißen Alfa Romeo. McVey knöpfte sein Jackett auf, nahm den 38er aus dem Halfter und ließ die Trommel herausschnappen, um sich zu vergewissern, daß er geladen war.

McVey schob den Revolver in den Halfter, nahm ein Sprechfunkgerät vom Sitz und schaltete es ein.

»Remmer?«

»Ich bin hier, McVey.« Remmers Stimme klang scharf aus dem winzigen Lautsprecher.

»Alle auf dem Posten?«

»Ja.«

»Sagen Sie den Leuten, wir wissen nicht, was kommt. Alle sollen sich vorsehen.«

Sie hörten, wie Remmer die Warnung auf deutsch wiederholte. McVey ließ das Handschuhfach aufschnappen. Er langte hinein, nahm die CZ Automatic heraus, die Osborn im Park bei sich gehabt hatte, und gab sie ihm. »Lassen Sie das Licht aus und halten Sie die Türen verschlossen.« McVey fixierte ihn kurz, stieß dann die Tür auf und stieg aus. Im Rückspiegel sah Osborn, wie er sein Jackett öffnete. Dann bog er um die Ecke, und die Straße war leer.

An der Rückseite des Hotel Borggreve befand sich ein schmaler, von Bäumen gesäumter Hof. Gegenüber zog sich eine Reihe von Mietshäusern über den ganzen Block. Was immer in diesem Hof an der Rückseite des Hotel Borggreve passierte, fiel in den Zuständigkeitsbereich der Inspektoren Kellermann und Seidenberg. Kellermann stand im Schatten neben einem Müllcontainer und hatte ein Fernglas auf das zweite Fenster von links im obersten Stock gerichtet. Soviel er sehen konnte, brannte in dem Zimmer dort oben eine Lampe. Aber mehr konnte er nicht erkennen. Dann hörte er Littbarskis Stimme im Ohrhörer seines Funkgeräts.

»Kellermann, wir gehen rein. Ist noch was?«

»Nein.« Er sprach leise in das winzige Mikrofon an seinem Revers. Auf der anderen Seite des Hinterhofs sah er Seidenbergs klobige Silhouette vor einer Eiche; er hielt ein Schrotgewehr in der Hand und beobachtete die Hintertür des Hotels.

»Hier gibt's auch nichts«, sagte Seidenberg.

Salettl stand in einem großen Schlafzimmer im ersten Stock des Hauses in der Hauptstraße und sah zu, wie Erik und Edward sich gegenseitig beim Binden ihrer Schleifen am Kragen ihrer Smokinghemden halfen. Wenn sie nicht Zwillinge wären, dachte er, könnten sie ebensogut ein junges, homosexuelles Liebespaar sein.

»Wie fühlt ihr euch?« fragte er.

»Gut«, sagte Erik; er drehte sich rasch um und hätte fast strammgestanden.

»Ich auch«, kam das Echo von Edward.

Salettl blieb noch einen Moment stehen und ging dann hinaus.

Unten durchquerte er einen hübschen, eichengetäfelten Gang und betrat ein nicht minder hübsches Herrenzimmer, wo Scholl, prachtvoll anzusehen mit seiner weißen Krawatte, vor einem knisternden Kaminfeuer stand, einen Cognacschwenker in der Hand. Uta Baur saß in einer ihrer rabenschwarzen Kreationen in einem Sessel neben ihm und rauchte eine türkische Zigarette in einer Spitze.

»Von Holden ist bei Herrn Leyberger«, sagte Salettl.

»Ich weiß«, sagte Scholl.

»Es war unglückselig, daß dieser Polizist den Kardinal mit hineingezogen hat ...«

»Sie sollen sich um nichts kümmern außer um Erik und Edward und Herrn Leyberger.« Scholl lächelte eisig. »Dieser Abend gehört uns, lieber Doktor. Uns *allen.*« Plötzlich schaute er in die Ferne. »Nicht nur den Lebenden, sondern auch denen, die jetzt tot sind und die die Vision und den Mut und die Hingabe hatten, das alles zu beginnen. Dieser Abend ist für sie. Für sie werden wir die Zukunft erleben und schmecken und berühren.« Scholls Blick richtete sich wieder auf Salettl. »Und nichts, mein lieber Doktor«, sagte er leise, »wird uns das wegnehmen.«

114

»Ich möchte den Schlüssel zu Zimmer 412, bitte«, sagte Remmer auf deutsch zu einer grauhaarigen Frau an der Rezeption. Sie trug eine dicke Brille und hatte sich einen bräunlichen Schal um die Schultern gelegt.

»Das Zimmer ist nicht frei«, sagte sie entrüstet; dann blickte sie auf und sah McVey, der hinter Remmer links neben dem Aufzug stand.

»Wie heißen Sie?«

»Warum sollte ich Ihnen diese Frage beantworten? Für wen zum Teufel halten Sie sich eigentlich?«

»BKA«, sagte Remmer und zeigte ihr seinen Ausweis.

»Ich heiße Anna Schubart«, sagte sie hastig. »Was wollen Sie denn?«

McVey und Noble standen auf halbem Wege zwischen dem Eingang und einer von einem verschlissenen, burgunderroten Läufer bedeckten Treppe. Das Foyer selbst war klein und in Senfgelb gestrichen. Eine holzgerahmte Samtcouch stand schräg vor der Rezeptionstheke, und dahinter standen zwei verschossene, nicht zueinander passende Polstersessel vor einem Kamin, in dem ein kleines Feuer brannte. In einem saß ein älterer Mann und döste; eine aufgeschlagene Zeitung lag über seinem Schoß.

»Reicht die Treppe bis in den obersten Stock?«

»Ja.«

»Gibt es außer der Treppe und dem Aufzug noch einen Weg hinauf oder hinunter?«

»Nein.«

»Der alte Mann, der da schläft – ist das ein Gast?«

»Er ist mein Vater. Was ist denn los?«

»Wohnen Sie selbst auch hier?«

»Dort hinten.« Mit einer Kopfbewegung deutete Anna Schubart auf eine geschlossene Tür hinter der Rezeption.

»Nehmen Sie Ihren Vater mit und gehen Sie in Ihre Wohnung. Ich sage Ihnen, wann Sie wieder herauskommen können.«

Die Frau lief rot an, und sie wollte ihm gerade vorschlagen, zum Teufel zu gehen, als die Tür aufging und Littbarski und Holt hereinkamen. Littbarski hielt eine Schrotflinte in den Händen. An Holts Seite baumelte eine Uzi-Maschinenpistole.

Das genügte, um Anna Schubarts Stolz zu besiegen. Sie griff in einen Wandkasten hinter sich, nahm den Schlüssel von Zimmer 412 vom Haken und gab ihn Remmer. Dann ging sie rasch zu dem alten Mann hinüber und schüttelte ihn wach. »Komm, Vater«, sagte sie. Sie half ihm aufstehen und führte den schlaftrunken Blinzelnden um die Theke herum in die Wohnung nebenan. Sie warf noch einmal einen scharfen Blick zurück zu den Polizisten und schloß die Tür.

»Holt soll hierbleiben«, sagte McVey zu Remmer. »Sie und Littbarski nehmen die Treppe. Die alten Herren fahren mit dem Aufzug. Wir warten oben auf Sie.«

McVey ging zum Aufzug und drückte auf den Knopf. Sofort ging die Tür auf, und er und Noble traten hinein. Die Tür schloß sich wieder, und Remmer und Littbarski liefen die Treppe hinauf.

Hinten im Hof hatte Kellermann unterdessen das Gefühl, daß im Zimmer neben Cadoux ein Licht angegangen sei, aber selbst mit dem Fernglas war es schwer zu erkennen. Was immer es gewesen sein mochte, es schien zu unwichtig zu sein, als daß er es melden müßte.

Der Aufzug hielt dröhnend im obersten Stock an, und die Tür öffnete sich. Mit dem 38er in der Hand schaute McVey hinaus. Der Flur war trüb erleuchtet und leer. Er stellte den Aufzug auf »Nothalt« und trat heraus. Noble folgte ihm mit einer mattschwarzen 44er Magnum Automatic in der Hand.

Sie waren etwa fünf Schritte gegangen, als McVey stehenblieb und mit dem Kopf auf eine geschlossene Zimmertür vor ihnen deutete.

Zimmer 412.

Plötzlich huschte am anderen Ende des Ganges ein Schatten über die Decke, und die beiden Männer preßten sich rückwärts an die Wand. Dann kam Remmer um die Ecke, eine Pistole in der Hand. Littbarski war dicht hinter ihm. McVey trat vor und deutete auf die Tür von 412. Von beiden Enden des Ganges kamen die Männer darauf zu, McVey und Noble von links, Remmer und Littbarski von rechts.

Als sie sich trafen, winkte McVey Littbarski in die Mitte des Korridors auf eine Position, die ihm freies Schußfeld für eine Schrotsalve auf die Zimmertür bot.

McVey nahm den 38er in die Linke, stellte sich neben die Tür, schob den Schlüssel ins Schloß und drehte ihn um.

Klick.

Der Riegel glitt zurück. Sie lauschten.

Stille.

Littbarski straffte sich und richtete das Schrotgewehr auf die Mitte der Tür. Ein Schweißrinnsal tröpfelte Remmer seitlich übers Gesicht, als er sich auf der anderen Seite der Tür an die Wand preßte. Noble, der seine Army-Magnum mit beiden Händen hielt, stand eine Armeslänge hinter McVey bereit.

McVey holte tief Luft, streckte die Hand aus und packte den Türknopf. Er drehte ihn um und drückte sanft dagegen. Die Tür öffnete sich ein paar Fingerbreit. Drinnen konnte man eine mattleuchtende Rokoko-Stehlampe und die Ecke eines Sofas erkennen. Ein Radio spielte leise einen Strauß-Walzer.

»Cadoux«, rief McVey laut.

Nichts. Nur die Walzerklänge.

»Cadoux«, rief McVey noch einmal.

Immer noch nichts.

McVey warf Remmer einen Blick zu und gab der Tür einen Stoß. Sie flog ganz auf, und sie sahen Cadoux, der ihnen gegenüber auf dem Sofa saß. Er trug eine dunkle Cordjacke über einem blauen Hemd und eine schmale Krawatte mit lockerem Knoten. Ein dunkelroter Fleck bedeckte den größten sichtbaren Teil seines Hemdes, und die Krawatte hatte drei Löcher, eines über dem anderen.

McVey richtete sich auf und schaute den Gang hinauf und hinunter. Die Tür der anderen fünf Zimmer waren geschlossen, und nirgends schimmerte Licht heraus. Das einzige Geräusch kam von dem Radio in Cadoux' Zimmer. McVey hob den 38er, trat vor die Tür und schob sie mit der Fußspitze vollends auf. Er sah ein Doppelbett mit einem billigen Nachttisch daneben. Dahinter führte eine halboffene Tür in ein dunkles Badezimmer. McVey schaute sich nach Littbarski um, der die Finger noch fester um sein Schrotgewehr schloß und mit dem Kopf nickte. Dann blickte McVey zu Remmer auf der anderen Seite der Tür hinüber und sah schließlich Noble zu seiner Linken an.

»Cadoux ist tot. Erschossen«, sagte Remmer in das kleine Mikrofon an seinem Kragen.

Unten in der Lobby wich Holt zurück und richtete die Uzi auf die Eingangstür. Hinten im Hof zwinkerte Seidenberg mit den Augen, um einen klaren Blick zu bekommen, und zog sich tiefer in den Schatten hinter der Eiche zurück, so daß er Hintertür und Hof übersehen konnte. Kellermann richtete sein Fernglas wieder auf das Fenster.

»Wir gehen ins Zimmer«, kam Remmers Stimme aus allen Funkgeräten. Die Männer waren plötzlich angespannt, als ahnten sie alle zugleich, daß etwas passieren würde.

Littbarski blieb auf seinem Platz im Gang, als McVey als erster ins Zimmer trat. Plötzlich strahlte ein Licht auf, heller als die Sonne.

»Vorsicht!« schrie er.

Eine donnernde Explosion riß Littbarski von den Füßen, und das ganze Fenster von Zimmer 412 barst mit dem Rahmen nach außen in den Hof. Ein riesiger Feuerball rollte donnernd zum Himmel, gefolgt von einer Schleppe aus dickem schwarzen Rauch.

Im selben Augenblick wurde die Tür hinter der Rezeption aufgerissen, und Anna Schubart kam heraus.

»Was war das?« fauchte sie Holt auf deutsch an.

»Gehen Sie wieder rein!« schrie er und schaute zur Decke, wo Staub und Putz herunterrieselten. Dann erst begriff er, daß die Frau ihre dicke Brille nicht mehr trug. Als er sich umdrehte, war es zu spät. Sie hatte eine 45er Pistole in der Hand, und auf der Mündung saß ein Schalldämpfer.

PTTT. PTTT. PTTT.

Die Pistole bockte in ihrer Hand, und Holt taumelte rückwärts. Er wollte die Uzi hochreißen, aber er konnte es nicht. Sein Unterkiefer und die linke Gesichtshälfte waren verschwunden.

McVey lag rücklings auf dem Boden. Überall war Feuer. Er hörte jemanden schreien, wußte aber nicht, wer es war.

»Ian!« schrie er und versuchte aufzustehen. Die Hitze war unerträglich. »Remmer!«

Ihm war, als höre er durch das Tosen der Flammen irgendwo Maschinengewehrfeuer, unmittelbar gefolgt vom wuchtigen Dröhnen von Littbarskis Schrotgewehr. Er stemmte sich hoch und bemühte sich, herauszufinden, wo er war und wo die Tür war. Ganz in der Nähe stöhnte und hustete jemand. Er hob den Arm vors Gesicht, um sich vor Hitze und Feuer zu schützen, und kroch auf das Geräusch zu. Einen Herzschlag später sah er Remmer würgend und hustend im Qualm; er kauerte auf einem Knie und versuchte aufzustehen. McVey erreichte ihn, schob ihm einen Arm unter den Ellbogen und hob ihn hoch.

»Manny! Aufstehen! Alles okay!«

Vor Schmerzen grunzend, stand Remmer auf, und McVey bewegte sich durch den Qualm in die Richtung, in der er die Tür vermutete. Dann waren sie draußen im Korridor. Littbarski lag auf dem Boden; Blut quoll aus mehreren dicht beieinanderliegenden Einschüssen in seiner Brust. Ein Stück weiter unten im Gang lagen die Überreste einer jungen Frau, daneben eine Maschinenpistole. Littbarskis Schrotgewehr hatte der Frau den Kopf abgerissen.

»O Gott!« fluchte McVey. Er hob den Kopf und sah, daß die Flammen auf den Gang übergegriffen hatten und an den Wänden hinaufstiegen. Remmer war wieder in die Knie gesunken und verzog vor Schmerzen das Gesicht. Sein linker Unterarm knickte nach hinten ab, und das Handgelenk baumelte in einem seltsamen Winkel herab.

»Wo zum Teufel ist Ian?« McVey wollte ins Zimmer zurücklaufen. »Ian! Ian!«

»McVey.« Remmer stützte sich an die Wand, um aufzustehen. »Wir müssen machen, daß wir hier rauskommen.«

»IAN!« brüllte McVey durch den dichten Qualm und das donnernde Inferno im Zimmer.

Dann hatte Remmer ihn beim Arm gepackt und zerrte ihn den Gang hinunter. »Kommen Sie, McVey! Lassen Sie ihn! Er würde es auch tun!«

McVey starrte Remmer an. Er hatte recht. Die Toten waren tot, und zur Hölle mit ihnen. Dann hörte er ein Geräusch zu ihren Füßen, und Noble kam zur Tür herausgekrochen. Seine Haare standen in Flammen, und seine Kleider auch.

Zwei Schüsse aus einem Steyr-Mannlicher-Gewehr mit Zielfernrohr von einem Dach auf der anderen Seite des Hinterhofes hatten Kellermann und Seidenberg ausgeschaltet. Jetzt hatte Viktor Schewtschenko das Steyr-Mannlicher weggeworfen und rannte mit einer Kalaschnikow-MP die Treppe zum Foyer hinauf, um Natalia und Anna zu helfen, alles Unerledigte zu Ende zu bringen. Das Dumme war, daß noch jemand da war, mit dem er nicht gerechnet hatte, und Anna auch nicht. Beim Knall der Explosion war Osborn mit Bernhard Ovens CZ in der Hand herangelaufen gekommen.

Als erstes war er einem alten Mann begegnet, der vor dem Wagen gestanden hatte, als er die Tür öffnete. Der Augenblick des beiderseitigen Erschreckens hatte Osborn den Sekundenbruchteil Zeit gegeben, den er brauchte, um die Automatic in der Hand des Mannes zu sehen, ihm die CZ in den Bauch zu rammen und abzudrücken. Dann war er den halben Block zum Hotel gerannt und gerade in dem Augenblick in vollem Lauf ins Foyer gestürzt, als Anna zur Sicherheit noch einen letzten Schuß auf Holt abgab. Anna hatte ihn gesehen, schwenkte die MP herum und feuerte in einem fächerartigen Muster in seine Richtung. Osborn hatte keine andere Wahl gehabt, als stehenzubleiben und abzudrücken. Sein erster Schuß hatte sie in den Hals getroffen. Der zweite streifte ihren Kopf, wirbelte sie herum und schleuderte sie mit dem Gesicht nach unten über den Sessel neben Holts Leiche.

Noch während ihm die Schüsse in den Ohren klangen, drehte Osborn sich geistesgegenwärtig um, und in diesem Moment kam Viktor zur Tür herein und riß die Kalaschnikow von der Hüfte herauf. Er sah Osborn, aber er war nicht schnell genug; Osborn jagte ihm drei Kugeln in die Brust, bevor er die Schwelle übertreten hatte. Eine Sekunde lang stand Viktor einfach da, völlig überrascht, daß es Osborn war, der ihn erschossen hatte, und daß überhaupt irgend etwas so schnell geschehen konnte. Ungläubig taumelte er rückwärts, versuchte sich am Geländer festzuhalten und kippte dann kopfüber die Eingangstreppe hinunter.

Beißender Pulverqualm hing in der Luft. Osborn schaute hinunter zu Viktor, ging dann wieder hinein und schaute sich um. Alles kam ihm merkwürdig schiefwinklig vor, als sei er mitten in eine bizarre, blutige Skulptur hineingelaufen. Holt lag auf der Seite neben dem Kamin, wo er hingestürzt war. Anna, seine Mörderin, hing mit dem Gesicht nach unten halb kniend über dem Sessel neben ihm.

Ihr Rock war über das Gesäß heraufgerutscht und entblößte einen engsitzenden Kniestrumpf und darüber einen weißen, fleischigen Schenkel. Der sanfte Luftzug, der zum Eingang hereinwehte, bemühte sich vergeblich, alles zu säubern. Im Handumdrehen hatte Osborn drei Menschen umgebracht, darunter eine Frau. Er versuchte, das alles zu begreifen, aber er konnte es nicht. Schließlich hörte er in der Ferne Sirenen.

Dann wälzte sich die reale Zeit wieder herein.

Auf ein mahlendes Geräusch links von ihm folgte ein schwerer, dumpfer Schlag. Er fuhr herum und sah, wie die Aufzugtür aufging. Sein Herz raste, und er wich zurück und fragte sich im selben Augenblick, ob er überhaupt noch Patronen in seiner Pistole hatte. Zugleich kam jemand aus dem Lift.

»HALT!« schrie er und überlegte verzweifelt, ob es das richtige deutsche Wort war; sein Finger krümmte sich um den Abzug, und die häßliche Nase der CZ hob sich, um zu feuern.

»OSBORN! HERRGOTT, NICHT SCHIESSEN!« McVeys Stimme brüllte ihm entgegen. Drei Gestalten wankten aus dem Aufzug, würgend, hustend, nach Luft schnappend. McVey und Remmer, blutig, zerlumpt, nach Rauch stinkend, und zwischen ihnen hing Noble, schwer verbrannt und halb bewußtlos.

Osborn stürzte ihnen entgegen. Als er Noble aus der Nähe sah, verzog er das Gesicht. »Legt ihn in einen Sessel. Vorsichtig!«

McVeys Augen waren vom Rauch stark gerötet; sie richteten sich auf Osborn und starrten ihn an. »Geben Sie Feueralarm«, sagte er mit sorgfältiger Betonung, als wollte er absolut sicherstellen, daß er auch verstanden wurde. »Der ganze obere Stock steht in Flammen.«

115

18 Uhr 50

»Ich fühle mich wohl heute abend«, sagte Egon Leyberger; er lächelte gelöst und schaute zwischen von Holden und Joanna, die neben ihm saß, hin und her. Sie saßen im mittleren Fahrzeug eines Konvois aus drei gepanzerten, schwarzen Mercedes-Benz, die Stoßstange an Stoßstange durch Berlin fuhren. Im vorderen Wagen fuhren Scholl und

Uta Baur, im hinteren Salettl und die Zwillinge. »Ich bin entspannt und zuversichtlich. Ich habe Ihnen beiden zu danken.«

»Deshalb sind wir hier, Herr Leyberger. Damit Sie unbesorgt sein können«, sagte von Holden, als die Wagenkolonne auf den Spandauer Damm einbog und mit hohem Tempo auf Schloß Charlottenburg zufuhr.

Von Holden streifte sich ein Stäubchen vom Smokingärmel, nahm das Telefon von der Konsole am Rücksitz und wählte eine Nummer. Joanna lächelte. Wenn er nicht so sehr abgelenkt gewesen wäre, hätte er ihr Aussehen sicher besser zu schätzen gewußt, denn sie hatte sich für ihn herausgeputzt. Ihr Make-up war makellos. Ihr Haar war links gescheitelt, hochgebürstet und befeuchtet, so daß es in einer natürlichen Kaskade rechts über ihr Gesicht herabfiel und die atemberaubend verführerische Uta-Baur-Kreation betonte, die sie trug – ein knöchellanges Abendkleid in Weiß und Smaragdgrün, am Hals geschlossen, aber dann bis zum Brustbein wieder offen: eine aufreizend erotische Zuschaustellung ihrer Brüste. Mit einem kurzen schwarzen Nerzjäckchen über den Schultern sah sie an ihrem letzten Abend in Gesellschaft der europäischen Aristokratie aus, als gehörte sie dazu.

Von Holden lächelte sie schmal an, während am anderen Ende der Leitung das Telefon weiter klingelte. Abrupt schaltete sich eine Tonbandstimme ein und sagte auf deutsch: »Bitte rufen Sie später wieder an; das Fahrzeug ist nicht besetzt.«

Von Holden ließ das Telefon durch die Finger gleiten und schob es langsam in die Halterung; er bemühte sich, nicht zu zeigen, wie frustriert er war. Wieder erhob sich das Gefühl, er hätte Scholl nachdrücklicher widersprechen sollen: Sein Platz sei bei der Operation im Hotel Borggreve, nicht als Leybergers Begleiter im Wagen auf der Fahrt zum Schloß Charlottenburg. Aber er hatte es nicht getan, und jetzt gab es nichts auf der Welt, was er daran noch hätte ändern können.

Am Nachmittag um drei hatte er die letzten Details seines Plans mit den von der Stasi ausgebildeten Agenten besprochen, die ihn ausführen würden – mit Cadoux, Natalia und Viktor Schewtschenko. Anna Schubart und Wilhelm Pold, zwei Sprengstoffexperten und in Libyen ausgebildete Terroristen, die mit dem Zug aus Polen gekommen waren, hatten sich ihnen angeschlossen.

Sie hatten sich im schmutzigen Hinterzimmer einer Motorradwerkstatt beim Hauptbahnhof getroffen, und von Holden hatte mit

Hilfe von Fotos und Planzeichnungen vom Hotel Borggreve, einem von mehreren Gebäuden im Besitz einer nicht existierenden Firma, hinter der sich der Berliner Sektor verbarg, in aller Sorgfalt die Taktik und das Timing der bevorstehenden Aktion dargelegt.

McVey und die andern hatten eine Gelegenheit angeboten bekommen, die sie unter keinen Umständen verstreichen lassen konnten. Der einzige Vorteil, den von Holden nutzen mußte, bestand darin, worauf auch Scholl hingewiesen und was er ohnedies von Anfang an gewußt hatte: daß McVey und die anderen, so fähig sie sich bisher gezeigt hatten, immer noch Polizisten waren. Sie würden denken wie Polizisten und sich vorbereiten wie Polizisten, besonnen, aber vorhersehbar. Von Holden wußte das, weil viele seiner eigenen Agenten aus den Reihen der Polizei rekrutiert worden waren und er schon sehr früh festgestellt hatte, wie absolut fremd ihnen das Denken eines Terroristen war und wie gründlich sie umtrainiert werden mußten.

Wenn man dies berücksichtigte, war das Vorgehen selbst ganz einfach. Nachdem Cadoux sie angerufen und ihnen genug wahrheitsgemäße Informationen geliefert hatte, um sich selbst zu belasten, würde er ihnen Erkenntnisse versprechen, die sie brauchten, um Scholl vor Gericht zu bringen. Er würde ihnen sagen, er fürchte um sein Leben, nachdem er die Gruppe hintergangen habe; er würde ihnen eine Adresse nennen, unter der sie ihn finden könnten, und dann gleich auflegen.

Wenn sie kämen, würde er anfangen, ihnen die Informationen zu geben, die sie brauchten, und dann würde er sich entschuldigen, um zur Toilette zu gehen. Sie würden ihm nicht restlos vertrauen, und deshalb würde einer der Männer ihn begleiten. Cadoux würde nicht protestieren. Sobald sie das Zimmer verlassen hätten, würde Natalia den Plastiksprengstoff per Funksignal fernzünden. Cadoux würde den Mann, der ihn begleitete, erschießen, und Natalia jeden Polizisten eliminieren, der vielleicht draußen im Gang wartete. Viktor, Anna und Wilhelm Pold sollten sich um den Verkehr im Foyer und vor dem Haus kümmern. Alles in allem war es über die Maßen simpel. Sie würden ihre Opfer in eine kleine Schachtel locken und dann liquidieren.

Um genau fünfzehn Uhr fünfundvierzig war das Meeting zu Ende. Die andern gingen ins Hotel, und von Holden fuhr mit Cadoux zu dem kleinen Lebensmittelladen in der Nähe, wo er telefonieren sollte.

Als das geschehen war, fuhren sie auf geradem Wege zum Hotel, besprachen noch einmal den Plan und brachten die Sprengladung an. Dann teilte er den andern mit, er wolle Cadoux unter vier Augen sprechen, und schloß die Tür von Zimmer 412.

Er hatte vorgehabt, Cadoux das Gefühl zu geben, er sei wichtig und sein früherer Fehler werde ihm nicht nachgetragen, weil von Holden ja wisse, wieviel Avril Rocard ihm bedeutete. Von Holden hatte ihm alles Gute gewünscht und sich zum Gehen gewandt, und dann hatte er sich noch einmal umgedreht, weil ihm eingefallen war, daß er vergessen hatte, Cadoux eine Waffe zu geben. Er hatte seinen Aktenkoffer geöffnet und eine automatische Neun-Millimeter-Pistole herausgenommen, eine österreichische Glock 18. Die Glock 18 konnte auf vollautomatisches Feuer geschaltet werden und war mit einem dreiunddreißigschüssigen Magazin ausgerüstet. Cadoux hatte bei ihrem Anblick gestrahlt. »Eine gute Wahl«, hatte er gesagt, wie von Holden sich erinnerte.

»Noch etwas«, hatte von Holden gesagt, bevor er ihm die Pistole übergab. »Mademoiselle Rocard ist tot. Sie wurde bei dem Bauernhaus in Nancy umgebracht.«

»Was?« hatte Cadoux ungläubig gebrüllt.

»Schade. Vor allem von meinem Standpunkt aus.«

»Von Ihrem Standpunkt aus?«

»Sie war auf meine Einladung in Berlin. Wir hatten ein Verhältnis – wußten Sie das nicht? Sie hat einen guten Fick immer zu schätzen gewußt – nicht das unmögliche Gerammel, das sie bei Ihnen ertragen mußte.«

Cadoux stürzte sich auf ihn. Brüllend vor Wut. Von Holden tat gar nichts, bis Cadoux ihn erreicht hatte; dann hob er einfach die Glock und feuerte rasch hintereinander dreimal. Cadoux' Körper dämpfte den Knall, und die Kugeln machten kaum ein Geräusch.

Danach hatte von Holden ihn einfach auf die Couch gesetzt und war gegangen.

In der Ferne sah von Holden die hell bestrahlte Fassade von Schloß Charlottenburg, die immer näher kam. Er griff wieder nach dem Telefon, wählte noch einmal dieselbe Nummer und wartete. Wieder hörte er die gleiche Meldung. Das Fahrzeug war nicht besetzt. Er legte auf und starrte ins Leere. Seine Anweisungen waren unumstößlich und klar gewesen. Unmittelbar nach der Detonation der Sprengladung und einer eigentlich simplen Aufräumoperation sollten die vier das Hotel verlassen und mit einem blauen Fiat-Lieferwagen wegfahren, der schräg gegenüber parkte. Sie sollten in südlicher Richtung davonfahren, bis von Holden sie telefonisch kontaktierte und sich von ihnen Bericht erstatten ließ. Schließlich sollten sie den Lieferwagen in der Borussiastraße in der Nähe des Flughafens Tempelhof stehenlassen und, jeder für sich, in verschiedenen Richtungen zu Fuß davongehen. Spätestens um zehn sollten sie das Land verlassen haben.

»Stimmt etwas nicht, Pascal?« fragte Joanna.

»Alles in Ordnung.« Von Holden lächelte sie an.

Joanna erwiderte das Lächeln. Dann bogen sie durch das schmiedeeiserne Tor in die kopfsteingepflasterte Zufahrt zum Schloß Charlottenburg. Vor sich sah von Holden Scholls Wagen; Scholl und Uta Baur stiegen eben aus. Sie hielten daneben an, die Tür wurde aufgerissen, und ein stämmiger Sicherheitsmann im Smoking streckte Joanna die Hand entgegen.

Drei Minuten später führte man sie in die historischen Gemächer Friedrichs I. und seiner Frau Sophie-Charlotte. Scholl, der sich plötzlich gebärdete wie ein aufgeregter Theaterproduzent, hatte Leyberger, Erik und Edward in eine Ecke gestellt und suchte nach einem Fotografen, der Bilder von ihnen machen könnte.

Von Holden nahm Joanna beiseite und trug ihr auf, dafür zu sorgen, daß man Leyberger in ein Zimmer brachte, in dem er sich ausruhen könnte, bis man ihn rufen würde.

»Es gibt ein Problem, nicht wahr?«

»Überhaupt nicht. Ich komme bald zurück«, sagte er hastig. Er wich Scholl aus, ging durch eine Seitentür hinaus und drängte sich durch einen Korridor voller Dienstboten. Er ging in die Richtung des Empfangssaales, drückte sich dann in einen Alkoven und versuchte, das Hotel Borggreve per Funk zu erreichen. Niemand meldete sich.

Er schaltete das Radio ab, nickte einem Sicherheitsagenten zu und ging zum Haupttor hinaus, wo die Gäste allmählich eintrafen. Er sah den überdurchschnittlich kleinen, bärtigen Hans Dabritz, der eben aus seinem Wagen stieg und einem hochgewachsenen, schwarzen Model von exquisiter Magerkeit, dreißig Jahre jünger als er, die Hand reichte. Er hielt sich im Schatten und ging in Richtung Straße. Als er die Zufahrt überquerte, sah er Konrad und Margarete Piper auf dem Rücksitz eines vorüberfahrenden Wagens; hinter ihnen wartete eine lange Schlange von Fahrzeugen vor der Einbiegung zur Schloßzufahrt. Wenn er seinen eigenen Wagen rief, würde er mindestens zehn Minuten darauf warten müssen. Und im Augenblick waren zehn Minuten eine viel zu lange Zeit, um untätig herumzustehen und auf ein Auto zu warten. Auf der anderen Straßenseite sah er, wie die Aktivistin Gertrude Biermann aus einem Taxi stieg und zielstrebig auf ihn zukam. Sie erreichte das Tor, und ihr schmuckloses, militärisches Äußeres ließ gleich einen ganzen Trupp von Sicherheitsleuten zusammenströmen. Sie reagierte mit gleicher Münze und präsentierte ihre Krallen zugleich mit der Einladung. Das Taxi, mit dem sie gekommen war, stand immer noch drüben am Straßenrand und wartete auf eine Lücke im Verkehr. Rasch lief von Holden hinüber, öffnete die hintere Tür und stieg ein.

»Wo wollen Sie hin?« fragte der Taxifahrer, spähte über die Schulter in den Strom der vorbeiziehenden Scheinwerfer und gab plötzlich mit kreischenden Reifen Gas.

Am Nachmittag, als er in Joannas Zimmer im Haus in der Hauptstraße mit ihr geschlafen hatte, war er danach sofort eingeschlafen. Und auch wenn es nur ein paar Minuten gedauert hatte, war die Zeit doch lang genug gewesen, um den Traum zurückkehren zu lassen. Vom Grauen überwältigt, war er mit einem Aufschrei und schweißüberströmt wach geworden. Joanna hatte versucht, ihn zu trösten, aber er hatte sie von sich gestoßen und sich unter die eiskalte, prasselnde Dusche gestellt. Das Wasser und der Zeitdruck hatten ihn rasch wiederbelebt, und er hatte die ganze Episode seiner Erschöpfung zugeschrieben. Als er im Wagen die Hand auf das Telefon gelegt und ihn plötzlich die Angst durchzuckt hatte, es könnte sich niemand melden, wenn er die Nummer wählte, war die Vorahnung wieder da. Schon vor dem Wählen hatte er gewußt, daß etwas ganz furchtbar schiefgegangen war.

»Ich habe gefragt, wo Sie hinwollen«, sagte der Fahrer. »Oder soll ich im Kreis herumfahren, bis Sie es sich überlegt haben?«

Von Holdens Blick richtete sich auf das Spiegelbild des Taxifahrers im Rückspiegel. Der Mann war jung, höchstens zweiundzwanzig. Blond, grinsend, kaugummikauend. Woher sollte er wissen, daß es nur einen Ort gab, zu dem sein Kunde fahren konnte?

»Zum Hotel Borggreve«, sagte von Holden.

116

Keine zehn Minuten später bog das Taxi in die Borggrevestraße ein und hielt sofort an. Die Straße war von der Polizei abgesperrt und von Feuerwehrfahrzeugen, Kranken- und Polizeiwagen blockiert. In einiger Entfernung sah von Holden, wie Flammen in den Nachthimmel schlugen. Genau das hätte er sehen müssen, wenn alles wie geplant verlaufen wäre. Aber ohne Kontakt zu den Agenten konnte er nicht mit Sicherheit wissen, was wirklich passiert war.

Plötzlich fing von Holdens Herz an, heftig zu flattern, und der kalte Schweiß brach ihm aus. Das Herzflattern nahm zu; es war, als ziehe jemand in seiner Brust einen Knoten zusammen. Erschrocken rang er nach Luft und streckte die Hände zu beiden Seiten aus, weil er fürchtete, in Ohnmacht zu fallen. Von irgendwoher schien die Stimme des Taxifahrers zu kommen, der ihn fragte, wohin er nun fahren wolle; die Polizei vertreibe nämlich jeden aus dieser Gegend. Seine Hände griffen nach seinem Kragen, krallten sich hinein, und die Finger fummelten an der Krawatte. Schließlich riß er sie los und ließ sich nach Luft schnappend zurücksinken.

»Was ist denn los?« Der Fahrer drehte sich um und sah ihn an.

In diesem Moment hielt ein Rettungsfahrzeug neben ihnen, und das Blaulicht schnitt wie mit Messern durch seine Sehnerven. Er schrie auf, hob die Hand vor die Augen und wandte sich ab in die Dunkelheit.

Dann kamen sie.

Die monströsen, bonbonbunten Bänder in Grün und Rot wallten in vollkommenem Rhythmus auf und ab. Gewaltige, dämonische Kolben stampften durch die Mitte seines Wesens. Seine Augen verdrehten sich in den Höhlen, und seine Zunge verstopfte ihm die Kehle, als wolle sie ihn ersticken. Noch nie war der Traum gekommen, während er wach war. Und noch nie in so schrecklicher Weise.

Er war sicher, daß er sterben würde, wenn er nicht aus dem Taxi entkäme, und so warf er sich gegen die Tür. Er stieß sie auf, zog sich über den Sitz und taumelte hinaus an die Abendluft.

»Hey! Wo wollen Sie hin?« schrie der Fahrer über den Sitz nach hinten. »Was zum Teufel, glauben Sie, ist das hier? Ein Gratisservice?« Der grinsende, kaugummikauende Bengel hatte sich plötzlich in einen wütenden Kapitalisten verwandelt. Und erst jetzt erkannte von Holden, daß der Fahrer eine Frau war. Ihr Haar war unter einer

Mütze verborgen, und sie trug eine weite Jacke; deshalb hatte er es zunächst nicht bemerkt.

Er atmete tief und starrte sie an. »Kennen Sie die Behrensstraße?« fragte er.

»Ja.«

»Zur Nummer 45.«

Die Scheinwerfer des Gegenverkehrs beleuchteten die Männer im Wagen. Schneider fuhr, Remmer saß neben ihm. McVey und Osborn besetzten die hinteren Plätze. Der untere Teil von McVeys rechter Wange und fast die ganze Unterlippe waren bis aufs rohe Fleisch verbrannt und mit einer schützenden Salbe bedeckt. Remmers Haare waren bis auf die Kopfhaut abgesengt, und seine linke Hand war mehrmals gebrochen worden, als Sekundenbruchteile nach der Explosion ein Teil der Zimmerdecke eingestürzt war. Osborn hatte an Ort und Stelle den Part des Sanitäters übernommen und den Arm mit einem festen Verband umwickelt, denn Remmer hatte darauf bestanden, daß die Nacht noch nicht vorbei sei, solange er laufen könne. Alle erinnerten sie sich an Noble, wie er in den Notarztwagen gelegt worden war. Sein Körper war zu über zwei Dritteln verbrannt, eine Flüssigkeit tröpfelte aus einer Infusion, die man über seinen Kopf hielt, und er hätte an der Schwelle des Todes stehen müssen, völlig bewußtlos. Aber er hatte die Augen aufgeschlagen und sie angeschaut, und mit heiserer Stimme hatte er durch eine Sauerstoffmaske hervorgebracht: »Plastiksprengstoff … blöde Hunde sind wir, nicht wahr …« Dann war seine Stimme kräftiger geworden, wütend. »Schnappt sie«, hatte er gesagt, und seine Augen hatten geglitzert. »Schnappt sie euch und macht sie fertig.«

Remmer hielt sich fest, als Schneider den Audi durch eine scharfe Kurve lenkte; dann drehte er sich zu McVey um. »Wir werden Scholl nicht überraschen, wissen Sie. Die Sicherheit wird ihm gleich Bescheid sagen, wenn wir aufkreuzen.«

McVey starrte ins Leere und antwortete nicht. Noble hatte recht gehabt. Wie blöde Hunde waren sie in diese Falle getappt. Aber sie waren nervös gewesen, die Zeit hatte gedrängt; sie hatten Cadoux erreichen wollen, ehe die Gruppe es tat. Rückblickend war es eine Situation gewesen, die man mit Ledernacken, nicht mit Polizisten hätte in Angriff nehmen müssen – sie hätten mindestens ein Sondereinsatzkommando der Berliner Polizei hinzuziehen müssen.

Remmer drängte zur Eile. »Die Sicherheitsleute werden Scholl nicht nur informieren, sie werden uns nicht mal reinlassen. Der Haftbefehl gilt nur für Scholl. Sie werden behaupten, er verschafft uns keinen Zutritt auf das Gelände von Schloß Charlottenburg. Und wir können keinen Haftbefehl vollstrecken, wenn wir nicht an den Mann rankommen.«

McVey blickte auf. »Sagen Sie ihnen, wenn sie versuchen, uns aufzuhalten, werden wir das ganze Gebäude von der Feuerwehraufsicht schließen lassen. Und wenn das nicht funktioniert, lassen Sie sich was einfallen. Sie sind ein Cop, die sind nur Sicherheitspersonal.« Abrupt wandte er sich Osborn zu und beugte sich zu ihm hinüber. Die Brandwunden in seinem Gesicht waren häßlich und schmerzhaft, aber seine Augen blickten lebhaft und entschlossen. »Scholl wird es vielleicht leugnen oder von der Hand weisen, aber er wird wissen, wer Sie sind und daß die ganze Sache in Gang gekommen ist, weil Sie in Paris mit Albert Merriman abrechnen wollten. Er wird annehmen, daß Merriman Ihnen von ihm erzählt hat und daß Sie es mir weitergesagt haben. Was er *nicht* wissen wird – zumindest glaube ich es nicht –, ist, wie weit wir den Rest haben zusammenreimen können. Und selbst wenn sein Sicherheitspersonal ihn warnt, wird er überrascht sein, denn er muß glauben, daß wir tot sind. Außerdem ist er arrogant genug, um sich darüber zu empören, daß wir seine Party stören. Und darauf zähle ich. Aus Gründen, die uns nicht ganz klar sind, ist dies eine ganz große Sache für ihn, und deshalb wird er uns loswerden wollen, so schnell es geht, damit er sich wieder seinen Gästen widmen kann. Aber wir werden ihn nicht lassen. Und das wird ihn wütend machen. Und dann werden wir ihn noch wütender machen.«

Osborn schaute ihn unsicher an. »Verstehe ich nicht.«

»Wir werden ihm alles sagen, was wir wissen. Von dem Mord an Ihrem Vater. Von dem Skalpell, das er erfunden hat, und von den Berufen der Leute, die im selben Jahr ermordet wurden wie er. Und irgendwann werden wie ein paar Dinge hineinstreuen, die wir nicht wissen – wir tun einfach so als ob. Wir müssen ihn so sehr unter Druck setzen, daß er zusammenbricht. Ihn in die Enge treiben. Und gesteht, daß er die Mordaufträge erteilt hat.« McVey sah Remmer an. »Wie viele Verstärkungseinheiten haben Sie angefordert?«

»Sechs. Und sechs weitere halten sich bereit und warten auf unsere Anweisungen. Und wir haben uniformierte Trupps in der Hinterhand, für den Fall, daß es Grund zu einer Massenverhaftung gibt.«

»McVey«, sagte Osborn, »Sie haben gesagt, Sie wollen ihm Dinge sagen, die wir nicht wissen. Was meinen Sie damit?«

»Angenommen, wir erzählen Herrn Scholl, wir haben Gott und die Welt abgeklappert, um ein Dossier über seinen Ehrengast, Herrn Leyberger, zusammenzustellen, und wir haben nichts gefunden. Wir sind neugierig und möchten ihn gern kennenlernen. Aus zahllosen Gründen wird er es ablehnen. Und daraufhin sagen wir, okay, da Sie uns nicht mit ihm zusammenkommen lassen, müssen wir annehmen, daß wir deshalb nichts gefunden haben, weil der arme Kerl tot ist, und zwar schon seit langem.«

»Tot?« Remmer drehte sich auf dem Vordersitz um.

»Yeah. Tot.«

»Wer spielt denn dann Leyberger, und warum?«

»Ich habe nicht gesagt, es ist nicht Leyberger. Ich habe nur gesagt, der Grund, weshalb wir nichts über ihn erfahren können, ist der, daß er tot ist. Zumindest größtenteils ...«

Osborn spürte, wie es ihm eisig über den Rücken lief. »Sie glauben, er ist ein erfolgreiches Experiment. Leybergers Kopf auf einem fremden Körper. Verpflanzt durch nuklearchirurgische Verfahren bei einer Temperatur nahe dem absoluten Nullpunkt.«

»Ich weiß nicht, ob ich das glaube, aber als Theorie ist es nicht übel, oder? Ob er gelogen hat oder nicht, es war Cadoux, der uns auf den Zusammenhang gebracht hat, als er sagte, er habe Informationen, die Scholl mit Leyberger und Leyberger mit den kopflosen Leichen in Verbindung bringen. Warum sonst diese Heimlichtuerei um Leybergers Schlaganfall und die Isolation bei Dr. Salettl im Krankenhaus in Carmel und die lange Genesungszeit im Pflegesanatorium in New Mexico? Richman, der Mikropathologe, hat gesagt, wenn man die Operation erfolgreich durchgeführt hätte, würde keine sichtbare Narbe zurückbleiben, ganz wie zwischen einem Ast und einem Baum. Nicht einmal seine Physiotherapeutin, die kleine Amerikanerin, würde etwas merken. Würde in ihren wildesten Träumen nicht auf solche Gedanken kommen.«

»McVey, ich glaube, Sie haben zu lange in Hollywood gelebt.« Remmer zündete sich eine Zigarette an und hielt sie zwischen den stramm bandagierten Fingern. »Wieso versuchen Sie nicht, das an ein Filmstudio zu verkaufen?«

»Scholl wird das gleiche sagen, aber ich finde, wir sollten trotzdem versuchen, den Beweis oder den Gegenbeweis dafür zu finden.«

»Und wie?«

»Mit Leybergers Fingerabdrücken.«

Remmer starrte ihn an. »McVey, das ist keine Theorie. Sie glauben das wirklich.«

»Ich kann nicht sagen, daß ich es nicht glaube, Manfred. Ich bin zu alt. Ich kann alles glauben.«

»Selbst wenn wir Leybergers Abdrücke kriegen, was nicht eben ein Kinderspiel sein wird – was sollen sie uns nützen? Wenn Ihre Frankenstein-Theorie stimmt, und wenn sein eigener Körper von den Schultern abwärts tot und Gott weiß wo verscharrt ist, dann hätten wir nichts, womit wir sie vergleichen könnten.«

»Manfred, wenn Sie Ihren Kopf auf einen anderen Körper verpflanzen lassen könnten, würden Sie sich dann nicht einen sehr viel *jüngeren* Körper aussuchen?«

»Das ist eine bizarre Seite, die ich an Ihnen noch nie gesehen habe.« Remmer grinste.

»Tun Sie so, als wäre es nicht bizarr. Tun Sie so, als käme es jeden Tag vor.«

»Na ja ... wenn ich ... Klar, sicher, einen jüngeren Körper. Bei meiner Erfahrung ... stellen Sie sich all die jungen, schönen Mädchen vor, die ich kriegen könnte.« Remmer grinste wieder.

»Gut. Jetzt muß ich Ihnen erzählen, daß wir in einem Leichenschauhaus in London den Kopf eines Mannes von Anfang zwanzig haben, und er war einmal tiefgekühlt. Es handelt sich um Timothy Ashford aus Clapham South. Er hatte mal eine Prügelei mit zwei Bobbies, und deshalb hat die Londoner Polizei seine Fingerabdrücke in ihren Akten.«

Remmers Grinsen verging. »Sie meinen im Ernst, die Fingerabdrücke dieses Timothy Ashford könnten jetzt Leyberger gehören?«

McVey hob die Hand und berührte die Salbe, die seine Verbrennungen bedeckte. Er verzog das Gesicht, nahm die Hand weg und betrachtete die schwarzen Flöckchen seiner eigenen, verkohlten Haut in der klaren Salbe.

»Diese Leute haben sich eine Menge Mühe gegeben, um zu verhindern, daß irgend jemand herausfindet, was da vorgeht, und eine Menge Leute sind deshalb gestorben. Ja, es ist nur eine Vermutung, Manfred. Aber das weiß Scholl ja nicht, oder?«

117

Die ausladenden Gemälde der deutschen Romantiker Runge, Overbeck und Caspar David Friedrich – deren brütende Landschaftsbilder unbedeutende Menschen vor der überwältigenden Unermeßlichkeit der Natur darstellten – bedeckten die Wände der Galerie romantischer Kunst im Schloß Charlottenburg. Ein Streichquartett und ein Konzertpianist spielten abwechselnd eine Auswahl von Beethoven-Sonaten und Concertos, um der Versammlung mächtiger Gäste, die zu Ehren Egon Leybergers gekommen waren, die entsprechende Stimmung und Atmosphäre zu verleihen. Die Gäste wimmelten lärmend durcheinander, diskutierten über Politik, Wirtschaft und die Zukunft Deutschlands, während formell gekleidete Kellner mit üppigen Tabletts voller Getränke und Hors d'œuvres umhertänzelten.

Salettl stand allein beim Eingang der Galerie und beobachtete den Wirbel. Soweit er sehen konnte, waren fast alle Eingeladenen auch gekommen, und er lächelte zufrieden. Er sah Uta Baur, die mit Konrad Piper den Raum durchquerte. Scholl stand mit dem deutschen Zeitungsmagnaten Hilmar Grunel und Margarete Piper bei seinem amerikanischen Anwalt Louis Goetz, der einen Vortrag in englischer Sprache hielt.

Dann kam Gustav Dortmund mit seiner Frau herein, einer gesetzten, weißhaarigen Dame in einem dunkelgrünen Abendkleid, deren Reizlosigkeit in Kontrast zu ihrem gleißenden Brillantschmuck stand. Beinahe sofort ging Scholl hinüber zu Dortmund, und die beiden zogen sich in eine Ecke zurück, um miteinander zu reden.

Salettl winkte einen Kellner herbei, nahm ein Glas Champagner von seinem Tablett und schaute auf die Uhr. Es war neunzehn Uhr zweiundfünfzig. Um zwanzig Uhr fünf würden die Gäste über die große Treppe zur Goldenen Galerie hinaufgeführt werden, wo das Dinner stattfinden sollte. Um Punkt einundzwanzig Uhr würde er sich entschuldigen und ins Mausoleum gehen, um von Holdens Vorbereitungen für das geheime Ereignis zu überprüfen, das nach Leybergers Rede dort stattfinden sollte. Um einundzwanzig Uhr zehn würde er sich in Leybergers Quartier begeben, wo Leyberger sich in Gesellschaft von Joanna, Erik und Edward in den letzten Stadien seiner Vorbereitung befinden würde.

Er würde Joanna beiseite nehmen, ihr mitteilen, daß ihr Auftrag erfüllt sei und sie nun gehen könne, und er würde einen Fahrer beauftragen, sie unverzüglich aus dem Schloß zu schaffen. Wenn sie weg wäre, würde das ganze Gebäude – abgesehen von den sorgsam ausgewählten Service- und Sicherheitsmitarbeitern – frei von Außenstehenden sein. Um einundzwanzig Uhr fünfzehn würde Leybergers Auftritt in der Goldenen Galerie stattfinden. Seine Rede wäre um einundzwanzig Uhr dreißig zu Ende, und bis einundzwanzig Uhr fünfundvierzig wäre alles erledigt.

Die Behrensstraße war eine von stattlichen alten Bäumen gesäumte Wohnstraße. Ein Ehepaar mittleren Alters, das einen Spaziergang nach dem Abendessen unternahm, schlenderte unter einer Straßenlaterne hindurch und ging weiter, als von Holdens Taxi vor der Hausnummer 45 anhielt.

Er befahl der Fahrerin zu warten, stieg aus, ging durch das schmiedeeiserne Tor und die Treppe zu dem vierstöckigen Haus hinauf. Er drückte auf die Türklingel, trat zurück und schaute hoch. Der vor kurzem noch klare Himmel war jetzt bedeckt, und der Wetterbericht kündigte für den späteren Abend Sprühregen und Nebel an. Das war ein schlechtes Zeichen. Nebel hielt Flugzeuge am Boden fest, und Scholl sollte unmittelbar nach der Abschlußzeremonie im Schloß Charlottenburg auf sein Gut in Argentinien fliegen. Ausgerechnet dieser Abend war ein schlechter Zeitpunkt für Nebel.

Man hörte ein scharfes Geräusch, und unvermittelt öffnete sich die Tür. Ein etwa sechzigjähriger Mann, dürr wie ein Skelett, spähte zu ihm heraus.

»Guten Abend«, sagte er, als er von Holden erkannte, und trat beiseite, um ihn hereinzulassen.

»Ja, guten Abend, Herr Freesen.«

Zwei Frauen und ein Mann, alle in Freesens Alter, schauten von einem Kartenspiel auf, als von Holden am Wohnzimmer vorbei durch die Diele ging. Die Frauen kicherten und waren sich darin einig, daß von Holden im Smoking eine blendende Figur abgab. Die Männer befahlen ihnen, still zu sein; wie von Holden gekleidet sei und was er um diese Zeit hier bei ihnen zu tun hatte, gehe sie nichts an.

Am hinteren Ende der Diele schloß von Holden eine Tür auf und betrat ein kleines, holzgetäfeltes Arbeitszimmer. Ungeduldig schob er die Tür zu, schloß sie ab und ging zu einer Standuhr in einer Ecke hinter dem Schreibtisch. Er öffnete die Uhr, nahm den Schlüssel heraus und schob ihn in ein fast unsichtbares Loch in der Vertäfelung links neben der Uhr. Eine Vierteldrehung, und das Paneel glitt zur Seite und offenbarte eine hochglänzende Edelstahltür mit einer Nummerntastatur in der oberen rechten Ecke. Wie bei einer elektronischen Kasse gab von Holden einen Zifferncode ein. Im nächsten Moment glitt die Tür zur Seite, und dahinter lag ein kleiner Aufzug. Von Holden trat hinein, die Tür schloß sich, und das geschnitzte Holzpaneel schob sich wieder an seinen Platz.

Volle drei Minuten fuhr der Aufzug abwärts. Dann hielt er an. Von Holden trat hinaus in einen großen, rechteckigen Raum, einhundertzwanzig Meter tief unter der Behrensstraße. Der Raum war völlig kahl. Boden, Decke und Wände waren aus ein und demselben Material, aus quadratmetergroßen Platten aus fünfundzwanzig Zentimeter dickem schwarzen Marmor.

Am hinteren Ende des Raumes befand sich eine leuchtende Stahlplatte, die geräuschlos zur Seite glitt, als von Holden seine Identifikationsnummer nannte. Dahinter lag ein Korridor von etwa siebzig Metern Länge. Bei jedem Besuch hier war ihm, als betrete er die Kulisse eines fantastischen Zukunftsfilms. Selbst die abgedroschene Art des Zugangs durch das Privathaus mit der verborgenen Tür und der beweglichen Täfelung schien aus einem altertümlichen melodramatischen Schauerstück zu stammen.

Aber so übertrieben das alles erschien, es war keine Filmkulisse. Entworfen im Jahr 1939, wurde die ursprüngliche Anlage in den Jahren 1942 bis 1944 fertiggestellt, als nazifeindliche Spionageagenten die höchsten Ränge des deutschen Generalstabs infiltrierten und die alliierten Bomberverbände immer tiefer ins Herz des Dritten Reiches vorstießen.

Außer für die Handvoll Auserwählter auf den höchsten Ebenen der Nazi-Macht existierte das gewaltige Bauwerk namens »der Garten« einfach nicht. Und jetzt, fast ein halbes Jahrhundert später, existierte es noch immer nur für Scholl und von Holden und die wenigen anderen an der Spitze der Organisation.

Eine Tür öffnete sich vor von Holden, und er betrat einen langen, runden Korridor, der mit Tausenden von weißen Keramikkacheln ausgekleidet war. Es war jetzt zwanzig Uhr zehn. Was immer im Hotel Borggreve geschehen sein mochte, mußte er aus seinen Gedanken verbannen. Über das hinaus, was er gesehen hatte, besaß er keine Informationen, und so war es ihm unmöglich, etwas anderes zu tun, als seine Befehle auszuführen.

Es dauerte eine ganze Weile, bis seine Augen sich an den beinahe durchscheinenden blau-silbernen Lichtton gewöhnt hatten, der den Raum erfüllte. Und auch dann empfand er keine Tiefe, ja, überhaupt keinen Raum. Es war, als habe er einen Ort betreten, der gar nicht existierte. Eine Fiktion aus einem Traum.

Unmittelbar vor ihm waren die verschwommenen Konturen einer Wand. Dahinter lag Sektor F, der innerste Raum des »Gartens«. Er war klein und quadratisch und von oben und unten sowie von allen vier Seiten durch fünfundvierzig Zentimeter dicke Titaniumwände geschützt, die wiederum durch drei Meter dicke Betonwände verstärkt wurden; der Beton war alle vierzig Zentimeter mit Trennschichten aus einer geleeartigen Substanz laminiert, die dazu dienen sollten, den inneren Raum selbst dann stabil zu halten, wenn er durch den direkten Einschlag einer Wasserstoffbombe oder durch ein Erdbeben der Stärke zehn Komma null erschüttert werden sollte.

»Lugo«, sagte von Holden laut und wartete, bis sein Stimmabdruck digital komprimiert und mit dem digital komprimierten Abdruck in den Archiven verglichen worden war. Einen Augenblick später glitt eine Platte in der Wand neben ihm beiseite, und eine beleuchtete, durchscheinende Glasscheibe erschien. »Zehn - sieben - sieben - neun - null - null - neun - null - vier«, sagte er mit sorgfältiger Betonung. Drei Sekunden später erschienen schwarze Lettern auf dem Bildschirm.

LETZTE MITTEILUNG / LEITER DER SICHERHEIT
FREITAG / VIERZEHN / OKTOBER

Die Lettern verschwanden wieder. Von Holden beugte sich vor und drückte beide Hände fest auf die Glasscheibe. Dann trat er zurück. Sofort wurde das Glas dunkel, und die Platte schob sich wieder davor. Zehn Sekunden verstrichen, während seine Fingerabdrücke gescannt wurden. Noch einmal sieben Sekunden, und ein Muster aus dunkelblauen Punkten erschien auf dem Boden, das sich auf die Mitte des Raumes zubewegte, wo es ein exaktes Viereck von einem halben Meter im Quadrat bildete.

»Lugo«, sagte er wieder. Das Viereck verblaßte, und an seiner Stelle erhob sich eine Plattform aus dem Boden. Darauf stand ein transparentes Gehäuse mit einem grauen, metallisch aussehenden Kasten aus einer Mischung von Fasern, darunter Kohlenstoff, Flüssigkristallpolymere und Kevlar. Der Kasten war fünfundsechzig Zentimeter hoch, und seine Grundfläche maß einen halben Meter im Quadrat. Dieses Kastens wegen war er gekommen, und ihn würde er den wenigen Auserwählten bei der Zeremonie im Mausoleum Charlottenburg wenige Minuten nach Egon Leybergers Rede präsentieren.

118

Greta Stassel hieß die zwanzigjährige Taxifahrerin, die von Holden vor dem Haus Behrensstraße 45 hatte warten lassen. Sie schrak zusammen, als plötzlich eine Gestalt aus dem Dunkel auftauchte und an ihr Fenster tappte. Dann sah sie, wer es war; er gab ihr durch die Scheibe zu verstehen, er habe etwas in den Kofferraum zu legen. Sie zog den Schlüssel aus dem Zündschloß, stieg aus und ging nach hinten.

»Wo ist es denn?« Sie lächelte und schloß den Kofferraum auf.

Für einen Augenblick verlor von Holden sich; ihm war, als habe er noch nie ein so schönes Lächeln gesehen. Dann sah Greta den viereckigen weißen Plastikkoffer auf dem Bordstein. Der rote Schein der Schlußlichter beleuchtete die Worte, die in den Deckel und in die Seiten gestanzt waren: ZERBRECHLICH – MEDIZINISCHE GERÄTE.

»Verzeihung, aber das ist es nicht …«, sagte von Holden, als sie den Koffer aufheben wollte.

Sie drehte sich um und machte ein verwirrtes Gesicht, lächelte aber trotzdem. »Ich dachte, Sie wollten etwas in den Kofferraum –«

»Will ich auch –«

Sie lächelte immer noch, als die Kugel der Neun-Millimeter-Gluck dicht über der Nasenwurzel in ihren Schädel eindrang. Von Holden fing sie auf, als ihre Knie einknickten. Er hob sie hoch und legte sie, in Embryonalstellung zusammengerollt, in den Kofferraum. Dann klappte er den Deckel herunter, zog den Schlüssel ab, stellte den Tragekoffer auf den Beifahrersitz, ließ den Motor an und fuhr davon. Einen halben Block weiter bog er in die hell erleuchtete Friedrichstraße ein. Im Fahren schlug er das Fahrtenbuch auf, riß die oberste Seite heraus, faltete sie mit einer Hand zusammen und steckte sie in die Tasche. Die Uhr am Armaturenbrett zeigte zwanzig Uhr dreißig.

Um zwanzig Uhr fünfunddreißig fuhr von Holden auf der Straße des 17. Juni durch die dunkle Weite des Tiergartens; bis zum Schloß Charlottenburg waren es noch fünf Minuten. An die Leiche der Taxifahrerin im Kofferraum verwandte er keinen Gedanken. Sie zu ermorden hatte nichts bedeutet. Es war lediglich ein notwendiges Mittel zum Zweck gewesen.

»Übermorgen«, die Krönung des Ganzen, stand leise schwankend in seinem weißen Tragekoffer neben ihm auf dem Sitz. Seine Anwesenheit machte ihm das Herz leicht und gab ihm Mut. Obwohl er noch zweimal über Funk seine Agenten gerufen und keine Antwort bekommen hatte, wandelten sich die Dinge zum Besseren. In den Radionachrichten berichteten die Reporter vom Schauplatz des Geschehens beim Hotel Borggreve, daß mindestens drei Beamte des Bundeskriminalamtes bei einer Schießerei im Zusammenhang mit einer Explosion und einem Brand ums Leben gekommen waren. Zwei unidentifizierte Leichen waren geborgen worden; sie waren bis zur Unkenntlichkeit verkohlt. Zwei weitere Leichen, die man gefunden hatte, waren noch nicht identifiziert worden. Eine terroristische Splitterorganisation hatte sich telefonisch bei der Polizei gemeldet und die Verantwortung übernommen. Von Holden entspannte sich, lehnte sich zurück und atmete tief durch. Das Geschick hatte sich gewendet. Vielleicht war seine Unruhe ganz unbegründet gewesen; vielleicht war alles wie geplant verlaufen.

Anderthalb Kilometer weiter säumten geparkte Autos den Spandauer Damm vor dem Schloß Charlottenburg. Die Fahrer standen in Gruppen beieinander, rauchten und plauderten. In der scharfen Kühle des dichter werdenden Nebels hatten sie die Kragen hochgeschlagen und sich die Mützen tiefer ins Gesicht gezogen.

Auf dem Gehweg auf der anderen Straßenseite stand Walter van Dis, ein siebzehnjähriger holländischer Gitarrist in schwarzer Lederjacke und mit hüftlangen Haaren, in einer Gruppe von Zuschauern und beobachtete das Schloß. Es würde nichts passieren, aber sie schauten trotzdem zu und ließen sich unterhalten vom Schauspiel eines Luxus, der ihnen niemals gehören würde, wenn die Welt sich nicht dramatisch veränderte.

Das dumpfe Stakkato zuschlagender Autotüren erregte seine Aufmerksamkeit, und er wechselte seine Position, um zu sehen, was da vor sich ging. Vier Männer waren eben aus einem Auto gestiegen, überquerten die Straße und gingen auf das Tor des Schlosses zu. Sofort trat er zurück in den Schatten und hob die Hand vor den Mund. »Walter«, sagte er in das winzige Mikrofon.

Einen Augenblick später piepte von Holdens Radio. Sofort schaltete er es ein und erwartete, die Stimme eines seiner Agenten vom Hotel Borggreve zu hören. Aber statt dessen hörte er das nervöse Geplapper von Walter und mehreren Sicherheitsleuten aus dem Schloß, die Einzelheiten erfahren wollten. Von was für Männern redete er? Wie sahen sie aus? Aus welcher Richtung waren sie gekommen?

»Hier ist Lugo!« sagte von Holden in scharfem Ton. »Leitung freimachen für Walter!«

»Walter hier.«

»Was haben Sie?«

»Vier Männer. Sind gerade ausgestiegen und gehen auf das Vordertor zu. Der Beschreibung nach sieht einer aus wie der Amerikaner. Osborn. Ein anderer könnte McVey sein.«

Von Holden fluchte leise. »Am Tor aufhalten! Unter keinen Umständen dürfen sie hinein!«

Plötzlich hörte er, wie ein Mann sich als Kommissar Remmer vom BKA vorstellte und erklärte, die Polizei habe im Schloß etwas zu erledigen. Dann hörte er die vertraute Stimme seines Sicherheitschefs Papen, der widersprach. Dies sei eine private Veranstaltung mit privatem Sicherheitspersonal; die Polizei habe dabei nichts zu suchen. Remmer erklärte, er habe einen Haftbefehl gegen Erwin Scholl. Papen erwiderte, er habe noch nie von einem Erwin Scholl gehört, und wenn Remmer keinen Durchsuchungsbeschluß für das Schloßgelände habe, werde man ihn nicht hineinlassen.

McVey und Osborn folgten Remmer über den gepflasterten Hof zum Eingang des Schlosses. Als auch die Drohung mit der feuerpolizeilichen Schließung des Gebäudes nichts gefruchtet hatte, hatte Remmer über Funk drei Verstärkungseinheiten herangerufen. Sie waren innerhalb von Sekunden mit Blaulicht eingetroffen und hatten den Sicherheitschef und seinen Mitarbeiter wegen Behinderung eines Polizeieinsatzes vorläufig festgenommen.

Von Holden jagte durch den Verkehr und traf in dem Wirrwarr ein, den Remmers Aktion hervorgerufen hatte, als Papen und sein Vertreter gewaltsam in einen Polizeiwagen verfrachtet und abtransportiert wurden. Er stieg aus dem Taxi, blieb daneben stehen und mußte mitansehen, wie die Reste seiner Sicherheitsmannschaft den

Weg freimachten, während die Eindringlinge das Hauptportal erreichten und das Gebäude betraten.

Scholl würde toben, aber das hatte er sich selbst zuzuschreiben. Von Holden hatte sofort gewußt, daß er länger und energischer hätte diskutieren müssen, aber er hatte es nicht getan, und das ließ die Wahrheit um so bitterer schmecken.

Er hatte nicht den geringsten Zweifel: Wenn er selbst im Hotel Borggreve gewesen wäre, dann wären weder Osborn noch McVey jetzt im Schloß Charlottenburg.

119

Mit breitem Hollywood-Grinsen kam Louis Goetz die Prunktreppe herunter zu den Männern, die unten warteten.

»Detective McVey«, sagte er; er hatte McVey sofort in den Blick genommen und streckte ihm die Hand entgegen. »Ich bin Louis Goetz, Mr. Scholls Anwalt. Wollen wir nicht irgendwo hingehen, wo wir uns unterhalten können?«

Goetz ging ihnen voran durch ein Gewirr von Gängen in eine große, getäfelte Galerie und schloß die Tür. Der Raum hatte einen blanken grauweißen Marmorboden und gewaltige Kamine aus dem gleichen Material an den beiden Stirnseiten. Die eine Seitenwand ächzte unter der Last schwerer Wandbehänge, auf der anderen Seite schaute man durch französische Fenster in einen beleuchteten, streng angelegten Garten, der sich in der Dunkelheit verlor.

»Setzen Sie sich, Gentlemen.« Goetz deutete auf ein paar Stühle an einem langen, verzierten Tisch. »Du lieber Himmel, Detective, das ist ja 'ne Sauerei! Was ist denn passiert?« Goetz betrachtete McVeys verbranntes Gesicht.

»Ich war ein bißchen nachlässig und habe nicht aufgepaßt, als der Topf überkochte«, sagte McVey mit unbewegter Miene und ließ sich auf einen der Stühle fallen. »Aber der Doktor meint, ich werde es überleben.«

Osborn setzte sich McVey gegenüber, und Remmer zog sich neben ihm einen Stuhl heran. Schneider blieb an der Tür stehen. Sie wollten nicht, daß es aussah wie eine Invasion von Kriminalpolizisten.

»Mr. Scholl hatte bereits ein wenig Zeit reserviert, um sich mit Ihnen zu unterhalten. Leider ist er für den Rest des Abends anderweitig in Beschlag genommen. Und danach fliegt er sofort nach Südamerika.« Goetz setzte sich ans obere Ende des Tisches.

»Mr. Goetz, wir würden ihn nur gern ein paar Minuten sprechen, bevor er abreist«, sagte McVey.

»Das wird heute abend nicht mehr möglich sein, Detective. Vielleicht, wenn er wieder in L. A. ist ...«

»Wann ist das?«

»Im März nächsten Jahres.« Goetz grinste, als habe er soeben eine Pointe gelandet; dann hob er die Hand. »Hey, es ist wahr. Ich will Sie nicht verscheißern.«

»Dann, schätze ich, sprechen wir besser sofort mit ihm.« McVey war es todernst, und Goetz wußte es.

Der Anwalt lehnte sich abrupt zurück. »Sie wissen, wer Erwin Scholl ist? Und Sie wissen, wen er da oben empfängt?« Er schaute zur Decke. »Was zum Teufel bilden Sie sich ein – er wird mitten in der Veranstaltung aufstehen und herunterkommen, um sich mit *Ihnen* zu unterhalten?«

Von oben kamen die Klänge eines Orchesters, das einen Strauß-Walzer spielte. Das erinnerte McVey an das Radio in dem Zimmer, wo sie Cadoux gefunden hatten. Er sah Remmer an.

»Ich fürchte, Mr. Scholl wird seine Pläne ändern müssen«, sagte Remmer und legte den Haftbefehl vor Goetz auf den Tisch. »Er kommt jetzt herunter und redet mit Detective McVey, oder er wandert in Untersuchungshaft. Sofort.«

»Was zum Teufel soll das heißen, verdammt noch mal? Was bilden Sie sich eigentlich ein, mit wem Sie es zu tun haben?« Goetz war empört. Er nahm den Haftbefehl in die Hand, warf einen Blick darauf und warf ihn angewidert auf den Tisch. Das Dokument war vollständig in deutscher Sprache verfaßt.

»Wenn Ihr Klient uns ein bißchen entgegenkommt, können wir ihm vielleicht eine Menge Unannehmlichkeiten ersparen. Vielleicht kann er dann sogar seinen Zeitplan einhalten.« McVey verlagerte sein Gewicht auf dem Stuhl. Die Wirkung des Schmerzmittels, das Osborn ihm gegeben hatte, verflog allmählich, aber er wollte nicht noch mehr davon nehmen, weil er befürchtete, daß es ihn benommen und seinen Verstand stumpf machen würde. »Warum bitten Sie ihn nicht einfach, ein paar Minuten herunterzukommen?«

»Warum sagen Sie mir nicht einfach, was dieser ganze Scheißdreck soll?«

»Das würde ich lieber mit Mr. Scholl diskutieren. Natürlich haben Sie durchaus das Recht, dabeizusein. Oder – wir alle begleiten Hauptkommissar Remmer und unterhalten uns in einer sehr viel weniger historischen Umgebung.«

Goetz lächelte. Da saß ein Beamter – der in einer viel zu hohen Liga zu spielen gedachte, und das nicht mal in seinem eigenen Land – und versuchte es auf die harte Tour mit einem der einflußreichsten Männer der Welt. Das Problem war der Haftbefehl. Damit hatte keiner von ihnen gerechnet, vor allem deshalb nicht, weil keiner von ihnen McVey zugetraut hätte, einem deutschen Richter so etwas abzuschwatzen. Scholls deutsche Anwälte würden sich darum kümmern, sobald sie informiert wären. Aber dazu würde man ein bißchen Zeit brauchen, und die würde McVey ihnen nicht geben. Es gab jetzt zwei Möglichkeiten, damit fertig zu werden. Man konnte McVey sagen, er solle sich verpissen, oder man konnte sich als Mensch zeigen und Scholl bitten, herunterzukommen und ein bißchen Puderzucker zu verteilen – in der Hoffnung, daß sich die Wogen lange genug glätten würden, um die Kraut-Anwälte heranzuschaffen.

»Ich will sehen, was ich machen kann«, sagte er. Er stand auf, warf Schneider, der neben der Tür stand, einen knappen Blick zu und ging hinaus.

McVey sah Remmer an. »Dies könnte eine günstige Gelegenheit sein, mal zu sehen, was Sie über Leyberger herausfinden können.«

Von Holden lenkte das Taxi in eine dunkle Wohnstraße, ein rundes Dutzend Straßen weit vom Schloß Charlottenburg entfernt. Er suchte sich einen Parkplatz, stellte den Wagen ab und schaltete die Scheinwerfer aus. Es war still in der Gegend. Bei dem feuchten Nebel war kein Mensch unterwegs. Er öffnete die Wagentür, stieg aus und sah sich um. Niemand war zu sehen. Er langte in den Wagen, nahm den weißen Plastikbehälter heraus, hakte eine Trageschnur aus Nylon an die Ösen am Deckel und hängte sich den Koffer über die Schulter. Dann warf er die Schlüssel ins Taxi, verriegelte die Türen, schlug sie zu und ging davon.

Zehn Minuten später sah er Schloß Charlottenburg vor sich. Bei einer Fußgängerbrücke am Tegeler Weg überquerte er die Spree und ging auf ein Lieferantentor an der Rückseite des Schloßgeländes zu.

Dahinter konnte er die Lichter des Gebäudes durch den Dunst schimmern sehen, und er merkte, um wieviel dichter der Nebel im Laufe der letzten Stunde geworden war. Die Flughäfen würden jetzt geschlossen sein, und wenn sich das Wetter nicht noch änderte, würde bis morgen früh kein Flugzeug mehr starten.

Ein Wachmann am Lieferantentor ließ ihn hinein, und er ging einen von Kastanien gesäumten Weg hinauf. Er überquerte eine weitere Brücke und folgte dem Weg durch eine Fichtenallee bis zu einer Kreuzung, wo er nach links in Richtung Mausoleum abbog.

»Es ist neun Uhr. Wo sind Sie gewesen?« Salettls Stimme schoß ihm aus der Dunkelheit entgegen; dann erschien er unmittelbar vor von Holden auf dem Weg, bleistiftdünn und in einen dunklen Mantel gehüllt; nur sein Schädel schimmerte im Dunkeln.

»Die Polizei ist hier. Sie hat einen Haftbefehl gegen Scholl.« Salettl kam näher. Von Holden sah, daß seine Pupillen kaum mehr als kleine Punkte waren und daß sein ganzer Körper unter Strom zu stehen schien, als sei er vollgepumpt mit Amphetaminen.

»Ja, ich weiß«, sagte von Holden.

Salettls Blick huschte zu dem weißen Tragekoffer an dem Riemen über von Holdens Schulter. »Sie gehen damit um, als wäre es irgendein Picknickkoffer.«

»Ich bitte um Entschuldigung. Es ging nicht anders.«

»Vorläufig ist die Zeremonie hier im Mausoleum verschoben.«

»Auf wessen Anweisung?«

»Auf Dortmunds Anweisung.«

»Dann gehe ich zum ›Garten‹ zurück.«

»Sie haben den Befehl, bis auf weiteres in den Königlichen Gemächern zu warten.«

Dichter Nebel wallte zwischen den Rhododendronbüschen auf den Weg, auf dem sie standen. Weiter unten ragte das Mausoleum zwischen den Bäumen auf, die es umhüllten wie die Wirbel eines schauerlichen Alptraums, und von Holden hatte das Gefühl, wie von einer unsichtbaren Hand dort hingezogen zu werden. Und dann kamen sie wieder, die kolossalen roten und grünen Vorhänge der Aurora seiner Alpträume, und drohten mit ihrem langsamen Wogen den Kern seines ganzen Wesens zu verschlingen.

»Was ist los?« blaffte Salettl.

»Ich …«

»Sind Sie krank?« fauchte Salettl.

Von Holden bemühte sich, den Bann zu brechen, und schüttelte den Kopf. Dann atmete er die kalte Abendluft tief ein. Die Aurora verschwand, und alles klärte sich wieder.

»Nein«, antwortete er in scharfem Ton.

»Dann begeben Sie sich in die Königlichen Gemächer, wie man es Ihnen gesagt hat.«

120

20 Uhr 57

Joanna bürstete ein paar Stäubchen von Egon Leybergers mitternachtsblauem Frack und dachte an ihren kleinen Hund, der jetzt irgendwo über dem Atlantik zum Aufbewahrungszwinger am Flughafen Los Angeles unterwegs war, wo er bleiben würde, bis sie ihn abholte. Plötzlich klopfte es laut an der Tür, und Erik und Edward kamen herein, gefolgt von Remmer und Schneider. Hinter ihnen sah sie Leybergers Bodyguards in ihren Smokings und zwei Männer, deren Armbinden sie als Sicherheitspersonal kennzeichneten.

»Onkel«, sagte Erik in beschützerischem Ton. »Diese Herren möchten dich für einen Moment sprechen. Sie sind von der Polizei.«

»Guten Abend.« Leyberger lächelte. Er war gerade dabei, eine kleine Kollektion von Vitamintabletten zu nehmen. Eine nach der anderen steckte er in den Mund und spülte sie mit kleinen Schlucken aus einem Wasserglas hinunter.

»Herr Leyberger«, sagte Remmer, »entschuldigen Sie die Störung.« Lächelnd, höflich und gelassen, studierte er Leyberger schnell und gründlich. Der Mann mochte etwas mehr als hundertfünfzig Pfund schwer sein und etwa einssiebzig groß; er stand aufrecht und sah körperlich fit aus. Er trug ein gestärktes weißes Hemd mit Manschettenknöpfen und einer weißen Schleife. Er schien nichts anderes zu sein, als der erste Eindruck vermuten ließ: ein Mann von Anfang bis Mitte fünfzig, gesund, im Begriff, vor einem wichtigen Publikum zu reden, und dementsprechend gekleidet.

Als Leyberger die letzte Tablette genommen hatte, drehte er sich um. »Bitte, Joanna.« Er streckte die Arme aus, und sie half ihm in den Frack.

Remmer erkannte Joanna sofort als die Frau, die das FBI als Leybergers Physiotherapeutin identifiziert hatte, Joanna Marsh aus Taos, New Mexico. Er hatte gehofft, auch den anderen Mann von dem Video hier anzutreffen, den mutmaßlichen Speznas-Soldaten, der aus dem BMW gestiegen war und den Noble identifiziert hatte. Aber er war nicht im Zimmer.

»Was soll das alles bedeuten?« fragte Erik. »Mein Onkel hat eine wichtige Rede zu halten.«

Remmer drehte sich um und trat mitten ins Zimmer; mit Absicht lenkte er die Aufmerksamkeit Eriks, Edwards und der Bodyguards auf sich. Zugleich zog Schneider sich unauffällig zurück, schaute sich im Zimmer um und verschwand dann im Badezimmer. Einen Augenblick später kam er wieder heraus.

»Wir wurden darüber informiert, daß es vielleicht ein Problem mit Herrn Leybergers persönlicher Sicherheit geben könnte«, verkündete Remmer.

»Was für ein Problem?« wollte Erik wissen.

Remmer lächelte und entspannte sich. »Ich sehe schon, es gibt keins. Entschuldigen Sie die Störung, meine Herren. Guten Abend.« Er drehte sich um und sah Joanna an; er fragte sich, wieviel sie wohl wissen mochte und wie weit sie in die Sache verwickelt war. »Guten Abend«, sagte er noch einmal höflich, und dann gingen er und Schneider hinaus.

121

21 Uhr

McVey und Scholl standen einander schweigend gegenüber. Soeben hatte Louis Goetz Scholl den Rat gegeben, kein weiteres Wort zu sagen, bis seine Rechtsanwälte da seien; McVey hatte dagegengehalten, dies sei zwar Scholls gutes Recht, aber der Umstand, daß er nicht bereit sei, mit der Polizei zu kooperieren, werde nicht gut aussehen, wenn ein Richter zu entscheiden habe, ob er gegen Kaution auf freien Fuß gesetzt werden solle oder nicht. Ganz zu schweigen, hatte er gemessen hinzugefügt, von der nicht so zufälligen Verbreitung, wenn die Presse erst einmal erfahren hätte, daß ein so prominenter Mann wie Erwin Scholl wegen des Verdachts auf Anstiftung zum Mord verhaftet und in Gewahrsam genommen worden sei, um in die USA ausgeliefert zu werden.

»Was für einen Stuß verzapfen Sie da?« Goetz kochte. »Sie haben hier überhaupt keine Befugnisse. Die Tatsache, daß Mr. Scholl seine Gäste verlassen hat, um Sie zu empfangen, ist ein hinreichender Beweis für seine Kooperationsbereitschaft.«

»Wenn wir uns ein bißchen entspannen, können wir die Sache vielleicht zu Ende bringen und nach Hause gehen«, sagte McVey ruhig zu Scholl, ohne Goetz zu beachten. »Diese ganze Geschichte ist mir genauso zuwider wie Ihnen. Außerdem bringt mein Gesicht mich um, und ich weiß, daß Sie wieder zu Ihren Gästen zurück möchten.«

Scholl hatte die Estrade mehr aus Neugier als aus Angst vor McVeys Haftbefehl verlassen. Er war kurz bei Dortmund stehengeblieben, um ihn zu informieren, und daraufhin hatte Dortmund sich unverzüglich auf die Suche nach einem Telefon gemacht, um eine Batterie von deutschen Spitzenanwälten zusammenzutrommeln; Scholl selbst hatte die Goldene Galerie durch einen Nebenausgang verlassen und war eben die Treppe hinuntergegangen, als ein aufgeregter Salettl ihm nachgelaufen war, um ihn zu fragen, wo er hingehe und wie er es wagen könne, die Gäste in einem solchen Augenblick zu verlassen. Da war es aber erst zehn Minuten vor neun gewesen – noch volle zwanzig Minuten, bevor Leyberger seinen Auftritt haben würde.

»Ich habe ein kurzes Treffen mit einem Polizisten – mit einem, der offensichtlich einen außergewöhnlich guten Schutzengel hat.« Er hatte arrogant gelächelt. »Dafür ist noch reichlich Zeit, mein guter Doktor, reichlich Zeit.«

Sonnengebräunt und blendend aussehend in seinem maßgeschneiderten Smoking, war Scholl über die Maßen höflich gewesen, als er heruntergekommen war – und noch mehr, als McVey ihn mit Osborn bekannt gemacht hatte. Er hatte aufmerksam zugehört und sein Bestes getan, um aufrichtig zu antworten – auch wenn ihn die Fragen ehrlich zu verwirren schienen –, nachdem McVey ihn über seine Rechte als amerikanischer Staatsbürger informiert hatte.

»Gehen wir die Sache noch einmal durch«, sagte McVey. »Dr. Osborns Vater wurde am 12. April 1966 in Boston von einem Mann namens Albert Merriman ermordet. Albert Merriman war ein Berufskiller, den Dr. Osborn vor einer Woche in Paris zufällig wiedergetroffen und der ihm den Mord gestanden hat. Zugleich gab er an, daß Sie ihn dazu beauftragt hätten. Sie haben jetzt gesagt, Sie hätten Albert Merriman nicht gekannt und nie von ihm gehört.«

Scholl saß mit ausdrucksloser Miene da. »Richtig.«

»Wenn Sie Merriman nicht kannten, kannten Sie denn dann einen George Osborn?«

»Nein.«

»Warum sollen Sie dann jemanden beauftragen, einen Mann zu ermorden, den Sie gar nicht kennen?«

»McVey, das ist eine bescheuerte Frage, und das wissen Sie auch.« Goetz gefiel es ganz und gar nicht, daß Scholl hier McVey freie Hand ließ und die Befragung immer weiter gehen konnte.

»Detective McVey«, sagte Scholl gelassen und ohne Goetz auch nur eines Blickes zu würdigen, »ich habe noch nie jemanden beauftragt, einen Mord zu begehen. Dieser Gedanke ist ziemlich unerhört.«

»Wo steckt dieser Albert Merriman? Ich würde ihn gern kennenlernen«, erklärte Goetz herausfordernd.

»Das ist eines unserer Probleme, Mr. Goetz. Er ist tot.«

»Dann haben wir nichts weiter zu bereden. Ihr Haftbefehl besteht aus lauter heißer Luft, genau wie Sie. Hörensagen von einem Toten!« Goetz stand auf. »Mr. Scholl, wir sind hier fertig.«

»Mr. Goetz, das Problem ist: Albert Merriman wurde ermordet.«

»Und?«

»Und der Mann, der ihn umgebracht hat, war ebenfalls ein Berufskiller. Ebenfalls beauftragt von Mr. Scholl. Sein Name war Bernhard Oven.« McVey sah Scholl an. »Ein Mitarbeiter der ostdeutschen Geheimpolizei, bevor er zu Ihnen kam, Mr. Scholl.«

»Ich habe noch nie von einem Bernhard Oven gehört, Detective«, sagte Scholl gleichmütig. Eine Uhr auf dem Kaminsims über McVeys Schulter zeigte vierzehn Minuten nach neun. In einer Minute würden die Türen sich öffnen, und Leyberger würde die Goldene Galerie betreten. Aber zu seiner eigenen Überraschung war Scholl fasziniert. Was McVey wußte, war bemerkenswert.

»Erzählen Sie mir von Egon Leyberger.« McVey versuchte ihn mit diesem plötzlichen Richtungswechsel zu verblüffen.

»Er ist ein Freund.«

»Ich würde ihn gern kennenlernen.«

»Das ist leider nicht möglich. Er war krank.«

»Aber er ist gesund genug, um eine Rede zu halten.«

»Ja …«

»Verstehe ich nicht. Er ist zu krank, um mit einem Menschen zu sprechen, aber nicht zu krank, um vor hundert Leuten zu reden.«

»Er steht unter der Aufsicht eines Arztes.«

»Sie meinen Dr. Salettl …«

Goetz sah Scholl an. Wie lange wollte er das noch laufen lassen? Was zum Teufel hatte er vor?

»Das ist richtig.« Scholl zog mit der rechten Hand den linken Ärmel zurecht und ließ mit Absicht die immer noch nicht verheilten Kratzwunden sehen. Er lächelte. »Eine ironische Fügung, daß wir beide gleichzeitig schmerzhafte körperliche Verletzungen haben, Detective. Meine stammen vom Spielen mit einer Katze. Ihre offensichtlich vom Spielen mit dem Feuer. Wir sollten eigentlich beide klüger sein, oder?«

»Ich habe nicht gespielt, Mr. Scholl. Jemand hat versucht, mich umzubringen.«

»Und Sie hatten Glück.«

»Einige meiner Freunde nicht.«

»Das tut mir leid.« Scholl warf Osborn einen Blick zu und sah dann wieder McVey an. McVey war ohne Zweifel der gefährlichste Mann, der ihm je begegnet war. Gefährlich, weil ihm an nichts etwas lag außer an der Wahrheit und weil er, um sie zu finden, zu allem fähig war.

122

21 Uhr 15

Es war still im Saal. Alle Blicke folgten Egon Leyberger, als er allein durch den girlandengeschmückten Mittelgang der prachtvollen Rokoko-Schöpfung Georg Wenzeslaus von Knobelsdorffs schritt, die in grünem Marmor und Blattgold glänzende, von hypnotisierender Schönheit erfüllte Goldene Galerie. Robust setzte er einen Fuß vor den anderen. Er war nicht länger auf Stock oder Krankenschwester angewiesen. Unbekümmert, geübt, selbstsicher wirkte er, prächtig anzusehen in seinem Abendanzug: ein symbolischer Monarch der

Zukunft, der vor jenen paradierte, die mitgeholfen hatten, ihn herzubringen.

Eine Woge der Anbetung durchströmte Erik und Edward, die auf der Estrade saßen und zuschauten, wie er dem Podium entgegenging. Neben ihnen weinte Frau Dortmund ganz unverhohlen, außerstande, die Emotionen zu beherrschen, die sie überwältigten. Und in einer Geste, die durch den ganzen Saal brandete, erhob sich Uta Baur und begann zu applaudieren. Auf der anderen Seite folgte Matthias Noll ihrem Beispiel, dann auch Getrude Biermann. Hilmar Grunel. Henryk Steiner. Konrad Piper. Margarete Piper stand neben ihrem Mann. Der nächste war Hans Dabritz. Dann Gustav Dortmund. Und dann standen alle hundert und zollten einmütig ihren Tribut. Leybergers Blick wanderte von links nach rechts, er lächelte, nickte, während der donnernde Applaus den Saal erschütterte und mit jedem Schritt, der ihn dem Podium näher brachte, an Wucht immer noch zunahm. Die Höhepunkt des Erfolgs stand bevor, und die Ovationen waren ohrenbetäubend.

Salettl sah auf die Uhr.

Einundzwanzig Uhr neunzehn.

Daß Scholl noch nicht wieder da war, war unverzeihlich. Er schaute auf und sah, daß Leyberger die Stufen zum Podium erreicht hatte und hinaufzusteigen begann. Als er oben angekommen war und in den Saal schaute, schwang der Beifall sich in einem Crescendo in die Höhe, das die Wände und die Decke erbeben ließ. Dies war das Vorspiel zu »Übermorgen«. Der Anfang.

Draußen überquerten Remmer und Schneider den gepflasterten Schloßhof. Sie gingen schnell und redeten nicht. Vor ihnen bog ein schwarzer Mercedes in die Torzufahrt und wurde durchgewinkt. Sie traten beiseite und sahen, wie der Fahrer vor dem Portal ausstieg und hineinging. Remmers erster Gedanke war, Scholl wolle wegfahren; er zögerte, aber dann geschah nichts. Der Mercedes blieb, wo er war. Das konnte noch eine Stunde dauern, dachte Remmer. Am Tor stellte Remmer absichtlich Augenkontakt zu den Wachleuten her. Beide Männer blickten weg, und er und Schneider gingen durch das Tor, ohne angesprochen zu werden. Im selben Augenblick scherte ein dunkelblauer BMW mit kreischenden Reifen aus dem Verkehr und glitt neben ihnen an den Randstein. Die beiden stiegen ein, und der Wagen fuhr davon.

Wenn Remmer, Schneider oder einer der beiden BKA-Beamten, die mit ihnen im BMW saßen, sich noch einmal umgeschaut hätten, dann hätten sie gesehen, wie das Hauptportal des Schlosses sich öffnete und der Fahrer des schwarzen Mercedes herauskam, begleitet nicht von Scholl oder sonst einem der vornehmen Gäste, sondern von Joanna.

Der Fahrer half ihr auf den Rücksitz, schloß die Tür und setzte sich ans Steuer. Er legte den Sicherheitsgurt an, startete den Motor, wendete im Hof, bog dann nach links auf den Spandauer Damm und fuhr in entgegengesetzter Richtung davon. Einen Augenblick später sah er, wie ein silberner VW sich vom Straßenrand löste, rasch wendete und sich hinter ihm in die Fahrspur einfädelte. Sie folgten ihm also. Er lächelte. Er wollte sie nur ins Hotel bringen. Das war schließlich nicht verboten.

Joanna saß allein auf dem Rücksitz, zog ihre Jacke fester um die Schultern und bemühte sich, nicht zu weinen. Sie wußte nicht, was passiert war; Salettl hatte sie im letzten Augenblick weggeschickt, ohne ihr Gelegenheit zu geben, sich von Egon Leyberger zu verabschieden. Der Arzt war wenige Augenblicke, nachdem die Polizisten gegangen waren, in Leybergers Zimmer gekommen und hatte sie beiseite genommen.

»Ihre Beziehung zu Herrn Leyberger ist beendet«, hatte er gesagt. Er wirkte gereizt und sehr nervös. Dann, in einem abrupten Umschwung, wurde er beinahe freundlich. »Es ist das beste für Sie beide, wenn Sie nicht mehr darüber nachdenken.« Er gab ihr ein Päckchen, das in Geschenkpapier eingewickelt war. »Das ist für Sie«, sagte er. »Versprechen Sie mir, daß Sie es erst aufmachen, wenn Sie zu Hause sind.«

Sie erinnerte sich verschwommen, wie sie, schockiert und verwirrt von seiner Schroffheit, genickt und ihm gedankt und das Geschenk abwesend in ihre Handtasche gesteckt hatte; ihre Gedanken waren bei Leyberger gewesen. Sie waren lange zusammengewesen und hatten vieles miteinander erlebt, und nicht alles war immer angenehm gewesen. Zumindest hätte Salettl ihr erlauben können, ihm alles Gute zu wünschen und Lebewohl zu sagen. Geschenk hin, Geschenk her – Salettls Benehmen war schroff, ja, grob gewesen. Aber was als nächstes kam, war noch schlimmer.

»Ich weiß, daß Sie damit gerechnet haben, diesen letzten Abend mit von Holden zu verbringen«, sagte Salettl. »Tun Sie nicht so, als überraschte es Sie, daß ich es weiß. Leider wird von Holden von seinen Pflichten gegenüber Herrn Scholl in Anspruch genommen werden, und unmittelbar nach dem Essen wird er mit ihm nach Amerika fliegen.«

»Ich werde ihn nicht mehr sehen?« Ihr war plötzlich ganz krank ums Herz.

»Nein.«

Sie verstand es nicht. Sie hatte die Nacht in einem Berliner Hotel verbringen und am nächsten Morgen nach Los Angeles fliegen sollen. Von Holden hatte nichts davon gesagt, daß er mit Scholl abreisen mußte. Er hatte nach der Feier in Charlottenburg zu ihr kommen sollen. Diese Nacht hätte ihnen beiden gehört.

»Ihre Sachen sind bereits gepackt. Unten wartet ein Wagen auf Sie. Auf Wiedersehen, Fräulein Marsh.«

Und das war alles gewesen. Ein Sicherheitsmann hatte sie die Treppe hinuntergeführt. Dann hatte sie im Wagen gesessen, und sie waren losgefahren. Als sie sich jetzt umdrehte, konnte sie das Schloß gerade noch erkennen. Es lag verschwommen im dichten Nebel und verschwand langsam aus ihrem Blick. Es war, als sei es mit allem, was sie dorthin geführt hatte – von Holden eingeschlossen –, ein Traum gewesen. Ein Traum, der wie das Schloß einfach im Nebel versank.

»Hubschrauber«, sagte Remmer; das Funkgerät ruhte auf seiner gebrochenen Hand. Der BMW raste am Komplex der Charlottenburger Klinik vorbei und bog ein paar hundert Meter weiter in die dunkle Weite des Ruhwaldparks ein. Als sie ihn zu zwei Dritteln durchquert hatten, schaltete der BKA-Mann am Steuer die gelben Nebelscheinwerfer aus, fuhr dann unvermittelt an den Straßenrand und hielt an. Im nächsten Augenblick beleuchtete fünfzehn Meter weiter der grelle Scheinwerfer eines Polizeihubschraubers den Boden, und mit ohrenbetäubendem Donnern senkte die Maschine sich auf den Rasen. Der Pilot stellte das Triebwerk ab, und Schneider stieg aus und rannte auf den Hubschrauber zu. Er duckte sich unter den Rotorblättern hindurch, öffnete die Tür und kletterte hinein. Der Motor donnerte los und wirbelte einen Orkan von Gras und Staub auf, während der Hubschrauber startete. Über den Baumwipfeln drehte er sich um hundertachtzig Grad nach links und verschwand in der Nacht.

Von seinem Sitz neben dem Piloten aus konnte Schneider gerade noch die Nebelscheinwerfer des BMW erkennen, als dieser auf der

Wiese wendete und nach links in Richtung Schloß Charlottenburg zurückfuhr. Er lehnte sich zurück, zog seinen Schultergurt straff, und dann knöpfte er seine Jacke auf und nahm die in ein Taschentuch gewickelte Trophäe heraus, die er jetzt in ein Fingerabdrucklabor nach Bad Godesberg brachte: das Wasserglas, aus dem Egon Leyberger getrunken hatte, um seine Vitamintabletten herunterzuspülen.

123

»Ein paar Tage, bevor Dr. Osborns Vater ermordet wurde« – McVey hatte ein kleines, eselsohriges Notizbuch aus der Tasche gezogen und schaute mit halbem Blick hinein, während er mit Scholl redete – »entwarf er ein Skalpell. Ein ganz besonderes Skalpell. Entworfen und angefertigt für seinen Arbeitgeber, eine kleine Firma in der Nähe von Boston. Es war eine Firma, die Ihnen gehörte, Mr. Scholl.«

»Ich habe nie eine Firma besessen, die Skalpelle fabrizierte.«

»Ich weiß nicht, ob dort Skalpelle fabriziert wurden. Ich weiß nur, daß eines angefertigt wurde.«

In dem Augenblick, als Goetz nach oben gegangen war, um Scholl zu sagen, was passiert war, hatte McVey gewußt, daß Scholl seine Gäste verlassen und zu ihm herunterkommen würde. Sein Ego würde ihn dazu zwingen. Wie hätte er die Gelegenheit verstreichen lassen können, den Mann kennenzulernen, der soeben einem tödlichen Hinterhalt entgangen war und immer noch die Anmaßung besaß, in seine private Arena einzudringen? Aber die Neugier würde nicht von Dauer sein, und wenn er genug gesehen hätte, würde er wieder gehen – es sei denn, McVey könnte diese Neugier gefangennehmen und darauf aufbauen. Das war der Trick: sich diese Neugier zunutze zu machen. Denn die nächste Stufe wäre die Emotion, und McVey ahnte, daß Scholl sehr viel emotionaler war, als er sich anderen gegenüber anmerken ließ. Und wenn einer erst anfing, emotional zu reagieren, dann war er imstande, alles mögliche zu sagen.

»Die Firma hieß Microtab und hatte ihren Sitz in Waltham, Massachusetts. Damals war sie die Tochterfirma eines Unternehmens namens Wentworth Products Limited in Ontario, Kanada. Der Mann, dem dieses Unternehmen gehörte, hieß« – McVey betrachtete blinzelnd seine Handschrift – »Mr. James Tallmadge aus Windsor, Ontario. Tallmadge und der Vorstand von Microtab – Earl Samules, Evan Hart und ein John Harris, allesamt Boston – starben innerhalb eines halben Jahres. Die Microtab-Leute 1966, Tallmadge 1967.«

»Ich habe noch nie von einer Firma namens Microtab gehört, Mr. McVey«, sagte Scholl. »Ich glaube, jetzt habe ich Ihnen genug Zeit gegeben. Mr. Goetz wird sich weiter mit Ihnen unterhalten, während ich zu meinen Gästen zurückkehre. In einer knappen Stunde werden die entsprechenden Rechtsanwälte hier sein, die sich mit Ihrem Haftbefehl befassen werden.«

Scholl schob seinen Stuhl zurück und stand auf. McVey sah, daß Goetz erleichtert seufzte.

»Tallmadge und die anderen waren noch bei zwei anderen Firmen engagiert, die Ihnen auch gehörten.« McVey fuhr fort, als hätte Scholl nichts gesagt. »Alama Steel Limited in Pittsburgh, Pennsylvania, und Standard Technologies in Perth Amboy, New Jersey. Standard Technologies war übrigens die Tochter eines Unternehmens namens T. L. T. International, New York, das 1967 aufgelöst wurde.«

Scholl starrte ihn erstaunt an. »Was soll diese Aufzählung?« fragte er eisig.

»Ich gebe Ihnen ganz einfach Gelegenheit, es zu erklären.«

»Was genau möchten Sie von mir erklärt haben?«

»Was Sie mit diesen Firmen zu tun haben, und was –«

»Ich habe mit diesen Firmen gar nichts zu tun.«

»Nicht?«

»Absolut nicht.« Scholl antwortete knapp und mit einem scharfen Unterton der Verärgerung.

Gut so, dachte McVey. Werde wütend. »Erzählen Sie mir von Omega Shipping Lines –«

Goetz stand auf. Es war Zeit, der Sache ein Ende zu machen. »Ich fürchte, das war's jetzt, Detective. Mr. Scholl, Ihre Gäste warten.«

»Ich habe Mr. Scholl gerade nach Omega Shipping Lines gefragt.« McVey ließ Scholl nicht aus den Augen. »Ich dachte, Sie hätten mit diesen Firmen nichts zu tun. Haben Sie das nicht gerade gesagt?«

»Ich habe gesagt, Schluß mit der Fragerei, McVey«, protestierte Goetz.

»Entschuldigung, Mr. Goetz – ich versuche nur, Ihrem Klienten zu helfen, nicht ins Gefängnis zu wandern. Aber ich bekomme keine ehrliche Antwort von ihm. Gerade hat er mir erzählt, er habe nichts zu tun mit Microtab, Alama Steel, Standard Technologies oder T. L.

T. International. T.L.T. International war die Eigentümerin dieser Firmen und ist ihrerseits im Besitz der Omega Shipping Lines. Zufällig ist Mr. Scholl nun Hauptgesellschafter der Omega Shipping Lines. Sie verstehen sicher, worauf ich hinaus will. Es gibt also nur zwei Möglichkeiten. Mr. Scholl, entweder hatten Sie mit diesen Firmen zu tun oder nicht. Was ist nun?«

»Omega Shipping Lines existieren nicht mehr«, antwortete Scholl nüchtern. Er hatte McVey offensichtlich unterschätzt, in seiner Hartnäckigkeit ebenso wie in seiner Zähigkeit. Es war seine eigene Schuld, daß er von Holden nicht erlaubt hatte, ihn umzubringen. Aber diese Situation würde sich sehr bald korrigieren lassen. »Ich habe soviel Rücksicht auf Sie genommen, wie Sie es wollten, und noch sehr viel mehr. Ich wünsche Ihnen einen guten Abend, Detective.«

McVey stand auf und nahm zwei Fotos aus der Tasche. »Mr. Goetz, würden Sie Ihren Klienten ersuchen, sich diese Bilder anzusehen?«

Osborn beobachtete, wie Goetz die Fotos nahm und sie studierte.

»Was sind das für Leute?« fragte Goetz.

»Das möchte ich gern von Mr. Scholl hören.«

Osborn beobachtete, wie Goetz Scholl anschaute und ihm dann die Bilder hinüberreichte. Scholl funkelte McVey an und warf dann einen Blick auf die Fotos. Er zuckte leicht zusammen, überspielte es aber gleich.

»Ich habe keine Ahnung«, sagte er sofort.

»Nein?«

»Nein.«

»Sie heißen Karolin und Jan Henniger.« McVey machte eine Pause. »Sie wurden heute ermordet.«

Diesmal zeigte Scholl überhaupt keine Regung. »Ich sage doch, ich habe keine Ahnung, wer sie sind.«

Er gab die Fotos Goetz zurück, drehte sich um und ging zur Tür. Osborn sah McVey an. Wenn er da hinausginge, würden sie ihn lange Zeit nicht wiedersehen – wenn überhaupt jemals.

»Ich weiß es zu schätzen, daß Sie sich Zeit für uns genommen haben«, sagte McVey eilig. »Ich weiß auch, daß Sie sich darüber im klaren sind, daß Dr. Osborn nie in der Lage gewesen ist, den Mord an seinem Vater emotional zu verarbeiten. Ich habe ihm erlaubt, eine Frage zu stellen. Eine ganz einfache. Unter uns.«

Scholl wandte sich um. »Sie treiben Ihre Unverschämtheit über jedes zulässige Maß hinaus.«

Goetz hielt ihm die Tür auf, und Scholl war fast draußen, als Osborn sprach.

»Warum haben Sie Egon Leybergers Kopf chirurgisch auf den Körper eines anderen Mannes verpflanzen lassen?«

Scholl erstarrte, wo er war. Goetz ebenfalls. Dann drehte Scholl sich langsam um. Er wirkte – entblößt. Einen ganz kurzen Augenblick lang sah es so aus, als wolle er zerbrechen. Statt dessen aber senkte sich eine Maske der Willenskraft über sein Gesicht, langsam, von oben nach unten. Aus dem Ausdruck der Entblößtheit wurde Verachtung, aus der Verachtung Wut. Und dann hatte er – rasch, eiskalt, beängstigend – alles wieder in seiner Gewalt. »Ich würde vorschlagen, sie fangen beide an, Romane zu schreiben.«

»Es ist kein Roman«, sagte Osborn.

Plötzlich öffnete sich eine Tür am anderen Ende des Raumes, und Salettl kam herein.

»Wo ist von Holden?« fragte Scholl herrisch, als Salettl herankam.

»Von Holden ist oben; er wartet in den Königlichen Gemächern.« Salettls Nervosität und die Intensität, die er kurz zuvor gezeigt hatte, waren verschwunden. Statt dessen wirkte er beinahe ruhig.

»Holen Sie ihn sofort her.«

Salettl lächelte. »Ich fürchte, das kommt nicht in Frage. Die Königlichen Gemächer und die Goldene Galerie sind nicht mehr zugänglich.«

»Was soll das heißen?«

McVey und Osborn wechselten einen Blick. Hier war etwas im Gange, aber sie hatten keine Ahnung, was es war. Scholl gefiel es anscheinend auch nicht. »Ich habe Sie etwas gefragt.«

»Es wäre passender gewesen, wenn Sie sich oben aufgehalten hätten.« Salettl hatte den Raum durchquert und stand jetzt wenige Schritte vor Scholl und Goetz.

»Holen Sie von Holden!« bellte Scholl, zu Goetz gewandt.

Goetz nickte und wollte sich zur Tür wenden, als ein scharfer Knall ertönte. Goetz machte einen Satz, als habe ihn jemand geschlagen. Seine Hand fuhr zum Hals; dann nahm er sie wieder weg und starrte sie an. Sie war voller Blut. Mit großen Augen starrte er Salettl an. Dann senkte sich sein Blick auf die Hand des Arztes. Sie umklammerte eine kleine Automatic.

»Du hast auf mich geschossen, du Scheißer!« kreischte Goetz. Dann erschauerte er und sackte rückwärts gegen die Tür.

»LASSEN SIE DIE WAFFE FALLEN! SOFORT!« McVey hatte seinen 38er in der Rechten und stieß Osborn mit der Linken aus der Schußlinie.

Salettl sah McVey an. »Selbstverständlich.« Lächelnd wandte er sich zu Scholl um. »Diese Amerikaner hätten beinahe alles verdorben.«

»FALLEN LASSEN! SOFORT!«

Scholl starrte ihn voller Verachtung an. »Vida?«

Salettl lächelte wieder. »Sie hat seit fast vier Jahren in Berlin gelebt.«

»Wie können Sie es wagen?« Scholl richtete sich auf. »Wie können Sie es wagen, derart eigenmächtig –«

Salettls erster Schuß traf Scholl dicht über der Smokingschleife. Der zweite fuhr im oberen Herzbereich in die Brust, zerfetzte die Aorta und besprühte Salettl mit Blut. Einen Augenblick lang stand Scholl wankend aufrecht und verdrehte ungläubig die Augen. Dann brach er einfach zusammen, als habe ihm jemand die Füße weggerissen.

»FALLEN LASSEN! ODER ICH SCHIESSE SIE NIEDER!« brüllte McVey, und sein Finger krümmte sich um den Abzug.

»McVey – NICHT!« hörte er Osborn hinter sich schreien. Dann ließ Salettl die Hand mit der Pistole herabhängen, und McVeys Finger lockerte sich.

Salettl drehte sich zu ihnen um. Er war bleich wie ein Gespenst und sah aus wie mit roter Farbe bespritzt. Daß er einen Smoking trug, machte es nur noch schlimmer, denn er sah aus wie ein grausig grotesker Clown.

»Sie hätten sich nicht einmischen sollen.« In Salettls Stimme dröhnte der Zorn.

»Spreizen Sie die Hände. Lassen Sie die Pistole fallen.« McVey näherte sich ihm langsam; er hatte keine Bedenken, den Mann zu erschießen, wenn er mußte. Osborn hatte geschrien, weil er befürchtete, McVey würde schießen und möglicherweise den einzigen Lebenden töten, der noch wußte, was hier vorging. Damit hatte er recht. Aber Salettl hatte soeben zwei Männer erschossen, und McVey würde ihm keine Gelegenheit geben, zwei weitere umzubringen.

Salettl starrte sie an, und die Automatic baumelte an seiner Seite.

»Lassen Sie die Pistole fallen!« wiederholte McVey.

»Karolin Hennigers wirklicher Name war Vida«, sagte Salettl.

»Scholl hat schon vor einer Weile befohlen, sie und den Jungen umzubringen. Ich habe sie heimlich hierhergebracht, nach Berlin, und ihnen eine neue Identität verschafft. Sie hat mich gleich angerufen, nachdem sie Ihnen entkommen war. Sie dachte, Sie kämen von der Organisation und sie hätten sie gefunden.« Salettl schwieg. Als er weitersprach, war es kaum ein Flüstern. »Die Organisation wußte, wohin Sie gingen. Deshalb hätten sie sie schnell entdeckt. Und hinterher wären sie zu mir gekommen. Das aber hätte alles sabotiert.«

»Sie haben die beiden umgebracht«, sagte McVey.

»Ja.«

Osborn trat einen Schritt vor, und seine Augen glitzerten vor Erregung. »Sie sagen, es hätte alles sabotiert. *Was* denn? Was meinen Sie damit?«

Salettl gab keine Antwort.

»Karolin, Vida, wie immer sie geheißen hat. Sie war Leybergers Frau«, drängte Osborn. »Und der Junge war sein Sohn.«

Salettl zögerte. »Und sie war meine Tochter.«

»O Gott.« Osborn sah McVey an. Beide empfanden das gleiche Entsetzen.

»Herrn Leybergers Physiotherapeutin wird mit der Morgenmaschine nach Los Angeles zurückfliegen«, sagte Salettl unvermittelt und völlig zusammenhanglos, fast als wolle er sie einladen, mitzufliegen.

Osborn starrte ihn an. »Wer zum Teufel *seid* ihr? Sie ermorden meinen Vater, Ihre eigene Tochter, Ihren Enkel, und Gott weiß, wen noch.« Osborn war rasend vor Wut. »*Warum? Wofür?* Um Leyberger zu schützen? Scholl? Diese ›Organisation‹? *WARUM?*«

»Gentlemen, Sie hätten Deutschland den Deutschen lassen sollen«, sagte Salettl leise. »Sie haben heute abend schon einen Brand überlebt. Den nächsten werden Sie nicht überleben, wenn Sie das Gebäude nicht auf der Stelle verlassen.« Er versuchte, sich zu einem Lächeln zu zwingen, aber es ging nicht. Seine Augen fanden Osborn. »Dies müßte der schwierigere Teil sein, Doktor. Aber er ist es nicht.«

Und im nächsten Augenblick hatte er die Automatic an den Mund gehoben und abgedrückt.

124

»Das private Unternehmertum«, sagte Leyberger ins Mikrofon, und seine Stimme bohrte sich in die hintersten Winkel der goldenen und marmorgrünen Rokokofantasie der Goldenen Galerie, »läßt sich im Zeitalter der Demokratie nicht aufrechterhalten. Es ist nur denkbar, wenn das Volk eine gesunde Vorstellung von Autorität und Persönlichkeit hat.«

Auf der Estrade beugte Uta Baur sich vor; ihr kräftiges Kinn ruhte auf den Händen, und sie war hingerissen von dem Wunder dessen, was sie hier miterlebte: Das Ergebnis von Qualen, Mühen und Zweifeln von fünfzig Jahren stand aus eigener Kraft vor ihr und hielt eine triumphale Rede.

Weiter unten auf der Estrade saßen Erik und Edward mit geballten Fäusten vorgebeugt da wie zwei identische Kleiderpuppen; ihre Nackenmuskeln spannten die engen gestärkten Kragen, und sie verschlangen jedes Wort von Leyberger. Ihre Hochstimmung war von ganz anderer Art. Was Leyberger war, würde einer von ihnen in wenigen Tagen auch werden. Welcher, das mußte noch entschieden werden. Und während der Augenblick näher kam, wie jetzt mit jedem Wort, jedem Satz, wurde die freudige Erwartung dieses Augenblicks, da die Wahl getroffen werden würde, beinahe unerträglich.

HYDROGENCYANID: *extrem giftige, mobile, volatile Flüssigkeit oder Gas mit dem Geruch von Bittermandeln; ein Blut-Agens, das mit dem Sauerstoff im blutführenden Gewebe reagiert, buchstäblich den Sauerstoff aus dem Blut entfernt, so daß das Opfer erstickt.*

»All unsere weltlichen Güter verdanken wir dem Kampf der Auserwählten!« Leybergers Worte hallten von den Wänden wider.

»Wir werden unsere Macht wiederherstellen, in militärischer wie auch in jeder anderen Hinsicht, bis auf die höchste Ebene – es wird kein Zurückweichen geben!«

Als Leyberger geendet hatte, erhob sich der ganze Saal zu donnernden Ovationen, neben denen der Beifall zu seinem Erscheinen wie manierlicher Applaus erschien. Und dann – vielleicht, weil er dem hinteren Ende des Raumes und den Türen, die dort hinausführten, am nächsten stand – hörte er als erster, was die anderen nicht hören konnten.

»Hören Sie!« sagte er ins Mikrofon und hob beide Hände, um Schweigen zu gebieten.

»Hören Sie doch! Bitte!«

Es dauerte einen Augenblick, bevor irgend jemand wußte, wovon er redete. Hatte er noch etwas zu sagen? Was meinte er? Dann verstanden sie es. Er bat sie nicht, still zu sein. Er teilte ihnen mit, daß hier etwas geschah.

Auf ein mehrfaches gedämpftes Sirren folgte ein halbes Dutzend dumpfer mechanischer Stöße, und der Raum erzitterte, als habe jemand ringsherum schwere Blenden heruntergelassen. Dann hörten die Geräusche auf, und alles war still.

Uta Bauer erhob sich als erste. Sie schob sich hinter Erik und Edward auf die Estrade, ging an Dortmund vorbei und die paar Stufen hinunter zu einem Ausgang in einer Ecke des Saales. Sie riß die Tür auf und fuhr zurück, eine Hand vor den Mund gepreßt. Frau Dortmund kreischte. Wo eine offene Tür hätte sein müssen, ruhte eine schwere Stahltür, fest und unverrückbar geschlossen.

Erik sprang auf, bestieg das Podium und nahm Leyberger das Mikrofon ab.

»Bewahren Sie Ruhe. Eine Sicherheitstür hat sich versehentlich herabgesenkt. Gehen Sie zum Haupteingang und verlassen Sie den Saal in geordneter Form.«

Aber der Haupteingang der Goldenen Galerie war auf die gleiche Weise verschlossen. Und jede andere Tür ebenfalls.

»Was geht hier vor?« schrie Hans Dabritz.

Generalmajor Matthias Noll schob seinen Stuhl zurück und ging zur nächstbesten Tür. Er stemmte sich mit der Schulter dagegen und versuchte sie aufzudrücken, aber er hatte ebensowenig Glück wie Dortmund einen Augenblick zuvor. Henryk Steiner leistete mit breiter Schulter Unterstützung. Zusammen rannten er und Noll gegen die Tür an. Zwei andere Männer halfen ihnen. Die Tür gab nicht nach.

Dann bemerkte man einen sehr schwachen Duft verbrannter Mandeln. Die Leute schauten einander an und schnupperten. Was war das? Woher kam es?

»O Gott!« schrie Konrad Piper, als ein feiner Dunst aus amethystblauen Kristallen aus einem Klimaschacht an der Decke vor ihm auf den Tisch rieselte. »Blausäuregas!«

Der Geruch wurde stärker, als immer mehr von diesen Kristallen ihr Ziel fanden: im Netz der Belüftungskanäle verteilte Tonnen destillierten Wassers und Säure, in denen sich die Kristalle zu tödlichem Blausäuregas auflösten.

Plötzlich wichen die Leute vor den Lüftungsschlitzen zurück. Sie drängten sich an die Wände und aneinander, sogar an die verschlossenen Stahltüren, und sie starrten sprachlos und ungläubig zu den vergitterten Öffnungen hinauf, geschmackvoll und sorgfältig getarnt zwischen den vergoldeten Rokoko-Ornamenten und den grünmarmornen Wänden des großartigen Baus aus dem achtzehnten Jahrhundert.

Sie warteten auf den Tod. Aber niemand konnte es glauben.

»Das ist ein Scherz!« Hans Dabritz lachte. »Jemand spielt uns einen Streich!«

Andere lachten mit. Edward trat hinter seinen Stuhl auf der Estrade und hob sein Glas.

»Auf Egon Leyberger!« rief er. »Auf Egon Leyberger!«

»Auf Egon Leyberger.« Uta Baur griff ebenfalls nach ihrem Glas.

Egon Leyberger stand am Rednerpult und sah zu, wie Konrad und Margarete Piper, Gertrude Biermann, Rudolf Kaes, Henryk Steiner und Gustav Dortmund zu ihren Tischen zurückkehrten und ihre Gläser hoben.

»Auf Egon Leyberger!« Die Goldene Galerie erbebte von dem Trinkspruch.

Dann begann es.

Uta Baurs Kopf schnappte nach hinten und fiel dann wieder nach vorn; ihr Bizeps und ihre Schulterblätter zitterten heftig. Auf der anderen Seite des Raumes geschah das gleiche mit Margarete Piper. Sie fiel kreischend zu Boden und wand sich in Qualen; Muskeln und Nerven reagierten mit heftigen Krämpfen, als durchzuckten sie Fünfzigtausend-Volt-Stromstöße.

Im nächsten Augenblick stürmten die, die noch konnten, in panischer Hast zum Hauptportal. Sie krallten und zerrten aneinander, kratzten an der massiven Stahltür und an den prunkvoll geschnitzten Holzrahmen ringsherum. Schnappten nach Luft. Schrien um Hilfe und um Gnade. Scharrten mit Fingern, Nägeln, ja, goldenen Uhren an dem unerbittlichen Metall in der Hoffnung, es irgendwie zu lockern. Das Hämmern von Fäusten, Absätzen, ganzen Körpern hallte von der Stahltür wider, bis schließlich alle sich in gräßlichen Krämpfen am Boden wanden.

Egon Leyberger starb von allen als letzter, und er saß dabei auf einem Stuhl mitten im Saal und starrte in die sterbenden Massen rings um sich. Er verstand jetzt endlich, wie sie alle, daß dies eine Vergeltung war. Genauso, wie es in den Vernichtungslagern gewesen war.

»Treblinka. Chelmno. Sobibór«, sagte Leyberger, als das Gas in ihn eindrang. »Belzeč, Majdanek –« Plötzlich zuckten seine Hände, und er atmete tief ein. Dann kippte sein Kopf mit einem Ruck in den Nacken, und er verdrehte die Augen. »Auschwitz, Birkenau …«

125

Remmer ahnte nicht, was ihn erwartete, als er und die beiden BKA-Polizisten, die Schneider mit ihm zum Hubschrauber gebracht hatten, in den Hof von Schloß Charlottenburg einbogen und aus dem BMW stiegen. Sofort kamen uniformierte Sicherheitsleute auf sie zu.

»Wir sind wieder da«, sagte Remmer und hielt seinen Dienstausweis hoch, und er schob sich an ihnen vorbei zum Hauptportal. Die einzige handfeste Information, die er hatte, war die, daß weder McVey noch Osborn das Schloß verlassen hatten. Mit etwas Glück, dachte er, als er den Eingang erreicht hatte, sind McVey und Scholl noch unten und beharken sich. Entweder das – oder McVey ist umzingelt von einer Horde von Rechtsanwälten, die seinen Skalp fordern, und in dem Fall braucht er dringend Hilfe.

In diesem Augenblick ging der erste Zünder los. Remmer, die beiden Polizisten und die Sicherheitsleute wurden zu Boden geschleudert, als ein Hagel von Mörtelschutt und Steinen um sie herum niederprasselte. Gleich darauf explodierte ein Dutzend weiterer Brandsätze, einer nach dem anderen. Mit Schnellfeuergeknatter wie von einer Kette hochexplosiver Knallfrösche umspannten sie den ganzen oberen Bereich der Seite, an der sich die Goldene Galerie befand. Die Sprengladungen detonierten nach innen und entzündeten Reihen von Gasbrennern, die an Boden und Decke im vergoldeten Stuck des Saales und in den unmittelbar angrenzenden Räumen versteckt waren.

McVey preßte sich rückwärts an die Tür und schob Goetz' Leiche beiseite, damit sie hinaus konnten. Die Explosionen hatten Bücher von den Regalen gekippt, unbezahlbares Porzellan aus dem achtzehnten Jahrhundert zerschmettert und einen der Marmorkamine bersten lassen. Mit einem letzten Stoß stemmte McVey die Tür vollends auf. Ein Hitzeschwall schlug ihm entgegen, und er sah, daß Flur und Treppe draußen völlig in Flammen standen. Er schlug die Tür zu, und als er sich umdrehte, sah er noch, wie eine Feuerwand an der Außenwand des Gebäudes hinunterraste und ihnen jeden möglichen Fluchtweg durch die französischen Türen in den Garten versperrte. Dann sah er Osborn auf Händen und Knien, der in blinder Wut Scholls Taschen durchwühlte wie ein Wahnsinniger, der eine Leiche fledderte.

»Was zum Teufel machen Sie da? Wir müssen hier raus!«

Osborn kümmerte sich nicht um ihn. Er ließ von Scholl ab und nahm sich Salettl vor, durchwühlte Jacke, Hemd und Hose. Es war, als existierte das Feuer gar nicht, das um sie herum tobte.

»Osborn! Die sind tot! Lassen Sie sie, Herrgott!« McVey war über ihm, riß ihn hoch. Osborns Gesicht und Hände waren vom Blut der Toten beschmiert. Er stierte wie ein Wahnsinniger, fast als wäre er derjenige gewesen, der das alles getan hatte. Er wollte eine Antwort auf seine Frage nach dem Tod seines Vates, und er wollte sie von den einzigen Menschen, die sie ihm geben konnten. Daß sie tot waren, war dabei zweitrangig. Sie waren das Ende der Kette, und er konnte nirgends mehr hin.

Plötzlich donnerte eine gewaltige Explosion über ihnen. Die Hitze hatte eine Gasleitung in Brand gesetzt. Die ganze Decke entzündete sich in einem rollenden Feuerball, der innerhalb von Sekundenbruchteilen von einem Ende des Raumes zum anderen raste. Im nächsten Moment schleuderte der Feuersturm, den das brüllende Gas entfachte, sie zu Boden und saugte alles in die Mitte des Raumes, um es zu verschlingen. Osborn verschwand, und McVey klammerte sich an ein Bein des Konferenztisches und barg das Gesicht in der Armbeuge. Zum zweitenmal an einem Abend war er von Flammen umgeben, aber dieses Feuer hier tobte tausendmal wütender als das erste.

»Osborn! OSBORN!« schrie er.

Die Hitze war unerträglich. Seine Gesichtshaut, die schon beim erstenmal so schwer verbrannt worden war, wurde jetzt buchstäblich an seinen Schädel gebacken. Die wenige Luft, die es noch gab, schien aus einem Hochofen zu kommen. Jeder Atemzug versengte ihm die wunde Lunge.

»Osborn!« schrie McVey noch einmal. Das Donnern der Flammen klang wie eine tosende Brandung. Es war unmöglich, jemanden darin zu hören. Dann roch er den Geruch verbrannter Mandeln. »Cyanid!« sagte er laut.

Er sah vor sich jemanden, der sich bewegte. »OSBORN! DAS IST BLAUSÄUREGAS! OSBORN! KÖNNEN SIE MICH HÖREN?«

Aber es war nicht Osborn. Es war seine Frau, Judy. Sie saß auf der Veranda vor ihrer Hütte am Big Bear Lake. Die Gipfel der Berge hinter ihr, purpurn beschienen, trugen eine Schneekappe. Das Gras war hoch und golden, und die Luft um sie herum war von winzigen Insekten gesprenkelt. »Judy?« hörte er sich sagen. Plötzlich fiel ein anderes Gesicht vor dem seinen herab, so nah, wie es nur möglich war. Er erkannte es nicht. Die Augen waren rot, die Haare versengt, und die Haut war schwarz wie ein Fisch à la Creole.

»Geben Sie mir die Hand!« schrie das Gesicht.

Aber McVey schaute immer noch Judy an.

»Verdammt noch mal!« kreischte das Gesicht. »Geben Sie mir Ihre Hand!«

Da riß McVey sich los und streckte die Hand aus. Jemand packte sie, und dann hörte er Glas klirren. Plötzlich wurde er hochgerissen, war halb auf den Beinen. Unter dem Gesicht war plötzlich ein Arm, und sie kletterten durch die zerbrochenen französischen Türen. Er sah dichten Nebel, und kalte Luft erfüllte seine Lunge.

»Atmen Sie! Atmen Sie tief! Los! Atmen, Sie Mistkerl!« Er sah nichts, aber er war sicher, daß es Osborn war, der ihn da anbrüllte. Er wußte, daß es Osborn war. Er mußte es ein. Es war ja seine Stimme.

126

Joanna schaute aus dem Fenster ihres Hotelzimmers. Berlin war unsichtbar, verhüllt von einem immer dichter werdenden Leichentuch aus Nebel. Sie fragte sich, ob das Flugzeug am nächsten Morgen wohl würde starten können. Sie ging ins Bad, putzte sich die Zähne und nahm zwei Schlaftabletten.

Sie hatte keine Ahnung, warum Dr. Salettl die Pläne mit ihr so unvermittelt und grob geändert hatte. Die Frage, warum von Holden nichts davon gesagt hatte, daß er unmittelbar nach der Feier mit Leyberger abreisen würde, beunruhigte sie tief, und sie fragte sich, ob es überhaupt stimmte.

Wer war Salettl überhaupt? Welche Macht hatte er, daß er über das Kommen und Gehen eines Mannes wie von Holden zu bestimmen hatte – oder sogar über Scholl, wenn man es sich überlegte? Weshalb er sich die Mühe gemacht hatte, ihr ein Geschenk zu geben, war ihr schleierhaft. Sie war für ihn nicht mehr als ein Moskito an der Fensterscheibe, das man unversehens ins Freie schnippen oder nach Belieben zerquetschen konnte. Er war ein grausamer Manipulator, und sie war sicher, daß sich jenes furchtbare, dunkle sexuelle Ereignis mit Egon Leyberger geradewegs auf ihn zurückführen ließ. Aber das war nicht mehr wichtig. Von Holden war der, auf den es ankam; er hatte alles andere, was geschehen war, aussehen lassen wie einen bloßen Traum.

Sie ging ins Bett und dachte an ihn. Sie sah sein Gesicht, spürte seine Berührung, und sie wußte, daß sie für den Rest ihres Lebens niemanden mehr lieben würde.

Von Holden stand mit seinem ganzen Wesen kurz vor der vollständigen Erschöpfung. In seiner ganzen Ausbildung bei Speznas, KGB und Stasi hatte er nie eine derartige geistige und körperliche Müdigkeit erlebt. Sie konnten seine Speznas-Beurteilung nehmen – »von beständiger Leistungsfähigkeit auch unter höchster Belastung, von ruhiger, klarer Urteilskraft« – und sie zur »Beurteilung« zurückschicken.

Sofort nach seiner Begegnung mit Salettl vor dem Mausoleum war er in die Königlichen Gemächer im Innern der Goldenen Galerie gegangen, um dort befehlsgemäß auf Scholl zu warten.

Aber kaum hatte er die Tür geschlossen, hatte ihn wieder die Vorahnung durchzuckt. Nicht mit voller Kraft hatte sie ihn attackiert, aber er fühlte doch, wie ein Uhrwerk tickend die Sekunden abzählte wie eine Zeitbombe, und nach fünf Minuten war er gegangen. Salettl war alt, Scholl ebenfalls, Dortmund und Uta Baur desgleichen. Macht und Reichtum und ein langes Leben hatten sie zu Despoten gemacht. Selbst Scholl, bei all seiner vorgeblichen Sorge, daß McVey und Osborn alles verderben könnten, glaubte nicht ernsthaft daran. Das Konzept wirklicher Gefahr existierte für sie schon lange nicht mehr. Der Gedanke, sie könnten irgendwie scheitern, war absurd. Selbst die Ankunft McVeys und der BKA-Polizisten mit dem Haftbefehl hatte sie nicht beirren können.

Die Zeremonie im Mausoleum war nicht abgesagt, sondern nur

verschoben worden. Sie würde wie geplant ihren Lauf nehmen, sobald die Anwälte eingegriffen und die Polizei das Gelände verlassen hätten. Die krönende Arroganz der Sache bestand darin, daß die Zeremonie nicht nur die Präsentation des bestgehüteten Geheimnisses der Organisation beinhaltete, sondern sich um Mord drehte. Schritt zwei des Unternehmens »Übermorgen«: die rituelle Ermordung Egon Leybergers. Das Vorspiel zu dem, was »Übermorgen« wirklich bedeutete.

Mochten sie nur die unverschämten Trottel spielen, wenn sie nicht besser konnten, aber von Holden war anders, er war der Leiter der Sicherheit, er war der letzte Beschützer der Organisation. Er hatte geschworen, sie zu schützen, vor Feinden im Innern und im Äußeren, um jeden Preis. Scholl hatte ihn daran gehindert, das Kommando im Hotel Borggreve zu führen, und Salettl hatte ihm Dortmunds Befehl übermittelt, in den Königlichen Gemächern der Goldenen Galerie auf die nächste Anweisung zu warten. Und während er dort allein wartete, während die Vorahnung mit dunklem Pochen in ihm tickte, während er den donnernden Applaus hörte, als Leyberger nebenan die Goldene Galerie betrat – während all dessen hatte er entschieden, daß die Feinde im Innern in diesem Augenblick genauso gefährlich waren wie die von außen. Und daß die nächste Anweisung deshalb nicht von ihnen, sondern von ihm selbst kommen würde. Er war über eine Hintertreppe und eine Seitentür hinausgegangen, hatte sich von den Sicherheitsleuten einen Wagen bringen lassen und war mit dem weißen Audi unverzüglich zu dem Haus in der Behrensstraße 45 zurückgefahren, um den Kasten wieder in den sicheren Tiefen des »Gartens« zu deponieren. Aber das war nicht möglich. Die Straße war von Feuerwehrfahrzeugen versperrt. Und das Haus stand in hellen Flammen.

Er griff zum Funkgerät. Zur Hölle mit ihnen und was sie trieben, aber einer von ihnen mußte informiert werden. Scholl, Salettl, Dortmund oder auch Uta Baur. Aber kaum hatte er das Funkgerät in der Hand, da kam der Ruf aus dem Schloß. »Lugo!« knisterte die verzweifelte Stimme des Sicherheitsleiters in Charlottenburg, Frisch. *»Lugo!«*

Er zögerte einen Moment, aber dann meldete er sich. »Lugo.«

»Hier ist der Teufel los! Die Goldene Galerie ist abgeriegelt und steht in Flammen! Alle Ein- und Ausgänge sind dicht!«

»Dicht? Was heißt das?«

»Die Sicherheitstüren sind geschlossen und verriegelt. Der Strom ist ausgefallen, und man kann sie nicht öffnen.«

Von Holden hatte die Behrensstraße verlassen und war wie ein Wahnsinniger durch Berlin gerast. Wie konnte das sein? Es hatte keinerlei Anzeichen gegeben, keinen Hinweis. Die Sicherheitstüren waren bereits vor zwei Jahren in jedem Raum des Schlosses installiert worden, zum Schutz vor Brand und Wandalismus, und erst gut achtzehn Monate später hatte man das Datum und den Ort für die Feier festgelegt. Automatische Computersicherheitskontrollen tasteten das Haus in der Behrensstraße vierundzwanzig Stunden täglich ab, und in der letzten Woche war man mit Schloß Charlottenburg genauso verfahren. Am späten Nachmittag hatte von Holden die Systeme in der Goldenen Galerie der Romantik, wo der Cocktailempfang stattgefunden hatte, noch persönlich überprüft. Alles war an seinem Platz. Alles hatte gestimmt.

Als er sich dem Schloß näherte, stellte er fest, daß die ganze Umgebung gesperrt war. Er kam nur bis zur Caprivibrücke, und auch dahin mußte er das letzte Stück zu Fuß gehen. Aber obwohl es bis zum Schloß noch ein paar hundert Meter waren, sah er die Flammen. Er wußte, wenn er Salettls Anweisung befolgt hätte und geblieben wäre, dann hätten er und der kostbare Kasten, den er aus dem »Garten« heraufgeholt hatte, sich im Zentrum der Feuersbrunst befunden, die er jetzt beobachtete. Und sie hätten es beide nicht überlebt.

In diesem Augenblick, als er auf der Caprivibrücke stand und Schloß Charlottenburg brennen sah, setzte von Holden kraft eigener Kompetenz den Sektor 5 in Gang: »Das entscheidende Verfahren«. Geplant im Jahr 1942 als letzte und endgültige Maßnahme im Angesicht scheinbarer Chancenlosigkeit, war es von den Verantwortlichen seit einem halben Jahrhundert unablässig verfeinert und geprobt worden. Jedes Mitglied im Führungszirkel der Organisation hatte dieses Verfahren gelernt und zwei Dutzend Male geübt, und alle beherrschten es im Schlaf. Es war absichtlich so angelegt, daß ein einzelner, unter großem Druck agierender Mann es allein durchführen konnte, und die Auswahl der Verkehrsmittel und -wege zum Zeitpunkt der Durchführung war dem Erfindungsreichtum des Handelnden überlassen. Der Zauber des Verfahrens lag in der Einfachheit und Mobilität, und deshalb funktionierte es auch, wie sich wieder und wieder gezeigt hatte, selbst gegen Spitzenfunktionäre der Organisation, die als feindliche Agenten versucht hatten, es zu stoppen.

Der Umstand, daß beide Brände – im Schloß und in der Behrensstraße – offensichtlich das Werk von Saboteuren waren, bedeutete, daß es darauf ankam, so schnell wie möglich aus Deutschland zu verschwinden. Wer immer dafür verantwortlich war – BKA, Bundesnachrichtendienst, CIA, Mossad, der britische oder der französische Geheimdienst –, würde jede Ausreisemöglichkeit für ein dem Terroranschlag entkommenes Mitglied der Organisation beobachten. Der dichte Nebel, der ihm schon früher Sorgen bereitet hatte, machte die Flucht per Flugzeug, und sei es mit dem Privatjet, unmöglich. Der Audi wäre eine Alternative, aber die Fahrt war lang, und es bestand die Möglichkeit von Straßensperren. Ein Bus bot keine Fluchtmöglichkeit, wenn er unterwegs angehalten würde. Damit blieb die Bahn. In einem überfüllten Bahnhof fiel man nicht auf, und danach konnte man ein einzelnes Schlafwagenabteil nehmen. Die Grenzkontrollen waren nicht mehr so streng wie früher, und man konnte an jedem beliebigen Ort die Notbremse ziehen und sich verdrücken. Andererseits würde man sich an einen einzelnen Mann, der eine Schlafwagenfahrkarte kaufte, vielleicht erinnern. Und wenn man sich an ihn erinnerte, dann konnte man seine Spur verfolgen und ihn fassen.

Aber es gab keine andere Möglichkeit, und von Holden wußte es. Was er jetzt brauchte, war eine Komplikation.

127

Inzwischen waren siebzehn Löschzüge am Schauplatz im Schloß Charlottenburg angekommen, und immer weitere kamen aus den Außenbezirken herein. Tausende von Zuschauern reckten die Hälse hinter den weiträumigen, von mehreren Hundertschaften behelmter Berliner Polizisten gesicherten Absperrungen. Trotz des dichten Nebels kämpften Hubschrauber von Polizei und Feuerwehr um den Luftraum über der Brandstelle.

Die Feuerwehrleute des zweiten Löschzugs hatten sich an die Rückseite vorgearbeitet, provisorisch aufgestellte Sicherheitszäune durchschnitten und die Gartenanlagen zertrampelt, und sie versuchten jetzt, den Strahl ihrer Wasserschläuche auf die wütenden Flammen in den oberen Stockwerken zu konzentrieren, als Osborn um Hilfe schreiend aus der Dunkelheit gelaufen kam.

Er hatte McVey im Gras liegen lassen, so weit wie möglich weg von der schrecklichen Hitze. Der Polizist war bewußtlos gewesen und hatte mühsam geatmet; Osborn hatte ihm Jacke und Hemd aufgerissen und ihn von allem befreit, was den Strom der Atemluft einschnüren konnte. Aber gegen die heftigen Krämpfe in McVeys Nackenmuskeln und Oberarmen hatte er nichts tun können. Er brauchte ein Gegenmittel gegen das Cyanid, und zwar schleunigst. Am anderen Spreeufer hatte er Zuschauer gesehen, und würgend und voller Übelkeit war er zum Wasser hinunter gerannt, hatte geschrien und mit den Armen gefuchtelt. Aber gleich darauf hatte er begriffen, daß er es hier mit einem neuen Feind zu tun hatte: Entfernung und Dunkelheit. Niemand konnte ihn sehen oder hören. Als er sich umdrehte, sah er McVey zuckend im Gras und hinter ihm das tosende Inferno. McVey würde sterben, und er konnte dabei nur zuschauen. Und in diesem Augenblick kam die Feuerwehr.

»Blausäuregas!« schrie er, hustend und würgend, dem jungen, bulligen Feuerwehrmann ins Gesicht, der ihm durch Funkenregen und wirbelndem Nebel entgegenkam. Er wußte, daß die amerikanischen Feuerwehren mit Cyanid-Gegengiften ausgestattet waren, weil brennendes Plastik Blausäuregas abgeben konnte; jetzt konnte er nur beten, daß die Deutschen über die gleiche Hightech-Ausrüstung verfügten.

»Wir brauchen ein Gegenmittel gegen Cyanid! Amylnitrit! Verstehen Sie? Amylnitrit! Als Gegenmittel für das Gas!«

»Ich verstehe kein Englisch!« schrie der Feuerwehrmann und starrte den Amerikaner gequält an.

»Doktor!« flehte Osborn auf englisch und betonte das Wort so sorgfältig, wie er nur konnte. »Doktor! Please!« Hoffentlich verstand der Mann.

Da nickte der Feuerwehrmann. »Einen Doktor, ja.« Dann sprach er knapp und in befehlsgewohntem Ton in das Funkmikrofon an seinem Kragen. »Ich brauche sofort einen Arzt! Blausäuregasvergiftung!«

»Amylnitrit!« sagte Osborn, und dann drehte er sich um, beugte sich vor und erbrach sich ins Gras.

Remmer saß bei ihnen im Krankenwagen, während das Medikament zu wirken begann. Der deutsche Sanitäter, der es ihnen verabreicht hatte, und zwei weitere Sanitäter begleiteten sie. Eine Sauerstoffmaske bedeckte McVeys Nase und Mund. Er atmete allmählich wieder normal. Osborn lag neben ihm und hatte wie McVey eine Infusionskanüle im Arm; er blickte starr zu Remmer auf und lauschte dem stakkatohaften Geknatter aus dem Polizeifunk, das die gellende Krankenwagensirene übertönte. Der Funkverkehr war in deutscher Sprache, aber irgendwie verstand Osborn doch alles. Schloß Charlottenburg und fast alle darin waren den Flammen zum Opfer gefallen. Nur er selbst, McVey und ein paar Serviceangestellte und Sicherheitsleute waren entkommen. Die Goldene Galerie war immer noch durch Stahltüren verschlossen, die jetzt geschmolzen und in ihren Rahmen verzogen waren; es würde Stunden, vielleicht Tage dauern, bevor Rettungshelfer mit Gasmasken dort eindringen könnten.

Er ließ sich zurücksinken und versuchte, das Bild McVeys im Gras von sich zu schieben. Daß er als erwachsener Mann die Fähigkeiten eines Arztes erworben hatte, bedeutete nichts. Er war hilflos gewesen und hatte nur zuschauen können – und schließlich war er um Hilfe schreiend weggerannt. Ebensowenig hatte er vor vielen Jahren für seinen Vater tun können, als der auf einer Bostoner Straße in der Gosse gelegen hatte.

Unkontrolliertes Schluchzen schüttelte ihn, als ihm klar wurde, daß das Rätsel um den Tod seines Vaters endgültig besiegelt war, begraben in der glühenden Asche von Schloß Charlottenburg. Die einzige Erkenntnis, die er aus all dem hatte gewinnen können, war die, daß sein Vater und ungezählte andere einer komplexen und makabren Verschwörung zu Opfer gefallen waren, bei der es um die Experimente einer geheimen, elitären Nazi-Gruppe im Bereich von Nuklearchirurgie bei extrem niedrigen Temperaturen gegangen war.

»Osborn ...« Plötzlich drang McVeys rasselnde Stimme unter der Sauerstoffmaske hervor. Osborn schaute hinüber und sah Remmers Gesicht im Schein der Innenbeleuchtung des Krankenwagens. Remmer beobachtete McVey. Er wollte, daß er lebte, daß er wieder gesund wurde.

»Osborn ist hier, McVey. Es geht ihm gut«, sagte Remmer.

Osborn nahm seine eigene Sauerstoffmaske herunter und tastete nach McVeys Hand. Er sah, daß der Detective ihn anstarrte. »Wir sind bald im Krankenhaus«, sagte er, um ihn zu trösten.

McVey hustete; seine Brust arbeitete qualvoll, und er schloß die Augen.

Remmer sah den deutschen Arzt an.

»Er wird wieder«, sagte Osborn und hielt McVeys Hand fest. »Lassen Sie ihn sich nur ausruhen.«

»Zum Teufel damit! Hören Sie zu!« Abrupt spannte sich McVeys Griff um Osborns Hand, und er öffnete die Augen. »Salettl –« McVey hielt inne, atmete tief und fuhr dann fort – »sagt – Leybergers – Therapeutin – das Mädchen – ist in –«

»Der Frühmaschine nach L. A.!« endete Osborn an seiner Stelle, und die Worte sprudelten aus ihm hervor. »Mein Gott, das hat er uns aus einem bestimmten Grund gesagt! Sie muß noch leben! Und ist hier in Berlin!«

»Ja –«

128

Das Privatzimmer im fünften Stock der Universitätsklinik war dunkel. McVey war in das Zimmer eingewiesen und dann zur Brandwundenbehandlung gebracht worden, Remmer mußte sich das gebrochene Handgelenk röntgen und richten lassen, und Osborn war allein zurückgeblieben. Schmutzig und erschöpft, die Haare und Augenbrauen so kurz abgesengt, daß er für Yul Brynner hätte durchgehen können, war er untersucht, gebadet und dann ins Bett gepackt worden. Sie hatten ihm ein Beruhigungsmittel geben wollen, aber das hatte er abgelehnt.

Die Berliner Polizei durchkämmte die ganze Stadt nach Joanna Marsh, und Osborn hätte einfach einschlafen müssen, aber er konnte nicht. Das ganze Grauen war passiert, weil es ihm nie gelungen war, den Tod seines Vaters zu verarbeiten. Und nach allem war es nun immer noch nicht geschehen. Das war es, was ihn wachhielt. Er hatte versucht, die Antwort bei den Leichen von Scholl und Salettl zu finden. Aber da war nichts gewesen. Und es hatte ausgesehen, als sei die Reise nun zu Ende – bis McVey sich daran erinnert hatte, was Salettl gesagt hatte. Vielleicht hatte er ihnen damit zu verstehen geben wollen, sie sollten Joanna Marsh suchen, vielleicht auch nicht. Vielleicht hatte sie eine Antwort, vielleicht war sie auch völlig unschuldig. Aber wenn McVey jetzt – wer weiß wie lange – ausgeschaltet war, stellte sich die Frage: Wie sollte es weitergehen?

129

Bärbel Bracher stand mit den Beamten des Berliner Morddezernats zusammen und plauderte, während ihr kleiner Hund an seiner Leine zerrte. Bärbel Bracher war siebenundachtzig Jahre alt, und es war null Uhr fünfunddreißig, aber Heini, ihr Hund, war sechzehn und hatte ein Problem mit seiner Blase: Sie mußte ihn in einer Nacht viermal ausführen, in schlimmen Nächten sogar fünfmal oder öfter. Diese Nacht war schlimm gewesen; zum sechsten Mal war sie unterwegs gewesen, als sie die Polizeiwagen und dann die Polizisten und die Teenager gesehen hatte, die sich um das parkende Taxi versammelt hatten.

»Ja, ich habe ihn gesehen. Er war jung und sah gut aus, und er hatte einen Smoking an.« Sie brach ab, als der Polizeiarzt kam und mit seinen weißbekittelten Assistenten auf das Taxi zuging. »Da dachte ich noch, es ist doch merkwürdig, daß ein gutaussehender Mann im Smoking aus einem Taxi steigt, die Schlüssel hineinwirft und weggeht.« Sie beobachtete, wie man eine Bahre und einen Leichensack heranfuhr, den Kofferraum öffnete und die Leiche der jungen Taxifahrerin heraushob, sie in den Sack legte und den Reißverschluß über ihrem Kopf zuzog.

»Aber es geht mich ja nichts an, oder? Er trug übrigens einen großen weißen Kasten an einem Riemen über der Schulter. Fand ich auch merkwürdig – ein junger Mann im Smoking schleppt einen so unhandlichen Kasten mit sich herum. Aber heutzutage ist ja alles möglich. Ich wundere mich über nichts mehr. Und ich habe keine Meinung.«

Der Smoking war es, was ihn mit Schloß Charlottenburg verband, und um ein Uhr saß Bärbel Bracher im Polizeipräsidium und schaute sich Fotos an. Wegen der Charlottenburg-Connection wurde das BKA informiert. Sofort meldete Bad Godesberg sich bei Remmer.

»Schiebt ihr das Foto von Scholls Sicherheitschef unter, das wir aus den Videoaufnahmen von dem Haus in der Hauptstraße herausgefiltert haben«, sagte Remmer vom Krankenbett aus. »Macht kein Aufhebens darum. Mischt es einfach unter die andern.«

Zwanzig Minuten später meldete sich Bad Godesberg mit einer Bestätigung. Das bedeutete, daß ein Mitglied dessen, was Dr. Salettl »die Organisation« genannt hatte, dem Brand im Schloß Charlottenburg entkommen war und sich auf freiem Fuß befand. Sofort wurde eine

Großfahndung eingeleitet, und Remmer beantragte einen internationalen Haftbefehl gegen den Mordverdächtigen Pascal von Holden, einen argentinischen Staatsangehörigen mit Schweizer Paß.

Innerhalb einer Stunde hatte ein Richter in Bad Godesberg den Haftbefehl ausgestellt. Augenblicke später war von Holdens Foto auf elektronischem Wege an sämtliche Polizeibehörden in Europa, Nord- und Südamerika verteilt, und zwar unter dem Codewort »Rot«: Festnehmen und inhaftieren. Kommentar: Vermutlich bewaffnet und äußerst gefährlich.

»Wie geht's Ihnen?« Es war schon nach zwei, als Remmer in Osborns Zimmer spaziert kam.

»Ganz gut.« Osborn war eingenickt, aber er wachte sofort auf, als Remmer erschien. »Was macht Ihr Handgelenk?«

Remmer hob den linken Arm. »Ist in Gips.«

»Und McVey?«

»Schläft.«

Remmer kam näher, und Osborn sah die intensive Glut in seinem Blick.

»Sie haben Leybergers Krankenschwester gefunden!«

»Nein.«

»Was dann?«

»Nobles Speznas-Soldat, der Mann, dem Sie im Tiergarten begegnet sind, ist dem Feuer entkommen.«

Osborn schrak hoch. Noch ein loser Faden war übrig. »Von Holden?«

»Ein Mann, auf den seine Beschreibung paßt, wurde gesehen, wie er um zweiundzwanzig Uhr achtundvierzig den Zug nach Frankfurt bestieg. Wir sind nicht sicher, daß er es war, aber ich fahre trotzdem hin. Zum Fliegen ist es zu neblig, und ein Zug fährt nicht mehr. Ich nehme den Wagen.«

»Ich komme mit.«

Remmer grinste. »Ich weiß.«

Zehn Minuten später verließ ein dunkelgrauer Mercedes Berlin auf der Autobahn. Es war ein Sechs-Liter-V8-Modell der Polizei. Seine Höchstgeschwindigkeit war geheim, aber man munkelte, daß sie auf einer geraden Autobahnstrecke bei gut dreihundert Stundenkilometern liege.

»Ich muß wissen, ob Ihnen vom Autofahren schlecht wird.« Remmer sah Osborn vielsagend an.

»Wieso?«

»Der Zug aus Berlin kommt um vier Minuten nach sieben an. Wir haben jetzt kurz nach zwei. Ein schneller Fahrer schafft die Strecke Berlin–Frankfurt auf der Autobahn in fünfeinhalb Stunden. Ich bin ein schneller Fahrer. Und ich bin ein Cop.«

»Wo steht der Rekord?«

»Es gibt keinen Rekord.«

Osborn grinste. »Stellen Sie einen auf.«

130

Von Holden lehnte sich im Dunkeln zurück und lauschte dem Geräusch der Räder auf den Schienen unter ihm. Ein Dorf huschte im Dunkeln vorbei, kurz darauf noch eins. Nach und nach blieb die Katastrophe von Berlin hinter ihm zurück, so daß er sich um so besser auf das konzentrieren konnte, was vor ihm lag. Als er einen Blick hinüberwarf, sah er, saß sie ihn aus der Koje anstarrte.

»Bitte schlafen Sie«, sagte er.

»Ja ...« Vera drehte sich auf die andere Seite und versuchte zu tun, was er sagte.

Es war nach zehn gewesen, als sie sie holen gekommen waren. Sie hatten sie aus der Zelle in einen anderen Raum geführt und ihr befohlen, sich anzuziehen; sie hatten ihr die Sachen zurückgegeben, die sie bei ihrer Festnahme getragen hatte. Dann hatten sie sie mit dem Fahrstuhl hinaufgefahren und zu einem Wagen gebracht, wo dieser Mann auf sie wartete. Er war ein Hauptkommissar des Bundeskriminalamts; sie wurde in seinen Gewahrsam überstellt und sollte genau das tun, was er ihr sagte. Sein Name, hatte er gesagt, sei von Holden.

Augenblicke später hatte man sie mit Handschellen zusammengeschlossen, und sie hatten im Bahnhof Zoo einen Zug bestiegen.

»Wohin bringen Sie mich?« hatte sie wachsam gefragt, als er die Tür eines Schlafwagenabteils geschlossen und verriegelt hatte.

Zunächst hatte er nicht geantwortet, sondern die große Reisetasche, die er über der Schulter trug, auf den Boden gestellt. Dann hatte er sich heruntergebeugt und ihnen die Handschellen abgenommen.

»Zu Paul Osborn«, hatte er dann gesagt.

Paul Osborn. Die Worten waren ein Schock gewesen.

»Man hat ihn in die Schweiz gebracht.«

»Geht es ihm gut?« Ihre Gedanken überschlugen sich. In die Schweiz! Warum? Mein Gott, was ist passiert?

»Ich habe keine Informationen. Nur Anweisungen.« Von Holden hatte sie zu der Koje hinübergeschoben und selbst auf der Bank gegenüber Platz genommen. Kurz danach hatte der Zug den Bahnhof verlassen, und dann hatte von Holden das Licht ausgeschaltet.

»Gute Nacht«, hatte er gesagt.

»Wohin in die Schweiz?«

»Gute Nacht.«

Von Holden lächelte im Dunkeln. Veras spontane Reaktion war tiefe Besorgnis, beinahe unmittelbar gefolgt von Hoffnung, gewesen. So verängstigt und erschöpft sie sein mußte, ihr Hauptinteresse galt immer noch Osborn. Das bedeutete, daß sie keinerlei Schwierigkeiten machen würde, solange sie glaubte, daß man sie zu ihm bringe. Daß sie sich anscheinend im Gewahrsam eines BKA-Hauptkommissars befand, war eine doppelte Versicherung.

Von Holden war durch Agenten des Berliner Sektors, die im Gefängnis tätig waren, von ihrer Verhaftung in Kenntnis gesetzt worden. Es war eine beiläufige Information gewesen, aber angesichts der Wendung, die die Dinge genommen hatten, war sie höchst bedeutsam gewesen. Innerhalb einer halben Stunde, nachdem er den entsprechenden Befehl gegeben hatte, war ihre Freilassung durch den Berliner Sektor arrangiert worden. Unterdessen hatte von Holden sich umgezogen, den viereckigen Behälter in einer speziellen Tasche aus schwarzem Nylon verpackt, die man als Schultertasche oder als Rucksack tragen konnte, und hatte sich schließlich mit einem BKA-Ausweis versorgen lassen.

Durch Veras Festnahme hatte McVey ironischerweise und ohne es zu wissen, für die Komplikation gesorgt, die von Holden brauchte. Er war kein alleinreisender Mann mehr, sondern teilte ein Schlafwagenabteil der ersten Klasse mit einer äußerst gutaussehenden Frau. Und darüber hinaus diente sie einem weiteren, wichtigeren Zweck: Sie war eine Geisel, die für die Polizei von größter Bedeutung war.

Von Holden schaute auf die Uhr. In etwas mehr als fünf Stunden würden sie in Frankfurt sein.

131

Von Holden erwachte pünktlich um sechs. Ihm gegenüber schlief Vera noch immer. Er stand auf, ging in das kleine Bad und schloß die Tür.

Er wusch sich das Gesicht und rasierte sich mit dem Toilettenzeug, das er dort vorfand. Dabei kehrten seine Gedanken zurück zum Schloß Charlottenburg. Je länger er bedachte, was passiert war, desto fester wurde seine Überzeugung, daß der Verrat von einer oder mehreren Personen im Innern der Organisation begangen worden sein mußte. Er erinnerte sich, wie gespenstisch Salettl vor dem Mausoleum ausgesehen hatte. Wie nervös er gewesen war, als er von Holden gesagt hatte, daß die Polizei mit einem Haftbefehl gegen Scholl da sei. Wie zielstrebig er ihm den Befehl gegeben hatte, den Kasten zu nehmen und damit in den Königlichen Gemächern zu warten, wodurch er ihn in eine Situation gebracht hatte, in der er ums Leben gekommen wäre, wenn er nicht selbst die Initiative ergriffen hätte und gegangen wäre.

Aber der Gedanke, daß es Salettl gewesen sein sollte, war absurd. Der Arzt gehörte zu »Übermorgen«, seit das Unternehmen gegen Ende der dreißiger Jahre begonnen worden war. Er hatte es in jedem einzelnen medizinischen Aspekt beaufsichtigt, hatte die chirurgischen Enthauptungen und die experimentellen Operationen geleitet. Wieso sollte er auf dem Höhepunkt all dessen, was mehr als ein halbes Jahrhundert lang Gegenstand seiner ganzen Hingabe gewesen war, plötzlich eine Kehrtwende vollziehen und alles zerstören? Das ergab keinen Sinn. Andererseits – wer sonst hatte so uneingeschränkten Zugang nicht nur zum Schloß Charlottenburg, sondern zu den tiefsten, innersten Strukturen von »Übermorgen«?

Der Zug pfiff und riß von Holden damit aus seinen Gedanken. In vierzig Minuten wären sie in Frankfurt. Er hatte bereits beschlossen, die Flughäfen zu meiden und sich auf die Eisenbahn zu verlassen, so weit er damit kommen würde – wenn er Glück hatte, bis zu seinem Ziel. Um sieben Uhr sechsundvierzig gab es einen InterCity Express, der sie nach Bern bringen würde – Ankunft um zwölf Uhr zwölf. Von dort waren es anderthalb Stunden bis Interlaken, wo sie auf die Zahnradbahn der Berner Oberlandbahn umsteigen würden, um die atemberaubende Fahrt in die Alpen und den letzten Aufstieg bis zum Gipfel der Jungfraubahn hinter sich zu bringen.

132

Genaugenommen hatte Remmer seit einundzwanzig Stunden nicht mehr geschlafen, und am Tag davor waren es kaum drei gewesen. Deshalb hatte er Mühe, auf die Reihe der Warnlampen auf der regennassen Autobahn nördlich von Bad Hersfeld zu reagieren. Osborn schrie als erster auf, und Remmer trat automatisch auf die Bremsen, so daß der große Mercedes von knapp dreihundert Stundenkilometern in wenigen Sekunden auf etwa hundertfünfzig herunterging.

Osborns Knöchel wurden weiß, als er sich an die Ledersitze klammerte; das Heck des Mercedes brach aus, und der Wagen schleuderte wild um dreihundertsechzig Grad, was ihm den ersten kurzen Blick auf die Katastrophe vor ihnen gewährte. Mindestens zwei Lastzüge und ein halbes Dutzend Personenwagen waren auf der Autobahn verstreut. Der Mercedes schleuderte mit hundertzwanzig Stundenkilometern heran und war noch etwa fünfzig Meter vom ersten umgestürzten Lastwagen entfernt. Osborn machte sich auf den Aufprall gefaßt und blickte zu Remmer hinüber. Remmer saß bewegungslos da und hielt das Lenkrad mit beiden Händen umfaßt, als fahre er geradewegs in einen Abgrund und könne nichts mehr dagegen tun. Osborn wollte nach dem Lenkrad greifen, es ihm aus den Händen reißen und vom Beifahrersitz aus an den Lastern vorbeisteuern, als der Wagen sich wieder in Fahrtrichtung drehte. Im selben Moment trat Remmers rechter Fuß auf das Gaspedal. Die Reifen griffen sofort, der Mercedes beendete seine Schleuderdrehung und schoß vorwärts. Remmer nahm das Gas weg, tippte auf die Bremsen, und der Wagen schoß wie eine Rakete an den LKW-Wracks vorbei und verfehlte sie nur um Fingerbreite. Mit einer kurzen Abbremsung und einer Lenkraddrehung wich Remmer einem auf dem Dach liegenden Volvo aus. Dann gerieten sie auf den unbefestigten Rand, der Mercedes kippte auf zwei Räder, wankte kurz, fiel wieder zurück und stand.

Der Zug kreuzte im Schneckentempo die zahllosen Gleise vor dem Frankfurter Hauptbahnhof. Von Holden stand seitlich neben dem Fenster und spähte hinaus, als sie in den Bahnhof einfuhren. Er war wachsam, als erwarte er etwas.

Vera saß auf der Bettkante und beobachtete ihn. Sie hatte die Nacht im Halbschlaf verbracht, und ihre Gedanken wirbelten durcheinander. Wieso war Paul in der Schweiz? Warum brachte die Polizei sie zu ihm? War er verletzt, oder starb er …?

Sie merkte, daß der Zug noch langsamer wurde und dann anhielt. Auf das scharfe Zischen der Luftdruckbremsen folgte das Geräusch der Türen, die sich öffneten.

»Wenn wir jetzt aussteigen, gehen wir zu einem anderen Zug«, sagte von Holden unvermittelt. »Ich muß Sie daran erinnern, daß Sie sich immer noch in Polizeigewahrsam befinden.«

»Sie bringen mich zu Paul – glauben Sie, da laufe ich weg?«

Plötzlich klopfte es scharf an der Abteiltür. »Polizei! Bitte öffnen Sie!«

Polizei? Vera sah von Holden an.

Er ignorierte sie, ging zum Fenster und schaute hinaus. Leute gingen auf dem Bahnsteig hin und her, aber Polizisten sah er nicht, zumindest keine uniformierten.

Er klopfte noch einmal. »Polizei! Machen Sie sofort die Tür auf!«

»Ein Irrtum. Sie suchen sicher jemand anderen.« Von Holden wandte sich um.

Er öffnete die Tür einen Spaltbreit, so daß er hinausschauen konnte. »Ja?« sagte er und setzte dabei eine Brille auf, als könne er damit besser sehen.

Zwei Männer in Zivil standen draußen, der eine ein bißchen größer als der andere. Dahinter stand ein uniformierter Polizist mit einer Maschinenpistole. Die beiden vorderen waren offensichtlich Kriminalbeamte.

»Kommen Sie bitte heraus«, sagte der größere der beiden.

»Ich bin vom BKA«, sagte von Holden und öffnete die Tür ein Stück weiter, so daß sie Vera sehen konnten.

»Kommen Sie bitte aus dem Abteil«, sagte der Große noch einmal. Sie hatten den Auftrag, einen Flüchtigen namens von Holden zu suchen. Der Mann hier konnte es sein, aber vielleicht auch nicht. Sie hatten nur ein Foto, und darauf trug er keine Brille. Außerdem – vom BKA? Was sollte das? Und wer war die Frau?

»Aber natürlich.« Von Holden trat in den Gang hinaus. Der kleine Kripobeamte starrte Vera an. Der Uniformierte starrte ihn an. Er lächelte zurück.

»Wer ist das?« fragte der große Beamte.

»Gefangenenüberführung. Terrorismusverdacht.«

»Überführung wohin?«

»Nach Bad Godesberg, zum BKA.«

»Wo ist die weibliche Beamtin? Die Begleitung?«

Vera schaute von Holden an. Worüber redeten sie da?

»Ich habe keine«, sagte von Holden ruhig. »Wir hatten keine Zeit. Es geht um die Sache im Schloß Charlottenburg.«

»Ausweis.«

Von Holden sah, daß der Uniformierte aus dem Fenster guckte, als draußen eine attraktive Frau vorbeiging. Sie entspannten sich allmählich und fingen an, ihm zu glauben.

»Moment.« Er schob die rechte Hand in die Reverstasche, zog ein dünnes Mäppchen heraus und reichte es dem kleineren Polizisten.

Dann sah er Vera an. »Alles in Ordnung, Mademoiselle Monneray?« fragte er auf französisch.

»Ich verstehe nicht, was hier vorgeht.«

»Ich auch nicht.«

Von Holden drehte sich wieder um, und man hörte zwei kurze Geräusche, wie wenn jemand spuckte. Der Uniformierte riß plötzlich die Augen auf, und seine Knie knickten ein. Im selben Augenblick drückte sich die gedrungene Mündung eines Schalldämpfers an die Stirn des kleineren Beamten. Es ploppte noch einmal, und er flog rückwärts; der Schuß hatte ihm den Hinterkopf weggerissen. Von Holden fuhr herum, als der größere Polizist seine Neun-Millimeter-Beretta eben aus der Jacke zog. Die schallgedämpfte, handtellergroße 38er Automatic erwischte ihn zweimal, einmal über, einmal unter dem Brustbein. Der Mann verzog einen Moment lang wütend das Gesicht; dann fiel er hintenüber und sackte zu Boden.

Einen Augenblick später stiegen von Holden und Vera aus dem Zug und gingen über den Bahnsteig; sie mischten sich unter die Menge der Fahrgäste, die vom Zug ins Bahnhofsinnere gingen. Von Holden hatte sich die Nylontasche über die linke Schulter gehängt; mit der rechten Hand hielt er Veras Arm fest umklammert. Sie war bleich vor Entsetzen.

»Hören Sie zu.« Von Holden schaute geradeaus, als führe er eine beiläufige Unterhaltung. »Diese Leute waren keine Polizisten.«

Vera ging weiter und bemühte sich um Fassung.

»Vergessen Sie, daß es passiert ist«, sagte er. »Löschen Sie das Bild aus Ihrer Erinnerung.«

Jetzt waren sie in der Bahnhofshalle. Von Holden sah sich nach Polizisten um, aber er sah keine. Eine Uhr über einem Zeitungskiosk zeigte sieben Uhr fünfundzwanzig. Er hob den Kopf und überflog den Fahrplan. Als er gesehen hatte, was er wollte, führte er Vera in einen Fastfood-Imbiß und bestellte Kaffee. »Trinken Sie bitte«, sagte er. Als sie zögerte, lächelte er aufmunternd. »Bitte.«

Vera griff nach dem Becher. Ihre Hände zitterten. Sie merkte, wieviel Angst sie immer noch hatte. Sie nahm einen Schluck und spürte, wie der Kaffee warm in ihr hinunterfloß. Dann sah sie, daß von Holden weggegangen war. Als er zurückkam, hatte er eine Zeitung in der Hand.

»Ich habe gesagt, diese Leute waren nicht von der Polizei.« Er beugte sich zu ihr herüber und sprach leise, damit niemand mithören konnte. »Es gibt in Deutschland eine neuartige Nazi-Bewegung, die sich seit der Einigung zusammengefunden hat; sie hält sich im Moment noch im Untergrund, ist aber entschlossen, wieder zu einer größeren Macht zu werden. Gestern abend haben sich hundert der mächtigsten und einflußreichsten Persönlichkeiten des demokratischen Deutschland in Berlin im Schloß Charlottenburg versammelt. Sie sollten dort über die Vorgänge in ihrem Lande aufgeklärt werden und dem Kampf dagegen ihre Unterstützung geloben.«

Von Holden warf noch einen Blick auf die Uhr über dem Kiosk und schlug die Zeitung auf. Auf der Titelseite prangte ein dramatisches Foto, auf dem das Schloß in einem Flammenmeer versank. Die Schlagzeile lautete: »CHARLOTTENBURG BRENNT!«

»Es war ein Brandsatz. Alle dort kamen ums Leben. Verantwortlich ist diese neue Nazi-Bewegung.«

»Sie haben doch einen Grund, mir das zu erzählen.« Vera wußte, daß er noch etwas verschwieg.

In einiger Entfernung sah von Holden ein halbes Dutzend Polizisten in Uniform, die auf den Zug zurannten, aus dem sie ausgestiegen waren. Er warf wieder einen Blick auf die Uhr: sieben Uhr dreiunddreißig.

»Gehen Sie bitte ein Stück mit mir.«

Er nahm Vera beim Arm und schlenderte mit ihr auf einen wartenden Zug zu.

»Paul Osborn hat festgestellt, daß die Männer, mit denen er zusammen war, nicht das waren, was sie zu sein schienen.«

»McVey?« Vera konnte es nicht glauben.

»Unter anderem, ja.«

»Nein. Niemals. Er ist *Amerikaner*, wie Paul.«

»Ist es ein Zufall, daß der französische Polizist, mit dem McVey in Paris zusammengearbeitet hat, gestern in einer Londoner Klinik erschossen wurde – und zwar etwa zur selben Zeit, als der Leichnam des französischen Ministerpräsidenten gefunden wurde?«

»O Gott …« Vera sah Lebrun vor sich, wie er mit McVey in ihrer Wohnung stand. Das Grauen der deutschen Besatzung in Frankreich fing wieder ganz von vorn an. Man konnte sich tausend Gesichter aussuchen und keinem davon vertrauen. Es war die Essenz dessen, was François Christian in Frankreich bekämpft hatte.

»Das ist die Realität, mit der wir es hier zu tun haben«, drängte von Holden. »Organisierte, hochtrainierte Neonazi-Terroristen, die in Europa und in Amerika operieren. Osborn kam ihnen auf die Schliche und wandte sich an uns. Wir haben ihn zu seiner eigenen Sicherheit außer Landes gebracht. Das gleiche gilt jetzt für Sie.«

»Für mich?« Vera starrte ihn ungläubig an.

»Die Leute vorhin waren nicht hinter mir her, sondern hinter Ihnen. Die wissen von Ihrer Beziehung zu François Christian. Sie werden annehmen, daß Sie einiges wissen – ob Sie es tatsächlich wissen oder nicht.«

Allzu deutlich sah Vera jetzt Avril Rocard vor sich, wie sie auf das Bauernhaus bei Nancy zugefahren kam, und sie sah die französischen Geheimagenten, die tot hinter ihr auf dem Boden lagen.

»Woher wußten *Sie* denn von François?« fragte sie gequält.

»Osborn hat uns davon erzählt. Deshalb haben wir Sie aus dem Gefängnis geholt, bevor McVey und seine Freunde ihren Einfluß noch weiter ausdehnen konnten.«

Jetzt hatten sie einen Bahnsteig erreicht und gingen inmitten einer Menschenmenge an einem wartenden Zug entlang. Von Holden schaute nach den Wagennummern. Ein Lautsprecher kündigte die Ankunft eines Zuges an, dann die Abfahrt eines anderen. Woher hatte die Polizei gewußt, daß er in dem Zug war? Er beobachtete die Gesichter und Bewegungen der Leute ringsumher. Der Angriff konnte von überall herkommen. In der Ferne schrillten Sirenen. Dann sah er den Wagen, den er suchte.

Um sieben Uhr sechsundvierzig verließ der InterCityExpress den Hauptbahnhof. Vera ließ sich unsicher neben von Holden in einen weichen roten Samtsitz des Erste-Klasse-Abteils sinken. Als der Zug an Fahrt gewann, lehnte sie sich zurück. Daß McVey etwas anderes gewesen sein sollte als das, was er war, erschien ihr ganz unmöglich. Aber Lebrun war tot, und François Christian ebenfalls. Und von Holden wußte zuviel über alles, als daß sie ihm nicht hätte glauben können. Jetzt waren noch hundert weitere Menschen bei dem Brand in Charlottenburg ums Leben gekommen, von den Männern, die von Holden im Bahnhof erschossen hatte, gar nicht zu reden. Zu einer anderen Zeit, unter anderen Umständen, hätte sie vielleicht klarer gedacht. Aber zuviel war geschehen, zu schnell und zu brutal.

133

Für eine Stunde verschwand jeder Gedanke außer dem an das unmittelbar vor ihnen geschehene Blutbad, als Osborn, zunächst unterstützt von Remmer, dann mit Hilfe der ersten eintreffenden Rettungssanitäter, auf dem blutigen Asphalt der Autobahn die ersten Notversorgungsmaßnahmen ergriff. Alle seine Fähigkeiten als Chirurg, alles, was er seit dem ersten Tag seines Studiums gelernt hatte, war gefordert. Er hatte keine Instrumente, keine Medikamente, keine Anästhetika. Immer noch trafen Polizei- und Krankenwagen und Feuerwehrfahrzeuge ein, und ein Rettungshubschrauber war von Frankfurt aus unterwegs.

Der Morgen hatte gedämmert, als es passiert war. Jetzt war es hell. Die Verwüstungen ringsumher sahen aus wie nach einem Krieg. Die beiden gingen zu ihrem Mercedes auf der unbefestigten Böschung, als der Rettungshubschrauber in einer donnernden Staubwolke landete. Rettungshelfer rannten ihm mit einer Trage entgegen, und ein Sanitäter lief nebenher und hielt einen Infusionsbeutel darüber.

Osborn sah Remmer an. »Ich glaube, den Zug haben wir verpaßt«, sagte er ruhig.

»Ja.« Remmers Hand lag auf der Mercedestür, als das Radio knisterte. Auf ein kurzes Stakkato von Codeziffern folgte Remmers Name. Remmer griff sofort nach dem Mikrofon und meldete sich. Schnell gesprochene deutsche Worte folgten. Remmer hörte zu, antwortete dann knapp und schaltete ab. »Von Holden hat im Frankfurter Hauptbahnhof drei Polizisten erschossen. Alle drei waren sofort tot. Von Holden ist entkommen.« Remmer hatte zu Ende gesprochen, aber er starrte Osborn weiter an.

Sein Blick erweckte Unbehagen. »Sie verschweigen noch etwas«, sagte Osborn. »Was ist es?«

»Er hatte eine Frau bei sich.«

»Das heißt …«

»Vera Monneray wurde gestern abend um zweiundzwanzig Uhr siebenunddreißig aus dem Gefängnis entlassen«, sagte Remmer durch das Quietschen der Reifen, als sie den Unfallort mit hoher Geschwindigkeit verließen. »Der Verwaltungsangestellte, der für die Entlassung zuständig war, wurde vor knapp einer Stunde auf dem Rücksitz eines am Bahnhof Zoo geparkten Autos tot aufgefunden.«

»Sie wollen mir doch nicht sagen, daß Vera die Frau ist, die mit von Holden gesehen wurde.« Osborn merkte, wie Ärger und Widerwillen in ihm aufstiegen.

»Ich bewerte hier nichts, ich spreche nur von Tatsachen. Angesichts der Umstände ist es wichtig, daß Sie Bescheid wissen.«

Osborn starrte ihn an. »Sie wurde entlassen, aber keiner weiß, was dann passiert ist.«

Remmer nickte.

»Remmer – was zum Teufel geht da vor?«

»Ich wünschte, ich könnte es Ihnen sagen.«

Drei Zeugen hatten gesehen, wie ein Mann und eine Frau kurz nach der Ankunft aus dem Zug Berlin–Frankfurt stiegen. Sie waren den Bahnsteig hinunter und in die Halle gegangen. Alle drei Zeugen äußerten lautstark unterschiedliche Ansichten darüber, wohin die beiden gegangen sein könnten. Aber in einem waren sie sich alle einig: Der Mann war der Mann auf den Polizeifotos, und er hatte eine Art Reisetasche über der Schulter getragen.

Mit Hilfe der drei Zeugenaussagen und der Tatsachen vor Ort fügte eine finster blickende Frankfurter Mordkommission die Kette der Ereignisse zusammen. Die toten Polizisten hatten den Zug aus Berlin erwartet, als er um sieben Uhr vier eingefahren war. Und sehr kurze Zeit, vielleicht fünf oder sechs Minuten, später waren sie von jemandem erschossen worden, der sich in dem Abteil aufhielt, das der als von Holden bekannte Mann besetzte. Die Leichen waren um sieben Uhr achtzehn von einem italienischen Geschäftsmann entdeckt worden, als dieser das Nachbarabteil verließ. Er hatte Leute auf dem Gang reden hören, aber er hatte keine Schüsse gehört, was nahelegte, daß der Mörder eine Waffe mit Schalldämpfer benutzt hatte. Um sieben Uhr fünfundzwanzig waren die ersten Polizisten am Tatort erschienen, um sieben Uhr fünfundvierzig war der ganze Bahnhof abgeriegelt. Während der nächsten drei Stunden durfte kein Zug, keine Person, kein Bus und kein Taxi den Bahnhofsbereich ohne gründliche Durchsuchung verlassen.

Der Funkspruch hatte Remmer um sieben Uhr vierunddreißig erreicht. Um acht Uhr zehn betraten er und Osborn den Bahnhof.

Unverzüglich ließ Remmer sich von den Frankfurter Beamten die Einzelheiten berichten und befragte dann persönlich die drei Zeugen. Osborn lauschte aufmerksam und bemühte sich, zu verstehen, was gesagt wurde. Aber von wenigen Worten hier und da abgesehen, gelang es ihm nicht. Ihr Hauptproblem, hatte Remmer gleich nach dem Funkspruch gesagt, bestand in der Logistik. Wie er die Sache sah, war Frankfurt ein bedeutender Verkehrsknotenpunkt und kein Ziel, und das bedeutete, daß von Holden anderswohin unterwegs sein konnte. Vom Bahnhof bis zum Flughafen waren es nur zehn Kilometer, und es gab eine direkte U-Bahn-Verbindung. Aber die Polizisten hatten ihn offensichtlich überrascht, denn sonst wäre er schon vorher an einem anderen Bahnhof ausgestiegen. Nachdem er sie umgebracht hatte, stand er unter Druck. Daher war es unwahrscheinlich, daß er versuchen würde, ein Flugzeug zu nehmen, schon gar nicht in Frankfurt, und so blieben ihm nur zwei Möglichkeiten: Er konnte sich in die Stadt flüchten und dort für eine Weile untertauchen, oder er konnte auf einem anderen Weg als mit dem Flugzeug weiterreisen. Für die Weiterreise kam dreierlei in Frage: Bahn, Bus oder Auto. Wenn er nicht ein Auto stahl oder eines in Frankfurt stehen hatte, kam diese Möglichkeit kaum in Frage, denn einen Mietwagen konnte er nicht bekommen, ohne durch die bloße Mietprozedur die Aufmerksamkeit auf sich zu ziehen. Das verengte die Alternative auf Bus oder Bahn. Ein Problem für die Polizei, denn zweihundert europäische Städte haben eine Busverbindung mit Frankfurt. Und selbst wenn man jeden einzelnen Bus durchsucht hatte, konnten sie durch die Maschen geschlüpft sein. Das gleiche galt für die Bahn. Man hatte erst angefangen, die Züge zu durchsuchen, als der Bahnhof um Viertel vor acht abgesperrt worden war. In der halben Stunde seit Viertel nach sieben, etwa der Mordzeit, hatten sechzehn Züge die Stadt verlassen. Einen Busfahrschein mußte man vor dem Einsteigen kaufen, und kein Fahrkartenverkäufer der Linien am Hauptbahnhof konnte sich erinnern, jemandem, der ausgesehen hatte wie von Holden, ein

Ticket verkauft zu haben. Aber Zugfahrkarten konnte man auch noch nach der Abfahrt im Zug lösen, und das geschah auch oft. Man würde nichts dem Zufall überlassen – die Frankfurter Polizei würde die ganze Stadt durchkämmen, um festzustellen, ob er sich irgendwo verkrochen hatte, der Flughafen würde tagelang unter Beobachtung stehen, und Busse und Züge würden weiter durchsucht werden. Aber Remmer ahnte, daß von Holden einen der sechzehn Züge genommen hatte, bevor der Bahnhof abgeriegelt worden war.

»Wie soll sie ausgesehen haben?« Osborn drängte sich zwischen den Zeugen hindurch zu Remmer. Er war erbost und gleichzeitig besorgt.

»Die Beschreibungen der Frau sind uneinheitlich«, sagte Remmer leise. »Es könnte Fräulein Monneray gewesen sein, aber vielleicht auch nicht.«

»Hier! Dieser Mann hat sie gesehen!« Ein Polizist in Uniform drängte sich durch die Menge; bei ihm war ein dünner Schwarzer mit einer Schürze.

Remmer drehte sich um. »Sie haben die beiden gesehen?«

»Ja.« Der Mann blickte beharrlich zu Boden.

»Er hat der Frau gegen halb acht einen Kaffee serviert«, erklärte der Polizist; er stand dicht neben dem Schwarzen und überragte ihn um mehr als Haupteslänge.

»Wieso haben Sie sich nicht gleich gemeldet?« fragte Remmer.

»Er ist aus Mosambik. Ist hier schon von Skinheads zusammengeschlagen worden und hat ständig Angst.«

»Hören Sie«, sagte Remmer sanft, »niemand will Ihnen etwas tun. Sagen Sie, was Sie gesehen haben.«

Der Mann hob den Blick und sah Remmer an; dann schaute er wieder auf seine Füße. »Der Mann bestellt Kaffee für Frau«, sagte er in gebrochenem Deutsch. »Sie ist ganz schön, aber viel Angst. Hand zittern, daß beinah kann nicht trinken Kaffee. Er weggehen, dann wiederkommen mit Zeitung. Zeige ihr Zeitung. Dann weggehen ...«

»Wohin – wohin sind sie weggegangen?«

»Da. Zug.«

»Zu *welchem* Zug?« Remmer deutete auf das Gewirr der wartenden Züge.

»Da. Oder da. Weiß nicht.« Der Mann deutete mit dem Kopf in die Richtung eines Gleises und dann auf das Gleis daneben und zuckte die Achseln. »Ich gucke nicht viel, als sie weggehen.«

»Wie hat sie ausgesehen?« Osborn stand dem Mann plötzlich gegenüber; er hatte sich lange genug zurückgehalten.

»Immer mit der Ruhe, Doktor«, sagte Remmer.

»Fragen Sie, welche Haarfarbe sie hatte«, drängte Osborn. »Fragen Sie schon!«

Remmer übersetzte die Frage ins Deutsche.

Der Schwarze lächelte leise und berührte sein eigenes Haar. »Schwarz.«

»O Gott ...« Osborn hatte das Wort verstanden. Vera hatte schwarzes Haar.

»Gehen wir«, sagte Remmer zu Osborn; er wandte sich ab und drängte sich durch die Menge der Polizisten und Zuschauer. Wenig später stürmten sie in das Büro des Bahnhofsvorstands. Remmer warf einen Blick auf die Uhr. Es war acht Uhr siebenundvierzig.

»Welche Züge fahren zwischen sieben Uhr zwanzig und sieben Uhr siebenundvierzig auf den Gleisen 3 und 4 ab?« fragte er den überraschten Bahnbeamten. An der Wand hinter dem Mann hing eine Europakarte, von Myriaden kleiner Leuchtpunkte übersät und mit allen Bahnlinien des Kontinents. »Schnell!« schnaubte Remmer.

»Gleis 3 ... der InterCity Express nach Genf. Ankunft vierzehn Uhr sechs, Basel umsteigen. Auf 4 der Intercity nach Straßburg, Ankunft zehn Uhr siebenunddreißig, umsteigen in Offenburg.« Er spulte die Daten ab wie ein Computer.

Remmer vibrierte vor Anspannung. »Schweiz oder Frankreich. Auf alle Fälle haben sie das Land verlassen. Wann sind die Züge in Basel beziehungsweise in Offenburg?«

Innerhalb weniger Minuten hatte Remmer das Büro der Bahnhofsaufsicht übernommen; er alarmierte die Polizei in Offenburg, die Schweizer Kollegen in Basel und in Genf sowie die Franzosen in Straßburg. Jeder Fahrgast, der in Offenburg und Basel aus dem Zug stieg, würde einzeln durch eine Ausgangspforte geleitet werden, und zugleich würden Teams von Zivilbeamten die Züge für den letzten Abschnitt der Reise nach Genf und nach Straßburg besteigen. Wenn von Holden und die Frau in seiner Begleitung auf dem Umsteigebahnhof auszusteigen versuchten, würden sie umzingelt und an der Sperre festgenommen werden. Sollten sie im Zug bleiben, würde man sie isolieren, überwältigen und in Haft nehmen.

»Was geschieht dann« – fragte Osborn, als Remmer auflegte – »mit *ihr*?«

»Sie wird verhaftet. Genau wie von Holden.« Remmer wußte, was Osborn meinte. Die Polizisten waren aufgefordert, einen Polizistenmörder festzunehmen. Wenn die Flüchtigen in einem der beiden Züge waren – und dessen war er sicher –, dann hatten sie praktisch keine Chance, ein zweites Mal zu entkommen. Und beim geringsten Widerstand würde man sie erschießen.

»Was machen *wir* denn jetzt?« Osborn starrte ihn an. »Sie fahren in die eine Richtung, und ich in die andere?«

»Doktor ...« Remmer schwieg, und Osborn hatte plötzlich das Gefühl, daß ihm der Boden unter den Füßen weggezogen wurde. »Ich weiß, Sie wollen dabeisein, und ich weiß, wie wichtig es Ihnen ist. Aber ich kann nicht riskieren, daß Sie zwischen die Fronten geraten.«

»Remmer, das Risiko ist mein eigenes. Machen Sie sich deshalb keine Sorgen.«

»Ich rede nicht von Ihnen, Doktor. Aber Ihnen geht eine Menge im Kopf herum, und Sie könnten die Sache grandios vermasseln. Eine neunzehnjährige Taxifahrerin und drei Polizisten wurden kaltblütig ermordet. Die Methode läßt vermuten, daß Noble recht hatte und daß dieser von Holden und vielleicht auch die Frau, wer immer sie sein mag, Speznas-Soldaten sind. Das bedeutet, daß sie von der Sowjetarmee ausgebildet wurden, und danach vielleicht noch vom GRU; damit stehen sie etwa sechs Stufen über dem effizientesten ehemaligen KGB-Agenten. Sie gehören zur Elite der bestgeschulten, mörderischsten Killer der Welt, und ihr Verstand arbeitet auf eine Weise, die Sie nicht mal annähernd begreifen könnten. Sie zu fassen, wird nicht leicht sein. Ich werde jedenfalls nicht riskieren, Ihretwegen oder für sonst irgend jemanden noch einen Kollegen zu verlieren. Fahren Sie zurück nach Berlin, Doktor. Ich verspreche Ihnen, Sie dürfen sie alle beide zum geeigneten Zeitpunkt befragen.« Remmer stand vom Schreibtisch des Bahnhofsvorstehers auf und ging zur Tür.

»Remmer!« Osborn packte ihn beim Arm und hielt ihn fest. »So werden Sie mich nicht los. Jetzt nicht mehr. McVey würde auch nicht –«

»McVey würde nicht?« Remmer unterbrach ihn und lachte auf. Dann löste er Osborns Hand von seinem Ärmel. »McVey hat Sie für *seine* Zwecke mitgenommen, Dr. Osborn. *Nur* für seine Zwecke. Glauben Sie ja nichts anderes. Und jetzt tun Sie, was ich sage, ja? Fahren Sie zurück nach Berlin. Nehmen Sie sich ein Zimmer in unserem alten Hauptquartier, im Hotel Palace. Ich melde mich dort bei Ihnen.«

Remmer öffnete die Tür, schob sich am Bahnhofsvorsteher vorbei und ging hinaus in die Halle. Osborn folgte ihm, aber nicht allzu dicht. In einiger Entfernung sah er Remmer mit der Gruppe der Frankfurter Polizisten, und dann sah er, wie er noch einmal kurz beseite ging, um mit den drei ersten Zeugen und mit dem schwarzen Imbißkellner zu sprechen. Dann liefen alle auseinander. Alle. Gesichtslose Menschen füllten ihren Platz aus, und es war, als sei das alles nie passiert. Und genau so fand Osborn sich plötzlich allein im Frankfurter Hauptbahnhof wieder. Er hätte ein Tourist sein können, der kaum mehr im Sinn hatte als sein Tagesprogramm. Aber das war er nicht.

Von Holden und die Frau in seiner Begleitung – es war *nicht* Vera, hatte Osborn entschieden, sondern jemand anders, vielleicht eine Frau mit schwarzen Haaren, die Ähnlichkeit mit Vera hatte, aber es war nicht Vera – waren unterwegs nach Frankreich oder in die Schweiz. Und dann?

Was wäre schlimmer? Wenn Remmers Schleppnetzfahndung scheiterte und sie davonkämen, oder wenn es nicht passierte? Was immer Leybergers Physiotherapeutin wußte oder nicht wußte – vorausgesetzt, daß sie sie überhaupt fanden: Von Holden war der letzte Überlebende der Organisation und die letzte direkte Verbindung zum Tode seines Vaters. Wenn die Polizei ihn umzingelte, würde von Holden kämpfen. Und dabei würde er sterben. Und damit wäre alles zu Ende.

Fahren Sie zurück nach Berlin, hatte Remmer gesagt. Fahren Sie zurück und warten Sie. Dreißig Jahre hatte er gewartet. Damit war jetzt Schluß.

Plötzlich merkte Osborn, daß er die ganze Zeit durch die Bahnhofshalle ging und fast den Ausgang erreicht hatte. Da sah er plötzlich den schwarzen Thekenkellner, der eilig in dieselbe Richtung lief. Der Mann schaute sich ständig um, als folge ihm jemand, und dabei riß er sich die weiße Arbeitsschürze herunter. Am Ausgang blickte er ein letztes Mal zurück, warf die Schürze in einen Abfalleimer und lief dann hinaus auf die Straße. Einen Moment lang fragte Osborn sich, was das bedeuten mochte. Dann ging ihm ein Licht auf.

»Der Scheißkerl hat gelogen!«

134

Helles, dunstiges Sonnenlicht schlug Osborn entgegen, und einen Moment lang war er geblendet. Er hielt eine Hand über die Augen und suchte das Verkehrsgewimmel vor dem Bahnhof nach dem Mann ab, aber er fand ihn nicht. Doch dann sah er ihn, wie er über die Straße rannte und um eine Ecke verschwand. Osborn lief ihm nach.

Als er um die Ecke gebogen war, sah er ihn auf halbem Wege zur nächsten Kreuzung auf der anderen Straßenseite; er lief rasch an einer Vielzahl von Kuriositätengeschäften und Straßencafés vorbei. Osborn wechselte ebenfalls auf die andere Straßenseite und paßte sich dem Tempo des Mannes an. Plötzlich war er wieder in Paris, und statt des Schwarzen war es Henri Kanarack, wie er sich damals genannt hatte. Kanarack war in die U-Bahn geflüchtet und dort verschwunden. Drei Tage hatte er gebraucht, um ihn wiederzufinden. Das darf diesmal nicht passieren, dachte Osborn. In drei Tagen ist von Holden mit der Frau, die er bei sich hat, auf der anderen Seite der Erde.

Osborn fing an zu rennen. Im selben Moment drehte der Mann sich um und sah ihn. Sofort rannte er ebenfalls los. Nach zwanzig Metern verschwand er in einer Toreinfahrt.

Osborn riß einer bebrillten Frau mittleren Alters die Einkaufstüte herunter und lief, ohne auf ihr wütendes Geschrei zu achten, ebenfalls in die Einfahrt. Hinten am Ende sah er, wie der Mann über einen Zaun kletterte. Osborn kletterte hinterher. Auf der anderen Seite war ein Hof und die Hintertür zu einem Restaurant. Die Tür schwang eben wieder zu, als Osborn sich herunterfallen ließ.

Einen Augenblick später war er drinnen. Ein kurzer Gang, eine Speisekammer, eine kleine Küche. Drei Küchenhelfer blickten auf, als er hereinkam. Die einzige andere Tür führte geradewegs in das Restaurant. Osborn stürzte hindurch und platzte mitten in eine Versammlung von frühstückenden Geschäftsleuten, die sich einen Vortrag anhörten. Der Redner verstummte und starrte ihn an. Osborn machte auf dem Absatz kehrt und verschwand wieder in der Küche.

»Hier ist ein Schwarzer hereingekommen. Wo ist er?« bellte er. Die Küchenhelfer starrten einander an.

»Was wollen Sie?« fragte der dicke Koch auf deutsch. Er kam einen Schritt auf Osborn zu und griff nach einem Metzgerbeil.

Osborn warf einen Blick nach rechts in den Gang, durch den er gekommen war.

»Sorry –«, sagte er zu dem Koch und lief zur Hintertür zurück. Auf halbem Wege blieb er plötzlich stehen und stieß die Tür zur Speisekammer auf. Sie schlug laut gegen die Wand, und er trat ein. Die Speisekammer schien leer zu sein. Er wandte sich zum Gehen, doch dann stürzte er sich plötzlich seitwärts auf den Schwarzen, der eben versuchte, sich hinter einem Stapel Mehlsäcke hervorzuwühlen, und packte ihn beim Kragen. Er zerrte ihn hart herum und riß ihn zu sich heran.

Der Schwarze wand sich zur Seite und hob die Hand, um sich zu schützen. »Nicht schlagen!« schrie er auf englisch.

»Sie sprechen Englisch?« Osborns Blick bohrte sich in seinen Gefangenen.

»Ein bißchen – nicht schlagen.«

»Der Mann und die Frau im Bahnhof. Welchen Zug haben sie genommen?«

»Zwei Gleise.« Der Schwarze zuckte die Achseln und versuchte zu lächeln. »Weiß nicht! Nicht sehen!«

Osborn wurde wütend. »Sie haben die Polizei belogen! Belügen Sie mich nicht auch! Sonst rufe ich sie, und dann gehen Sie in den Knast. Verstanden?«

Der Mann starrte ihn an und nickte schließlich. »Der Mann sagt, er schlagen, wenn ich verrate. Schlagen mich. Meine Familie.«

»Er hat Sie *bedroht*? Nicht bezahlt?«

Der Mann schüttelte heftig den Kopf. »Nein, nicht bezahlt. Kommen schlagen. Wieder.«

Osborn lockerte seinen Griff und faßte in die Tasche. Der Mann schrie auf und drückte sich in die Ecke, aber Osborn hielt ihn fest. »Ich tue Ihnen nichts.« Er hielt einen Fünfzigmarkschein hoch. »Welchen Zug haben sie genommen? Wohin?«

Der Mann starrte erst das Geld, dann Osborn an.

»Nicht schlagen. Bezahlen«, sagte Osborn.

Die Unterlippe des Mannes zitterte, und Osborn sah, daß er immer noch Angst hatte.

»Bitte, es ist sehr wichtig. Für *meine* Familie. Verstehen Sie?«

Langsam hob der Mann den Kopf und sah Osborn an.

»Bern.«

Osborn ließ ihn los.

135

McVey lag auf dem Rücken und starrte an die Decke. Remmer war weg. Osborn war weg. Und niemand hatte ihm etwas gesagt. Es war fünf vor zehn, und er hatte nur die Zeitung und das Berliner Fernsehen. Ein Gazeverband bedeckte ein gutes Drittel seines Gesichts, und ihm war immer noch schlecht von der Cyanidvergiftung, aber ansonsten ging es ihm gut. Nur daß er nichts wußte und daß kein Mensch ihm etwas sagen wollte.

Plötzlich fragte er sich, wo seine Sachen waren. Er sah seinen Anzug im Schrank und seine Schuhe darunter. Gegenüber stand eine kleine Kommode neben einem Besucherstuhl. Sein Aktenkoffer mit den Fallnotizen, sein Paß und sein Koffer dürften noch im Hotel sein, wo er sie zurückgelassen hatte. Aber wo zum Teufel war seine Brieftasche mit seinem Ausweis? Und wo zumTeufel war sein Revolver?

Er schlug die Decke zurück, schwenkte die Beine über die Bettkante und stand auf. Er fühlte sich ein bißchen zittrig und blieb einen Augenblick stehen, um sein Gleichgewicht zu finden.

Mit drei unsicheren Schritten war er bei der Kommode. In der obersten Schublade lagen seine Boxershorts, seine Unterhemden und Socken. In der nächsten fand er seinen Hausschlüssel, seinen Kamm, die Brille und die Brieftasche. Aber keinen Revolver. Vielleicht hatten sie ihn weggeschlossen, vielleicht hatte Remmer ihn. Er drückte die Schublade zu, wollte zum Bett zurück und hielt inne. Hier stimmte etwas nicht. Er drehte sich um, riß die zweite Schublade auf, nahm seine Brieftasche heraus und öffnete sie. Seine Dienstmarke und das Einführungsschreiben von Interpol waren weg.

»Osborn!« sagte er laut. »Verdammt!«

Kein Remmer. Kein McVey. Keine Polizei. Osborn lehnte sich zurück, als der Swissair-Flug Nr. 533 auf die Startbahn rollte und auf Starterlaubnis wartete. Er hatte das getan, was McVey vermutlich getan hätte: Er hatte die Swissair angerufen und den Leiter der Flugsicherheit verlangt. Als er mit ihm verbunden war, hatte er ihm erklärt, er sei ein Kriminalpolizist aus Los Angeles, der mit Interpol zusammenarbeite, und er sei einem Hauptverdächtigen im Zusammenhang mit dem Brandanschlag auf das Schloß Charlottenburg auf den Fersen. Der Mann sei mit dem Zug von Berlin nach Frankfurt gefahren und dort wiederum entkommen, wobei er drei Frankfurter Polizisten ermordet habe. Jetzt sei er auf dem Weg in die Schweiz. Nun müsse er, Osborn, dringend die Zehn-Uhr-zehn-Maschine nach Zürich erwischen. Ob es eine Möglichkeit gebe, ihn schnell durch den Check-in zu schleusen?

Um drei Minuten nach zehn wurde Osborn am Swissair-Gate des Frankfurter Flughafens vom Kapitän des Fluges 533 erwartet. Osborn stellte sich als Detective William McVey vom Los Angeles Police Department vor und präsentierte seinen 38er Revolver, seine Dienstmarke und sein Einführungsschreiben von Interpol: Mehr habe er nicht – Dienstausweis und Paß seien in der Eile im Berliner Hotel liegengeblieben. Aber er hatte noch ein Foto des Verdächtigen, eines Mannes namens von Holden. Der Kapitän studierte das Foto und überflog den Interpol-Brief; dann betrachtete er den Mann, der sich als Polizist aus L.A. ausgab. Detective McVey war unverkennbar Amerikaner, und die Säcke unter den Augen und die Bartstoppeln zeigten ebenso unverkennbar, daß er schon lange auf den Beinen war. Es war jetzt zehn Uhr sechs; in vier Minuten sollten sie planmäßig vom Gate ablegen.

»Detective ...« Der Kapitän schaute ihm starr ins Gesicht.

»Ja, Sir?« Was denkt er jetzt? Daß ich lüge? Daß ich vielleicht selber der Flüchtling bin und mir irgendwie McVeys Marke und seine Waffe besorgt habe? Wenn er dich bezichtigt, leugne. Bleib standfest. Du bist hier unter allen Umständen im Recht, und du hast keine Zeit für Diskussionen.

»Schußwaffen machen mich nervös ...«

»Mich auch.«

»Dann werde ich Ihre im Cockpit verwahren, bis wir landen, wenn Sie nichts dagegen haben.«

Und das war es gewesen. Der Kapitän ging an Bord, Osborn bezahlte sein Ticket mit D-Mark und nahm in der Touristenklasse gleich hinter dem Schott Platz. Er schloß die Augen und wartete auf das Heulen der Triebwerke und den Schub, der ihn in den Sitz pressen und ihm sagen würde, daß er es geschafft hatte, daß der Kapitän es sich nicht noch anders überlegen würde, daß McVey den Verlust seiner Sachen nicht bemerkt und die Polizei alarmiert hatte. Plötzlich brüllten die Triebwerke auf, und der Schub setzte ein. Dreißig Sekunden später waren sie in der Luft.

Osborn sah, wie die deutsche Landschaft hinter ihnen versank, während sie in eine dünne Wolkendecke hinaufstiegen. Dann waren sie im hellen Sonnenschein, und der tiefblaue Himmel bildete einen starken Kontrast zum Weiß der Wolken.

»Sir?«

Osborn nickte auf. Eine Stewardeß lächelte ihn an. »Der Flug ist nicht ausgebucht. Der Kapitän lädt Sie ein, in die erste Klasse zu kommen.«

»Vielen Dank.« Osborn lächelte dankbar und stand auf. Der Flug dauerte nicht lange, etwas mehr als eine Stunde nur, aber in der ersten Klasse könnte er sich zurücklehnen und vielleicht eine knappe Dreiviertelstunde schlafen. Und im Waschraum der ersten Klasse gab es vielleicht einen Rasierapparat und Rasiercreme; es wäre eine gute Gelegenheit, sich frisch zu machen.

Der Kapitän war offenbar ein Fan der Polizei im allgemeinen oder der Cops aus L. A. im besonderen, denn neben der VIP-Behandlung spendierte er Osborn noch etwas anderes, sehr viel Wertvolleres, als sie landeten: ein Ausweisschreiben für die Schweizer Flughafenpolizei, in dem er persönlich bestätigte, wer er sei und warum er ohne Paß ankomme, und außerdem mit Nachdruck darauf hinwies, wie sehr es bei der Verfolgung des Verdächtigen im Zusammenhang mit der Charlottenburger Brandkatastrophe auf Eile ankomme. Dieser Brief trug ihm die Begleitung eines hastigen Polizisten ein, der ihn durch die Schweizer Paßkontrolle schleuste und ihm von Herzen Glück wünschte.

Draußen gab der Kapitän ihm den Revolver zurück und fragte, wo er hin wolle und ob er ihn irgendwo absetzen könne.

»Danke, nein«, antwortete Osborn, er war sehr erleichtert, behielt aber sein Reiseziel mit Absicht für sich.

»Dann alles Gute.«

Osborn drückte ihm die Hand. »Wenn Sie mal nach Los Angeles kommen, besuchen Sie mich. Ich spendiere Ihnen einen Drink.«

»Das werde ich tun.«

Es war jetzt elf Uhr zwanzig am Samstag morgen, dem 15. Oktober. Um elf Uhr fünfunddreißig saß Osborn im Eurocity und verließ Zürich. Um zwölf Uhr fünfundvierzig würde er in Bern eintreffen, vierunddreißig Minuten nach von Holdens Ankunft aus Frankfurt. Inzwischen dürfte Remmer die Züge nach Straßburg und Genf durchgekämmt und nichts gefunden haben. Er würde ein langes Gesicht machen. Er müßte jetzt woanders suchen. Aber wo?

Dann fiel Osborn ein: Wenn der Schwarze Remmer angelogen hatte, warum nicht auch ihn? Wenn er jetzt nach Bern kam, hatte er dann den Abstand zwischen sich und von Holden auf dreißig Minuten verringert? Oder stand er da wie Remmer – mit nichts? Wieder einmal mit gar nichts?

136

In einer Viertelstunde würde Osborn in Bern sein, und er mußte sich jetzt überlegen, was er tun würde, wenn er dort ankäme. Vielleicht hatte er den Abstand zwischen sich und von Holden beträchtlich verringert, aber vierunddreißig Minuten betrug er immer noch. Von Holden wußte, wo er hin wollte, Osborn nicht. Er mußte sich jetzt in von Holden hineinversetzen. Wo kam er her, was lag hinter ihm, wo fuhr er hin, und warum?

Bern, das hatte er in Frankfurt erfahren, als er sich nach der schnellsten Möglichkeit, dort hinzukommen, erkundigt hatte, besaß einen kleinen Flughafen mit Verbindungen nach London, Paris, Nizza, Venedig und Lugano. Aber sie waren spärlich; die Maschinen gingen nicht stündlich, sondern täglich. Und ein kleiner Flughafen war leicht zu überwachen. Das würde von Holden sich überlegen. Vorteilhaft wäre ein Privatflugzeug. Es konnte sein, daß ihn dort eines erwartete.

Ein Gegenzug donnerte vorüber. Dann war er weg, und an seiner Stelle sah man grüne Felder und dahinter steile, dichtbewaldete Berge. Für eine Weile verlor Osborn sich in der Schönheit der Landschaft, der Klarheit des blauen Himmels über dem strahlenden Grün, dem Sonnenlicht, das auf jedem Blatt zu tanzen schien.

Plötzlich fand er Trost in seiner Überzeugung, daß es nicht Vera war, sondern eine andere Frau, die mit von Holden unterwegs war. Er war sicher, daß Vera ganz legal aus dem Gefängnis entlassen worden und in diesem Augenblick auf dem Heimweg nach Paris war. Als er so an sie dachte und sich vorstellte, wie sie unversehrt wieder in ihre Wohnung kam und das Leben führte, das sie geführt hatte, bevor all das passiert war, da überkam ihn eine Sehnsucht, die schmerzhaft und schön zugleich war, die Sehnsucht nach einem gemeinsamen Leben mit ihr. Und vor der Schweizer Landschaft sah er Kinder und hörte ihr Lachen, er sah Veras Gesicht und fühlte die Berührung ihrer Wange an seiner. Er sah, wie sie lächelten und einander bei den Händen hielten, und –

»Die Fahrkarte bitte.«

Osborn blickte auf. Ein junger Schaffner stand neben ihm mit einer schwarzen Ledertasche an der Schulter.

»Sorry ...?«

Der Schaffner lächelte. »Your ticket, please.«

»Ja.« Osborn griff in die Tasche und reichte dem Schaffner seine Fahrkarte. Dann fiel ihm etwas ein. »Entschuldigen Sie. Ich treffe mich in Bern mit jemandem; er kommt mit dem Zug aus Frankfurt, der um zwölf Uhr zwölf in Bern ist. Er ... äh, er weiß nicht, daß ich komme. Es soll eine – Überraschung sein.«

»Wissen Sie, wo er in Bern wohnt?«

»Nein, ich ...« Genau das war es. Bern war niemals von Holdens Reiseziel; es konnte ihm nur darum gegangen sein, nach dem Mord an den drei Polizisten so rasch wie möglich ins Ausland zu entkommen. Aber wenn das so war, dann erwartete ihn in Bern kein Privatflugzeug.

»Ich glaube, er fährt mit einem anderen Zug weiter. Vielleicht nach ...« Wohin würde er fahren? Nicht zurück nach Deutschland. Nicht in den Osten; dort wäre die Lage zu unübersichtlich. »Nach Frankreich vielleicht. Oder nach Italien. Er ist ... Vertreter.«

Der Schaffner schaute ihn an. »Aber was möchten Sie denn wissen?«

»Ich ...« Osborn grinste betreten. Der Schaffner hatte ihm geholfen, seine Gedanken zu ordnen – aber er hatte recht: Was wollte Osborn von ihm? »Ich glaube, ich habe mir nur überlegt, was ich als nächstes tun soll, wenn ich ihn verpasse. Wissen Sie – wenn er schon weg ist und nicht noch auf einen anderen Zug wartet.«

»Tja, das beste wäre, wenn Sie einen Eurail-Fahrplan nehmen und nachsehen, welche Züge in Bern abfahren, zwischen zwölf Uhr zwölf, wenn er ankommt, und zwölf Uhr vierundvierzig, wenn Sie da sind. Und ich schlage vor, ihn ausrufen zu lassen, wenn Sie im Bahnhof sind.«

»Ausrufen?«

»Ja, Sir.« Der Schaffner nickte, reichte Osborn ein Fahrplanheft und ging weiter.

Osborn starrte ins Leere. »Ihn ausrufen lassen ...«

Von Holden wartete vor einer Konditorei in den Tiefen des Berner Hauptbahnhofs. Vera war auf die Damentoilette gegenüber gegangen. Sie war erschöpft und hatte während der ganzen Reise kaum gesprochen, aber er wußte, daß sie an Osborn dachte. Und deshalb, weil sie sicher war, daß er sie zu ihm brachte, zweifelte er nicht daran, daß sie zu ihm zurückkommen würde, wie sie es versprochen hatte.

Die erste Stunde der Fahrt von Frankfurt nach Bern war seine größte Sorge gewesen. Wenn der schwarze Imbißkellner nicht so eingeschüchtert gewesen wäre, wie er ausgesehen hatte, als von Holden ihn beiseite genommen und ihm gedroht hatte, und der Polizei verriete, in welchen Zug von Holden in Wirklichkeit gestiegen war – sie hätten den Zug im Handumdrehen mit einem kompletten Polizeieinsatzkommando gestoppt. Aber das war nicht passiert. Und auch bei der Ankunft in Bern hatte er nicht mehr als das übliche Aufgebot an Bahnpolizisten gesehen.

Um sieben Minuten vor eins kam Vera aus der Toilette und kam mit, als er zwei Mehrtagekarten für das Eurail-Netz kaufte, mit denen sie überall in Europa hinfahren konnten. Damit wären sie flexibel, sagte er ihr. Er sagte ihr nicht, daß sie damit ganz unvermittelt in irgendeinen Zug steigen könnten, ohne daß sie wüßte, wohin er fuhr.

»Achtung bitte. Herr von Holden zum Telefon. Herr von Holden, bitte zum Telefon.«

Von Holden erschrak. Er wurde über das öffentliche Lautsprechersystem ausgerufen. Was war los? Wer konnte wissen, daß er hier war?

»Achtung bitte. Herr von Holden, bitte zum Telefon.«

Osborn stand an der Reihe der Münztelefone, mit dem Rücken zur Wand. Von hier aus konnte er fast die ganze Bahnhofshalle übersehen. Fahrkartenschalter, Restaurants, Wechselstube. Wenn von Holden wirklich im Bahnhof war – eine vage Möglichkeit nur, denn seit von Holdens Ankunft hatten dreizehn Züge den Berner Hauptbahnhof verlassen: sechs blieben in der Schweiz, einer fuhr nach Amsterdam, die übrigen nach Italien –, aber *wenn* er da war und zu einem der öffentlichen Servicetelefone ging, dann würde Osborn ihn höchstwahrscheinlich sehen. Eine andere Möglichkeit bestand darin, daß er oben auf einem der Bahnsteige auf einen Zug wartete. Osborn hatte bei der Einfahrt aus Zürich mindestens acht Gleise gezählt.

»Sorry Sir. Mr. von Holden meldet sich nicht«, sagte die Telefonistin auf englisch.

»Würden Sie es bitte noch einmal versuchen? Es ist sehr wichtig.«

Der Aufruf kam noch einmal. Von Holden nahm Vera beim Arm und zog sie rasch weg von den Fahrkartenschaltern und in den Gang, der zu den Bahnsteigen führte.

»Wer ist das? Wer läßt Sie da ausrufen?«

»Ich weiß es nicht.« Von Holden schaute sich um. Er sah niemanden, den er kannte. Sie bogen um die Ecke und gingen die Treppe zum Bahnsteig hinauf. Als sie oben ankamen, wartete ein Zug am hinteren Ende der Bahnhofshalle.

Osborn legte auf und ging zu den Bahnsteigen. Wenn von Holden im Bahnhof war, dann hatte er auf den Aufruf nicht reagiert, und Osborn hatte ihn auch nicht unter den Leuten gesehen, die zu den Bahnsteigen gingen. Wenn er also hier war, konnte er nur noch auf einem der Bahnsteige sein, entweder schon im Zug oder im Begriff, einzusteigen.

Jetzt war Osborn in der Unterführung zu den Bahnsteigen. Rechts und links führten Treppen nach oben, und er konnte zwischen mindestens vier Bahnsteigen wählen. Er entschied sich für den dritten, denn so würde er irgendwo in der Mitte des Bahnhofs rauskommen.

Mit pochendem Herzen lief er die Treppe hinauf. Er erwartete, den Bahnhof voller Menschen zu sehen, wie er bei seiner Ankunft gewesen war. Aber zu seinem Erstaunen war die Halle beinahe verlassen. Dann sah er einen Zug am hinteren Ende stehen, zwei Gleise weiter. Ein Mann und eine Frau gingen schnell darauf zu. Er konnte sie beide nicht deutlich erkennen, aber er sah doch, daß der Mann irgendeine Tasche über der Schulter trug. Osborn rannte auf dem Bahnsteig entlang. Er wagte nicht, über den Gleiskörper zu springen; er wußte nicht, ob es eine Stromschiene gab, die ihm einen tödlichen Schlag verpassen könnte. Jetzt hatte das Paar den Zug fast erreicht; sie wandten ihm immer noch den Rücken zu. Osborn rannte, so schnell er konnte, und hatte sie fast überholt. Dann hatten sie den Zug erreicht, und der Mann half der Frau beim Einsteigen, drehte sich noch einmal um und schaute herüber. Osborn kam schlitternd zum Stehen. Einen kurzen Augenblick lang starrten sie einander an; dann stieg der Mann die Stufe hinauf und verschwand im Zug. Im nächsten Moment setzte sich der Zug mit einem Ruck in Bewegung. Er wurde immer schneller und verließ den Bahnhof.

Osborn stand wie angewurzelt da. Das Gesicht, das da vom Zug herübergeschaut hatte, war dasselbe Gesicht gewesen, das ihn in jener Nacht im Tiergarten angestarrt hatte. Das Gesicht, das aus den Videobildern von dem Haus in der Hauptstraße herausgeblickt hatte. Von Holden. Die Frau hatte er nur eine Sekunde lang gesehen, als sie eingestiegen war. Aber in dieser Sekunde war seine Welt und alles, was darin war, vernichtet worden. Es war keine Frage mehr, wer sie gewesen war. Überhaupt keine Frage.

Vera.

137

»Pascal«, hatte Scholl gesagt, »behandeln Sie den jungen Arzt mit größtem Respekt. Töten Sie ihn zuerst.«

»Ja …«, hatte von Holden geantwortet.

Aber er hatte es nicht getan. Aus unzähligen Gründen hatte er es nicht getan. Aber auf Gründe kam es nicht an, wenn sie Vorwände waren. Osborn lebte noch, und er war ihm nach Bern gefolgt. Wie ihm das hatte gelingen können, war unbegreiflich. Aber es war eine Tatsache. Und es war auch eine Tatsache, daß er mit dem nächsten Zug nachkommen würde.

»Interlaken«, hatte die Bahnsteigaufsicht gesagt, als Osborn sich erkundigt hatte, wohin der Zug fuhr, der soeben den Bahnhof verlassen hatte. Der Zug nach Interlaken fahre alle halbe Stunde.

»Danke«, sagte Osborn.

Benommen ging er in die Schalterhalle hinunter. Er wollte gern glauben, daß Vera von Holdens Gefangene war und gegen ihren Willen von ihm festgehalten wurde. Aber so war es nicht, und das wußte er; man sah es an der Art, wie sie zusammen zum Zug gegangen waren. Es kam also nicht darauf an, was er glauben wollte. Die Wahrheit stand vor ihm, und McVey hatte recht gehabt. Vera gehörte der Organisation an, und wo von Holden hinging, da würde auch sie hingehen. Osborn war dumm gewesen, ihr zu glauben und sich in sie zu verlieben.

Er kam zum Fahrkartenschalter und wollte eben eine Fahrkarte nach Interlaken kaufen, als ihm einfiel, daß es sich dabei vielleicht wieder nur um eine Zwischenstation handelte. Vielleicht würden sie noch einmal umsteigen, zweimal oder öfter. Er konnte nicht jedesmal ein neues Ticket kaufen. Also benutzte er die Kreditkarte und kaufte eine Netzkarte für fünf Tage. Jetzt war es dreizehn Uhr fünfzehn; in einer Viertelstunde ging der nächste Zug nach Interlaken.

Osborn ging in ein Restaurant, bestellte sich eine Tasse Kaffee und setzte sich. Er mußte nachdenken. Sofort war ihm klar, daß er keine Ahnung hatte, wo Interlaken war. Wenn er es wüßte, würde er sich vielleicht vorstellen können, wohin von Holden wollte. Er stand auf, ging nach nebenan zu einem Zeitschriftenstand und kaufte eine Karte und einen Reiseführer für die Schweiz. In der Ferne hörte er, wie ein Zug auf deutsch angekündigt wurde. Er verstand nur einWort, aber mehr brauchte er auch nicht: »Interlaken.«

»Wie weit ist es noch?« fragte Vera über dem Klicken der Räder, als der Zug langsam in die Kleinstadt Thun rollte. Sie hatte halb dösend ins Leere gestarrt, aber jetzt setzte sie sich auf und fragte ihn direkt. Draußen zog der mächtige Turm der Festung Thun vorüber wie ein brütender Steinriese, gefangen im zwölften Jahrhundert.

Von Holden hielt Ausschau nach Polizisten, als sie in den Bahnhof einfuhren. Wenn Osborn die Behörde alarmiert hätte, wäre es naheliegend, den Zug gleich in Thun anzuhalten und zu durchsuchen. Darauf mußte er vorbereitet sein. Vera hatte Osborn nicht gesehen, da war er sicher, denn sonst hätte sie sich nicht so benommen. Aber aus eben diesem Grund hatte er sie ja mitgenommen: Sie war ein As, das seine Verfolger nicht hatten.

Sekunden später waren sie im Bahnhof. Wenn der Zug hier anhalten sollte, mußte er es jetzt tun. Aber ebenso schnell hatten sie den Bahnhof hinter sich gelassen, und der Zug fuhr wieder schneller. Von Holden seufzte erleichtert, und bald waren sie wieder auf dem Lande und fuhren am Ufer des Thuner Sees entlang.

»Ich habe gefragt, wie weit es noch –«

Von Holden sah sie an. »Ich bin nicht befugt, Ihnen unser Fahrtziel zu verraten. Das ist gegen meine Anweisungen.«

Abrupt stand er auf und ging den Gang hinunter zur Toilette. Der Zug war fast leer. Die frühen Züge dürften überfüllt gewesen sein. Samstags brachen die Leute früh zu Ausflügen in die Berge auf, damit sie den ganzen Tag Zeit hatten, die ergreifende Alpenlandschaft zu erkunden. In Interlaken würden von Holden und Vera umsteigen, und sie würden von einem Ende des Bahnhofs zum anderen gehen. Zwischen den Zügen hätte von Holden genug Zeit; es wäre eine handfeste Gelegenheit.

Beim Einsteigen mit Vera würde er sich unter einem Vorwand zurückziehen – er müsse telefonieren oder so etwas –; er würde sie im Zug sitzenlassen, wieder aussteigen und auf Osborn warten, und wenn er käme, würde er ihn umbringen.

138

Der Zug mit Osborn verließ Bern über eine Brücke, die sich über das Stahlgrün der Aare spannte; im Hintergrund, hoch über der Stadt, ragte das prachtvolle gotische Münster. Dann lehnte der Zug sich in eine Kurve und beschleunigte seine Fahrt, und der Blick auf die Kathedrale verlor sich in einem Gewirr von Gleisen und Lagerschuppen, zwischen vorüberziehenden Bäumen und schließlich hinter den grünen Feldern.

Osborn lehnte sich zurück, schob die Hand in die Jacke und fühlte den soliden Kolben von McVeys 38er, der in seinem Hosenbund steckte. McVey würde inzwischen gemerkt haben, daß er verschwunden war, zusammen mit seiner Dienstmarke und den Papieren, und er würde nicht lange brauchen, um sich auszurechnen, was passiert war und wer die Sachen genommen hatte. Aber McVeys Wut war jetzt nicht mehr wichtig. Sie wohnte woanders, in einer anderen Welt.

Das Studium der Karte hatte Osborn gezeigt, daß Interlaken südöstlich von Bern lag. Von Holden fuhr tiefer ins Landesinere, nicht hinaus. Was gab es in Interlaken oder dahinter?

Zwischen vorüberhuschenden Bäumen sah Osborn das Sonnenlicht auf einem Fluß oder einem See blinken; seine Gedanken wanderten zu dem schwarzen Rucksack, den von Holden beim Einsteigen über der Schulter getragen hatte. Es war etwas drin gewesen, klobig, kastenförmig, und er erinnerte sich an das, was Remmer gesagt hatte, als sie Berlin verlassen hatten. Die alte Frau, die von Holden beim Aussteigen aus dem Taxi gesehen hatte, hatte erzählt, er habe einen weißen Plastikbehälter an einem Schulterriemen getragen. Die Zeugen vom Frankfurter Bahnhof hatten das gleiche berichtet. Das bedeutete, er hatte das Ding aus dem Taxi zum Zug Berlin–Frankfurt geschleppt und auch in Frankfurt wieder mitgenommen.

»Wenn ich soeben drei Polizisten umgebracht hätte und so schnell wie möglich verschwinden wollte, würde ich mich dann um einen Kasten kümmern?« überlegte Osborn. »Ja, wenn er wichtig wäre.«

Was immer es sein mochte, es befand sich jetzt in dem schwarzen Rucksack, und von Holden hatte es noch bei sich. Aber das half Osborn nicht zu begreifen, wohin er fuhr oder was er tun würde, wenn er dort ankäme. Dann merkte er, daß er in Gedanken die ganze Zeit in dem Schweizer Reiseführer geblättert hatte, den er in Bern gekauft hatte. Er merkte es, weil ihm da etwas ins Auge gefallen war. Es war kein Bild. Es war ein Wort.

Er las den ganzen Abschnitt. »Von der Gleisseite des Bahnhofs Jungfraujoch – des höchstgelegenen Bahnhofs in Europa – führt ein Felsenkorridor hinauf zum Berghaus, Europas höchstgelegenem Hotel und Restaurant. Es brannte 1972 ab, wurde aber ersetzt durch das hübsche Café-Restaurant ›Gasthaus über den Wolken‹.«

»Berghaus.« Er sprach den Namen laut aus, und es überlief ihn eiskalt. Berghaus hatte die Firma geheißen, die das Fest für Egon Leyberger im Schloß Charlottenburg gesponsert hatte.

Hastig faltete er die Karte auseinander und fuhr mit dem Finger darüber. Das Jungfraujoch lag unter dem Gipfel der Jungfrau, eines der höchsten Berge der Alpen, Teil desselben Massivs wie Mönch und Eiger. Ein Blick in den Reiseführer ergab, daß die höchstgelegene Eisenbahn Europas, die Jungfraubahn, dort hinaufführte. Und plötzlich sträubten sich ihm die Nackenhaare. Ausgangsbahnhof für die Fahrt auf die Jungfrau war Interlaken.

139

McVey wollte Remmer, und er bekam ihn auch. Endlich. Um dreizehn Uhr fünfundvierzig.

»Wo zum Teufel ist Osborn?«

Remmer war in Straßburg, und es rauschte in der Leitung. »Ich weiß es nicht«, kam knisternd seine Stimme aus dem Hörer.

»Remmer! – Der Scheißkerl hat meine Dienstmarke, meinen Interpol-Brief und meinen Revolver! Also, wo zum Teufel steckt er?«

Das Rauschen wurde lauter, plötzlich knackte es laut, man hörte drei Takte Beethoven und dann einen Wählton. Kochend vor Wut legte McVey auf.

»Gottverdammtnochmal!«

Die Sonnenstrahlen fielen schräg über den Bahnhof, als der Zug aus Bern langsam in den Bahnhof Interlaken einfuhr. Stahl kreischte auf Stahl, und der Zug hielt. Ein Schaffner stieg die Stufen des ersten Wagens herunter, gefolgt von drei Mädchen in Schuluniformen. Ein halbes Dutzend unauffälliger Leute verließ den zweiten Wagen, überquerte den Bahnsteig und ging in die Bahnhofshalle. Rund zwanzig amerikanische Eisenbahnfans stiegen lärmend aus dem dritten Wagen und zogen geschlossen ab. Dann war alles still. Der Zug stand wie ein zurückgelassenes Spielzeug vor der Kulisse der Alpen.

Dann berührte auf der dem Bahnhof abgewandten Seite ein Fuß den Schotter zwischen den Gleisen. Nach kurzem Zögern kam ein zweiter Fuß herunter. Osborn drehte sich um und marschierte eilig am Zug entlang bis zum Ende. Er schob sich behutsam um den letzten Wagen herum und schaute sich um. Der Bahnsteig war leer, die Gleise davor ebenfalls. Wieder tastete er nach dem Revolver in seinem Hosenbund. Es gab keinen Zweifel, daß von Holden ihn auf dem Bahnsteig in Bern erkannt hatte. Und von Holden würde nicht daran zweifeln, daß Osborn im nächsten Zug sitzen würde. Rückblickend wünschte er, er hätte niemals den Rat des Schaffners befolgt und von Holden in Bern ausrufen lassen. Er hatte damit nichts erreicht, außer von Holden zu verraten, daß er verfolgt wurde. Hatte er etwa geglaubt, der Mann wäre so dumm, sich auf das Ausrufen hin tatsächlich zu melden? Es war ein Fehler gewesen, ebenso wie die Tatsache, daß er über den Bahnsteig gerannt war und dadurch Aufmerksamkeit erregt hatte. Noch ein solcher Fehler, und es könnte ihn das Leben kosten.

In der Ferne hörte er einen Zug pfeifen. Dann wurde über den Lautsprecher der Zug zum Jungfraujoch angekündigt. Wenn er ihn verpaßte, würde er dreißig Minuten auf den nächsten warten müssen, und dann läge er eine Stunde hinter von Holden zurück. Es sei denn, von Holden war noch irgendwo hier und erwartete ihn.

Wieder kam die Lautsprecheransage für den Zug zum Jungfraujoch. Wenn er ihn erreichen wollte, mußte er von da, wo er war, die Gleise überqueren und den ganzen Bahnsteig entlanggehen. Von Holden würde das wissen. Wenn er noch hier war und ihm auflauerte, bestand Osborns einziger Vorteil darin, daß es hellichter Nachmittag war, strahlender Sonnenschein, ein kleiner, öffentlicher Bahnhof. Es wäre ein waghalsiger Schachzug gewesen, und von Holden wäre tollkühn, wenn er glaubte, mit so etwas davonzukommen. Aber war nicht genau dies auch mit seinem Vater passiert?

Osborn suchte noch einmal den Bahnhof ab; dann kam er hinter dem Zug hervor, überquerte den Bahnsteig und ging zum anderen Ende hinunter. Er ging schnell, mit offenem Jackett, die Hand auf der Waffe. Alle seine Sinne waren hellwach. Eine Bewegung im Schatten, Schritte hinter ihm, jemand, der plötzlich aus einer Türnische trat. Die Erinnerung an Paris durchzuckte ihn, der große Mann, tot auf dem Gehweg vor La Coupole in Montparnasse, und McVey, der dessen Hosenbein hochschob und die Beinstümpfe entblößte, die es ihm erlaubt hatten, nach Belieben größer oder kleiner zu sein. Hatte von Holden die gleichen Tricks auf Lager? Oder kannte er andere, noch bizarrere und einfallsreichere?

Osborn hielt sich in der Mitte des Bahnsteigs, wo alle Welt ihn sehen konnte. Er kam an einem alten Mann vorbei, der langsam und auf einen Stock gestützt daherhumpelte, und er fragte sich, ob er wohl selbst so lange leben würde.

Ein alter Mann mit einem Stock!

Osborn wirbelte herum, die Hand unter dem Jackett, bereit, den Revolver herauszureißen und zu schießen. Aber der alte Mann war ein alter Mann und ging immer weiter. Wieder pfiff der Zug, und Osborn wandte sich um. Schon sah er die amerikanischen Eisenbahnfreunde vor sich. Auch sie wollten zur Jungfraubahn. Wenn er sie einholen könnte, könnte er sich einfach unter sie mischen.

»Achtung, Achtung! Dr. Osborn, bitte zum Telefon!« Die Lautsprecherdurchsage hallte durch den Bahnhof. Osborn blieb wie angewurzelt stehen. Von Holden wußte nicht nur, daß er da war, er kannte auch seinen Namen.

»Dr. Osborn aus den Vereinigten Staaten, bitte zum Telefon!«

Osborn sah sich nach einem Telefon um. An der Seite des Bahnhofsgebäudes entdeckte er zwei Stück, eine Doppeltelefonzelle. Beide waren frei. Sein erster Impuls war es, jemanden zu fragen, wo der Durchsagensprecher saß, aber dazu hatte er keine Zeit. Er sah, wie die letzten Amerikaner soeben in den Zug stiegen. Was wollte von Holden? Hatte er sich irgendwo mit einem Scharfschützengewehr postiert, mit dem er jetzt die Telefone anvisierte? Oder hatte er einen Hightech-Sprengsatz mit den Telefonen verbunden, der automatisch losging, wenn jemand den Hörer abnahm, oder der sich per Funksteuerung zünden ließe wie die Explosion im Hotel Borggreve?

Der letzte Aufruf für den Zug zum Jungfraujoch war gefolgt von der Ankündigung eines einfahrenden Zuges. Dann wurde Osborn noch einmal aufgerufen. Er sah, wie Schaffner die letzten Fahrgäste in den Zug schoben.

Denk nach! Denk nach! befahl Osborn sich selbst. Du weißt nichts über die Station am Jungfraujoch, oder was von Holden vorhat, wenn er dort hinkommt. Wenn es ein Trick ist und du den Zug verpaßt, dann hat er eine volle Stunde Vorsprung. Genug Zeit, um endgültig zu entkommen, nachdem er nun gemerkt hat, wie dicht du ihm auf den Fersen bist. Aber wenn er noch hier ist und dich beobachtet, und wenn du jetzt in den Zug steigst, dann braucht er nur zu warten, bis du abfährst, und er ist aus dem Schneider. Nimmt den nächstbesten Zug, und du hörst nie wieder von ihm. Vielleicht wollte er überhaupt nie zum Jungfraujoch. Aber wenn doch? Jungfraujoch ist die letzte Station auf der Strecke. Wenn er wegen der Berghaus-Geschichte dort hinauf will, dann frag dich, *warum!* Was hat er vor? Wenn er das, was er da in seinem Rucksack hat, von Berlin nach Interlaken geschleppt hat – zumal nach dem Brand im Schloß Charlottenburg und nach dem Mord an den Frankfurter Polizisten –, dann muß es von großer, vielleicht von entscheidender Bedeutung für die Organisation sein. Und dann bringt er es vielleicht jemandem am Jungfraujoch, jemandem, der noch mächtiger ist als Scholl. Und wenn das der Fall ist, was ist ihm dann wichtiger: die Mission oder der einzelne Mann, der versucht, ihn aufzuhalten? Wenn er mich hier umbringt, hat er es geschafft. Aber wenn etwas schiefgeht und er mich verfehlt oder erwischt wird, dann ist sein Unternehmen hier zu Ende.

»Achtung, Dr. Osborn. Bitte zum Telefon.«

Nein! Nicht darauf hereinfallen! Er läßt dich ausrufen, aber das ist ein Trick. Er ist bereits mit dem letzten Zug weitergefahren! Und im nächsten Augenblick setzte Osborn sich in Bewegung und rannte auf den Zug zu. Einen Moment später packte er den Türgriff und schwang sich an Bord, und beinahe gleichzeitig setzte der Zug sich in Bewegung. Hinter ihm versanken langsam die bunten Hotels und

Chalets von Interlaken und die Blumenkästen mit den immer noch in voller Blüte stehenden Geranien. Er spürte, daß der Zug den Aufstieg begann, er sah das satte Rot und Gelb des Herbstlaubes und dahinter, als die Steigung steiler wurde, die dunkelblaue Fläche des Thuner Sees.

140

Genosse Oberleutnant, hatten sie ihn bei den Speznas genannt. Wer und was war er jetzt? Immer noch Leiter der Sicherheit, oder endlich der Einzelkämpfer mit der entscheidenden Mission seines Lebens? Beides, dachte er. Beides.

Hinter ihm schaute Vera hinaus in die vorüberziehende Landschaft und vertrieb sich damit, schätzte er, zufrieden die Zeit. Von Holden wechselte die Position und schaute aus dem Fenster. Augenblicke zuvor waren sie in Grindelwald umgestiegen, und jetzt hörte er das Mahlen der Zahnräder, die die mittlere Schiene erfaßten, während der Zug steil bergauf fuhr, inmitten von grünen Almen, übersät von Blumen und grasenden Milchkühen.

In zwanzig Minuten würden sie die Kleine Scheidegg erreichen, die Wiesen würden unmittelbar am Fuße der Alpen zu Ende sein. Dort würden sie ein letztes Mal umsteigen, diesmal in den braungelben Zug der Jungfraubahn, die sie in die höchsten Höhen der Alpen hinaufbringen würde, vorbei an den Stationen Eigerwand und Eismeer bis hinauf zum Jungfraujoch. Zu seiner Linken sah von Holden den Eiger, dahinter den schneebedeckten Gipfel des Mönch. Und dahinter, noch nicht sichtbar, aber ihm so vertraut wie die Innenfläche seiner Hand, ragte die Jungfrau. Ihr über viertausend Meter hoher Gipfel lag noch rund achthundert Meter höher als das Ende der Bahnstrecke bei der Station Jungfraujoch.

Thun war die erste Station gewesen, wo die Polizei den Zug hätte aufhalten können. Da sie es nicht getan hatte, war nur Interlaken geblieben. Dort aber war auch keine Polizei gewesen, und das bedeutete: Wie immer es Osborn gelungen sein mochte, ihn einzuholen, er hatte es allein geschafft. Wie viele Züge pro Tag durch Interlaken fuhren, wußte von Holden nicht. Er wußte aber, daß zehn Minuten nach der Ankunft seines Zuges aus Bern ein Zug nach Luzern abgefahren war.

Luzern war eine wichtige Drehscheibe für so unterschiedliche Ziele wie Holland, Belgien, Österreich, Luxemburg und Italien. Das Jungfraujoch war ein Abstecher, ein Ausflugsziel für Touristen, Alpenwanderer oder ernsthafte Bergsteiger. Von Holden war ein Mann auf der Flucht vor der Polizei; man konnte kaum erwarten, daß er einen müßigen Nachmittagsausflug ins Gebirge unternahm, zumal das Ziel eine Sackgasse war. Nein, er würde versuchen, möglichst viel Abstand zwischen sich und seine Verfolger zu bringen. Und wenn er dabei über die Grenze in ein anderes Land wechseln könnte – um so besser.

Von Holden hatte den Gedanken, Osborn in Interlaken umzubringen, als zu riskant aufgegeben. Statt dessen hatte er Osborns Trick gegen ihn gewendet und ihn ausrufen lassen, um ihn aus dem Konzept zu bringen und um ihm angst zu machen. Er mußte seine Gerissenheit und seinen Instinkt, die ihn so weit gebracht hatten, verwirren und ihn planlos der letzten Möglichkeit nachhetzen lassen. Logisch. Nach der Ankunft aus Bern gab es nur zwei Möglichkeiten, Interlaken wieder zu verlassen: den Zug hinauf in die Berge und die Schmalspurbahn nach Luzern. Und ein Zug nach Luzern, würde Osborn erfahren, hatte Interlaken wenige Minuten nach von Holdens Ankunft aus Bern verlassen. Von Holden dürfte nichts anderes übriggeblieben sein, als ihn zu nehmen. Das würde Osborn akzeptieren, und er würde sich in aller Hast in den nächsten Zug stürzen und einen Schatten verfolgen.

Osborn sprang in der Station Grindelwald aus dem Zug und lief eilig hinüber zu den Waggons des wartenden Zuges, der ihn zur Kleinen Scheidegg und zu letzten Etappe der Fahrt zum Jungfraujoch bringen würde. Diesmal gab es kein Zögern. Er war sicher, daß von Holden in dem Zug vor ihm gewesen war und nicht hier auf ihn lauerte. Von Holden war arrogant genug, um zu glauben, daß er ihn in Interlaken abgehängt hatte und daß Osborn noch dort war, ratlos und voller Angst, oder daß er – besser noch – das Nächstliegende getan hatte und dem Zug nach Luzern nachgefahren war.

Die Station Jungfraujoch, soviel hatte er in einer kurzen Unterhaltung mit einem der amerikanischen Eisenbahnfreunde im Zug erfahren, bestand aus einem winzigen Postamt und Souvenirladen, einer Touristenattraktion namens Eispalast, wo Eisskulpturen buchstäblich in die Wände des Gletschers gehauen waren, auf dem die Station stand, einer kleinen, unbemannten Wetterstation und dem

»Gasthaus über den Wolken«. Das alles stand auf verschiedenen Ebenen und war durch Fahrstühle miteinander verbunden. Davon abgesehen gab es dort nur den Berg und die trostlose Fläche des weiten Aletsch-Gletschers im Vordergrund. Wenn von Holden sich mit jemandem treffen wollte, um ihm den Inhalt des Rucksacks zu übergeben, dann müßte er es innerhalb der Station tun. Wer es sein würde, oder wo es stattfinden könnte, konnte Osborn sich nicht denken. Aber bis er dort war, konnte er nichts unternehmen.

Mit einem scharfen Knirschen der Zahnräder legte der Zug sich in eine Kurve, und zum ersten Mal sah Osborn die ganze Weite der Berge über sich. Ihre Gipfel hoben sich grellweiß vor dem Spätnachmittagshimmel ab. Der nächste war der Eiger, und selbst aus dieser Entfernung sah er die vom Wind getriebenen Schneeteufel, die dicht unter dem Gipfel tanzten.

141

Von Holden beobachtete ebenfalls die Berge und hielt Ausschau nach einem Wolkenschleier oder ungelegenem Schneetreiben, das auf zunehmenden Wind und ein aufziehendes Unwetter deuten könnte. Aber er sah nichts, und das war zur Abwechslung ein gutes Zeichen. Es würde die Sache später erleichtern, wenn es ein Problem gäbe und er auf den Berg hinaus müßte.

Vera saß ihm gegenüber und sah ihn an. Er war in Gedanken ganz woanders. Irgend etwas an ihm beunruhigte sie zunehmend. Aber es war etwas Unbestimmtes, und sie hätte es nicht genau benennen können. Ja, er war Polizist. Ja, er brachte sie zu Paul Osborn. Das mußte wahr sein, denn sie war aus der Haft in seinen Gewahrsam übergeben worden, und er wußte Dinge, die er nicht wissen konnte, wenn er nicht das war, wofür er sich ausgab. Trotzdem stimmte da etwas nicht, und sie hätte gern gewußt, was es war. Sie hob den Kopf und sah seinen Nylonrucksack über ihnen im Gepäcknetz. Seit Berlin schleppte er ihn mit, und sie hatte bis jetzt eigentlich nicht darüber nachgedacht – was es war, was darinsteckte.

»Beweismaterial«, sagte von Holden ruhig.

Der Zug fuhr jetzt steil bergauf; Felsformationen, rauschende Bergbäche und Wasserfälle versanken zu beiden Seiten unter ihnen.

»Dokumente und anderes, was den Kern der Neonazi-Bewegung enttarnt. Namen, Orte, Finanzdaten.«

In ihrem Wagen saß noch ein halbes Dutzend anderer Fahrgäste, und im Wagen vor ihnen ebenfalls. Die Zahnradlokomotive des kleinen Zwei-Wagen-Zuges schob von hinten. Vera wurde aggressiv, und das gefiel von Holden nicht. Das Trauma, das die Strapaze in Berlin verursacht und das durch die Morde in Frankfurt noch verstärkt worden war, ließ allmählich nach. Sie kam wieder zu sich, fing an, ihre Situation zu betrachten, zu erkunden, vielleicht sogar zu bezweifeln. Das bedeutete, daß er ihr einen Schritt voraus bleiben, daß er ihr ein Stück von sich selbst anbieten mußte, um ihr Vertrauen zu behalten.

»Ich glaube, ich kann Ihnen jetzt gefahrlos sagen, daß wir zum Jungfraujoch hinauffahren.« Er lächelte. »Man nennt es den Gipfel Europas. Sie können eine Karte vom höchsten Postamt des Kontinents verschicken.«

»Und da ist Paul?«

»Ja. Und eine gesicherte Aufbewahrungskammer für die Dokumente.«

»Wie geht es denn weiter, wenn wir dort ankommen?«

»Das kann ich Ihnen nicht sagen. Ich habe den Befehl, Sie und die Dokumente unversehrt dort abzuliefern. Danach« – er lächelte wieder – »kann ich hoffentlich nach Hause.«

Plötzlich drang der Zug in einen Tunnel ein, und das einzige Licht kam von den elektrischen Lampen im Waggon.

»Noch zwanzig Minuten«, sagte von Holden. Vera entspannte sich und lehnte sich zurück. Vorläufig ist sie beruhigt, dachte er. Wenn sie an der Station Jungfraujoch angekommen wären, würden sie den Zug zusammen mit den anderen Fahrgästen verlassen und geradewegs zur Wetterstation gehen. Danach käme es nicht mehr darauf an, was Vera dachte oder tat, denn sobald sie drinnen wären, würden sie in den Tiefen des Berges verschwinden, und kein Mensch auf der Welt könnte sie finden.

Unvermittelt wurde der Zug langsamer, und sie erreichten Eigerwand, eine kleine Bahnstation im Felsentunnel im Innern der Eigernordwand. Mühelos schwenkte der Zug auf ein Nebengleis und hielt an; das Hauptgleis blieb frei, so daß der Gegenzug auf dem Weg ins Tal vorüberfahren konnte. Der Zugführer öffnete die Türen und lud alle ein, auszusteigen, den Ausblick zu genießen und Fotos zu machen.

»Kommen Sie.« Von Holden stand lächelnd auf. »Vorläufig sind wir Touristen wie alle anderen auch. Wir sollten uns entspannen und das Ganze genießen.«

Sie stiegen aus und gingen mit den anderen Fahrgästen über den Bahnsteig in einen von mehreren kurzen Tunnels, wo riesige Fenster in die Flanke des Berges gehauen worden waren. Der Blick ging kilometerweit über das sonnige Tal hinweg, zur Kleinen Scheidegg, nach Grindelwald und Interlaken, wo sie hergekommen waren. Von Holden hatte diese Aussicht schon zwei Dutzend Male gesehen, und jedesmal war es eindrucksvoller als beim letzten Mal; es war, als sehe man die Welt mit den Augen des Berges. Hinter ihnen betätigte der Lokführer die Pfeife, und die anderen Fahrgäste gingen zum Zug zurück.

In diesem Augenblick sah von Holden, wie der Zug, der ihnen folgte, sich der Station Kleine Scheidegg näherte. Plötzlich stockte ihm der Atem, und er spürte, wie sein Herz zu flattern begann. Hinter seinen Augen pulsierte es, und Vorhänge in Rot und Grün wehten heran.

»Fehlt Ihnen etwas?« fragte Vera.

Einen kurzen Moment lang schwankte von Holden; dann atmete er scharf aus und riß sich los.

»Nein, es geht schon, vielen Dank ...« Er nahm ihren Arm, und sie gingen zum Zug. »Die Höhe vielleicht.« Das war gelogen. Der Anfall hatte nichts mit der Höhe zu tun, mit Müdigkeit oder dergleichen. Er war real gewesen. Die Vorahnung. Und sie konnte nur eines bedeuten.

Osborn war in dem Zug.

142

Osborn spürte den Druck der Schwerkraft, als der Zug die Station Kleine Scheidegg verließ und die lange Steigung zur Eigerwand in Angriff nahm. Eine neben ihm sitzende Wasserstoffblondine – sie hieß Connie und war, wie sie sagte, zweimal geschieden – versuchte immer wieder, sich mit ihm zu unterhalten. Schließlich entschuldigte er sich und verzog sich in den vorderen Wagen. Er mußte jetzt nachdenken. In knapp vierzig Minuten würden sie am Jungfraujoch ankommen. Dann mußte er wissen, was er zu tun hatte, von dem Augenblick an, da der Zug in die Station einfuhr und er ausstieg. Wieder spürte er das Gewicht von McVeys 38er in seinem Hosenbund. Aus irgendeinem Grund mußte er dabei an Lawinen denken. Schon mehr als einmal hatte ein Schuß eine donnernde Lawine ausgelöst. An Bergsteigerrouten und in Skigebieten benutzte man rückstoßfreie Gewehre, um sie gezielt abgehen zu lassen, damit die Gefahr beseitigt war, wenn die Schneegebiete für die Öffentlichkeit freigegeben wurden. Aber es war erst kurz vor Mitte Oktober, und das Wetter war gut. Eine Lawine sollte seine geringste Sorge sein.

Aber sie war es nicht.

Sein Unterbewußtsein arbeitete auf etwas hin. Was war es nur? Es war Anfang Oktober, aber von Holden fuhr zielstrebig in den Schnee hinauf. Das Jungfraujoch lag knapp dreieinhalbtausend Meter hoch auf und teilweise auch in einem Gletscher. Im Innern des Gletschers gab es Touristenattraktionen, aus dem Gletschereis gehauene Räume.

Eis.

Kälte. Eisige Kälte. Ein Gletscher war das Kälteste, was man in der Natur finden konnte. Vor allem, wenn man tief hineinkam. Menschen und Tiere hatte man darin gefunden, über Jahrhunderte hinweg vollkommen konserviert. War das Jungfraujoch möglicherweise der Ort, an dem die chirurgischen Experimente durchgeführt worden waren? War das Jungfraujoch, scheinbar eine Touristenattraktion, in Wirklichkeit die Tarnung für eine geheime medizinische Einrichtung in den Tiefen des Gletschers?

Das Mahlen der Zahnradmaschine und das Klicken der Räder auf den Schienen wurde ausgeprägter.

Unvermittelt stürzte Osborn zurück in den zweiten Wagen.

»Connie«, sagte er und rutschte neben ihr auf den Sitz, »Sie waren doch schon einmal oben am Jungfraujoch.«

»Aber sicher, Darlin'.«

»Gibt es da einen Bereich, der für Touristen gesperrt ist?«

»Woran hätten Sie denn gedacht, Darlin'?« Connie lächelte und ließ ihre rubinroten künstlichen Fingernägel spielerisch über seinen Oberschenkel streichen.

Osborn war sicher, daß sie nach zwei Martinis überhaupt nicht mehr zu bremsen sein würde, aber er hatte keine Lust, das je herauszufinden.

»Hören Sie, Connie. Ich will nur ein paar Informationen. Sonst nichts. NICHTS, in Großbuchstaben. Okay. Jetzt seien Sie ein braves Mädchen und versuchen Sie, sich zu erinnern.«

»Sie gefallen mir.«

»Ich weiß.«

»Na, lassen Sie mich nachdenken.«

Osborn beobachtete sie, als sie aufstand und aus dem Fenster schaute. Es war nicht leicht, denn die Bahn fuhr die Eigerwand hinauf, und die Steigung betrug fast vierzig Grad. Abrupt wurde wieder alles dunkel; sie waren in einem Tunnel.

Fünf Minuten später schauten Osborn und Connie durch die Fenster im Fels der Station Eigerwand. Connie hatte sich bei ihm untergehakt und hielt sich fest.

»Ich geb's nicht gern zu, aber mir wird wirklich schwindlig.«

Osborn schaute auf die Uhr. Von Holden dürfte jetzt oben sein, oder doch beinahe. Vielleicht irrte er sich, was die medizinische Einrichtung anging. Vielleicht traf sich von Holden nur mit jemandem, wie er zu Anfang vermutet hatte. Wenn es so war, dann könnte er ihm geben, was immer er im Rucksack hatte, und mit dem nächsten Zug wieder ins Tal fahren. Das Ganze konnte innerhalb weniger Minuten erledigt sein.

»Da ist eine Wetterstation.«

»Was?«

Connie hatte etwas gesagt, und zugleich wurden sie zum Zug zurückgerufen.

»Eine Wetterstation, wissen Sie? Eine Art Observatorium.«

Sie gingen über den Bahnsteig auf den Zug zu. Ein Zug kam vom Jungfraujoch herunter, fuhr an ihrem vorbei, der auf dem Nebengleis stand, und zog langsam mahlend auf der eingleisigen Strecke vorüber.

»Darlin', hören Sie mir zu, oder rede ich hier nur zu meiner eigenen Unterhaltung?«

»Ja, ich höre.« Osborn reckte den Hals, um in den fahrenden Zug hineinzuschauen. Er fuhr so langsam, daß man Gesichter sehen konnte. Osborn erkannte keines.

Dann saßen sie wieder im Zug, und der Zug fuhr in den Tunnel und bergauf. Schneller.

»Entschuldigung. Sie sagten etwas von …«

»Einer Wetterstation. Haben Sie denn nicht gefragt, ob es dort einen Bereich gibt, der für die Öffentlichkeit gesperrt ist? Na, es gibt eine Wetterstation da oben. Oberhalb des Bahnhofs, glaube ich. Muß der Regierung gehören oder so was. Und natürlich die Küche.«

»Was für eine Küche?«

»Die vom Restaurant. Wieso wollen Sie das eigentlich wissen?«

»Recherchen. Ich ... ich schreibe ... ein Buch.«

»Darlin' ...« Connie legte ihm wieder die Hand auf den Schenkel und lehnte sich so dicht zu ihm herüber, daß ihre Lippen sein Ohr streiften. »Ich weiß, daß du kein Buch schreibst«, flüsterte sie. »Denn wenn es so wäre, würdest du warten, bis wir oben sind, und dann könntest du selbst herausfinden, was du wissen willst. Außerdem« – ihr heißer Atem blies in sein Ohr – »weiß ich, daß du einen Revolver im Gürtel stecken hast. Was willst du damit machen – jemanden abknallen?« Connie lehnte sich zurück und lächelte. »Darlin', versprichst du mir etwas? Schrei vorher. Ich würde mich gern rechtzeitig verpissen.«

143

Eismeer war die letzte Station vor dem Jungfraujoch, und wie in der Eigerwand hielt der Zug auch hier an, damit die Fahrgäste aussteigen, Fotos machen und unter lauter »Oooh« und »Aaah« durch die Fenster im Felsen schauen konnten. Aber der Blick von der Station Eismeer war anders als das, was sie von der Eigerwand und den übrigen Stationen aus gesehen hatten. Statt welliger Wiesen, Seen und dunkelgrüner Wälder, überflutet von trägem Herbstsonnenschein, war hier nur eine weiße, gefrorene Landschaft. Gewaltige Flüsse aus Schnee und Gletschereis verschwanden aus dem Blickfeld oder brandeten hart gegen zerklüftete Felsklippen. In der Ferne erröteten die Schneewächten auf einem hohen Gipfel rosig im Schein einer ersterbenden Sonne, und darüber hing ein schmaler, endloser Himmel, durchbrochen nur von den zartesten Federwölkchen. Morgens oder mittags mochte das anders aussehen, aber jetzt, in der letzten Stunde vor Einbruch der Dunkelheit, wirkte es kalt und bedrohlich: eine endlose, fremde Landschaft, in die der Mensch nicht gehörte. Das Gefühl war wie eine natürliche Warnung: Wenn er, durch Zufall oder absichtlich, da draußen herumwandern wollte, abseits der Menschen, abseits der Bahn, dann mußte er sich darüber im klaren sein, daß dieser Ort nicht ihm gehörte. Er würde auf sich selbst gestellt sein. Und Gott würde ihn nicht beschützen.

Die Lokomotive pfiff das Signal zum Wiedereinsteigen, und die Fahrgäste begaben sich zum Zug zurück. Osborn schaute auf die Uhr. Es war zehn vor fünf. Kurz nach fünf würden sie beim Jungfraujoch ankommen, und der letzte Zug ins Tal fuhr um sechs. Bis dahin würde es stockdunkel sein. Bestenfalls hatte er also eine Stunde Zeit, um von Holden und Vera zu finden und seine Geschäfte mit ihnen zum Abschluß zu bringen. Und – wenn er es überlebte – den letzten Zug hinunter zu erwischen.

Osborn stieg als letzter ein. Sofort schloß sich die Tür hinter ihm, es tat einen Ruck, und er fühlte, wie die Zahnräder sich unter ihm in die Schiene bissen. Er lehnte sich zurück, holte tief Luft und schaute sich dann geistesabwesend im Wagen um.

Connie saß im hinteren Teil und plauderte mit ihren Eisenbahnfans, ohne ihn eines Blickes zu würdigen. Das war gut, dachte er – eine Sache weniger, um die er sich kümmern mußte. Dann aber verspürte er den merkwürdigen und ganz überraschenden Wunsch nach ihrer Gesellschaft. Wenn er sich neben einen freien Platz setzte, dachte er, würde sie vielleicht aufstehen und zu ihm kommen. Er ging zu den Eisenbahnfreunden nach hinten, fand einen freien Doppelplatz und setzte sich ihr gegenüber hin. Wenn sie ihn sah, ließ sie es sich nicht anmerken; sie plauderte einfach weiter. Er sah, wie sie mit den Händen gestikulierte, und fragte sich, weshalb sie diese langen falschen Fingernägel tragen mochte. Oder weshalb sie ihr Haar so entsetzlich blond färbte. Und dabei merkte er, daß er Todesangst hatte. Remmer hatte ihn unmißverständlich davor gewarnt, in von Holdens Nähe zu kommen. Noble hatte nach der Begegnung im Tiergarten gesagt, er könne von äußerstem Glück sagen, daß er noch lebe. Der Mann war ein gründlich geschulter Killer, der seinen Fähigkeiten in den letzten zwanzig Stunden neuen Schliff verliehen hatte, indem er eine neunzehnjährige Taxifahrerin und drei deutsche Polizisten ermordet hatte. Er wußte, wer Osborn war und daß er ihm folgte. Und nachdem er so weit gekommen war, wäre von Holden da so einfältig zu glauben, daß er selig in Richtung Luzern davondampfte? Wohl kaum. Da sich von Holden in keinem der ins Tal fahrenden Züge befunden hatte, mußte er noch am Jungfraujoch sein. Und am Jungfraujoch gab es nichts außer dem Jungfraujoch.

In knapp fünf Minuten, dachte er, würde er in eine Hölle fahren, die er sich selbst geschaffen hatte. Ein Strom von unerledigten Angelegenheiten lief in ihm ab wie ein außer Rand und Band geratener Computerdrucker. Patienten – das Haus – die Autoraten – Lebensversicherung – wer sorgt dafür, daß mein Leichnam nach Hause überführt wird? Wer erbt meine Sachen? Nach der letzten Scheidung habe ich kein neues Testament gemacht. Beinahe hätte er gelacht. Es war eine Komödie. Die losen Enden seines Lebens. Er war nach Europa gekommen, um einen Vortrag zu halten. Er hatte sich verliebt. Und von da an war alles schnurstracks bergab gegangen. »*La descente infernal*«, hörte er Vera auf französisch sagen. Die Höllenfahrt.

Vera – er hörte sie, wie er sie in Erinnerung hatte, nicht, wie sie war. Immer wieder tauchte sie in seinen Gedanken auf, und immer wieder vertrieb er sie. Was gewesen war, das war gewesen, und wie es gewesen war. Wenn der Augenblick käme und er ihr endlich gegenüberstände, würde er sich der Realität stellen müssen, aber vorläufig war von Holden derjenige, der im Mittelpunkt seines Denkens stehen mußte –

Der Zug wurde langsamer. Eine Tafel zog am Fenster vorbei.

Jungfraujoch.

»Herrgott«, wisperte er. Instinktiv berührte er den Kolben des Revolvers. Wenigstens den hatte er noch.

»Du mußt an deinen Vater denken!« schärfte er sich ein. »Du mußt hören, wie Merrimans Messer ihm in den Bauch drang. Sein Gesicht sehen! Seine Augen, die dich anschauen und fragen, was da passiert ist. Du mußt sehen, wie seine Knie einknicken, als er auf dem Gehweg zusammenbricht. Jemand schreit! Er hat Angst. Er weiß, daß er stirbt. Er streckt die Hand nach dir aus. Du sollst sie festhalten, sollst ihm hindurchhelfen. Das mußt du sehen, Paul Osborn. Sieh es und hab keine Angst vor dem, was vor dir liegt!«

Bremsen kreischten, ein dumpfer Schlag, und der Zug fuhr immer langsamer. Vor ihnen lagen zwei Gleise, und man sah Licht. Sie waren fast da. Der Bahnhof lag im Tunnel wie die Stationen Eigerwand und Eismeer; das hatte Connie ihm gesagt. Aber hier führten die Gleise nicht mehr weiter. Hier waren sie zu Ende. Nur ein einziger Weg führte hier heraus: der Weg, den sie gekommen waren. Zurück durch den Tunnel.

144

»In der Wetterstation hat es gebrannt. Verletzt wurde niemand, aber die Station ist nicht zu reparieren«, hatte ein Eisenbahnarbeiter gesagt. Verkohlter Schutt war neben dem Tunnel aufgehäuft.

Ein Brand! In der letzten Nacht. Genauso wie in Charlottenburg. Genauso wie im »Garten«. Von Holden war immer unruhiger geworden, je näher sie der Station Jungfraujoch gekommen waren, und er hatte Angst, daß die Anfälle wiederkommen würden. Grund dieser Besorgnis, dachte er, war nicht so sehr Osborn als vielmehr Vera. Auf der letzten Etappe war sie still, beinahe abwesend gewesen, und er hatte das Gefühl, daß sie ihm auf die Spur gekommen war und nun überlegte, was sie tun sollte. Darauf hatte er rasch reagiert, indem er sie bei der Ankunft unverzüglich aus dem Zug und zum Aufzug geführt hatte. Bis zur Wetterstation waren es nur noch drei Minuten, höchstens vier. Wenn er sie erreichen würde, wäre alles gut, denn wenig später würde sie tot sein.

Und in diesem Augenblick hatte er den Schutt gesehen und von dem Brand erfahren. Daß die Wetterstation zerstört sein könnte, war eine Möglichkeit, an die er nie gedacht hatte.

»Dort war Paul. Dort oben –«

»Ja«, sagte von Holden. Sie waren draußen in der aufsteigenden Dämmerung und stiegen langgezogene Treppen zur ausgebrannten Hülle dessen hinauf, was einmal die Wetterstation gewesen war. Hinter ihnen lag das hell erleuchtete Gebäude aus Stahlbeton, in dem das Restaurant und der Eispalast untergebracht waren. Rechts von ihnen erstreckte sich steil abfallend der fünfzehn Kilometer lange Aletsch-Gletscher, ein gefrorenes, verwundenes, immer dunkler werdendes Meer aus Schnee und Eis. Über ihnen erhob sich der über viertausend Meter hohe Gipfel der Jungfrau, und die schneebedeckte Krone war blutig rot im Schein der untergehenden Sonne.

»Warum sind keine Rettungshelfer da? Keine Feuerwehr? Kein schweres Gerät?« Vera war wütend, voller Angst, ungläubig, und dafür war von Holden dankbar. Es verriet ihm, daß ihre Hauptsorge immer noch Osborn galt, was immer sie sich sonst denken mochte. Das an sich würde ihre Wachsamkeit beeinträchtigen, falls er die inneren Gänge, die das Feuer hoffentlich überstanden hatten, nicht erreichen konnte und sie außenherum zurückgehen mußten.

»Es gibt keinen Rettungseinsatz, weil niemand weiß, daß sie hier sind. Die Wetterstation arbeitet automatisch. Nur gelegentlich kommt ein Techniker. Unsere Etagen liegen darunter. Notgeneratoren riegeln bei einem Brand automatisch jede Ebene ab.«

Dann waren sie oben angekommen, und von Holden riß eine Sperrholzplatte zur Seite, die den Eingang verschloß. Sie zwängten sich durch einen verkohlten Holzrahmen. Drinnen war es dunkel, und die Luft war schwer vom beißenden Geruch nach Rauch und geschmolzenem Stahl. Das Feuer war extrem heiß gewesen. Heißer als jedes zufällig ausbrechende Feuer. Eine geschmolzene Stahltür in der Rückwand eines Instrumentenschranks bestätigte es. Mit einer Brechstange, die das Abrißteam zurückgelassen hatte, versuchte von Holden, sie aufzustemmen, aber es war unmöglich.

»Salettl, du Schwein«, flüsterte er. Voller Abscheu warf er die Stange beiseite. Es war gar nicht nötig, die Tür zu öffnen; er wußte, was er dahinter finden würde: einen mit Keramik ausgekleideten, knapp zwei Meter hohen Titaniumtunnel, zusammengeschmolzen zu einer undurchdringlichen Masse.

»Kommen Sie«, sagte er. »Es gibt noch einen weiteren Eingang.« Wenn die unteren Ebenen vor dem Feuer versiegelt worden waren, wie sie es sein sollten, wäre immer noch alles in Ordnung.

Von Holden ging wieder hinaus und ließ Vera vor sich die Treppe hinuntergehen. Dabei berührten die letzten Sonnenstrahlen ihr Haar und tauchten es in sanftes Zinnoberrot. Einen ganz kurzen Augenblick lang fragte von Holden sich, wie es wohl wäre, ein ganz gewöhnlicher Mann zu sein. Und dabei dachte er an Joanna, und daß es die Wahrheit gewesen war, was er in Berlin zu ihr gesagt hatte – daß er nicht wisse, ob er dazu fähig sei, jemanden zu lieben. »Du kannst es –«, hatte sie gesagt. So schlicht und reizlos sie gewesen war, im Grunde ihres Herzens war sie wirklich schön – vielleicht die schönste Frau, die er je gekannt hatte, und verblüfft überlegte er, ob sie vielleicht recht damit hatte, daß er zur Liebe fähig war und daß die Liebe, die er in sich hatte, ihr galt.

Dann fiel sein Blick auf eine große Uhr in der Wand am Fuße der Treppe. Der Minutenzeiger stand senkrecht. Es war genau fünf Uhr. Und im selben Moment hörte er, wie ein ankommender Zug angekündigt wurde. Ebenso schnell war sein Traum wieder verschwunden, und etwas anderes stand an seiner Stelle.

Osborn.

145

Osborn trat von der Tür zurück und ließ die anderen Fahrgäste zuerst aussteigen. Geistesabwesend wischte er sich den Schweiß von der Oberlippe. Wenn er zitterte, so merkte er es nicht.

»Viel Glück, Darlin'.« Connie streifte beim Aussteigen seinen Arm, und dann war sie weg und folgte der Nachhut der Eisenbahnfans zu einer offenen Aufzugtür am Ende des Gleises. Osborn sah sich um. Der Wagen war leer, und er war allein. Er zog den 38er heraus und ließ die Trommel aufschnappen. Sechs Patronen. McVey hatte den Revolver voll geladen.

Er schloß die Trommel, schob die Waffe in den Hosenbund und schlug das Jackett darüber. Dann holte er tief Luft und stieg entschlossen aus. Sofort spürte er die Kälte. Es war die Gebirgskälte, die man beim Skifahren fühlte, wenn man aus einer beheizten Gondel in die halboffene Überdachung hinaustrat, in der die Seilbahn ankam.

Zu seiner Überraschung sah er einen zweiten Zug im Bahnhof; da der letzte Zug um sechs fuhr, mußte der zweite für die Angestellten sein, die später hinunterfuhren, wenn alles geschlossen war.

Osborn überquerte den Bahnsteig, schloß sich ein paar Touristen an und fuhr mit ihnen in demselben Aufzug, den Connie und ihre Eisenbahnfreunde genommen hatten. Der Aufzug hielt, die Tür öffnete sich, und dahinter lag ein Raum mit Cafeteria und Souvenirladen.

Die Briten stiegen aus, und Osborn folgte ihnen. Er blieb zurück, stellte sich vor den Souvenirladen und betrachtete geistesabwesend ein Sortiment von T-Shirts, Ansichtskarten und Süßigkeiten, während er gleichzeitig versuchte, die Gesichter der Leute in der Cafeteria zu mustern. Beinahe sofort kam ein kleiner, dicker Junge von vielleicht zehn Jahren mit seinen Eltern auf ihn zu. Es waren Amerikaner; Vater und Sohn trugen identische »Chicago Bulls«-Jacken. In diesem Augenblick fühlte Osborn sich so allein wie noch nie zuvor in seinem ganzen Leben. Er wußte nicht genau, warum – war es, weil er so viel Distanz zwischen sich und den Rest der Welt gebracht hatte, daß der Mord an ihm, ausgeführt durch von Holden oder sogar Vera, gänzlich unbemerkt bleiben würde, daß es niemanden interessieren würde, ob er überhaupt je existiert hatte? Oder hatte der Anblick des Jungen mit seinem Vater nur die Bitterkeit dessen erhöht, was ihm genommen worden war? Oder war es das, was er sein ganzes Leben lang nie hatte erreichen können: eine eigene Familie?

Er riß sich aus den Tiefen seiner eigenen Empfindungen und betrachtete noch einmal den Raum. Wenn von Holden oder Vera da waren, sah er sie nicht. Er verließ den Souvenirstand und ging zum Aufzug. Im nächsten Moment öffnete sich die Tür, und ein älteres Ehepaar kam heraus. Osborn ließ den Blick ein letztes Mal durch den Raum wandern, dann betrat er den Fahrstuhl und drückte auf den Knopf zur nächsten Ebene. Die Tür schloß sich, und der Lift fuhr aufwärts. Ein paar Sekunden später stoppte er, die Tür ging auf, und Osborn schaute hinaus in eine Welt aus blauem Eis. Dies war der Eispalast, ein langer, halbkreisförmiger Tunnel, der in das Gletschereis geschlagen und durch Höhlen voller Eisskulpturen erweitert worden war. Vor sich sah er die Nachzügler der Gruppe der Eisenbahnfans, unter ihnen Connie; sie spazierten entzückt zwischen den Skulpturen umher. Man sah Menschen, Tiere, ein lebensgroßes Auto und die Nachbildung einer ganzen Bar mit Stühlen und Tischen und einem altmodischen Whiskeyfaß.

Osborn zögerte; dann trat er hinaus und ging den Tunnel hinunter, versuchte sich unter die Leute zu mischen, auszusehen wie alle anderen. Er musterte die Gesichter der Touristen, die ihnen entgegenkamen. Vielleicht war es ein Fehler gewesen, nicht bei den Eisenbahnfans zu bleiben. Er streckte die Hand aus und fuhr mit den Fingerspitzen behutsam über die Wand des Tunnels, als bezweifle er, daß es sich um Eis handelte und nicht um irgendein künstlich hergestelltes Material. Aber es war Eis. Ebenso wie die Decke und der Boden. All das Eis ringsum verstärkte den Gedanken, daß dieser Ort der Schauplatz jener chirurgischen Experimente bei extremer Kälte gewesen sein könnte.

Aber wo sollten sie stattgefunden haben? Das Jungfraujoch war klein. Für Operationen, vor allem für so heikle Operationen wie diese, brauchte man Platz. Apparate- und Vorbereitungsräume, OPs und postoperative Intensivpflegestationen. Räume für die Mitarbeiter. Wo sollte das hier sein?

Der einzige nicht öffentlich zugängliche Bereich, hatte Connie gesagt, war die Wetterstation. Fünf Meter weiter stand eine Schweizer Fremdenführerin abseits, während eine Gruppe von Teenagern sich zu einem Foto im Eistunnel aufstellte. Osborn ging zu ihr und fragte sie nach dem Weg zur Wetterstation. Die sei oben, sagte sie. In der Nähe des Restaurants und der Außenterrasse. Aber sie sei geschlossen, wegen eines Brandes.

»Wegen eines Brandes?«

»Ja.«

»Wann hat es denn dort gebrannt?«

»Gestern nacht.«

Gestern nacht. Genauso wie im Schloß Charlottenburg.

»Danke.« Osborn ging weiter. Wenn es sich nicht um einen gewaltigen Zufall handelte, war das gleiche wie in Berlin auch hier passiert. Was immer dort zerstört worden war, war also auch hier zerstört worden. Aber das konnte von Holden nicht gewußt haben, denn sonst wäre er nicht hergekommen – es sei denn, er wollte sich hier mit jemandem treffen. Plötzlich ließ ihn etwas aufblicken. Vera und von Holden standen am Ende des Tunnels, umschienen von dem geisterhaft blauen Licht, das das Eis erzeugte. Sie schauten ihn eine halbe Sekunde lang an, wandten sich dann in den Tunnel zurück und verschwanden.

Osborn dröhnte sein Herzschlag in den Ohren. Er riß sich zusammen und drehte sich noch einmal zu der Fremdenführerin um.

»Da unten …« Er deutete dorthin, wo die beiden gestanden hatten. »Wo geht es da hin?«

»Hinaus zum Ski-Übungsgelände und zur Hundeschlittenbahn. Aber die sind natürlich für heute geschlossen.«

»Danke.« Osborns Stimme war kaum mehr als ein Flüstern. Seine Füße waren wie zwei Steine – als wären sie im Eis festgefroren. Seine Hand glitt unter die Jacke und packte den 38er. Die Eiswände glitzerten kobaltblau, und er sah seinen Atem. Er hielt sich an einem Handlauf fest und ging vorsichtig weiter, bis er die Tunnelbiegung erreicht hatte, wo von Holden und Vera verschwunden waren.

Der Gang vor ihm war leer, und an seinem Ende befand sich eine Tür. Ein Hinweisschild der Skischule zeigte dort hin, und ein zweites wies auf die Hundeschlittenfahrten hin.

Ihr wollt, daß ich euch folge, nicht wahr? Osborns Gedanken überschlugen sich. Das ist die Absicht. Durch die Tür hinaus. Weg von den Leuten. Da sollst du hinausgehen. Tust du es, hat er dich. Du wirst nicht wieder hereinkommen. Von Holden wird das, was von dir übrigbleibt, irgendwo in die Tiefe werfen. In eine Gletscherspalte. Da werden sie dich erst im Frühjahr finden. Oder vielleicht nie.

»Was haben Sie vor? Wohin bringen Sie mich?« Vera und von Holden betraten eine kleine, beängstigend enge Eiskammer an einem

Gang abseits des Haupttunnels. Als sie durch den Gang gegangen waren, hatte er sie beim Arm geführt, und er hatte sie festgehalten, als sie Osborn erblickt hatten. Er hatte absichtlich gewartet, bis er merkte, daß sie rufen wollte, und dann hatte er sie herumgerissen, und sie waren rasch zurückgegangen, in einen Nebentunnel eingebogen und in diese Kammer gekommen.

»Der Brand wurde gelegt. Sie sind hier und erwarten uns. Sie wollen Sie, und sie wollen die Dokumente, die ich habe.«

»Aber Paul –«

»Vielleicht gehört er auch dazu.«

»Nein. Niemals! Er ist ihnen irgendwie entkommen –«

»Ach ja?«

»Es muß so sein –« Plötzlich durchfuhr Vera der Gedanke an die Männer in Frankfurt, die sich als Polizisten ausgegeben hatten, bevor von Holden sie erschossen hatte. »Wo ist die weibliche Beamtin? Die Begleitung?« hatten sie gefragt.

»Ich habe keine«, hatte von Holden gesagt. »Wir hatten keine Zeit.«

Nicht für eine flüchtige Person hatten sie sich interessiert, sondern für *Verkehrsfragen!* Ein männlicher Kriminalpolizist begleitete keine weibliche Gefangene allein in einem geschlossenen Abteil. Dazu war eine Polizistin vorgeschrieben!

»Wir müssen herausfinden, was es mit Osborn auf sich hat, oder wir kommen alle nicht lebendig weg.« Von Holdens Atem hing als Wolke in der Luft, und er lächelte sanft, als er auf sie zukam. Der Nylonrucksack hing über seiner linken Schulter, und seine rechte Hand war in Höhe seiner Hüfte. Seine ganze Haltung war gelassen und entspannt, genau wie im Zug, als er den Männern entgegengetreten war. Genau wie bei Avril Rocard, als sie die französischen Geheimagenten vor dem Bauernhaus niedergeschossen hatte.

In diesem Augenblick begriff Vera, was ihr seit Interlaken keine Ruhe mehr gelassen hatte, was sie wegen der übermächtigen emotionalen Erschöpfung vorher nicht hatte begreifen können, was aber die ganze Zeit vorhanden gewesen war. Ja, von Holden hatte auf alles die richtige Antwort gewußt, aber aus einem anderen Grunde. Die Männer im Frankfurter Bahnhof *waren* Polizisten gewesen. Nicht sie waren die Nazi-Killer, sondern *von Holden.*

146

Osborn ging eilig den Weg zurück, den er gekommen war. Jetzt sah er die Eisenbahnfreunde, die sich am Ende des Eispalastes in den Aufzug drängten. Er beschleunigte seinen Schritt und erreichte den Fahrstuhl, als die Tür sich gerade schließen wollte. Im letzten Moment zwängte er sich hinein.

»Sorry …«, log er grinsend.

Die Tür schloß sich, und es ging aufwärts. Was jetzt? Osborn fühlte, wie das Blut durch seine Halsschlagader gepumpt wurde. Das Stampfen klang in seinen Ohren wie ein Dampfhammer. Jäh stoppte der Aufzug, und die Tür öffnete sich zu einem großen Selbstbedienungsrestaurant. Osborn mußte als erster aussteigen. Dann hielt er sich zurück und versuchte, bei der Gruppe zu bleiben. Draußen war es fast dunkel. Hinter den Fenstern sah er gerade noch die Gipfel jenseits des abfallenden Aletsch-Gletschers. Im gespenstischen Zwielicht dahinter wälzten sich Unwetterwolken heran.

»Was machst du jetzt?« Connie war an seiner Seite. Osborn sah sie an und erschrak, als eine plötzliche Bö an den Fenstern rüttelte.

»Was ich mache?« Osborns Blick wanderte nervös durch den Raum, während sie den anderen zur Selbstbedienungstheke folgten. »Ich dachte, vielleicht … trinke ich eine Tasse Kaffee.«

»Was ist denn los?«

»Nichts. Was soll los sein?«

»Hast du Ärger oder was? Ist die Polizei hinter dir her?«

»Nein.«

»Bestimmt nicht?«

»Bestimmt nicht.« »Warum bist du dann so nervös? Du bist schreckhaft wie ein junges Fohlen.«

Jetzt standen sie vor der Theke. Osborn schaute sich um. Einige der Eisenbahnfreunde setzten sich bereits; sie rückten zwischen zwei Tischen in der Nähe ein paar Stühle heran. Die Familie, die er am Souvenirstand gesehen hatte, saß an einem anderen Tisch; der Vater deutete in Richtung der Toiletten, und der Junge in der »Chicago Bulls«-Jacke ging dorthin. Zwei junge Männer saßen an einem Tisch neben dem Eingang und unterhielten sich ernst.

»Setz dich her zu mir und trink das hier.« Sie waren an der Kasse vorbei, und Connie führte ihn zu einem Tisch abseits der Eisenbahner.

»Was ist das?« Osborn schaute das Glas an, das Connie ihm hinstellte.

»Kaffee und Cognac. Jetzt sei ein braver Junge und trink das.«

Osborn sah sie an; dann nahm er das Glas und trank. Was tun? fragte er sich. Sie sind hier, im Gebäude oder draußen. Ich bin ihnen nicht nachgegangen. Das bedeutet, daß sie zu mir kommen werden.

»Sind Sie Dr. Osborn?«

Osborn blickte auf. Der Junge mit der »Chicago Bulls«-Jacke stand vor ihm.

»Ja.«

»Ein Mann läßt Ihnen ausrichten, er wartet draußen.«

»*Wer* wartet draußen?« Connie zog die gebleichten Brauen zusammen.

»Bei der Hundeschlittenbahn.«

»Clifford, was machst du da? Ich dachte, du willst zum Klo.« Der Vater des Jungen nahm ihn bei der Hand. »Entschuldigung«, sagte er zu Osborn. »Was störst du diese Leute, hm?« fragte er seinen Sohn, und die beiden entfernten sich.

Osborn sah seinen Vater auf dem Gehweg. Urangst in den Augen. Grauen. Die Hand, die er nach seinem Sohn ausstreckte, damit er ihn in den Tod hinüberführte. Osborn stand jäh auf. Ohne Connie anzusehen, ging er um den Tisch herum zur Tür.

147

Von Holden wartete im Schnee hinter dem leeren Auslaufzwinger, wo tagsüber die Schlittenhunde verwahrt wurden. Der schwarze Rucksack mit dem Kasten stand neben ihm. In den Händen hielt er eine Neun-Millimeter-Skorpion, eine automatische Pistole mit Mündungsfeuer- und Schalldämpfer. Sie war leicht und beweglich und hatte ein Zweiunddreißig-Schuß-Magazin. Osborn würde sicher bewaffnet sein, genau wie an jenem Abend im Tiergarten. Man konnte nicht wissen, wie gut trainiert er war, aber es kam auch nicht so sehr darauf an, denn diesmal würde von Holden ihm keine Gelegenheit geben.

Zwanzig Schritt weiter, zwischen ihm und der Tür zur Skischule, stand Vera im Dunkeln. Sie war mit Handschellen an ein Sicherheitsgeländer gefesselt, das den vereisten Weg zur Hundeschlittenbahn säumte. Sie konnte rufen, schreien, was immer sie wollte. Hier draußen in der Dunkelheit, und während das Restaurant für den Abend geschlossen wurde, gab es nur einen, der sie hören würde, nämlich Osborn, wenn er herauskäme. Zwanzig Schritt war nah genug für Osborn, um sie hören und sehen zu können, aber weit genug vom Gebäude entfernt für jeden sonst, der vielleicht herausschaute. Von Holdens Absicht war es, sie beide von hier wegzubringen, in die Dunkelheit hinter der Hundebahn, wo die Morde am ehesten zu bewerkstelligen waren. Deshalb hatte er Vera dort gelassen. Sie diente jetzt dem Zweck, den er ihr von Anfang an zugedacht hatte. Nur war sie jetzt nicht mehr Geisel, sondern Köder.

Vierzig Meter hinter ihr öffnete sich die Tür am Ende des Eispalast-Tunnels. Licht fiel heraus, und eine einzelne Gestalt trat ins Freie. Ein dickes Bündel schwerer Eiszapfen glitzerte im Dunkeln; dann schloß sich die Tür, und die Gestalt wurde zur Silhouette im Schnee. Dann kam sie heran.

Vera sah Osborn kommen; er ging in einer Schneemobil-Spur, die für Hundeschlitten benutzt wurde, und schaute starr geradeaus. Sie wußte, daß er in der Dunkelheit verwundbar war, denn seine Augen würden sich nicht sofort an das matte Licht gewöhnen. Als sie sich umdrehte, sah sie, wie von Holden seinen Rucksack über die Schulter warf, rückwärts über einen kleinen Kamm schlitterte und verschwand. Er hatte sie durch einen Luftschacht aus dem Eispalast ins Freie gebracht, sie hier wortlos angekettet und war davongegangen. Was immer er plante, es war sorgfältig durchdacht, und Osborn marschierte geradewegs in die offene Falle.

»Paul!« Veras Schrei gellte durch die Dunkelheit. »Er wartet da draußen. Geh zurück! Ruf die Polizei!«

Osborn blieb stehen und schaute zu ihr herüber.

»Geh zurück, Paul! Er bringt dich um!«

Sie sah, wie Osborn zögerte. Dann bewegte er sich plötzlich zur Seite und verschwand. Sofort spähte sie in die Richtung, in die von Holden gegangen war, aber sie sah nichts. Erst jetzt merkte sie, daß es zu schneien begonnen hatte. Einen Augenblick lang war es totenstill, und sie sah ihren Atem in der kalten Luft. Plötzlich spürte sie Stahl an der Schläfe.

»Nicht bewegen. Nicht mal atmen.« Osborn war vor ihr. Er drückte ihr McVeys 38er an den Kopf, und seine Augen suchten die Dunkelheit hinter ihr ab. Plötzlich schaute er sie an. »Wo ist er?« zischte er. Sein Blick war wild und unnachsichtig.

»Paul –?« rief sie. Was hatte er vor?

»Ich habe gefragt, wo *ist* er?«

O-GOTT-NEIN! Plötzlich ging ihr ein Licht auf. Er glaubte, sie gehörte zu *ihnen.* Er hielt sie für ein Mitglied der Organisation. »Paul«, flehte sie, »von Holden hat mich aus dem Gefängnis entführt. Er hat behauptet, er sei ein deutscher Kriminalpolizist und er wolle mich zu dir bringen.«

Osborn nahm die Waffe ein kleines Stück zurück. Wieder schaute er suchend in die Dunkelheit. Plötzlich stieß sein rechter Fuß nach vorn, und es krachte wie ein Gewehrschuß. Das Holzgeländer zersplitterte, und Vera war frei, wenn auch ihre Hände immer noch gefesselt waren.

»Vorwärts.« Er stieß sie in Richtung Hundeplatz und hielt sie genau in der Schußlinie zwischen sich und von Holden.

»Nein, Paul, bitte –«

Osborn ignorierte sie. Vor ihnen lagen die geschlossene Skischule und die mit Holz und Maschendraht umzäunten Auslaufzwinger, in denen tagsüber die Schlittenhunde gehalten wurden. Und dahinter schimmerte ein mattes blaues Licht wie eine Halluzination durch den fallenden Schnee. Osborn hielt sie fest und schaute sich um. Hinter ihnen war niemand. Er ging weiter.

»Das Licht da. Was ist das?«

»Das ist ...« Vera zögerte. »Ein Luftschacht. Ein Tunnel. Dort sind wir aus dem Eispalast gekommen.«

»Und da ist er jetzt?«

Osborn drehte ihren Kopf zu sich herum. »Ist er da? Ja oder nein?«

Er sah nicht sie. Er sah eine Frau, von der er sicher war, daß sie ihn verraten hatte. Er hatte Angst und war verzweifelt, aber er würde trotzdem weitergehen.

»Ich weiß es nicht.« Vera war in Panik. Wenn von Holden da war und sie ihm in den Tunnel folgten, gäbe es dort zahllose Windungen und Biegungen, hinter denen er ihnen auflauern könnte.

Osborn sah sich kurz um. Dann stieß er sie weiter auf den Lichtkreis zu, der aus dem Tunnel kam. Man hörte nichts als das Flüstern des Windes und das Knirschen ihrer Schritte im Schnee. Sekunden verstrichen. Dann waren sie bei den Hundezwingern und dicht vor dem Lichtschein.

»Er ist überhaupt nicht im Tunnel, nicht wahr, Vera?« Osborn spähte in die Dunkelheit und versuchte, in dem Schneegestöber etwas zu sehen. »Er wartet da draußen im Dunkeln, bis du mich ins Helle führst wie einen Hasen auf einen Schießstand. Du würdest dabei nicht mal etwas riskieren. Er ist ein Scharfschütze, ein trainierter Speznas-Soldat.«

Wie konnte es sein, daß er nicht begriff, was mit ihr passiert war, wieso glaubte er nicht, daß sie die Wahrheit sagte?

»Verdammt, Paul! Hör mir zu –« Vera wollte sich umdrehen und ihn ansehen. Plötzlich erstarrte sie. Vor ihnen im Schnee waren Spuren. Im bläulichen Lichtschein sah auch Osborn sie. Von Neuschnee überstäubte Fußspuren, die von ihnen aus geradewegs zum Tunnel führten. Vor wenigen Augenblicken erst hatte von Holden da gestanden, wo sie jetzt standen.

Abrupt riß Osborn sie zur Seite, stieß sie roh in den Schatten und gegen den Holz- und Maschinendrahtzaun des Hundezwingers. Dann drehte er sich um und betrachtete die Spuren.

Sie sah ihm an, daß er zu entscheiden versuchte, was er als nächstes tun sollte. Er war erschöpft. Fast am Ende seiner Kräfte. Er hatte nur noch von Holden im Kopf, sonst gar nichts mehr. Er beging Fehler und merkte es nicht. Und wenn er so weitermachte, würde von Holden sie beide in kürzester Zeit umgebracht haben.

»Paul, sieh mich an!« schrie sie plötzlich, und ihre Stimme bebte vor Erregung. »*Sieh mich an!*«

Lange blieb er bewegungslos stehen. Ringsherum fiel lautlos der Schnee. Dann drehte er sich zu ihr um, langsam und widerstrebend. Trotz der Kälte war er schweißüberströmt.

»Hör mir zu. Bitte«, sagte sie. »Es ist mir egal, wie du zu deinen Schlußfolgerungen gekommen bist. Die Wahrheit ist, daß ich nichts mit von Holden oder der Organisation zu tun habe, und ich hatte es auch nie. In diesem Augenblick mußt du mir glauben. Du *mußt* mir glauben und vertrauen. Daran glauben und drauf vertrauen, daß das, was uns miteinander verbindet, *Wirklichkeit* ist und alles andere übersteigt – alles ...« Ihre Stimme versagte.

Osborn starrte sie an. Sie hatte eine Saite in seinem tiefsten Innern angeschlagen, einen Nerv berührt, von dem er nicht mehr glaubte, daß er noch existierte. Wenn er jetzt nein sagte, war das eine Sache. Schlicht und einfach. Erledigt. Ja zu sagen bedeutete ein Vertrauen, das alles überstieg, was er je gekannt hatte. Es bedeutete, daß er sich selbst, seinen Vater, überhaupt alles vergaß. Alles bedeutungslos werden ließ. Daß er nach allem, was gewesen war, sagte: Ich vertraue dir und meiner Liebe zu dir, und wenn ich dabei sterben soll, dann sterbe ich.

Es wäre totales Vertrauen. Totales Vertrauen.

Vera sah ihn an. Wartete. Hinter ihr schimmerten die Lichter des Restaurants durch den fallenden Schnee. Es lag jetzt bei ihm. Was immer er entschied ...

Langsam, ganz langsam, hob er die Hand und berührte ihre Wange.

»Es ist gut«, sagte er schließlich. »Es ist alles gut.«

148

Von Holden stemmte sich auf den Ellbogen hoch und schob sich vorwärts. Wo waren sie? Sie waren bis an den Rand des Lichtkreises gekommen und dann verschwunden. Es hätte ganz einfach sein müssen. Er hatte Osborn auf die Probe gestellt, indem er sich und Vera im Eispalast gezeigt hatte. Wenn Osborn ihnen da gefolgt wäre, hätte er ihn in den Seitentunnel gezerrt, in den er Vera gebracht hatte, und ihn dort umgebracht. Aber Osborn war nicht gekommen. Deshalb hatte er jetzt Vera benutzt. Sie war eine Trumpfkarte gewesen, weiter nichts. Er wußte, daß Osborn sie in Bern gesehen hatte, als sie in den Zug gestiegen waren. Als er sie davor gesehen hatte, war sie bei der Berliner Polizei inhaftiert gewesen. Was konnte er anderes glauben, als daß sie und von Holden Mitverschwörer waren, die nach der Katastrophe im Schloß Charlottenburg ins Ausland flohen? Wutentbrannt und über den Verrat gekränkt, würde Osborn einen Weg finden, sie in seine Gewalt zu bringen, und was immer sie für Argumente dagegen vorbringen würde, er würde sie zwingen, ihn zu von Holden zu führen, und sie dabei entweder als Geisel oder als Handelsobjekt benutzen.

Eine Windbö erzeugte Schneegestöber vor ihm über der weißen Fläche. Wind. Das gefiel ihm nicht. Ebensowenig wie der Schnee. Als er hochblickte, sah er von Westen eine Wolkenbank heranziehen. Und kälter wurde es auch. Er hätte sie schon eher umbringen sollen, als sie auf die Skischule zugegangen waren, aber so dicht beim Hauptgebäude zwei Personen umzubringen und zu beseitigen, war riskant; vor allem durfte er nicht sein eigentliches Ziel aufs Spiel setzen. Der Belüftungstunnel lag achtzig Meter weit entfernt in Dunkelheit und Schnee; der Abstand war groß genug, um die beiden gefahrlos umbringen zu können. Und Osborn, erregt und völlig aus dem Gleichgewicht, würde seinen Fußspuren geradewegs dorthin folgen. Die beiden Schüsse, einer einen Sekundenbruchteil nach dem anderen, würden keinen Lärm machen. Die Leichen würde von Holden zur Rückseite der Hundezwinger schleifen, wo die Felsen steil abfielen, und dort würde er sie in die schwarze Leere des Abgrundes werfen. Osborn zuerst, und dann –

»Von Holden!« Osborns Stimme hallte durch die Finsternis. »Vera ist zurückgegangen und ruft die Polizei. Ich dachte, das sollten Sie vielleicht erfahren.«

Von Holden schrak hoch. Dann kroch er zurück und drückte sich hinter einen Felsvorsprung. Was immer passiert war, die Sache hatte sich unvermittelt gegen ihn gewendet. Selbst wenn sie wirklich die Polizei riefen, würde es mindestens eine Stunde dauern, bis sie hier wäre. Aber jetzt mußte er alles andere vergessen und sich in Bewegung setzen.

Unmittelbar vor ihm ragte wie ein gespenstischer Wächter die Jungfrau noch mehr als sechshundert Meter hoch in den Himmel. Hundert Meter rechts von ihm, geschätzte zwölf Meter weiter unten, führte ein steiniger Pfad an der Steilwand des Felsens entlang, auf dem die Station Jungfraujoch stand. Nach drei Vierteln des Weges hinunter, verborgen hinter einer Felsformation, folgte ein zweiter Belüftungsschacht, der 1944 eröffnet worden war, als das undurchdringliche System von Tunneln und Fahrstühlen unter der Wetterstation im Innern des Gletschers angelegt worden war. Wenn er diesen Luftschacht erreichen konnte, ehe die Polizei kam, dann konnte er sich dort verstecken. Eine Woche, zwei Wochen lang. Länger, wenn es sein mußte.

149

Osborn kauerte dicht neben dem Hundezwinger und lauschte. Aber alles, was er hörte, war das leise Singen des Windes, der immer mehr zunahm. Bevor er in Berlin mit McVey losgegangen war, hatte er seine Schuhe gegen ein paar hohe, schwarze Reeboks getauscht. Abgesehen davon trug er immer noch das Hemd und den Anzug, die er getragen hatte, als er hergekommen war. Nicht viel, wenn man in knapp dreieinhalbtausend Metern Höhe in Schnee und Dunkelheit hockte und der Wind immer stärker wurde.

In einem einzigen unglaublichen Augenblick waren sein Zorn und sein Mißtrauen gegen Vera verschwunden. Es war das, was sie gesagt hatte und was er in ihren Augen gesehen hatte, als sie es sagte. Die Herausforderung an den, der er wirklich war, und an das, was er wirklich glaubte.

In diesem Augenblick war aller Zweifel vergessen, und er erinnerte sich, daß er sie vom Auslaufkäfig weg in den Schnee auf der anderen Seite der Zwinger gezogen hatte. Sie hatten beide geweint, als sie zusammen begriffen hatten, was geschehen war und was er beinahe hätte geschehen lassen. Danach hatte er sie zurückgeschickt.

Einen Moment lang war sie wie vom Donner gerührt gewesen. Sie würden beide zurückgehen. Von Holden würde ihnen nicht nachkommen, nicht bei so viel Licht und so vielen Leuten.

»Und wenn doch?« hatte Osborn gesagt. Und er hatte recht. Von Holden war zu allem fähig.

»Da ist eine blonde Frau, eine Amerikanerin«, hatte er gesagt. »Sie wird auf den Zug ins Tal warten. Ihr Name ist Connie, und sie ist in Ordnung. Fahr mit ihr zusammen zur Kleinen Scheidegg hinunter und alarmiere von dort die Schweizer Polizei. Sie sollen sich mit Hauptkommissar Remmer vom deutschen Bundeskriminalamt in Bad Godesberg in Verbindung setzen.«

Er erinnerte sich, daß sie ihn lange angeschaut hatte. Nicht nur, um sie zu schützen, blieb er hier zurück, sondern aus demselben Grund, weshalb er überhaupt hinter von Holden her war, weshalb er mit Albert Merriman in Paris getan hatte, was er getan hatte, und weshalb er mit McVey nach Berlin gereist war. Es ging um ihn selbst und um seinen Vater, und es gab kein Zurück, bis diese Sache erledigt war. Und da hatte sie ihre Lippen auf die seinen gedrückt und sich zum Gehen gewandt.

Da zog er sie zu sich zurück. Seine Augen waren voller Leben. Er dachte bereits weiter. Bereitete sich auf den nächsten Schritt vor. Fragte sie langsam und mit Bedacht, ob sie wisse, was in dem Rucksack sei, den von Holden aus Berlin mitgebracht hatte.

»Er sagte, es seien Dokumente zur Enttarnung der Neonazi-Verschwörung. Aber ich bin sicher, daß es nicht stimmt.«

Osborn sah ihr nach, wie sie durch die Dunkelheit zum sicheren Hauptgebäude zurückging. Ein paar Sekunden vergingen; dann fiel ein Lichtstrahl heraus, als sie die Tür öffnete und hineinging; die Tür schloß sich, und es war wieder dunkel. Sofort richteten sich Osborns Gedanken auf das, was von Holden in Wirklichkeit in seinem Rucksack hatte. Zweifellos *waren* es Dokumente, aber es würde sich dabei kaum um Listen prominenter Nazis handeln, sondern um Aufzeichnungen über Kryochirurgie. Berichte, Beschreibungen der Verfahren. Die Prozeduren für das Einfrieren und Auftauen, Softwaredokumentationen für die Computer, Entwurfspläne für die Instrumente, vielleicht sogar das Skalpell seines Vaters. Es würden lauter einmalige Originale sein, und deshalb hütete er sie so sorgfältig. Ganz gleich, für welche üblen Zwecke sie angefertigt worden waren, für die medizinische Welt war das Verfahren fantastisch, und was immer geschehen mochte, es war unerläßlich, diese Aufzeichnungen in Sicherheit zu bringen. Plötzlich bemerkte Osborn, wie er sich in Gedanken verlor; von Holden konnte sich leicht unbemerkt von hinten an ihn heranschleichen. Er drehte sich rasch um, aber er sah nichts. Er überprüfte den Mechanismus des 38ers und vergewisserte sich, daß nichts eingefroren war. Dann schob er den Revolver wieder in den Hosenbund und sah sich nach dem Hauptgebäude um. Inzwischen dürfte Vera drinnen auf der Suche nach Connie sein.

Er schob sich am Hundeauslauf entlang, bis er das Licht des Lüftungstunnels sah. Die Fußspur war zweifellos ein Trick gewesen, mit dem er in den Lichtkreis hatte gelockt werden sollen. Von Holden war auf den Tunnel zugegangen, aber er war sicher nicht drin, denn er war zu eng und hätte sich in eine Falle verwandeln können, vor allem wenn jemand von der anderen Seite her durchkäme.

Rechts von Osborn ragte die Jungfrau beinahe senkrecht empor. Links ging es steil bergab und schien dann ein wenig flacher zu werden. Er blies sich in die Hände, um sie zu wärmen, und ging in diese Richtung. Wenn er recht hatte, war es der einzig logische Weg, den von Holden genommen haben konnte.

»Übermorgen« und der Kasten in seinem Rucksack, der es enthielt, blieben weiterhin von Holdens Hauptsorge. Wie es sich für den letzten Überlebenden der Hierarchie der Organisation gehörte. Sektor 5, das »entscheidende Verfahren«, war für einen solchen Notfall angelegt worden. Daß es schwieriger geworden war als erwartet, war der Grund, weshalb man ihn ursprünglich ausgewählt und weshalb er überlebt hatte. Vielleicht war das Schlimmste ja schon vorbei, dachte er optimistisch. Es war sehr wahrscheinlich, daß die unteren Fahrstühle bei dem Brand nicht zerstört worden waren, denn der Luftschacht über ihnen dürfte als Kamin gewirkt haben, als Abzug für die Hitze, und somit waren die mechanischen Vorrichtungen weiter unten wahrscheinlich unbeschädigt geblieben.

Der Gedanke, daß er die Aufzüge immer noch erreichen würde, und das Gefühl, daß er als Soldat seine Pflicht tat, beschwingten ihn, als er sich auf dem Felsschieferweg entlang der Steilwand vorwärtsarbeitete. Das Schneegestöber, der zunehmende Wind und die Kälte würden Osborn genauso behindern wie ihn. Wahrscheinlich noch mehr, denn Osborn war wohl kaum für das Überleben im Gebirge ausgebildet wie er. Dieser Vorteil würde seine Fluchtmöglichkeiten noch weiter vergrößern. Seine Chancen, zu dem Belüftungstunnel und dort hinein zu gelangen, während der Schnee alle seine Spuren verwischte.

Und so blieben nur noch Osborn und er selbst. Und die Zeit.

150

Der Pfad knickte scharf nach links ab, und Osborn folgte ihm. Er suchte nach von Holdens Spuren im Schnee, aber bis jetzt hatte er nichts gefunden, und es schneite inzwischen heftig genug, um sie rasch zu verwischen. Ratlos und voller Angst, er könnte doch in die falsche Richtung gegangen sein, gelangte er auf die Kuppe einer Erhebung und blieb dort stehen. Wenn er sich umdrehte, sah er nur wirbelndes Schneegestöber. Er ließ sich auf ein Knie sinken und spähte über den Rand. Dort unten schlängelte sich ein schmaler Pfad am Rande eines Abgrunds nach unten, aber es schien kein Weg dorthin zu führen. Er konnte auch nicht wissen, ob von Holden diesen Pfad benutzen würde. Es konnte eine von Dutzend Möglichkeiten sein.

Osborn richtete sich auf und wollte gerade umkehren, als er sie sah. Frische Fußspuren, dicht an der Felswand entlang. Jemand war da unten gegangen, und zwar vor nicht allzu langer Zeit. Er hatte sich dicht an der Innenseite des Pfades bewegt, der sich über diese gewaltige Steilwand zog. Wer immer es gewesen war, mußte ein paar hundert Meter weiter oben einen Weg zu diesem Pfad hinunter gefunden haben. Aber diesen Weg hinunter zu finden, konnte Stunden dauern, und dann wären die Fußspuren zugeschneit.

Osborn trat einen Schritt zur Seite. Es wäre möglich, sich von hier oben über die Kante gleiten zu lassen und hinunterzurutschen. Tief war es nicht – sechs, sieben Meter höchstens. Aber es war gefährlich. Es war eine Eiswüste hier. Fels und Eis und Schnee, sonst nichts. Keine Bäume, keine Wurzeln, keine Zweige, nichts, woran man sich festhalten könnte. Und man konnte von hier aus nicht sehen, wie es auf der anderen Seite des Pfades dort unten weiterging. Wenn er zu schwungvoll dort landete und nicht bremsen konnte, würde er womöglich kopfüber über die Kante rutschen und wie ein Stein in den Abgrund stürzen, Tausende Meter tief.

Osborn war bereit, es trotzdem zu riskieren, als er einen scharfen Felsvorsprung sah, von dem man senkrecht hinunter auf den Pfad gelangen konnte. Der Fels war mit massiven Eisnasen bedeckt, die durch das unaufhörliche Schmelzen und Gefrieren von Gletscherwasser entstanden waren. Sie sahen kräftig genug aus, um ihm Halt zu bieten. Er wagte sich hinaus auf den Felsvorsprung, ging in den Knie, schob sich an den Rand und ließ sich an der Seite hinunterrutschen. Der Pfad lag hier nur ungefähr drei Meter tief unter ihm. Wenn das Eis hielt, würde er im Handumdrehen unten sein. Er packte einen zehn Zentimeter dicken Eiszapfen und rüttelte daran. Der Zapfen hielt seinem Gewicht mühelos stand, und Osborn schwang die Beine vom Felsvorsprung und ließ sich hinunter. Er tastete mit dem Fuß an der Wand nach einem Halt, fand einen und wollte den Eiszapfen oben loslassen, um weiter unten nach dem nächsten zu greifen. Aber seine Hand ließ sich nicht lösen. Die warme Haut hatte sich fest mit dem Eis verbunden. Er war festgefroren, die rechte Hand hoch über dem Kopf, den linken Fuß tief unten in eine Kerbe in der Wand gestemmt. Er hatte nur eine Möglichkeit: Er mußte sich gewaltsam losreißen. Dabei würde er sich die Haut von der Handfläche reißen. Aber es blieb ihm nichts anderes übrig. Wenn er noch sehr viel länger hier hängenbliebe, würde er erfrieren.

Osborn holte tief Luft, zählte bis drei und riß. Ein sengender Schmerz, und seine Hand war frei. Aber bei der ruckartigen Bewegung verlor sein Fuß den Halt, und er sauste, auf dem Rücken rutschend, nach unten. Eine Sekunde später war er auf blankem Eis und rutschte immer schneller. Verzweifelt versuchte er, sich mit Händen, Füßen, Ellbogen festzukrallen, um seine Absturzgeschwindigkeit zu bremsen, aber es klappte nicht. Er rutschte schneller und schneller. Plötzlich tat sich unter ihm schwarze Finsternis auf, und er wußte, daß er jetzt über die Kante des Weges geschleudert wurde.

In letzter Verzweiflung stemmte er sich mit der linken Hand gegen den einzigen Stein, den er sah. Die Hand rutschte ab, aber mit der Armbeuge hakte er sich fest und kam zum Stehen, wenige Fingerbreit vor dem Abgrund.

Er fühlte, wie sein ganzer Körper erschauerte, und er begann zu zittern. Er lehnte sich zurück und bohrte einen Absatz in den Schnee. Dann den zweiten. Böiger Wind wehte, und das Schneetreiben wurde heftig. Osborn schloß die Augen und betete, er möge nicht nach so vielen Jahren so weit gekommen sein, nur um jetzt über dem wilden, gottverlassenen Gletscher zu erfrieren. Dann wäre sein Leben nutzlos gewesen. Und er weigerte sich, sein Leben nutzlos gewesen sein zu lassen!

Neben ihm klaffte ein tiefer Spalt in der Felswand. Er schob sich seitwärts hoch, schwenkte einen Fuß über den anderen und trat eine Höhlung in den Schnee, wo sein Fuß Halt finden würde. Dann drehte er sich auf den Bauch, griff mit beiden Händen an den Spalt und zog sich hoch. Noch ein Stück weiter, und er bekam ein Knie in den Spalt, dann einen Fuß. Und dann konnte er stehen.

Von Holden war über ihm. Er stand vielleicht dreißig Meter oberhalb an der Steilwand an der Kante des Simses. Er hatte auf dem Pfad gestanden, als Osborn an ihm vorbeigerutscht war. Keine zwei Meter, und der Amerikaner hätte ihn mit über die Kante gerissen.

Als er jetzt hinunterschaute, sah er, wie der Amerikaner über einem sechshundert Meter tiefen Abgrund an der Felswand klebte. Wenn er wieder heraufklettern wollte, mußte er eine schier unüberwindbare Steilwand aus Eis und Felsen bezwingen, die durch Wind und Schneegestöber noch tückischer wurde. Bis zur Öffnung des Lüftungstunnels hatte von Holden jetzt nur noch dreihundert Meter auf dem steil abschüssigen, gewundenen Pfad zurückzulegen. Es war ein gefährliches Stück Weg, aber auch im Schnee würde er kaum mehr als zehn, fünfzehn Minuten dafür brauchen. In dieser Zeit konnte Osborn unmöglich zu der Stelle hinaufklettern, an der von Holden jetzt stand – wenn er es überhaupt konnte –, und die Stelle, zu der von Holden wollte, konnte er schon gar nicht erreichen. Und wenn von Holden beim Luftschacht angekommen wäre, würde er spurlos verschwinden.

Ja, die Polizei würde kommen, aber wenn sie nicht eine Woche oder länger oben bliebe, bis er wieder herauskäme – was äußerst zweifelhaft war –, würde man annehmen, Vera habe sie hergerufen, um von Holdens Flucht in eine ganz andere Richtung zu decken. Oder sie würden glauben, daß er in eine Spalte gestürzt oder in einem der vielen hundert bodenlosen Löcher im Aletsch-Gletscher verschwunden war. So oder so würden sie wieder abziehen, und Vera würden sie als Mittäterin bei dem Mord an den drei Frankfurter Polizisten mitnehmen.

Was Osborn anging, so würde er keine bessere Geschichte zu erzählen haben als Vera, falls es ihm überhaupt gelingen sollte, die Nacht dort, wo er war, zu überleben. Er hatte einen Mann auf den Berg hinaus verfolgt. Und dann? Wo war der Mann? Was würde Osborn darauf antworten? Natürlich wäre es besser, wenn er tot wäre. Um das zu erreichen, könnte von Holden sich bis an den Rand des Abgrunds vorwagen und im Dunkeln einen Schuß riskieren. Aber das wäre in jeder Hinsicht unklug. Der Boden bot ohnedies schon wenig Halt, und das Risiko, auszurutschen oder danebenzuschießen, lohnte das Ganze nicht. Und wenn er Osborn traf – ihn tötete oder nur verletzte, oder wenn er abstürzte –, dann würde man wissen, daß von Holden tatsächlich hiergewesen war, und Veras Aussage wäre damit bestätigt. Dann würde die Jagd weitergehen. Nein. Es war besser, er ließ ihn da, wo er war, und hoffte darauf, daß Osborn entweder abstürzen oder erfrieren würde. Das war das richtige Denken. Der Grund dafür, daß Scholl ihn zum Leiter der Sicherheit gemacht hatte.

151

Osborn preßte sich mit Gesicht und Schultern an die Felswand. Die Spitzen seiner Reeboks bohrten sich in den kaum mehr als fünf Zentimeter tiefen Spalt. Unter ihm gähnte kalte, leere Dunkelheit. Er hatte keine Ahnung, wie tief er fallen würde, wenn er hier abrutschte, aber ein großer Stein über ihm hatte sich gelöst und war an ihm vorbeigeflogen; er hatte gelauscht, aber er hatte keinen Aufschlag gehört. Er spähte nach oben und versuchte, den Pfad zu erkennen, aber ein vereister Übergang versperrte ihm die Sicht. Der Spalt, in dem er stand, zog sich horizontal über die Steilwand, an die er sich klammerte; er konnte sich nach rechts oder nach links bewegen, nicht aber nach oben. Nachdem er sich ein kleines Stück in jede Richtung vorgeschoben hatte, stellte er fest, daß der schmale Vorsprung nach rechts allmählich gangbarer wurde. Das Sims wurde breiter, und der Fels darüber war zerklüftet, so daß er sich festhalten konnte. Trotz der Kälte fühlte seine rechte Hand, deren Haut an dem Eiszapfen klebengeblieben war, sich an, als ob jemand ein glühendes Eisen in die Handfläche drückte. Und bereitete ihm unerträgliche Schmerzen, wenn er die Finger um die Steinkanten schloß. Aber in gewisser Weise half es ihm auch, denn es zwang ihn, sich zu konzentrieren. Es ließ ihn an nichts anderes denken als an den Schmerz und daran, wie man einen Felszacken am besten umklammerte, ohne abzurutschen. Hand nach rechts. Festhalten. Fuß nach rechts, rutschen, Halt suchen, prüfen. Gewicht verlagern. Balance finden. Linke Hand nachziehen, linken Fuß ebenfalls.

Jetzt war er am Rande der Steilwand angekommen, wo sie sich zu einer Art steiler Falte oder Rinne nach innen knickte. Aber in diesem Schneetreiben war es unmöglich, zu erkennen, ob der Spalt, auf dem er sich bewegte, hier weiterging oder einfach endete. Sollte der Spalt dort an der Ecke abbrechen, bezweifelte er, daß er es schaffen würde, denselben Weg zurückzugehen und alle Bewegungen, die ihn hergeführt hatten, zu wiederholen. Osborn verharrte, hielt eine Hand vor den Mund und blies hinein; dann tat er das gleiche mit der anderen. Seine Uhr war ihm irgendwie in den Ärmel hinaufgerutscht; er brachte sie nicht heraus, ohne sein Gleichgewicht zu riskieren, und so hatte er keine Ahnung, wie lange er jetzt schon dort draußen war. Er wußte allerdings, daß es noch viele Stunden dauern würde, bis der Morgen dämmerte, und daß er innerhalb kürzester Zeit an Hypothermie sterben würde, wenn er aufhörte, sich zu bewegen. Plötzlich rissen die Wolken auf, und für einen kurzen Moment kam der Mond hervor. Unmittelbar rechts, drei oder vier Meter unter ihm, war ein breiter Felsensims, der zum Berg zurückführte. Er sah vereist und glatt aus, aber breit genug, um darauf gehen zu können. Und dann sah er noch etwas: einen schmalen Pfad, der sich zum Gletscher hinunterschlängelte. Und auf dem Pfad ging ein Mann mit einem Rucksack.

So rasch, wie der Mond hervorgekommen war, verschwand er auch wieder, und der Wind nahm zu. Der Schnee wehte Osborn ins Gesicht; in der Kälte brannte er auf der Haut, als ob ihm Glassplitter aus einem Hochdruckschlauch entgegengeblasen wurden. Er mußte das Gesicht zur Felswand drehen. Der Sims ist da, dachte er. Er ist breit genug, um dich zu tragen. Welche Macht dich auch immer hierhergebracht haben mag, sie hat dir noch eine Chance gegeben. Vertraue ihr.

Osborn schob sich bis zum Rand der Felswand und streckte einen Fuß aus. Er tastete ins Leere. Hab Vertrauen, Paul. Vertrauen auf das, was du gesehen hast. Und Osborn sprang in die Dunkelheit.

152

Ohne besonderen Grund dachte von Holden an Scholl und dessen schreckliche, ja, mörderische Angst, unbekleidet gesehen zu werden. Es hatte Gerüchte gegeben – Scholl habe keinen Penis; der sei ihm bei irgendeinem Unfall in seiner Jugend abgetrennt worden. Er sei ein echter Hermaphrodit und habe eine Gebärmutter und Brüste *und* einen Penis, und deshalb halte er sich für eine Mißgeburt …

Von Holden war davon überzeugt, daß Scholl sich deshalb nicht unbekleidet sehen ließ, weil er einen Abscheu vor aller menschlichen Wärme hatte, und dazu gehörte auch der menschliche Körper. Der Geist und die Kraft des Geistes waren alles, was zählte, und deshalb waren körperliche und emotionale Bedürfnisse ihm zuwider, auch wenn sie ebenso Teil seiner selbst waren wie bei jedem anderen Menschen auch. Abrupt brach von Holdens Gedankengang ab, und er sah den Pfad vor sich und den Gletscher, der sich meilenweit zu seiner Linken erstreckte.

Er schaute hoch und sah den Mond zwischen den Wolken schweben. Dann sah er einen Schatten, der sich über ihm an der Steilwand bewegte. Osborn kletterte am Fels entlang! Unmittelbar unter ihm war ein breiter Vorsprung. Wenn er ihn sah und erreichte, dann würde er wenige Augenblicke später von Holdens Fußspuren im frischen Schnee entdecken.

Dann verschwand der Mond hinter den Wolken, und es wurde wieder dunkel. Als er hinaufspähte, glaubte er zu sehen, wie Osborn losließ und auf das Sims hinuntersprang. Bis zum Eingang des Belüftungsstollens waren es noch mehr als fünfzig Meter, und so nah, wie Osborn jetzt an ihn herangekommen war, konnte er seiner Spur dorthin mühelos folgen. Es reicht, dachte von Holden. Bring ihn um und nimm die Leiche mit in den Tunnel. Niemand wird sie jemals finden.

Der Sprung auf das Sims hatte Osborn den Atem verschlagen, und es dauerte eine ganze Weile, bis er wieder zu sich kam. Dann rappelte er sich kniend auf und schaute hinunter zu der Stelle, wo er von Holden zuletzt gesehen hatte. Den Pfad entlang der Felswand konnte er gerade noch erkennen, aber von Holden war verschwunden. Er stand auf, und plötzlich erschreckte ihn der Gedanke, er könnte McVeys Revolver verloren haben. Aber nein, er steckte immer noch in seinem Hosenbund. Er zog ihn heraus und vergewisserte sich, daß alles in Ordnung war. Dann setzte er sich auf dem Sims in Bewegung, die eine Hand an der Felswand, in der anderen den Revolver.

Von Holden ließ den Rucksack von den Schultern gleiten und stellte sich in eine Position, wo er den Pfad, der hinter ihm herunterkam, gut überblicken konnte. Dann zog er seine Neun-Millimeter-Automatic hervor, lehnte sich zurück und wartete.

Als Osborn den Pfad erreichte, wurde das Sims plötzlich schmaler. Der Mond kam erneut hinter den Wolken hervor, und es war, als habe jemand einen Scheinwerfer auf ihn gerichtet. Instinktiv ließ er sich zu Boden fallen, und im selben Moment ließ ein kurzer Feuerstoß aus einer automatischen Waffe die Felswand dort, wo er gestanden hatte, explodieren. Ein Hagelschauer von Stein- und Eissplittern prasselte auf ihn herab. Dann war der Mond wieder verschwunden, und Dunkelheit und Stille rauschten mit dem Wind heran. Er hatte keine Ahnung, woher die Schüsse gekommen waren, und er hatte sie auch nicht gehört. Von Holden hatte also einen Schall- und wahrscheinlich auch einen Mündungsfeuerdämpfer. Wenn er über ihm war oder sich auf diese Position hinarbeitete, dann wäre Osborn völlig ungeschützt. Er schob sich auf dem Bauch bis zum Rand und schaute über die Kante. Anderthalb Meter weiter unterhalb war ein Felsvorsprung. Viel besser war es nicht, aber er hätte doch mehr Deckung dort. Im Schutze der Dunkelheit sprang er unvermittelt auf, rannte und duckte sich wieder. Dabei spürte er einen harten Schlag gegen die Schulter, der ihn seitwärts und rückwärts schleuderte. Gleichzeitig hörte er einen ungeheuren Knall. Dann war es, als prallte der Schnee hart gegen seinen Rücken, und für einen Moment war alles schwarz. Als er die Augen wieder öffnete, sah er nichts als die Oberkante der Steilwand. Er roch Schießpulver und begriff, daß sein eigener Revolver losgegangen sein mußte. Er streckte die Hand aus und wollte sich hochstemmen, als eine Gestalt in sein Gesichtsfeld trat.

Es war von Holden. Er trug den Rucksack auf dem Rücken und hielt eine merkwürdig aussehende Pistole in der Hand.

»Bei den Speznas hat man uns beigebracht, den Henker anzulächeln«, sagte von Holden leise. »Das macht einen unsterblich.«

Schlagartig begriff Osborn, daß er sterben würde. Und alles, was ihn so weit gebracht hatte, würde hier enden, jetzt, in ein paar Sekunden. Das Traurige, Tragische daran war, daß er absolut nichts dagegen tun konnte. Aber noch war er am Leben, und es bestand die Chance, daß von Holden ihm etwas verraten würde, bevor er ihn erschoß.

»Warum wurde mein Vater ermordet?« fragte er. »Wegen des Skalpells, das er erfunden hatte? Wegen der Operation an Egon Leyberger …? Sagen Sie es mir. Bitte.«

Von Holden lächelte arrogant. »Für ›Übermorgen‹«, sagte er triumphierend. »Für ›Übermorgen‹!«

Plötzlich hob von Holden den Kopf. Ein donnerndes Brüllen brandete aus der Dunkelheit über ihnen herab wie ein ungeheurer Wind, der heulte und schrie, als werde die Erde auseinandergerissen. Das Brüllen wurde ohrenbetäubend, und Steine und Schiefer brandeten heran. Dann überrollte sie die Front der Lawine, und von Holden und Osborn wurden nach hinten geschleudert und flogen wie zwei Puppen über den Rand des Pfades. Sich überschlagend, stürzten sie in eine schmale, sehr steile Gebirgsrinne. Einmal, mitten im Flug, als er sich drehte, sah Osborn für einen kurzen Moment von Holden mit fassungslosem, ungläubigem Gesicht; namenloses Grauen hatte seine

Miene gefrieren lassen. Dann war er verschwunden. Fortgerissen von einer brüllenden Flutwelle aus Eis und Schnee und Schutt.

153

Von Holden kam als erster hervor, er war auf einer beinah ebenen Fläche aus Fels und losem Gestein gelandet. Taumelnd richtete er sich auf und schaute um sich. Über sich sah er den Weg der Lawine und die schmale Rinne, durch die er herabgeschleudert worden war. Immer noch rieselten Rinnsale aus Eis und Schnee herunter. Als er sich umdrehte, sah er den Gletscher, wo er hingehörte. Aber sonst konnte er nichts Vertrautes entdecken. Er hatte keine Ahnung, wo er sich befand und wo der Pfad war, den er benutzt hatte. Er schaute hoch und hoffte, den Mond zu sehen, der zwischen den Wolken hervorkam, aber statt dessen sah er den Himmel, nicht mehr grau und bedeckt, sondern kristallklar. Aber da waren kein Mond und keine Sterne. An seiner Stelle, hoch in den Himmel hinaufreichend, wallte rot und grün die Aurora. Der wuchtige, überwältigende, bonbonbunte Vorhang seines Alptraums.

Er schrie auf, wandte sich ab und rannte. Verzweifelt suchte er nach dem Pfad, der ihn zum Eingang des Tunnels führen würde. Aber nichts war, wie es hätte sein sollen. Er war hier noch nie gewesen. Entsetzt rannte er weiter, bis eine steinerne Wand ihm den Weg versperrte und er erkannte, daß er in eine Sackgasse gelaufen war. Steile Felsen ragten hundert Meter hoch in den rot-grünen Himmel.

Atemlos und mit klopfendem Herzen drehte er sich um. Das Rot und das Grün leuchteten heller, und die gigantischen Vorhänge begannen, sich auf ihn herabzusenken und zugleich langsam auf und ab zu wallen, in den wuchtigen, monolithischen Kolbenbewegungen seines Traumes.

In obszönen Wellenbewegungen kamen die Vorhänge näher und überfluteten ihn mit den Farben ihres Glanzes. Drohten ihn zu umhüllen wie ein Leichentuch.

In lautlosem Entsetzen wandte er sich um und rannte den Weg zurück, den er gekommen war. Und wieder war er in einer Sackgasse und sah sich einer steinernen Wand gegenüber. Er fuhr herum und sah voller Grauen, wie die Tentakel auf ihn zukamen. Durchscheinend, leuchtend, wallend. Immer tiefer herabsinkend. Waren sie hier, um ihn vor dem nahenden Tod zu warnen? Oder waren sie diesmal der Tod selbst? Er wich zurück. Was wollten sie? Er war doch nur ein Soldat, der seinen Befehlen folgte. Ein Soldat, der seine Pflicht tat.

Dann stieg eben dieses Gefühl in ihm auf, und die Angst verging. Er war ein Speznas-Soldat! Er war Leiter der Sicherheit! Er würde nicht zulassen, daß der Tod ihn besiegte, bevor er seine Aufgabe erfüllt hatte! »Nein!« schrie er laut. »Ich bin Leiter der Sicherheit!« Er riß sich den Rucksack herunter, schnallte ihn auf und nahm den Behälter heraus. Er umschlang ihn mit beiden Armen und tat einen Schritt nach vorn.

»Das ist meine Pflicht!« Er hob den Kasten mit beiden Händen wie eine Opfergabe in die Höhe. »Das ist meine Seele!«

Plötzlich war die Aurora verschwunden, und von Holden stand zitternd im Mondschein, den Kasten in seinen Armen. Ein Augenblick verging, und er hörte sich atmen. Noch einen Augenblick, und sein Puls war wieder normal. Er ging los, und wenig später hatte er die Sackgasse hinter sich gelassen, stand am Rande des Berges und schaute auf den Gletscher hinaus. Weiter unten sah er deutlich den Pfad zum Luftstollen. Sofort ging er hinunter und hielt den Kasten fest in beiden Armen.

Der Wind hatte sich inzwischen gelegt, und Mond und Sterne standen klar am Himmel. Das helle Mondlicht und der Winkel, aus dem es herabschien, verlieh der Schneelandschaft eine rohe Zeitlosigkeit, so daß sie der Vergangenheit und er Zukunft zugleich angehören konnte. Von Holden war zumute, als habe er Durchgang durch eine Welt gefordert und erhalten, die nur auf einer sehr entlegenen Ebene existierte.

»Das ist meine Pflicht«, sagte er und schaute zu den Sternen hinauf. Pflicht über alles! Über die Erde. Über Gott. Jenseits aller Zeit.

Wenige Minuten später hatte er den Felsspalt erreicht, der die Öffnung des Belüftungstunnels verbarg. Der Fels selbst ragte über den Weg hinaus, und er mußte außen herumgehen, um hineinzukommen. Dabei sah er Osborn. Er lag auf einem schneebedeckten Vorsprung, dreißig Meter weiter unten, das linke Bein in einem merkwürdigen Winkel unter sich geknickt. Von Holden sah gleich, daß es gebrochen war. Aber tot war der Mann nicht. Seine Augen waren offen, und er beobachtete ihn.

»Geh kein Risiko mehr mit ihm ein«, dachte er. »Erschieße ihn sofort.«

Von Holdens Schuh wirbelte ein Schneewölkchen auf, als er an den Rand des Pfades trat und hinunterschaute. Mit diesem Schritt war er in den Schatten des Felsvorsprungs geraten, den Gipfel der Jungfrau über ihm beschien das Mondlicht. Aber trotz der Dunkelheit sah Osborn, wie er den Behälter verlagerte und mit dem linken Arm umschlang. Dann sah er eine zweite Bewegung, und von Holden hatte die Pistole in der Hand. Osborn hatte McVeys Revolver nicht mehr – er hatte ihn in der Lawine verloren, die ihm das Leben gerettet hatte. Eine Chance hatte er bekommen. Eine zweite würde es nicht geben, wenn er jetzt nicht selbst handelte.

Der Schmerz ließ ihn sein Gesicht verziehen, als er das gebrochene Bein unter sich bewegte; er stemmte sich mit den Ellbogen in den Schnee und stieß sich mit seinem anderen Bein vorwärts. Unerträgliche Schmerzen durchzuckten seinen ganzen Körper, als er sich rücklings wie ein zerschmettertes Tier über Eis und Gestein wand und voller Panik versuchte, über den Sims, auf dem er lag, aus der Schußlinie zu kriechen. Plötzlich kippte sein Kopf nach hinten, und er begriff, daß er den Rand des Vorsprungs erreicht hatte. Kalte Luft strömte von unten herauf, und als er den Kopf drehte und über die Schulter schaute, sah er nichts als ein endloses dunkles Loch im Gletscher unter ihm. Langsam schaute er wieder hoch. Er spürte, daß von Holden lächelte, als sein Finger sich um den Abzug krümmte.

Dann blitzten von Holdens Augen im Mondlicht auf. Die Pistole bäumte sich in seiner Hand auf, und er flog zur Seite, so daß die Schüsse im Leeren verpufften. Von Holden schoß immer weiter, und sein ganzer Körper bebte mit der ratternden Pistole, bis das Magazin leer war. Dann wurde seine Hand schlaff und sank herab, und die Pistole fiel herunter. Einen Moment lang stand er mit weit aufgerissenen Augen da, und noch immer umschlang er mit dem linken Arm den Behälter. Dann verlor er ganz langsam das Gleichgewicht und kippte vornüber. Er stürzte herab, flog über Osborn hinweg und verschwand im freien Fall durch die klare Nachtluft in der gähnenden Dunkelheit der Tiefe.

154

Osborn erinnerte sich, wie er Hunde gehört und dann Gesichter gesehen hatte.

Ein Arzt aus der Gegend, Schweizer Sanitäter. Bergwachthelfer, die ihn auf einer Bahre im Dunkeln durch den Schnee nach oben trugen. Vera. In der Station. Ihr Gesicht weiß und angespannt vor Angst. Uniformierte Polizei im Zug bei der Fahrt ins Tal. Sie hatten geredet, aber er konnte sich nicht erinnern, sie gehört zu haben. Connie, neben ihm, beruhigend lächelnd. Wieder Vera, die seine Hand hielt.

Dann mußten ihn die Medikamente oder der Schmerz oder die Erschöpfung überwältigt haben, denn er verlor das Bewußtsein.

Später, dachte er, war etwas mit einem Spital in Grindelwald gewesen. Und eine Auseinandersetzung darüber, wer er eigentlich sei. Er konnte schwören, daß Remmer hereingekommen war, und nach ihm McVey in seinem zerknautschten Anzug. Und McVey hatte sich einen Stuhl ans Bett gerückt, sich hingesetzt und ihn beobachtet.

Dann sah er wieder von Holden auf dem Berg. Sah, wie er taumelnd am Abgrund stand. Sah, wie er fiel. Und für einen ganz kurzen Augenblick war ihm, als stehe da jemand hinter von Holden auf dem Pfad. Er erinnerte sich, daß er versucht hatte, sich zu überlegen, wer das wohl sein könnte, und daß er dann erkannt hatte, es war Vera. Sie hielt einen riesigen Eiszapfen in beiden Händen, und er war ganz blutig. Aber dann verschwand dieses Bild wieder, und das nächste war unendlich viel klarer: Von Holden lebte noch und fiel ihm entgegen, den Behälter im Arm. Er fiel nicht mit normaler Geschwindigkeit, sondern in einer Art verzerrter Zeitlupe und in einem Bogen, der ihn über den Vorsprung hinweg in die unergründliche Finsternis tausend Meter tiefer stürzen ließ. Dann war er fort, und was blieb, war das, was gesagt worden war, bevor die Lawine kam.

»Warum wurde mein Vater ermordet?« hatte Osborn gefragt.

»Für ›Übermorgen‹«, hatte von Holden geantwortet. »Für ›Übermorgen‹!«

155

Berlin, Montag, 17. Oktober

Vera saß allein auf dem Rücksitz des Taxis, das von der Clay-Allee in die Messelstraße bog und ins Herz von Dahlem fuhr, in eines der ansehnlichsten Viertel Berlins. Seit zwei Tagen fiel jetzt ein kalter Regen, und die Leute beklagten sich bereits. Am Morgen hatte der Concierge im Hotel Kempinski ihr persönlich eine einzelne rote Rose heraufgebracht. In einem verschlossenen Umschlag war eine hastig gekritzelte Notiz gewesen: Sie möge Osborn die Rose bringen, wenn sie ihn in dem kleinen, exklusiven Krankenhaus in Dahlem besuchte. Die Unterschrift lautete: »McVey.«

Unterwegs spürte sie unversehens das Verlangen, sich einmal den Schauplatz der Tragödie anzusehen: Schloß Charlottenburg. Sie gab dem Fahrer Anweisung und stand kurz darauf vor dem Ort der Verwüstung. Bauarbeiter waren im dichten Regen dabei, die Trümmer zu räumen. Planierraupen wälzten sich durch die Gartenanlagen und schoben den Schutt zu hohen, rußgeschwärzten Bergen zusammen, die dann mit Baggern auf Kipplaster geladen und fortgeschafft wurden. Die Tragödie hatte weltweit in den Schlagzeilen gestanden, und in der ganzen Stadt war halbmast geflaggt. Für die Opfer war ein Staatsbegräbnis geplant. Zwei ehemalige Präsidenten der Vereinigten Staaten sollten daran teilnehmen, der französische Staatspräsident und der britische Premierminister.

»Es ist schon mal abgebrannt. 1746«, erzählte ihr der Taxifahrer mit kräftiger, stolzer Stimme. »Man hat es wiederaufgebaut. Es wird auch diesmal wiederaufgebaut werden.« Vera schloß die Augen, als das Taxi in die Kaiser-Friedrich-Straße einbog und wieder in Richtung Dahlem fuhr.

Sie war mit Osborn vom Berg heruntergekommen und bei ihm geblieben, solange man es ihr erlaubt hatte. Dann hatte man sie nach Zürich eskortiert und ihr gesagt, Osborn werde in eine Klinik in Berlin verlegt. Und dorthin war sie noch gefahren. Das alles war in zu kurzer Zeit passiert. Bilder und Gefühle kollidierten miteinander, schöne und schmerzhafte und grauenvolle, Liebe und Tod gingen Hand in Hand. Zu dicht beieinander. Es schien fast, als habe sie einen Krieg überlebt.

Die meiste Zeit über war McVey mit seiner alles beherrschenden

Präsenz dabeigewesen. In gewisser Hinsicht war er wie ein gütiger, ernster Großvater, dem die Menschenrechte und die Würde eines jeden am Herzen lagen. Andererseits war er ein zweiter General Patton: selbstsüchtig und skrupellos, unerbittlich, fast grausam. Getrieben von der Jagd nach Wahrheit. Koste es, was es wolle.

Das Taxi hielt unter einem Vordach an; sie stieg aus und betrat das Krankenhaus. Der Eingangsflur war klein und warm, und erschrocken sah sie einen uniformierten Polizisten. Er behielt sie aufmerksam im Auge, bis sie sich an der Pforte angemeldet hatte. Dann drückte er auf den Anforderungsknopf des Fahrstuhls und lächelte, als sie hineinging.

Ein zweiter Polizist stand im ersten Stock neben der Aufzugtür, und ein Zivilbeamter bewachte Osborns Zimmertür. Beide schienen zu wissen, wer sie war, und der zweite begrüßte sie sogar mit Namen.

»Ist er in Gefahr?« fragte sie, beunruhigt über die Polizeipräsenz.

»Eine schlichte Vorsichtsmaßnahme.«

»Ich verstehe.« Vera wandte sich der Tür zu. Dahinter lag ein Mann, den sie kaum kannte und den sie doch liebte, als hätten sie Jahrhunderte miteinander verbracht. Die kurze gemeinsame Zeit war anders gewesen als alles, was sie je erlebt hatte. Er hatte eine Ebene ihres Wesens angerührt, wie es noch kein anderer je getan hatte. Vielleicht war es geschehen, weil sie, als sie einander das erstemal angeschaut hatten, auch den Weg hinuntergeblickt hatten. Und was sie gesehen hatten, hatten sie zusammen gesehen, als könnte es nie eine Zeit geben, wo sie sich trennen würden. Und dort draußen auf dem Berg, in der allergrausamsten Situation, hatte er es bestätigt. Für sie beide.

Zumindest dachte sie es. Aber plötzlich hatte sie Angst, alles, was sie empfand, würde nur sie allein fühlen. Sie könnte alles mißdeuten, und was immer es zwischen ihnen gegeben hatte, könnte flüchtig und einseitig gewesen sein, und hinter dieser Tür würde sie nicht den Paul Osborn finden, den sie kannte, sondern einen Fremden.

»Warum gehen Sie nicht rein?« Der Polizist in Zivil lächelte und hielt ihr die Tür auf.

Er lag im Bett, das linke Bein unter einem verzweigten Netz von Flaschenzügen, Seilen und Gegengewichten. Er trug sein *L. A. Kings*-T-Shirt, leuchtendrote Boxershorts und sonst gar nichts, und als sie ihn sah, verflog all ihre Angst, und sie lachte.

»Was ist so verdammt komisch?« wollte er wissen.

»Ich weiß nicht …« Sie kicherte. »Ich weiß es wirklich nicht … es ist bloß …«

Und der Polizist schloß die Tür, und sie ging quer durchs Zimmer und kam in seine Arme. Und alles, was gewesen war – am Jungfraujoch, in Paris, in London und in Genf –, strömte wieder auf sie ein. Draußen regnete es, und Berlin beklagte sich. Aber ihnen war es völlig egal.

156

Los Angeles

Paul Osborn saß auf der Gras- und Steinterrasse seines Hauses in Pacific Palisades und schaute hinaus auf den hufeisenförmigen Lichterkranz der Santa Monica Bay. Es war fünfundzwanzig Grad warm, zehn Uhr abends, eine Woche vor Weihnachten.

Die Ereignisse auf der Jungfrau waren zu verworren und kompliziert, als daß er sie enträtseln könnte. Die letzten Augenblicke waren besonders beunruhigend, denn er konnte nicht mit Sicherheit sagen, was genau passiert war und wieviel von dem, was er in Erinnerung zu haben glaubte, überhaupt wirklich geschehen war.

Als Arzt war ihm klar, daß er ein beträchtliches körperliches und emotionales Trauma erlitten hatte. Nicht nur in den letzten Wochen, sondern über die ganze Spanne seines Lebens von der Kindheit bis ins Erwachsenenalter – wenngleich die letzten Tage in Deutschland und der Schweiz ihn zweifellos am meisten aufgewühlt hatten. Aber dort oben auf der Jungfrau hatte die Grenzlinie zwischen Realität und Halluzination endgültig aufgehört zu existieren. Nacht und Schnee waren mit Angst und Erschöpfung verschmolzen. Das Grauen der Lawine, die Gewißheit seines bevorstehenden Todes, herbeigeführt durch von Holden, und der unerträgliche Schmerz in dem gebrochenen Bein – das alles hatte jeden Rest vernünftiger Wahrnehmungsfähigkeit beseitigt. Was Wirklichkeit gewesen war und was Traum, war beinahe unmöglich zu sagen. Und jetzt, da er wieder zu Hause war, zerschlagen, aber lebendig und auf dem Wege der Besserung, war es da überhaupt noch von Bedeutung?

Osborn nahm einen Schluck Eistee und schaute hinaus über die

Bucht. In Paris war es jetzt sieben Uhr morgens. In einer Stunde würde Vera im Zug nach Calais sitzen und zu ihrer Großmutter fahren. Zusammen würden sie mit dem Hoverspeed nach Dover übersetzen und dann den Zug nach London nehmen. Und am nächsten Morgen um elf würden sie von Heathrow aus mit British Airways nach Los Angeles fliegen. Vera war erst einmal in Amerika gewesen, mit François Christian, ihre Großmutter noch nie. Wie die alte Französin das Weihnachtsfest in Los Angeles finden würde, war nicht vorauszusehen, aber er hatte keinen Zweifel daran, daß sie mit ihren Ansichten nicht hinter dem Berg halten würde. Über amerikanischen Flitterkram, über die Sonne und auch über ihn.

Daß Vera herkam, war aufregend genug. Daß sie ihre Großmutter mitbrachte, verlieh dem Ganzen eine gewisse Rechtmäßigkeit. Wenn sie hierbleiben und in den USA als Ärztin arbeiten wollte, bedeutete das im wesentlichen, daß sie den strikten Anforderungen der »Educational Commission for Foreign Medical Graduates« würde genügen müssen. Für manches würde sie noch einmal an die Universität zurückkehren müssen, in anderen Punkten wäre ein strenges und mühseliges Praktikum zu absolvieren. Es würde einen zermürbenden und schwierigen Aufwand an Zeit und Energie bedeuten, den sie nicht auf sich zu nehmen brauchte, denn in Frankreich war sie praktisch eine fertig ausgebildete Ärztin. Das Dumme war, daß er sie gefragt hatte, ob sie ihn heiraten wollte. Um dann nach Kalifornien zu kommen und hier glücklich bis ans Ende ihrer Tage mit ihm zusammenzuleben.

Die Antwort, die sie ihm in seinem Krankenzimmer lächelnd gegeben hatte, war: Mal sehen. Das waren ihre Worte gewesen.

»Mal sehen ...«

Was sehen? hatte er gefragt. Ob sie ihn heiraten wollte? Oder ob sie in Amerika leben wollte? Oder in Kalifornien ...? Aber er hatte nichts weiter aus ihr herausbekommen. Sie hatte ihn geküßt und war nach Paris zurückgeflogen.

In dem Päckchen, das Vera ihm von McVey gebracht hatte, war sein Paß gewesen, den die Erste Polizeipräfektur von Paris herausgerückt hatte. Ein Brief in französischer Sprache war dabeigewesen, unterschrieben von den beiden Pariser Polizisten Barras und Maitrot; sie wünschten ihm Glück und hofften aufrichtig, daß er in Zukunft alles in seiner Macht Stehende tun würde, um nie wieder einen Fuß nach Frankreich zu setzen. Und genau eine Woche nachdem er von der Jungfrau heruntergebracht und nach Berlin geflogen worden war – zwei Tage nach Veras Heimreise nach Paris –, war er aus dem Krankenhaus entlassen worden.

Remmer, der aus Bad Godesberg angereist war, hatte ihn zum Flughafen gefahren und ihn auf den neuesten Stand gebracht. Noble, erfuhr er, war auf der Stelle nach London geflogen worden und befand sich jetzt in einer Rehaklinik für Brandverletzte. Es würde Monate dauern und mehrere Hautverpflanzungen erfordern, bis er wieder zu einem normalen Leben zurückkehren könnte, wenn das überhaupt je möglich wäre. Remmer selbst war trotz des gebrochenen Handgelenks wieder voll im Dienst; er war mit der Ermittlung der Ereignisse beauftragt, die zum Brand im Schloß Charlottenburg und der Schießerei im Hotel Borggreve geführt hatten. Joanna Marsh, Leybergers amerikanische Physiotherapeutin, hatte man in einem Berliner Hotel ausfindig gemacht. Sie war ausführlich vernommen und dann freigelassen worden, und McVey hatte sie in die Vereinigten Staaten zurückbegleitet. Was danach aus ihr geworden war, wußte Remmer nicht. Er vermutete aber, daß sie nach Hause zurückgekehrt war.

»Remmer …«, fragte Osborn behutsam, als die Erinnerungen an jene letzte Nacht auf der Jungfrau zurückkamen. »Wissen Sie, von wo aus sie die Schweizer Polizei angerufen hat? Von welcher Station? Kleine Scheidegg oder Jungfraujoch?«

Remmer wandte den Blick von der Straße und sah ihn an. »Sie reden von Vera Monneray.«

»Ja.«

»Sie war es nicht. Sie hat die Polizei nicht angerufen.«

»Was heißt das?« Osborn war verblüfft.

»Eine Amerikanerin hat angerufen. Eine Touristin … Connie irgendwas … ich weiß nicht …«

»Connie?«

»Ja.«

»Damit wollen Sie sagen, daß Vera wußte, wo ich da draußen war? Daß sie ihnen gesagt hat, wo sie mich finden?«

»Die Hunde haben Sie gefunden.« Remmer zog die Stirn kraus. »Wie kommen Sie auf die Idee, daß es Miss Monneray gewesen ist?«

»Sie war in der Station Jungfraujoch, als sie mich hereinbrachten …«, entgegnete Osborn unsicher.

»Da waren mehrere Leute.«

Osborn schaute aus dem Fenster. Hunde. Okay, lassen wir es dabei. Sollte das Bild von Vera, die mit einem riesigen, blutigen Eiszapfen in den Händen auf dem Pfad stand, als von Holden in den Abgrund stürzte, bleiben, was es war: eine Illusion. Eine Halluzination. Ein Traum. Weiter nichts.

»Eigentlich fragen Sie mich, ob sie unschuldig ist. Sie möchten es gern glauben, aber Sie sind immer noch nicht sicher.«

Osborn sah ihn an. »Doch, ich bin sicher.«

»Ja, und Sie haben recht. Wir haben den Druckapparat gefunden, der benutzt wurde, um von Holdens falschen BKA-Ausweis herzustellen. Er stand in der Wohnung des Maulwurfs, den die Organisation ins Gefängnis eingeschleust hatte und der sie in von Holdens Gewahrsam überstellt hat. Sie glaubte tatsächlich, daß er sie zu Ihnen bringen wollte. Er wußte so viel, daß sie bis kurz vor dem Ende mit nichts anderem rechnen konnte.«

Osborn brauchte diese Bestätigung nicht. Wenn er es auf dem Berg noch nicht geglaubt hatte, so jedenfalls dann, als Vera Berlin verlassen und nach Paris gereist war.

»Was ist mit Joanna Marsh?« fragte er. »Hat sie erklären können, weshalb Salettl uns hinter ihr hergeschickt hat?«

Remmer schwieg eine Weile; dann schüttelte er den Kopf. »Eines Tages werden wir es vielleicht herausfinden, nicht wahr?« Etwas an seinem Benehmen ließ vermuten, daß er mehr wußte, als er verriet. Und Osborn durfte nicht vergessen, daß Remmer, was immer sie miteinander durchgemacht haben mochten, immer noch Polizeibeamter war. Man mußte sich nur ansehen, was sie mit Vera angestellt hatten, obwohl sie wahrscheinlich innerhalb weniger Stunden, vielleicht sogar sofort, gewußt hatten, daß sie nichts mit der Organisation zu tun hatte und daß sie nicht Avril Rocard war. Soviel Macht zu haben, war beängstigend, denn es war sehr leicht, sie zu mißbrauchen.

»Was ist mit McVey?« fragte Osborn.

»Habe ich doch gesagt. Er hat Miss Marsh nach Hause begleitet.«

»Er hat mir meinen Paß geschickt.«

»Sie könnten Deutschland nicht ohne ihn verlassen.« Remmer grinste.

»Er hat nicht mit mir gesprochen. Selbst als er in Grindelwald ins Spital kam, hat er kein einziges Wort gesagt.«

»In Bern.«

»Was?«

»Sie waren in Bern im Spital.«

Osborn machte ein ausdrucksloses Gesicht. »Sind Sie sicher?«

»Ja. Wir waren bei der Berner Polizei, als der Anruf kam und gemeldet wurde, daß man Sie oben auf dem Berg gefunden hatte.«

»Sie waren in *Bern?* Aber wie ...?«

»McVey hatte Ihre Spur.« Remmer grinste. »Sie haben in Bern eine Eurail-Fahrkarte gekauft. Sie haben mit einer Kreditkarte bezahlt. McVey hat sicherheitshalber alle Ihre Konten überwachen lassen. Als Sie die Karte benutzten, wußte er sofort, wo Sie waren und zu welcher Zeit Sie dort waren.«

Osborn war verblüfft. »Das kann nicht legal sein.«

»Sie haben ihm seinen Revolver geklaut, seine persönlichen Papiere, seine Dienstmarke.« Remmers Miene verhärtete sich. »Sie waren nicht befugt, sich als Polizeibeamter auszugeben.«

»Wo wäre von Holden jetzt, wenn ich es nicht getan hätte?« gab Osborn zurück. Remmer sagte nichts. »Und wie geht es jetzt weiter?«

»Das kann ich nicht sagen. Es ist nicht mein Fall. Zuständig ist McVey.«

157

»Es ist nicht mein Fall. Zuständig ist McVey.« Es war kein Tag vergangen, an dem Remmers Worte ihm nicht in den Ohren geklungen hatten. Welche Strafe stand auf das, was er getan hatte? Er hatte nicht nur einem Polizisten die Waffe und den Ausweis gestohlen, sondern er hatte diese Dinge auch dazu benutzt, eine internationale Grenze zu überschreiten. Er konnte in L. A. vor Gericht gestellt und dann an Deutschland oder die Schweiz ausgeliefert werden, um sich dort zu verantworten. Vielleicht auch nach Frankreich, wenn Interpol sich einschalten wollte. In erster Linie aber würde man ihn wahrscheinlich wegen versuchten Mordes an Albert Merriman belangen wollen. Ob er sich nun in Paris versteckt hatte oder nicht, Merriman war amerikanischer Staatsbürger gewesen. Das waren Dinge, die McVey nicht vergessen würde.

Drei Abende pro Woche verbrachte er im Augenblick in der Physiotherapie und trainierte sein gebrochenes Bein. Es würde noch einen Monat dauern, bis er auf die Krücken verzichten, und zwei, bis er gehen könnte, ohne zu hinken. Aber damit konnte er leben, vielen Dank, wenn man bedachte, was die Alternative hätte sein können.

Und von Tag zu Tag heilte die Zeit allmählich auch tiefere Wunden. Das Geheimnis um den Tod seines Vaters war zu einem großen Teil gelüftet, auch wenn das eigentliche Warum und Wozu immer noch im Nebel lag. Von Holdens Antwort »Für ›Übermorgen‹!« – sofern dieser Teil seiner Erlebnisse auf der Jungfrau real und keine Halluzination gewesen war –, hörte sich an wie eine sinnlose Abstraktion, die ihm nichts sagte.

Um seines eigenen Verstandes, um seiner Zukunft und um Veras willen mußte er das alles, Merriman und von Holden und Scholl, in die Vergangenheit verbannen. Er mußte die tragische Erinnerung an seinen Vater loslassen, und nach und nach merkte er, daß er es konnte.

Dann, um fünf vor zwölf mittags, einen Tag bevor Vera und ihre Großmutter eintreffen würden, meldete sich McVey.

»Ich will Ihnen was zeigen. Können Sie runterkommen?«

»Wohin –?«

»Präsidium. Parker Center.« McVey klang ganz sachlich, als würden sie jeden Tag so miteinander reden.

»Und wann?«

»In einer Stunde.«

O Gott, was will er? Der Schweiß trat Osborn auf die Stirn. »Ich komme«, sagte er. Als er auflegte, zitterte seine Hand.

Die Fahrt von Santa Monica in die Stadt dauerte fünfundzwanzig Minuten. Es war heiß und versmogt, und die Skyline der City war nicht zu sehen. Daß Osborn eine Heidenangst hatte, machte das alles nicht besser.

McVey kam ihm entgegen, als er das Gebäude betrat. Sie begrüßten sich ohne Handschlag und fuhren zusammen mit einem halben Dutzend anderer Leute im Aufzug nach oben. Osborn stützte sich auf seine Krücken und starrte zu Boden. McVey hatte nichts weiter gesagt – nur, daß er ihm etwas zeigen wollte.

»Was macht das Bein?« fragte McVey, als die Fahrstuhltür aufging; dann ging er vor Osborn einen Korridor hinunter. Die Brandwunden in seinem Gesicht verheilten gut, und er wirkte ausgeruht. Er hatte sogar ein bißchen Farbe, als habe er Golf gespielt.

»Wird besser ... Sie sehen gut aus.« Osborn bemühte sich, gelassen und freundlich zu klingen

»Mir geht's auch gut – für einen alten Mann.« McVey sah ihn an, ohne zu lächeln. Er führte ihn durch ein Gewirr von Korridoren, bevölkert von Gesichtern, die gleichzeitig müde und verwirrt und wütend aussahen.

Am Ende eines Ganges stieß McVey eine Tür auf, und sie betraten einen Raum, der durch einen Drahtkäfig in zwei Hälften geteilt wurde. Hinter dem Gitter sah man zwei uniformierte Cops und zahllose Regale mit versiegelten Asservatenbeuteln. McVey unterschrieb ein Formular und bekam einen Beutel, der etwas enthielt, das aussah wie eine Videokassette. Sie gingen über den Korridor in einen leeren Aufenthaltsraum; McVey schloß die Tür, und sie waren allein.

Osborn hatte keine Ahnung, was McVey vorhatte, aber was immer es war, es reichte ihm jetzt. Er wollte, daß offen geredet wurde, und zwar sofort.

»Wieso bin ich hier?«

McVey ging zum Fenster und schloß die Jalousie. »Haben Sie heute morgen ferngesehen? Eine vietnamesische Familie, draußen im Valley.«

»Yeah, halbwegs ...«, antwortete Osborn unbestimmt. Er hatte beim Rasieren etwas gesehen. Eine ganze vietnamesische Familie in einer schicken Gegend im San Fernando Valley war ermordet aufgefunden worden. Großeltern, Eltern, Kinder.

»Ich bearbeite den Fall. Ich muß gleich zu einer Autopsie; also bringen wir es schnell hinter uns.« McVey öffnete die Plastiktüte und nahm die Videokassette heraus. »Es existieren nur zwei Kopien. Das hier ist das Original. Eine Kopie hat Remmer in Bad Godesberg. Das FBI wollte die hier schon gestern haben; ich habe ihnen gesagt, sie kriegen sie morgen. Sie ist der Grund, weshalb Salettl uns auf Joanna Marsh aufmerksam gemacht hat. Er hatte ihr etwas geschenkt. Den Schlüssel zu einer Box, die im Käfig eines kleinen Hundes versteckt war. Von Holden hatte ihr den Hund in der Schweiz geschenkt, und sie hatte ihn nach L.A. fliegen lassen. In der Box befand sich ein zweiter Schlüssel. Er gehörte zu einem Schließfach in einer Bank in Beverly Hills. Diese Kassette lag in dem Bankfach.«

McVey schob die Kassette in einen Videorecorder unter einem Fernsehapparat.

»Verstehe ich nicht.« Osborn war ratlos.

»Werden Sie schon noch. Aber vorher müssen Sie zweierlei wissen. Sie haben gesagt, als von Holden vom Berg fiel und im Abgrund verschwand, hätten Sie ihn nicht aufschlagen sehen.«

»Es war stockfinster.«

»Tja, wir glauben, er stürzte in eine Eisspalte, ein tiefes Loch im Gletscher. Ein Schweizer Bergrettungstrupp ist hineingeklettert, so weit es ging, aber sie haben keine Spur von ihm gefunden. Das bedeutet: Entweder liegt er immer noch irgendwo da unten und wird die nächsten zweitausend Jahre dort liegenbleiben oder – er liegt nicht da. Das soll heißen: Wir können nicht mit Sicherheit sagen, daß er tot ist.

Das zweite hat etwas mit Leybergers Fingerabdrücken zu tun. Das heißt, mit den Fingerabdrücken des Mannes, der sich Leyberger nannte. Des Mannes, den Remmer und Schneider gesehen und gesprochen haben – eine halbe Stunde bevor Schloß Charlottenburg in Flammen aufging.« McVey hustete, und dabei verzog er schmerzlich das Gesicht. Die Verbrennungen bereiteten ihm immer noch Beschwerden. »BKA-Fingerabdruck-Experten haben festgestellt, daß Leybergers Fingerabdrücke mit denen Timothy Ashfords, des enthaupteten Malers aus London, identisch sind.«

»O Gott.« Osborn spürte, daß sich ihm die Nackenhaare sträubten. »Dann hatten Sie recht ...«

»Yeah.« McVey nickte. »Das Dumme ist, daß Leyberger wie alles dort im Saal zu Asche verbrannt ist. Wir haben also nichts weiter als die Vermutung, daß der Kopf eines Mannes erfolgreich auf den Körper eines anderen verpflanzt wurde, und daß die Kreatur gelebt hat. Umhergegangen ist, gedacht und geredet hat, als wäre sie so real wie Sie und ich. Und ohne sichtbare Narben, soweit Remmer und Schneider sehen konnten. Oder Joanna Marsh, was das angeht. Das hat sie uns gestern morgen in einer Zeugenaussage bestätigt. Als seine Physiotherapeutin hat sie eine Menge Zeit mit ihm verbracht, und sie hat nichts gesehen, was auf irgendeine Operation hingewiesen hätte.«

»Die Symptome eines Mannes, der sich von einem Schlaganfall erholte«, überlegte Osborn, »wurden also nicht von einem Schlaganfall verursacht, sondern durch die Genesung nach einem phänomenalen chirurgischen Eingriff.« Er sah McVey an. »Und das ist auf dem Video zu sehen?«

»Was auf dem Video zu sehen ist, bleibt ganz unter uns. Wenn überhaupt jemand etwas sagt, dann in Washington oder in Bad Godesberg.« McVey nahm eine Fernbedienung und reichte sie Osborn »Diesmal, Doktor, handelt hier niemand auf eigene Faust. Weder aus persönlichen noch aus irgendwelchen anderen Gründen. Ich hoffe, das ist Ihnen klar, denn sonst gibt es noch *andere* Dinge, auf die wir zurückkommen könnten. Sie verstehen sicher, was ich meine.«

Einen Moment lang standen die beiden Männer einander schweigend gegenüber. Dann öffnete McVey unvermittelt die Tür und ging hinaus. Osborn sah, wie er draußen durch ein Büro ging, eine Pforte in einer Holztheke aufstieß und verschwand. Einfach so. Er hatte ihn vom Haken genommen und laufenlassen.

158

Osborn saß eine ganze Weile stumm da. Dann hob er die Fernbedienung, zielte damit auf den Recorder in dem fahrbaren Gestell unter dem Fernseher und drückte auf »PLAY«. Es klickte, es surrte, der Bildschirm flackerte, und ein Bild erschien. Man sah ein formelles Arbeitszimmer mit einem ledergepolsterten Stuhl im Vordergrund. Links stand ein großer Schreibtisch, rechts eine Bücherwand. Der größte Teil des Lichtes fiel durch ein Fenster hinter dem Schreibtisch, das nur teilweise zu sehen war. Ein paar Sekunden vergingen, und dann kam Salettl ins Bild. Er trug einen dunkelblauen Anzug und hatte der Kamera den Rücken zugewandt. Als er den Stuhl erreicht hatte, drehte er sich um und setzte sich.

»Bitte entschuldigen Sie diese primitive Einleitung«, sagte er auf englisch. »Aber ich bin allein und muß die Videokamera selbst bedienen.« Er schlug die Beine übereinander, lehnte sich zurück und wurde förmlicher. »Mein Name ist Helmuth Salettl. Ich bin Arzt. Ich wohne in Salzburg, in Österreich, aber geboren bin ich als Deutscher. Zum Zeitpunkt dieser Aufnahme bin ich neunundsiebzig Jahre alt. Wenn Sie dies sehen, werde ich nicht mehr am Leben sein.« Salettl schwieg, und sein Blick in die Kamera wurde schärfer. Anscheinend unterstrich er die Ernsthaftigkeit dessen, was er zu sagen hatte. Der Gedanke an seinen Tod schien keine Wirkung auf ihn zu haben.

»Was nun folgt, ist ein Geständnis. Was ich gestehe? Mord. Fanatismus. Und meine Erfindung.

1939 war ich als junger Chirurg an der Berliner Universitätsklinik. In meinem Optimismus und vielleicht in meiner Arroganz wurde ich von einem Beauftragten des Reichskanzlers angesprochen und gebeten, Mitglied eines Beratergremiums für fortgeschrittene chirurgische Verfahren zu werden. Später, als Mitglied der Nationalsozialistischen Partei und SS-Gruppenführer wurde ich zum Reichsgesundheitsminister befördert. Einiges davon wissen Sie vielleicht bereits, denn es ist aktenkundig. Detailliertere Informationen finden Sie im Bundesarchiv in Koblenz.«

Salettl schwieg und griff nach einem Glas Wasser. Er nahm einen Schluck, stellte das Glas ab und wandte sich wieder der Kamera zu.

»1946 wurde ich in Nürnberg vor Gericht gestellt. Die Anklage lautete auf Vorbereitung und Durchführung eines Angriffskrieges. Ich wurde freigesprochen und zog kurz darauf nach Österreich, wo ich als Internist praktizierte, bis ich mich mit siebzig zur Ruhe setzte. Dem Anschein nach wenigstens. In Wahrheit war ich weiterhin ein Minister des Reiches, wenngleich das Reich offiziell nicht mehr existierte.

1938 machte ich mich unter der Leitung von Martin Bormann, Hitlers Sekretär und später Stellvertreter – einem Mann, der wie Hitler daran glaubte, daß Gott einem Volk nur hilft, wenn es selbst nicht aufgibt –, ans Werk, um eben dies zu tun: das Dritte Reich zu erhalten. Zu diesem Zweck schuf er ein Programm und ein Mittel zu seiner Durchführung.

Es begann mit einer kostspieligen, ausgefeilten, höchst detaillierten sozioökonomischen und politischen Projektion der Zukunft. Bormann beauftragte ein breites Spektrum von Experten, die wenig oder gar nichts über das erfuhren, wozu sie ihren Beitrag leisteten. Innerhalb von zwei Jahren gelang es Bormann, eine hochspekulative, aber im Rückblick bemerkenswert zutreffende Prognose der Weltlage von 1940 bis zum Jahr 2000 zu stellen.

Ohne ins Detail zu gehen, will ich einfach sagen, daß diese Prognose den Sieg der alliierten Truppen über das Reich und die darauffolgende Teilung Deutschlands vorhersagte. Dann den Aufstieg der Supermächte, der Vereinigten Staaten und der Sowjetunion sowie den unvermeidlichen Kalten Krieg und den daraus resultierenden Rüstungswettlauf. Die Entwicklung Japans zur Wirtschaftsmacht, befördert durch eine weltweite Nachfrage nach überlegenen Automobilen und fortschrittlicher Technologie. Ebenfalls enthalten waren vier extrem wichtige Elemente, die innerhalb von fast fünf Jahrzehnten zustande kommen würden: der Aufstieg Westdeutschlands nach dem Krieg zu einem industriellen und wirtschaftlichen Bollwerk mit der vielleicht solidesten Ökonomie in der westlichen Welt; die

Einsicht in die Notwendigkeit wirtschaftlicher Zusammenarbeit zwischen den europäischen Staaten; die Wiedervereinigung Deutschlands; und schließlich die Tatsache, daß der Rüstungswettlauf die Sowjetunion in den Bankrott treiben und nicht nur sie selbst, sondern den ganzen in ihrem Kielwasser fahrenden Ostblock zusammenbrechen lassen würde. Auf diesen Grundannahmen basierte die geheime Bewahrung des Dritten Reichs.

Eine Geheimorganisation – die nie einen Namen bekam und die ihre Mitglieder in allen Ländern der Erde hat – wurde von einer Handvoll mächtiger und reicher deutscher Geschäftsleute gegründet, Patrioten und Auswanderern gleichermaßen, die sich der nationalsozialistischen Sache vorbehaltlos angeschlossen hatten, aber nie enttarnt worden waren. Im Laufe der Jahre wuchs diese Organisation. Ihre Mitglieder wurden sorgfältig ausgewählt.

Die Bewegung sollte zunächst langsam zum Vorschein kommen. Es sollte in aller Stille und mit sorgfältiger Berechnung geschehen, vorangetrieben durch enormen Reichtum und populären Einfluß auf das gesamte Spektrum der deutschen Gesellschaft, von Links bis Rechts, von den Alten bis zu den Jungen, von erfolgreichen Geschäftsleuten über die Intellektuellen bis zu den Obdachlosen, den Ungebildeten und Arbeitslosen. Und wenn Deutschland wiedervereinigt wäre, würde der Trommelklang lauter werden, deutlicher, würde die Ratlosigkeit nach der Wiedervereinigung ausnutzen. Eine Atmosphäre des zunehmenden Mißtrauens und der Ressentiments würde aufgeheizt werden durch die gewaltige Woge der Einwanderer aus den zerfallenen Überresten des Ostblocks.

Und Deutschland war nicht alles. Seit Jahren kooperierten wir mit isolierten, sympathisierenden Bewegungen innerhalb der etablierten Regierungen der europäischen Gemeinschaft. In Frankreich sollte ein Anfang gemacht werden. Andere Länder sollten folgen.

Um zu demonstrieren, wozu wir fähig waren – zunächst als einigendes Erlebnis für uns selbst und später, wenn wir den richtigen Zeitpunkt, es zu enthüllen, für gekommen hielten, auch für den Rest der Welt –, begannen wir mit einem höchst ambitionierten technologischen Programm.

Während des Krieges hatte man, tief unter der Stadt Berlin verborgen, eine experimentalmedizinische Anlage eingerichtet. Sie hieß ›Der Garten‹ und war konzeptionell vor den Angriffen alliierter Bomber sicher. Und dort, im ›Garten‹, lag der Kern unserer Bewegung.

Das Programm bekam den streng geheimen Codenamen ›Übermorgen‹ als Symbol für den Tag, an dem das Reich als beherrschende Weltmacht wiedererstehen würde. Diesmal aber würde unsere Stärke in der Wirtschaft liegen, und das Militär würde lediglich Polizeifunktion ausüben.«

»Übermorgen«!

Salettls Wort erfüllte den Raum. Das war nicht möglich! Osborn griff nach der Fernbedienung. Er richtete sie auf den Recorder, und sein Daumen tastete nach dem »REWIND«-Knopf. Das Gerät fing an zu sirren, und er drückte sofort auf »STOP«. Dann holte er tief Luft und drückte »PLAY«.

»– im ›Garten‹ lag der Kern unserer Bewegung.« Salettl erwachte zum Leben. »Das Programm bekam den streng geheimen Codenamen ›Übermorgen‹.«

Osborns Daumen rutschte von der Taste, und das Bild erstarrte.

Die Szene auf der Jungfrau erschien in seinen Gedanken. Er sah von Holden über sich, und der Mann zielte mit der Maschinenpistole auf seine Brust. Er hörte sich nach dem Grund für den Tod seines Vaters fragen, und er hörte von Holdens Antwort.

»Für ›Übermorgen‹«, hatte er gesagt. »Für ›Übermorgen‹!«

Wenn dieser Teil seines Erlebnisses ein Traum gewesen war, eine Halluzination, woher kannte er dann dieses Wort? Salettl hatte gesagt, es sei streng geheim gewesen. Nur der Organisation bekannt, und fanatisch gehütet. Die Antwort also war, er konnte es nicht kennen – es sei denn, von Holden hätte es ihm tatsächlich gesagt.

Remmer hatte erzählt, die Hunde hätten ihn gefunden. Und er hatte Vera nach seiner Rettung in der Station gesehen. Aber ob Traum oder Wirklichkeit, er war sicher, daß er sie auch draußen auf dem Berg gesehen hatte. Konnte sie hinausgegangen und dann zurückgekommen sein, bevor die Polizei eintraf? Und wenn – wie hatte sie von Holden finden können? Osborns Gedanken überschlugen sich rasend. Konnte es möglich sein? Sein Daumen drückte auf »REPLAY«, und er sah Salettl noch einmal. Und noch einmal. »Übermorgen« war das bestgehütete Geheimnis in der Organisation, und zwar seit fünfzig Jahren. Wie konnte er davon wissen, wenn von Holden es ihm nicht gesagt hatte? Je länger er darüber nachdachte, desto realer und weniger traumhaft wurde das Ganze.

Erschüttert und erregt schaute Osborn auf den Bildschirm. Er drückte »PLAY«, und Salettl erwachte von neuem zum Leben.

»Die Auferstehung des Reiches sollte durch unsere eigenhändige Manipulation der Lebensvorgänge symbolisiert werden«, fuhr er fort. »Die Transplantation menschlicher Organe gab es schon seit Jahren. Noch niemand hatte jedoch einen menschlichen Kopf transplantiert. Das aber nahmen wir uns vor, und das war es, was uns schließlich gelang.

Die kritische Phase begann 1963, als unter Tausenden unwissentlich Getesteten achtzehn Männer ausgesucht wurden. Das entscheidende Kriterium war, daß sie dem genetischen Fingerabdruck Adolf Hitlers so genau wie möglich entsprechen sollten – in ihren Persönlichkeitsmerkmalen, in ihrer körperlichen und seelischen Beschaffenheit et cetera. Die Lebensalter der Beobachteten lagen mehr als eine Dekade auseinander, und so hatten wir Zeit, zu experimentieren und, wenn wir scheiterten, Korrekturen vorzunehmen. Zehn Tage nach seinem sechsundfünfzigsten Geburtstag wurde dem Subjekt ein starkes Beruhigungsmittel injiziert. Der Kopf wurde abgetrennt und tiefgekühlt, der Körper eingeäschert. Seine Familie –« Salettl brach ab, und man sah, wie ein persönlicher Schmerz ihn ergriff; dann faßte er sich und fuhr fort: »Seine Familie und alle ihm Nahestehenden starben sehr kurz danach entweder bei einem Unfall, oder sie verschwanden ganz einfach, so daß alle Spuren verwischt wurden.

Wie ich schon sagte, nicht selten scheiterten die Experimente auch. Und dann hatten wir Erfolg, mit dem Mann, den Sie als Egon Leyberger kennen. Die Feier im Schloß Charlottenburg soll eine Demonstration dieses Erfolges sein. Und die Getreuen der Partei, die hochrangigsten, engagiertesten, denen die Geschichte des Plans vollständig bekannt ist, werden alle dabeisein.

Diesen fantastischen Höhepunkt zu erreichen, hat fünfzig Jahre erfordert. Im Laufe dieser Zeit wurden viele Unschuldige, die uns ohne ihr Wissen geholfen hatten, umgebracht, denn wir wagten nicht, eine Spur zu hinterlassen. Wir beauftragten Berufskiller, sie zu ermorden, und zu unserer eigenen Sicherheit ermordeten wir dann die Mörder. Eine ungeheure Zahl von gewöhnlichen Menschen hat für uns gearbeitet. Einige glaubten oberflächlich an unsere Sache, andere mußten durch Einschüchterung oder Gewalt dazu gezwungen werden, wieder andere standen in einem ganz legalen Beschäftigungsverhältnis und hatten keine Ahnung, was sie taten. Der Prozeß, ich sagte es schon, hat fünfzig Jahre gedauert. Und als wir schließlich Erfolg hatten, war die Zeit reif für die zweite Phase von ›Übermorgen‹.«

Die zweite Phase? Osborns Herzschlag setzte aus. Er rückte seinen Stuhl näher an den Bildschirm.

»Wir hatten zwei junge Männer aufgezogen, Zwillingsbrüder. Wir schickten sie auf die besten akademischen Institute, und in den Jahren kurz vor der Wiedervereinigung schickten wir sie auf die Elite-Sporthochschule des östlichen Sektors nach Leipzig. Gentechnisch modifiziert, sind sie körperlich in idealer Verfassung. Sie sind jetzt vierundzwanzig, und jeder von ihnen ist vorbehaltlos bereit, das allerhöchste Opfer zu bringen.

Die Präsentation Egon Leybergers in Charlottenburg wird eine wissenschaftliche und spirituelle Bekräftigung unserer Absichten sein. Zum Ende der Festlichkeit soll eine zweite Zeremonie stattfinden, und zwar in dem Mausoleum auf dem Schloßgelände und in Anwesenheit nur der allervornehmsten Gäste. Dort wird einer der beiden Jungen dazu auserkoren werden, Leybergers Platz einzunehmen und der Kopf des Neuen Reiches zu werden. Im Augenblick der Wahl wird Leyberger von dem auserwählten Jungen getötet, und dieser wird sodann für die Operation vorbereitet, die ihn in zwei Jahren zu unserem neuen Oberhaupt werden läßt.

Ich selbst, Erwin Scholl, Gustav Dortmund und Uta Baur sind die Ältesten des inneren Kreises. Wir sind diejenigen, die nach Nürnberg weitergemacht haben.

In fünfzig Jahren sind Scholl, Baur und Dortmund reich und mächtig geworden, während ich mich im Hintergrund gehalten habe, um die Experimente zu leiten. In fünfzig Jahren sind sie alt geworden und, je näher wir der Vollendung kamen, desto grausamer und eitler.

Der Erfolg der Leybergerschen Transplantation ermöglichte es Scholl, ein Datum für die Präsentation in Charlottenburg festzusetzen. Sieben der ursprünglich Auserwählten waren nun noch am Leben, wurden aber nicht mehr gebraucht. Scholls Anweisung war es, sie zu töten wie die anderen, die Leichen aber, statt sie einzuäschern, auf ganz Europa zu verteilen. Ihren Familien sollte nichts geschehen.

In fünfzig Jahren habe ich Zeit gehabt, nachzudenken über das, was wir getan haben. Was wir noch tun. Was die Zukunft bereithält. Wir haben das Unmögliche versucht, und wir hatten Erfolg. Schon diese Tatsache legt Zeugnis ab von unseren Fähigkeiten. Beinahe vollständig isoliert vom Rest der Welt, haben wir ein Verfahren der Nuklearchirurgie entwickelt und uns dabei einer in der modernen Medizin und Physik ganz unerhörten Superkältetechnologie bedient.

Sein Zweck war es, zu zeigen, wie brillant wir sind. Wie erfindungsreich. Zu zeigen, daß uns in einer Welt, die nach mehr und mehr Technologie lechzt, niemand das Wasser reichen kann. Nicht die Japaner. Nicht die Amerikaner. Der Markt würde uns gehören. Und das war erst der Anfang.

Aber –« Abrupt, als habe sich plötzlich ein Leichentuch auf ihn gelegt, wurde Salettl düster und versonnen, und innerhalb von Sekunden schien er um zehn Jahre zu altern. »Der Sinn hinter dem, was wir taten, war derselbe, der zum Tode von sechs Millionen Juden führte, zum Tode zahlloser Millionen auf tausend Schlachtfeldern und in tausend Städten im Bombenhagel. Dieselben Machenschaften, die die Großstädte Europas in Schutt und Asche legten.

Ich stand 1946 in Nürnberg auf der Anklagebank, umgeben von vielen derer, die es verursacht hatten. Göring, Heß, Ribbentrop, von Papen, Jodl – einst stolz und hochfahrend, und jetzt alte, graue, verwirrte Männer. Als ich bei ihnen stand, erinnerte ich mich an eine Warnung, die ich einmal erhalten hatte: Gehen Sie nicht in die Vernichtungslager. Gehen Sie nicht, denn man wird Ihnen nicht erlauben, zu schildern, was Sie dort gesehen haben. Nun, ich bin doch hingegangen. Nach Auschwitz. Und die Warnung war richtig. Nicht, weil man mir nicht *erlaubte* zu schildern, was ich gesehen hatte, sondern weil ich es nicht schildern *konnte*. Die Berge von Brillen. Die Berge von Schuhen. Die Berge von Knochen. Die Berge von Menschenhaar. Ich dachte mir, daß mir eine Art des Denkens, die so etwas tat, noch nie begegnet sei.

Und nun war ich ein führendes Mitglied einer geheimen Untergrundbewegung und plante die Wiedergeburt dieser Wirklichkeit, noch ehe sie untergegangen war. Es war grauenhaft. Unmöglich. Aber hätte ich etwas gesagt oder versucht zu gehen, so hätte man mich erschossen, und es wäre dennoch weitergegangen. Und so beschloß ich, nichts zu sagen und es heranwachsen zu lassen, bis es erwachsen wäre, und zugleich würde ich zu einem Rang aufsteigen, der über jeglichen Verdacht erhaben war. Und im richtigen Augenblick würde ich es dann vernichten.

Der deutsche Autor Günter Grass hat einmal gesagt, daß wir als Deutsche uns selbst verstehen müssen. Nichts, was wir je tun, kann uns helfen, Auschwitz oder Treblinka oder Sobibór zu entrinnen, denn sie sind unser, sie gehören zu unserer Geschichte. Und nie – nie wieder dürfen wir zulassen, daß es noch einmal geschieht.

Wenn Sie dies sehen, wird alles, was wir geschaffen haben, vernichtet sein. Das Neue Reich ist zu Ende. In Charlottenburg. Im ›Garten‹. In der Station in der Schweiz, tief verborgen unter dem Gletscher beim Jungfraujoch. Es gibt kein ›Übermorgen‹.«

Und damit stand Salettl einfach auf, ging an der Kamera vorbei und aus dem Bild. Einen Augenblick später wurde der Bildschirm dunkel.

159

Osborn fuhr aus der City hinaus, ohne es zu merken; er war völlig überwältigt, und seine Gedanken und Gefühle verschwammen. Er bemühte sich, sie zu trennen und über das, was er gerade gesehen hatte, nachzudenken. Sich auf das Ausmaß und die Geschichte dessen, was Salettl enthüllt hatte, zu konzentrieren. Zu toben über das, was das Dritte Reich der Welt angetan hatte. Über die Tollkühnheit des neuerlichen Versuches! Er wollte die Gesichter der verkommenen Männer auf der Anklagebank in Nürnberg sehen, wollte die Gesichter Scholls und Dortmunds und der anderen, von denen er nur die Namen kannte, darüberlegen. Er wollte wissen, ob ihre heimliche Einflußnahme auf die französische Politik unmittelbar zum Tod François Christians geführt hatte.

Er versuchte anzuerkennen, was für eine unvergleichliche Bürde Salettl allein über so viele Jahre hinweg getragen hatte. Und im nächsten Augenblick verfluchte er ihn wutentbrannt, weil er die Details der Nuklearchirurgie nicht preisgegeben hatte. Wie die Temperaturen dicht über dem absoluten Nullpunkt erreicht worden waren. Wie die Operationen durchgeführt worden waren! Wie der Genesungsprozeß verlief! Für die Medizin, für die Linderung von Schmerz und Leiden, wären solche Enthüllungen unbezahlbar gewesen!

Irgendwann dämmerte ihm unbestimmt, daß er auf dem Santa Monica Freeway war und nach Hause fuhr. Es war Berufsverkehr, und er fuhr Stoßstange an Stoßstange im dichtesten Gewühl. Er hatte keine Ahnung, wieviel Zeit vergangen war, seit er das Polizeipräsidium verlassen hatte. Er hätte ebenso leicht nach Norden, Süden oder Osten fahren können wie nach Westen. Es war egal. Irgendwann spürte er, daß er das Ende des Freeway erreicht hatte und auf den S-

Kurven in Richtung McClure-Tunnel fuhr. Dann lag der Tunnel hinter ihm, und er war auf dem Pacific Coast Highway. Vor ihm schienen die Santa-Monica-Berge aus dem Meer aufzuragen, und der Ozean selbst verschwand im V-förmigen Gleißen der untergehenden Sonne am Horizont.

Plötzliche Zuneigung zu McVey überkam ihn. McVey hatte ihm das Video gezeigt, weil er gehofft hatte, es werde den Dämon endgültig töten und seiner Seele Ruhe schenken. Es werde ihm helfen, einen sehr realen und einsichtigen Sinn in das Geschehene zu bringen, während er bis dahin nur Fragmente gekannt hatte. Es war eine freundliche und anständige Geste gewesen, und Osborn wünschte, er könnte es ihm sagen. Er wünschte, es gäbe eine Möglichkeit, ihm zu danken. Ja, ihn zu lieben, wenn man das konnte. So, wie ein Sohn seinen Vater liebte, auch wenn sie die meiste Zeit ihres Lebens miteinander stritten.

Doch dann kollabierten seine Gedanken in dem emotionalen Sturm, der ihn durchrauscht hatte, während er das Video angeschaut hatte. Sie zerschellten an der einen Sache, die ihn in den Abgrund stürzte.

Es war die Sache, die Salettl in seiner Botschaft ausgelassen hatte. Die Sache, die ihn zwang, sich ihr zu stellen, sosehr ihm davor graute. Es war etwas, das McVey nicht wußte und niemals wissen würde. Auch Noble nicht und Remmer, nicht Vera und auch sonst niemand, denn es gab keine rationale Möglichkeit für Osborn, darüber je zu reden. Vielleicht hatte Salettl es ausgelassen, weil er dachte, er habe sich darum gekümmert, wie er sich um alles andere gekümmert hatte.

Plötzlich sah Osborn, daß der Verkehr sich vor ihm staute, und er mußte hart auf die Bremse treten, um nicht auf den Wagen vor ihm aufzufahren. Ein Polizeiwagen und zwei Abschlepplaster jagten auf der Mittelspur vorüber. Ein Unfall. Der Verkehr konnte stundenlang stillstehen. Aber so lange konnte er hier nicht sitzenbleiben, denn das einzige, was er hier hören konnte, waren seine Gedanken, und sie würden ihn in den Wahnsinn treiben. Er mußte hier weg. In Bewegung bleiben, immer weiter.

Er schaute sich um und sah, daß die Mittelspur frei war. Er gab Gas, schwenkte an dem Wagen vor ihm vorbei, wendete auf dem Highway und fuhr zurück in die Richtung, aus der er gekommen war. Kurz darauf bog er scharf nach rechts ab und auf einen Strandparkplatz. Eine Zeitlang saß er da und starrte aufs Meer.

Dann stieg er aus; erst stellte er die Krücken auf den Boden, und dann stemmte er sich hoch, bis er stand. Er ließ die Wagentür offen, den Schlüssel im Zündschloß, und ging auf den Sandstrand hinaus. Die Krücken sanken ein, und das Gehen wurde mühsam. Aber das machte nichts. Bewegung war alles, und er ging immer weiter über den Strand, der Brandung entgegen. Seine Schuhe füllten sich mit Sand; er riß sie sich von den Füßen und ließ sie liegen. Dann berührten seine Zehen harten, nassen Boden, und er spürte das Wasser. Sekunden später war er knietief hinausgewatet, vorgebeugt auf den Krücken, und eine sanfte Brandung durchnäßte seine Hosenbeine.

Es war vermessen von ihnen, sich so etwas auch nur vorzustellen, geschweige denn, es zu tun.

Nach dreißig Jahren war das Rätsel um den Tod seines Vaters aufgeklärt. Aber es war keine Aufklärung, die er sich je hätte vorstellen oder die er hätte voraussehen können, nicht in seinen finstersten Stunden. Und wäre Salettls Video nicht gewesen, es wäre ein Anhängsel jenes Teils seiner Erlebnisse auf dem Berg geblieben, den er bisher ganz und gar als Illusion abgebucht hatte, als halluzinatorischen Traum, erfüllt von den Schrecken seiner eigenen Fantasie. Jetzt aber, nachdem er das Video gesehen hatte, zweifelte er nicht mehr daran, daß das, was er da erlebt hatte, kein Traum gewesen war. Es war Wirklichkeit gewesen. Und jetzt war nicht nur der Grund für den Tod seines Vaters klargeworden, sondern auch die Motivation für von Holdens Reise auf den Gletscher und zu dem Versteck in den Tiefen des Eises.

Irgendwo hörte er Salettls Stimme – »Wir hatten zwei junge Männer aufgezogen … Genetisch modifiziert sind sie heute in körperlich idealer Verfassung … sie sind jetzt vierundzwanzig … einer der beiden Jungen dazu auserkoren … für die Operation vorbereitet … Oberhaupt des Neuen Reiches.«

»Hey, Mister, Sie sind ganz naß!« schrie ein Junge am Ufer. Osborn hörte ihn nicht. Er war auf der Jungfrau, und von Holden stürzte ihm entgegen, den Behälter, den er aus Berlin mitgebracht hatte, noch in den Armen.

»Für ›Übermorgen‹!« hörte er ihn schreien, und dann entglitt ihm der Behälter, und von Holden stürzte in die Tiefe, und die eisige Finsternis verschlang ihn, als sei er mit schwarzer Farbe aus dem Dasein gestrichen worden. Aber der Behälter landete neben Osborn im Schnee, Gewicht und Schwung ließen ihn weiterrollen. Er öffnete sich und gab seinen Inhalt preis. Und im letzten Moment, ehe der Kasten über die Kante rollte, sah Osborn, was er enthalten hatte. Es war die Sache, die Salettl ausgelassen hatte. Das, wovon Osborn niemandem erzählen konnte, weil niemand ihm glauben würde. Es war der wahre Grund für »Übermorgen«. Die treibende Essenz. Der innerste Kern. Der abgetrennte, tiefgekühlte Kopf von Adolf Hitler.

Danksagungen

Für technische Informationen und Ratschläge schulde ich besonderen Dank Detective im Ruhestand John »Jigsaw« St. John vom Morddezernat des Los Angeles Police Department, Lieutenant John Dunkin vom Los Angeles Police Department, Danny Bacher von der Staatlichen Fremdenverkehrsbehörde der Schweiz, Robert Abrams in San Francisco, Imara in Denver sowie James W. Howatt, M. D., Bert R. Mandelbaum, M. D., Robert N. Mohr, D. P. M., Herbert G. Resnick, M. D., und Norton F. Kristy, Ph. D.

Für Vorschläge und Verbesserungen am Manuskript danke ich Fredrica S. Friedman, Hilary Hale und vor allem Frances Jalet-Miller. Meine tiefste Wertschätzung gehört Marion Rosenberg und Aaron Priest, dem Magier, der dies alles geschehen ließ. Und schließlich meinen aufrichtigsten Dank an Dr. Leon I. Bender, ohne dessen außergewöhnliche Fähigkeiten dieses Buch niemals geschrieben worden wäre.

BLANVALET

SUSAN HOWATCH

Eine großartige Familiensaga vom Beginn unseres Jahrhunderts bis in die Gegenwart.

»Ein dicker Schmöker, und darin nicht eine einzige langweilige Seite!«
Die Welt

Susan Howatch. Der Zauber von Oxmoon 35114